윤동주와 조선문학 살롱

윤동주와 조선문학 살롱

박성준

국학자료원

머리말

    문학이란 무엇인가? 하는 해묵은 질문으로부터 시작하고자 한다. 실상 우리는 언제나 이 질문을 수행하고 있지만, 언제든지 이 질문마저 폐기할 수 있는, '지금 여기'의 문학을 하고 있는지도 모르겠다. 주지하듯 이 질문의 해답은 문학의 실제적인 개념이나 기원, 규정, 내용이나 형식론의 시대적 협의가 무엇인가 탐구하기보다는, 문학 그 자체가 각자에게 어떻게 기능했는지 해명하는 방식을 취해왔다. 그리고 여기서 중요한 문맥은 '각자'라는 것이다.

    학부 시절 문과대에 한 강의실에 앉아, 김현의 「문학은 무엇을 할 수 있는가」를 읽고 있는 문청(文淸)의 마음으로 돌아가 보자면, "문학은 써먹을 수가 없다."는 김현 글의 첫 문장에 나는 적극적으로 동의했었다. 그 논의의 골자는 어쩌면 간단한 것이다. 문학으로는 큰돈을 벌 수도 없고, 누군가를 지킬 수도 없다. "문학은 유용한 것이 아니기 때문에 인간을 억압하지 않는다." "문학은 배고픈 거지를 구하지 못한다. 그러나 문학은 그 배고픈 거지가 있다는 것을 추문으로" 만든다는 것이다. 나는 이제 알게 된 것 같다. 그런 문학을 내가 사랑하기 시작하면, 김현의 그 모든 진술들이 역치가 될 수도 있다는 것을 말이다. 그러니까 (내가 문학을 사랑하기 시작하면) 문학은 나를 억압할 수 있고, 나는 세계의 모든 억압으로부터의 해방을 문학에서만 찾으려고 하는 사람이 될 수밖에 없으며, 문학으로 겨우 돈을 벌고, 문학으로 나를 지키고, 내 주변을 지키려는 불가항력에 점차 고착하게 된다는 것을 알게 된다. 배고픈 거지를 연민하기보다는 배고픈 거지에서 나를 발견하게 되고, 고작 문학으로 나를 구원할 수 있을 거라는 믿음에 종속되어, 늘 자기 연민과 부끄러움으로 살아갈 수밖에 없는 사람, (내가 문학을 사랑하기 시작하면) 나는 그런 사람이 되었다. 문학을 하면 할수록 세상과 '거리 두기'를 하고 사는 사람처럼, 좀체 어른이 되지 못했던 것 같았고, 끝끝내 어른이 되기 싫었던 것 같다. 그리고 그런 고민 중에 윤동주를 만났다.

윤동주를 만났다기보다는 윤동주가 나를 찾아왔다고 말하고 싶다. 윤동주의 출신성분은 간도 이주민 3세대이다. 진학의 전 과정을 미션스쿨에서 수학했고, 그는 유교와 기독교 전통이 혼효된 독특한 집안 분위기에서 유년과 청년 시절을 보냈다. 간도 이주민들의 교육열이 남달랐던 것은 고등교육을 마치고 출세를 하여, 적어도 식민지 조선에서라도 괜찮은 직업과 지위를 갖기 위함이었고, 주지하듯 윤동주의 아버지 윤영석은 동주가 의과에 진학하기를 원했다. 그러나 윤동주는 그 뜻을 꺾고 연희전문 문과에 입학했고, 동경 유학마저도 릿교대학과 도시샤대학 문학부로 진학한 바 있다. 당시 이종사촌 형이었던 송몽규에 비하여 상대적으로 심약했다고 알려진 윤동주였지만, 끝내 문학을 전공하다가 절명했던 학제 관계만을 미루어 보더라도, 윤동주는 본인의 꿈꾸던 바를 쉽게 꺾는다거나 집안의 기조나 세태의 억압으로부터 흔들리지 않았다는 것을 방증한다. 학생시절 윤동주는 우등생이기보다는 열등했고, 또래집단의 중심부라기보다는 주변부에서 성장했던 청년이었다. 그렇게 늘 비교열위에 있었던 윤동주는 '출세'가 아니라 '시인'이 되고자 했고, 시대를 앞서간 '성공한 인텔리'가 아니라 불의 앞에서 '부끄러운 청년'이 되고자 했던 '심약한 열사'였다.

나는 그런 윤동주가 좋았다. 심약해서 좋았고, 심약한데 제가 사랑하는 문학을 지키고, 문학 안에서 자신이 더 나약해지더라도 그 나약함을 믿고, 자신의 온몸을 쏟아 부어, 겨우 '시인'이 되려고 했던 그 작은 거인의 모습이 좋았다. 문학으로 무엇을 할 수 있는지, 시로 해결할 수도, 화해할 수도 없는 시대를 횡단하면서도, 남들보다 더 아파하고 남들보다 더 부끄러워할 줄 아는 '참된 지성'이 무엇인지 알고 있는 그 '청년정신'이 좋았다. 그 때문에, 나는 윤동주를 닮고 싶었고, 윤동주를 연구하고 싶었다. 이렇듯 소박하게 시작한 윤동주와의 조우가, 윤동주를 비롯한 여타 저항시인의 낭만성을 탐구하는 연구 과제로 확장되었고, 전환기 문인들의 면면들까지 해명하는 것에 이르렀다.

그래서 본 연구서의 체제는 다음과 같이 구성된다. 1부에 수록된 논고들은 박사논문인 「일제강점기 저항시의 낭만주의적 경향 연구: 이육사, 윤동주를 중심으로」에서 일부 원고를 발췌해서, 수정·보완했다. 그간 한국문학사 내에서 '저항성'과 '낭만성'을 별개의 문학적 지향으로 취급해 온 것에 문제의식을 갖고, '저항'의 맥락에서 과도하게 윤색되어 온 이육사, 윤동주의 생애와 시적 특질을 서구 근대정신을 개방했던 낭만주의로 해명하는 것이 본 챕터의 주된 목적이다. 한국근대시에서 낭만주의의 유입 및 용례를 재검토하고 그 안에 내재한 저항성의 문제를 고찰함과 동시에, 1930년대 중반 지성사의 흐름이라 할 수 있는 지식옹호론과 네오 휴머니즘을 이육사와 윤동주는 저마다의 관점에서 읽고 체화시키는 과정을 고찰했다. 즉 저항시인들의 행동하는 지성의 필요성을 자각한 과정을 검토한 것이다. 이를 통해 지배와 피지배, 제국주의와 반제국주의와 같은 이분법적 논리를 넘어서는 그들의 문학적 비전은 그들의 문학사적 위치를 저항시로 둔 기존의 평가보다 더 높은 곳을 상회하고 있는, 최상위 차원의 윤리라는 점을 시사한다.

2부에 수록된 논고들은 윤동주의 독서 체험에 관심을 둔다. 현재까지 윤동주의 사후 소장 도서에 관한 연구가 부재한 것은 아니지만, 윤동주가 직접 제작한 스크랩북에 관한 논의는 상대적으로 소략한 상황이다. 해당 부에서는 윤동주의 학예 스크랩북 1~4권에 수록된 작품들을 종합적으로 검토하여, 전환기 윤동주의 독서 체험과 그의 시 작품 사이의 영향 관계를 고찰했다. 윤동주의 학예 스크랩북은 1936년 10월 1일부터 1940년 12월 26일까지 ≪조선일보≫와 ≪동아일보≫, ≪매일신보≫ 학예면에 수록된 원고이며, 윤동주에게 근대 전환기란 종교성이나 저항성만큼이나 중요한 모색기의 모랄이었다고 할 수 있다. 다시 말해, 1930년대 후반 윤동주가 읽은 시와 비평, 철학(사상) 등은 전환기 근대를 저마다 응전해왔던 지식인층의 보고가 드러나는 1차 자료인 셈이다. 게다가 윤동주는 정식 등단을 해서 활동한 시인이 아니었기 때문에, 그간 윤동주 연구에 있어서는 당대 담론과의 상호작용이 지극히 제한적으로 이루어졌다는 것을 고려할 때, 윤동주와 소장 스크랩북의 의미, 윤동주와 유치환 시와의 영향 관계, 윤동주와 전환기 정신사의 전유에 관한 고찰 등은 향후 윤동주 연구의 새로운 활로를 마련할 수 있을 것이다.

3부에 수록된 논고들은 《동아일보》에서 기획했던 신년문인좌담회의 내용을 당대 문학계 세태와 연결하여, '조선문학 살롱'이라는 명제를 붙여 고찰한 논의이다. 1938년부터 1940년까지의 신년문인좌담회 속에는 당대 유통된 네오-휴머니즘론, 지성옹호론, 고전부흥론과 같은 전환기 담론들이 문인들의 실제 육성으로 기록되어 있다. 특히 이 좌담회에서는 당시 언론계를 장악하고 있었던 해외문학파와 임화, 김남천으로 대표되는 카프 해체 이후 리얼리즘론자들, 정지용을 비롯한 모더니즘론자들이 전망하는 문학의 미래가 과감없이 드러나 있다. 가령 저마다의 유파에서 담론, -이즘을 대하는 태도뿐만 아니라, 조선문학의 세계화, 노벨문학상 소식, 고전옹호, 세태소설론, 농민문학론 등 조선문학이 처한 당대의 논제를 규명함에 있어 서로 다른 입장 차이를 보여줌으로써, 신년좌담회가 식민지 조선의 지성들의 '공론의 장'의 역할을 담당했다는 것을 알 수 있다. 게다가 3년간 좌담회 논제들이 모두, 조선문학의 '미래'나 '신 건설'을 규명했다는 데에 독특한 의미가 있다고 할 것이다. 즉 질곡의 시대에서도 조선의 문인들은 다음 세대의 문학 비전과 새로운 문학 건설을 지향해왔다는 방증이다.

그렇다면 나에게 문학은 무엇이었을까? 시란 무엇이었을까? 해결할 수 없는 현실 앞에서 다다르지 못하는 미지의 세계를 동경하고, 그저 낭만적으로 (문학 안에서) 전진할 수밖에 없는 어떤 '에테르'에 지나지 않았을까. 윤동주와 1930년대 전환기 문인들의 '문학 살롱'을 고찰하면서도, 여전히 나에게 남겨진 과제는 다시 문학이란 무엇인가?하는 해묵은 물음을 탐구하는, 청년 시절의 나와 마주하는 것 뿐, 달라진 것은 없는 것 같다.

가끔은 이런 질문을 받는다. 시인이 연구자의 길을 택한 것에 대해 후회하지 않느냐는 질문이다. 사실 이런 질문은 모두 내 탓이라는 생각이 든다. 시를 쓸 때도, 문학 비평을 할 때도, 문학 연구를 할 때도 나의 정체성이 대체로 시인이었기 때문이다. '문학 연구'라는 사뭇 '다른 옷'은 늘 내게 어색할 수밖에 없었고, '시인'이라는 무거운 이름 앞에서 나는 대체로 두려웠다. 하지만 그런 다른 '옷을 입고 있는 나' 또한 '퍽 나쁘지 않은 나'라는 생각이 지속되었기 때문에, 그 원동력으로, 부끄럽게도 이렇게 첫 연구서를 출간하게 되었다.

문학연구를 하는 동안 큰 버팀목이 되어 주신 박주택 선생님께 감사의 인사를 올린다. 박주택 선생님은 내가 시를 쓰면서, 문학 안에 꾸역꾸역 그래도 살아가면서, 내가 말 못할 큰 빚을 진, 나의 은사님이시다. 프락시스 연구실에 학형들과 재미있는 문학연구를 한다고 놀려대던 시인 동료들에게도 고맙다는 말을 덧붙인다. 아울러, 나는 정말 어쩔 수 없는 것 같다. 나의 은인 '청년 윤동주'에게 무한한 위로의 말을 전한다.

다소 비학술적인 「머리말」을 쓰게 된 경위를 변명처럼 밝히면서
2025년 3월 민락에서

차례

이육사의 비평 활동과 세계인식

– 댄디즘과 문화적 지평을 중심으로

윤동주 시에 내재된 기독교 세계관의 낭만주의적 성격

제2부
윤동주의 독서체험

윤동주의 독서 체험 고찰(1)

– 소장 '학예 스크랩북'의 의미와 윤동주가 읽은 신세대 시인들

윤동주의 독서 체험 (2)

– 유치환 시의 영향 관계를 중심으로

윤동주의 독서 체험 연구(3)

– 전환기 정신사의 전유를 중심으로

제3부
전환기 조선문학 살롱

1938년 조선문학 살롱
– 「明日의 朝鮮文學」에서 제기된 '미래'의 의미

1939년 조선문학 살롱

─「新建할 朝鮮文學의 性格」에서 제기된 '건설'의 논제와 '전망'

1940년 조선문학 살롱

─「初有의 藝術綜合論義」에 나타난 해외문학파의 저널리즘 기획

1부

일제강점기 낭만주의와 저항성

한국근대시의 낭만주의 재검토와
저항성의 문제

1. 낭만주의의 일반화와 그 재고

한국시사에서 '낭만주의'는 서구 문예사조가 그대로 유입되어, 조선 문인들에게 적확하게 자각된 상태로 향유된 것이 아니라는 것은 이미 많은 논자들이 주지하는 사실이다. '낭만성', '낭만 정신', '낭만적 자아', '혁명적 낭만주의', '낭만적 아이러니'와 같은 비평적 수사[1] 역시도 초기 수용된 낭만주의에서 탈각된 정신 운동의 한 부분으로 결락되어서 사용된 용례가 많았다. 그 하위개념 정도로 인지되곤 했던 '상징주의', '데카당스', '센티멘탈리즘' 등 또한 한국시사에서는 낭만주의의 자장 안에서, 명확한 의미를 획득한 채 사용되기보다는 기호로서 재호명된 점이 없지 않았다. 이는 낭만주의가 고전주의에 반하는 입장에서 기술

---

[1] 한국문학에서 '낭만주의'의 이와 같은 결락의 용례는 "'낭만적'이라는 수식어로 자주 거론되었는데, 그것은 비록 서구 낭만주의의 본질과 부합하거나 일정한 낭만주의 운동을 지속적으로 전개한 것이 아니었다고 하더라도, '낭만주의'의 어떤 기운을 도입했던 것은 사실"(김주연, 「죽은 낭만의 힘」, 『사라진 낭만의 아이러니』, 서강대학교 출판부, 2013, 81쪽.)이라고 할 수 있다.

되고 있는 그 사조적 생리의 한계이기도 하지만, '낭만주의'가 아닌 '낭만 정신'으로밖에 호명할 수 없는 곡진한 한국시사의 생태를 그대로 반영하고 있는 부분이기도 하다.

다시 말해, 근대문학의 태동에서부터 현대를 아울러 지금에 이르기까지 '낭만'이라는 용어는 인문주의와 더불어, 통제되지 않는 욕망을 분출하는 정신의 근원지임과 동시에 인간의 욕망을 드러내는 기표였다. '인간성'이라는 이름으로 개인의 발견, 근대적 자아의 출현 등으로 귀결되기도 하면서, 옹호와 배제의 논리가 반복되었다. 특히 한국문학에서의 낭만주의는 한 세대나 10년 단위도 채 되지 않는 비교적 짧은 시기에 무방비적인 수용과 폐기, 그리고 재호명 등이 반복됨으로써, 문학 현장에서 낭만주의가 가지는 그 지위란 현저하게 격하되는 입장에서 기술되는 용례가 잦았던 것2)은 물론이다. 근대 낭만주의 시의 전형이라고 할 수 있는 1920년대 동인지에 수록된 시편들과 이후 민요시의 외형적 의장이 막연한 애상과 좌절의 분위기에 따른 영탄의 어조로 흐르고 있다는 것은, 한국 문학사 안에서 낭만주의를 '감상성의 맹점'으

---

2) 김진수는 "낭만주의라는 이 '말썽 많은 용어'를 정의한다는 사실은 오늘날 더 상이의 혼돈만을 재촉할지도 모른다. 루카스F. L. Lukas는 이미 1948에 발표한 논문 <낭만적 이상의 쇠퇴와 몰락The Decline and Fall of Romantic Ideal> (1948)에서 낭만주의에 대한 정의가 무려 11,396개에 달하다고 보고한 적도 있는 실정이다. 이 같은 난맥상을 보이는 된 이유는 낭만주의가 단순히 실제적인 예술 활동에 한정되어서 일어난 예술 사조가 아니라 관념론적 · 형이상학적 철학 사상과의 관련 속에서 형성된 것으로 대단히 포괄적인 성격을 지니고 있기 때문이다. 따라서 예술 의식이나 세계관은 혼연일체로서 낭만주의 사상의 근본적 성격을 규정하게 되는 것"(김진수, 『우리는 왜 지금 낭만주의를 이야기하는가』, 책세상, 2001, 123쪽.)이라고 주2를 통해 해설한다. 이렇게 현재까지도 낭만주의를 둘러싼 용례의 부정합만큼이나 낭만주의가 가지고 있는 '정신적 혁명'이 근대정신으로서 조선문단 내부에 진입된 것은 자명한 사실이다. 물론 이 책에서 김진수는 낭만주의의 정신 미학에 비춰 '낭만적 주관성'과 '미적 자율성', '미적 근대성'에 방점을 두고 낭만주의를 해명하고 있다.

로 파악하여 쉽사리 격하할 수 있었던 명분이 되었다. 당대 변역되어 수용된 시편들을 현재적 관점에서 모두 '낭만주의 시'나 '상징주의 시'로 볼 수만은 없다는 것은 물론이거니와, 당대의 시편들의 감정이 단순히 실제 애상과 좌절감으로만 경도된 것이 아니라는 근래 논자의 판단들[3]은 한국근대시의 낭만주의에 대한 재고를 검토해야하는 방증이 되기도 한다.

　이에 본고는 '낭만', '낭만주의', '낭만적—'이 가지고 있는 협의에 의한 문학적 현상에 부정적 시선들을 재검토함과 동시에 한국 근대 문학사에서 '낭만'이 가지고 있는 정신적 기여도를 고찰한다. 일반론적인 입장에서, 1920년대부터 본격화된 낭만주의적 경향을 세 가지로 분류[4]해보면, 첫째 주요한, 김억을 중심으로 유입되어 당대 일본 낭만주의를 경유지로 삼고 있는 '이상주의적 낭만주의'와, 둘째 프랑스 상징주의와 영향 관계에 놓여 있는 『백조』파의 '병적 낭만주의' 경향, 셋째 민족주의와 결합된 '혁명적 낭만주의' 등으로 압축될 수 있다. 그러나 이와 같은 분류과정을 통해 인지되는 흔한 일반화는 당시 식민지 중산층 지식인들이 내면의 분열과 좌절을 겪으며, 현실에 대한 환멸과 혼란의 시기를 건너 근대시를 형성했다는 다소 단순한 결과를 도출한다.

---

3) 이승하, 「1920년대 초기 문예동인지의 시에 나타난 감성 연구」, 『비평문학』 26집, 한국비평문학회, 2007, 185－194쪽 참조.

4) 박호영은 1920년대 수용된 한국 낭만주의 시의 특질을 본문에서처럼 세 가지로 범주화한다. (박호영, 「1920년대 낭만주의시의 특질」, 『한국근대기 낭만주의 전개 연구』, 박문사, 2010, 18－32쪽 참조.) 그러나 박호영 스스로도 인지하고 있는 "또 하나의 갈래", "감성적 낭만주의"가 앞선 세 갈래와 더불어 공존한다. 박호영은 "서정시의 기본적 성향"(박호영, 같은 책, 18쪽.)인 '감성적 낭만주의'를 굳이 언급하지 않는 것으로 일괄했으나 본고는 한국적 낭만주의 시에서 이 네 번째 갈래 또한 주목한다. 이는 근대시형의 형성의 기본이자 근대적 자아의 미적 실현으로 근대시 창작을 해왔다는 결과론적 지향을 내포한 갈래이기 때문이다.

때문에 본고가 주목하는 점은 먼저 초기 문학사 기술에 있어 낭만주의 문학을 격하하여 약술한 것과 더불어 1920년대 동인지 문단에서 민요시파의 흐름에 영향을 끼친 낭만주의에 대한 문학사 내부에서의 호명 방식이다. 이처럼 1920년대 동인지 문단의 재검토가 충분히 이루어지지 않았던 것에 대한[5] 문제의식을 출발로 해서, 종국에는 한국적 낭만주의가 자유시, 민요시, (일반론적인 관점에서의) 서정시와 같은 현대시형의 형태와 그 정신을 함양하는 데에 기여했다는 것으로 귀속하여, 이 시기의 낭만주의를 고찰한다.

이와 더불어, 한국근대시에 있어 낭만주의의 폐기와 그 복권의 과정을 면밀히 살피며, 낭만주의가 1930년대 지성사에 어떠한 영향력을 끼치며 흡착되었는지를 고찰한다. 박종화의 '力의 藝術'에 대한 의미나, 임화가 주창한 '낭만적 정신', 그리고 기교주의 논쟁에서 수용된 낭만성과 박용철의 낭만주의적 당대 기질 등은 "낭만주의를 감상주의와 동일한 관점에서 벗어나 더 섬세한 기준"[6]으로 한국문학에서 수용한 용례라 할 수 있다. 이처럼 한국근대시사에서 낭만주의는 낭만적 도피나 탈주, 감상적 기분의 분출로 폄하되었으나, 낭만주의를 문학 현장에서 밀어낸 만큼, 다시 낭만주의는 당대 문단과 결합하며 끌어당겨지는 정신 · 문화사적 활동의 촉매로 작용해왔다. 그러므로 낭만주의는 불가능

---

5) 그간 1920년대 동인지 문단에 대한 재검토와 낭만주의 수용에 대한 점검이 없었던 것은 아니다. 당대 낭만주의적 기후를 미적 근대성과 관련해서 김진수, 「유럽 낭만주의 문학의 한국적 수용: 1920년대의 『백조』를 중심으로」, 『미학예술학연구』 제21권, 2005; 박현수, 「미적 근대성의 혼종성과 숭고 시학」, 『어문학』 96, 한국어문학회, 2007; 이미경, 「한국 근대 시문학에서의 낭만주의 문학 담론의 미적 근대성 연구 — 1920~1930년대 낭만주의 시문학」, 『한국문화』 31, 서울대학교 규장각 한국학연구원, 2003 등이 있다.
6) 오형엽, 「한국근대시론의 구조적 연구」, 『한국근대시와 시론의 구조적 연구』, 태학사, 1999, 73쪽.

한 현실 속에서 현실 너머의 세계를 설정하며, 민족 주체로서 식민지 현실을 개진하려는 '저항 정신'의 한 축으로 작용되기도 했다.

2. 한국근대문학사 기술에서의 낭만주의

1907년 유승겸이 高桑駒吉의 『중등서양사』를 『중등만국사』로 번역하면서 낭만주의를 사조적 수준으로 소개한 이후로 조선문단 내의 '낭만주의'와 '낭만주의 시'에 대한 활발한 번역과 수용이 일어난 시기는 1910년대 말이다. 1918년 ≪泰西文藝新報≫가 창간[7]되어 서구 번역물들이 들어오고, 1919년 『創造』 2호 (1919. 3. 20.)와 3호(1919. 12. 10.)에 괴테의 시가 번역[8]되는 것과 더불어, 김억이 ≪泰西文藝新報≫와 『創造』, 『廢墟』 등에서 소개된 번역시들을 한데모아 1921년 『懊惱—舞踏』(광익서관, 1921.)을 엮으면서 한국시사에서 서구 문학의 수용이 본격화 되었다는 것은 이미 논자들이 주지하는 사실이다. 그리고 1920년대 동인지 문단, 즉 『廢墟』와 『白潮』를 통해 한국시사에 '낭만주의 시'가 태동이 되었고 이후 우리문학사에서 낭만주의 시는 지나친 '감상

---

7) ≪泰西文藝新報≫(1918. 9. 26.)의 성격은 창간호 「권두언」에서 "본보는 저 태서의 유명한 시·소설·사조·산문·가곡·음악·미술·각본 등 일반 문예에 관한 기사를, 문학 대가의 붓으로 직접 본문으로부터 충실하게 번역하여 발행할 목적이온 바 다년 기획해 오던 바 오늘에 제일호 발간을 보게 되었습니다"라고 언급하고 있듯이 서구 문학을 번역·소개하는 문예주간 동인지의 성격을 띤다.

8) 당대 독일 낭만주의 시인으로 소개되었던 괴테의 시는 『創造』 2호에서 전영택이 「깁븐 상봉과 슬픈 이별」, 「그림그린 끈으로」를, 3호에서는 주요한이 「처녀」를 번역하여 소개한다. 여기서 전영택은 레싱과 괴테를 비교하면서 "괴테는 朦朧한 정서를 사랑한고로 서로 일치지 못하였다. 괴테는 처음부터 로만틱 시인이었다"(「시인 괴—테」, 『創造』 2호, 38쪽.)고 일변한다. 실제로 1930년대 때까지 독일 낭만주의 문학으로 수용된 시인은 '괴테'와 '하이네'로 편중되어 있다. 이에 대한 자세한 논고는 정경량, 「독일낭만주의 수용과 그 한국적 변용」, 『세계문학비교연구』 0(0)권, 세계문학비교학회, 1996, 280—286쪽 참조.

성'과 '퇴폐적인 경향'을 가졌다는 배제의 논리9)로 속단되면서, 우리시
사의 낭만주의는 파편적으로 조선문단에 수용·결합되었다.

소위 동인지 문단 시기10)라고 명명되기도 하는 1920년대를 문학사
로 약술하는 과정 중에서도 '낭만주의 시'를 격하하는 면면들이 자주
노출된다. 예컨대 『白潮』파를 두고 기술된 문학사11)만을 살펴보더라
도 그렇다. 일찍이 백철에 의해 "『백조』파의 浪漫主義는 그렇게 씩씩하
고 明朗한 것이 아니고, 차라리 病的인 蒼白한 感傷文學이었다."12)고 평
가된 바 있었던 1920년대 문학사는, 말 그대로 "창백한 감상문학"이라
는 굴레에서 벗어나지 못하고 이후 다른 논자들에 의해서도 이와 유사
한 논조가 거듭 반복되는 사태에 놓인다.

---

9) 이승은은 낭만주의에 대한 배제의 용례를, 문학사적 굴절이 있었던 시기마다 역추
   론하면서 한국문학사에서 '낭만주의'가 부정적의미로 사용된 면면들을 고찰한다.
   20년대 동인지 문학과 카프 진영 사이에서 낭만주의의 "배제의 이유는 바로 '감상
   성'이었다"(이승은, 「한국문학 '읽기'에서의 '낭만주의' 재검토」, 『국제어문』 제48집,
   국제어문학회, 2010, 215쪽.)으며, 이러한 지나친 감상성은 이후 다른 시기에서도
   '낭만주의'를 배제하는 논리가 된다.
10) 1920년대 동인지 문단을 이끌었던 동인지의 다양성은 이미 알려진 바이다. 퇴폐주
   의를 표방한 『廢墟』와 낭만주의를 표방한 『白潮』, 상징주의와 낭만주의의 각기 경
   향성이 인정되면서도 종국에는 유미주의의 미적 실천을 이끈 『薔薇村』 등이 있었
   다. 물론 이들 모두를 광의의 범위에서는 낭만주의로 호명할 수도 있다. 그러나 논
   의의 정치함을 위해, 이 절에서는 『白潮』를 중심으로 기술된 문학사만을 살핀다.
11) 해방 이후 백철에 의해 기록된 『조선신문학사조사(상)』(수선사, 1948.)에서는 『白
   潮』의 문학이 "浪漫主義 화려한 시대" 등으로 수식되면서 개화 이후 형성된 주요
   문예 사조로는 낭만주의를, 그 주체적 실행자로 『白潮』파의 문학을 설정한다.(백
   철, 『朝鮮新文學思潮史』, 수선사, 1948, 276−277쪽 참조.) 또한 백철은 낭만주의
   를 '이상주의적 경향'과 '병적 감상주의 경향'으로 양분화해서 인지하고 있으나 이
   는 낭만주의의 개념을 협소하게 판단하고 있는 것을 반증한다. 이와 같은 시사적
   위치 설정 이후 조연현, 김용직 등에 의해 1920년대 동인지 문단의 경향성은 낭만
   주의와 같은 외래지향성의 관점과 그런 낭만주의적 의장마저도 제대로 수용하지
   못했다는 관점으로 되풀이되어 재검토된 바 있다.
12) 백철·이병기, 『國文學全史』, 신구문화사, 1957, 305쪽.

그러나 백철은 당시 수용된 낭만주의 문학을 소박한 시각으로 인지하고 있었다. 이는 수많은 논자들이 거듭 인용하고 있는 "창백한 감상문학"에 뒤이어지는 부분들을 더 탐독해보면 구체적으로 드러난다. "病的 浪漫主義는 大地 위에 발을 디디고 서서 앞을 바라보는 것이 아니라, 그 大地인 現實을 떠나서 하염없는 꿈을 그리는 厭世的 現實逃避的 氣分의 文學"이라고 정의한다. 즉 백철은, 반영하지 못하는 '염세적 기분'의 '창백한 감상'을 늘어놓는 수준으로 낭만주의 문학을 인지하고 있었던 것이다.

> 三·一運動이 先敗된 뒤에 생겨진 그 悲觀的 絶望的 社會現實에서 頹廢主義的 文學이 發生한 것과 같은 土臺 위에 이서 浪漫主義가 生成하게 된 것이다. 그처럼 民族的으로 先望한 時代, 앞의 展望이 서지 않고 주위가 暗澹한 時代에 그 아니꼽고 보기 싫은 現實, 그것이 밉고 싫기 때문에 詩人과 作家들은 차라리 그 現實을 輕蔑해서 헌신짝처럼 내버리고 自己 혼자서 달큼한, 그러나 몹시 고독하고 슬픈 꿈의 世界를 찾고 그런 것이다. 이것이 「白潮」派 浪漫主義가 터전잡은 문학의 背景이요 境地였다. <u>悲觀主義 時代의 또 하나의 文學 그것이 「白潮」派의 浪漫主義 文學</u>이다.
> — 백철, 「「白潮」派의 浪漫主義 文學」, 부분(강조 인용자)13)

3.1운동의 실패와 『白潮』파의 낭만주의적 경향을 관계시키는 인용된 부분은 백철이 지극히 현실주의적 관점에서 『白潮』의 문학을 탐독하고 있다는 것을 방증하고 있는 사료이다. 전망 부재의 현실을 배경으로 당대 시인과 작가들이 "현실을 경멸해서 헌신짝처럼 내버리고 자기 혼자서 달큼한" 세계에 빠졌다는 평가는, 낭만주의를 수식하는 수사라

---

13) 위의 책, 305−306쪽.

고 할 수도 없고, 당대의 문학 장을 몰이해한 채 편협하게 1920년대 동인지 문단을 시선화한 결과라고 할 수 있다. 백철이 이해한 대로 이 시기의 낭만주의 문학을 "悲觀主義 時代"의 "頹廢主義 文學"이라고 판단한다손 치더라도 『創造』, 『廢墟』, 『薔薇村』, 『白潮』로 이어지는 당대 동인지의 미적 운동은 갑작스럽게 1920년대에 시작된 경향성이라고 볼 수만은 없다. 가령 이들이 가지고 있던 낭만적 풍조는 그 보다 앞선 『學之光』에서도 찾아볼 수 있는 경향14)이며, 이는 앞서 약술했던 ≪泰西文藝新報≫에서 소개되고 있는 외래지향성들이다. 즉 서구 낭만주의가 중세질서를 해체하고 시민사회 형성과 개인 주체의 발견이라는 역사적 정신운동이었듯이, 이 시기의 낭만주의는 소위 당대 중산층이라 명명할 수 있는 '동경 유학생 계급'을 중심으로 혁신되었던 정신 운동의 한 맥락이었다는 것이다. 이를 반영한 종합지가 『學之光』 등이었고, 그러한 '낭만 정신'이 1920년대 동인지에 소급15)되고 있다고 보는 것이 더 타당한 견해일 것이다. 그러나 백철의 견해에서도 눈여겨볼 대목은 "또 하나의 文學"이라는 수식이다. 다시 말해, 백철은 『白潮』파의 병적 낭만주의를 1920년대 문학의 불구성이라 견지하면서도, 동인지 문단 그 자체가 '새로운 문학적 물결'이었다는 당대적 표지는 어느 정도 수긍하고 있던 것으로 보인다.

한편으로 "自己 自身도 잘 알지 못하는…… 感傷的 虛榮의 衣裳과 같

---

14) '재일본 동경 조선유학생학우회'의 격월간 기관지 성격을 띠고 있던 『學之光』에서 이미 1910년대 자유시의 실험적 창작이 시작되고 있었다. 김여제, 춘원 이광수, 소월 최승구, 극웅 최승만. 돌샘(안서) 김억 등의 필자들이 1920년대 동인지 문단을 선구했던 것은 이미 주지하는 사실이었고, 일본 내의 중산층 유학생들의 문화운동이 조선 내로 진입했던 것이 1920년대 동인지 운동이었다고 평가할 수 있다.

15) 김흥규, 「1920년대 初期詩의 歷史的 性格」, 『문학과 역사적 인간』, 창작과비평사, 1980, 254—268쪽 참조.

은 것"16)이라는 조연현의 평가 또한 '감상성'의 문제로 경도하여『白潮』의 시편들을 평가한 점이 없지 않다. 물론 이는 백철의 진단과도 다르지 않은 맥락이다. 조연현은 같은 글에서『白潮』파를 두고 '낭만주의 시'의 방점에서도 격하된 형식을 구축했다고 다음과 같이 약술한다. 가령 "浪漫主義가 가지는 一般的인 特質인 直觀的인 感性보다는 無節制한 放任이 더 强했던 것이며, 一貫한 美的 肯定보다는 懷疑的인 氣分的 變化가 더 優勢했으며 精神의 熱度보다는 感傷的인 抒情이 그 特性이었음을 말하는 것이다. 그러므로「白潮」에 나타난 詩는 그 全部가 自己自身도 잘 알지 못하는 漠然한 感傷이 아니면 精神의 素朴한 感傷의 虛榮의 衣裳과 같은 것이 될 수밖에는 없었다."는 약술들이 그렇다. 즉『白潮』파 시편들에서 엿보이는 감정의 '무절제한 방임'과 '기분적 변화'는 낭만주의가 가지고 있는 '직관적 감성'의 영역에 도달하지 못하는 하등한 것이라는 평가이다. 조연현의 평가에서 주목해서 볼 점은 "感傷的인 抒情"이란 수사에 있다. 백철이 그러했던 것처럼 조연현은『白潮』파의 문학적 성과를 낭만주의를 제대로 실천하지 못한 하등의 결과로 치부하고는 있지만, 그들이 근대문학의 새로운 양태인 '감상적 서정시'의 기틀을 마련했다는 측면을 보완적으로 갖추고 있었다는 것 또한 언급하는 수준에서, 시사적 -|판단을 행하고 있다는 것이다.

이는 김용직의 근대시사의 기술에서 보다 명확히 확충되어 나타난다. 우선 김용직은 문예사조론을 원용하여 평가하는 종래의 평가를 지양17)한다.『白潮』파가 가시화하려했던 시의 '문체'와 '형식' 등을 근거

---

16) 조연현,『韓國現代文學史概觀』, 정음사, 1964, 141쪽.

17) "이제까지 우리가 한국 근대시를 검토, 분석하는 데 써 온 비평적 입장 역시 서구 쪽의 것이었다. 본래 한국 근대시의 형성, 전개에 작용한 주류적 충격 자체가 서구적인 것기도 했다. ……(중략)…… 서구의 충격은 어디까지나 우리 근대시를 형성, 전개하게 한 힘의 한 갈래를 이룬 데 지나지 않는다. 그 밖에 많은 요인들 역시 우

삼아『白潮』파 문학을 고찰한다. 가령『白潮』동인에 참여한 작가들이 중산층 소시민 계급이었다는 계급주체성의 맥락이라든가, 이광수가 『白潮』창간호와 2호에서 시조 형식을 택한 사례, 혹은 홍사용이 경상도 민요조를 결합한 형식적 시도들을 언급하면서,『白潮』파가 나아가려고 했던 문체적, 형식적 문제에 대해서 재론한다. 그러나 그 또한 "재래종 문화를 향한 백조파의 촉수 가운데는 그 어느 것도 제대로 검출되지 않는다. 그런가 하면 그들의 외래 사조 지향현상은 이와 비교가 되지 않을 정도로 이상비대증에 걸린 듯 보인다. 그 결과, 백조파의 詩에서 새로움을 확보하려는 촉수와 전통을 계승하려는 시도가 함께 작용하면서 그에게 빚어진 긴장감과 역동성은 기대조차할 수 없는 게 되었다."[18]는 견해를 내비친다. 그러므로 종래의 논자들과 마찬가지로 김용직 또한『白潮』파의 문학을 외래지향적 면모로 단정하고 있는 것이다. 다시 말해 "그들을 지배하는 의식의 하나는 새로우려는 것, 또는 외래지향적인 것이었다"[19]는 구문에서처럼, 근대 초기문단 형성과정에서 '새로움의 충격'을 가져다준 것은 분명하지만, 이는 동인지 운동에서 자생적으로 발생했던 새로움이 아니라 서구에서부터 비롯된 외래지향적 소산이었다는 평가이다.

그러나 이러한 김용직의 논의에서 다시금 주목할 점은,『白潮』가 지향할 바를 "순수서정시라는 사실을 투철하게 인식"했어야 한다고 점검함으로써 당대의 새로운 미적 · 정신적 운동의 한 맥락에서 '순수 서정

리 詩 형성, 전개를 위해 작용한 사실이 망각될 수 없다."(김용직,『韓國近代詩史(上)』, 학연사, 1986, 218쪽.)는 김용직의 고변은『白潮』파의 문학을 재검토하는 데 있어 새로운 '형태'와 '문체'의 관점에서도 이루어져야하는 비평적 시각의 토대가 된다.

18) 위의 책, 235쪽.
19) 위의 책, 233쪽.

시'를 제시했다는 점[20]이다. 김용직은 1920년대 낭만주의 문학의 결과론적인 성과가 '개인의 발견'과 '서정성의 함양'이 되어야한다는 시사적 판단을 하고 있었다. 물론 이러한 견해는 형태적 맥락에서는 자유시형의 정착과, 내용적 성격에서는 한국적 서정시형의 창조가 함께 이루어지고 있다는 결과론적 관점에서의 해석일 수밖에 없다.

백철, 조연현, 김용직의 견해를 종합하여 정리하자면, 이들 모두가 1920년대의 동인지 문단, 특히 『白潮』의 성과를 격하하는 방식으로 문학사 기술을 하고 있으나, 결과적으로는 당대 낭만주의가 한국의 초기 현대시의 발생론적 경유지로써 일정한 역할을 담당해왔고, 그 과정에서 『白潮』파 동인지의 유파적 성격을 탐독해왔다는 것이다. 물론 이는 당대의 표정을 보다 명확히 관철해서 『白潮』파의 낭만주의 문학을 재고해야한다는 명분이 되기도 한다. 또한 한국의 근대시가 자유시형과 서정시형으로 모색되었다는 일반론적 견해는 현재적 입장에서 의심 없이 과거의 담론화 과정을 묵인하는 또 다른 오류를 범할 수 있다.

다시 말해, "① 서구 상징주의의 번역과 수용을 통한 자유시의 모색과 형성 ② 자유시의 외래지향성 또는 '식민성'에 대한 반성과 비판 ③ 국민문학론의 대두와 민족적 시형의 탐구 / 계급문학론의 분화"[21]와 같은 단계적 진화론을 설정한 것에 대한 재고의 필요성이 전자들의 속단·거듭된 논의를 통해 유추될 수 있다는 것이다. 그러니 "1919~20

---

20) 근대시 형성기의 순수시의 개념을 역사적 구성물로 인지하고 '純一'의 용례마다 순문학, 순수문학이 어떠한 방식으로 의미화되었는지 고찰한 논고(정은기, 「"순수" 문학 개념의 전개와 변용— 근대문학 형성기 문학 장에서의 "순수" 관련어 활용 양상을 중심으로」, 『현대문학이론연구』 62권, 현대문학이론학회, 2005.)로는 정은기의 논고가 주목된다.

21) 정우택, 「한국 근대 초기시에서 '외래성'과 '민족성'의 문제」, 『한국시학연구』 제19호, 한국시학회, 2007, 31쪽.

년대 초반의 동인지가 보여주는 미적 담론과 개인 주체의 정립의 연관성은, 우리 근대 형성기의 내적 분화의 지점에서 부르주아 위상의 분화와 미적 이데올로기의 연관성에서 재고될"[22]만한 것은 물론이고, 당대 낭만주의를 '낭만적 탈주'라는 맥락이 아닌 '근대정신'을 내장하는 계기, 즉 자유시형과 서정시형의 생성지점이자 그 출발의 정신으로 삼았다는 것으로 1920년대 낭만주의는 고찰되어야 할 것이다.

물론 이와 다른 방점에서 논의 범위를 확장시킨 논자들도 있었다. 김학동의 경우는 "낭만주의의 자각은 近代詩에 대한 자각과 함께 나타났음"[23]을 인정하면서도, 이러한 낭만주의 자각의 최초의 경로를 일본문단에서의 낭만주의 운동[24]에서 찾으려고 했다. 때문에 한국의 『廢墟』나 『白潮』를 중심으로 한 낭만주의적 성격은 하나의 '풍조'였을 뿐이지 운동의 영역까지는 도달하지 못한 채, 나름의 '한국적 낭만주의 특수한 양상'을 띠고 있다는 고평이다. 예컨대 "낭만주의란 용어도 <浪漫主義>, <로맨主義> …… 일본에서 사용하는 용어가 그대로"[25] 사용되고 있는 측면을 밝히며, 그 용어의 차용에서도 일본문학과의 연계성을 고찰하고 있다. 실제로 "당대의 시인들은 낭만주의라는 일치된 용어를 사용하지 않았다. 그들은 오히려 상징주의, 데카당스(퇴폐주의) 등의 이름을 보다 빈번하게 사용"[26]해왔다. 그러니 낭만주의는 우리 문학사에서 '절단'과 '굴절'을 반복하며 '불구적 결합의 용례'로 사용되었던 측

---

22) 차혜영, 「1920년대 동인지 문학 운동과 미 이데올로기」, 『한국문학이론과 비평』 24, 한국문학이론과 비평학회, 2004, 214쪽.
23) 김학동, 「韓國 浪漫主義의 成立」, 『문예사조』, 문학과지성사, 1977, 377쪽.
24) 김학동은 일본의 낭만주의 문학 운동을 명치 20년대에서 명치 30년대 초까지 설정하고 제5기에 걸쳐 다른 방향성을 보인 측면들을 고찰한다. 일본문단 내의 낭만주의 운동에 대한 자세한 논고는 김학동, 같은 글, 372−376쪽 참조한다.
25) 김학동, 같은 글, 381쪽.
26) 김흥규, 같은 글, 215쪽.

면이 강했다고 할 수 있겠다. 물론 이러한 사태는 우리 문학이 서구 문예사조를 수용하는 데 철학과 정신사적 근거와 역사적 맥락을 함께하며 진행된 것이 아니라, 창작 주체의 자의적 판단과 취향과 상황에 따라 혼용된 채 이해된 측면이 없지 않다. 더불어 그것을 이후 문학사 기술에서 어긋난 사조의 수용 상황을 시기 구분을 하여 일률적으로 기술하는데 있었던 오류들이라 할 수 있다. 그러니 이러한 구분을 통해 당대 낭만주의가 한 역할을 담당했던 근대성의 발견이라는 맥락을 쉽게 배격하거나 놓치는 논지들이 거듭 재고되었던 것이다.

그럼에도 불구하고 1920년대 낭만주의적 경향이 당대 민요시에 미친 부분을 탐구한 논자는 오세영이었다. 오세영은 주요한의 「노래를 지으시려는 이에게」(『조선문단』 2호, 1924, 11.)를 탐독해서 "20年代 民謠詩人들이 '朝鮮말의 美와 힘', '民族的 리슴', '朝鮮魂' 등을 기초하여 민족문학을 수립하려 했고 이의 구체적인 실천으로 民謠詩 창작을 제창했"[27]다는 것을 고찰했다. 동시에, 신화나 고대의 문화를 토대로 한 한국적 낭만주의의 특징을 규정한다. 오세영이 제시한 한국적 낭만주의 특질은 서구의 그것과는 다르며, 한국의 낭만주의는 "感情的 世界認識, 理性的 세계관 대신에 幻想的 세계관의 추구, 그리고 현실 도피, 憧憬(Sehnsusht), 原始性의 탐구, 민족주의, 復古主義, 力動的 自然(dynamic nature or organic nature)認識, 自然性(spontaneity)"[28]과 같은 서구 일반론적 낭만주의의 특징으로 자생되기에는 철학적인 뒷받침이 없었으나, 이 시기를 낭만주의 말고는 다른 길로 설명할 수가 없다는 점을 피력한다. 이와 같은 주장을 펼칠 수 있었던 가장 주요한 특징은 1920년대 민

---

27) 오세영, 『한국 낭만주의 시 연구』, 일지사, 1980, 156쪽.
28) 오세영, 같은 책, 153-154쪽.

요시편들이 두루 갖추고 있었던 '감정 옹호'29)와 '미지에 대한 동경'30)
이다. 이러한 특징은 이미 주지하듯이, 김소월, 홍사용, 김동환 등 시인
들의 집단적 욕망으로 작용31)되고 있었다.

즉 서구 사조라 할 수 있는 상징주의, 낭만주의, 데카당 등을 수용하
는 과정에서 경도된 우리 시사의 이식성을 반하는 입장에서, 전통문화
의 부활을 꾀하려는 움직임이 내부적으로 태동되었고, 그것을 조선화
하는 과정 속에서 민요시가 발생했다는 것이다. 다시 말해『廢墟』,『白
潮』,『薔薇村』과 같은 동인지 시대의 반성적 고찰에 따른 그 종착점이
'민요시형'라는 것이고, 그 과정 속에서 한국적 낭만주의의 형성과 근
대시형의 외형이 갖춰졌다는 판단이다. 때문에 낭만주의는 한국근대
시의 기원이 됨과 동시에 민족적인 것, 즉 조선적인 것32)과 결합하여

---

29) "20年代 民謠詩의 感情 옹호는 꼭 西歐의 그것에 비교할 수는 없는 것이지만, 대체
로 낭만주의적 성격을 지향하고 있었다."(오세영, 같은 책, 161쪽.)

30) "20年代 民謠詩의 전통 문화 부활 의식 역시 동일하다. 浪漫主義 本質이 未知의 世
界에 대한 동경에 있으며 그 대상을 神話 및 古代의인 것(far—back past)에서 찾았
다는 점은 앞에서 설명한 바 있는데, 이러한 태도는 자연스럽게 역사의 理想化, 中
世전경, 영광스러운 과거의 부활 등의 양상으로 발전하여 복고주의로 지향하기에
이른다."(오세영, 같은 책, 162쪽.)

31) 오세영은 '민요시파'의 민요론의 동시대성과 개별 시인들의 욕망화의 과정들을 다
음과 같은 맥락을 세워 검토한다. "① 民謠 속에 民族魂이 內在해 있다는 신념/ ②
民謠의 自然發生說과 集團創作說/ ③ 非文明的 鄕土民의 自然親近的 人生態度/ ④
原始的・基層的 民族遺産 탐구/ ⑤民衆의 生活感情表現등이다."(오세영, 같은 책,
154−155쪽.) 즉 이와 같은 오세영의 논의 기저에는 당대 태동된 '낭만주의'는 근
대의 개인적 자아의 발견과 동시에 '민족성'과 결합되면서 근대의 '민족 개념'까지
태동시킨 정신사적 운동이었다는 것을 방증하고 있다.

32) 가령 김억의 경우도 "朝鮮사람의 思想과 感情 또는 호흡에 갓갑은"(김억,「詩形의
音律과 呼吸」,≪泰西文藝新報≫, 14호, 1919. 1.13.) 시에 대한 모색을 시도하며,
조선적인 것, 즉 민족적인 것과 근대시의 결합 가능성을 탐구해왔다. 종국에는 민
요시로 경도해갔던 김억이 '조선심'(김억,「朝鮮心을 背景삼아」,≪東亞日報≫,
1924. 1.1.)을 제창했던 것 또한 이와 같은 이유다.

근대적 자아의 발견(개성)과 근대의 민족 개념(공동체)을 개방한 정신 운동이었다고 할 수 있다. 물론 그에 대한 구체적인 미적 실천의 시작은 근대시형의 모색이었다. 동인지 문단을 열어갔던 소수 중산층 유학생 계급들의 '낭만주의'의 정신적 향유는 이런 근원적 물음에 답을 하는 문화적 운동이자 방황이었다고 요약할 수 있다. 더 나아가 식민지 현실에 대한 저항의식과 민족의식을 함양하려 했던 몸부림이었다고도 또한 평가할 수 있을 것이다.

3. 낭만주의의 폐기와 흡착 : '力의 藝術'부터 '낭만적 정신'

그렇다면 낭만주의는 실제 조선문단 내부에서 어떠한 방식으로 '배제'와 '결합'을 반복하며 조선문학 내부에 흡착되었을까. 가령 『開闢』에서 이루어진 황석우와 현철의 신시 논쟁은 우리 시사에서 근대시의 전형을 찾아가는 논쟁이었다.[33] 특히 이 논쟁에서 현철은 황석우가 "몽롱체"[34]를 쓰는 것으로 비판하면서 우리 전통시의 범주에서 고찰될

---

33) 정우택은 신시 논쟁이 근대시 발생적 과정에서 여러 쟁점들을 총체적으로 건드리고 간 논쟁으로 주목한다. "논쟁의 과정에서 뚜렷한 쟁점으로 표면화되지는 않았지만, 이후 시 또는 근대시의 개념을 정의하는 데 결정적인 논거가 된 것이 '서정성' 문제이다. 이것은 시의 장르적 개념 규정뿐 아니라 문학의 분화와 그에 따른 전문성의 확보, 시의 사회적 역할 등과도 관련되어 있"(정우택, 같은 글, 50쪽.)다는 견해처럼, 논쟁의 과정을 통해 '배제'와 '취합'의 진자운동들이 있었고, 그 안에서 근대시가 성립되었다는 것이다.

34) "어떠케 黃君의 詩를 잘 解釋하는지 모르지마는 적어도 淺知한 玄哲은 黃君이 自稱 詩人이라는 名目下에서 短行의 語句를 羅列하야 그 形式은 所謂 自由詩라는 이름에 밀고 그 뜻은 象徵主義라는 看板에 부터 盛大히 朦朧體를 만들며 한 편으로는 國民的 色이니 國民詩歌이니 民族性에 觸하느니 世界詩形이니 하야 現今 朝鮮時局의 人心에 阿諛하려고 하는 그 心理야 말로 참 可憐한 생각이 난다"(현철,「所謂 新詩形과 朦朧體」,『開闢』8호, 1921. 2. 128쪽, 강조 인용자)

수 있는 신시를 창작해야한다고 주창한다. 반면에 황석우의 경우는 자유시를 근대시의 발족점이라 주장[35])하면서 현철과 첨예한 대립이 일어났던 것이다. 여기서 현철은 황석우를 상징주의자로 몰아붙이면서 민족문화와 민족성을 강조한다. 이러한 현철의 주장은 『開闢』지 전체의 방향성이 되는 것은 물론이고, 이후 현상공모에서까지 인용되면서 1920년대 후반에는 상징주의에 대한 비판적 풍조[36])로 자리 잡히기도 한다.

때문에 신시 논쟁에서의 '몽롱체 비판'과 '근대시형의 발족점 모색'은 당대 낭만주의에 대한 비판이자 이후 문단을 통해 진출할 청년들에게까지도 영향을 미치는 결과를 낳는다. 그러나 신시 논쟁은 그렇게 황석우에 대한 비판이라는 수준에서만 끝났다고 평가할 수는 없다. 이 논쟁은 현철이 승기를 잡은 것처럼 귀결되었으나, 결국은 근대시의 발족점을 현재적 시점에서 복기할 때 민족성이 강조된 신시의 양식으로 볼 수 없다는 것[37])에서, 당대 낭만주의를 무조건적으로 배제한 것[38])이라고

---

35) 황석우(상아탑),「朝鮮詩壇의 發足點과 自由詩」, ≪매일신보≫, 1919. 10.10.

36) "현철이 상징주의를 비판한 논지는 이후 『개벽』의 공식적인 입장으로 자리 잡았다. 1921년 6월 『개벽』 창간 1주년기념 현상문예를 실시한 뒤 그 심사를 담당했던 김형원은 선후평"에 인용되는 등 "1920년대 후반까지 상징주의를 비판·폄하하는 경향이 지속되었다." (정우택, 같은 글, 43쪽.)

37) 자유시형의 형태적 완성을 최초로 이루었다고 후대의 평가를 받는 주요한조차 '조선혼'을 강조했던 문인이었고, 그조차 신시와 자유시에 대한 명확한 선택적 판단에 따라 발족점을 생각한 것이 아니었다. 가령 "우리가 오늘 닐킷는 신시는 멀리 일본 동경에서 그 요람이 발견하엿습니다. ……(중략)…… 동경 류학생 기관잡지 『학지광』에 창작시를 발표한 유암 김여제 군이 신시의 첫 작가라고 봅니다. 그의 작품 중에는 「만만파파식적」가튼 것은 아직도 필자의 머리에 깁히 인상이 남어 잇는 작입니다." (주요한, 「노래를 지으시려는 이에게」, 『조선문단』 1호, 1924. 10, 48쪽.) 과 같은 논의들이 그러하다.

38) 이승은은 현철이 신시논쟁에서 낭만주의의 절대적 요소 중 하나라고 할 수 있는 '감정'을 삭제하고 이후 '센티메탈리즘'의 감정 요소만 전면적으로 부각되는 역설

볼 수는 없다. 이후 낭만주의 풍조의 시편들, 즉 자유시형이 근대시의 전형으로 선택된 것은 물론이고, 신시 논쟁 전후로 현철이 주창한 민족 정신에 대한 함양은 당대 중산층 지식인 그룹에서의 공통적 질문이자 시대적 고민이었다고 볼 수 있기 때문이다. 게다가 현철이 취급하는 신 시란 일본의 신체시나 자유시 모두가 서구적 맥락에서 이해 가능한 측 면만을 강조하고 있는 것인데, 이런 현철의 주장은 민족주의와 세계주 의(황석우)의 대립각을 강하게 노출하는 결과를 초래했다는 것이다. 때 문에 "신시 논쟁을 계기로, 개인의 절대화에 대한 신념과 세계주의, 사 상성 등은 급격히 위축되고, 그 자리에 전통과 민족성, 서정성을 토대 로 하는 새로운 시의 지반이 마련"[39]된다.

이와 같은 토대 위에서 1920년대 후기 문단은 낭만주의와 민족성의 결합을 통해 민요시형의 완성을 이루어가는 김소월, 홍사용, 김동환, 김억 등의 시적 경향으로까지 발전되었다. 더불어 낭만주의를 지향한 소위 『白潮』파 시인들의 경우는 자신들이 창작하는 낭만풍조의 시편 들에 대한 자성적 변화와 또 다른 전망을 품은 예술론을 펼쳐놓는 계기 가 되기도 했다.

> 압흐로 우리가 가저야 할 예술은 『力의 예술』이다. 가장 강하고 뜨거웁고 매운 힘 잇는 예술이라야 할 것이다. 歐價의 연애문학, 微 溫的의 寫實文學 그것만으로는 우리의 懊惱를 건질 수 업스며 시대 적 불안을 위로할 수 업다. 만사람의 뜨거운 심장 속에는 어떠한 욕 구의 피가 끌흐며 만사람의 얼커진 뇌 속에는 어떠한 착란의 고뇌가 헐덕어리느냐. 이 불안이 고뇌를 건저주고 이 광란의 피물을 눅여줄

적 상황을 문제시한다. 이와 같은 풍조는 이후 카프까지 지속되는 측면을 이승은은 기술하고 있다. (이승은, 앞의 글, 214쪽.)
39) 정우택, 같은 글, 57쪽.

靈泉의 把持者는 그 누구뇨. 『力의 예술』을 가진 자이며 『力의 詩』
를 읊는 자이다. 가장 경건한 태도로 강하고 뜨거운 그곳에 관조하
야 명상의 境域을 넘어 선 꿈틀꿈틀한 국다란 선이 뛰는 듯한 하얀
조희— 시컴한 묵을 찍어 橡大의 筆을 두른 듯한 그러한 예술의 把
持者라야 될 것이다. 그러나 불행히 우리 문단엔 이러한 소설가가
업스며 이러한 시인이 업다.

— 박종화,

「文壇의 一年을 追憶하야 — 現狀과 作品을 槪評하노라」 부분[40]

  우선 인용한 박종화의 논의에서 "力의 藝術"과 "力의 詩"가 갖는 당
대의 의미를 살펴보는 것이 좋을 듯하다. 『白潮』 창간 1년 만에 『白潮』
파 동인의 한 사람으로서 탈주성이 짙은 낭만주의 시편들을 발표하기
도 했던 박종화가 스스로 자성적 목소리를 내비쳤다는 것에서 주목하
지 않을 수가 없다. 물론 인용 글의 후반부에는 김억의 시 「大同江」 외
5편을 박종화가 혹평하기에 이르러, 『開闢』 다음호에 김억이 「無責任
한 批評, —「문단의 일년을 추억하야」의 評者에게 抗議—」(『開闢』 32
호, 1923. 2)로 맞대응하면서, 김억과 박종화의 논쟁이 촉발하는 계기
가 되기도 하는 글이, 바로 이 인용문이다. 그러나 여기서 주목할 점은
기존의 낭만주의 시에 대한 반성과 자구책이 『白潮』파 그룹 내부의 중
심자라 할 수 있는 박종화에 의해 태동되었다는 사실이다. 물론 박종화
의 주장과 당시 박종화의 시가 일치하지만은 않는다손 치더라도, 이와
같은 자성의 움직임들이 『白潮』에 뒤늦게 참여했던 김기진을 '파스큘
라'로 움직이게 했고, 『白潮』 동인의 원년 주체였던 이상화나 박영희까
지도 '파스큘라'에 동참하게 하는 동력이 되었다는 것이다. 주지하듯

---

40) 박종화(박월탄), 「空論의 人으로 超越하야— 理想의 人, 主義의 人이 되라」, 『開闢』
    31호, 1923. 1, 4쪽.

'파스큘라'는 이론적으로 무장된 온건 단체로 강성적인 행동주의를 강령으로 했던 '염군사'와 병합하여, 이후 카프 문단 시대를 열게 되는 두 축이 되기도 한다. 다시 말해 『白潮』의 해체는 낭만주의 시가 내포하고 있었던 탐미의식이나 '시대고'에 따른 불안의 표출[41]이라는 자성의 목소리와 그 한계점이 내부에서부터 추동됨과 동시에, 당면한 식민지 현실을 당대 낭만주의 시로는 개진해나가지 못할 것이라는 판단과 사회주의 이론의 유입이 맞물리면서, 『白潮』파들이 카프에 대거 입성하는 것으로 우리 시의 정신적 전환이 발단됐던 것이다.

그런데 여기서 더 주목이 되는 점은 "力의 藝術"과 "力의 詩"의 의미가 낭만주의를 배제하고 지양하기 위한 논리였음에도 불구하고, 가장 낭만적인 기호로 사용되었다는 점이다. 가령 박종화의 시점에서 인용한 앞부분의 "뜨거운 심장 속에는 어떠한 욕구의 피가 끌흐며 만사람의 얼켜진 뇌 속에는 어떠한 착란의 고뇌가 헐덕어리"는 주체는 작금의 낭만주의 시에 경도한 시풍을 염려한 것일 텐데, "力의 藝術"과 "力의 詩"를 창작하는 주체를 수식하는 표현이나 그 행동의 강령들 또한 "가장

---

41) "우리의시대는 말할수업는 懊惱를 가지고 잇다. 그는 決코生活O이나, 虛榮心에 든 焦燥나, 俗의成功熱에달른 不滿과는 比較를不許하는嚴肅한懊惱일다. 眞自己犧牲함을 要求하야 假借치 안토록 殘忍하고 必然的인苦悶일다. 이時代의苦悶懊惱는, 가장眞實한靑年男女에게만 理解되고體驗되며, 또가장悽慘하게深刻하게懊惱된다." (오상순, 「時代苦와 그犧牲」, 『廢墟』 1호, 1920. 7. 59쪽.)와 같은 구문에서도 알 수 있듯이, 이미 『廢墟』 창간호에서 오상순은 '잔인하고 필연적으로 자기 희생을 요구하는 사회'로 당면하던 현실태를 약술한다. 이 글에서 오상순은 "문학을 통한 자기 발견과 자유의 확충을 시도한 사람들이 겪어야 했던 이중의 오뇌"(정우택, 『한국근대자유시의 이념과 형성』, 소명출판, 2004, 262쪽.)를 표현하고 있는 것이다. 여기서의 '시대고'란 이후 많은 논자들에 의해 3.1운동으로 해석되었지만, 3.1운동의 실패 이후의 식민지 풍경과 그 전후의 제반 사정까지도 같이 고려함이 좋을 듯하다. 당대의 동경에서부터 유입되었던 낭만주의적 풍조를 개방했던 주체가 중산층 지식 미적주체들이었고, 3.1운동의 정신사를 두텁게 마련하며, 함께해온 그 주변부의 주체 또한 그들이었다고 명명할 수도 있기 때문이다.

경건한 태도로 강하고 뜨거운 그곳에 관조하야 명상의 境域을 넘어 선" 자로 그 또한 '낭만적 주체'라고 밖에 명명할 수 없는 낭만주의자의 면 모였던 것이다. 이와 같이 낭만주의에 대한 반성에 있어 또 다른 낭만 성을 담보하는 행태는 과연 우리시사에서 단 한 장면뿐이었다고만 고 평할 수 있을까.

예컨대 임화의 경우가 그렇다. 주지하듯 임화는 카프 해산 이후 카프 비평과 연계된 새로운 사상적 출발점을 논의하기 위해 「낭만적 정신의 현실적 구조――신창작 이론의 정당한 이해를 위하여」(≪朝鮮日報≫, 1934. 4. 14~25.)와 「위대한 낭만적 정신―이로써 자기를 관철하라!」 (≪東亞日報≫, 1936. 1. 1~4.)를 발표하며 신낭만주의론을 제창했다. 임화는 『白潮』의 해체과정에서 이미 폐기한 낭만주의를 '낭만적 정신' 이라는 보다 예각적이고 정치한 재호명을 다시금 사용한다. 카프 해체 이후 여전히 그들 진영에서 내세우고 있었던[42], '객관적 현실'을 중시 하는 사회주의 리얼리즘의 구체적 실천 방향 격이라고 할 수 있는 '혁 명적 낭만주의'를 임화는 '위대한 낭만적 정신'과 같은 비평적 수사로

---

42) 임화가 주창한 '사회적 리얼리즘'에 있어서의 혁명성 즉 '혁명적 낭만주의'의 함양 에 관해 일정 부분 동조를 보인 한효와 김두용의 논의는 다음과 같다. 한효, 「文學 上의 諸問題―創作方法에 關한 現在의 課題」, ≪조선중앙일보≫, 1935. 6. 2~12; 김두용, 「創作方法의 問題―리얼리즘과 로맨티시즘」, ≪東亞日報≫, 1935. 8. 24 ~9. 3; 김두용, 「世界文藝思潮論(4)―낭만주의론/ 프로문학의 로맨틱시즘의 의미 」, ≪조선중앙일보≫, 1936. 1. 12. 등이다. 가령 한효가 "로맨티시즘은 社會主義的 리얼리즘의 受動的觀照的 리얼리즘이 아니고 實踐的能動的인 리얼리즘임을 保證 하는 同時 그것으로하여금 現實을 그 運動 發展에서 捕捉하고 現在에서 그未來를 觀察라는 것임을 代藉하는 者다. OO的 로맨티시즘은 사회주의적 리얼리즘이 單純 한 現實描寫的 리얼리즘이 아니고 藝術的 表現及作家的 才能의 偉大한 自由와 多樣 性을 認定하는 것"(김두용, 「창작방법의 문제(5)」, ≪東亞日報≫, 1935. 8.29, 한 효 재인용)과 같은 부분에서 그렇다. 카프 논자들은 '사회주의 리얼리즘'에 대한 구체적 실천 양식을 '낭만 정신'에서 찾으려고 했으나 당대 임화의 논의는 급진적 이었다.

대체하며 제안하게 된 것이다.

과거의 사실주의문학은 주관과 자아로부터 진공眞空을 새에 두고 격리되어 있지 않다. 즉 낭만주의문학으로부터 절대적으로 절연 絕緣되어 있지 않았다. 그러므로 문학사 가운데서 절대적으로 순수한 사실주의와 조금도 사실적이지 않은 낭만주의를 구별하는 것은 오직 추상계抽象界에 있어서만 가능한 것이고 ……(중략)…… 나는 문학상에서 주관적인 것으로 표현되는 모든 것을 낭만적인 것이라고 부르며, 그것이 사실적인 것의 객관성에 대하여 주관적인 것으로 현현顯現하는 의미에서 '낭만적 정신'이라고 부르고 싶다. ……(중략)…… 진실한 낭만적 정신 — 역사주의적 입장에서 인류사회를 광대한 미래로 인도하는 정신이 없이는 진정한 사실주의도 또한 불가능한 것이다.

— 임화, 「낭만적 정신의 현실적 구조」 부분43)

문학상의 일 방향으로서의 낭만주의는 꿈꾸는 것을 알고 또 그 몽상을 문학의 현실을 가지고 구조構造한 문학 위에 씌어지는 성격적 칭호다./ 그러나 나는 낭만 정신을 모든 꿈을 의미하는 것이라고 해석하는 대신 창조하는 몽상이라고 생각한다. ……(중략)…… 나는 영원히 생명력을 가지고 독자에게 영향을 주고 독자로부터 기억되고 애호될 조선문학을 위하여, 생생한 낭만주의를 가져 자기를 반성할 것을 성실한 작가들에게 제안한다./ 이러한 몽상의 낭만주의는 결코 작품에 있어서의 사실성寫實性을 제외하는 것은 아니다./ 견고한 현실적 구조 위에 선 낭만주의, 즉 단지 현실을 자연스럽게 모방(묘사)하지 않고 모방을 위한 위대한 몽상에 종속시킴으로 그것에 보편적 성질을 부여하는 그러한 낭만주의이다./ 신세대의 낭만주의

---

43) 임화, 「낭만적 정신의 현실적 구조」(≪朝鮮日報≫, 1934. 4. 14~25.), 『문학의 논리』, 임화문화예술전집 편찬위원회 편, 소명출판, 2009, 17—29쪽.

문학은 기본적 성격에 있어 창조적으로, 비속한 일상적 공리성과 무의욕無意慾의 사실주의로부터 자기를 구별한다.
— 임화, 「위대한 낭만적 정신」 부분44)

인용한 두 부분에서도 알 수 있듯이, 임화는 낭만주의를 "결코 작품에 있어서의 사실성寫實性을 제외하는 것은 아니"라고 판단함과 동시에, "낭만 정신을 모든 꿈을 의미하는 것"이자, "문학상에서 주관적인 것으로 표현되는 모든 것을 낭만적인 것이라고 부르며, 그것이 사실적인 것의 객관성에 대하여 주관적인 것으로 현현顯現하는 의미에서 '낭만적 정신'이라고" 불러야 마땅하다고 주장한다. 즉 사실주의 문학(사회주의 리얼리즘)과 낭만주의 문학이 서로 대치하고 있는 것이 아니라 현실의 전망 부재의 상태를 진단하고, 그 현실로부터 도피가 아닌 새로운 전망의 도출과 현실의 진보적 전진을 위해서 낭만적 정신이 필요하다고 제안하고 있는 것이다.

임화는 "생생한 낭만주의", "진실한 낭만적 정신", "창조하는 몽상"과 같은 수사를 낭만주의에 덧붙임으로써 1920년대 낭만주의 문학을 몰이해하던 장면을 다시금 복기해 고쳐 쓰고, 종국에는 "생생한 낭만주의를 가져 자기를 반성할 것을 성실한 작가들에게 제안한다." 다시 말해 임화에게 있어서 '낭만적 정신'이란 현실에 대한 '반성'을 토대로 한 진보적 정신 활동을 총괄했던 용어였던 것이다. 이러한 견해는 이후 문학사를 기술하기도 했던 임화의 과거 반성을 통한 새로운 세계에 대한 염원의 태도를 취했던 문학적 입장과도 동률을 이루고 있는 면모라 할 수 있다. 임화는 이렇게 "역사주의적 입장에서 인류사회를 광대한 미래로 인도하는 정신"으로 낭만주의 정신을 격상45)시키면서, 광의의 범주

---

44) 임화, 「위대한 낭만적 정신」(≪東亞日報≫, 1936. 1. 1~4.), 같은 책, 31—41쪽.

의 낭만주의 개념을 당대 문학적 세태에 흡착시킨다. 물론 이와 같은 맥락에서 "낭만적 정신은 기존의 리얼리즘 논의를 변증법적으로 고양시키기 위해서 제출한 하나의 이론적 계기"[46]였다고 평가할 수도 있을 것이다. 주지하듯, 임화는 경향파 문학의 쇠퇴와 더불어 1930년대 초 평단에서, 신낭만주이론, 주체재건론, 본격소설론, 시민계급론, 전체주의론으로 자기 입장을 변모해가면서, 카프문학을 토대로 한 현실 응전과 역사의 방향성에 따라 포기할 수 없는 새로운 과제들[47]을 모색했다. 우리 문학사에 전망 설정을 끊임없이 재고[48]해나감으로서 임화는 시와 평론을 오가며, 멈출 수 없는 자기 열정을 펼쳐냈던 것[49]이다. 그러

---

45) 이와 같은 임화의 낭만주의론은 급진적인 이유로 카프 해산 이후, 카프 논자들에게 까지도 동조를 거의 받지 못한다. 가령 김남천에게는 "낭만주의란 문예사상에 있어서 아이디얼리즘의 일종으로 나타나 있다. 이것과 리얼리즘은 혼합될 수 없고 종합될 수도 없다."(김남천, 「창작방법의 신국면」, 「김남천전집1」, 박이정, 2000, 243–244쪽.)라는 혹평을 받기도 한다. 이런 김남천의 견해를 경유해 "1920년대 후반 임화는 개인의 창조적 삶의 가능성을 억압해버린 카프 문학비평에 대한 자기 비판을 시도하기 위해 혁명적 로맨티시즘을 역설했지만 그것은 결국 '현실'을 낭만화하는 데 그쳤다."(이철호, 「카프 문학비평의 낭만주의적 기원—임화와 김남천 비평에 대한 소고」, 『한국문학연구』 47집, 동국대학교 한국문학연구소, 2014, 203쪽.) 고 고평하기도 한다.

46) 김동식, 「'리얼리즘의 승리'와 텍스트의 무의식」 『민족문학사연구』 38호, 민족문학사연구소, 2008, 103쪽.

47) 김윤식, 『임화연구』, 문학사상사, 1989, 506–527쪽 참조.

48) 임화는 일제 말기에는 "불가능해진 현실로부터 방향 전환을 하지 않으면 안되었고 그 결과 텍스트의 역사화—역사의 텍스트화, 그리고 과거의 재구성을 선택한다." 이는 임화의 문학사 기술과도 연유되는 바이지만, 이곳이 아닌 다른 세계를 설정하고 현실을 개진하겠다는 진보적 정신에 있어서, 일찍이 임화가 주창한 '낭만적 정신'과도 깊이 연관된다. 일제 말기 임화의 세계인식에 관한 자세한 논고로는 김예림, 「초월과 중력, 한 근대주의자의 초상」, 『한국근대문학연구』 5(1), 2004, 35–47쪽 참고.

49) 1930년대 이후 임화 시의 낭만적 열정에 관해서는 '단편 서사시'에서 '관념 진술시'로 변모해 가면서도 가족성이나 서사성을 버리지 못하는 범위에서 낭만적 열정을 투사했다는 견해(이숭원, 「임화 시의 선동성과 낭만적 열정」, 『한국현대문학연구』

니 여기서의 낭만주의는 임화가 제안한 '낭만적 정신'을 단발적으로 현실을 개진해나갈 입장으로 삼은 것이 아니라 임화 문학의 거시적이고 지속적인 입장이었음을 방증한다.

더불어 기교주의 논쟁에서 임화가 박종화의 '力의 藝術', '力의 詩'를 재검토하는 부분을 살펴보아도 그렇다.

> 신시사新詩史 최초의 융성기가 1922~3년경,『백조白潮』기타의 세기말적 영탄 가운데서 가지의 화환花環을 받았다는 사실은 부끄러운 일이다./ 그러나 이 시대가 대표하는 노작露雀, 월탄月灘, 안서岸曙, 상화尙火, 회월懷月 등의 시인이 현실로부터 현실로부터 도망하는 포즈는 결코 금일의 기교주의 시인들이 취하고 있는 바와 같은 비겁하고 소극적인 것은 아니었다.……(중략)…… 그들은 얼마 가지 않아 '역力의 시', '역力의 예술'(『백조』)을 갈망하며 자연주의에까지 반대하여 독특한 낭만주의 방법을 가지고 新世紀의 시의 문을 두드린 것이다./ 이리하여 그들은 신경향시新傾向詩 발전에 있어 그 직접의 예술적 산모의 하나가 된 것이다.
> — 임화,「기교파와 조선시단」부분50)

인용한 부분은 임화가 김기림과 기교주의 논쟁 중 기교파 시인들의 소극적 태도를 비판하기 위해 쓴 맥락에서의 『白潮』의 낭만주의 경향을 차용한 면이 없지는 않지만, 임화는 "시인이 현실로부터 도망하는 포즈"를 취하는 형태를 1920년대 『白潮』파나 기교파 시인들이 갖고 있

제1집, 한국현대문학회, 1991, 330―335쪽 참조.)가 있고, 공동체적 주체성이 약화되고 개인적 주체가 강화된 맥락, 즉「우리 오빠와 화로」에서「나를 못 믿겠노라」로 대표되어 주체성의 지위가 이동하면서 "낭만성과 주체 내면의 대립적 인식이 역설적으로 형상화"된다는 견해(주영중,「이상화와 임화의 낭만성 연구」,『어문논집』55, 민족어문학회, 2007, 419―428쪽 참조.)가 있다.
50) 임화,「기교파와 조선시단」(『중앙』, 1936. 2.), 같은 책, 517쪽.

던 공통의 매개항으로 보고 있다. 그러나 여기서『白潮』파의 경우는 현실 도피의 포즈를 이후 반성적, 자조적 갈망의 방법론인 '力의 藝術', '力의 詩'를 제안했으므로 오히려 "독특한 낭만주의의 방법"을 획득하고 '신경향시' 시대를 개방할 수 있었다고 평가한다.

즉 '力의 藝術'이나 임화가 제창한 '낭만적 정신' 모두 당면하고 있는 현실에서 낭만성이 가미된 반성적 성찰을 통해, 현실 도피가 아닌 진보적 입장으로 세계를 전망화했다는 점에서 동일하다고 볼 수 있는 정신 활동인 것이다. 그러므로 낭만주의의 배제는 아이러니하게도 낭만성을 통해 이루어졌고, 그 낭만성으로 인해 낭만주의는 배제된 것이 아니라 근대시사 안에서 배면에 깔려 있던 정신으로 존재해왔다. 그렇게 늘상 작가들의 문학 행위 속에서 '감정'이라는 기호로 매개됨[51]과 동시에, '낭만적—'이라는 수사와 함께 연이어 소환되기를 반복했던 근대정신의 토대가 되었던 것이다. 이는 미래의 문학에 대한 작가적 고뇌라고 할 수 있는데, 주어진 현실을 개진하기 위한 '저항성'의 맥락에서도 고찰이 가능하다. 김기림이나 임화, 박용철이 기교주의 논쟁을 통해 드러나게 된 작금의 시(문학)에 대한 판단과 각자 간 꿈꿔왔던 명일(明日)의 조선문학에 대한 전망화 과정만을 살펴보아도 그렇다. 우선 그들은 자기 진영 내에서 패착된 배제적 논리를 통해, 저마다의 주어진 현실을 거울삼아 각자의 미래를 시사하는 논쟁을 펼침으로써 우리 비평사에 큰 지형적 형틀을 마련했다. 아울러 이 기교주의 논쟁 또한 각자(진영

---

51) 이승은의 견해에 따르면, 이 시기 낭만주의에 대한 몰이해를 다음과 같이 역설한다. "낭만주의 배제의 상황은 <감정>에 대한 편향된 이해를 고착시키고 그 결과 문학의 근원적 요소라 할 수 있는 '인간'에 대한 피상적 이해를 야기한다는 점"(이승은, 같은 글, 226쪽.)을 문제 삼고 있는 것이다. 때문에 이 시기 낭만성을 내재한 문인 그룹의 시화 방식에 대해, 광의의 범주에서 낭만성의 발현이라는 측면을 앞으로 더 재고해 봐야 할 것이다.

간)의 현실을 개진하기 위한 저항성의 한 맥락을 그 배면에 깔고 맞부 딪힌 비평적 사건임과 동시에, 조선문학 내에 당도한 낭만주의의 또 다른 세속화 장면이라고 할 수도 있겠다.

4. 기교주의 논쟁 중 龍兒의 입장과 '감정의 시화'

기교주의 논쟁은 임화가 김기림의 「詩에 잇서서의 技巧主義의 反省과 發展」(≪朝鮮日報≫, 1935. 2. 10~14.)을 「曇天下의 시단 1년― 조선의 시문학은 어디로?」(『신동아』, 1935. 12.)을 통해 비판하면서 촉발되었고, 이후 박용철이 「乙亥詩壇總評」(≪東亞日報≫, 1935. 12. 24~28.)을 통해 참여하면서 확산된 논쟁이다. 김기림이 1920년대 낭만주의 문학에 대한 반성과 경향파 시편들에서 짙게 배어 나오던 편내용주의를 비판했던 것인데, 김기림의 견해가 임화와 맞부딪힐 수밖에 없었던 가장 큰 이유는, 김기림의 논고가 "1920년의 낭만주의 시와 경향시를 동일한 차원에서 비판"[52]했다는 강한 인상 때문이다.

가령, 김기림이 "卽 至極히 平凡하고 偶然하고 暫定的인 詩的思考나 感情으로써 詩의 全部라고 생각하야 그것 들을 주착업시 羅列하고 排泄하므로써 詩가 되엿다고 安心한다. 感傷과 詩를 混同하기조차 한다./ 그것을 一層 煽動하는 것은 舊式「로맨티시즘」의 思考方法이다./ 그것은 때때로 內容主義라는 새로운 服裝을 박구어 입으나 亦是自然의 尊重이라는 素朴한 思想에서 出發하는 것은 마찬가지다. 卽 엇더한 思考나 感情의 自然的 露出을 그대로 詩의 苞致라고 생각햇다./ 靈感이라는 말이 매우 尊重되엇스며 그것은 詩의源泉이며 同時에 詩人의 特權을 지

---

52) 류찬열, 「1930년대 기교주의 논쟁에 관한 연구」, 『어문논집』 28, 중앙어문학회, 2000, 184쪽.

키기 위한 神秘로운 呪文인 것처럼 생각되엿다./ 오늘까지도 오히려 이 靈感이라는 말이 詩人의 怠慢에 대한 自慰의 口實로서 남어잇다."는 구문 때문이다. 1920년대 낭만주의의 감상성을 박종화의 '力의 藝術'과 같은 구호적 제창을 통해 반성·극복하여 프로시가 형성된 과정을 김기림은 한데 묶어 "내용주의라는 새로운 복장"으로 취급한 것이다. 그러면서 "영감"을 기다리는 시인을 부정하고, 김기림이 그간 제안53)한 대로 자연주의적 시의 지양과 '기교적 제작 방법'을 통한 시 창작과정의 필요성을 이 글에서 시사한다. 다시 말해, 김기림은 "技巧主義의 內容을…… 詩의 價値를 技術을 中心으로 體系化하려는 思想에 根底를 둔 詩論을 指稱한 것"54)이라 규정하고 있는 것이다.

이에 임화는 "기림 씨는 기교주의를 비판하면서 결코 그것에 본질적인 비판을 가한 것이 아니라, 그의 시론「오전의 시론」제 1부에서도

---

53) 김기림은「詩에 잇서서의 技巧主義의 反省과 發展」에 앞서 이미,「詩作에 잇어서의 主知的 態度」(『신동아』, 1933.4.)에서 "우리 詩壇은 愛的인 激情의인「쎈티멘탈」한 이種類의 너무나 素朴한 詩歌의 洪水로써 汎濫하고 잇다./ 나는 그것들을 一括해서 自然發生的 詩歌라고 命名하려고 한다. 그것들은 길가에 한 대의 나무가 서고 잇는 것처름 잇고 한 개의 조약돌이 물가에 잇는 것처름 그러케 잇다. 거기는 或은 動機의 美는 잇을지 모른다. 그러나詩가 그 發生의 動機에 잇어서 엇더케 美的이엿다고 하는 것은 그 詩의 結局의 價値를 결정하는 것은 못된다./ 우리들이 批判의對像으로 삼는 것은詩의 生成過程에 잇어서 詩人의 態度卽 한 개의 獨創的인 方法論과 그러고 固定化한 完成詩그것이다./ 詩人은 詩를 製作하는 것을 意識하지 안으면 아니 된다. 詩人은 한 개의 目的! 價値創造에 向하야 活動할 것이다. 그래서 意識的으로 意圖된 價値가詩로써 나타나야 할 것이다."(김기림, 『김기림 문학비평』, 윤여탁 편, 푸른사상, 2012, 57쪽.)와 같은 제안을 한다. 즉 낭만주의 감상성을 비판하고, 시인은 자신만의 시작 방법론을 인지해야하며 자연발생적 감성에 대해 지양해야한다는 것이다. 이와 같은 김기림의 태도는 이는 이후「「포에시」와「모더―니티」」(『신동아』, 1933. 7)과「午前의 詩論, 第一篇 基礎論」(≪朝鮮日報≫, 1935. 4. 20～5. 2.),「午前의 詩論, 基礎篇 續論」(≪朝鮮日報≫, 1935. 6. 4～6. 20.),「午前의 詩論, 技術篇」(≪朝鮮日報≫, 1935. 9. 17～10. 4.)에서도 줄곧 유지되며 확장된다.

54) 김기림,「詩에 잇서서의 技巧主義의 反省과 發展」, 같은 책, 212쪽.

명확히 말하고 있는 것과 같이, 입체파나 다다, 초현실파의 시로부터 기교주의를 동同 계열 상에서 한 개 혁명적 예술로 취급"55)하며, 종국에는 김기림을 비롯한 기교파 시인들이 "일률로 낭만주의의 무조건적 부정자이며, 고전주의의 질서와 지성의 찬미자"56)였다고 말한다. 즉 김기림의 시론은 '언어의 기교'라는 범주 안에서 기교주의를 판단하고 있으며, "계급 분화 이전의 근대시의 개념을 가지고 모든 척도"57)을 일관하는 태도를 문제 삼고 있는 것이다. 임화의 논조에서 주목할 점은 다음의 인용 부분에서 확인된다.

> (김기림 ― 인용자) 씨의 이론은 지성과 감정의 절대적 분리, 또 사유하는 두뇌와 감각하는 신경을 기계적으로 절단한, 바꾸어 말하면 A씨의 신경과 B씨의 두뇌에 의하여 생산된 사상이다./ 하나의 감정이 없는 곳에는 시도 문학도 없는 것이다. 동시에 감정이 감상주의로부터 구별되는 것은 후자의 정관적情觀的인 대신에 전자가 능동적인 것, 즉 감정이란 정관적 감상感傷이 아니라 행동에의 충동인 것이므로 행동하지 않으려는 인간에게는 감정(진실한 의미의)은 없는 것이다./ 또한 시란 결코 단순한 사고 혹은 지식의 소산이 아니라 생활의 산물이다.
>
> ― 임화,
> 「曇天下의 시단 1년─ 조선의 시문학은 어디로?」 부분58)

인용한 부분에서도 알 수 있듯이, 이미 기교주의 논쟁을 하고 있을

---

55) 임화, 같은 책, 494쪽.
56) 임화, 같은 책, 496쪽.
57) 임화, 같은 책, 501쪽.
58) 임화, 「曇天下의 시단 1년─ 조선의 시문학은 어디로?」(『신동아』, 1935. 12.), 같은 책, 505─505쪽.

당시 임화는 "지성과 감정의 절대적 분리"는 불가능한 것이며 기술 없이 감정으로 문학을 창작할 수도 없으며, 감정이 없는 곳에서 "시도 문학도" 출발할 수 없는 것이라고 생각한다. 다시 말해 김기림의 견해를 임화는 "관념적 환상을 조직"[59]하는 것 정도로 인지했다. 그러면서 감정은 그 자체로 인간의 행동 영역의 한 부분을 차지하는 능동과 충동을 오가는 것으로, 그 감정을 사용할 수밖에 없는 시 또한 "지식의 소산이 아니라 생활의 산물"이라 판단하고 있는 것이다. 이는 종전의 낭만주의 문학이 가졌던 지나친 감상성의 문제를 생활의 문제로 환치하는 것임과 동시에, 지성과 감성을 재단하지 않고 하나의 정동으로 보는 시각이다. 다시 말해, 그 정동 속에 내재된 감성을 기반으로 한 '낭만성'이란 시작활동에 있어서 당연히 충동되어야하는 것이며 '감정의 기계'가 되어 서는 안 된다는 것이 임화의 입장이다.

그러니 임화는 이 글 말미에서 《조선중앙일보》 신년 당선시 안용만의 「강동의 품」을 단평하면서, 그의 시는 감정의 기계가 아니었으며, "진실한 낭만주의의 전형적 일례로서 나는 이 시를 생각한다./ 자연, 인간, 감정, 모두가 골수에까지 밴 생활의 냄새로 용해되고 시화詩化되어 있다."[60]고 고평할 수도 있었던 것이다. 이와 같은 맥락을 미루어 볼 때, 기교주의 논쟁의 후발로 참여했던 박용철이 낭만주의에 대해 품었던 견해와 임화가 가진 낭만주의에 대한 결론적 견해가 큰 차이점이 없었음을 짐작할 수 있다. 그러나 기교주의 논쟁의 중점은 당대 시를 창작하는 방식, 즉 창작방법론의 입장에서의 '기교'에 방점을 두고 있었기 때

---

59) 임화, 같은 책, 494쪽.
60) 임화는 이 글 말미에서 《조선중앙일보》 신년 당선시 안용만의 「강동의 품」을 단평하면서 "이것이 진실한 시의 민족성이고, 또 그가 노래한 소년의 슬픔이 진실한 민족의 감정이며, 그의 낭만주의말로 참말의 로만티카이다."(임화, 같은 책, 510쪽.)라고 낭만주의 옹호의 입장을 펼친다.

문에, 박용철은 임화에 대해 "技巧主義라는 名辭를 金起林氏와 같이 嚴密한 規定아래 使用하지안코 그가 所謂 "뿌루주아詩의 現代的後裔"라고 생각하는 모든 詩人을 이 名辭로 槪括하려"[61]들었다고 지적한다.

물론 박용철은 「乙亥詩壇總評」(≪東亞日報≫, 1935. 12. 24~28.)에서 이미 정지용의 「유리창」을 대안적 시편[62]으로 제시하며, 김기림의 「기상도」와 「오전의 시론」 연작에 투사된 과잉된 지성주의에 비판적 입장을 취해왔다. 그러면서도 "金起林氏는 時代的氣象의 가장 銳敏한 感受者"[63]로 지칭하며 김기림 시론 속에 내장된 순문학적인 부분에 관해서는 동조의 입장을 보인다. 반면에 『詩文學』파와 김기림의 기교파를 모두 부정하고 있는 임화의 입장을 "數多한 辨說"이라 비판한다. 박용철은 실상, 임화의 논의는 사실 인식에 있어 시대착오와 시에 대해 설명적 입장을 늘어 놓고 있다고 판단한 것이다.

이듬해 박용철은 「詩壇時評」(≪東亞日報≫, 1936. 3. 18~25.)을 다시 연재하는데, 여기서 그가 취하고 있던 낭만주의에 대한 입장을 어느 정도 엿볼 수가 있다. 기교주의의 논쟁의 방점에서는 임화에게 동조하지 않는 입장으로 일괄했던 태도와는 다르게, 역설적으로 박용철은 시작활동에 있어 정신적 근원지에 대해서 낭만적 태도를 보임으로써 임화의 논의와 동조되고 있는 측면을 보이고 있다는 것은 주목할 만한 부분이다. 물론 이 글의 논조는 기교주의에 대한 총체적인 입장을 정리하는 것으로 '技巧主義 說의 虛妄'(1~2회)과 '技術의 問題'(3~5회)와 같

---

61) 박용철, 「詩壇時評 (二), 技巧主義 說의 虛妄」, ≪東亞日報≫ 1936. 3. 19.

62) "鄭芝溶詩集이 우리詩에 한 개새로운 路程標인 것은 거의 의심할餘地가없고 …… 우리가 이 詩를 二三讀하는 가운데는 틀림없이 事物의 本質에까지 徹하는詩人의 銳敏한 觸感을 느낄것이오 그다음으로 一脈의 悲哀感을맛볼수잇을 것이다."(박용철, 「乙亥詩壇總評 (三), 태어나는 靈魂」, ≪東亞日報≫ 1935. 12. 27.)

63) 박용철, 「乙亥詩壇總評 (二), 辯說以上의 詩」, ≪東亞日報≫ 1935. 12. 25.

은 부재를 설정해두고 집필된 글이다.

> 奇術은 우리의 目的에 到達하는 道程이다. 表現을 達成하기 위하
> 야 媒材를 驅使하는 能力이다. 그러므로 거기는 表現될무엇이 먼저
> 存在하는 것이다. 一般으로 藝術以前이라고 부르는 表現될 衝動이
> 잇어야하는 것이다. / 이것은 强烈하고 眞實하여야한다. ……(중
> 략)…… 우리는 한가지 가슴에 뭉얼거리는 덩어리를 가지고 言語가
> 운대서/ 그것에 가장 該當한 表現을 찾으려 헤맨다. 言語의 왼世界
> 를삿사치 뒤진다. 이러케 써노코보아도 아니오 또 달리써노코 보아
> 도 그것이 그것은 아니다 이所謂 作詩苦라는 것은 體驗이 아니고든
> 想像하기조차 어려운것이다. ……(중략)…… 自由詩의 眞實한 理想
> 은 形이 없는 것이 아니라 한 개의 詩에 한 개의 形을 發明하는 것이
> 다. ……(중략)…… 製作道程中에서 이러나는 發展修正에 夢昧하랴
> 는것도 아니다. 오히려 最初의 一點은 製作道程에서 批判 OO展을
> 必須로하는 것은 認하려하는 것이다. 다만모든 出發點으로 한 人間
> 的 衝動을 設定하려한다.……(중략)…… 幸이던 不幸이던 詩는 人間
> 的이오 技術은 어데까지나 目的에 對한 手段이다.
> ― 박용철, 「詩壇時評, 技術의 問題(3~5회)」 부분64)

박용철은 시 창작에서 있어 기술은 목적에 도달하기 위한 도정에 지
나지 않으며, "藝術以前이라고 부르는 表現될 衝動"이 존재한다고 생각
한다. 시에 있어서 "이것은 强烈하고 眞實하여야" 하는 어떤 정동으로
작용되어야 하는데, 이러한 정동은 시인이 시 쓰기 이전에 "한가지 가
슴에 뭉얼거리는 덩어리" 즉 시가 될 수 있는 시 이전의 에너지를 박용
철은 상정하고 있는 것이다.65) "所謂 作詩苦"에 있어서도 표현할 언어

---

64) 박용철, 「詩壇時評 (二), 技巧主義 說의 虛妄」, ≪東亞日報≫ 1936. 3. 19.
65) 박용철과 임화 모두 감정의 충동과 관련하여 시작 이전의 상태를 상정하고 있는 태

를 "이러케 써노코보아도 아니오 또 달리써노코 보아도 그것이 그것은 아니다"라고 고민하는 행위가 선행할 것이고, 그 선행의 과정을 통해 시작 이전에 존재하는 정동을 살피는 것. 그런 선시적인 것(시작의 충동)이 "自由詩의 眞實한 理想"을 만드는 것이라 주장하고 있는 것이다. 이는 일종의 '영감'[66]이라는 말로 압축할 수 있다. 그렇다면 '영감'이란 무엇인가. 주지하다시피, 박용철 순수시론의 근간이라 할 수 있는 정동이 아닌가. 그러니 그는 더 나아가 "自由詩의 眞實한 理想은 形이 없는 것이 아니라 한 개의 詩에 한 개의 形을 發明하는 것이다."라고 주장할 수 있는 것이다. 물론 이러한 시작 이전의 선행적 영감을 중시하는 태도는 낭만주의에서 영감을 다루는 것과 다르지 않다. 감성적 충동과 신

───────────────

도가 보이는데, 이를 정동(affect)이라 부를 수 있을 것이다. 가령 "정동은 사이의 한 가운데, 즉 행위하는 능력과 행위를 받는 능력의 한 가운데서 발생한다. 정동은 순간적인, 그러나 때때로 좀 더 지속적인 관계의 충동이나 분출일 뿐 아니라, 힘들과 강도들의 이행(혹은 행위의 지속)이다. …… 알아챌 수 없는 것들의 극히 미세하고 분자적인 사건들. 소소한 것과 그보다 더 소소한一. 정동은 사이에서 태어나고, 누정되는 곁으로서 머문다. 그래서 정동은 다양한 마주침과 리듬의 양태를 따라 일어나고 사라질 뿐 아니라, 감각과 감성의 골과 체를 빠져나가며 일어나고 사라지는 일용의 신체적 능력의 기울기, 언제나 조정되는 힘一관계들의 우연한 점진주의로 이해할 수 있다."(멜리사 그레그 · 그레고리스 시그워스 편, 『정동이론』, 최성희 외 옮김, 갈무리, 2015, 14一15쪽.)는 것이 정동이라 요약이 가능하다. 특히 박용철의 시론에서 인간성의 기반으로 '체험'과 '영감'을 중시했던 맥락과 이 '정동 이론'이 맞닿아 있다고 할 수 있다.

66) "박용철의 시론에서 '영감'은 핵심적인 문제이다. ……(중략)……'서정적 순수시'나 '주지적 순수시' 지향에 대한 박용철의 관심과 옹호이다. 박용철이 활동했던 1930년대 시단 지형도를 놓고 보자면, 그러한 순수시 지향의 계열들로서 전자에 김영랑의 시가 놓이고 후자에 정지용의 시가 놓일 수 있을 것이다. 박용철의 시론이 임화의 현실주의 지향이나 김기림의 모더니티 지향과는 차별되는 다른 지향을 추구했"(강웅식, 「한국 현대시론에 나타난 '영감'의 문제에 관한 연구」, 『상허학보』 46집, 상허학회, 2016, 343쪽.)던 것이라 요약할 수 있다. 그러므로 당시 박용철의 기교주의 논쟁에 있어서의 입장은 그가 이후 확장하는 순수시의 입장과 다르지 않다. 본고는 목적은 기교파시론(김기림), 경향파시론(임화), 순수시론(박용철) 안에 내재되어 있던 그 '낭만성'에 대해 고찰하는 것이다.

비적 차원에서의 예술적 분출의 필요, 또 그에 따른 천재성이나 작가와 예술의 유기체적 시각 역시 박용철 시론의 주요 테마로 작용되고 있었다.

그러나 박용철의 낭만주의적 시관이 1930년대의 특수한 조선문학의 상황에서 독특하게 작용하고 있는 것은 '체험'을 중시하는 그의 태도이다. 그는 "技術은 어데까지나 目的에 對한 手段이"라는 당부를 덧붙이면서도, "製作道程中에서 이러나는 發展修正에 夢昧하려는 것"이 아니라고 말한다. 대신 시작에 있어 "出發點으로 한 人間的 衝動을 設定"해야 한다는 필요성을 시사하고 있다. 다시 말해 기술 자체를 부정하려는 것이 아니라 기술은 과정에 불가하며, 그 근원적 정동에 인간적 체험이 있어야만 하고, 시를 쓰는 제반적 행위조차도 큰 틀 안에서는 체험의 행위에 해당한다는 식으로, 광의의 범주에서의 체험을 중시한다. 이는 앞서 살핀 임화의 「曇天下의 시단 1년」에서 엿볼 수 있는 낭만적 시관과 다르지 않다. "감정이란 정관적 감상感傷이 아니라 행동에의 충동인 것이므로 행동하지 않으려는 인간에게는 감정(진실한 의미의)은 없는 것"이라고 말하고 "시란 결코 단순한 사고 혹은 지식의 소산이 아니라 생활의 산물"이라는 견해를 살펴보아도 그렇다. 임화는 "행동의 충동"과 "생활의 산물"을 주창한 셈이고 박용철은 창작자 내면에 맺혀 있는 '체험의 문제'를 중시했던 셈이다. 즉 시작 행위에 있어 낭만적 감상의 충동을 둘 다 용인하며, 박용철과 임화는 교차점을 두고 멀어졌던 것이다. 임화가 '생활'을 강조하며 개인보다 전체적 맥락에서의 효용론적 현실의 투사에 집착했다면, 박용철은 전체보다 '개성'을 중시하며, 개인 체험의 중요성을 시사했다고 볼 수 있다.

이와 같이 박용철의 체험을 기반으로 한 감상성에 대한 옹호는 기교주의 논쟁 이전에 이미 모윤숙 시집 『빗나는 地域』(조선창문사, 1933.)

을 비평하는 데 있어서도 드러난다. "감상성(感傷性)을 공격하는 소리에 대하여서는 나는 오히려 모씨를 변호하는 편에 서려한다. …… 문학 더구나 시에 있어서 눈물을 부정하려는 태도는 헛된 노력에 지나지 아니할것같다. 만일 그의 시가 자기가 울었다는 사실을 말함뿐이오 남을 울릴 힘이 없다하면, 그것은 시작(詩作)의 미숙에 죄가있는것이오. 결코 감상성 그것에 허물이 있는것은 아니다. 오늘날 우리로서는 시가운데 눈물을 공격할 아무러한 이유도 없을 것이다. …… 우리가 주장하여야 할것은 감정을 감추고 죽인다는것보다 대담하게 감정을 발표할 권리와 감정해방의 원측이다."67)라며 김기림이 모윤숙 시의 센티멘탈리즘을 서정적 취향 즉 리리시즘으로 치부한 평가68)를 재고한다. 그러나 박용철은 주관적 감정 세계의 분출만을 강조하는 것이 아니다. "역사를 너무 껑청뛰어서 감정해방과 개성강조(個性強調)의 원측을 버리려하는 것은 도리어 시대의 역행"69)이라는 시각이 그렇다. 1920년대의 낭만주의 문학 즉 센티멘탈리즘의 감상성에 경도한 감정 분출에 대해서는 일정 거리를 두며, 그러한 시화를 "시대의 역행"으로 논하고 있는 것이다. 그러면서도 박용철은 "체험이라 하면 자기가 직접 경험하는 사실이나 독서와 다른 사상의 영향으로 마음에 세계에 일어나는 변화까지 의미"70)한다고 개인의 감상성에 흡착된 근원적 체험의 중요성을 보충하며, 1920년대의 낭만주의가 아닌 1930년대식 낭만주의의 복귀를 기획한다. 당대 도래한 낭만성이란 박용철의 언어를 빌리면 "감정의시화"

---

67) 박용철, 「女流詩壇總評」, (박용철, 『박용철 전집 2』깊은샘, 2004, 126—127쪽.)
68) 김기림은 모윤숙의 시에 나타나는 센티멘털리즘은 문제 삼으면서도 그의 시적 기교는 '음악성' 즉 리듬에 있다고 평가한다. (김기림, 「毛允淑씨의 「리리시씀」— 詩集「빗나는 地域을 읽고」」, ≪朝鮮日報≫, 1933. 10. 30, 참고.)
69) 박용철, 같은 글, 127쪽.
70) 박용철, 같은 글, 138쪽.

라 할 수 있으며 그것은 서정시의 본질로, 모윤숙의 경우에서처럼 남을 울리고도 남을 감정의 강한 공감력을 담보한 시가 '미래의 시'가 될 것이라는 박용철의 야심찬 기획이었던 것이다. 이후 박용철은 「詩的 變容에 대해서, 抒情詩의 孤高한 길」(『三千里文學』제1집, 1938. 1.)에서 또 다시 체험을 강조하며, "시인으로나 거저 사람으로나 우리게 가장 중요한 것 心頭에 한 점 耿耿한 불을 길르는 것"을 토대로 '無名化(선시적인 것)의 시인'[71]을 제창하는 것 또한 이와 같은 맥락에서 이해할 수 있다.

---

71) 박용철은 릴케의 상징주의 시론을 수용하면서 '체험'과 '변용'의 입장에서의 영감(감각)의 육화를 논한다. 이는 낭만주의 재소환이자, 1930년대식 신낭만주의 주창이라 할 수 있다. '무명화의 시인'이나 '체험'과 그 변용의 관점에서 다음과 같은 대목들을 참고할 만하다. "우리의 모든 체험은 피 가운대로 溶解한다. 피 가운대로, 피 가운대로 한낮 감각과 한 가지 구경과, 구름가치 떠올랏든 생각과, 한 筋肉의 움지김과, 읽은 詩 한 줄, 지나간 격정이 모도 피 가운대 알아보기 어려운 용해된 기록을 남긴다. 지극히 예민한 感性이 잇다면, 옛날의 전설가치, 우리의 脈을 지펴봄으로 우리의 呼吸을 들을 뿐으로 (—실상 끈힘업시 속살거리는 이 죠콘다—) 얼마나 길고 가는 이야기를 끌어낼 수 잇슬 것이랴 명치 안혼 어린시절로 마음 가운대서 돌아갈 수가 잇서야한다. ……(중략)……이런 것들을 생각할 수 잇는 것만으로는 넉넉지 안타. / 여러밤의 사랑의 기억(하나가 하나와 서로 다른) 陣痛하는 여자의 부르지즘과, 아이를 나코 햇슥하게 잠든 녀자의 기억을 가져야 한다. 죽어가는 사람의 곁에도 잇서봐야하고, 때때로 무슨 소리가 들리는 방에서 창을 여러노코 죽은 시체를 직혀도 봐야한다. 그러나 이러한 기억을 가짐으로도 넉넉지 안타. 기억이 이미 만하진 때 기억을 이저버릴 수가 잇서야 한다. 그러고 그것이 다시 도라오기를 기다리는 말 할 수 없는 참을성이 잇서야 한다. 記憶만으로는 詩가 아닌 것이다. 다만 그것들이 우리 속에 피가 되고 눈짓과 몸가짐이 되고 우리 자신과 구별할 수 없는 일홈 없는 것이 된 다음이라야— 그때에라야 우연히 가장 귀한 시간에 詩의 첫말이 그 한가운대서 생겨나고 그로부터 나아갈 수 잇는 것이다. ……(중략)…… 시인으로나 거저 사람으로나 우리게 가장 중요한 것 心頭에 한 점 耿耿한 불을 길르는 것이다. 羅馬 古代에 聖殿 가운대 불을 貞女들이 지키든 것과 가치 隱密하게 灼熱할 수도 잇고 煙氣와 火焰를 품으며 타오를 수도 잇는 이 無名火 가장 조그만 감촉에도 이러서고, 머언 향기도 마틀 수 잇고, 사람으로서 우리가 아모 것을 맛날 때마다 어린 호랑이 모양으로 미리 怯함 업시 만저보고 맛보고 풀어볼 수 잇는 기운을 주는 이 無名火 시인에 잇서서 이 불기운은 그의 시에 압서는 것으로 한 先時的인 問題이다. 그러나 그가 詩를 닥금으로 이 불기운이 길러지고 이 불기운이 길

정리하자면, 박용철이 복기한 낭만주의는 감정에 경도가 아닌 (생활) 감정과 결합된 체험의 소산이었다고 할 수 있다. 특히 이러한 경향은 모윤숙 시를 평함에 있어 '감정의 시화'라는 비평적 용어로 대체되는 데에서 엿볼 수 있는데, 김기림의 경우에서처럼 기술을 통한 제작의 예술이 아닌, '충동', '영감'을 기반으로 자기 내면세계를 분출하고 그 안에서 공감성을 획득하는 총체적 의미에서의 순수서정시를 제안했던 것이다. 그러므로 박용철이 복기한 낭만주의는 1930년대식 신낭만주의로, 그가 '체험'을 중시했던 태도와도 상동하듯, 주관이나 직관만큼 현실을 중시하는 태도도 함께 함양하고 있었던 낭만 정신이었던 것[72]이다. 큰 틀에서는 임화의 '위대한 낭만적 정신'과 같은 용어에서도 유추가 가능하듯 그 낭만성만큼은 다르지 않았다. 이러한 측면은 "문학의 자기 체험성과 사회·역사성에 이접된 박용철의 낭만주의 주관성은 언어에 대한 자각을 통한 아름다운 서정시의 세계를 식민지 주체화의 한 과정으로 등록"[73]했다고 볼 수 있다. 때문에 이후 박용철이 『詩文學』지 창간에 있어 '민족어'와 '조선말로 된 글'의 사용과 시대적 의미를 보충해간 것 또한 이와 같은 맥락에서 이해할 수 있을 것이다. 즉 결과론적으로 박용철이 상정하고 나아간 작금의 문학에서의 낭만성과 미래

러짐으로 그가 시에서 새로 한 거름을 내여 드딜 수 잇게 되는 交互作用이야말로 藝術家의 누릴 수 잇는 特典이오 또 그 理想的인 코—스인 것이다." 박용철, 「詩的 變容에 대해서, 抒情詩의 孤高한 길」(『삼천리문학』제1집,1938. 1, 129—133쪽.)

72) 박용철이 '영감'을 중시하며 '범신론적 접근'으로 '상상력을 옹호'한 태도나 이후 『詩文學』 창간에 있어서 '조선어'의 중요성을 시사한 부분들은 '초개인적인 힘'이나 '천재의 숭배'하고 이를 통해 '민족성' 내지 '민족국가'를 발견해 가는 초기 낭만주의자들의 견해(오세영, 「낭만주의란 무엇인가」, 『문학과 그 이해』, 국학자료원, 2003, 121—146쪽 참조.)와 유사하다. 그러나 체험의 강조를 통해 종국에는 '감정의 시화'에 이른다는 견해는 신낭만주의자들이 정서만큼 현실의 꿈을 중시하는 태도와 맞닿아 있다.(김상선, 『문예사조론』, 일신사, 1990, 229쪽 참조.)

73) 최윤정, 『1930년대 낭만주의와 탈식민주의』, 지식과 교양, 2011, 153쪽.

의 시에 대한 개방의 전략은 주어진 현실에 대한 강한 '저항성의 표출'
이라는 맥락에서 깊이 연유된다고 할 수 있겠다.

5. 한국근대시의 낭만주의와 저항성: 결론을 대신하여

한국근대시에서 낭만주의는 한 시대의 유파만을 수식하는 문예사조
가 아니라 근대를 성립하는 인식적 질서로 작용하여 조선 문인 그룹 내
의 근대적 정신 활동의 시발점이자, 그 촉매였다고 할 수 있다. 그러나
1920년대 낭만주의가 '병적 낭만주의'로 평가되고 이후 문학사 기술에
있어서도 배제되거나 결락된 용례로 사용되었던 것처럼, (식민지)조선
의 문학 장 내의 낭만주의란 각각의 시기마다 '불구성'을 그대로 내장
한 채 흡착되었다. 이러한 이유는 계몽주의 내지 고전주의의 반대적 입
장에서부터 추동되었던 낭만주의가 가진 그 생리적 의존성 때문이라
고 판단할 수도 있겠다. 그러나 당대 조선 문학의 생리가 발생부터 진
화과정에 이르기까지 모두 근대 식민지라는 시공간성과 식민지 지식
인 계급 주체를 주축으로 하는 정신·문화사적 구체적인 실천 운동으
로 근대문학(시)이 자리 잡았던 것 또한 한국 낭만주의에 있어 또 다른
불구성을 내재하게 된 생태라 할 수 있을 것이다.

물론 현재적 시점에서 결정론적 견해로 낭만주의를 이식과 수용, 자
기화의 과정을 통해 논하는 것은 지양해야만 한다. 그러나 그들 주체
모두가 올바르지 않은 현재를 되돌려 바람직한 모습으로 탈바꿈해야
한다는 맥락에서 근대 식민지 상황의 '저항성'과 한번쯤은 교차되곤 했
던, '인텔리겐치아'였다는 사실은 숙고해볼 문제다. 이들에게 세계 개
진의 저항이란, '저항성'이 공통적으로 내재하고 있었던 미래에 대한
염원이었다고만은 판단하기는 어렵겠다. 예컨대 이미 1910년대부터

근대 계몽주의자들이 쉽게 근대에 대한 찬미와 함께 친일적인 문화적 지분을 공여해왔던 것을 상기해보면, 상대적으로 낭만주의자 문인그룹들에게는 '근대'와 '식민지' 그 모두가 향후 '극복해야할 무엇'이라는 모멘트로 늘 작용되고 있었다고는 이해가 가능하다.

더불어 서구 낭만주의에서 프랑스 대혁명이나 영국의 산업혁명, 독일 슈트름 운트 드랑 운동 등 낭만주의 발생 이전의 전조가 그러했던 것처럼, 조선의 낭만주의 문학의 태동 역시 3.1운동의 좌절이라는 정신적 내상과 함께한다는 것은 간과할 수 없는 문제일 것이다. 절망과 좌절, 비애감 등을 시적 정동의 자산으로 삼았던 당대 인텔리겐치아 문인들은 『廢墟』, 『白潮』, 『薔薇村』 등 동인지 운동을 통해 자신의 미적 충동을 표출해냈으며, 이러한 미적 특권의식은 그들만의 지적·미적 충족의 수준에서 끝난 것만이 아니다. 『白潮』파 일부가 카프문단을 개방하는 주체가 되고, 그들은 『白潮』 내부에서 일찍이 '力의 藝術'을 제창하면서 허무나 염세주의로 기울 수 있었던 1920년대산 낭만주의를 반성하고 자각했던 것이다. 다시 말해, 센티멘탈리즘, 데카당스, 세기말적 상징주의가 가진 퇴폐성, 혹은 과격한 아나키즘 등이 1920년대 초를 풍미했으나 그들의 미적 실천은 좌절된 것이 아니라 자성되어 발전된 셈이다. 또한 낭만주의 문학의 본령이라고 할 수 있는 민족 주체에 대한 관심과 민족어에 관한 애착은 자유시형 형성은 물론이고 조선적 민요시 정착과 보편적 서정시형의 기틀을 마련하는 정신 운동으로 자리 잡기도 한다. 이는 일종의 '낭만주의적 민족주의'[74]로 명명할 수 있는

---

74) 낭만주의적 민족주의가 갖는 본질적 특징을 정리해보면, ①계몽주의는 낙관적 미래를 전망하지만 낭만주의적 민족주의는 역사 전통 토대 위에 민족 국가를 건설하려는 과거 지향적 사상이다. ②계몽주의는 개인 자유 평등을 토대로 한 국가 사회의 합리적 개조를 요구하는 합리적 개인주의이지만 낭만주의적 민족주의는 삶의 비합리적인 자유와 가능성을 강조하고 개인의 자유는 국가의 지도와 통치 아래에

데, 이들은 종래의 계몽주의자들이 완결지향적인 근대의 해답 찾기에 몰두한 결과와는 상이하게, 문학 장 내에서 비평적 논쟁을 유발했다. 이 과정에서 조선 문단은 낭만주의에 대해 배척과 흡착을 반복하며, '기교파', '경향파', '순수파' 등으로 초기 문단의 형세를 조직해갔다.

이와 관련해 임화의 '낭만적 정신', '혁명적 낭만주의', 박용철의 체험을 기반으로 한 '감정의 시화'와 같은 용어들은 낭만성이 짙은 비평적 태도를 투사한 것으로 1930년대식 신낭만주의라고 할 수 있겠다. 초기 낭만주의와 달리 이 시기의 신낭만주의는 감각이나 직관, 꿈이 아닌 현실에 뿌리를 깊숙이 들이밀고 있는 새로운 시대의 열정이었다. 그러므로 낭만주의는 '낭만적—'과 같은 수사로 결락된 채 조선 문학의 정신사 속을 끊임없이 개입해왔으며, 이와 같은 사상의 발생 근원은 이곳이 아닌 저곳을 상정하고 기획하는 열정과 동경을 기반으로 함으로써, 이후 '저항성'이라는 이름으로 내재되기도 했던 것이다.

가령 이상화의 경우가 그렇다. 「나의 침실로」에서의 관능적 퇴폐주의와 「빼앗긴 들에도 봄은 오는가」에서 민족적 저항성은 언뜻 분화된 듯 보이는 지향성이지만, 모두 이곳에는 없는 '미지'의 세계에 대한 끊임없는 동경이자 충동으로 기획된 열정이었다. 다시 말해 그 절망은 시

서 가능하도 본다. 이에 낭만주의는 민족 국가를 거룩한 공동체, 인류국가로 찬양한다. ③계몽주의는 주권 재민론을 토대로 자유 민주주의 국가 체계를 만들고 개방적 세계주의를 지향하지만, 낭만주의적 민족주의는 국가 유기체론의 입각하여, 국가가 객관적 책임 주체며 무안한 정신의 담당으로 민족 감정을 국가 권력 유지의 도구로 사용한다. 이에 민족 절대주의 민족 지상주의로까지 발전힐 가능성을 내포한다. ④낭만주의적 민족주의는 유기체론의 국가관을 가지고 있으며 한 국가를 살아 있는 생명체로서 특수한 역사적 사명을 담당한다고 주장한다. ⑤계몽주의는 합리적 정치 목표를 가진 '시민'이라는 개념을 제시하지만, 낭만주의적 민족주의는 '민족' 또는 '민족정신'의 개념을 제시한다. (장신조, 「낭만주의적 민족주의 -19세기 독일의 경우」, 『기독교사상』 25(3), 대한기독교서회, 1981, 41-42쪽 참조.)

적 주체로 하여금 도피를 낳거나 저항을 낳았던 것으로 약술할 수 있는데, 이는 식민지 조선의 문학 장 내에서 '낭만주의'와 '저항성'이 정면으로 교차[75])되고 있는 명확한 현상일 것이다.

그뿐만이 아니다. '낭만적 동경'[76])이라는 측면에서 1930년대 비평적 논제가 주체재건론, 고발문학론, 기교주의론, 지성옹호론, 네오 휴머니즘론, 행동주의론, 신세대론 등으로 연동해간 과정을 살펴보더라도, '극복해야할 무엇'이라는 모멘트는 당대 문인들의 시대인식과 함께 전망 찾기의 과제로 늘 공존해왔었다. 즉, 그 배면에 깔린 정서가 저항성과 낭만성이라는 말이다. 가령 이육사가 「絶頂」이나 「曠野」에서 시원적, 탈공간적 상상력을 기반으로 새로운 세계에 대한 동경과 전이의 세계관을 투사하는 면모 또한 이와 같은 맹점에서 이해가 가능할 것이고, 윤동주가 반성과 갈등을 통해 참회(「懺悔錄」)로 세계를 인식하고, 이름 잃은 것들의 재호명(「별헤는 밤」)을 통해 수직 지향적 상상력을 투사하는 것 또한 '낭만적 지성의 고뇌'로 바꿔 부를 수 있을 것이다.[77]) 더불

---

75) 물론 낭만성과 저항성의 그 중간 지대를 설정하고 실제 작품을 고찰해보는 것이 앞으로 우리 문학사에 새로운 주석을 다는 연구과제일 것이다. 이는 향후 연구 과제로 삼아 둔다.

76) 동경과 저항성에 관해서는 독일 낭만주의 철학자 피히테를 설명하는 다음과 같은 대목이 주목된다. "궁극적으로 낭만적 동경은 절대적인 것, 무한한 것에 도달하고자 하는 이념에서 출발한다. ……(중략)…… 우리 눈앞에 얼씬거려 그 정체를 파악할 수 없는 , 그리고 우리 본질의 가장 깊숙이 함축되어 있는 그 무엇인가를 동경하는 <무한추구>이다./ 낭만파 시인들은 동경에 의해서 무한 것에 접근하려고 부단히 노력하는데, ……(중략)…… "민족주의를 거의 종교화했고 적어도 그에게서 일종의 종교적 힘으로 작용하고 있음을 인지하게 된다."……(중략)…… 피히테의 애국심, 민족주의 사상은 당대의 독일 청년에게 애국심과 국민적 긍지를 진작시켰" (지명렬,『독일 낭만주의의 총설』, 서울대학교출판부, 2000. 110-112쪽.)다는 구절들이다.

77) 1930년대 후반 저항성의 윤리에 관한 논고로는 박성준, 「일제강점기 저항시인의 세계인식과 글쓰기 전략- 이육사, 윤동주를 중심으로」,『비평문학』제65호, 한국

어 오지 않는 님(「님의 침묵」)을 애타게 부르는 만해의 열정과 심훈이 염원한 그날(「그날이 오면」) 또한 이와 같은 맥락에서 낭만성과 연동하여 그 저항성을 해명해나갈 수 있는 지점들이 있을 것이다.

광복 이후 해방 공간에서 보수적 민족주의자들의 기획된 저항시인들의 저항성은 불온한 과거에 조선 문학에 대한 재빠른 청산과 그 예외적 지성들의 발굴의 의미로 윤리성을 획득해왔다. 이러한 망각의 전략보다 선행해서 일제강점기 저항시인의 저항성을 되묻는 작업은 끊임없이 되풀이 되어야 할 것이다. 때문에 본고는 이러한 맥락에서 조선에 유입된 낭만주의의 근대성과 새로운 지평을 열어가는 그 동경의 정동들을 두루 살핀 것이다. 향후 한국근대시사에서 저항시인들로 자리매김한 시인들의 보다 구체적인 생애와 그 안에 투사된 낭만 정신이 고찰되기를 기대한다.

비평문학회, 2017를 참고하고, 이육사와 윤동주의 낭만성에 대한 자세한 논고로는 각각 박성준, 「이육사 시에 나타나는 낭만성과 '다른 공간'들」, 『한국문예창작』 36호, 한국문예창작학회, 2016과 박성준, 「윤동주 시의 낭만성과 戀歌」, 『한국문학이론과 비평』 제75집, 한국문학이론과비평학회, 2017를 참고한다.

참고문헌

<기본 자료>
김기림,『김기림 문학비평』, 윤여탁 편, 푸른사상, 2012.
김상선,『문예사조론』, 일신사, 1990.
김용직,『韓國近代詩史(上)』, 학연사, 1986.
김윤식,『임화연구』, 문학사상사, 1989.
김학동 외,『문예사조』, 문학과지성사, 1977.
박용철,『박용철 전집 2』깊은샘, 2004.
백 철,『朝鮮新文學思潮史』, 수선사, 1948.
백철·이병기,『國文學全史』, 신구문화사, 1957.
오세영,『한국 낭만주의 시 연구』, 일지사, 1980.
임 화,『문학의 논리』, 임화문화예술전집 편찬위원회 편, 소명출판, 2009.
조연현,『韓國現代文學史槪觀』, 정음사, 1964.
지명렬,『독일 낭만주의의 총설』, 서울대학교출판부, 2000.

<단행본 및 역서>
김진수,『우리는 왜 지금 낭만주의를 이야기하는가』, 책세상, 2001.
박호영,『한국근대기 낭만주의 전개 연구』, 박문사, 2010.
정우택,『한국근대자유시의 이념과 형성』, 소명출판, 2004.
최윤정,『1930년대 낭만주의와 탈식민주의』, 지식과 교양, 2011.
멜리사 그레그·그레고리스 시그워스 편,『정동이론』, 최성희 외 옮김, 갈무리, 2015.

<논문 및 평론>
강웅식,「한국 현대시론에 나타난 '영감'의 문제에 관한 연구」,『상허학보』46집, 상허
     학회, 2016.
김 억,「朝鮮心을 背景삼아」, ≪東亞日報≫, 1924. 1.1.
김기림,「毛允淑씨의 「리리시씀」— 詩集「빛나는 地域을 읽고」」, ≪朝鮮日報≫, 1933.
     10. 30.

김남천, 「창작방법의 신국면」, 『김남천 전집 1』, 박이정, 2000.

김동식, 「'리얼리즘의 승리'와 텍스트의 무의식」, 『민족문학사연구』38호, 민족문학사
　　　연구소, 2008.

김두용, 「世界文藝思潮論(4)―낭만주의론/ 프로문학의 로맨틱시즘의 의미」, ≪조선중
　　　앙일보≫, 1936. 1. 12.

_____, 「創作方法의 問題―리얼리즘과 로맨티시즘」, ≪東亞日報≫, 1935. 8. 24~9. 3.

김예림, 「초월과 중력, 한 근대주의자의 초상」, 『한국근대문학연구』5(1), 2004.

김주연, 「죽은 낭만의 힘」, 『사라진 낭만의 아이러니』, 서강대학교 출판부, 2013.

김진수, 「유럽 낭만주의 문학의 한국적 수용: 1920년대의 『백조』를 중심으로」, 『미학
　　　예술학연구』제21권, 2005.

김학동, 「韓國 浪漫主義의 成立」, 『문예사조』, 문학과지성사, 1977.

김홍규, 「1920년대 初期詩의 歷史的 性格」, 『문학과 역사적 인간』, 창작과비평사,
　　　1980.

박성준, 「윤동주 시의 낭만성과 戀歌」, 『한국문학이론과 비평』제75집, 한국문학이론
　　　과비평학회, 2017.

_____, 「이육사 시에 나타나는 낭만성과 '다른 공간'들」, 『한국문예창작』36호, 한국
　　　문예창작학회, 2016.

_____, 「일제강점기 저항시인의 세계인식과 글쓰기 전략― 이육사, 윤동주를 중심으
　　　로」, 『비평문학』제65호, 한국비평문학회, 2017.

박용철 「詩的 變容에 대해서, 抒情詩의 孤高한 길」, 『삼천리문학』제1집,1938. 1.

_____, 「詩壇時評 (二), 技巧主義 說의 虛妄」, ≪東亞日報≫ 1936. 3. 19.

_____, 「乙亥詩壇總評 (三), 태어나는 靈魂」, ≪東亞日報≫ 1935. 12. 27.

_____, 「乙亥詩壇總評 (二), 辯說以上의 詩」, ≪東亞日報≫ 1935. 12. 25.

박종화, 「空論의 人으로 超越하야― 理想의 人, 主義의 人이 되라」, 『開闢』31호, 1923. 1.

박현수, 「미적 근대성의 혼종성과 숭고 시학」, 『어문학』96, 한국어문학회, 2007.

오상순, 「時代苦와 그犧牲」, 『廢墟』1호, 1920. 7.

오세영, 「낭만주의란 무엇인가」, 『문학과 그 이해』, 국학자료원, 2003.

오형엽, 「한국근대시론의 구조적 연구」, 『한국근대시와 시론의 구조적 연구』, 태학사, 1999.

이미경, 「한국 근대 시문학에서의 낭만주의 문학 담론의 미적 근대성 연구 ― 1920~1930
　　　년대 낭만주의 시문학」, 『한국문화』31, 서울대학교 규장각 한국학연구원, 2003.

이숭원, 「임화 시의 선동성과 낭만적 열정」, 『한국현대문학연구』제1집, 한국현대문

학회, 1991.

이승은, 「한국문학 '읽기'에서의 '낭만주의' 재검토」, 『국제어문』 제48집, 국제어문학회, 2010.

이승하, 「1920년대 초기 문예동인지의 시에 나타난 감성 연구」, 『비평문학』 26집, 한국비평문학회, 2007.

이철호, 「카프 문학비평의 낭만주의적 기원―임화와 김남천 비평에 대한 소고」, 『한국문학연구』 47집, 동국대학교 한국문학연구소, 2014.

장신조, 「낭만주의적 민족주의 ―19세기 독일의 경우」, 『기독교사상』 25(3), 대한기독교서회, 1981.

정경량, 「독일낭만주의 수용과 그 한국적 변용」, 『세계문학비교연구』 0(0)권, 세계문학비교학회, 1996.

정우택, 「한국 근대 초기시에서 '외래성'과 '민족성'의 문제」, 『한국시학연구』 제19호, 한국시학회, 2007.

정은기, 「"순수"문학 개념의 전개와 변용― 근대문학 형성기 문학 장에서의 "순수" 관련어 활용 양상을 중심으로」, 『현대문학이론연구』 62권, 현대문학이론학회, 2005.

주영중, 「이상화와 임화의 낭만성 연구」, 『어문논집』 55, 민족어문학회, 2007.

주요한, 「노래를 지으시려는 이에게」, 『조선문단』 1호, 1924. 10.

차혜영, 「1920년대 동인지 문학 운동과 미 이데올로기」, 『한국문학이론과 비평』 24, 한국문학이론과 비평학회, 2004.

한 효, 「文學上의 諸問題―創作方法에 關한 現在의 課題」, ≪조선중앙일보≫, 1935. 6. 2~12.

현 철, 「所謂 新詩形과 朦朧體」, 『開闢』 8호, 1921. 2.

황석우, 「朝鮮詩壇의 發足點과 自由詩」, ≪매일신보≫, 1919. 10.10.

이육사 후기시의 연애시편
― 「斑猫」와 「邂逅」를 중심으로

1. 서론

　최근 이육사 시를 재고하는 논의들이 활발하게 진행되고 있다. 김희
곤이 추적한 두 권의 평전[1]은 이육사 문학의 사상적 결이 '사회주의'와
면밀히 결합하고 있었음을 밝혔다. 이는 이후 이육사의 시를 출신 성분
에 따른 유림적 성격으로 분석하거나 저항시의 맥락 안에서 시사적 평
가를 거듭해왔던 기존 논의에 큰 방향전환을 가져왔다고 할만하다. 그
러나 이육사가 일본 유학 중 접촉했던 아나키즘이나 '조선혁명군사정
치간부학교'를 1기생으로 수료하는 과정에서 더 깊숙이 사회주의 사상
에 경도된 실증적 생애를 통한 육사문학의 재평가가 이육사의 항일지
사적인 면모마저 재고한 것은 아니다.[2] 해방 이후 유고로 『陸史詩集』

---

1) 김희곤, 『새로 쓰는 이육사 평전』, 지영사, 2000.
　　　　, 『이육사 평전』, 푸른역사, 2010.
2) 실제로 이육사의 전반적인 연구는 '저항성'의 카테고리 안에서 이루어지고 있다. 가
　령 "그에게는 시보다도 문학보다도 조국이 더 컸다. 조국을 찾은 뒤에야 시도 있
　고 문학도 있는 것이었다. ……(중략)…… 그가 남긴 시의 업적은 모두가 항일정신
　을 토대로 漲溢하는 민족혼과 조국애로 꽃피우고 있을 뿐만 아니라 시대를 반영하
　는 또 하나의 계시"(이은상 「陸史小傳」, 백기만 편, 『씨뿌린 사람들』, 사조사, 1959,

제1부 일제강점기 낭만주의와 저항성 61

(서울출판사, 1946)이 기획되고, 한국전쟁 이후 1956년 재빠르게 범조
사판으로 재기획된 과정3)을 살펴보더라도, 반세기 넘게 육사 문학을
지탱하고 있던 '보수적 민족주의' 논자들의 기획은 이육사의 시를 기형
적으로 읽을 수밖에 없는 환경을 제공해왔다.

가령, 김홍규가 일찍이 육사문학 연구의 문제점으로 지적하고 있는
"'신성화(神聖化) 내지 우상화(偶像化)의 압력'4)"이라든가, "'지절시인
(志節詩人)·저항시인(抵抗詩人)'이라고 하는 보편적 진술 속에 이러한
압력이 암암리에 자리잡고 있다"5)는 진술에서와 같은 고정관념들이
여전히 육사문학 연구에 걸림돌로 작용하고 있던 것이 사실이다. 그러
나 근래 이루어지고 있는 육사문학 연구의 방향은 이육사 시의 낭만성
이나 시의 리듬 연구6), 탈식민적 관점7)에서의 탐독까지 진행되는 등,
그 연구의 폭을 넓힐 수 있는 다양한 방법론과 관점들이 제공되고 있
다. 이는 육사문학 연구의 여러 갈래를 마련함으로써 향후 육사문학 연
구를 풍성하게 하는 모태가 된다. 더불어 몇 번을 거듭하여도 부족함이

84쪽.)와 같은 평가가 이육사 시집의 재판 과정에서 수차례 거듭 수록되는 파급력을
　가지면서, 이육사의 인물됨과 시사적 평가에 있어 하나의 압력으로 작용되었다.
3) 한국전쟁 이후 범조사에서 재간된 『陸史詩集』은 해방공간에서 출간된 종전의 판과
　기획주체와 기획 의도까지 대대적인 변화를 보인다. 기존의 출판과정을 도왔던 월
　북문인들은 배제되었고 문협문인의 수장 격이었던 청마가 『序』를 작성한 것을 알
　수 있다. 이 시기 초기 남한문단의 보수적 민족주의 논자들은 '망각'과 '찬탄'의 기획
　을 이육사, 윤동주, 심훈 등의 시집을 통해 투사했던 것으로 보인다. 재간된 『陸史詩
　集』에 대한 자세한 논의로는 박성준, 「일제강점기 저항시인의 세계인식과 글쓰기
　전략─ 이육사, 윤동주를 중심으로」, 『비평문학』 제65호, 한국비평문학회, 2017,
　102─104쪽 참조.
4) 김홍규, 「陸史의 詩와 世界認識」, 『문학과 역사적 인간』, 창작과비평, 1980, 75쪽.
5) ＿＿＿, 위의 글, 75쪽.
6) 권혁웅, 「이육사 시의 리듬 연구」, 『한국시학연구』 제39호, 한국시학회, 2014.
7) 최윤정, 「이육사의 탈주의식과 타자성」, 『한국문학이론과 비평』 제51집, 한국문학
　이론과비평학회, 2011.

없을 듯한 근대 시인들의 시적 재고는 이육사와 같이 저항시인으로 위치된 시인들의 문제만은 아닐 것이다.

　본고에서 주목하는 점은 양적으로 아직 미미한 수준에 그친 이육사 시의 낭만성이다. 현재까지 이육사 시를 낭만주의의 관점에서 적극적으로 검토한 논의는 많지 않다. 이육사가 종국에 건설하고 싶었던 사회주의 이상국가의 이미지를 시편 속에 어떠한 방식으로 현현했는지 비평적 고찰을 했던 논고[8]이거나 황폐화된 고향과 낙원 회복의 의식을 딛고 미래지향적인 유토피아 의식을 시 정신에 함양한 면면들을 살핀 논고[9], 이육사 시의 '낭만 정신'과 관련하여 이상향의 장소성으로 '금강심(金剛心)'을 제시하며 식민지 질서 바깥 이상향의 공간으로 헤테로토피아를 제시했던 논고[10]가 제출된 것이 전부이다. 최근에 이러한 경향들도 이육사의 시를 본격적으로 낭만주의 문학으로 다룬 것이 아니라는 점에서 본고는 차별지점을 가진다. 특히 태평양 전쟁발발 이후 이육사가 베이징과 충칭, 옌안으로 출국하기 직전, 서울 체류기에 창작된 시편들에서 나타나는 '데카당스적 경향'과 당대 '신낭만주의론'과의 관련성을 면밀히 검토한다. 이는 이육사의 동경 유학 시절 아나키즘과 더불어 1920년대 낭만주의 시풍의 접촉과도 관련이 깊다. 또한 이 시기 절친한 동료 문인이었던 신석초의 회고문[11]을 통해 확인된 바 있는 이

---

8) 박주택, 「이육사 시의 낙원의식 연구」, 『어문연구』 제68집, 어문연구학회, 2011.
9) 김경복, 「이육사 시의 유토피아 의식 연구」, 『한국문학논총』 제74집, 한국문학회, 2016.
10) 박성준, 「이육사 시에 나타나는 낭만성과 '다른 공간'들」, 『한국문예창작』 36호, 한국문예창작학회, 2016.
11) 신석초가 이육사를 회고한 주요 논의들은 시기별로 다음과 같다.
　　신석초, 「육사의 추억」, 『현대문학』, 1962. 12.
　　＿＿＿, 「李陸史의 生涯와 詩」, 『사상계』, 1964. 7.
　　＿＿＿, 「이육사의 인물」, 『나라사랑』 16집, 외솔회, 1974 가을.

육사의 '戀歌' 시편들과 그 기저에 깔린 낭만 정신들을 고찰함으로써, '인간 이육사'[12)에 대한 보다 실증적 사료가 보충되리라 기대된다.

2. 아나키즘, 데카당스, 신낭만주의의 접촉

1974년 가을 『나라사랑』 16집 특집으로 기획된 이육사 편은 이동영, 최창규, 홍기삼, 정한모, 김종길, 김학동, 신석초 등이 참여하여 초기 이육사 문학연구를 집성하는 역할을 수행함과 동시에, 역설적으로 그간의 이육사 연구의 불구성을 여실히 드러내고 있다. 가령 "육사와 같은 지식인의 혁명적 투쟁적인 삶은 역사 에너지의 여러 층에서 어떤 의미를 갖는가 하는 물음이며, 그의 예술은 그가 보여준 치열한 구국 운동의 방편이었는가, 아니면 예술 그 자체에 최대의 독자성을 부여하였는가 하는 문제"[13)와 같은 홍기삼의 이분법적 물음이라든가, "육사의 사상은 바로 40년 역사 단절의 가장 어려운 말미를 메꾸고 오늘의 우리가 한국사의 주인이 되게 할 수 있는 가장 중요한 최종적 다리로 확인된다"[14)와 같은 최창규의 보수적 민족주의로 도색된 찬탄이 그렇다. 이

---

12) 김흥규는 종래의 이육사 연구에서 '신성화'와 '우상화'의 문제점을 지적하며, '인간 이육사'라는 맥락에서의 연구사 검토가 이루어져야한다고 당부한다. 그러므로 "역사성과 개인성은 신비의 안개 뒤로 감춰지고 우리 눈앞에는 추상적 요약이 만들어 낸 화석이 자리 잡는다. 다시 말해서 그가 '피와 살'로된 인간임을, 특정의 역사적 상황 속에서 외부의 혼란과 압박에 맞싸우면서 동시에 자기 내부의 고뇌와 대결하며 '자기정위'(自己定位)를 추구한 개인임을, 그리하여 그의 행동과 시는 그가 살았던 시대의 역사에 참여하는 행위이면서 또한 스스로의 삶에 대해 묻고 대답하는 자기해명·자기구제의 행임위임을 간과하거나 쉽게 도식화"(김흥규, 앞의 글, 75쪽.) 해서는 안 된다고 말하는 것이다.

13) 홍기삼, 「이육사의 저항 활동」, 『나라사랑』 16집, 외솔회, 1974 가을, 40쪽.

14) 최창규, 「이육사 시대의 사상사적 좌표」, 『나라사랑』 16집, 외솔회, 1974 가을, 37쪽.

육사의 시사적 좌표를 그의 생애와 연루하여 '저항성'과 '지사적 면모'에 경도한 채, 수사함으로써 이육사의 시가 당대에 어떤 방식으로 유통되고 "얼마만큼 삶을 절실하게 형상화 하였는지"[15] 역설적으로는 은폐된 결과를 도출한 것이다. 그럼에도 불구하고 이육사 연구에 있어 돌연 새로운 가설들을 세울 수 있도록 근거를 만든 지면 또한 1974년 가을 『나라사랑』 16집이라 할 수 있다. 신석초가 쓴 회고 일부를 옮겨보자.

> 육사의 시는 처음엔 낭만주의적인 경향이 짙었다. 「황혼」이니 「노정기(路程記)」니 「연보」니 「청포도」니 하는 작품들이 다 그렇다. 그것은 그의 지사적인 기질에서 온 것이라는 것은 말할 나위도 없다. 한편 그 무렵의 우리나라 시 조류는 모더니즘으로 풍미되어 있었는데 차차 그 형식주의적인 경향에 반발을 일으키고 있던 때다. 지용(芝溶)과 기림(起林)에서 청록파(青鹿派)의 시로 옮겨 오려던 시기다. ……(중략)…… 복고(復古)적 경향이 낭만주의와 함께 그 무렵 시인들에게 싹텄던 것은 주목할 만한 일이며 어떠한 위기에서도 절망하지 않는 우리 전통의 산 조짐이라 할 만하다./ 낭만주의라 하여도 육사는 시어(詩語)를 결코 과장하지는 않았다. 또 소박한 감상에 젖어들지도 않았다. 항상 그의 인품과 같이 맑고 깨끗한 진주알 같은 의지를 발산한다. 이것은 대부분 그가 중국 문학의 섭렵에서 얻

---

15) 김홍규는 이육사가 서 있던 당대의 그 자리에서, 이육사의 시를 소급할 필요가 있다고 주장한다. (김홍규, 앞의 글, 83쪽.) 본고는 이러한 관점에서 김홍규와 문제의식을 같이 하지만, 앞서 홍기삼의 논의에서 육사의 영화 평론에 관한 소고 부분(홍기삼, 앞의 글, 45쪽.)과 최창규의 글에서 당대 지성사에 관한 소고 부분(최창규, 앞의 글, 34—36쪽 참조.)은 이육사의 시를 보다 입체적으로 해명하는 데에 유의미한 부분임에도 불구하고 이후 논자들이 묵인하고 지나간 것에서도 주목하여 이후 연구과제로 남긴다. 1930년대 지성사적 맥락에서 이육사의 '사상적 결'과 '행동주의적 관점'에서 영화나 연극 평론을 집필한 부분은 박성준, 「일제강점기 저항시인의 세계인식과 글쓰기 전략— 이육사, 윤동주를 중심으로」, 『비평문학』 제65호, 한국비평문학회, 2017, 122—123쪽을 참조하길 바란다.

은, 특기 한시(漢詩)의 체험에서 얻은 그 결과다.

— 신석초, 「이육사의 인물」 부분16)

인용한 신석초의 글은 정확한 비평적 시각을 갖추고 있다기보다는 회고에 가까운 성격을 띠고 있지만, 당대 문인들 중 이육사와 교류가 가장 활발했다고 알려진 신석초의 회고라는 점에서 시효적 의미를 획득할 수 있다. 이육사의 초기 시가는 "낭만주의적인 경향이 짙었다"는 구문은 다시금 주목해 살펴야할 대목이다. 예컨대 이육사가 본격적으로 활동했던 시기를 상기해보자.

주지하듯 1930년 1월 3일에 『朝鮮日報』에 신년축시의 성격으로 발표한 「말」이 있으나, 이 시점부터 이육사의 시작활동이 시작되었다고 보기는 어렵다. 1930년부터 1932년 3월까지는 대구를 중심으로 「대구의 자랑 약령시의 유래」와 같은 사회 활동적 평문을 발표한 것이 전부이고, 1933년 3월부터 『大衆』지에 「자연과학과 유물변증」을 발표하면서 시사 평론활동에 주력해온 것이 문필활동의 전부였다.17) 이 시기는 '이육사(李陸史)'라는 필명보다는 '이활(李活)'이라는 필명으로 활동하면서, 당대 문인들에게도 '이육사'보다는 '이활'이라는 필명이 더 각인되고 있었다. 그보다 먼저 이육사의 아우 이원조가 1928년 『朝鮮日報』에 시 「餞迎辭」로 입선하고, 1929년 같은 지면에서 소설 「탈가」가 선외가작으로 입선한 뒤, 이후 창작보다는 문학평론 활동에 매진하면서, 이원조가 이육사보다 먼저 문단 진출을 했던 터였다. 이육사가 시작활동에 매진한 시기는 1935년 6월과 12월 『新朝鮮』에 발표한 「春愁三題」와 「黃昏」 이후부터 1943년 봄 베이징행 이전까지였으니, 그 활동 시

16) 신석초, 「이육사의 인물」, 『나라사랑』 16집, 외솔회, 1974 가을, 103–104쪽.
17) 박현수, 「이육사 연보」, 『원전 주해 이육사 시전집』, 예옥, 2008, 271–283쪽 참조.

기만을 한정해 보더라도 8년이 채 안 되는 기간[18]이다.

그러나 이 기간에 이육사의 시가 발표되었다고 해서 창작 시기마저 이 시기로 한정할 수는 없는 노릇이다. 물론 신석초는 이육사의 초기시가 가지고 있는 낭만주의적 경향과 별개로 "그가 중국 문학의 섭렵에서 얻은, 특히 한시(漢詩)의 체험에서 얻은 그 결과" 등과 같은 언술로 이육사 시의 한시적 특질을 밝히고도 있다. 중국 유학 시절의 경험[19]과 유명 유림의 후손으로 어릴 적 한학을 통해 습득할 수 있었던 "한시의 체험"을 제시하고 있으나, 이육사는 봉건적 교육보다는 근대식 교육을 수혜 받은 지식인[20]이었다는 것을 감안하면 이와 같은 결정론적 인상 비평으로 육사문학을 논하기에는 무리가 있어 보인다.

가령, 『文章』지에 추천위원으로 간 정지용의 선택에 따른 지용의 문학적 입장 변화와 임화가 불러일으킨 당대 신세대 논쟁에서 김기림 문학의 효용 상실을 선언하고 다음 세대의 시인으로 오장환, 김광균 등을

---

18) 이 마저도 1942년 1월 이후에는 모든 문필활동을 거의 중단한 상태에 이른다. 이는 조선문단 내부적으로는 1940년대 『국민문학』 시기였던 것과 관련이 깊고, 이육사의 개인사적으로는 1941년 겨울 폐질환으로 입원을 하고, 지인 이병각 시인의 죽음과 이듬해 음력 4월과 7월 모친과 맏형의 죽음이 이육사로 하여금 더 이상 문필활동을 매진할 수 없는 사태로 몰아가게 된다.

19) 이육사는 「위기의 임한 중국정국의 전망」(『開闢』, 1935년 1월.)이나 「중국농촌의 현상」(『新東亞』, 1936년 8월.)과 같은 중국정세와 시사 비평을 통해 중국과의 밀착 관계를 드러내고 있었다. 구체적으로 중국문학에 대한 수혜가 엿보이는 평문들은 「중국문학오십년사」(『文章』, 1941년 1월, 4월.)와 「중국현대시의 일단면」(『春秋』, 1941년 6월.)라고 할 수 있는데, 실상 이육사가 중국 유학생 신분으로 전공했던 것은 상과였다.

20) "육사의 수필, 「전조기(剪爪記)」와 「연인기(戀印記)」에는 나이 여섯에 소학을 배우고, 열 두 살 때는 배우던 중용과 대학에 대신하여 물리와 화학을 공부했다는 말이 있다. 그 뒤에 그가 일본을 거쳐 북경에 있는 <조선 군관학교 국민정부 군사 위원회 간부 훈련반>을 졸업한 것이 1933년, 스물 아홉 때이었으니, 생애를 통하여 육사에게 크게 영향을 미친 내용은 전통교육보다는 현대교육이었다." 김인환, 「이육사 시의 속뜻」, 『배달말』 제1권, 배달말학회, 1975, 103−104쪽 참조.

제시한 사례[21] 등을 종합해본다면, 신석초의 말대로 이육사가 활동한 시기는 "복고(復古)적 경향이 낭만주의와 함께" 대두되었다는 것은 짐작이 가능하다. 이러한 당대의 풍경이 이육사의 시편에 영향을 주었다는 것은 타당한 논의가 될 수 있다. 그러나 이육사 시에서 드러나는 소위 『白潮』풍[22]의 '병적 낭만주의'[23]의 현현은 위와 같은 문단 내부적 상황만으로 검토하기에는 한계가 있다.

---

21) 임화의 경우,「시단의 신세대」(『朝鮮日報』, 1939.8.18.—26 총 7회차 연재)에서 "우리는 이 사이에 起林까지가 새로운 詩人으로서의 위치를 상실했다는 한 사실만 지적하면 족하다. 한 시대가 완전히 終焉을 고한 것"(「시단의 신세대」1회차)이라는 진단과 함께 오장환, 함윤수 등의 시편들을 새 시대의 대안적 시 정신으로 언급하면서, 김광균의 시를 "이메지의 단조로움과 불길한 고요함으로부터의 내면화의 운동은 30년대 이래로 우리 新詩 위에 모더니티의 바람을 몰아오던 新興時派의 새로운 방향전환이요, 하나의 귀결이다. 이것은「瓦斯燈」의 功績이다."라고 진단한다. 특히 오장환과 더불어 김광균의 경우는 1920년대 동인지 낭만파 문학의 감상주의적 시적 면모와 1930년대 모더니즘 시 운동이 결합된 형식을 지향했다는 점을 상기해본다면, 이육사 초기 발표작들이 갖는 낭만주의와 모더니즘의 충돌 현상의 이유 또한 어느 정도 유추가 가능할 것이다.

22) 신석초는 육사의 시가 지향하는 지점이 외형상으로 1920년대 백조파의 낭만주의 시형과 유사점이 있다고 시사한다. "육사의 시가 원숙해짐에 따라 그의 언어는 어우 심오해지고 침중한 상징주의의 빛깔로 물들어 갔다. 상징주의 시라고 하면 프랑스의 보들레르나 베를렌을 수입하였던 <백조(白潮)> 시대의 우울하고 퇴폐적인 작품 경향을 연상하게 된다." 신석초, 위의 글, 105쪽 참조.

23) 백철은 "三·一運動이 先敗된 뒤에 생겨진 그 悲觀的 絶望의 社會現實에서 頹廢主義的 文學이 發生한 것과 같은 土臺 위에 이서 浪漫主義가 生成하게 된 것이다. 그처럼 民族的으로 先望한 時代, 앞의 展望이 서지 않고 주위가 暗澹한 時代에 그 아니꼽고 보기 싫은 現實, 그것이 밉고 싫기 때문에 詩人과 作家들은 차라리 그 現實을 輕蔑해서 헌신짝처럼 내버리고 自己 혼자서 달큼한, 그러나 몹시 고독하고 슬픈 꿈의 世界를 찾고 그린 것이다. 이것이「白潮」派 浪漫主義가 터전잡은 문학의 背景이요 境地였다. 悲觀主義 時代의 또 하나의 文學 그것이「白潮」派의 浪漫主義 文學이다."(백철·이병기, 『國文學全史』, 신구문화사, 1957, 305쪽.)이라고 약술하는 한편, 『新文學思潮史』에서는 조선문학에 수용된 낭만주의 양상을 '이상주의적 경향'과 '병적 감상주의 경향'으로 양분화해서 인식(백철,「浪漫主義 文學」, 『新文學思潮史』, 신구문화사, 1980, 185—187쪽 참조.)하고 있다.

그러나 여기서 이육사가 일본 유학 시절 아나키즘 단체였던 '흑우회'와 접촉한 점을 상해보면, 육사의 초기 발표 시편들에 드러난 낭만주의적 면모를 충분히 유추할 수 있다. 이육사는 처가가 있던 영천의 백학학원에서 교편을 잡고 있던 중, 상투를 자르고 1924년 4월에 도일하여 동경 유학 생활을 시작한다. 그리고 이듬해 1월에 귀국을 했으니 육사의 일본 체류기간은 9개월이 채 되지 않는 짧은 기간이었다. 이육사의 일본 체류 1년 전쯤 동경에서는 '관동대지진(關東大地震)'이 일어났고 "폭동을 막는다는 핑계로 조선인에 대한 대대적인 살육이 자행되었다. 이를 응징하려고 일본 왕궁을 공격하러 나선 인물이 안동 출신 의열단원 金祉燮이었다."[24] 이때부터 이육사가 의열단 단원이었는지 확인된 바는 없으나 같은 지역기반의 같은 동경 유학생 신분이었던 김지섭과의 접촉은 어느 정도 이루어졌을 것[25]으로 보인다. 이육사가 아나키즘 운동에 가담했다는 기록은 일본 노동운동가였던 김태엽의 기록에서 찾아볼 수 있다. "흑우회의 본거지는 죠시가야꾸雜司谷區에 있었다. 회원으로서는 서상한·신영파 …… 이육사 ……(중략)…… 흑우회에서는 일본인 무정부주의자 이와사 사쿠타로岩佐作太郎·가토 이지부加藤一夫·니이 이타루新居格등을 밤에 초청해서 강의를 듣고 모자를 벗어서 돈을 걷어 다과회를 열곤 했다."[26]는 기록이 그렇다.

당시 '흑우회'는 3.1운동의 좌절로 인해 일본의 대내외 정세 변화를

24) 김희곤, 「이육사의 민족문제 인식」, 『한국독립운동사연구』 제23집, 독립기념관 한국독립운동사연구소, 2004, 141−142쪽.

25) "1924년 1월 5일 일본왕궁 입구 다리인 니쥬바시二重橋에 폭탄을 던진 거사가 벌어진 것이다. 그러니 이런 상황에서 육사가 그저 학교만 다녔을 리 만무했다."(김희곤, 『이육사 평전』, 푸른역사, 2011, 82쪽.)와 같은 견해로 미루어볼 때, 동경 체류 시기는 이육사가 적극적으로 민족문제에 관심을 갖게 된 계기로 보인다.

26) 김태엽, 『抗日朝鮮人의 證言』, 不二出版社, 東京: 1984, 90−91쪽. (김희곤, 위의 책, 80−81쪽에서 재인용.)

감지한 동경 유학생 출신의 급진적 사회주의자와 무정부주의자들을 중심으로 조직된 민족 단체였다. '흑우회'의 전신을 추적해보자면, '흑도회'와 '흑양회' 등 일제의 탄압에 의해 해산·병합을 반복하면서 여러 단체들이 생성과 소멸을 반복하는 사태들을 확인할 수 있는데, 여기서 추적이 가능한 인물이 우선 '흑우회'에 가담했던 유학생 '박열(朴烈)'[27]이다. 박열은 그 전신인 '흑도회'에서 원종린, 황석우와 함께 일본 아나키즘 운동을 주도했던 인물로 일본의 아나키스트 오스카 사에大杉榮에게 그 사상을 수혈 받은 바[28] 있다. 여기서 주목할 점은 박열과 접촉한 바 있는 것으로 보이는 황석우가 3.1운동 이후 『廢墟』 동인에서 탈퇴하고 『薔薇村』과 『大衆時報』 등에 관여하는 도중 도일하여 원종린과 사회주의·아나키즘 사상 단체 코스모스구락부(클럽)에 출입하는 등 아나키스트의 면모[29]를 보였다는 것이다.

즉 이육사와 박열의 만남이 있었고, 박열과 같은 급진적 아나키스트와 교유했던 인물이 황석우였다는 것이다. 물론 이는 이육사의 유학시기와 황석우의 도일 이후 활동 행적을 종합해보았을 때, 직접적인 낭만주의에 관한 수혜보다는 간접적 접촉면밖에 예증할 수 없는 사료이다. 아울러 "그가 아나키즘과 접촉했다고 해서 이론적인 면에서 아나키스트가 되었다거나 이와 관련된 활동을 전개한 흔적은 보이지 않는다"[30]

---

27) 박열은 "일본 최초의 한국 사상단체인 흑도회를 조직하는 한편 직접 행동으로 친일분자를 응징하기 위한 비밀결사이 의권단義拳團을 조직"하기도 하였으며, 흑도회의 "기관지 『흑도』를 간행하"고, "1923년 2월에는 흑우회로 개칭하고 기관지 『불령선인』, 이후에 『현사회』로 개명하여 간행"하는 듯 일본 내 아나키즘 운동을 주도했던 인물이다. 오장환, 『일제하 한국 아나키즘 소사전』, 소명출판, 2016, 100쪽 참조.
28) 황석우, 김학동, 오윤전 편, 『황석우 전집』, 국학자료원, 2016, 602쪽 참조.
29) _____, 위의 책, 602쪽 참조.
30) 김희곤, 앞의 논문, 142쪽.

고는 했지만, 이후 육사가 의열단에 가입하고 김원봉과 교우된 점31)을 상기해보면 이는 이육사가 박열과 같은 '급진적 아나니키스트'는 아니었으나 일본과 중국을 아우르는 아나키즘, 사회주의 사상에 어느 정도 수혜를 받았다는 것을 예증한다. 이는 바꿔 말하면, 이육사가 '새로운 세계에 대한 동경'의 정동, 즉 서구 교양의 정신으로써의 낭만주의를 이미 수혜 받은 상태에서 당대의 사상적 풍조였던 아나키즘이나 사회주의 혁명 정신을 혼재하여 자기화시켰다는 가정이 가능해진다.

가령 이육사가 군사학교를 수료하고 조선에서 들어와 기자활동과 문필활동을 겸하면서 '무력적 저항'이 아닌 '문화적 저항'에 몰두한 것만 상기해보아도 그렇다. 급진적 아나키스트 · 사회주의자보다는 국내에서 할 수 있는 정신 운동을 이육사는 지향했던 것이다. 이는 신석초의 회고 등에서도 확인되는 바이지만, 이육사가 당대 조선문학의 상태를 어느 정도 습득한 상태에서 조선문단에 출현한 것과도 관련이 깊다. 예컨대 황석우가 1920년대 낭만주의자(『백조』풍의 병적 낭만주의자)에서 아나키스트로 변모해갔듯이, 이육사 또한 일본과 중국 경험이 '서구 사상의 수혜'라는 측면에서 기능했을 것이고, 짧은 동경 유학 생활에서 접촉한 것은 단순히 아나키즘 뿐만은 아니었을 것으로 보인다는

---

31) "의열단은 1919년 11월 만주 길림에서 김원봉이 조직한 급진 단체이다. ……(중략)…… 의열단은 활동무대를 베이징으로 옮겨와 상하이까지 세력을 확장하면서 아나키즘의 영향을 받기 시작했다. 그들은 혁명을 달성하기 위한 유일한 무기는 폭력이며, 파괴는 건설이라고 믿었다. 20년대 초에는 이미 아나키즘을 받아들였는데, 여기서 유자명이란 인물이 주목된다. 바로 그가 신채호에게 부탁해 <의혈단선언문>(앞서 언급한 <조선혁명 선언>을 가리킨다)을 만들었는데, 이 선언문은 아나키즘과 의열단의 결합을 상징하는 글"(조세현, 「한국: 민족해방으로서의 아나키즘」, 『동아시아 아나키즘 그 반역의 역사』, 책세상, 2001, 127−128쪽.)과 같은 기록으로 미루어 보았을 때, 의열단 단원이기도 했던 이육사 또한 아나키스트의 범주에서 평가하는 것이 합당하다.

것이다. 더불어 1920년 12월 『開闢』지 편집부장이었던 현철과 신시논쟁32)을 벌였던 당대 낭만주의자이자 아나키스트였던 황석우의 존재를 이육사가 몰랐을 리가 없다. 황석우의 신시논쟁뿐만 아니라 1920년대 동인지 문단에서의 초기 근대시형의 모색과 당대 낭만주의적 경향을 이육사는 어느 정도 독서한 이후에 도일을 했던 것으로 보인다.

그러므로 이육사는 이미 1920년대 동인지 문단의 한 주류를 이루고 있었던 낭만주의 시풍의 시편들을 두루 접촉한 것은 물론이거니와, 그 사상적 경유지로 확대되곤 했던 일본의 아나키즘과도 깊은 접촉이 있었던 것을 추적할 수 있다. 때문에 이육사는 이러한 아나키즘의 사상을 기반33)으로 중국에서 사회주의 사상을 수혜 받는 과정을 거쳐 사회주의 독립운동가의 면모를 갖추게 된 것이다. 뿐만 아니라 육사가 활동하기 시작했던 시기는 데카당이 신낭만주의 풍조로 자리 잡고 있었을 시기였다. 이육사의 동생인 이원조의 이 당시 발표한 글을 경유해서 살펴보자.

---

32) 신시논쟁에 관련하여 근대시 형성과정에서의 배제와 결합·수용 과정에 관해서는 정우택, 「한국 근대 초기시에서 '외래성'과 '민족성'의 문제」, 『한국시학연구』 제19호, 한국시학회, 2007, 34—38쪽 참조.

33) "1919년 3.1운동 이후 사회주의가 급속히 보급되면서 한국 사상계는 민족주의와 사회주의로 양분화되었다. 1920년대 초까지의 사회주의는 다양한 조류들을 포함하고 있었으며, 아나키즘이 그 주류를 이루고 있었다. 공산주의는 러시아혁명 이후부터 수용되기 시작하여 아직 초보적 수준에 머물러 있었다. 한국인의 공산주의 수용은 중국인이나 일본인과 마찬가지로 아나키즘이라는 매개물을 거쳐 이루어졌다." (이호룡, 『한국의 아나키즘—사상편』, 지식산업사, 2001, 116쪽.)고 알려져 있다. 재일본 한국인들의 일본 내 아나키즘 운동과, 코스모스구락부, 흑도회, 흑우회 등의 자세한 활동 상황과 관련된 논의로는 이호룡, 위의 책, 108—136쪽을 참고하길 바란다. 또한 아나키즘의 입장에서 공산주의를 이해하고 수용한, 재일 한국인과 재중 한국인들의 공산주의 (사회주의) 운동의 사례, 혹은 단재의 「조선혁명선언」으로 압축될 수 있는 국내 아나키즘 유입의 경로 등에 관해서는 이호룡, 앞의 책, 166—195쪽을 참고한다.

우리의 生活은 어느方面으로보든지 막다른골목에서잇다 어느한
곳엔들 무리에게餘裕가잇스며 어느곳엔들 우리에게農足이앗느냐?
우리에게는臨産의産母와가튼 時代的 苦痛이잇다. …… (중략)……
勿論 自殺은 弱者의 悲鳴이며 罪惡이다. 우리는어대까지든지 生命
力을 驅使해야하며 生命에 對한權利를 遂行해야한다. …… (중략)……
그러나生命力를 驅使하며 生命에 對한 權利를 遂行하는데는 決코
平坦한 順境만이잇는것이아니라돌리어 險惡한逆境과 難關이잇
는것이니 이逆境과 難關을 向해 正面的突擊를하는것이生命의活이
다. …… (중략)…… 大多數이 謀避者屈辱의 苟安的生活의 營爲者로
서본다면 얼마나强한 反抗이 爆發이며!…… (중략)……제 生命하나
만이라도 제손으로 제 自由로 處斷하는 自殺을 하라고나는 왼 天下
無力하고 불상한 사람에게 自殺을 煽動한다.
— 이원조, 「自殺論 (2), (3), (5)」 부분34)

이원조는 「自殺論」에서 당대를 "역경과 난관"의 시대로 인지하고
"시대적 고통"을 극복해나가기 위해 '자살'을 종용하는 것은 물론이고,
자살이라는 "강한 반항"을 통해 당대 식민지 사회에 내재된 굴욕적 생
활(현실)을 건너뛸 수 있다는 식의 논리를 피력한다. 그러나 이 글의 맥
락은 자살을 긍정하는 것으로 인지하는 것보다는 자살에 대한 긍정을
통해 자살로밖에는 감당할 수 없는 시대의 비극을 견지하고, 그 정신적
희생의 숭고한 뜻을 내비치는 맥락으로 이해하는 것이 좋다. 즉 1920년
대 낭만주의 문학이 서구 세기말의 병적 불안을 감내하는 방식으로 지
나친 감상주의적 경도에 의해 구현35)되고 있었다면, 이원조가 바라보

34) 이원조, 「自殺論」 1—2회차, 『東亞日報』, 1931. 1. 30~2.1.
35) 1920년 당대 낭만주의적 현상으로 '데카당스'를 논했던 백철의 논의(백철, 『신문학
사조사』, 신구문화사, 1983, 161쪽)를 박종성은 다음과 같이 정리한다. "흥미로운
건 당대의 퇴폐를 바라보는 백철의 인문학적 여유다. 그는 20년대 퇴폐문학이 현
실에 아연해 하면서도 정작 거기서 벗어나지도 못하고 한결같이 매몰되고 마는 데

고 있는 1930년대 또한 여전히 '자살'밖에는 어떤 자유도 가져보지 못하는 불안과 억압의 공간이었던 것이다.

이원조의 「自殺論」은 식민지 정국의 억압의 상태를 역설적으로 노출시킨 사례라고 할 수 있으나, 이는 자살과 같은 과격한 비장미로 부정된 현실을 인지하면서도 다시 그 현실에 애착을 갖고 있는 데카당스적 경향의 방증이라 할 수 있겠다. 이러한 경향은 서인식이 "哀愁가 喪失한 것에 대한 回顧意識에서 出發하는 것이라면 頹廢는 人間의 모든 否定的인 象面에 대한 肯定意識에서 出發하는 것이다."[36]와 같은 당대의 퇴폐를 철학적으로 인지한 논의들에서도 재확인되는데, 이는 1930년대 중반 경향파 문학이 쇠락하고 임화가 '낭만적 정신'[37]을 논한 것

주목한다. 즉 퇴폐의 주역들은 현실을 자주 · 부정하면서도 그곳을 떠나지 못하고 궁극에는 애착과 연민 위에 문학 세계를 구축한다는 점(강조 인용자)이다. 엄밀히 보면 이는 낭만주의 문학처럼 비현실적 공상이나 꿈의 세계를 헤매는 것도 아니고 현실이란 진흙탕에 발목을 파묻고 선 채 정작 거길 이륙하지도 못하는 자세다. 현실을 부정하면서도 막상 버리지 못하고 하염없이 그 암담한 측면만 더듬어 가는 자연주의문학을 떠올리자면 퇴폐주의문학도 서로 통한다고 이해하는 것이다." 박종성, 「식민지 시대의 애수: 정치의 좌절과 문화의 침몰」, 『퇴폐에 대하여』, 인간사랑, 2013, 127쪽.

36) 차승기, 정종현 엮음, 『서인식 전집2』, 역락, 2006, 149쪽; 서인식, 「哀愁와 頹廢의 美」, 『人文評論』, 1940. 1.

37) 임화는 조선문학에서 1920년대 낭만주의가 배제의 논리로 폄하된 가운데, 다시 그 정신을 부활시키기 위하 일환으로 「浪漫的 精神의 現實的 構造 ─ 신창작이론의 정당한 이해를 위하여」(『朝鮮日報』, 1934.4.14.~25.)을 발표한다. "문학의 역사 위에서 이러한 사실적 · 낭만적인 것은 지배적인 2대 경향으로 표현되어 현실은 이 양대 조류의 상호 삼투滲透, 대립, 상충의 복잡한 작용으로 각각 그 특수화된 성격을 구현하게 된 것이다. / 그리하여 나는 문학상에서 주관적인 것으로 표현되는 모든 것을 낭만적인 것이라고 부르며, 그것이 사실적인 것의 객관성에 대하여 주관적인 것으로 현현現顯하는 의미에서 '낭만적 정신'이라고 부르고 싶다. / 따라서 이곳에서 부르는 낭만적 정신이란 개념은 어떤 특정의 시대, 특정의 문학상의 경향을 의미하는 것이 아니라 한 개의 원리적인 범주로서 칭호稱號되는 것이다."(임화, 김재용 외 엮음, 「낭만적 정신의 현실적 구조」, 『문학의 논리』, 소명출판사, 2009, 17─18쪽.)와 같은 견해를 시사한다. 즉 임화는 당대 신낭만주의론을 제시하며 전대

과도 상통하는 부분이 있다. 가령 임화는 "낭만 정신을 모든 꿈을 의미하는 것이라고 해석하는 대신 창조하는 몽상이라고 생각한"38)다거나 "조선문학은 이러한 낭만주의로 말미암아 의욕하고 행위하는 문학이 되며 그 생명력은 선 시대뿐 아니라 미래에까지 공감된다." 39)고 고변하며, 이를 '신로맨티시즘' 즉 '신낭만주의론'으로 대두시킨다. 이는 낭만주의를 사조적 맥락에서 이해한 것이 아니라 정신사적 운동으로 시대를 이끄는 견인차의 역할을 한다고 낭만주의를 격상시키는 견해이다. 여기서의 '낭만적 정신'이란 데카당스의 풍조가 짙은 현실과 경향파 문학의 퇴조 속에서 '낭만 정신'을 토대로 한 새로운 리얼리즘 운동을 모색하자는 주장인 것이다. 이러한 신낭만주의론은 당대 식민지 문인들의 정신적 기저에 흐르고 있는 데카당스적 경향과도 연동하고 있다고 볼 수 있다. 현실의 부정을 통해, 역설적이게도 현실과 가장 깊이 조우하고 자기감상적, 이상적 세계로 도피하는 창작 주체 내면의 세계를 더 뚜렷하게 보여준다는 데에서 데카당스와 신낭만주의론은 교차된다. 더불어 이원조는 임화의 이러한 신낭만주의론에 「시에 나타난 로맨티시즘에 대하여」40)와 같은 논고로 참여하면서 1930년대 중반 비

의 폐기한 낭만주의를 '낭만적 정신'으로 개념화하여 격상시키는 것이다.
38) 임화, 김재용 외 엮음, 같은 책, 31쪽; 임화, 「위대한 낭만적 정신— 이로써 자기를 관철하라!」, 『東亞日報』, 1936.1.1~4.
39) ____, 위의 책, 43쪽.
40) 이원조는 금춘 신문사 문인좌담회에서 모윤숙 등을 '우렁찬 시'라 수사하는 맥락을 두고 이에 논쟁을 보태며, 다음과 같이 약술한다. "여하튼 우리가 규정한 '우렁차다'는 일반적 의에 십분의 타당성은 가지지 않았다고 하더라도 작자 개인의 단순한 감정적 추이라든지 감상적 태도의 감미를 음미하는 데카당스적 서정시에 비해서 도차적度差的 의미로서라도 다소간 '우렁찬' 시가 조선에서 시험되기는 프롤레타리아 시가 출현하면서 시작된 것이다. ……(중략)…… 나는 위에서 조선의 자유시가 '우렁찬' 경향을 가지게 된 것이 프롤레타리아 시의 출현과 함께 한 것과 또한 프롤레타리아 시의 가지는 우렁찬 일 측면의 사회적 원인을 말하였으나 물론 우렁찬

평사에 제 이름을 각인시키기 시작한다.

또한 이러한 사상적 흐름은 동생 이원조 뿐만이 아니라 이육사와도 교착을 가진다. 이육사가 1925년 일본에서 귀국 이후 이원기, 이원일 등 3형제가 항일단체에 가입한 뒤 '장진홍 의거'에 연루되어 수감생활을 할 당시 동생 이원조 또한 이에 연루되었으나 곧 『朝鮮日報』를 통해 시와 소설로 등단을 하고 이후 창작활동은 접은 채, 평론 활동만을 활발하게 전개한 시기적 맥락과도 깊이 연유된다. 이 시기 이원조는 앞선 논고들뿐만 아니라 프로문학의 퇴조와 맞물려 진행되고 있던 지성론, 네오휴머니즘론, 교양론 등 프로문학의 정신성을 옹호하는 입장으로 일관하며 1930년대 비평사에 참여해왔다. 이원조는 자기 입장 바깥의 논의들을 배제했던 것이 아니라, 당대의 위기에 대응하기 위한 "횡단적 글쓰기"41)를 감행했다. 이러한 태도는 이육사가 이 시기에 보였던 평단 활동의 문제의식과도 유사한 측면이 있다. 이육사가 「朝鮮文化는 世界文化의 一輪」42)에서 "조선 문화의 전통 속에는 지성을 가져보지

것이 프롤레타리아 시의 전체적 가치 표준도 아니며 또 '우렁찬' 것이 어떻게 해서라는 기본 표준이 문제되어야 할 것이다. ……(중략)…… 로맨티시즘에 프롤레타리아 시의 일 측면적 경향으로 그 필연적 원인을 가진 '우렁찬' 경향의 무반성 무절제한 남용"(양재훈 엮음, 「시에 나타난 로맨티시즘에 대하여」, 『이원조 비평선집』, 현대문학, 2013, 86─89쪽 참조.)을 지양해야한다는 것이다. "모든 감정이 예술의 형상을 통해 표현될 때 필연적으로 '우렁찬' 측면의 경향"을 내포하고 있기 때문이다.(양재훈 엮음, 위의 글, 88─89쪽.) 이 글에서 이원조가 그 의미를 해명해내려 하는 '우렁찬 시'란 데키당스적 낭만주의 경향에 놓인 '곪아터진 세기'를 견지하는 시를 지양해야하는 관점으로 치닫는다. 임화가 피력한 '낭만적 정신'보다 먼저 발표된 논의이기는 하지만, 사실 둘은 상통하는 개념이라 볼 수 있다. 그러나 이원조는 낭만주의나 퇴폐성에 층위에서 논하였고, 임화는 사조를 뛰어넘는 정신사적 관점에서 '낭만적 정신'을 논하였다고 보는 것이 좋겠다.
41) 그간 해방 공간에서의 중간파적 입장에서 논의되었던 이원조 비평에 대해 다양한 관점을 제시한 논의로는 양재훈, 「이원조의 횡단적 글쓰기 연구」, 『민족문학사연구』, 51권, 민족문학사학회·민족문학연구소, 2003 참조.

못했다고 하는데 좀 생각해볼 문제입니다. ……(중략)…… 지성 문제는 유구한 우리 정신문화의 전통 속에 그 기초가 있었고 우리가 흡수한 새 정신의 세련이 있는 만큼 당연히 문제되어야 할 것입니다."와 같은 문제의식을 던진다. 인용한 글 전사에 있는 지성론이나 휴머니즘론 혹은 모더니즘 등을 이육사는 무작정 옹호하려했던 것이 아니라 '자생적 정신문화'로 시대의 난관을 극복할 것을 요청하려 했다. 이는 이원조가 진영 논리가 아닌 시차적 논점을 가지고 당대 비평의 시각을 마련하며, 당면한 위기를 개진해 나가려했던 전망적 태도43)와도 상통하는 것이다.

다시 말해, 동생 이원조의 비평활동이 배제와 흡작을 동시에 확보하여 시대의 개진을 요청했던 것처럼, 국내에서 이육사의 시작활동 및 문필활동 또한 배제의 태도가 아닌 '서구적인 것'과 '조선적인 것'의 동시에 확보하는 과정에서의 새로움을 요청했다고 할 수 있다. 이는 동생뿐만이 아니라 교우가 깊었던 신석초의 존재44)에서도 그렇고, 이육사가

---

42) 이육사, 「朝鮮文化는 世界文化의 一輪― 知識擁護의 辯」, 『批判』, 1938년 11월;김용직·손병희 엮음, 『이육사전집』, 깊은샘, 2004, 343–344쪽.

43) "이원조는 당대를 시대의식이 부재하는 위기의 시대로 규정하고 있었다. 중세 봉건사회를 타도하고 근대를 열었던 부르주아 이념은 이미 노쇠하여 당대의 현실을 과학적으로 파악할 수 있는 능력을 상실했으며, 현실의 역사 진행방향을 파악하기 위한 과학적 방법을 지닌 사회주의 이념이 제시하는 미래적 전망은 구체적인 현실의 조건에 따라 형성된 감각을 통해서는 포착되지 않는 것이었다. 시대의식의 부재를 틈타 파시즘이라는 비진리가 득세하고 있는 상황에서 당대는 각각 진리의 객관적 조건과 주체적 조건을 결여하고 있는 '불안의 문학'과 '고민의 문학'이라는 불완전한 대응만이 이루어지고 있는 시대였다." 양재훈, 「이원조의 횡단적 글쓰기 연구」, 인하대학교 석사학위논문, 2012, 57쪽.

44) 신석초는 이육사보다 먼저 동생 이원조와 친분이 있었던 것으로 보인다. 가령 "이원조의 호세이대학 유학 시기는 신석초가 같은 대학 철학과에서 청강을 하던 시기와 정확히 겹친다. ……(중략)…… 이제까지 이육사와 신석초는 1935년 봄에 위당 정인보를 통해 처음 만난 것으로 알려져 왔다. 이육사와 신석초가 어울리는 자리에 이원조도 함께 하곤 했지만 지금까지의 연구만으로는 신석초가 이육사와의 친밀한 관계를 매개로 이원조와 교분을 나누기 시작했으리라고 여겨지기 쉽다. 그러나

직접적인 프로문학 논자나 1930년대 후반 리얼리즘론에 참여자가 아니었지만 이육사는 동생의 평문들도 두루 살피며 당대 '신낭만주의론'에 대해 수혜를 받았던 것으로 유추할 수 있는 대목[45]인 것이다.

　신석초가 예시로 든 육사의 시편들을 통해 살펴보더라도 그렇다. "鄕愁에 철나면 눈섭이 기난이요/ 바다랑 바람이랑 그 사이 태여 났고/ 나라마다 어진 풍속에 자랐겠죠. // 짓푸른 깁帳을 나서면 그믐매/ 하이얀 깃옷은 휘둘러 눈부시고/ 정영 「왈츠」라도 추실란 가봐요."(「娥眉」, 『文章』, 1941. 4.)[46]와 같은 탐미적 시선이나 강한 향수에 들어찬 구절들이 그렇다. 구름을 의인화하며 술에 취하듯[47] 자기 육신을 감당하지 못하는 주체의 시선과 불안의 정서를 그대로 내비추고 있는 것은 물론이고, 자기감정의 내발절 고조 상태를 그대로 드러내는 다음 시편들도 그렇다. 「黃昏」(『新朝鮮』, 1935. 12)[48]에서는 "내 골방의 커─텐을 것고"라는 설정에서 읽어볼 수 있는 '병적 내면화의 장소성'이라든가, "내

이원조와 신석초는 일본에서 그보다 먼저 만났을 가능성이 대단히 높다. ……(중략)…… 두 조선인 유학생중 한 사람은 철학과 연구실에서 과외활동을 하는 불문학과 학생이었고 또 한 사람은 프랑스 시인에게 경도된 철학과 수강생이었으니 이 둘 사이에 상당한 교류가 있었을 가능성은 대단히 높다. ……(중략)……이들의 관계가 알려지지 않고 이육사를 통해 만난 것처럼 여겨지게 된 것은 이원조의 월북때문이었을 것이다."(양재훈, 앞의 논문, 25쪽.)과 같은 논의들을 보더라도 동생 이원조의 글쓰기 과정을 이육사는 견지하고 있었으며, 이육사 또한 이 시기 발표한 시편들이 신낭만주의적 경향과 데카당스의 풍조를 수혈 받았다. 그리고 이후 비평문에서는 지성옹호와 네오휴머니즘 등에 동참하기도 했다.

45) 물론 이원조의 비평적 시각과 육사의 입장을 유사하다고 논하기에는 무리가 있으나, 형제는 사회주의 사상을 기반으로 문필활동을 해왔고, 당시 신낭만주의에 대한 사상적 수혜는 동시에 일어난 것으로 보인다.
46) 박현수, 앞의 책, 144쪽; 본고에서 인용한 이육사의 시편들은 모두 박현수의 『원전주해 이육사 시전집』을 토대로 한다.
47) "「아편(阿片)」, 「아미(蛾眉)」, 「자야곡(子夜曲)」 등은 우리가 한창 반거리를 싸다니며 술타령을 하던 때의 작품들이다." (신석초, 앞의 글, 104쪽.)
48) 박현수, 앞의 책, 38쪽.

뜨거운 입술을 맘대로 맞추어보련다/ 그리고 네 품안에 안긴 모든 것에
/ 나의 입술을 보내게 해다오"와 "바다의 흰 갈메기들 같이도/ 人間은
얼마나 외로운것이냐", "숨막힐 마음속에 어데 강물이 흐르뇨"(「子夜
曲」, 『文章』, 1941. 4.)[49]와 같은 화술에서 내발되는 영탄조의 감상성
등은 낭만주의 문학과 깊이 연관해있음을 충분히 드러내는 구문일 것이
다. 또한 「路程記」(『子午線』, 1937. 12.)[50]에서 "목숨이란 마―치 깨
여진 배쪼각/여기저기 흐터져 마을이 한구죽죽한 漁村보다 어설푸고/
삶의 틔끌만 오래묵은 布帆처름 달어매엿다."과 같이 앞으로 자신이 나
아갈 길을 망가진 배로 상징하여 밀고 나가겠다는 비관적 인식론은 당
대 데카당스적 경향[51]의 반영이라고 볼 수 있을 것이다. 돌파구를 모색
할 수 없는 전망 없는 삶에서 이육사가 기록하는 시간이란 "거미줄만
발목에 걸린다해도/ 쇠사슬을 잡어맨듯 무거워"(「年譜」, 『詩學』, 1939.
3.)[52]진 것만 같은 고행의 연속이었을 것이다. 그러므로 시편에서라도
몽상이나 꿈을 노래하지 않고서는 당대 식민지 현실에서의 삶의 지표
를 내재하지 못할 만큼 '작은 주체'[53]가 될 수밖에 없었을 것이다. 그러
나 이런 데카당만으로 육사의 시풍이 흐른 것만은 아니다. 잘 알려진
바와 같이 「絶頂」과 「曠野」, 「蝙蝠」과 같은 시편들 또한 이 시기의 이

---

49) _____, 앞의 책, 150쪽.

50) _____, 앞의 책, 62쪽.

51) 이 시기 이육사 시의 심화된 비극과 원시적 낭만성에 관한 논고로는 김종태, 「이육
  사 시에 나타난 비극과 소망의 문제」, 『한국문예비평연구』 제54집, 한국현대문예
  비평학회, 2017, 81-85쪽 참조.

52) 박현수, 앞의 책, 90쪽.

53) "육사의 시에는 그늘이 없었다. 우리의 시가 상징적 수법으로 접근해 간 것은 그만
  한 연유가 있었다. 이 같은 수법이 아니고는 당시 우리가 관념하는 것들을 표현하
  기 도저히 어려웠던 것이다."(신석초, 앞의 글, 105쪽.)라는 회고가 방증해주듯, 이
  육사 시에서 이 시기 드러나는 절망감이나 외소해진 주체의 발화로 치우치는 경향
  을 역설적이게도 신석초는 에둘러 "상징적 수법"으로 수사하고 있다.

육사의 시편들인 만큼, 이육사 시가 한 조류만으로 흘렀다고 볼 수는 없는 것이다.

3. 이육사 연애시편: 「班猫」, 「邂逅」

당대 문인그룹 안에서도 이미 1920년대 폐기하고 배제했던 낭만주의가 다시금 카프주의 논자들에 의해 1930년대 '신낭만주의론'으로 재고되었다. 이는 그 기저에 '데카당스적 경향'[54]을 깔고 대두된 것은 대공황, 서구 근대 붕괴, 중일전쟁, 지성옹호와 네오휴머니즘의 재고[55] 등과 같은 대내외적 전환기에 식민지 사회의 불안정한 시대 인식과 당대 임화 등을 필두로 한 조선문단 내부에서 보이지 않는 전망 찾기 운동의 일환이라 이해해도 좋을 듯하다. 그러니 현재까지도 거듭 항일지사로 평가받은 이육사마저도 황폐화된 식민지 현실을 그대로 투사할 수밖에 없는 감상적 우울감이 짙은 시편들을 앞서 살핀 것처럼 쏟아낼

---

54) "1930년대 후반에 광범위하게 나타나고 예술적 깊이조차 획득하게 되는 퇴폐적 경향의 문학을 분석하기 위해서, 이때에 광범위하게 논의 되었던 퇴폐(데카당스)문제를 다루고 싶었다. 비록 퇴폐 자체를 비평적 이론으로 또는 사상으로 제기한 것들은 없었지만 그것은 '불안사상', '불안문학' '고뇌의 문학' 등의 이름으로 또는 휴머니즘론 속에 깊이 잠재되어 있었다. 그것은 흔히 이 시기를 양대 사조 즉 리얼리즘과 모더니즘으로 구분하는 것에 쐐기를 박는 것이기도 하다. 왜냐하면 그것은 그러한 것들을 가로질러 가면서 그 어떤 것에도 속하지 않는 독특한 자리를 차지하기도 하기 때문이다. 아마도 억지로 그것에 어떤 이름을 부여하려면 1930년대의 병적 낭만주의라고 이름붙일 수 있을지도 모른다./ 아무튼 퇴폐에 대한 논의는 카프계열 논자들의 날카로운 경계의식 속에서 더 뚜렷하게 부각되기도 한다." 신범순, 「1930년대 문학에서 퇴폐적 경향에 대한 논의」, 『한국현대시의 퇴폐와 작은 주체』, 신구문화사, 1998, 55쪽.
55) 1930년대 중반 지성사의 흐름과 네오휴머니즘에 관련하여 저항 시인들의 윤리관을 고찰한 논고로는 박성준, 앞의 글, 108-122쪽 참고.

수밖에 없었던 것으로 보인다. 때문에 신석초를 중심으로 한 『子午線』 동인들이나 임화에게 일찍이 전환기 신세대로 명명된 오장환, 김광균과 같은 동료 문인들[56]과의 술자리 횟수는 더더욱 많아졌다. 이 시기의 이육사는 서울 명륜동과 종암동에 체류하면서 밤거리를 누비고 술로 현실의 불안감을 달랬던 것으로 보인다. 이 과정에서 '인간 이육사'의 면모를 드러내는 시편들을 더러 찾아볼 수 있는데, 본고에서 주목하는 것은 이육사가 당대 연모했던 여인에게 연정을 품고 썼던 연애시편이다. 우선 신석초의 회고를 또 다시 경유해서 살펴보자.

> 육사는 조용히 말술을 마시는 시인이었다. 우리는 화사로운 바아나 요정에도 더러 들렀고, 물론 아는 기생도 있었다. 하지만 육사는 여자에게 담담한 주객이었다. 결코 여자에게 친압하지 않는 신사였다. 이러 태도는 모든 여성에 대하여 마찬가지였다. 아마 이것도 구국 지사로서의 그가 정신 단련에 필요로 했던 하나의 계율이었던 것이다. 다만 나는 그에게도 단 한 사람의 비밀한 여성이 이었다는 것을 어렴풋이 짐작하고는 있다. 나는 단 한번 먼 발치에서 그 여성을 바라다본 일이 있다. 그는 그 이상 그 여인의 정체를 밝히려 하지 않았던 것이다. <u>작품 「반묘(班猫)」와 「해후(邂逅)」등은 그 영원한 여인에게 준 꽃다발이다.</u> (밑줄 인용자)
>
> — 신석초, 「이육사의 인물」 부분[57]

이육사는 부인 안일양 사이에서 슬하에 아들 동윤과 딸 옥비를 두기

---

56) 신석초, 오장환, 김광균 등은 모두 육사의 유고 『陸史詩集』(서울출판사, 1946)에 「序」를 작성했던 시인들이다. 또한 최근에는 이용악, 오장환과 나누었던 엽서가 발굴(박현수, 앞의 책, 253—257쪽.)되어, 당시 그들의 친분이 매우 두터웠음을 유추할 수 있다.
57) 신석초, 앞의 글, 105쪽.

는 했지만, 육사에게 결혼은 퇴계의 후손이자 유교전통이 뿌리 깊게 남아있었던 집안에서 맺어준 집안 간의 혼인으로 일종의 의무감처럼 작용되었다. "신학문과 근대사회에 대한 인식을 섭렵하려는 욕구로 충만하던 그가 전통적인 굴레 속에서, 또 그러한 분위기에서 수수하게 자라난 처녀를 아내로 받아들이는 것이 선뜻 내키지 않았던"[58] 것으로 이동영에 의해 증언되고 있다. 또한 이육사가 남긴 시편들은 많지 않은 양[59]이기도 하지만, 그 중에서 부인이나 가족과 관련되거나 그 흔적이 엿보이는 시가 단 한 편도 없다는 것은 시인 일반론적으로 대조해보았을 때 예외적인 면모이다. 인용한 신석초의 회고로 미루어보면, 1940년대 초 이육사는 동료들과 바(bar)나 기생집을 드나들 정도로 호사로운 방황기에 들어선 것을 알 수 있는데, 그렇다고 해서 이육사가 방탕한 생활을 했다거나 여성편력을 드러내지는 않았던 것으로 보인다. 인용한 신석초의 회고에서도 "결코 여자에게 친압하지 않는 신사"라고 했거니와 소위 당대 기생이라 유추되는 여성에게 강한 연정을 품었다고 가설을 세우기[60]에는 이육사가 가진 여성관이 재래적(봉건적) 전통의 여성상과는 거리가 있었기 때문이다. 1938년 10월 『批判』에 발표한 평문 「侮蔑의 書 ―조선 지식여성의 두뇌와 생활」[61]을 살펴보면, 당대 '지성적 요구'과 휴머니즘과 같은 심리적 경향을 두루 살피는 지식인 여성상을 제시한다.

이 글에서 이육사가 던진 "'조선의 지식여성'들은 지성의 중요한 요

58) 김희곤, 앞의 책, 72―73쪽.
59) 2002년 발굴된 「山」, 「畵題」, 「잃어진 故鄕」(『주간서울』 33호, 서울신문사, 1949.)까지 포함해 이육사는 총 35편의 시를 남겼다.
60) 또한 이 시기 이육사는 심한 폐질환을 앓고 투병을 했던 시기이기도 하다.
61) 김용직·손병희, 앞의 책, 337―342쪽.

소로서 사회와 시대와 문화에 얼마나한 감격과 정서와 관심들을 가지고 소극적이나마 이것을 아끼고 간직했다가 다음에 오는 세대에 물려주려는가?"와 같은 질문들이 그렇다. 당대 지식인 여성들이 서구의 전통적 교양이나 우리의 자생적 교양이 아닌 "모방이라도 아주 창피한 모방밖에" 하지 않는 세태로 흐는 것에 대한 경종을 울리기 위한 우회적인 질문이었다고 할 수 있다. 육사가 이 글에서 문제 삼는 것은 종국에는 "경성의 결혼 시즌"에서 "따이야 가락지고 결혼의식"에 집착하는 허영적인 세태에 관한 것[62]이다. "구주사람들이 진정한 '인간정신의 저하'를 한탄하는 것은 지나간 때의 고매하던 인간의 정신이 자꾸만 자꾸만 비속해지는 것을 우려"하는 것과 같이 우리 또한 물적 허영이나 의식적 모방에 치우칠 것이 아니라 "교양의 근원"을 추구하고 "문화의 위기" 속에서 그것을 완성해 나아가는 모습을 보여야한다고 이육사는 시사하고 있다. 물론 이는 당대 지식인 여성을 경유해서 말하고는 있으나 식민지 조선인이 가져야할 시대적 정동일 것이다. 그리고 무엇보다 결혼과 이혼의 세태를 기술하면서 이육사는 "인간생활에 있어서 결혼이

---

62) 이육사는 이 글에서 "'광고결혼'이라면 새로운 명칭은 될지 모르나 그 무슨 신화이며 우상화인가? 신랑신부가 서로 사랑했고 사랑하고 사랑할 자신이 또는 그런 신념이 있다면 어떠한 형식이라도 알맞게 살면 그만 일것을 그와같은 의식에 구속되어 신성해야할 일생에 두번 있지못할 결혼을 우상화한다는 것은 아무 사랑도 없고 이해없는 배우자들이 혹은 구도덕의 희생자로서나 또는 어떤 정책적인 결혼의 노예로서가 아니면 할수 없는 인간모독이 아니면 무엇이냐.……(중략)……이혼소송에 나타난 대다수 지식여성들의 기소이유를 살펴보면 거의는 남편의 사랑이 없다느니 이해가 없다느니 뿐이니 그와같은 엄청난 의식밑에서 여보란 듯이 광고를 하고 맺은 맹세가 이다지도 쉽게 파종이 온다는 것은 그 죄의 전부를 여성에게만 돌리지 않더라도 대부분은 현대 여성의 허영에서 발원한 것이다. 그러면 그 허영이란 어디서 온것이냐하면 그는 물론 제 자신을 가지지 못한 까닭이다. 사람이 제 자신을 의식했을때보다 더 강한 것은 없다"(김용직·손병희, 앞의 책, 341-342쪽.)와 같은 구분처럼 당대 결혼관과 쉽게 자행되고 있는 이혼에 관해 '보수적인 시각'을 드러내기도 한다.

라는 것은 중요한 사실이고 결혼에 있어 중요한 것은 사랑이다. 두사람이 서로서로 이해하고 사랑하고 그래서 결합된 것이 이상적인 결혼일 것이다."와 같은 구문으로 자신이 품고 있던 '결혼관'내지 '연애관'을 드러냈던 것이다.

정리하자면, 이육사의 戀歌나 연정을 고찰하는데 있어서 신석초의 회고만을 무조건 따라가는 것을 지양해야하며, 육사가 부인 안일양과의 사이가 그리 넘치게 좋은 사이는 아니었다고 하나, 그렇다고 해서 안일양과 같은 전근대적 여성일 것이라고 추론되는 '유곽의 여성'을 이육사가 깊이 연모했을 리가 만무하다는 것이다. 그러므로 신석초가 "「반묘(班猫)」와 「해후(邂逅)」등은 그 영원한 여인에게 준 꽃다발"이라고 했으나, 이 시편들 속에 드러난 사랑의 감정이란 특정 대상을 두고 내발된 정동이 아닌 이육사의 내면 깊이 잠재된 의식적 정동으로써의 사랑이라는 것을 먼저 토대로 한 후, 「班猫」와 「邂逅」를 살펴야할 것이다. 또한 육사가 남긴 시편이 시조와 한시를 포함해도 40편 정도에 불과한 것을 감안해보았을 때, 단 2편의 연애시가 후기에 발표되었다는 것은 당대 낭만주의적 요소와 충분히 연유되고 있었음을 예증하는 사료라고 할 수 있겠다.

> 어느沙漠의나라 幽閉된 后宮의 넋이기에/ 몸과 마음도 아롱저 근심스러워라.// 七色바다를 건너서와도 그냥 눈瞳子에/ 고향의黃昏을 간직해 서럽지 안뇨.// 사람의품에 깃들면 등을 굽히는짓새/ 山脈을 느릿사록 끝없이 게을너라.// 그적은 咆哮는 어느祖先때 遺傳이길래/ 瑪瑙의 노래야 한층더 잔조우리라.// 그 보다 뜰알에 흰나븨 나즉이 날어올땐/ 한낮의 太陽과 튜맆 한송이 직힘직하고
> ─「班猫」,『人文評論』(1940. 3), 전문[63]

"어느沙漠의나라 幽閉된 后宮"의 모습으로 시선화되고 있는 이 고양이는, 고양이이자 육사가 연정하는 대상이다. 우선 그이는 "七色바다"를 건너온 듯한 외형적 아름다움을 간직하고 있지만, "눈瞳子에/ 고향의黃昏을 간직해 서럽지" 않을 수 없는 깊은 사연이 있을 듯한 여인이다. "사람의품에 깃들면 등을 굽히는짓새/ 山脈을 느늣사록 끝없이 게을너라."며 매혹적인 고양이의 형상을 하고 있지만, 결국에는 사람 곁에서 제 사연을 늘어놓지도 자신의 처지를 개진하지도 못하는 '포효'만 하고 있는 미물의 모습인 것이다. 때문에 '고양이'='幽閉된 后宮'='유곽의 여인'과 같은 등식을 성립해놓고 이 시를 대상화해서 읽는 것은 위험해 보인다. 그러나 이 시가 이육사의 연애시편이 될 수 있는 이유 또한 역설적이게도 그러한 연유이다.

그럼에도 불구하고 "몸과 마음도 아롱저 근심스러"운 병중의 상태와 고양이가 사람 곁에서 재롱을 부리듯 주체의식을 함양하지 못한 채 주변자로 살아가는 식민지인들의 고뇌가 화자의 처지와 함께 제유적 측면에서 독서되지 않는 것 또한 아니다. 「班猫」는 작은 고양이의 굽은 등에서 산맥과 같은 역사적 깊이를 느끼듯("山脈을 느늣사록 끝없이") 이 육사 자신이 품었던 연정이 이루어지지 못할 것임을 스스로 인지함과 동시에, 역경에 처한 여성과 자기 내면을 동일시하는 과정을 통해, 불안한 질곡의 시대를 영탄조[64]로 읊는다. 다시 말해 「班猫」는 시대 인식마저도 내장한 채, 개인사를 내비친 낭만주의적 고뇌를 드러냈다고 할 수 있겠다.

---

63) 박현수, 앞의 책, 116—117쪽.
64) 이 시기의 이육사 시가 오장환, 김광균 등과의 문학적 유대 속에서 형성되었다는 것을 감안해보았을 때, '임화'적 통찰에 기대어 보자면, 「班猫」의 현대성은 고양이에 대한 이미지즘의 확대와 감상적 풍조의 결합이라 할 수 있다. 이 같은 경향은 당대 김광균 시의 특성과 유사한 맥락으로 이해된다.

모든 별들이 翡翠階段을 나리고 풍악소래 바루 조수처럼 부푸러 오르던 그밤 우리는 바다의 殿堂을 떠났다// 가을 꽃을 하직하는 나비모냥 떨어져선 다시 가까이 되돌아 보곤 또 멀어지던 흰 날개우엔 볕ㅅ살도 따겁더라// 머나먼 記憶은 끝없는 나그네의 시름속에 자라나는 너를 간직하고 너도 나를 아껴 항상 단조한 물결에 익었다// 그러나 물결은 혼들려 끝끝내 보이지 않고 나조차 季節風의 넋이 가치 휩쓸려 정치못 일곱 바다에 밀렸거늘// 너는 무삼 일로 沙漠의 公主같아 臙脂찍은 붉은 입술을 내 근심에 漂白된 돛대에 거느뇨 오―안타까운 新月// 때론 너를 불러 꿈마다 눈덮인 내 섬속 透明한 玲瓏으로 세운 집안에 머리 푼 알몸을 黃金 項鎖 足鎖로 매여 두고// 귀ㅅ밤에 우는 구슬과 사슬 끊는 소리 들으며 나는 일흠도 모를 꽃밭에 물을 뿌리며 머―ㄴ 다음 날을 빌었더니// 꽃들이 피면 향기에 醉한 나는 잠든 틈을 타 너는 온갖 花瓣을 따서 날개를 붙이고 그만 어데로 날러 갔다냐// 지금 놀이 나려 船窓이 故鄕의 하늘보다 둥글거늘 검은 망토를 두르기는 지나간 世紀의 喪章같애 슬프지 않은가// 차라리 그 고은 손에 흰 수건을 날리렴 虛無의 分水嶺에 앞날의 旗빨을 걸고 너와 나와는 또 흐르자 부끄럽게 흐르자

―「邂逅」,『陸史詩集』(서울출판사, 1946.), 전문65)

　　「邂逅」는 이육사 시에서 유일하게 사랑과 이별의 정한이 깊이 투사된 시편이다. '너'와 '나'가 명확히 설정되고 있는 시적 정황도 그렇고, "翡翠階段"의 형상으로 끊임없이 울렁거리는 바다의 종횡·수직적 이미지들을 배치하여 수사된 이별의 정동들도 그렇다. 이 시의 화자 '나'는 "沙漠의 公主", "臙脂찍은 붉은 입술"을 너로 명명되는 여인과 "머나먼 記憶은 끝없는의 시름속에 자라나는 너를 간직하고 너도 나를 아껴 항상 단조한 물결에 익었다"는 "바다의 殿堂"에서 이별을 하게 되었다.

---

65) 박현수, 앞의 책, 182―184쪽.

그러나 나는 그 연인을 쉽사리 잊을 수가 없어서 떠나간 그이를 그리며, "너를 불러 꿈마다" 다시 사랑했던 날을 되풀이해 쓰고 있는 것이다. 그러니 내가 허우적거리고 있는 이 "머나먼 記憶"은 "나그네의 시름속"이거나 "안타까운 新月", "눈덮인 내 섬속", "내 근심에 漂白된 돛대"와 같은 그리움과 애상, 끝끝내 다다를 수 없는 곳에 대한 동경 등이 침윤된 하강 정동으로 분유해나갈 수밖에 없는 것66)이다. 물론 '동경'과 '향수', '시원성' 혹은 「邂逅」라는 제목에서 드러나듯 '우연성', 이루어질 수 없는 사랑에 대한 애착 등은 낭만주의 문학의 일반론적 특징이기도 하다.

게다가 "풍악소래", "가을 꽃을 하직하는 나비모냥", "季節風의 넋", "귀ㅅ밤에 우는 구슬과 사슬 끊는 소리",와 같은 운동성을 한껏 내장한 감정적 이미지로 화자의 내면 공간을 수사하면서, 이육사는 "끝끝내 보이지 않고 나조차 이 가치 휩쓸려"간다고 자기 주체를 놓아버린다. 이렇게 작은 주체로 전락하는 것은 그간 이육사의 시편들을 상기했을 때 찾아내기 어려운 장면일 것이다.67) 사랑하는 대상에 대한 곡진한 그리움으로 가득 찬 이와 같은 정서는 "일흠도 모를 꽃밭"에서 "향기에 醉한" 채 날아가는 나비의 형상이 되기도 하고, "머리 푼 알몸을 黃金 項

---

66) "낭만주의가 추구하는 절대적인 것이란 그 자신과 가능한 모순의 절대적인 통일을 말한다."(김진수, 『우리는 왜 지금 낭만주의를 이야기하는가』, 책세상, 2001, 34쪽.) 앞서 살펴보았던 아나키즘이나 사회주의, 유토피아 의식에 대한 경도 또한 '혁명적 낭만주의'라는 측면에서 당대 낭만주의의 적극적 수용이자 그 반영이라 할 수 있다. 더불어 '동경'과 '향수', '시원성' 혹은 「邂逅」라는 제목에서 드러나듯 '우연성', 이루어질 수 없는 사랑에 대한 애착 등은 낭만주의 문학의 일반론적 특징이기도 하다.

67) 가령 「年譜」에서 "첫사랑이 흘러간 港口의 밤 /눈물 섞어 마신술 피보다 달더라"와 같은 구절에서 이육사는 항구의 장소성을 첫사랑에 대한 실패로 상징하고 있기는 하지만 뒤따르는 구절에서 "피보다 달더라"와 같이 화자의 정서감은 곧고 강인한 모습을 띠도록 발화하는 특징을 보여준다.

鎖 足鎖로 매여 두고"와 같은 죄의식에 사로잡힌 인간의 고통스러운 모습으로 형상화[68]되기도 한다.

그러나「邂逅」는 이러한 이별과 애상만을 상징한 채 종결되지 않는다. 가령 "검은 망토를 두르기는 지나간 世紀의 喪章같애 슬프지 않은가"와 같은 구절에서도 나타나듯, 어떤 사랑의 감정에 끝끝내 다다를 수 없고, 하릴없이 옭아 매여져 "虛無의 分水嶺에 앞날의 旗빨"만 흔드는 것이 비록 화자의 처지이지만, 자신을 둘러싼 '검은 망토'로 축약되는 시대의 장례를 "世紀의 喪章"과 같은 환유로 배치하면서 '개인적 화자'가 겪은 사랑에 대한 실패 내지 고뇌의 정감을 시대의 문제와 정도의 길로 탈바꿈하고 있는 것이다. 그리고 더 나아가 '공동체적 염원'으로 "고은 손에 흰 수건을 날리렴"이나 "너와 나와는 또 흐르자 부끄럽게 흐르자"라고 제안함으로써 다다를 수 없는 이상의 영역에서, 도피가 아닌 희망을 노래한다. 즉 낭만적 정조에 깊이 젖어 있는 시어들을 사용함과 동시에, 이육사는 '공동체적 염원'을 노래함으로써 시대적 채무의식까지「邂逅」에 함양하고 있는 모습이다. 그러니 이육사의 戀歌 시편들은 '인간 이육사'를 엿볼 수 있게 하되, 대문자 이육사의 정조 또한 놓치지 않고 있는 숨은 가편들이라 할 수 있겠다.

---

68) 이렇게 죄의식으로 기울어진 작은 주체의 내면 풍경은「鴉片」(『批判』, 1938. 11)에서 "무지개같이 恍惚한 삶의 光榮/ 罪와 곁드려도 삶즉한 누리."와 같은 구절에서도 반복된다. 특히 이육사가 戀歌의 시편「班猫」,「邂逅」보다 먼저 발표되었던「阿片」에서는 마약에 취해 자기 주체성을 놓친 몽롱한 상태를 제시하는 등 당대 데카당스적인 특징을 그대로 수용하여 형상화하고 있다. (박성준,「이육사 시에 나타나는 낭만성과 '다른 공간'들」,『한국문예창작』36호, 한국문예창작학회, 2016, 29–30쪽.)

4. 결론

지금껏 알려진 바로 이육사는 당대 조선문단에서 어떤 유파에 속하거나 두터운 친분을 가진 문인들과 연동하여 한 세대의 세대론적 호명을 받은 바가 없다. 육사의 문학은 해방공간에서 유고 『陸史詩集』(서울출판사, 1946.)이 간행되면서 복기된 면이 없지 않으며, 그러한 재호명의 과정을 통해 이육사의 생애와 시는 저항시의 맥락 안에서 유통되고 담론화되었다.

그러나 "낭만주의건 상징주의건 서구시에서 온 개념의 시형식이기는 하지만 시대를 초월하여 그 수법상으로만 말한다면 동양의 시가 이미 오래 전에 실험해 온 것"[69]이라는 신석초의 회고에서도 알 수 있듯이, 이육사는 1920년대 동인지 시대의 낭만주의와 일본의 아나키즘, 사회주의 사상, 1930년대 초 데카당스와 신낭만주의론을 지나 1930년대 후반 지성옹호론과 네오휴머니즘론, 문화옹호론까지 접촉한 흔적들을 확인할 수 있다. 당대 식민지 조선 사회의 지성사, 문단 논쟁들과 적정한 거리를 두고, 이육사는 시와 비평 활동을 겸해온 문필가였다. 물론 그의 시 세계 속에는 유림적 한시나 중국문학의 영향 또한 쉽사리 찾아볼 수 있는 현상이지만, 그동안 본격적으로 관철되지 못했던 이육사의 '낭만성'과 '낭만 정신'을 탐구한 본고는 이육사 문학의 새로운 연구 방향을 제시하고 있는 셈이다.

더불어 본고는 이육사의 시편 중에 예외적이라고 할 수 있는 戀歌까지 탐독하는 기회를 가졌다. 「班猫」, 「邂逅」와 같은 시편들이 그러한데, 이육사는 이 시편들에서도 개인적 정감이나 이별의 애수만을 표현

---

69) 신석초, 앞의 글, 105쪽.

했던 것이 아니라 '사적 정동'에서 '공동체적 염원'에 이르는 거시적인 동경과 희망을 제시함으로써 당대에 요구되었던 진정한 '낭만적 정신'을 실천한 행동주의적 지식인이었다고 평가할 수 있을 것이다.

참고문헌

<기본 자료>

김용직·손병희, 『이육사전집』, 깊은샘, 2004,

김희곤, 『새로 쓰는 이육사 평전』, 지영사, 2000.

_____, 『이육사 평전』, 푸른역사, 2010.

박현수, 『원전 주해 이육사 시전집』, 예옥, 2008.

<논문 및 단행본>

권혁웅, 「이육사 시의 리듬 연구」, 『한국시학연구』 제39호, 한국시학회, 2014.

김경복, 「이육사 시의 유토피아 의식 연구」, 『한국문학논총』 제74집, 한국문학회, 2016.

김인환, 「이육사 시의 속뜻」, 『배달말』 제1권, 배달말학회, 1975.

김종태, 「이육사 시에 나타난 비극과 소망의 문제」, 『한국문예비평연구』 제54집, 한국
　　　　현대문예비평학회, 2017.

김흥규, 「陸史의 詩와 世界認識」, 『문학과 역사적 인간』, 창작과비평, 1980.

김희곤, 「이육사의 민족문제 인식」, 『한국독립운동사연구』 제23집, 독립기념관 한국
　　　　독립운동사연구소, 2004.

박성준, 「이육사 시에 나타나는 낭만성과 '다른 공간'들」, 『한국문예창작』 36호, 한국
　　　　문예창작학회, 2016.

_____, 「일제강점기 저항시인의 세계인식과 글쓰기 전략— 이육사, 윤동주를 중심으
　　　　로」, 『비평문학』 제65호, 한국비평문학회, 2017.

박주택, 「이육사 시의 낙원의식 연구」, 『어문연구』 제68집, 어문연구학회, 2011.

백　철, 「浪漫主義 文學」, 『新文學思潮史』, 신구문화사, 1980.

_____, 『신문학사조사』, 신구문화사, 1983.

서인식, 「哀愁와 頹廢의 美」, 『人文評論』, 1940. 1.

신범순, 「1930년대 문학에서 퇴폐적 경향에 대한 논의」, 『한국현대시의 퇴폐와 작은
　　　　주체』, 신구문화사, 1998.

신석초, 「육사의 추억」, 『현대문학』, 1962. 12.

_____, 「李陸史의 生涯와 詩」, 『사상계』, 1964. 7.

_____,「이육사의 인물」,『나라사랑』16집, 외솔회, 1974 가을.

양재훈,「이원조의 횡단적 글쓰기 연구」, 인하대학교 석사학위논문, 2012.

오장환,『일제하 한국 아나키즘 소사전』, 소명출판, 2016.

이원조,「自殺論」1—2회차,『東亞日報』, 1931. 1. 30~2.1.

_____,「시에 나타난 로맨티시즘에 대하여」,『朝鮮日報』, 1933. 1. 31~2.3.

이은상「陸史小傳」, 백기만 편,『씨뿌린 사람들』, 사조사, 1959.

이호룡,『한국의 아나키즘—사상편』, 지식산업사, 2001,

임화, 김재용 외 엮음,「낭만적 정신의 현실적 구조」,『문학의 논리』, 소명출판사, 2009.

_____,「浪漫的 精神의 現實的 構造 — 신창작이론의 정당한 이해를 위하여」,『朝鮮日報』, 1934.4.14.~25.

_____,「시단의 신세대」,『朝鮮日報』, 1939.8.18.—2.

정우택,「한국 근대 초기시에서 '외래성'과 '민족성'의 문제」,『한국시학연구』제19호, 한국시학회, 2007.

조세현,「한국: 민족해방으로서의 아나키즘」,『동아시아 아나키즘 그 반역의 역사』, 책세상, 2001.

최윤정,「이육사의 탈주의식과 타자성」,『한국문학이론과 비평』제51집, 한국문학이론과비평학회, 2011.

최창규,「이육사 시대의 사상사적 좌표」,『나라사랑』16집, 외솔회, 1974 가을.

홍기삼,「이육사의 저항 활동」,『나라사랑』16집, 외솔회, 1974 가을.

황석우, 김학동, 오윤전 편,『황석우 전집』, 국학자료원, 2016.

윤동주 시의 낭만성과 戀歌

1. 문제제기

윤동주는 만해, 육사와 더불어 현재까지 한국문학사에서 대표적인 저항시인으로 평가[1]돼왔다. 그러나 그의 시가 당대 문인그룹에 포함되어

---

1) "國體를 변혁할 것을 목적으로 하여 그 목적 수행을 위한 행위" 즉 독립운동의 죄목으로 교토 재판소에서 판결문(「일본 교토 재판소 판결문」, 『윤동주 연구』, 문학사상사, 1995년, 547쪽 재인용)을 받고 윤동주는 옥사했다. 사후 그가 남긴 시에 대한 평가 및 연구에서 있어서, 이와 같은 독립운동의 이력은 윤동주를 민족시인, 저항시인의 범주에서 고찰하는 실증적 사료로 보충되고 그런 시각이 논단에 주류를 이루고 있다. 특히 1973년 『크리스찬문학』 윤동주 특집과 1973년 3월호와 1976년 4월호의 『문학사상』과 1976년 여름 『나라사랑』 특집에 기획된 '윤동주 특집'을 전후로 해서 활발하게 전개된 윤동주 시의 저항성 심도에 관한 연구들은 다음과 같다. 김용직 「윤동주 시의 문학사적 의의」, 『나라사랑』 23집, 외솔회, 1976년 여름; 김윤식, 「윤동주론의 해방」, 『심상』, 1975년 2월; 김윤식, 「한국근대시와 윤동주」, 『나라사랑』 23집, 외솔회, 1976년 여름; 김흥규. 「윤동주론」, 『창작과비평』, 1974년 가을; 신동욱, 「하늘과 별에 이르는 시심」, 『나라사랑』 23집, 외솔회, 1976년 여름; 염무웅, 「시와 행동」, 『나라사랑』 23집, 외솔회, 1976년 여름; 오세영, 「윤동주 시는 저항시인가?」, 『문학사상』, 문학사상사, 1976년 4월; 오세영, 「윤동주의 문학사적 위치」, 『현대문학』 244호, 현대문학사, 1975년 4월; 임헌영, 「순수한 고뇌의 절규」, 『문학사상』, 문학사상사, 1976년 4월; 홍기삼, 「고독과 저항의 세계」, 『월간문학』, 월간문학사, 1974년 7월 등이 그것이다. 이 논의들 중에서 오세영과 임헌영의 경우, 윤동주 시에 나타나는 서정성과 자아 지향성에 방점을 두고 윤동주의 시를 '저항시'

논해진 것이 아니라 사후 간행된 유고 시집[2]을 통해 우리에게 소개되었다는 점에서, 윤동주 문학은 자생된 그 자체로, 한국근대문학의 특수성과 그 굴절들을 보존하는 역할을 먼저 수행해야만 하는 정치적 문학사관[3] 곁에 놓여 있던 것 또한 사실이다. 특히 1968년 정음사에서 간행된 『하늘과 바람과 별과 詩』 제3판 수록된 서발문 박두진의 「尹東柱의 詩」와 백철의 「暗黑期 하늘의 별」은 윤동주의 시편들이 어떠한 방식으로 남한문학사와 대결하고 응전하는 역할을 수행하였는지 반증하는 사료가 된다.

라기보다는 '순수시'의 관점에서 고찰하려 했다. 특히 오세영은 ①작품 발표 시기와 견주어 저항할 대상이 부재된 상태에서 발표된 윤동주의 시는 저항시가 아니며, ② 행동 없는 부끄러움은 저항이라 볼 수 없고, ③윤동주의 시가 시대 인식보다는 소박한 휴머니즘에 머물고 있다고 강한 비판의 어조로 진단한다.

2) "1947년 2월 13일자 『경향신문』에 정지용의 소개문과 더불어 유작 「쉽게 씌어진 詩」가 해방 후 최초로 발표되었다."는 송우혜, 「연보」, 『윤동주 평전』 제3차 개정판, 서정시학 2016, 550쪽을 참조해보면, 이때 본격적으로 윤동주의 시가 한국문단에 처음 소개된 것을 알 수 있다. 덧붙이자면, 시집 『하늘과 바람과 별과 詩』는 그의 사후 3년 1948년, 편집 주체에 있어서 정현종 등은 동생 윤일주의 선별과 편집을 통해 출간한 것으로 기술(정현종 외, 「윤동주 연보」, 『원본 대조 윤동주 전집 하늘과 바람과 별과 시』, 연세대학교출판부, 2004, 344쪽 참조.)되어 있고, 송우혜는 강처중에 의해 책임편집(송우혜, 위의 책, 550쪽.)되어 시집 출간이 이루어진 것으로 기술되어 있다. 실제 1948년 정음사 『하늘과 바람과 별과 詩』에 수록된 유고 31편은 정병욱 보관 19편, 강처중 보관 12편으로 이루어졌다. 출간 당시 동생 윤일주가 21세의 약관이었고 강처중이 『경향신문』 기자였다는 것을 감안하고, 이후 증보판에서 윤일주가 밝힌 강처중에 대한 감사의 언지들을 고려했을 때, 최초로 윤동주의 시를 한국문단에 소개한 사람은 강처중으로 보는 것이 맞다. (송우혜, 위의 책, 479-491쪽 참조.)

3) 1980년대 초, 홍정선은 윤동주 문학이 가진 의미 현황을 점검한다. 한국문학 속 윤동주 시의 지형학적 위치에 따른 '정치적 문학사관'을 "미화된 죽음과 함께 세련된 센티멘털리스트로 잘못 받아들여져 대중의 호응을 받고 있는 측면"이라 언급하며, 윤동주 시를 평가는 데에 재고되어야 할 부분들을 진단한다. 홍정선은 이 논의에서 "간도 체험"에서 기인한 "기독교 정신과 민족애"를 복합적으로 고찰했을 때, 즉 "간도의 정신적인 풍토"가 윤동주 시에 어떻게 작용했을 것인가를 고찰하는 것이 향후 윤동주 시 연구의 활로라는 것을 시사한다. (홍정선, 「尹東柱 詩研究의 현황과 문제점」, 『역사적 삶과 비평』, 문학과지성사, 1986, 241-253쪽 참조.)

먼저 박두진의 경우 윤동주를 "生活과 志操가 완전히 具合一體化된" "崇古한 民族的 抵抗詩人으로서 한 時代의 頂點을 맡아 그 苛烈한 殉節을 통해 하나의 永遠한 發火"[4]를 보였다고 평하면서 윤동주의 지사적 면모를 과잉적으로 부각한 면이 없지 않다. 이와 같은 평가는 같은 출판사에서 같은 기획으로 윤일주의 책임편집으로 간행되어 그 성격을 같이한다고 할 수 있는 제1판 격『하늘과 바람과 별과 詩』의 서문과는 다소간의 차이를 보인다. 제1판 서문「序—랄 것이 아니라」에서 정지용은 윤일주와의 인터뷰를 부분부분 배치하고, 노자 도덕경 오천언의 일부 구 "虛其心 實其腹 弱其志 强其骨"를 들어 '청년 윤동주'를 회고한다. 여기서 정지용은 "青年 尹東柱의 意志가 弱하였을 것이다. 그렇기에 抒情詩에 優秀한 것이겠고, 그러나 뼈가 강하였던 것이리라. 그렇기에 日賊에게 살을 내던지고 뼈를 차지한 것이 아니었던가?"[5]와 같은 영탄조의 말을 내던지면서, 유약함 속에 강인함을 내재시킨 서정시로 윤동주의 시를 평가하고 있다. 다시 말해 '청년 윤동주'에서 '지사 윤동주'로 윤동주를 수사하는 방향성이 바뀐 것은 물론이고, '외유내강의 서정시'에서 '"가열한 순절"을 행한 저항시'로 그 평가가 탈바꿈된 것이다. 그리고 여기에 덧붙여 백철의 「暗黑期 하늘의 별」 또한 더 살펴볼 필요가 있다.

　　내가 한국 新文學史를 서술하는 데 있어서. 日政末期의 한 대목, 즉 1941年 이후 5年간을 「암흑기」라고 부른 데 대하여 어느 젊은 作家가 불만의 뜻을 표시한 일이 있었다. <u>詩人 尹東柱가 있기 때문에 그렇게 이름 붙일 수 없다는 것이다.</u> 차라리 **레지스땅스의 시기**라고 말할 수 있지 않겠느냐고 하는 내용을 對話한 일이었다. 그 때 나는

---

4) 박두진, 「尹東柱의 詩」, 정현종 외 『원본 대조 윤동주 전집 하늘과 바람과 별과 시』, 연세대학교출판부, 2004, 311쪽.

5) 정지용, 「序—랄 것이 아니라」, 『하늘과 바람과 별과 詩』, 정음사, 1948년, 7—8쪽.

忠告를 솔직하게 받아들였고, 다음 번에 개정판을 낼 때에는 기어이 그런 의사를 반영 시켜서 제목을 바꾸리라고 마음먹었다.

내가 「조선신문학사조사」를 기술하고 있던 1947年대는 같은 무렵 尹東柱 詩人이 解放을 直前하고 倭地의 獄中에서 非命으로 夭折한 것을 추도하는 조그만 詩集이 간행된 때인데, 어찌하여 내가 이 詩人의 이름을 大文字로 써 넣지 않았던가 의심스럽다. 결국 문학사가로서 나의 큰 실수라고 보아야 하겠지만 어쨌든 그 뒤 이 시인의 가치가 날로 밝혀져 가는데 따라서 **旣成의 문학사의 내용을 새로 써야 하게 될 만치** 그 존재는 뚜렷해져 가고 있다.

— 백철, 「暗黑期 하늘의 별」, 부분

(밑줄 강조 부분 인용자)

밑줄로 강조한 부분처럼, 백철은 윤동주의 존재로 인해 1940년대를 '암흑기'에서 '레지스탕스의 시기'[6]로 문학사 기술이 재고되어야 하고, 더 나아가 자신을 비롯한 다른 문학사관까지 고쳐 쓰기를 독려하는 의도를 내비추고 있다. 비교적 짧은 글이기는 하나, 이 글이 해방 후 최초로 한국문학사를 기술한 백철의 논의라는 것에 주목할 수밖에 없을 것

---

6) 윤동주의 시를 '레지스땅스의 시'로 볼 수 없다. 송우혜의 평전이나 사후 윤동주를 회고하면서 붙인 글들을 모두 인용하여 당대 윤동주의 인간상을 복원해 보는 수고로움보다 이들의 회고를 종합적으로 압축해서 정리한 이남호의 견해를 대신 옮겨본다. 윤동주는 "얌전하고 말이 적고 행동이 적으며 명상과 사색에 어울리는 내향적 성격의 소유자였던 것 같다. 그리고 단정하고 결벽한 성품을 지녔으면서도 그 대인관계는 유순하고 다정하고 누구에게 따뜻했던 것 같다. ……(중략)…… 윤동주에 대한 회고문 중에서 그 대부분이 윤동주를 둘러싸고 있는 민족주의적 분위기에 대하여 과장된 의미 부여를 보여주고 있긴 하나, 연희전문학교 입학하기 전에 민족을 운위했다는 회고는 발견되지 않는다."(이남호, 「윤동주 시의 전이해」, 『윤동주 시의 이해』, 고려대학교출판부, 2014, 27−29쪽 참고.)고 언술한다. 단지 옥사한 것을 감안해두고 윤동주의 시를 섣불리 레지스탕스의 면모로 이해한다면, 사상 혐의로 동경에서 피검된 후 폐결핵으로 작고한 시인 이상이나 조선혁명군관학교 1기 교육생의 이력까지 가지고 있었던 육사 등과도 동주를 같은 평가의 잣대 속에 놓아야할 것이다.

이다. 물론 이러한 백철의 문학사관을 모두 동의하여 수용해야만 하는 것은 아닐뿐더러, 이 글이 증보판 윤동주 시집에 부친 글이라는 점을 감안할 때, 윤동주에 대한 과잉된 평가가 이루어진 결과라고 볼 수도 있다. 그러나 이 글에 대한 향후 파급력과 현재까지도 저항성이 윤동주 시를 논의하는 데에 주류를 이루고 있다는 점, 같은 출판사, 같은 책임 편집[7]을 두고 유사한 의도로 시집을 간행했음에도 불구하고 1948년판과 1968년판 시집의 서발문들이 서로 상이한 모습을 보인다는 점에 대해서는 우리가 간과할 수 없는 부분이 있다.

즉 한국전쟁 이후 보수적 민족주의 진영의 논자들에 의해 재편된 남한문학사 기술에 있어서 윤동주의 시가 '저항시인'이나 '애국지사의 시'로 시로 범주화[8]되기를 수없이 요청되었고, 그들의 정치 · 문학관에 의해 위상적으로 호출된 윤동주의 시는 향후 다양성이 제한될 수밖에 없는 논의들로 전개될 수밖에 없었다는 것을 이상과 같은 사료들이 반증한다. 물론 근래의 논자들 가운데에서는 창작 주체의 특수성을 토대로 한 연구들이 상당히 이루어졌다는 점은 고무적인 일이 아닐 수 없다. 시적 자아의 실증적 체험을 기반으로 한 윤리의식(신앙)[9]이나 자기동일성[10], 주체와 타자 혹은 분열의식[11] 등에 관한 관점에서의 논의들,

---

7) 한국전쟁이 이후, 윤동주 사후 10주기 기념으로 1955년 정음사에 재 간행 된『하늘과 바람과 별과 詩』는 소위 제2판 격이라 할 수 있는데, 이 시집에는 88편의 시와 5편의 산문을 엮었으며 편집에 있어 "정병욱의 자문을 받아 윤일주"가 담당한 것으로 알려져 있다. (정현종 외, 앞의 책, 345쪽 참조.)

8) 윤동주의 시를 최초로 저항시로 보려는 시도는 4.19 직후 시대상이 짙게 반영된 논의이기도 했던 이상비, 「時代와 詩의 姿勢 — 尹東柱論」,『자유문학』, 1960년 11, 12월호의 논의라고 할 수 있다.

9) 김치성, 「윤동주 시의 발생론적 根源 연구 — 북간도 기독교 공동체의 에큐메니컬 정신을 중심으로」,『우리말글』69호, 우리말글학회, 2016; 남기혁, 「윤동주 시에 나타난 주체와 저항의 의미」,『한국시학연구』36호, 한국시학회, 2013; 허정, 「윤동주의 저항시 담론과 해석」,『한국시문학』16호, 한국시문학회, 2005 등이 주목된다.

더 나아가 만주, 경성, 일본 등 세 공간을 오가며 두루 시 창작을 해온 윤동주의 내재된 유랑의식과 디아스포라적인 관점[12]에서의 논의들이 현재 활발히 진행되고 있다. 그리고 왕신영 · 심원섭 · 오오무라 마스오 · 윤인석이 엮은 『사진판 윤동주 자필 시고전집』(민음사, 2판, 2002년)과 더불어, 왕신영이 윤동주의 소장도서목록을 검토한 연구[13] 또한 윤동주 시 연구 한계점을 갱신해낼 수 있는 괄목할 만한 성과이다. 한 가지 덧붙이자면, 윤동주 시에 대한 다소 이례적인 연구인 유가적 덕목에 대해 주목한 문제제기들[14]까지 이루어진 상황이다.

10) 김상봉, 「윤동주와 자기의식의 진리」, 『코기토』 70호, 부산대학교 인문학연구소, 2011; 김수복, 「윤동주 시의 세계인식과 자아동일성」, 『論文集』, 28호, 단국대학교, 1994 등이 주목된다.

11) 윤호경, 「분열과 탈주에 기반한 윤동주 시의 소수성 연구」, 『한중인문학연구』 48호, 한중인문학회, 2015; 장철환, 「대문자 윤동주와 저항성의 심도 ─ 윤동주 후시기의 타자인식을 중심으로」, 『비교학국학』 22권 3호, 국제비교학국학회, 2014; 홍용희 · 유재원, 「분열의식과 탈식민성 ─ 윤동주 시 세계를 중심으로」, 『한국시학연구』 39호, 한국시학회, 2014 등이 주목된다.

12) 김응교, 「만주, 디아스포라 윤동주의 고향」, 『한민족문화연구』 39집, 한민족문화학회, 2012; 구모룡, 「윤동주 시의 디아스포라서의 주체성」, 『현대문학이론 연구』 43, 현대문학이론학회, 2010; 오문석, 「윤동주와 다문화적 주체성의 문학」, 『한중인문학연구』 37, 한중인문학회, 2012; 임현순, 「윤동주 시의 디아스포라와 공간 ─ 시의 창작방식을 통해 나타난 저항의식」, 『우리어문연구』 29집, 우리어문학회, 2007 등이 주목된다.

13) 왕신영, 「소장 자료를 통해서 본 윤동주의 한 단면 ─ 소장도서, 특히 『藝術學』을 軸으로 하여」, 『비교문학』 27집, 한국비교문학학회, 2001;
_____, 「1940년 전후의 윤동주 ─ "미"에 대한 천착을 중심으로」, 『비교문학』 50집, 한국비교문학학회, 2010.

14) 박남철, 「尹東柱論 ─ 그의 詩에 나타난 儒家的 態度를 중심으로」, 『동아시아문화연구』 10, 한양대학교 동아시아문화연구소, 1986; 이성우, 「견고한 거울 또 다른 고향 ─ 윤동주 시의 자아 성찰과 새로운 세계의 모색」, 『한국근대문학연구』 4권 2호, 한국근대문학회, 2003 등의 논의들이 있으나 최초 윤동주 시에서 유가적 특질을 제기했던 박남철의 논의는 문제제기에 그친 수준이다. 이성우의 논의 역시 박남철의 논의를 보충하는 수준에 머무르고 있으며, 윤동주 시에 대해 본격적으로 유가적 특질에 대해 고찰한 연구는 이후 부재한 상태다.

본고는 지금까지 선행 연구 사례들을 대체적으로 인지하고 존중하는 가운데, 윤동주 시에서 나타나는 낭만성의 근원적 위치를 검토해보고자 한다. 윤동주의 독서력에서 유추해볼 수 있는 낭만적 정감을 윤동주 시와 이상 시와의 영향관계, 발레리에 대한 심취를 통한 낭만성의 내재 현상으로 파악하고, 평양 숭실학교 시절 윤동주 시에서 드러난 이상 세계에 대한 열망을 띤 시편들로 그 낭만성을 파악하려 한다. 또 윤동주의 「肝」에서 드러난 프로메테우스 신화와 '혁명적 낭만주의'와 낭만주의의 유입·영향 관계를 해명하며, '청년 윤동주'의 갈등이 왜 낭만성에서 기인할 수밖에 없었는지를 밝힐 것이다. 그리고 더 나아가 '청년 윤동주'의 戀歌를 '順伊 시편'을 통해 고찰함으로써 '지사'가 아닌 '청년'의 자리에서 윤동주의 시의 미적 특질을 밝혀보고자 한다.

2. '청년 윤동주'의 독서력과 낭만성

현재까지 윤동주 시의 낭만성에 대해 고찰한 논고를 찾기란 쉽지가 않다. 대다수의 논의들이 저항성과 서정성을 대립항으로 두고 간도 명동촌의 근원적 체험이 윤동주 시에서 어떠한 방식으로 현현했는지 고찰하는 방식을 취하고 있다. 그러나 우리가 한 작가의 근원적 선체험을 논함에 있어 낭만성을 간과하기란 쉽지가 않다. '원시와 원형 회귀로써의 낭만성'은 물론이고, 식민지 조선을 살아간 '청년―지식인―유학생―작가 그룹'이 공유하고 있던 낭만성이란, 당대 역사적 풍토가 채무로 물려준 그들만의 태제였음이 분명하다. 범박하게는 말하면, 여기서 윤동주 또한 "현실과 이상을 가로지르는 '자아 정체성'을 드러내며, 시인의 고유한 인격을 가능케하는 인식 체계로써 현실로 유리된 낭만"[15]

을 동반했을 것으로 보인다.

그렇다면 윤동주가 당대의 시인·작가16)라고 할 수 있는가? 물론 여기서는 윤동주가 당대 문학과 어떻게 조우했는지 고찰하는 것이 선행되어야만 할 것이다. 윤동주의 대다수의 원고들은 창작 주체였던 자신이 아닌 사후 가족과 지인에 의해 출간된 것17)은 이미 알려진 사실이다. 생전 문필활동으로 알려진 것으로는 우선 『카톨릭 소년』지에 1936

---

15) 권성훈, 「한국 현대 「자화상」 시편의 낭만성 연구」, 『한국시학연구』 47호, 한국시학회, 2016, 177쪽.

16) 윤동주를 저항시로 설정하는 문학·정치적 요소들의 반영을 유성호는 해방기 문학에서의 저항시인의 발견과 착근이라는 측면에서 다음과 같이 기술하고 있다. "저항 시인들의 존재는 우리 사회의 국가주의적 열정을 통합하고 확충하는 실물적 매개로 활용된다. 말하자면 식민지 시대에 대한 반성과 청산보다는 몇몇 예외적 개인들에 의해 우리의 정치적, 언어적, 윤리적, 우월성의 근거를 마련하고 곧바로 그러한 속성을 이어받자는 문학적 기억의 캠페인이 제도적 틀을 통해 유통되어갔던 것이다. 그래서 우리는 '암흑기'의 그 시대를 이들의 언어를 통해 견디고 치유하고 극복해왔던 것이다. 이처럼 그들을 과장하여 대표화함으로써 우리는 해방을 희구하면서 싸워온 자랑스러운 역사를 가지게 되었다. 그 결과 광범위하게 일어난 친일을 들추느니보다는 이러한 이들의 정신을 기림으로써 우리 역사의 긍정적 '빛'을 기억하자는 '망각─기억의 기획'은 교육적 실천 곳곳에 철저하게 반영되게 된다." (유성호, 「해방기 한국 시의 계보학」, 『동아시아문화연구』 57집, 한양대학교 동아시아문화연구소, 2014, 173쪽.)

17) 윤동주는 연전 시절 졸업기념(1941년)으로 자선시집 『하늘과 별과 바람과 詩』(19편)를 77부 한정판으로 출간하려고 했으나 무산(후일에 이 원고들이 모두 같은 제목의 시집에 수록되기는 하지만)되었다. 같은 해, 2월 10일 서정주의 『花蛇集』이 100부 한정판으로 출간된 것으로 보아 당시 소규모 한정판 시집은 관행에 따른, 윤동주가 원했던 소기의 등단 절차였다 할 수 있다. 근래에 발간된 왕신영 외 엮음, 『사진판 윤동주 자필 시고전집』(2판), 민음사, 2002(이하 『사진판 시고전집』으로 인용함)의 원고들은 창작 주체 스스로가 묶은 문집이라는 것에서 의미를 가진다. 한데 이 원고 노트 서두에 「나의 習作期의 詩 아닌 詩」와 같은 명칭을 적어두었다는 것을 주목할 필요가 있다. 윤동주는 자신의 시편들을 '습작기의 시'로 인지하고 있었고, 몇몇의 시편들의 경우 수차례 고친 흔적까지 그대로 보이고 있기 때문에, 윤동주의 시를 완성된 시편으로 보기보다는 '시가 되어가는 과정'이거나 성장하고 있는 '미완성의 시'로 간주하는 것이 좋다.

년 11월호에 「병아리」, 12월호에는 「비ㅅ자루」를, 1937년1월호에는 「오줌쏘개디도」, 3월호 「무얼먹구사나」, 10월호 「거짓부리」와 같은 동시들이 있다. 연희전문 시절인 1939년에는 『조선일보』 '학생란'에 산문 「달을 쏘다」(1월 23일), 시 「遺言」(2월 6일), 「아우의 印象畵」(10월 17일), 같은 해 『소년』지에 다시 동시 「산울림」을 발표[18]한 것이 대외적인 작품 활동의 전부이다. 때문에 윤동주의 시를 당대 조선문단의 상황과 견주어 배치할 수 없는 것은 물론이거니와 발표된 몇몇 시편들마저도 연길에서 발행된 월간지(『카톨릭 소년』)에 동시를 게재했거나, 조선의 매체 중에서도 '학생란'을 통해 발표된 것[19]이기 전부이기 때문에, 당대 문인들과 비교항을 찾아 윤동주를 고찰하기란 쉽지 않다. 다만, 윤동주의 독서기록이나 사후 증언들을 통해 윤동주가 시를 창작할 당시 문학도로써 어떤 작품들과 영향관계에 노출되었는지, 간접적으로 유추할 수밖에 없는 것이 윤동주 연구의 실상이다.

가령 이미 잘 알려진, 윤동주 시에 미친 정지용 시의 영향 관계[20]나 이상 시에 대한 탐독의 흔적이 드러난 윤동주 시편들의 이상과의 영향관계[21]와 같은 접근들은 윤동주가 당대 조선문단과 어떠한 방식으로 소통했고, 어떤 방식으로 당대 문인들의 시풍을 자기화했는지 살필 수 있는 근거가 되기도 한다. 이 중에서 근래에 논의된 적 있는 이상 문학

---

18) 송우혜, 앞의 책, 543-545쪽 참고.

19) 1935년 10월 최초로 활자화 된 숭실학교 학생회 발행 『崇實活泉』 15호의 시 「空想」이나 1941년 6월 5일 연전 문과학생회 '문우회'에서 발행한 『文友』에 실린 시 「새로운길」, 「우물송의 自畵像」(이후 「自畵像」)은 학교 단위에서 발행했던, 폐쇄된 발표 경로임으로 제외한다.

20) 이숭원, 「정지용 시가 윤동주에게 미친 영향」, 『한국시학연구』 46호, 한국시학회, 2016.

21) 권오만, 「윤동주 시에서의 이상 시의 영향」, 『윤동주 시 깊이 읽기』, 소명출판사, 2009.

과의 상관성에 대해서는 일찍이 동생 윤일주가 회고했던 짤막한 한 대목에서부터 기인하고 있다. 그의 증언에 의하면, 윤동주의 독서기록들을 나열하면서, 연전 졸업 무렵(1941년 말 1942년 초경) 당숙이었던 안과 의사 영선(영춘의 동생)과의 대화에서 "이상의 글은 매운 데가 있다고 표현하는 것을 들은 적이 있다"[22]고 기록한다. 1933년 이후부터 이상이 '구인회'에 가입하는 등 국문잡지나 『朝鮮中央日報』[23] 등에 시를 발표하는 등 이상이 조선문단에서 활발한 활동들을 해왔으나 이때까지만 해도 흩어져 있던 원고였으며, 1949년 김기림이 이상의 시와 단편소설을 중심으로 『李霜選集』(백양당)을 출간한 시점 또한 윤동주 사후의 일이니, 당시 문학도였던 윤동주가 이상의 작품들을 종합적으로 접했다고 보기는 어려울 것이다. 그러나 위의 증언에서 묘사하고 있는 대화 시점이 지리적, 문화적으로 조선문단과 가까웠던 연전 졸업 시점이라는 것을 상기해볼 필요가 있다. 그리고 윤일주가 제시한 독서목록들이 『문장』, 『인문평론』, 『진단학보』 같은 국내잡지 뿐만이 아니라 일문잡지 『세르팡』(문예전문지), 『흑과 백』(수필 판화 전문지), 『사계』(시지), 『시와 시론』(시론)까지 언급[24]되었다는 것을 감안해보았을 때, 당시 윤동주의 독서력에 따른 문학적 친연성과 더불어, 이상 문학에서 엿보이는 분열·탈주의식, 죽음의식, 모멸을 기반으로 한 자기애와 자살충동 간의 갈등 등등의 면모들[25]이 충분히 그의 시에서 드러나고 있

---

22) 윤일주, 「윤동주의 생애」, 『나라사랑』 23호, 외솔회, 1976년 여름, 159쪽.

23) 박태원과 이태준의 주선에 의해 1933년 7월 24일부터 8월 8일에 걸쳐 『朝鮮中央日報』에 한글로 쓴 「오감도」 연작을 1호부터 15호까지 발표하며, 시인으로서 이상은 자신의 문단적 존재감을 새롭게 각인시켰다.(권영민 엮음, 『이상 전집 시』, 뿔, 2009, 43쪽 참조.)

24) 윤일주, 앞의 글, 158쪽.

25) 권오만, 앞의 책, 160쪽 참조.

다고 생각해볼 수 있다. 물론 이와 같은 특질은 이상 문학의 미적 특질들과 공유되는 바이며 윤동주의 시에서도 이상의 시가 두루 차용[26])되고 있음을 추측할 수 있는 근거가 되기도 한다.

그리고 일경에 의해 체포된 후 보내온 책짐 속에 "『고호의 생애』, 『고호에 서간집』 등 고호에 관한 책이 적지 않게 있었다"[27])는 기록 또한 윤동주가 이상 시에 대해 매료된 부분과 상통하는 정서적 교집합이 있었음을 일러주는 대목이다. 그러나 이상 문학과의 연관성과는 별개로 윤동주의 독서력과 관련해서 주목할 부분이 또 있다. 위의 제시된 일문 잡지들에서 당대 유입되었던 폴 발레리의 시[28])를 윤동주가 자신의 문학적 자양으로 삼았다는 점이다.

> 15년 전쟁(1931~1945년) 후반기. 진주만 침공을 전후한 시기였다. 나는 여름만 되면 나가노 현의 숲속에 틀어 박혀 발레리를 읽고 있었다. ……(중략)…… 도쿄에는 거리마다 '일본 낭만파'풍의 공허하고 무의미한 언어가 넘쳐흐르고 있을 때였다. 발레리의 산문은 이

---

26) 같은 책에서 권오만은 윤동주가 비평한 이상 시의 "매운 데"를 찾아 추적하면서, 시적 자아의 정서적, 시의 내용적 친연성과 함께, 윤동주가 수용한 이상 시의 영향을 구체적인 형식적 측면에서 해명하고 있다. ①이상의 「아침」에서 시구를 모방, 차용한 「못 자는 밤」 경우, ②이상의 「이런 시」에서 시의 표제를 모방, 차용한 「이런 날」의 경우, ③「오감도 시 제1호」에서 반복 기법으로 슬픔을 정서화한 「팔복」의 경우, ④「거울」, 「오감도 시 제4호」, 「오감도 시 제15호」 등 이상의 거울 시편에서의 영향 관계가 드러나는 「거울」, 「참회록」, 「자화상」의 경우, ⑤마찬가지로 이상의 거울 시편들에서 나타나는 의식 분열과 갈등의 극화 지점에 영향을 받은 「무서운 시간」, 「또 다른 고향」, 「간」의 경우 등을 제시하고 있다.

27) 윤일주, 앞의 글, 159쪽.

28) "일본에서는 발레리의 시보다도 그의 평론이 커다란 영향력을 지니고 있었고, 당시 대부분의 평론이 번역되어 있었으므로 윤동주도 열심히 읽었음에 틀림없다." (오무라 마스오, 「윤동주의 일본 체험」, 『윤동주와 한국 근대문학』, 소명출판사, 2016, 75쪽 참조.)

와 정반대였다. 정확하고 명료한 사고의 산물, 그것이었다. 전쟁기의 청년들에게는 소집영장이 언제 나올는지 모르는 법. 얼마나 더 살수 있을까? 짧을 지로 모르는 인생을, "유구(悠久)의 대의(大義)", "팔굉일우(八紘一宇)" 따위의 거짓말과 벗하며 살수는 없는 것이다. ……(중략)…… 발레리의 지적인 엄격주의만이 나를 매료시켰던 것은 아니다. 발레리 이외에도 그런 이는 많기 때문이다. **지적인 엄격주의** 이외에 그가 지니고 있었던 독특한 매력은 일종의 **감각적 세련성**, 거의 **관능적인 것에 가까운 감수성**의 예민함이었다.

— 가토슈이치, 「발레리의 추억」, 『朝日新聞』, 1996.7.22. 석간,
夕陽妄語 부분[29]
(밑줄 강조 부분 인용자)

인용한 글은 제2차 대전 개전을 전후로 해서 발레리가 일본 청년들에게 어떤 방식으로 읽혔는지 보여주는 평론가 가토슈이치의 회상록이다. 여기서 발레리에 대한 회고라는 것을 가려두고, 온전히 '청년 윤동주'의 동경 체류기의 모습을 상기해보거나 그의 시가 품고 있던 미적 특질 등을 겹쳐보면, ①"지적인 엄격주의", ②"감각적 세련성", ③"관능적인 것에 가까운 감수성"과 같은 구절들이 대체로 쉽게 맞닿아질 것이다. 주지하듯, ①와 ②는 우리가 정지용의 시를 수사했던 방식과 유사하며, ①②③을 모두 포함해서는 이상 문학의 어떤 일면들에서도 나타나 있는 수사들이다. 물론 연역적으로 정지용과 이상이 윤동주처럼 발레리를 적극적으로 탐독했다는 것을 말하고자 하는 것은 아니다. "'일본 낭만풍'의 공허하고 무의미한 언어"와 대척점을 가지고 있던, 당대 일본에서의 발레리 문학의 향유 지점들[30]이 작고 직전 윤동주의 시와

---

29) 오무라 마스오, 앞의 책, 75—76쪽 재인용.
30) 발레리 평론이 시사하는 방향성은 일본 시 전문 잡지였던 『사계』의 편집진들(미요시 다츠지, 마루야마 가로우루, 호리 다츠오)의 모더니즘관과도 유사하다. 이들은

강하게 접촉하고 있었으며, 그의 문학적 태도나 미적 특질과의 친연성 내지 유사성으로 보아 윤동주는 국내에서는 접하기 힘들었던 서적들을 일본유학 시절 '일본어를 통해 서구 문학을 수용'[31]하면서 자신의 시의 독특한 자양을 넓혔던 것이다. 그러니 윤동주 시의 내재된 낭만성이란 당대 조선문단에 소개된 낭만성, 낭만주의와는 쉽게 소급되지 않으면서, 진주만 공습 이후 일본 문화계를 물들였던 허무주의적 낭만성이나 제국주의 혁명성이 내재된 낭만성과도 변별점을 갖춘 채로 간도에서 일본으로 유학 온 '청년 윤동주'라는 특수 조선 속에서 현현되게 된다. 윤동주에게 작용된 낭만성이란 현실에 반하거나 개인의 주관적 자율성만이 인정되는 주관적 자아의 정신 운동이 아니라 '부정적 현실을 극복하기 위한 상승 심리'가 반영된 낭만성[32]이라 할 수 있다.

이러한 독특한 낭만성은 다시 윤일주의 회고를 통해서도 유추가 가능하다.

그 밖에 나에게 특별히 보내 준 책으로는 조선일보사 발행의 『아

"서구적인 시법을 받아들이면서도 모더니즘 운동이 과도하게 전개되는 것을 억제하였으며 지성적인 미의식을 바탕에 둔 서정시의 확립을 모색하였다"(오무라 마스오, 앞의 책, 79—80쪽.) 앞서 언급한 바와 같이 윤동주의 독서목록 중 『사계』가 있다는 것은 주목해볼 일이다.

31) 오무라 마스오, 앞의 책, 89쪽 참조.

32) 윤동주와 마찬가지로 이육사의 시에 나타난 낭만성 또한 조선 문인그룹과 변별점이 있는 낭만성이나 육사의 낭만성은 그의 저항성의 심도와 함수관계가 있는 것은 물론이고, 사회주의 이상국가를 건설하고자 하는 명확한 방향성까지 내재되어 있는 혁명적 낭만주의의 면모를 가졌다고 할 수 있다. 그러면서 육사는 시 이외의 이른 시기부터 시사평론 등 문필활동을 겸했던 것을 전제로 1930년대 문단활동을 하면서, 당대 문인들과도 일정 부분 교류가 있었던 것으로 추측된다. 때문에 문인그룹 안에서 느끼고 공유되었던 패배의식과 퇴폐성마저도 육사의 시에서 읽어볼 수 있다. (이육사 시의 퇴폐주의에 관해서는 박성준, 「이육사 시에 나타나는 낭만성과 '다른 공간'들」, 『한국문예창작』 36호, 한국문예창작학회, 2016, 27—31쪽 참조.)

동문학집』, 일본『오사가와(小川末明) 동화집』, 강소천의 『호박꽃
초롱』 등이었다. 특히『아동문학집』 속의 이광수의 동화(제목은 잊
었으나 정류장에서 엄마를 기다리는 아이의 이야기), 박영종(木月
朴泳鐘)의『나루터』, 정지용의『말』 등에 <u>연필로 간단한 설명을 달
아 놓았었는데, 요지는 **꿈이 아닌 생활이 표현되었기에 좋은 작품**</u>이
라는 뜻이었다. 동생들은 방학 동안에 그에게서 많은 것을 배웠다.
　　　　　　　　　　— 윤일주,「윤동주의 생애」부분33) (밑줄 강조 부분 인용자)

　윤동주가 1942년까지 매년 2회 방학 때면 용정으로 돌아와 동생들
을 앉혀두고 가르쳤던 일종의 문학 수업에 관련한 이 대목 중 가장 주
목되는 부분은, 동생들에게 독서를 독려한 작품들을 평하면서 "꿈이 아
닌 생활이 표현되었기에 좋은 작품"이라는 언술이다. 물론 윤일주에 의
해 재구성된 언술이기는 하나 윤동주가 가졌던 비평관이나 현실인식
에 관해 엿볼 수 있는 근거로 작용할 소지가 있다. 가령 "꿈"과 "생활"
사이에서의 갈등이 종국에 "생활"로 기울어졌다는 것은 당시 청년 윤
동주가 품었던 '내적 지향'과 '외적 현실' 사이의 괴리를 의미하는 것과
다르지 않다. 1937년 7월 중일전쟁이 일어나고 총독부는 이듬해 2월
'조선육군지원병령'을 공포해서 조선인 또한 '국가총동원법'의 적용 대
상으로 삼으며, 일제는 조선을 점차 병참화했다. 같은 월에 일어난 '흥
업구락부사건'에서는 신사참배를 거부한 평양신학교 교수와 학생들이
구속되고 다수의 민족주의자가 검거되는 일까지 있었다. 1938년 2월
용정에 있던 광명중학을 졸업하고 4월 연희전문 문과 입학을 앞두고
있었던 청년 윤동주에게 놓여있던 길은 "나의길은 언제나새로운길/ 오
늘도,…… 내일도,……"34)(「새로운 길」) 새로울 것이라고 깊게 되뇌어

---

33) 윤일주, 앞의 글, 155—156쪽.
34) 왕신영 외, 앞의 책, 83쪽.

봤던 그런 길만은 아니었을 것이다. 가령, 민족정신의 보전과 동시에 미션스쿨이었던 평양 숭실학교가 '신사참배 거부'로 인해 폐교됨에 따라, 좌절하고 고향으로 돌아왔던 윤동주의 선체험이 곧 진학할 경성 연희전문에서 또한 그대로 재현돼 도사리고 있을지도 모른다는 불안감으로 엄습해오고 있었기 때문이다. 실제로 광명중학 재학 당시 윤동주의 좌절은 동시 창작에 몰두하는 일종의 도피35)를 통해 이루어지고 있는데, 이 시기 창작한 동시의 작품 수만을 헤아려보아도 2년간 26편36)에 달한다. 숭실학교 폐교 이후 윤동주가 진학한 광명학원의 중학부는 일본문부성의 '재외지정 학교'로 '황국 식민화'와 그 교육을 외지에서 담당하기 위해 설립된 학교였다. 모든 과목을 일어로 수업하는 것은 물론이거니와 신사참배 강요 또한 이루어졌다. 당시 윤동주의 정서적 충격은 문익환의 회고처럼 "솥에서 뛰어 숯불에 내"37)린 격이었을 것이다. 그러나 '재외 지정학교'의 특성상 일본 본토의 학력과 동일한 취급을 해준다는 전제가 있었기 때문에 당시 교육열이 높았던 윤동주 집안의 특수성과 간도 이주민들의 풍토38)를 감안해보면, 윤동주는 자신의 이상향보

---

35) 당시의 동시 창작을 이남호는 "아름다운 세계에 대한 균열"이라 진단하고 이 시기부터 윤동주가 "갈등의 출발 지점"이라 언술한다. 가령 윤동주에게 명동촌의 세계는 "아름다운 서정의 세계이며, 따뜻한 동시의 세계이기도 하고 모든 것이 조화롭게 어울려 있는 세계이기도 했다. 윤동주가 어릴 때부터 가지고 있던 기독교 세계도 바로 이런 세계의 일부로 이해될 수 있다."(이남호, 앞의 책, 34쪽.)라고 고변될 수 있는데, 그곳에 일본의 제국주의 정신이 깃든 '광명학원'이 설치되었다는 것은, 윤동주 문학에 있어서 근원 공간의 훼손을 뜻하는 것이다. 그러나 이 논고에서는 그 '근원적 정동'을 순결한 서정성, 훼손되지 않은 낙원 공간, 기독교적 완전체의 세계 등으로 간주하지 않는다. 대신에 꿈(내적 지향)과 생활(외적 현실) 사이의 벡터를 형성하는 양극간의 축 중의 하나로 본다.

36) 1936년 창작한 동시가 총 20편, 1937년 창작한 동시는 총 6편이다. 이 중에서『카톨릭 소년』지에 5편의 동시를 발표한다.

37) 문익환, 「하늘·바람·별의 詩人, 尹東柱」,『월간중앙』, 1976년 4월, 321쪽.

38) "기독교와 민족주의가 튼튼히 결합하고 있던 간도의 정신적 풍토"(홍정선, 앞의

다는 현실 앞에서의 절충39)을 먼저 택했던 것으로 보인다.

이처럼 학업을 유지하면서 겪게 된 연속된 좌절40)과 가닿을 수 없는 자기 신념에 대한 현실에서의 갈등은 '이상향'과 '현실'이라는 양극의 축으로 형성하면서, 사이 공간을 형성하고, 그 사이를 채운 좌절이라는 정서적 벡터량 때문에 윤동주의 시는 늘 갈등을 내재하고 있던 것으로 보인다. 때문에 "꿈이 아닌 생활이 표현되었기에 좋은 작품"이란 '꿈'이 없거나 소거된 작품을 말하는 것도 아니요, 두 사이 중 '생활'의 축으로 더 기울어져 있는 것을 말하는 것도 아닌 것이다. 다시 말해, 당대 청년

글, 251쪽.)에 대해 특히 교육열과 공동체적 연대의 관점에서 종합적으로 기술한 김치수의 논고를 참고해보는 것이 좋겠다. "북간도 기독교 공동체는 디아스포라의 땅에 함경도 유학자들이 집단적으로 이주하여 마을을 형성하고, '새 민족 공동체'를 실현하기 위하여 학교를 세워 교육에 온 힘을 쏟으며, 서로 연합/연대하며, 마침내 체계적인 틀을 갖춘 결과물이었다. 그것은 그 자체로서 존재의 의미 있는 '사건들'이었다. 즉 함경도 유학자들이 집단 이주하여 형성된 마을이 '의미 있는 사건들'이 연속되는 과정을 통해 마침내 디아스포라의 땅 북간도에 새로운 민족 공동체를 세운 것이다." (김치수, 앞의 글, 194쪽.)

39) 이러한 '절충적 판단'은 윤동주 개인의 문제로 이해하기 보다는 간도 이주민 공동체의 풍토를 먼저 인지한 후 가늠해보는 것이 좋다. 광명중학과 마찬가지로 명동학교를 졸업하고 이후 진학했던 은진중학에서도 모든 교과서가 일어로 되어 있는 등 윤동주의 내적 지향과 현실 사이의 괴리는 반복적으로 일어난다. 상급학교 진학에 따른 이와 같은 괴리감은 윤동주로 하여금 분열의식(윤호경, 앞의 글, 186-196쪽 참조.), 1940년 연전 3학년 기독교 신앙에 대한 회의감(송우혜, 앞의 책, 259-260쪽 참조.) 등으로 이어졌다.

40) 윤동주가 상급학교 진학과정을 통해서만 세계의 일그러짐과 접촉하고 있었던 것만은 아니다. 사회 접촉에 있어서의 좌절들 또한 단순히 식민지 정국에서의 간도 이주민들이 대면했던 경험들만은 아니다. 모범생으로 알려진 '청년 윤동주'가 가족 내부에서 겪었던 압박감의 정도도 상당했던 것으로 보인다. ①문과 진학을 원했던 윤동주와 의사, 고등고시, 제국대학 등 출세길을 원했던 조부와의 갈등, ②숭실학교 편입에서 1년 유급한 것에 따른 좌절, ③1935년 사촌 송몽규가 『동아일보』 신춘문예에 「술가락」이 당선된 것에 대한 내적 질투와 집안 내에서 겪은 비교의 시선, ④도일 당시 송몽규는 경도제대를 입학하고, 윤동주는 릿교대학을 입학한 것에 따른 비교의 시선 등이 있다.

들의 꿈과 그에 닿을 수 없는 생활의 면면들이 둘 다 충분히 고려된 작품을 두고, 윤동주는 이와 같은 맥락의 필기를 했었던 것으로 보인다. 그러니 윤동주 스스로는 당시 동생들과 문학작품을 읽으면서 주고받던 대화와 감흥의 풍경을 "『늬는 자라무엇이 되려니』//「사람이 되지」/ 아우의 설은 전정코 설은 대답이다.// 슬며—시 잡엇든 손을 놓고/아우의 얼골을 다시 드려다본다.// 싸늘한 달이 붉은니마에 저저/ 아우의 얼골은 슬픈 그림이다."(「아우의 印象畵」)[41]라고 옮겨 놓고 있다. 자라서 무엇이 될지 모르는 세계 앞에서, 자라서 겨우 '사람'이 되겠다는 아우의 우문은 당대 간도 이주민들이 품고 있었던 미래관이다. 그러니 이런 질문을 행하고 형[42)]에게 그저 사람이 되고 싶다는 답이 뼈아픈 슬픔으로 다가올 수밖에 없는 것이고, 그 답은 우문현답일 수밖에 없다. 그러나 그 천진한 아우의 대답은 즉각적으로 윤동주에게는 '서러운 대답'으로만 들리고, 그 "얼골은 슬픈 그림"으로만 보인다. 즉 자라서 사람 구실을 하는 것만이 오직 꿈인 이들에게, 그마저도 앗아가고 있는 세계의 억압 앞에서 '슬픔'과 '서러움'의 정서를 당시 윤동주는 깊이 품고 있었던 것이다.

그러나 일그러진 세계의 압도감을 경험하기 전의 작품들을 읽어보면, 윤동주 시의 전혀 다른 언어감과 지향점을 느껴볼 수도 있다.

　空想—
　내 마음의 塔

---

41) 왕신영 외, 앞의 책, 92—93쪽.
42) 윤동주의 대다수의 시편들에서 시적 자아는 윤동주 자신을 지칭하고 있으며, 작품 말미에 기술된 창작 시기(혹은 지리적 위치) 또한 윤동주 시를 읽어내는 중요한 지표가 된다. 다시 말해 윤동주 시에서 대체로 '나=시인'의 등식이 성립한다고 할 수 있다.

나는 말없이 이塔을쌓고있다,
名譽와 虛榮의 天空에다,
문허질줄도 몰으고,
한층두 층 높이 싯는다,
×
無限한 나의空想―
그것은 내마음의바다,
나는 두팔을 펼처서
나의 바다에서
自由로히 헤염친다,
黃金, 知慾의水平線을향하여.

                              ―「空想」전문43)

식권은 하로세끼를준다,
×
식모는 젊은아히들에게.
한때 힌그릇셋을준다,
×
大同江 물로끄린국,
平安道 쌀로지은밥,
朝鮮의 매운고추장,
×
식권은 우리배를 부르게.

                              ―「食券」전문44)

인용한 두 편의 시는 각각 1935년 10월과 1936년 3월 20일에 쓴 시

---

43) 왕신영 외, 앞의 책, 30―31쪽.
44) _____, 앞의 책, 25쪽.

로 모두 평양 숭실학교 시절에 쓴 것이다. 먼저 「空想」은 교지 『崇實活泉』에 투고해 윤동주의 시편 중 첫 활자화가 된 작품이기도 한데, 언뜻 보면 이 시는 윤동주의 시가 아닌 것도 같다. 그 이유는 동시가 아님에도 불구하고 「空想」의 시적 자아는 고민하거나 갈등하고 현실에서 겪는 외적 불안과 분열적 상황에 놓여있지 않기 때문이다. 숭실학교를 1년 유급으로 들어왔지만, 일본의 탄압이 있기 전까지 윤동주는 평양의 생활을 나름 만족했던 것으로 보인다.

이 시에서 "塔"과 "바다"로 전경화되고 있는 윤동주의 공상은 제 마음을 높이, 깊이, 넓이까지 무한으로 확장시키겠다는 호기로움으로 가득 차 있다. 꿈을 품은 열아홉 간도 청년이 자신의 미래를 기약하며 기독교 미션스쿨에 입학 했을 때, "문허질줄도 몰으고" 나아간 그 큰 뜻은 당대 청년들이 모두 품고 있었던 희망이었을 것이다. "名譽"와 "虛榮", "黃金"과 같은 물신적인 행복추구와 지식에 대한 강한 욕망("知慾")까지도 내비치며 시적 자아는 자신의 낭만적 공상들을 대결 없이 내려놓고 있다. 이와 같이 생동감이 가득 찬 낭만성을 띤 시가 윤동주의 첫 활자화 된 시라고 지금껏 누가 생각을 해보았겠는가. 「食券」 또한 마찬가지다. '식권'이라는 얇은 종이로 된 물상이 "하로세끼"의 시간과 넉넉함을 보장해주는 의미를 발생시키는 것을 오직 노래하고 있을 뿐이다. 학생 식당에서 "식모는 젊은아히들에게./ 한때 힌그릇셋을준다,"는 넉넉함은 식모의 인심을 느끼게 할 뿐만 아니라 "大同江 물로끄린국,/ 平安道 쌀로지은밥,/ 朝鮮의 매운고추장," 등의 열거에서처럼 시적 자아로 하여금 평양 특유의 풍토를 향유하며 행복감까지 느끼게 하여 결핍 없음의 세계상을 반영하고 있기까지 한다. 그러니 윤동주는 「食券」에서 그 얇은 종이에 서린 배부른 반어적 심상들을 고즈넉하게 늘어놓고 있는 셈이다.

이와 같은 낭만성의 기질은 종래 윤동주 시에서 찾아보기 어려운 '꿈의 영역'이기도 하거니와 「아우의 印象畵」에서 동생의 대답처럼 '커서 사람이 되는' 아주 소박한 꿈이기도 하며, 어린 시절 명동촌에서 경험했던 아름다움 풍광처럼 윤동주의 순결한 시 세계의 토대가 되는 '상상계'의 모습인 것이다. 그러나 평양 유학의 타의적 실패 이후 윤동주의 시 세계는 일그러지고 갈피를 잡지 못하면서 유목하게 된다. 순결한 낙원의 이상향('꿈')으로도 나아가지 못하고, 웅전하고 실천하는 강직함으로도 나아가지 못하는 상태('생활')가 연속되며, 향후 윤동주 시에서 분열과 갈등의식만이 고착화될 뿐이었다. 다시 말해, '꿈'이 좌절된 '생활'에서 윤동주는 자신의 꿈을 절충하면서 성장해 갔다. 여기서 성장해 가는 자신 즉 평양, 경성, 동경에 이르는 유학생 신분으로 학력을 증진시키면서 더 끔찍하게 자기반성과 자기모멸의 정서들을 획득했던 것으로 보인다. 때문에 윤동주 시의 낭만성이란 자기반성과 모멸이라는 베일에 가려져 쉽게 외연으로 드러나지 않았던 측면이 강했으며, 그런 이유로 우리는 '청년 윤동주'가 품었던 꿈을 정작 윤동주가 없었을지도 모르는 '공동체의 꿈'으로 오인해 읽어보곤 했던 것이다.

3. '청년 윤동주'의 내적갈등과 낭만성

윤동주의 습유작품 중 1941년 11월 29일에 쓴 것으로 보이는 「肝」은 연전 졸업을 앞두고 자선시집을 묶을 당시 썼던 작품으로 기록상으로만 검토해보아도 「별헤는밤」(1941. 11. 5)과 「序詩」(1941. 11. 20)[45]

---

45) 「序詩」는 제목이 없는 시로 자선시집 『하늘과 바람과 별과 詩』의 序의 역할을 했던 시편이다.

로 마무리 된 자선시집 탈고 이후에 쓴 시이다. 즉『하늘과 바람과 별과 詩』를 묶었으나 한정판 자선시집 발간이 좌절되고, 도일 직전 창씨개명에 따른 고뇌를 드러내고 있는 「懺悔錄」(1942. 1. 24)을 쓴 그 사이에 놓여 있는 작품이다. 「肝」은 윤동주의 내면갈등과 굴절된 이상향을 총체적으로 드러내고 있는 시편이라 할 수 있다.

바닷가 해빛 바른 바위우에
습한 肝을 펴서 말리우자.

코카사쓰山中에서 도맹해온 토끼처럼
둘러리를 빙빙 돌며 肝을 직히자.

내가 오래 기른 여윈 독수리야!
와서 뜨더 먹어라. 시름 없이

너는 살지고
나는 여위여야지, 그러나,

거북이야!
다시는 龍宮의 誘惑에 않떠러진다.

푸로메디어쓰 불상한 푸로메디어쓰
불 도적한 죄로 목에 맷돌을 달고
끝없이 沈澱하는 푸로메드어쓰.

— 윤동주, 「肝」 전문46)

---

46) 왕신영 외, 앞의 책, 197쪽.

표면에 드러난 의미만을 살피더라도, 인용한 「肝」은 우리 전통의 '귀토설화'와 그리스의 '프로메테우스 설화', '성경 속 독수리의 의미'[47]가 복층적으로 인유된 시라는 것을 알 수 있다. 각각의 신화 속 사건들과 신화에서 차용해온 시적 대상들을 윤동주가 자신의 시편 속에서 변용시키면서 시적 자아가 갖는 시대적 고뇌와 갈등의식을 드러내는 미적 특질을 가지고 있다. 그런 이유로 「肝」은 윤동주 시에서는 보기 드물게 난해시로 분류되는 시이기도 하다. 때문에 「肝」에 대한 보다 밀착된 의미 해명과 그 당시 윤동주가 기저에 품고 있었던 낭만성을 고찰하기 위해서는, 시편에 대한 구체적인 논의에 앞서 윤동주가 「肝」을 창작했을 당시 직면했던 직·간접적인 영향관계를 먼저 점검해볼 필요가 있다. 낭만주의를 수용했던 당대 조선문단의 상황이라든가 셸리의 「해방된 프로메테우스」가 일종의 교육콘텐츠가 되어 읽혔던 당대의 풍토들, 그리고 그러한 셸리를 인용한 김오성의 논고들까지 종합적인 검토가 필요하다.

한국문학에서 낭만주의는 "1907년 유승겸이 고상구길의 『중등서양사』를 역술한 『중등만국사』가 시초"[48]가 되었다고 일반적으로 알려져 있다. 그 후 영국의 워즈워드, 코울리지 등이 여러 논자들을 통해 소개

---

47) 「肝」에서 등장하는 독수리의 상징성을 류양선은 시편 103장, 이사야서 40장을 경유해서 설명한다. 해당 성경 구절로는 "그분께서 네 한평생을 복으로 채워 주시어/ 젊음이 독수리처럼 새로워지는구나"(시편 103장 5절)과 "주님께 바라는 이들은 새 힘을 얻고/ 독수리처럼 날개 치며 올라간다. / 그들은 뛰어도 지칠 줄 모르고/ 걸어도 피곤한 줄 모른다."(이사야서 40장 31절)이다. 류양선은 "성경에서 독수리는 젊음을 상징"하며 "하느님을 믿고 따르는 사람은 어떤 상황 속에서도 절망하지 않고 독수리처럼 힘차게 비상"함을 의미하기 때문에, 시적 자아('나')=토끼=프로메테우스=독수리를 동일화 된 자아로 인지하고 있다. (류양선, 「윤동주의 <간> 분석」, 『한국현대문학연구』32호, 한국현대문학회, 2010, 461-462쪽 참조.)
48) 박호영, 「일제강점기 혁명적 낭만주의 이입 연구」, 『한중인문학연구』 28, 한중인문학회, 2009, 20쪽.

되었지만, 본격적인 유입은 1910년대 후반부터 1920년대 초반까지 번역시집『懊惱의 舞蹈』(1921)나『泰西文藝新報』(1918. 9~19. 2),『創造』등에서 김억을 주축으로 한 번역시편들의 소개를 통해 활발히 수용된 점이 없지 않다. 이때의 번역시들은 대체로 프랑스 상징주의 시인들이었기 때문에 데카당적 분위기가 고조되어 있거나 애상·감상적 낭만주의 풍이 기조를 이루고 있었다. 그러나 이후 바이런과 셸리를 번역·소개한 것을 기점으로 '혁명적 낭만주의'가 이입되면서, 식민지 조선에서 "개성과 자아의 추구, 속박으로부터의 자유로운 해방"[49]이라는 측면에서 낭만주의는 당대 문인들을 강하게 매료시키게 된다.

이 중에 윤동주가「肝」에서 차용해서 쓴 것으로 추측되는「프로메테우스의 해방」은 윤동주 시의 저항성을 담보하는 상호텍스트성을 띤 작품으로 알려져 있다. 먼저「프로메테우스의 해방」에서 셸리가 재창조한 부분을 더 주목해서 볼 필요가 있다. 제우스의 형벌이 중단되고 프로메테우스가 수동적으로 풀려나는 결말을 고쳐, 신과 인간 간의 화해와 용서에 방점을 찍는 것이 아니라 프로메테우스의 능동적 해방에 초점이 맞춰져 있다는 것이 주목된다. 다시 말해, 원전인 희랍 신화와 아이스퀼로스의 극「결박당한 프로메테우스」에서처럼, 지배자에게 있어서는 악행과 권세, 피지배자에게는 고통과 인내를 전경화하는 것이 아니라, 피지배자의 저항성과 불합리한 사태를 개진해나가는 의식에 초점을 맞췄다는 점에서 당대 지식인층에게 보다 깊은 향유 지점이 있었던 것이다.

그리고 셸리의 여타의 작품들 또한 이미 1930년대에 들어서는 식민지 조선의 제도권 영문학 교육에서 빠지지 않는 텍스트[50]였던 것으로

---

49) 박호영, 앞의 글, 21쪽 참조.

보인다. 그러나 윤동주가 자신의 자선시집에서 조언을 구할 정도로 친분이 있었던 이양하 교수의 강의 중 셸리에 관한 수업이 있었다는 것만으로, 윤동주의 시에서 셸리의 사상관이나 셸리의 작품을 적극적으로 수용했을 것이라고 속단하기는 힘들다. 또 범박하게는, 문학적 교류와 친분이 돈독한 교수가 낭만주의 작가를 강의했다고 해서 윤동주마저도 낭만주의 작가에게 매료되었다고 판단할 수는 없는 노릇이다. 때문에 여기에 덧붙여, 윤동주의 스크랩 목록을 점검하고 가야할 것이다.

'청년 윤동주'는 연전 시절, 조선문단에 대한 관심뿐만 아니라 조선 지식인 사회의 동향을 종합적으로 주시하고 있었고, 당대 문인들의 글과 사학자, 철학자의 신문 칼럼(평론)들까지 꼼꼼히 스크랩을 해두었던 것으로, 근래 『사진판 시고전집』[51]에서 확인할 수 있다. 이 중에서 윤동주의 「肝」에 직접적인 창작 동기를 유발한 글은 김오성의 「時代와 知性의 葛藤— 프로메듀—스的 事態」[52]였다. 김오성은 1939년 『朝鮮

---

50) "당시 연희전문과 경성제국 대학에서 모두 영시를 강의했으며, 바이런이나 셸리 같은 시인은 그 중 자주 연구된 시인이라는 점, 특히 윤동주가 자선시집의 일독을 청할 만큼 가까웠던 연희전문의 이양하 교수가 셸리를 좋아하였다는 점, 경성제국 대학의 사토기요시 역시 낭만주의 시를 자주 가르쳤으며, 그의 제자였던 최재수와 임학수 모두 낭만주의에 관한 글을 썼다는 것을 미뤄 보아, 낭만주의 시가 식민지 조선의 제도적 영문학연구 중 중요부분이었던 것은 분명하다" (신경숙, 「윤동주 「肝」과 프로메테우스」, 『비교문학』 67집, 한국비교문학학회, 2015, 124쪽.)는 견해와 함께 "특히 셸리는 경성제대 영문학과에서도 많이 다뤄져, 그에 관한 여러 편의 졸업논문이 발표되고, 그 관한 글이 꾸준히 『경성제대영문학회 회보』에 발표된다. 김영준의 『셸리의 아도니스』(1929), 최재서의 「셸리 시정신의 발전」(1930), 조규선의 「해방된 프로메테우스 연구」(1930), 임학수의 「셸리의 '해방된 프로메테우스' 연구」(1936) 등이 그것이다. 최재서는 졸업논문 외 셸리에 관한 글로 「셸리의 회상록」(1930. 9. 20.) 「시의 한계」(1931)를 발표하기도 했다."(박호영, 앞의 글, 24쪽.)

51) 선행 연구자들인 박호영(앞의 글, 449쪽.)과 신경숙(앞의 글, 127쪽 각주18.) 등에서도 이미 이러한 윤동주의 스크랩북에 관한 사료를 언급하고 있다. 근래 왕신영 외, 『사진판 시고전집』에서는 스크랩북 목록을 정리하여 공개하였다.

52) 왕신영 외, 『사진판 시고전집』에서는 쪽수가 없는 부록란에 스크랩4 번호 25—28

日報』에 총 7회(1월 22일, 24일, 26일, 28일, 29일, 30일, 2월 2일.)에 걸쳐 이 글을 연재했는데, 이 중 윤동주가 스크랩해 가지고 있던 원고는 4회 분량이다. 여기서 윤동주가 스크랩을 4회만 했다고 해서 김오성의 글을 4회분만 읽은 것은 아니라고 판단된다. 스크랩된 글과 더불어 연재된 김오성의 글들 중 일부를 옮겨와 더 살펴보는 것이 좋겠다.

> 時代와 知性의 距離, 또는 그것들의 相互 葛藤, 여기에 今日 知性문제의 眼目이 集中되지 않으면 안될 것이다. 이 兩者의 葛藤을 어떻게 解決할 것인가? 時代가 知性 앞에 屈伏하느냐, 아니면 知性이 時代에게 屈伏되느냐, 그렇지 않으면 兩者가 서로 妥協할 것이냐? 이 三者중의 어느 것이 知性問題를 解決하는 길이 아닐 수 없을 것이다. ……(중략)…… 時代와 知性의 葛藤이것을 눈 앞에 그리면서 聯想되는 것은 古代希臘의 三代悲劇作家中의 一人인 예스키르스의 戲曲「結縛된 프로메듀—스」이다. 大神제우스로부터 불(火)을 훔쳐다가 人間에게 준 프로메듀—스는 인간의 생활 여러 가지 방편을 가르쳐서 인간의 一大恩人이 되엿스나 그로 因하야 프로메듀—스는 大神제우스의 憤怒를 사서 바다에 臨한 斷崖에 쇠사슬로 얽어 다라매우게 되엿다. 그러나 프로메듀—스는 決코 後悔하지를 안엇스면서도 한갓 제우스의 橫暴을 打罵해 마지안는다.
> — 김오성, 「時代와 知性의 葛藤 — 프로메듀—스的 事態」 부분[53]

인용한 김오성의 논의는 백철의 글 「時代的 偶然의 受理 ·事實에 대한 情神의 態度」[54]를 반박하기 위해서 쓴 기고문이다. 같은 지면에 먼

에 김오성의 평론 「時代와 知性의 葛藤— 프로메듀—스的 事態」, 『朝鮮日報』, 1939. 1. 24(2회)/ 1. 26(3회)/ 1. 31(6회)/ 2. 2(7회)까지 총 4회 분량의 연재를 윤동주가 스크랩해 두었던 것으로 드러난다.

53) 김오성, 앞의 글, 『朝鮮日報』, 1939. 1. 22.

54) 백철의 「時代的 偶然의 受理 ·事實에 대한 情神의 態度」, 『朝鮮日報』, 1938년 12월

저 발표된 백철 논의의 요지는 중일전쟁은 일본에 의해 중국의 봉건 체제를 무너뜨린 "公然한 事實"이며, "文學者나 知識人 앞에 決코 無意味한 것만이 될 수는 없는 일"이자, "東洋史가 非常히 飛躍한다는 一家見을 가지고 있다."[55])와 같은 표현을 쓰며 중국의 근대화에 기여한 전쟁이었다고 중일전쟁을 합리화하고 있다. 일제 파시즘에 협력하고 있는 백철의 견해를 김오성은 아이스킬로스의 극 「결박당한 프로메테우스」를 경유해서 비판하고 있다.

김오성이 인유하고 있는 프로메테우스는 "불(火)을 훔쳐다가 人間에게 준 프로메듀―스는 인간의 생활 여러 가지 방편을 가르쳐서 인간의 一大恩人"이 되었지만 결국 "大神제우스의 憤怒를 사서 바다"에 결박을 당하게 되는 존재로, 당대 지식인이 지향해야할 의식적 태도를 알레고리화하고 있는 것이다. 이는 일제 식민 통치라는 "제우스의 橫暴"안에서도 자기희생적 태도와 휴머니즘적 혜안[56])을 갖춘 지성의 역할이 필요하다는 것을 시사한다. 신화에서 종국에는 제우스의 몰락이 예견된 것처럼, 프로메테우스의 당장에 처해진 고통은 고통의 수반으로 끝나는 것이 아니라 보다 나은 '역사의 필연'을 위해, 시대를 초월한 의식적 행동의 일환이었다는 것을 주장하고 있다. 그러니 김오성은 "프로메

2-7일에 걸친 5회 연재 논고 또한 4회분까지 스크랩한 것으로 알려져 있다. (왕신영 외, 같은 책, 스크랩 3, 번호 47-50 참조; 류양선, 앞의 글, 449-450쪽 참조.)

55) 백철, 「時代的 偶然의 受理・事實에 대한 情神의 態度」, 『朝鮮日報』, 1938. 12. 2.

56) 이 논고 이외에도 김오성은 당대 대중신문인 『朝鮮日報』, 『東亞日報』등에서 활발히 기고활동을 하며, 철학자, 문화비평가로 활동해왔다. 서구 주관주의 사조에 영향을 받아 객관적 과학주의를 비판하는 등 근대성 비판에 입각해 네오―휴머니즘론을 쟁점화하기도 했다. 주요 논고로 「네오 휴맨이즘 문제」, 『朝光』 14호, 1936년 12월; 「휴머니즘 문학의 정상적 발전을 위하여」, 『朝光』 20호, 1937년 6월; 「문학에 있어서 전통과 창조」, 『朝鮮文學』 4권 3호, 1939년 3월 등이 있다. (신재기, 「김오성 비평의 근대성 비판 연구」, 『어문학』 62집, 한국어문학회, 1998 참조.)

듀―스가 제우스에게 反抗하는 것은 결코 宇宙를 지배하는 必然의 힘을 拒逆하는 것이 아니"(같은 글, 1939. 1.24)라고 말하며, 당대 제우스 횡포는 '역사의 필연'이 아니라 "偶然的 事態"[57]라고 지칭한다. 적극적으로 말하면, 식민지 조선의 사태는 지나가거나 회복될 당대적 징후일 수 있으며, 그에 따라 지성이 해야 할 역할이 있다는 것이다. 이어 김오성은 이 글 말미를 다음과 같이 기술하고 있다.

> 그래도 제우스를 絶對로 보지 않고 제우스 以上의 必然의 힘을 確知하는 프로메듀―스가 그 어느 구석에든지 存立할 수 있다면, 그래도 絶望은 아닐 것이다. 이러한 프로메듀―스는 그래도 自己의 體力이 維持되는 限에서 제우스를 審判하면서 必然性의 再建과 그 路線을 向한 創造를 게으르지 않을 것이다. 知性은 判斷(批判)하는 것으로써 훌륭하게 行動하고 있는 것이다.
> ― 김오성, 「時代와 知性의 葛藤 ― 프로메듀―스的 事態」 부분[58]

즉 김오성은 지성이 가질 수 있는 잘못된 시선과 태도를 통렬하게 비판하면서, "知性은 判斷(批判)하는 것으로써 훌륭하게 行動하고 있는 것"이라는 시사를 통해 "판단"과 동시에 비판하는 지성인의 정신을 강조한 맥락이라고 할 수 있다. 그러니 지식인이란 가능한 범주 안에서

---

57) 김오성은 당대를 '제우스적 현실'로 판단하였으나 이러한 식민지 조선의 국면은 "영속적"이고 "절대적" 국면이라고 판단하지는 않았다. "그런데 問題는 제우스가 너무도 頑强한 것과 프로메듀―스가 意志가 薄弱해진 것이다. <u>今日의 제우스(偶然的 事態)는 前日의 希臘의 寡頭政治 時代의 제우스보다 몇 倍나 더 頑强하다. 때문에 사람들은 그것을 어떤 永續的인 것, 또는 絶對的인 것으로까지 斷定하려는 氣勢조차 없지 않다. 그리고 今日의 프로메듀―스(精神, 知性)는 前日의 그처럼 純粹치 못하다.</u> 그동안 너무나 不純한 要素를 많이 攝取하고 있다. 때로는 姦淫도 하고 때로는 盜癖까지 생긴 듯하다." 김오성, 같은 글, 『朝鮮日報』, 1939. 2. 2. (밑줄 인용자)
58) 김오성, 앞의 글, 『朝鮮日報』, 1939 2. 2.

"제우스를 審判"해야 하며, "必然性의 再建"과 "創造를 게으르지" 않게 해야 한다는 것이다. 물론 여기서의 "필연성의 재건"이란 제국주의에 영합하지 않는 지성인의 진보성을 함양하는 태도를 의미한다. 그러나 김오성의 글이 지식인들의 적극적인 항일 저항성을 시사하고 있다고 보기만은 어렵다.59) 당대 김오성 평론이 취한 태도들은 줄곧 근대성을 비판하고 있었으며, 중·일 전쟁을 중국의 근대화로 옹호한 백철의 논의를 반박하기 위해 쓴 이 글 또한 '근대성―제국주의'를 지적 및 비판의 수준에서 기술하고 있는 점이 없지 않기 때문이다.

같은 맥락에서 윤동주는 김오성과 백철의 논쟁을 스크랩해 읽으면서, 「肝」에서 시적 자아과 프로메테우스 사이의 관계망을 구축하는 동기로 삼았고, 그 관계는 동일화이자 결코 동일화가 될 수 없는 윤동주 자신의 내적 지향의 갈등으로 포착해낸다. 지식인들의 한계가 그대로 투사되어 있는 「肝」의 마지막 연 "푸로메디어쓰 불상한 푸로메디어쓰/불 도적한 죄로 목에 맷돌을 달고/ 끝없이 沈澱하는 푸로메드어쓰."와 같은 구절처럼, 윤동주는 고통 그 자체를 형상화하고 영탄조로 "푸로메디어쓰"를 간곡히 호명하는 데에서 현재적 자신을 투사하고 있는 것이다. 다시 말해 「肝」은 도일 직전 윤동주의 고통과 갈등을 현현하는 시다.

「肝」을 더 자세히 읽어보면, 2연에서 "코카사쓰山中에서 도망해온 토끼처럼"이라는 구절을 통해 '귀토설화'와 '프로메테우스 신화'가 병

---

59) 박군석은 김오성의 글 「원리의 전환」(『인문평론』 1941.2)의 예시로 들며 일제의 영합한 태도를 들어 당대 지식들의 의식 지평이 흔들리고 있었음을 밝힌다. "김오성은 중·일 전쟁을 옹호하는 글을 신문에 게재한 백철에 대해 타락한 "프로메테우스"라고 비판하였으나 그의주장도 한계를 드낸 것이다. 당대 지식인들의 논들은 구체적인 현실 인식을 토대로 형성된 주장이 아니라 지식 체계나 집단의 이념으로부터 비롯된 피상적 현실 이해에 그치고 있었다." (박군석, 「윤동주의 시「간(肝)」에 나타난 '시적 주체'의 지평」, 『한국문학논총』 71집, 한국문학회, 2015, 186―190쪽 참조.)

치되어 동서양의 다른 두 국면이 동일화되는 미감을 보인다. 용궁에 갇혔다가 풀려난 토끼의 모습과 제우스에게 프로메테우스가 결박이 풀려나는 모습은 동일한 화소이다. 시적 언술의 방식들로 보았을 때, 이 시는 시적 자아가 독백을 섞어가며 상상된 시적 대상들과 대화를 하고 있는 것[60]이며, 토끼와 프로메테우스가 처한 사태마저도 자세히 관찰해보면 상황이 서로 상이한 점을 발견할 수 있다. 1연 "바닷가 해빛 바른 바위우에/ 습한 肝을 펴서 말리우자."와 2연 중 "둘러리를 빙빙 돌며 肝을 직히자.", 5연 "거북이야!/ 다시는 龍宮의 誘惑에 않떠러진다."의 구절들은 모두 토끼(혹은 거북이)에게 건네는 대화인데, 이미 토끼의 사태는 결박에서 벗어난 이후 국면이라 할 수 있다. 즉 "龍宮의 誘惑"에서 벗어난 상태이자 다시 육지의 맹금류(독수리)에게 자신의 생명이 빼앗길지도 모르는 위험 상태인 것이다. 그러니 토끼는 용궁에 가서도 간을 빼앗길 위기가 있었으며, 육지에서조차도 간뿐만 아니라 생명의 위협을 느끼는 상황인 셈이다. 물론 처음부터 토끼가 용궁을 갈망하며 별주부의 유혹에 넘어간 이유는 육지의 위협(맹금류의 위협)으로부터 벗어나야했던 이유 또한 있었다. 때문에 토끼의 입장에서 내재된 죽음은 여전한 상황이다. 용궁에서의 '확실한 죽음'을 모면했을 뿐 육지로 돌아온 토끼는 다시 본래의 위험, 즉 맹금류에게서 자신의 생명을 언제 빼앗길지 모르는 '불확정성의 죽음'을 감내해야 하는 것이다. 다시 말해 토끼는 여전히 위험을 내재하며, 자신이 낙원으로 착각했던 용궁에서의 위험을 알게 된 이후의 상태로 다시 육지 생활에 놓이게 되는 것이다. 그러므로 자신의 꿈과 이상향에 대한 의심으로 가득 차 앞으로

---

60) 시적 언술 방식을 고려해보았을 때 류양선의 견해(류양선, 앞의 글, 461−462면 참조.)처럼 「肝」에서 시적 자아('나')=토끼=프로메테우스=독수리를 동일화된 주체들로 볼 수만은 없다.

자신이 대면하는 세계에 대해 어떤 방식으로 살아내야 할지 난감함과 불안 상태가 가득한 상황에서 우선 살아갈 수밖에 없는 노릇인 것이다. 이쯤 되면, 윤동주가 겪었던 일제의 구속과 "습한 肝을 펴서 말리"는 토끼의 두 번째 육지 생활이 다르지 않다는 것을 알 수 있다.

상급학교 진학 과정에서 자신의 꿈이 굴절당할 수밖에 없었던 경험, 그러니까 타의(일제)에 의한 실패를 거듭하고 자기 이상을 펼칠 수 없도록 수차례 탄압을 당해오면서 자신이 처한 세계를 환자뿐인 세상으로 인식하기까지 이르는 상태[61]에 이미 윤동주는 놓여 있었다. 이런 절망적인 세계 인식은 "용궁의 매혹"을 경험한 토끼의 경우처럼, 윤동주 역시 자선시집 출간을 목전에 두고 그 꿈을 접었던 중첩된 경험들이 있었기 때문이다. 정병욱의 회고에 따르면, 자선시집의 출간에 대해 "이향하 선생님께서는 출판을 보류하도록 권하셨다. 「십자가」, 「슬픈 족속」, 「또 다른 고향」과 같은 작품들이 일본 관헌의 검열을 통과할 수 없을뿐더러 동주의 신분에 위험이 따른 것이니 때를 기다리라고 하셨을 것"[62]이라고 상기하고 있다. 즉 윤동주는 도일 직전까지 자신의 꿈을 접을 수밖에 없는 처지에 있었으며 자기 이상을 펼칠 수 있는 상황이 되지 않았으면 모르되, 시집까지 묶어놓고 또 그 꿈이 꺾이고 말았으니, 귀토설화의 토끼와 자신의 처지가 다르지 않다고 생각했을 법하다.

---

61) 이와 같은 윤동주의 상태를 정병욱의 회고를 참고해보면 다음과 같다. "처음에서는(「서시」가 되기 전) 시집 이름을 「병원」으로 붙일까 했다면서 표지에 연필로 <병원(病院)>이라고 써넣어 주었다. 그 이유는 지금 세상이 온통 환자투성이기 때문이라고 하였다. 그리고 병원이란 앓는 사람을 고치는 곳이기 때문에 혹시 앓는 사람들에게 도움이 될 수도 있을지도 모르지 않겠느냐고 겸손하게 말했던 것으로 기억한다." (정병욱, 「잊지 못할 윤동주의 일들」, 『나라사랑』 23집, 외솔회, 1976 여름, 140쪽.)
62) 정병욱, 앞의 글, 140쪽.

그래서 「肝」에서는 토끼와 같은 처지인 듯, 결국에는 같은 처지가 아닌, 프로메테우스가 등장할 수밖에 없는 것이다. 다른 점이라 하면, 토끼가 낙원을 꿈꾸며 용궁으로 향했던 것과 달리, 프로메테우스는 선의에 의해 인간에게 불을 구해주었다는 자기 이상향에 대한 명확한 노선이 있었으며 그런 명확한 신념으로 인해 토끼의 경우처럼 겨우 삶을 연명하는 불안 속에 사는 것이 아니라 더 혹독하게도 낮에는 독수리에게 간을 내어주고 밤에는 다시 그 간이 회복되어 죽지도 못하고 살고 있는 지독한 형벌의 상징으로, 토끼와 프로메테우스의 상황이 대립되고 있는 것이다.

그러므로 「肝」의 화자는 토끼와는 동일화된 정념을 공유하고 있지만 프로메테우스와는 고통 그 자체로 조우하고 있다. 윤동주는 자선시집 출간을 못하게 된 이후, 유학을 위해 창씨개명까지 해야 했던 자신의 상황과 프로메테우스의 고통의 질감을 교차시키고 있는 것이다. 그러나 "내가 오래 기른 여윈 독수리야!/ 와서 뜨더 먹어라. 시름 없이"[63]와 같은 구절에서 알 수 있듯이, 윤동주는 자신의 신념을 포기한 채 넋을 놓고, 자신이 처한 세계가 자행하고 있는 폭력적 사태에 자기 신념을 절충한 채 동승시킨다. 일본의 검열을 무시하거나 이향하 교수의 조언을 무시할 수 있었음에도 자선시집 출간을 뒤로 미루었던 것처럼, 또다시 고향으로 돌아가고 싶지는 않았던 '청년 윤동주'[64]는 창씨개명을

---

63) 성경에서 표현하는 독수리의 상징이 '젊음'과 '절망하지 않음', '생명력'이라면 윤동주가 묘사한 독수리의 모습은 "여윈 독수리"이다. 때문에 「肝」에서의 독수리는 '절망하고 늙은 독수리'의 모습, 즉 모든 것을 내려놓고 포기한 죽음의식 늘 내재하고 식민지 조선의 '청년 군상'인 것이다. 이 부분에서 류양선의 견해(류양선, 앞의 글, 461-462쪽)와 달리한다.

64) 이주민 3세대라고 할 수 있는 윤동주의 실향의식은 이주 1세대가 가진 의식과는 상이한 측면이 있다. 1세대가 가진 고향에 대한 그리움이란 그리움의 정서와 그리움의 대상 공간이 모두 '조선'으로 일치하지만, 이주 3세대의 경우 실제 고향은 '간

하고 저항보다는 성공과 타협을 택한다.

　정리하자면, 윤동주가 연희전문 시절 셸리의 「프로메테우스의 해방」
이나 백철과 김오성의 논고를 읽었을 것으로 보인다. 그러나 「肝」을 창
작하면서 적극적으로 '혁명적 낭만주의'를 이입하여 형상화했을 것으
로 추측되지는 않는다. 오히려 셸리의 극과 당대 지식인층의 논쟁을 거
울삼아, 자신이 당면하고 있는 좌절과 갈등의 문제들을 「肝」 속에서 재
구성하고 있는 것이다. 그런 인유를 통해 귀토설화에서 토끼의 삶과 자
신의 꺾인 신념을 동일화시키고 삶의 불안증을 가중한다. 그리고 프로
메테우스의 경우 신념보다는 프로메테우스가 겪은 고통 그 자체를 체
화하여, 간곡히 그의 이름을 시편 속에서 다시금 부르면서 자기 삶에서
절충했던 자기 처지를 혐오하고 있는 것이 「肝」에서 나타나는 '청년 윤
동주'의 정념이다.

　그러니 그의 낭만성은 닿을 수 없다는 정신 운동65)임과 동시에, 부끄

　도'이며 정신적 고향을 '조선'이라고 인지하는 방식으로 분열되어 있다. 그러니 간
　도에 살고 있으면서 상상된 정신적 고향인 조선을 그리워하는 실향의식을 담보하
　는 정서적 균열을 토대로 한 채 윤동주는 창작활동을 했던 것으로 보인다. (오문석,
　앞의 글, 115－116쪽; 임현순, 앞의 글, 486쪽 참조.) 가령 상급학교 진학을 위해 평
　양, 경성, 동경 등으로 유학을 했을 당시 윤동주가 갖게 되는 고향의식 중에는 잦은
　진학 실패에 따른 귀향의 정서도 내재되어 있을 것으로 보인다. 즉 디아스포라적
　관점에서 '청년 윤동주'에게 고향이라 회복의 정념임과 동시에 실패를 직면하는 공
　간이기도 하다.
65) 윤석성은 윤동주의 저항의지를 인정하는 가운데, 그의 '실존의식'과 '닿을 수 없는
　동경'을 노래하고 있다는 점에서 윤동주의 시는 '이카루스적 로만적 아이러니'의
　성격을 갖는다고 주장한다. 즉 "세계의 실체를 다양한 것들의 갈등으로 이해하여
　그 최후의 궁극적 목적에 도달할 수 없으면서도 영원히 전진해 나아가고, 그 스스
　로의 현재를 파괴하는 행위가 또한 바로 창조 행위가 되며 인간이기를 거부하고 신
　을 지향하지만 끝내 인간으로 남을 수밖에 없다고 생각하는 로만주의자들의 세계
　관"(윤석성, 「한국 현대시의 로만적 아이러니 연구」, 『동악어문학』 53, 동악어문
　학회, 2009, 336쪽.)을 가졌다는 것이다. 이에 대해 다음과 같은 대목들을 더 주목
　해볼 필요가 있다. "(윤동주의 시에서) 구체적인 현실타개책은 제시되어 있지 않다.

러움의 단층면이며, 몰랐으면 좋으련만 알게 되어서 더 불안을 가중시키는 "용궁의 매혹"과 같은 것이다. 때문에 '청년 윤동주'는 자기 자신에게 더 가혹한 형벌을 가중시키기 위해 (프로메테우스의) 고통을 불러오고 있다. 이런 방식의 자기혐오의 양상은 「肝」 직전에 쓴 「별헤는밤」에서는 서정적 전경을 시편 전체의 분위기로 두면서, 현실에서는 닿을 수 없는 낭만성이 이입된 별의 이름과 종국에는 '이름 없음의 존재'인 자신을 어머니께 고하고 있는 고백투의 언술로 형상화되고 있다. 또한 「肝」 이후에 쓴 「懺悔錄」에서도 "슬픈사람의 뒷모양이/ 거울속에 나타온다."[66]는 '없는 미래'에 대한 분열적 전망으로 현현된다.

4. '청년 윤동주'의 낭만과 戀歌

앞서 살펴본 바와 같이 '청년 윤동주'는 당대 낭만주의를 수용했던 명확한 접점들이 있었다. 낭만적 정조를 자신의 시편 속에 투사시키면서 고민하는 자아와 갈등을 통해 자신의 내면을 성찰하는 시작 행위를 해온 것으로 보인다. 그러므로 윤동주 시편 속의 갈등양상이란 최초의 '낭만성'과 그 '낭만의 굴절' 속에서 나타나는 현상이라 할 수 있다. 즉 이상향과 낙원의 세계가 성장 과정에서 굴절·억압됨에 따라 발의하게

그저 맑고 무한한 憧憬만이 독자를 압도할 뿐이다. 이처럼 로만주의의 동경은 비현실적이고 동화적이면서도 우리를 설레게 하고 감동하게 한다. 그것은 우리의 현실적 삶이 가로막은 이상세계에 대한 관심을 대변해 주기 때문이다. 이 시에서 윤동주는 자신이 감당하지 어려운 준열한 약속을 만천하에 공표한다. 인간성의 한계에 도전하는 듯한 이러한 선언은 바라보는 이들에게는 신선한 충격이겠지만 실천해야 하는 그에게는 힘든 일이다. 순교자의 삶이 아니라면 이러한 약속과 그 실천은 불가능한 것이다." (윤석성, 위의 글, 345-346쪽.)
66) 왕신영 외, 앞의 책, 176쪽.

된 결과인 것이다. "꿈"과 "생활" 사이에서, 내적 지향과 현실의 억압 사이에서 갈등하고 반성하게 되는 시적 자아의 군상들로 윤동주는 낭만적 정조를 노출시키고 있는 셈이다. 그렇다면 그 시원(始原)의 공간, 즉 훼손되지 않은 '꿈의 정념태'는 윤동주 시의 어느 부분에서 또 드러난다고 할 수 있을까.

"단 한 女子를 사랑한 일도 없다/ 時代를 슬퍼한 일도 없다"(「바람이 불어」)[67]는 고백에서처럼, 윤동주의 생애에서 윤동주가 누군가를 연모했다거나 연애 관계에 있었다는 구체적인 사료는 존재하지 않는다. 그러나 "한 女子를 사랑한" 적도 "時代를 슬퍼한 일"도 없다는 고백은 사실 반어가 아닌가. 「바람이불어」에 다른 시행들을 살펴보아도 그렇다. 시 말미에 "바람이 작고 부는데/ 내발이 반석우에 섯다.// 강물이 작고 흐르는데 내발이 언덕우에 섯다."는 구절에서도 알 수 있듯이, "바람"과 "강물"이 수평적―유동적으로 운동할 때, "반석"과 "언덕" 위에 시적 자아는 수직적―정적으로 멈춰서 있다. 여기서 "바람"과 "강물"이 변화가 가능한 시간이라면 시적 자아의 정념은 그 변화된 운동성을 거슬러 드높은 정신의 화학작용이 이루어지고 있는 정적 운동태의 형상인 것이다. 그러니 그것은 '흐르고 있는 역사'가 아닌 '표준이 된 시대'를 읽고 있는 혜안의 정동이며, 이 시에서의 반어는 "한 女子"만을 사랑해왔다는 순결한 정신의 표출이라고 할 수 있다.

이런 '낭만적 순정성'의 관점에서 윤동주의 시를 바라보건대, 윤동주는 자신의 생애에서 제 뜻을 펼쳐보지 못했던 것처럼, 그의 사랑 역시 채 펴보지도 못하고 추슬러 숨겨놓은 듯하다.

---

67) _____ 앞의 책, 157쪽.

윤동주는 고향에서는 전혀 여성을 사귄 일이 없었다. 윤동주의 당숙 윤영춘은 그전에 대해서 아주 명쾌하게 증언한다. ……(중략) …… 윤동주가 서울에 유학한 이후 그의 어머니는 그에게 "서울에서 좋은 색시를 사귀면 며느리로 맞이하겠다"고 우스갯소리로 말씀하시곤 하였다고 한다. 이른바 '연애결혼'을 장려했던 셈이다.

— 송우혜, 「동경에서 만난 여성 박춘혜」 부분[68]

농구 선수였던 그는 집에 와서는 쉴 사이 없이 할아버지와 아버지 일을 도와 드렸다. 얼굴이 잘 생겨서 거리에 나가면 여학생들이 유심히 그의 얼굴을 보기도 하고 여자로부터 말을 건네 받는 경우도 있었다. 하나 수줍은 그는 한 번도 여자를 거들떠 보지도 않았다.

— 윤영춘, 「명동촌에서 후쿠오카까지」 부분[69]

인용한 두 부분은 당숙 윤영춘의 회고이다. 그에 따르면 윤동주는 농구선수로 활동할 정도로 당시 건장한 체력과 준수한 외모를 가지고 있었음에도 불구하고 명동촌에서는 연애를 한 사실이 없다는 것이다. 다만 "여자로부터 말을 건네받는" 등 명동촌에서는 꽤 인기가 좋았던 청년이었다는 것인데, 종국에는 윤동주가 "고향에서는 전혀 여성을 사귄 일"이 없다고 윤영춘은 회고한다. 그의 집안에서 내심 연애결혼을 장려했다는 부분으로 보아, 이런 회고는 일런 타당성이 있어 보인다. 개방적인 분위기에서도 어느 누구와 교제했던 사실이 드러나지 않았던 것도 그렇고, 윤동주가 옥사 전까지 방학 때마다 고향을 찾는 등, 대다수의 시간을 명동촌에서 보낸 것을 감안하면 표면으로 드러난 윤동주의 연애사실은 없는 것으로 보는 것이 맞겠다. 이에 대해 다른 회고들에서

---

68) 송우혜, 앞의 책, 351쪽.
69) 윤영춘, 「명동촌에서 후쿠오카까지」, 『나라사랑』 23집, 외솔회, 1976년 여름, 109쪽.

보다 구체적인 사례가 제시되기도 한다. 그러나 이 또한 사랑이 이루어진 것이 아니라 이루어지 않았거나 시작 단계에서 저버린 경우다.

한 경우는 동생 윤혜원이 증언했던 성가대원 박춘혜[70]에 관한 회고[71]이고, 다른 한 경우는 정병욱이 증언했던 연전 시절 북아현동 하숙을 했던 당시의 회고[72]이다. 윤혜원의 회고는 '윤동주의 친구 동생이자

---

70) 박춘혜에 대한 회고는 '박춘애'로 회고되기도 한다.

71) 윤혜원의 증언 두 부분은 다음과 같다. "윤동주가 동경 립교대학 1학년 때 여름방학을 맞아 귀성했을 때였다. 동주는 어느 날 엽서 반 장 정도 크기의 사진을 한 장 누나에게 보였다. 한 명의 여자가 앞에 앉고 두 명의 남자 대학생이 그 여자 뒤에서 서서 찍은 사진이었다. ……(중략) …… 그 여자의 오빠와 그의 친구로서, 둘 다 윤동주의 친구였다. 윤동주는 김치를 먹고 싶으면 그 집에 가는데 그동안 거기 가서 식사를 많이 했다고도 했다. ……(중략) …… 그 사진도 그 여자의 오빠가 준 것이라고 했다. 그 여자의 오빠도 윤동주를 여동생의 남구감으로 단단히 점찍는 것 같았다." (송우혜, 앞의 책, 352—353쪽.)라는 회고와 "윤동주의 생애를 누구보다 잘 알고 있는 윤혜원의 증언은 또 어떤가. "오빠는 여자친구조차 가져보지 못하고 세상을 떠났다. 다만 일본 유학 중에 만난 박춘애라는 이름의 여학생 사진을 가져와서 할아버지께 보여드린 적이 있는데, 할아버지께서 좋다고 하셨기 때문에 그 여성과 결혼했을 가능성이 높았다. 오빠가 어른들의 뜻을 거스른 적이 없었기 때문이다. / 남편 오형범도 비슷한 회고담을 털어놓았다. "해방 후에, 그러니까 윤동주 시인 사후에 박춘혜를 만난 적이 있었다. 엔벤에서 남쪽으로 내려오던 중에 청진에서 잠시 머문 적이 있는데 성가대원으로 활동하는 박춘애를 만났다 그런데 나중에 알아보니 윤동주가 마음 속으로만 좋아했을 뿐이고 프러포즈도 못했다고 하더라.""(윤여문, 「윤동주 시에 나오는 '순이'는 누굴까?」,『오마이뉴스』, 2010. 2. 16. 생활면.)라는 회고이다.

72) "1941년 9월, 인생의 네 가름 길에서 갈피를 잡지 못하는 절박한 상황 속에서 그의 대표작으로 널리 알려진 중요한 작품들이 씌어졌다. 즉 「또 다른 고향」, 「별헤는 밤」, 「서시 (序詩)」, 「간(肝)」 등은 이 무렵에 쓴 시들이다. / 이러한 작품들이 씌어졌던 당시의 상황은 대체로 위에서 말한 그런 개인적인 사정이 있었다는 것을 알아 두는 것이 그 작품을 이해하는 데 어느만큼 도움이 될 수 있을 것으로 생각한다. / 그리고 여기서 또 하나 밝혀 둘 것은 신촌의 기숙사에서 시내로 하숙을 얻어서 들어왔다가 하필이면 교외인 신촌으로 나가는 것도 아니고 그렇다고 시내라고도 할 수 없는 북아현동으로 왜 하숙을 옮겼느냐는 문제이다. 실은 이 북아현동에는 동주 형의 아버님 친구로서 전에 교사를 하다가 전직을 하여 실업계에 투신하고 있는 지사(志士) 한 분이 살고 계셨다. 동주 형은 그 분을 매우 존경했고 가끔 그분 댁을 찾

함북 온성의 박 목사 댁 딸 박춘혜'라는 명확한 인물이 제시되기는 하지만 결국에는 그녀가 약혼을 해서 이루어지지 않았다는 것으로 요약할 수 있고, 정병욱의 회고에서는 '아버지 친구의 딸이자 이화여전에 다니며 같은 바이블 클라스'에서 공부했던 묘령의 여성과 서로 관심을 주고받았으나 연인관계로 발전하지 못했다는 것으로 요약이 가능하다. 그러니 모두 연인 사이까지 발전하지 않았다는 회고들이다. 윤동주 생애에 대한 여러 회고들이 반증하고 있듯이, 윤동주 시에서의 연가(戀歌)는 모두 이렇게 이루지어지지 않음으로써 연정의 대상과 시적 자아 사이에 거리가 발생하고 그 닿을 수 없는 거리들로 인해, 윤동주 연가시(戀歌詩)에서 시적 자아의 아득한 정동은 더 배가가 되고 있음을 알 수 있다. 그런 미적 특질이 잘 드러나고 있는 윤동주의 '順伊 시편' 세 편을 더 살펴보자.

        (順)아 너는 내殿에 언제 들어왔든것이냐?[73]
        내사 언제 네殿에 들어갓든것이냐?

기도 했다. 그런데 그분의 따님이 이화 여전 문과의 같은 졸업반이었고, 줄곧 협성 교회와 케이블 목사 부인이 지도하는 바이블 클라스에도 같이 참석하고 있었다. 동주 형은 물론 나이 어린 나에게 그 여자에 대한 심정을 토로한 적은 없었다. 그러나 그 여자에 대한 감정이 결코 평범하지 않았다는 것만은 피부로 느낄 수 있었다. 지금 생각하면 동주 형은 아버님과 그 친구끼리 혹시 무슨 이야기가 오갔고, 그런 사실을 아버님께서 동주 형이 듣지나 않았던가 하는 추측을 해 볼 수도 있을 것 같다. 이런 일도 혹시 이 무렵의 작품을 이해하는 데 도움이 될 수 있을까 하여 여기 처음으로 동주의 여성 관계를 공개하여 두는 바이다. 그러나 내가 아는 한으로는 동주 형과 그 여학생이 밖에서 만난 일은 없었다. 매일 같은 기차 역에서 차를 기다렸고 같은 차로 통학했으며, 교회와 바이블 클라스에서 서로 건너다보는 정도에서 그쳤지마는 오가는 눈길에서 로마 마음만을 주고받았는지 모를 일이라 하겠다." (정병욱, 앞의 글, 138쪽.)
73) 『사진판 시고 전집』에서는 첫 연의 "順아"의 "順"이 지워져있다.

제1부 일제강점기 낭만주의와 저항성 129

우리들의 전당殿堂은
古風한 風習이어린 사랑의 殿堂

順아 암사슴처럼 水晶눈을 나려감어라.
난 사자처럼 엉크린 머리를 고루련다.

우리들의 사랑은 한낮 벙어리 였다.

靑春!
聖스런 촛대에 熱한불이 꺼지기前
順아 너는 앞문으로 내 달려라.

어둠과 바람이 우리窓에 부닥치기前
나는 永遠한 사랑을 안은채
뒤ㅅ門으로 멀리 사려지련다.

이제.
네게는 森林속의 안윽한 湖水가 있고,
내게는 峻險한 山脈이있다.

　　　　　　　　　　　　　　—「사랑의 殿堂」전문[74]

　　여기저기서 단풍닢 같은 슬픈가을이 뚝뚝 떠러진다. 단풍닢 떠러
저 나온 자리마다 봄을 마련해 놓고 나무가지 우에 하늘이 펼처있
다. 가만이 하늘을 드려다 보려면 눈섭에 파란 물감이 든다. 두손으
로 따뜻한 볼을 쓰서보면 손바닥에도 파란 물감이 묻어난다. 다시
손바닥을 드려다 본다. 손금에는 맑은 강물이 흐르고, 맑은 강물이
흐르고, 강물속에는 사랑처럼 슬픈얼골—아름다운 順伊의 얼골이

74) 왕신영 외, 같은 책, 89—90쪽.

어린다. 少年은 황홀이 눈을 감어 본다. 그래도 맑은 강물은 흘러 사
랑처름 슬픈얼골—아름다운 順伊의 얼골은 어린다.

—「少年」 전문75)

　順伊가 떠난다는 아츰에 말못할 마음으로 함박눈이 나려, 슬픈것
처럼 窓밖에 아득히 깔린 地圖우에 덥힌다. 房안을 도라다 보아야
아무도 없다. 壁과 天井이 하얗다. 房안에까지 눈이 나리는 것일까,
정말 너는 잃어버린 歷史처럼 홀홀이 가는것이냐, 떠나기前에 일러
둘말이 있든것을 편지를 써서도 네가 가는 곳을 몰라 어느거리, 어
느마을, 어느집웅밑, 너는 내 마음속에만 남어 있는 것이냐, 네 쪼고
만 발자욱을 눈이 작고 나려 덥혀 따라갈수도 없다. 눈이 녹으면 남
은 발자욱자리마다 꽃이 피리니 꽃사이로 발자욱을 찾어 나서면 —
年열두달 하냥 내마음에는 눈이 나리리라.

—「눈오는地圖」 전문76)

　각각 1938년 6월 19일, 1939년, 1941년 3월 12일에 쓴 위의 '순이 시
편'들은 모두 연전 시절에 창작된 것으로 보인다. 앞서 살펴본 바와 같
이, 이 시기는 ①윤동주가 조선문단에 유입된 낭만주의의 독서력이 있
었던 시기이고, ②강의실에서의 영문학에 대한 잦은 접촉은 물론 당대
지식인들의 저널활동까지 손쉽게 접하면서 스크랩까지 할 수 있었던
경성 유학시기였다는 점, ③정병욱의 회고 등에서 알 수 있듯이 구체적
인 인물과의 연정 가능성에 대한 증언, 그리고 ④이 시기 전후로 '학생
란'이나 '학보'를 통해서이기는 하나 수 편의 시와 동시, 산문을 발표했
었고 졸업기념 자선시집을 묶으려고 기획하는 등 전문적 시작 행위에

---

75) _____, 같은 책, 143쪽.
76) 왕신영 외, 같은 책, 144쪽.

대한 열망이 강했던 시기였다는 점이, 우선 '순이 시편'들을 윤동주 시에서 연가시 반열에 놓아볼 수 있다는 근거가 된다.

'순이 시편'에 관한 주요 논고로는 여성적 이마고를 통해 자기애를 획득하는 한 경로로써 순이를 논의한 김임구[77]와 순이 시편들을 연애시가 아닌 명상시로 보았던 엄국현의 논의[78], 순이를 실제 연모하는 여성으로 상정하고 시편과 연전시절의 경험을 교차시킨 이승하의 논의[79], 동생 윤광주와 윤동주의 사랑시를 비교 연구한 김경훈[80], 남송우[81]의 논의들이다. 그러나 일단 인용한 세 편에서 호명되는 '順', '順伊'를 실제 존재하는 인물 '순이'로 보는 것은 무리가 있어 보인다. 순이라는 동명의 구체적인 사료도 나오지 않았거니와 임화의 「네街里의 順伊」처럼 작품 속에 일반명사로 쓴 이름일 가능성도 없지 않으며, 윤동

---

77) 김임구, 「윤동주 시세계의 기본구조 분석 : 여성적 이마고를 중심으로」, 『인문과학』 80집, 연세대학교 인문과학연구소, 1999.

78) 엄국현은 윤동주의 독서력과 그 영향에 관계해서 박용철의 시론 「시적 변용에 대하여」와 「기교주의 설의 허망」을 제시한다. "「사랑의 전당」에서 순이가 언제 들어온 것인지 모르게 왔다가 떠나거나, 「이적」에서 호수가로 부르는 이 없이 불려 오거나, 「눈 오는 지도」에서 가는 곳도 모르고 순이가 떠나는 것은 신비한 영감이 우리에게 시를 잉태시키고 떠난다는 박용철의 설명을 구체화하고 있는 것이라 할 수 있다. 또 영감의 신비함에 대해 박용철이 '호수'와 '산맥', '고봉'의 비유를 통해 설명하고 있다면, 윤동주의 순이 시편에서는 '호수'와 '산맥'의 이미지나 종교적 '이적'과 같은 말로 나타내고 있다. 박용철이 라마고대의 성전에서 영감의 불을 지키는 여성을 정녀라고 부르고 있다면, 윤동주는 영감을 순이라는 한국식 이름으로 부르고 있다." (엄국현, 「윤동주 시의 창작원리 연구」, 『한국문학논총』 제56집, 한국문학회, 2010년, 215쪽.)

79) 이승하, 「'順伊'가 등장하는 윤동주 시 3편의 의미」, 『한국 시문학의 빈터를 찾아서 2』, 서정시학, 2014년, 59—65쪽.

80) 김경훈, 「윤광주의 작품세계: 동주와의 비교에서」, 『한중인문학연구』 제33집, 한중인문학회, 2011.

81) 남송우, 「윤동주와 윤광주 시인의 시에 나타난 사랑시 비교 연구」『동북아문화연구』 40권, 동북아시아문화학회, 2014.

주 시편들에서 느껴지듯이 이토록 애절한 사랑이라면 수많은 회고담 속에서 그 실체가 조금이라도 드러났을 법도 하기 때문이다.

　　다만『사진판 시고전집』에서「사랑의 殿堂」1연 1행에서 "順아"라고 호명할 것을 원고 옆에다 윤동주가 '純'이라고 적었다가 삭제한 흔적이 있다는 것은 주목해볼 만하다. 여기서 몇 가지 경우의 수를 생각해 볼 수 있는데, 원고지 칸에 "順아"를 먼저 호명하고 '純'을 옆에 적었다는 것은 무의식적으로 한자를 틀리게 적은 것이 아니라 다르게 적었다는 것을 반증한다. 즉 '純'을 적은 의도가 분명하다는 것이다. 그러니 연전 시절 '청년 윤동주'는 이름자에 '실사 변'을 쓰는 '순이'(純伊)라는 이름을 가진 여인을 자신에 시에다가 쓸 만큼 연모했던 것이 아닌가 하는 추측이 한 가지 가설일 수 있다. 그리고 다른 한 가지는 '順'과 '純' 사이의 의미 관계 중 일반명사로 느낄 수 있는 '順'보다 '純'을 썼을 때 더 순정하고 순결한 의미 관계가 형성되지 않을지 윤동주가 생각했던 것이 아닌가 하는 추측이다. 하지만 전자의 가능성에 더 무게를 둘 수밖에 없는 이유는,『사진판 시고전집』에서 윤동주는 자신의 시를 옮겨 적거나 퇴고하는 과정이 그대로 드러나는데 줄을 그어 삭제한 부분은 있어도, 자신이 쓴 글씨가 거의 알아볼 수 없을 만큼 잉크를 덧칠해 지운 흔적은 드물다는 것에서 '純'은 강한 의도의 의해서 1연 1행에 '順' 옆에 쓴 것이며, 그것을 또 강하게 부정하며 지웠다는 정도로 당시 윤동주의 심경을 유추해볼 수 있다. 그래서『사진판 시고전집』에서는 시의 내용과 느낌조차도, 順의 이름마저도 빠진 채 "아 너는 내殿에 언제 들어왔든것이냐?"하며 영탄조의 부름으로 바뀌어버렸다는 것이다. 전자든 후자든 윤동주가 "順伊"를 반복적으로 부르며 '순이 시편'을 썼다는 것은 분명한 사실이다.

「사랑의 殿堂」의 경우 시적 자아의 영역으로 들어온 順의 존재를 "聖스런 촛대에 熱한불"이나 "森林속의 안옥한 湖水"를 두고 명상하듯 떠올리면서, 자신은 "사자"로 순이는 "암사슴"으로 상징하여 대립시킨다. 나와 순이는 서로의 사랑을 충분히 느끼고 있으나 "어둠과 바람이" 치는 잔혹한 세계 앞에서 "나는 永遠한 사랑을 안은채/ 뒤ㅅ門으로 멀리 사려지련다."라는 고백과 함께, 포기함으로써 사랑의 찰나를 영원으로 돌린다. 어쩌면 이런 영원성이란 "우리들의 사랑은 한낫 벙어리 였다."는 말처럼 아무것도, 아무 말도 해보지도 못하고 끝난 사랑이었기 때문에 가능한 것일 수도 있다. 감정은 있으되 끝내 실행되지 못했던 낭만적 사랑은 윤동주의 의식 세계에 "사랑의 전당"으로 공간화되었으며, 사실 변명과도 같지만 "내게는 峻險한 山脈이있다./ 있었던 것이 아니라"라고 말미에 육성을 내지르면서, 연정의 감정에 대한 낭만성은 "전당"으로 이상적 세계에 대한 낭만성은 "준험한 산맥"으로 계층화하여 공간화시키고 있는 것이다.

특히 이상적 세계의 낭만성을 상징하고 있는 "준험한 산맥"과 같은 드높게 이어지는 동적인 이미지들은 「少年」에 와서는 "파란 물감"으로 색채감을 드러내는 '하늘—맑은 강물'의 이미지로 교환된다. 높은 하늘과 흐르는 강물이 시적 자아의 "눈섭"과 "손바닥", "손금"까지 물들게 함으로써 이러한 낭만적 정신의 상승은 시적 자아로 하여금 종국에 "順伊의 얼골"을 떠오르게 하는 계기가 된다. 하늘과 강을 사유한 "少年은 황홀이 눈을 감어"보면서 온몸이 푸름으로 물들고, 「사랑의 殿堂」에서 이미 잊어보았던 순이의 얼굴을 "사랑처럼 슬픈얼골—아름다운 順伊의 얼골"이라 반복적으로 호명하며 "황홀"을 맛보고, 다시금 그 낭만적 세계를 되뇌어보게 되는 것이다. 즉 오직 순이 뿐인 세계. 눈을 감아도 순이만이 보이는 낭만적 정념으로 윤동주는 침몰하게 된다. 여기서 또 주목할 점은 '사랑'과 '슬픔', '아름다움'이 대치되고 있는 수사라는 것과 "順伊"와 "맑은 강물"이 모두 흐르고 난 시간을 상징한다는 것이다. 다시 말해, 흐르고 있는 '역사'와 '순이'에 대한 연정을 동일선 상에서 사유하면서 윤동주는 슬픈 얼굴일 수밖에 없으나 영원히 사랑하고 그 슬픔의 정동마저도 아름다워 보이는 순결함 속으로 자신의 애상을 보존시켜놓으려고 한다.

이렇게 역사의식과 순이를 동일화 선상에서 이해할 수 있는 대목은 「눈오는地圖」에도 엿보인다. "정말 너는 잃어버린 歷史처럼 홀홀이 가는것이냐"는 구절로 이는 더 구체적으로 형상화된다. 「눈오는地圖」에서는 "順伊가 떠난다는 아츰에 말못할 마음으로 함박눈이" 내리는 전경을 먼저 제시하면서 "말못할 마음" 즉 「사랑의 殿堂」에서 "우리들의 사랑은 한낫 벙어리 였다."는 고백과도 같은 내면 풍경을 구축해놓은 후, 눈이 내리는 동안 "房안"과 '순이 떠나는 길'이 교차되는 과정을 보여주고 있다. 떠나가는 순이와 "잃어버린 歷史"는 세계를 하얗게 지우는 함박눈이 내리는 전경을 만들고 윤동주의 내면은 아무도 없는 방을 돌아보며 자신의 방 또한 눈이 내리는 잔혹한 곳이라는 것을 재인식하게 된다. 그러나 순이의 떠나가는 발자국이 그의 내면에 "地圖"로 남아 자신이 걸어가야 할 '미래 전망'과 근원적 시원의 사랑을 실천하는 공간으로 닿을 길을 제시해주고 있지만, 눈이 녹아 꽃이 피더라도 이상하리만치 그 "발자욱"만큼 선명히 남아 결국 또 다시 윤동주의 내면세계 속에는 여전히 눈이 내리고 있는 겨울인 것이다. 다시 말해, 「눈오는地圖」는 그 자체로 윤동주에게 이상적 공간이자 자기 실천과 사랑의 방향성을 상징하고 있지만, 그로인해 잔혹한 겨울, 이별의 정감 등을 연달아 호출해야하는 시적 자아의 고독의 공간이다.

때문에 앞서 살핀 '순이 시편'들에서 가장 중요한 정서는 「눈오는地圖」에서 "네가 가는 곳을 몰라"하는 윤동주의 낭만적 정서이다. 순이에 대한 감정도, 앞으로 나아갈 역사에 대한 혜안도 윤동주에게는 결국 모르는 영역[82]이며, 자신 또한 「序詩」와 같은 절창을 쓰면서 '지금 이곳'을 병든 세계[83]라고 밖에 전망해보지 못한 것이다. "죽는 날까지 하늘을 우르러/ 한점 부끄럼이 없기를," 소망했으나 괴로워하며, "별을 노래하는 마음으로/ 모든 죽어가는것을 사랑"하면서 주어진 그 길을 윤동주는 전망 없이 묵묵히 견디며 걸었을 뿐이다.

5. 결론

현재까지 윤동주의 시를 낭만주의나 낭만성으로 이해한 논의를 찾기란 쉽지 않다. 몇몇 각론들이 산재해 있기는 하지만, 윤동주의 시를 낭만성에 근간을 두고 해명한 사례는 전무하다고 할 수 있다. 가라타니 고진은 소세키의 논의를 빌려, "근대문학은 대상 쪽에서 초점을 맞추면 리얼리즘적인 것이 되고 주관 쪽에 초점을 맞추면 낭만주의적인 것이 된다."[84]고 정리했다. 즉 낭만적인 것은 우리 내부에 존재하는 像(상)이

---

82) 윤동주는 정병욱이 회고한 독서력에 있어서도 '모르지만 읽는 것'으로 표현된다. "눈을 꼭 감고 한참 동안을 새김질을 하고 다음 구절로 넘어가기도 하고, 어떤 때에는 메모를 하기도 했었다. ……(중략)…… 그는 결벽성이 심했다고 하겠다." (정병욱, 앞의 글, 135쪽 참조.) 모르는 것을 끝까지 탐구하는 끈기와 결벽성에 대한 혼재는 윤동주의 낭만적 기질을 이해하는데 일런 도움이 된다.
83) 「序詩」에 관한 정병욱의 회고에 따르면 처음 시집 제목은 『病院』이었다. 앞의 각주 62번 참고.
84) 가라타니 고진, 『일본 근대문학의 기원』, 도서출판b, 2010, 44쪽.

며, 자의식 속에서 객관적인 대상을 발견함으로써 객관에 이르려는 일련을 행위가 리얼리즘적인 속성이라면, 그렇게 도출된 상이 아닌, 본래적 상의 들여다보고 그것을 의식화하여 내려놓는 행위가 근대문학에서의 낭만주의적인 것이라는 해석이다. 때문에 고진은 "낭만파와 사실주의를 기능적으로 대립시키는 일의 무의미"[85]함까지도 시사하고 있다.

윤동주의 시 또한 그렇다. 지금껏 윤동주의 시를 복원해냈던 노력들이 '저항시인', '지사 윤동주'의 모습으로 기울고 있었다면, 그것은 이미 한국근대문학의 특수성과 분단 상황에서 남한문학 논자들이 지향하는 공동체적 염원이 투사된 결과라 할 수 있다. 여기서 윤동주의 시가 저항시냐, 저항시가 아니냐하는 식의 저항성 여부를 가늠하는 기존 문제의식의 틀을 그대로 반복하자는 주장이 아니다. '청년 윤동주'가 겪었던 삶에서의 절망과 동경, 뜻대로 되지 않고 포기당해야만 했던 외적현실과 낭만성을 기반으로 한 내적 지향성 사이에서의 갈등, 그리고 분열의식. 또 그 갈등 안에서 외연상 정체된 듯 보이나 끝끝내 자기혐오와 반성, 부끄러움을 통해 억압의 시대와 치열하게 접촉했던 '청년 윤동주'의 생애와 시적 자각은 현재를 살아가는 우리에게도 여전히 귀감이 되고 있다.

윤동주는 한치 앞도 내다볼 수 없는 식민지 조선을 온몸으로 살아낸 청년이었다. 경성 출신이나 대도시 출신이 아닌 간도 이주 3세대로, 윤동주에게 고향은 고향인 동시에 타지였고 평양, 경성, 동경은 자신의 꿈을 펼칠 이상향의 공간이자 일제 폭압의 정도가 더 고조될 수밖에 없었던 구속의 공간이었다. 청년 윤동주는 그런 비극적 삶과 대면하면서도 자신의 시를 통해 신념을 품고 동경했으며, 반성하고 사랑했다. 이

---

85) _____, 위의 책, 43−44쪽.

런 시적 정동들은 평양 숭실학교 시기 창작한 「쏫想」과 같은 시편에서 엿볼 수 있는 낭만적 세계에 대한 동경과 포부로 현현된다. 그리고 연전 졸업을 앞두고 갈등했던 윤동주의 내면세계는 「肝」에서의 토끼로 동일화되는 동시에 낭만적 정조를 품었던 이상향의 상징은 프로메테우스의 존재로 대리되고 있다. 이러한 가운데 '順伊 시편'의 고찰을 통해 그의 戀歌의 결을 추적하는 일은 '청년 윤동주'와 그의 시에 나타난 낭만성을 이해하는데 초석이 될 것으로 보인다. 앞으로 윤동주 시에 대한 연구가 보다 다양한 층위에서 이루어져 우리에게 도착해 있는 윤동주의 모습이 한층 입체적인 모습이 되길 기대해 본다.

참고문헌

<기본 도서>
왕신영 외 엮음, 『사진판 윤동주 자필 시고전집』(2판), 민음사, 2002.
윤동주 『하늘과 바람과 별과 詩』, 정음사, 1948.
정현종 외 엮음, 『원본 대조 윤동주 전집 하늘과 바람과 별과 시』, 연세대학교출판부,
    2004.

<국내외 단행본>
가라타니 고진, 『일본 근대문학의 기원』, 도서출판b, 2010.
권영민 엮음, 『이상 전집 시』, 뿔, 2009.
권오만, 『윤동주 시 깊이 읽기』, 소명출판사, 2009.
송우혜, 『윤동주 평전』 제3차 개정판, 서정시학, 2016.
오무라 마스오, 『윤동주와 한국 근대문학』, 소명출판사, 2016.
외솔회, 『나라사랑』 23집, 외솔회, 1976년 여름.
이남호, 『윤동주 시의 이해』, 고려대학교출판부, 2014.

<국내 논문 및 평문>
구모룡, 「윤동주 시의 디아스포로서의 주체성」, 『현대문학이론 연구』 43, 현대문학이
    론학회, 2010.
권성훈, 「한국 현대 「자화상」 시편의 낭만성 연구」, 『한국시학연구』 47호, 한국시학
    회, 2016.
김경훈, 「윤광주의 작품세계: 동주와의 비교에서」, 『한중인문학연구』 제33집, 한중인
    문학회, 2011.
김상봉, 「윤동주와 자기의식의 진리」, 『코기토』 70호, 부산대학교 인문학연구소,
    2011.
김수복, 「윤동주 시의 세계인식과 자아동일성」, 『論文集』, 28호, 단국대학교, 1994.
김오성, 「時代와 知性의 葛藤 ― 프로메듀―스的 事態」, 『朝鮮日報』, 1939. 1. 24.―2. 2.
김용직, 「윤동주 시의 문학사적 의의」, 『나라사랑』 23집, 외솔회, 1976년 여름.

김윤식, 「윤동주론의 해방」, 『심상』, 1975년 2월.

_____, 「한국근대시와 윤동주」, 『나라사랑』 23집, 외솔회, 1976년 여름.

김응교, 「만주, 디아스포라 윤동주의 고향」, 『한민족문화연구』 39집, 한민족문화학회, 2012.

김임구, 「윤동주 시세계의 기본구조 분석 : 여성적 이마고를 중심으로」, 『인문과학』 80집, 연세대학교 인문과학연구소, 1999.

김치성, 「윤동주 시의 발생론적 根源 연구 ― 북간도 기독교 공동체의 에큐메니컬 정신을 중심으로」, 『우리말글』 69호, 우리말글학회, 2016.

김흥규. 「윤동주론」, 『창작과비평』, 1974년 가을.

남기혁, 「윤동주 시에 나타난 주체와 저항의 의미」, 『한국시학연구』 36호, 한국시학회, 2013.

남송우, 「윤동주와 윤광주 시인의 시에 나타난 사랑시 비교 연구」 『동북아문화연구』 40권, 동북아시아문화학회, 2014.

류양선, 「윤동주의 <간> 분석」, 『한국현대문학연구』 32호, 한국현대문학회, 2010년.

문익환, 「하늘·바람·별의 詩人, 尹東柱」, 『월간중앙』, 1976년 4월.

박군석, 「윤동주의 시 「간(肝)」에 나타난 '시적 주체'의 지평」, 『한국문학논총』 71집, 한국문학회, 2015,

박남철, 「尹東柱論― 그의 詩에 나타난 儒家的 態度를 중심으로」, 『동아시아문화연구』 10, 한양대학교 동아시아문화연구소, 1986.

박성준, 「이육사 시에 나타나는 낭만성과 '다른 공간'들」, 『한국문예창작』 36호, 한국문예창작학회, 2016.

박호영, 「일제강점기 혁명적 낭만주의 이입 연구」, 『한중인문학연구』 28, 한중인문학회, 2009.

백   철, 「時代的 偶然의 受理·事實에 대한 情神의 態度」, 『朝鮮日報』 1938. 12. 2―7.

신경숙, 「윤동주 「肝」과 프로메테우스」, 『비교문학』 67집, 한국비교문학학회, 2015.

신동욱, 「하늘과 별에 이르는 시심」, 『나라사랑』 23집, 외솔회, 1976년 여름.

신재기, 「김오성 비평의 근대성 비판 연구」, 『어문학』 62집, 한국어문학회, 1998.

염무웅, 「시와 행동」, 『나라사랑』 23집, 외솔회, 1976년 여름.

오문석, 「윤동주와 다문화적 주체성의 문학」, 『한중인문학연구』 37, 한중인문학회, 2012.

오세영, 「윤동주 시는 저항시인가?」, 『문학사상』, 문학사상사, 1976 4월.

_____, 「윤동주의 문학사적 위치」, 『현대문학』 244호, 현대문학사, 1975 4월.

왕신영, 「1940년 전후의 윤동주 ―"미"에 대한 천착을 중심으로」, 『비교문학』 50집, 한국비교문학회, 2010.

_____, 「소장 자료를 통해서 본 윤동주의 한 단면 ― 소장도서, 특히 『藝術學』을 軸으로 하여」, 『비교문학』 27집, 한국비교문학학회, 2001.

유성호, 「해방기 한국 시의 계보학」, 『동아시아문화연구』 57집, 한양대학교 동아시아문화연구소, 2014.

윤석성, 「한국 현대시의 로만적 아이러니 연구」, 『동악어문학』 53, 동악어문학회, 2009.

윤여문, 「윤동주 시에 나오는 '순이'는 누굴까?」, 『오마이뉴스』, 2010. 2. 16.

윤영춘, 「명동촌에서 후쿠오카까지」, 『나라사랑』 23집, 외솔회, 1976 여름.

윤일주, 「윤동주의 생애」, 『나라사랑』 23호, 외솔회, 1976년 여름.

윤호경, 「분열과 탈주에 기반한 윤동주 시의 소수성 연구」, 『한중인문학연구』 48호, 한중인문학회, 2015.

이상비, 「時代와 詩의 姿勢 ― 尹東柱論」, 『자유문학』, 1960년 11, 12월호.

이성우, 「견고한 거울 또 다른 고향― 윤동주 시의 자아 성찰과 새로운 세계의 모색」, 『한국근대문학연구』 4권 2호, 한국근대문학회, 2003.

이숭원, 「정지용 시가 윤동주에게 미친 영향」, 『한국시학연구』 46호, 한국시학회, 2016.

이숭하, 「'順伊'가 등장하는 윤동주 시 3편의 의미」, 『한국 시문학의 빈터를 찾아서 2』, 서정시학, 2014.

임헌영, 「순수한 고뇌의 절규」, 『문학사상』, 문학사상사, 1976 4월.

임현순, 「윤동주 시의 디아스포라와 공간 ― 시의 창작방식을 통해 나타난 저항의식」, 『우리어문연구』 29집, 우리어문학회, 2007.

장철환, 「대문자 윤동주와 저항성의 심도 ―윤동주 후시기의 타자인식을 중심으로」, 『비교학국학』 22권 3호, 국제비교학국학회, 2014.

정병욱, 「잊지 못할 윤동주의 일들」, 『나라사랑』 23집, 외솔회, 1976년 여름.

허 정, 「윤동주의 저항시 담론과 해석」, 『한국시문학』 16호, 한국시문학회, 2005.

홍기삼, 「고독과 저항의 세계」, 『월간문학』, 월간문학사, 1974년 7월.

홍용희·유재원, 「분열의식과 탈식민성 ― 윤동주 시 세계를 중심으로」, 『한국시학연구』 39호, 한국시학회, 2014.

홍정선, 「尹東柱 詩研究의 현황과 문제점」, 『역사적 삶과 비평』, 문학과지성사, 1986.

이육사의 비평 활동과 세계인식
– 댄디즘과 문화적 지평을 중심으로

1. '교양'과 '취미'의 문학

해방공간에서 출간된 서울출판사 판 『陸史詩集』(1946)은 1956년 범조사판으로 재판되면서, 남한 문학 내에서 이육사의 문학사적 평가를 격상시킨다. 동생 이원조를 비롯해 월북 작가로 분류되거나 '문학가동맹'에 가담했던 오장환, 이용악 등의 흔적이 말끔히 사라진 시집이었기 때문이다. 재판된 『陸史詩集』의 서발문은 유치환이 작성[1]했다. 유치환의 참여가 갖는 당대적 무게감이나 그 기획 의도와는 별개로, 청마의 「序」를 통해 확인할 수 있는 점은 이육사 문학의 발생론적 토대와 더불어 그의 문학을 취급했던 당대적 시선이다.

> 어느 때 어디선가, 陸史는 教養과 趣味로서 詩를 썼다고 내가 指

---

[1] 재판된 시집의 서발문을 청마가 작성한 것은 "남한의 문단 권력인 한국문인협회, 곧 '문협정통파'의 유치환을 중심으로 『육사시집』이 다시 발간됨으로써 거기에 박혀 있던 '조선문학가동맹'의 흔적이 말끔히 숨겨지고 지워지기에 이른 것"(최현식, 「이육사·예외상태·시」, 『한국시학연구』 제46호, 한국시학회, 2016, 83쪽).으로 볼 수 있다. 이후 이육사의 시는 항일저항의 맥락에서 이해돼 왔다.

摘한 바 있다.……(중략)…… 萬若에 그가 文學에다 本領을 두었더라면, 그 빛나는 天稟이 어찌 不過 作詩 數十篇에 그쳤겠는가./ 옛날 學者들은 그들의 淸節磊落한 品位와 높은 倫理로서 學問의 造詣와 아울러 훌륭한 詩人이기도 하고, 뛰어난 輕世家이기도 하였 듯이, 陸史도 一見 가늘고 적고 얌전한 샌님이면서도 매섭고 꼿꼿함을 地熱같이 內藏하고 있었음과, 또한 敎養과 趣味로서 문학에도 친했음 亦是 李朝 巨儒의 十四代孫으로서의 높은 지체와 뼈의 避할 수 없는 所致가 아니었던가[2]

우선 이육사가 "敎養과 趣味로서 시를 썼다"는 유치환의 지적은 그가 "文學에다 本領을 두었더라면, 그 빛나는 天稟이 어찌 不過 作詩 數十篇에 그쳤겠"냐는 사후적 평가로 보인다. 이는 이육사가 남긴 시편들이 양적으로 미미한 수준이라는 데에서 기인한다. 하지만 그런 사정을 청마가 굳이 '교양'이나 '취미'로까지 취급했던 것은 이육사가 "李朝 巨儒의 十四代孫으로서의 높은 지체와 뼈"를 가진 귀족주의 양반 가문이었다는 것 때문이다. 물론 이와 같은 관점은 유치환이 스스로를 '시인이 아니다'[3]라고 명명했던 것이나 이후 시 세계가 '선비정신'[4]에 경도된 면모를 보였던 점과 무관하지 않다. 유치진, 유치환 형제는 진주 류

---

2) 淸馬, 「序」, 『陸史詩集』, 범조사, 1956, 2쪽.
3) 유치환은 해방공간에서 출간된 『생명의 서』(1947) 발문에서 다음과 같이 고백한다. "나는 詩人이 아닙니다. 만약 나를 詩人으로 친다 하면 그것은 分類學者의 독단과 취미에 맡길 수밖에 없는 것이요 어찌 사슴이 草食動物이 되려고 애써 풀잎을 씹고 있겠습니까."(유치환, 「序」, 『生命의 書』, 행문사, 1955, 발문 1쪽.)라는 대목이 주목할 만하다. 해방공간에서 이미 '청년문학가협회'의 수장 격으로 불렸던 유치환의 문단 내 지위와는 대조적인 양상이다. 이는 '진실한 시'가 아니라면 시인이 아니어도 좋다는 자조적 태도의 시론(홍정선, 「유치환과 이육사」, 『황해문화』, 새얼문화재단, 2000, 142-144쪽 참조.)으로 정리할 수 있다.
4) 정효구는 해방이후 유치환 시에서 동양과 선비정신이 추동되는 이유를 '문화적 콤플렉스'(정효구, 「이념과 실존의 거리: 유치환론」, 『한국문학』, 1985. 7.)로 명명한다.

씨 대사성공파 26세 손으로, 아버지 유준수는 통영에서 한약방을 경영했던 한의사였다. 농사를 지어 생계를 연명했던 가난한 서생인 아버지가 독학으로 한의학을 공부해서 지역에서의 기반을 다졌던 것이다. 사농공상(士農工商)의 신분 차별이 잔존했던 조선 후기에 선비가 중인계급이 주로 담당한 한의학에 매진한 사례로 볼 수 있는데, 이는 서정주 등 신세대 시인들의 문단 진출 양상5)과 관련이 깊다. 엘리트 귀족주의 시인이 주류를 이루었던 1920년대와 달리 '중간 계급'이었던 시인들이 30년대에 대거 등단하게 된다. 이 시기 데뷔한 유치환 또한 자신이 처한 문화·상징 자본의 상대적 빈약함에 대한 욕망과 더불어, 자기만의 고유한 미학적 지향을 실현하기 위해 분투했던 시인으로 분류6)해볼 수 있기 때문이다.

이육사가 '자오선' 동인에 참여하고, 국내에서 문단 활동을 본격적으로 시작했던 1930년대 중반7)은 유치환 또한 『詩人部落』(1936),『生理』

---

5) 유치환이 가지고 있는 콤플렉스에 관해, 가령 서정주의 '중간 계급'적 문제의식과 동류해서 이해해볼 만하다. "남한 문학장 형성 과정을 주도한 이들의 공통점은 20년대 엘리트 문학청년들에 비해 상당히 낮은 문화자본과 상징자본을 가지고 있다는 점이다. 이들이 중간계급 아비투스 혹은 문학장 내의 '프롤레타리아적 지식인'의 아비투스를 갖는다는 점을 환기한다면 20년대 엘리트 청년들과 60년대 4.19 세대 사이에 놓인 세대의 아비투스인 중간 계급적 특성은 남한 문학장 연구의 신기원을 해명하기 위해서 주요 과제로 삼을 만"(김익균,『서정주 신라정신과 남한 문학장』, 동국대학교박사논문, 2013, 4쪽.)하다고 언급한 점에서 확인된다.

6) 김익균, 앞의 글, 12쪽.

7) 이육사의 문단활동 시기는 '이활(李活)'이라는 필명으로 1930년 1월 3일자 ≪朝鮮日報≫ 신년축시를 발표한 「말」보다는 1935년 6월『新朝鮮』에 발표한 「春愁三題」이후로 보는 것이 합당하다. 「말」이후 대구를 중심으로 기자 생활을 겸하면서 시사비평을 주로 발표했지만, 실제 조선 문단에서 '이육사(李陸史)'라는 이름으로 각인된 시기는 「春愁三題」이후였던 1935년 6월부터 베이징으로 떠난 1943년 초반까지라 할 수 있다. 또한 주지하듯 이 시기에 이육사는 신석초, 정인보 등과 교우하고, 동생 이원조를 비롯한 전환기 신세대 시인들과도 교우한 시기이기도 하다.

(1937) 등 동인지 활동을 통해 문학적 지평을 넓혀갔던 시기였다. 그러니 중간 계급에 속해 있던 신세대 유치환으로서는 위당(爲堂) 선생이나 신석초와의 친밀한 교우가 있어 쉽사리 문단에 진입한 것으로 보이는 이육사의 존재가 마땅치 않았을 가능성이 크다. 게다가 그들이 가지고 있었던 일종의 문화적 커넥션은 단순한 친분 이상의 의미가 작용되었을 것으로 보인다. 가령 "정인보와 육사, 정인보와 석초의 만남이 전통적인 지식인 세대와 세대의 만남이라고 규정할 수 있다면, 육사와 석초의 만남은 그 이전 세대의 계승 안에서 새로운 세대원과 세대원의 만남이라고 볼 수 있을 것"[8]이라는 견해에서도 드러나듯이 정인보, 신석초, 이육사의 교우는 조선의 명분가 집안의 돈독한 교우의 차원이자, 세대를 넘어 전승되었던 그들만의 문화적 카르텔이었다. 그 때문에 유치환이 "옛날 學者들은 그들의 淸節磊落한 品位와 높은 倫理로서 學問의 造詣와 아울러 훌륭한 詩人이기도 하고, 뛰어난 輕世家이기도 하였듯이"라고 발문에서 운을 떼운 것에 그 이면의 의미를 생각해볼 필요가 있다. 이육사 개인이 가지고 있던 시적 지향보다는, 먼저 이와 별개로 구한말과 일제강점기 명문가 양반 계층들이 당대에도 여전히 누리고 있었던 지위와 사회적 시선만을 두루 약술하면서, 청마는 이육사의 '선비적 기개'만을 부각했던 것이다. 게다가 뒤 이어지는 "陸史도 一見 가늘고 적고 얌전한 샌님이면서도 매섭고 꼿꼿함을 地熱같이 內藏하고 있었음"과 같은 이육사의 자질이나 외향에 대한 비평 또한 유치환이 가지고 있었던 당대 이육사에 대한 인상적 태도를 그대로 방증한다.

물론「序」의 중반부와 후반부에는 "그러나 陸史는 詩人으로 남고 말

---

8) 나민애,「'지식인—시인'의 시적 과제와 이상— 시인 신석초의 경우」,『한국현대문학연구』43, 한국현대문학회, 2014, 357쪽.

았다"며, 이육사의 생애가 가진 항일지사적 면모와「광야」,「꽃」등 그의 작품 세계에서 엿보이는 시 정신을 "옛 이스라엘 先知者"의 면모로까지 찬탄한다. 하지만 유치환이 서두에서 밝힌 이육사에 대한 인상적 비평을 간과해 볼 수만은 없다. 재판된『陸史詩集』이 갖는 남한문학 내의 문학사적 의미는 향후 '저항시'로 그의 시를 분류하여 유통9)시켰던 망각과 찬탄의 암시가 그대로 보존된 결과물이었기 때문이다. 예컨대 사라진 국가 조선의 사회지도층이자 유명 유림의 상징이었던 퇴계 이황의 14대손이 구국을 위해 항일독립투쟁을 하고, 이러한 삶을 기반으로 항일애국시를 썼다는 스토리는 일제강점기 우리 문학의 치욕스러운 역사를 말끔히 씻어냄과 동시에 "국민국가적 상상력 안에서 폭 넓은 교육 자료로 활용"10)될 수 있었다.

그런데 여기서 본고가 주목하는 점은 이러한 이육사 문학의 유통 과정에 따른 결과론적 '항일시'에 대한 가치 평가가 아니다. 유치환의 인상 비평으로 치부할 수 있었던 '양반 귀족주의자의 시작 활동'과 이육사가 자신의 문필활동을 통해 당대 취하려 했던 댄디즘의 속성이다. 유치환의 전제대로 이육사의 문학이 단지 '교양'과 '취미'로써의 문필행위였다면, 그렇게 예단할 수 있는 문화적 가능성은 단순히 이육사의 출생 환경만으로 연유되지는 않았을 것이다. 예컨대 문학적 동지였던 신석초의 문학을 '지식인―시인'11)으로 규명하고, 동생이었던 이원조의 문학 또한 '댄디와 양반'12)으로 고찰하는 논고들이 보충되고 있는 가운

9) 해방공간의 초판과 재판에 드러난 시집의 기획의도를 해명한 논의는 박성준,「일제강점기 저항시인의 세계인식과 글쓰기 전략― 이육사, 윤동주를 중심으로」,『비평문학』제65호, 한국비평문학회, 2017, 103―107쪽 참조.
10) 유성호,「윤동주 시의 보편성과 특수성」,『한국언어문화』제62집, 한국언어문학회, 2017, 70쪽.
11) 나민애, 앞의 글.

데, 이육사 문학이 가진 댄디즘의 속성은 그가 가진 지사적 맥락과 충돌하여 마땅히 규명되지 않고 있는 실정이다. 이는 이육사 문학을 한정하는 또 다른 압력13)으로 작용하고 있다.

2. 예술 형식의 변천과 댄디즘

주지하듯 1930년대 후반 동양 담론이 서구 근대의 대안적 사상으로 대체되면서, 동양을 중심으로 한 세계 보편주의의 사상적 욕망은 일본 제국주의의 정신사적 식민지 침탈 기획과 적절히 교섭하게 된다. 대다수의 식민지 문인들이 새로운 보편의식을 지향했던 일제의 대동아 전략에 편승했으며, 서구 보편과는 다른 맥락에서의 '동양적 세계주의'를 미적 사유로 삼았다. 특히 이 시기 소설에서의 이상과 김유정의 자유연애 주의를 지향한 "소모의 육체적 글쓰기"14)나, '국민문학'이라는 집단적 주체가 강요된 풍토 속에서도 "자유로운 개인"15)이고자 했던 이효석의 '주저하는 협력'의 전략이 그렇다. 그들은 파편화된 서구의 물자들을 제 나름대로 향유하고 재구성하면서, 전체 안에서 스스로를 고립시키는 '냉소'를 띠거나 근대 도시에서 객체가 아닌 주체가 되기를 원

---

12) 장문석, 「양반과 댄디— 여천 이원조 연구(1)」, 『한국문학연구』 44, 동국대학교 한국문학연구소, 2013, 285-324쪽.

13) 일찍이 김흥규는 기존 연구에서 "'신성화(神聖化) 내지 우상화(偶像化)의 압력'"(김흥규, 「陸史의 詩와 世界認識」, 『문학과 역사적 인간』, 창작과비평, 1980, 75쪽.)라 지적한 바 있다.

14) 한민주, 「근대 댄디들의 사랑과 성 문제— 이상과 김유정을 중심으로」, 『국제어문』 24, 국제어문학회, 2001, 12쪽.

15) 김형수, 「이효석, '비협력'과 '주저하는 협력' 사이의 문학」, 『인문학논총』 5권 1호, 한국인문과학회, 2005, 48쪽.

했다. "자본주의의 소외를 비판하거나 그 속물성을 포착하는 것보다는 도시가 제공하는 미학적인 경험을 전유하고 그를 통해 개체성을 확보하려고"16) 했다.

이에 반해 그간 이육사의 미학적 전략은 상대적으로 개별성보다는 전체성에 기인한 사상적 측면에서 해명된 점17)이 없지 않다. 짧은 일본 유학 경험에서의 아나키즘의 수혜와 '조선혁명군사정치간부학교' 1기생 수료, 수차례 중국을 오갔던 행적을 경유해서 보면, "생애를 통하여 육사에게 크게 영향을 미친 내용은 전통교육보다는 현대교육"18)이었다는 시각이 합당해 보인다. 하지만 정작 그의 문학을 근대적 자아가 약동하는 특징으로 해석하려는 논고들은 지양되고 있다. 이육사 문학의 미적 토대를 더욱 명징하게 해명하려면, 그에게 작용한 세 가지 층위의 환경 요소를 두루 상기해야만 한다. ①안동지방을 기반으로 하는 조선 양반 명문가의 자손이었다는 것과 ②일찍부터 서구식 교육을 수혜 받았다는 것, ③소위 '중국통'으로 불리며,19) 루쉰을 만나20)는 등 직

---

16) 김건형, 「동양주의 담론에 대응하는 이효석의 '서구' 표상과 댄디로서의 조선문학」, 『구보학보』 14, 구보학회, 2016, 101쪽.

17) 가령 김점용의 경우, 이육사의 시를 심미적 접근을 시도한다. 그에 따르면 "로고스보다는 파토스를, 코스모스보다는 카오스를 특징으로 하는 현대 세계의 일상성을 기존의 미적 형식으로 담아낼 수 없기 때문에"(김점용, 「이육사 시의 숭고미」, 『한국시학연구』 17, 한국시학회, 2006, 48쪽.) 숭고미의 전략을 택했다는 것인데, 정작 근대의 일상성을 횡단하려고 했던 향유자로서의 이육사의 세계인식은 간과한 면이 없지 않다.

18) 김인환, 「이육사 시의 속뜻」, 『배달말』 제1권, 배달말학회, 1975, 103―104쪽.

19) 이육사는 중국 현지 상황을 중계하는 듯한 비평문을 수차례 발표했다. 「위기의 임한 중국정국의 전망」(『開闢』, 1935년 1월.), 「중국농촌의 현상」(『新東亞』, 1936년 8월.)에서 시사 비평을 통해 중국과의 밀착관계를 드러냈으며, 구체적으로 중국문학에 대한 수혜가 엿보이는 평문들은 「중국문학오십년사」(『文章』, 1941년 1월, 4월.), 「중국현대시의 일단면」(『春秋』, 1941년 6월.)이 있다. 그러나 실상 이육사는 중국 유학 중 상과를 전공했다.

접적으로 사회주의 사상에 접촉했다는 점을 모두 살펴야 한다. 이 중 '서구식 교육'을 수혜 받은 흔적에 연유해서 그의 문학을 고찰한 사례는 극히 드물다. 그러므로 "신학문과 근대사회에 대한 인식을 섭렵하려는 욕구로 충만하던"[21] 이육사의 특질을 해명해볼 필요가 있는 것이다.

서구에서 댄디즘의 개념을 정립한 보들레르는 댄디를 '새로운 귀족계급'의 출현으로 주창[22]한다. 봉건적 귀족계급이 몰락하고 자본주의의 천민성이 부각되는 시점에서 세계를 대하는 냉소적인 미의식을 가진 주체의 출현은 부르주아 계급들이 쉽게 경도되고 있었던 퇴폐성이나 천민 문화주의를 대체할 '새로운 스타일'의 발견이자 미적 지향이었다. 다시 말해 1930년대 유행에 따라 획일화된 수많은 '모던뽀이', '모던껄'이 즐비할 때, 자기만의 스타일을 가지고 정신적인 귀족주의를 견지하며 차별화된 개인을 보존하는 특수한 주체가 댄디인 것이다. 물론 여기서 뒤따르는 가치와 신념은 외향적인 치장으로 그치는 것뿐만이 아니다. 그리고 단순히 모던을 지향하는 정신·사상적 세계관의 미적 표출만을 내장한 태도만을 지칭하는 것도 아니다. 자신이 대면한 현실 세계에 순응하지 않는 저항의 정신이자 자기 신념과 (정신의) 귀족적 우

---

20) 루쉰과의 만남에 이어 중국문학에 관한 조예에 관해서는 박성창, 「한·중 근대문학 비교의 쟁점: 이육사의 문학적 모색과 루쉰」, 『비교한국학』 23권 2호, 국제비교한국학회, 2015; 홍석표, 「시인 이육사와 중국현대문학」, 『중국현대문학』 55, 한국중국현대문학학회, 2010 참조.

21) 김희곤, 『이육사 평전』, 푸른역사, 2010, 72쪽.

22) 가령 보들레르는 다음과 같이 댄디를 정의한다. "부유하고 빈둥거리며 모든 것에 흥미를 잃은 자, 그래서 행복의 뒤를 쫓는 것 말고는 아무런 할 일이 없는 자. 그는 부유함 속에서 자라나 어린 시절부터 다른 이들의 복종에 익숙해져 있으며, 우아함 외에 다른 일거리가 없는 이 사람은 언제나, 어떤 때에나 독특하고 완전히 독자적인 외관을 향유할 것이다."(OEuvres Compl`etes II., 「Le peintre de la vie moderne」, "Le Dandy", p.709; 조희원, 「보들레르의 댄디와 예술가: 한국 선불교의 불이론에 비추어」, 『인문논총』 제60집, 서울대학교 인문학연구원, 2008, 151쪽, 재인용.)

아함을 끊임없이 추동하는 자의식과 삶의 자세가 댄디즘이라고 볼 수 있다.

이육사는 소위 조선판 귀족인 유명 양반가의 자제였다. 물론 댄디즘의 자질이 그 출신 성분에서 이미 귀족이어야 한다는 당위는 없다. 오히려 기존의 귀족주의적 질서를 허물고 부르주아 계급이 갖는 퇴폐성으로의 경도를 대항하는 정신이다. 이육사의 경우 비교적 이른 시기에 집안에서 운영하던 '보문의숙'(이후 도산공립보통학교)23)을 통해 신학문을 접했다. 그리고 "아버지는 늘 아이보리색 양복에 나비넥타이를 맨 멋쟁이였다"24)는 외동딸 옥비의 회고에서 유추할 수 있듯이, 당시 '모던뽀이'의 외향을 고수했다. 그러나 이와 같은 외향적 회고만으로는 이육사와 댄디즘 간의 거리를 가늠할 수는 없을 것이다. '모던뽀이'와 '댄디'는 새로움을 지향한다는 공통분모를 가지고 있으나, 이는 서로 다른 정신세계에서 추동된 지향이라 할 수 있다.

> 대체 유행이란 것은 一浮一沈하는 시대적 現象인 동시에 旣成文化에 대한 反逆의 행동에서부터 울어저 나온 다시 말하면 「넷탈」을 벗고 「새탈」을 쓰자는 것이 現代的 性格의 한 特徵일 수 있는 것이매 모름즉이 「모던 뽀이」와 「모던껄」이란 새로운 流行兵士들의 大進軍을 우리는 그야말로 旗를 높이 들고 萬歲歡呼라도 해주워 맛당한 일일 수 있음즉 하되 혼이 우리 兄弟姉妹諸氏들 중에는 「모던」이란 무엇인지도 모르고서 덮어놓고 남이 하니까 나도 나도 하고 盲目的進從으로 魑魅魍魎이 탈을 쓰고 나와서 각금 사람으로 하여금 卒

---

23) 퇴계 13대 종손이었던 이상호가 1909년 설립한 보문의숙은 1918년 4월 도산공립 보통학교로 인가를 받았으며, 보문의숙 당시 이육사의 조부는 초대 숙장이었다. 이 육사는 12세 무렵부터 근대식 교육을 수혜 받았다. 김희곤, 같은 책, 66−69쪽 참조.

24) 이아람, 「"강경한 성품에도 한없이 자상했던 아버지" ─이육사 시인 외동딸 이옥비 여사」, ≪대구일보≫, 2016. 8. 15. 사회면 기사.

倒未遂를 하게 하는 수가 많습니다. ……(중략)……엇던 險口는「모
던뽀이」「모던껄」을 조선말노「햇잡몸」「햇잡년」이라고도 하엿다
지만 근래에는 流行洪水의 범람으로 君子淑女의 발드될 자리조차
없어젓습니다.[25]

　　맛쉬·아―놀드의 말에 따르면 교양의 근원이란 것은 한개 완성
에의 지향이라고 하였으니 우리의 정신문화의 전통속에 어떠한 형
식이었던지 이런 것이 있었고 서구와 동양사상을 애써 구별하려고
해보아도 지금의 우리 머리속은 순수한 동양적이란 것은 있을 수 없
다는 것은 여기에 별 말할 필요조차 없으므로 지성문제는 유구한 우
리 정신문화의 전통속에 그 기초가 있었고 우리가 흡수한 새 정신의
세련이 있는 만큼 당연히 문제되어야 할 것입니다[26].

　이육사가 본격적으로 시작활동을 재개할 무렵, 이미 경성에는 '모던
뽀이', '모던껄'은 하나의 유행으로 자리 잡는다. 첫 번째 인용문은 당대
크게 유행했던 신불출의 만담을 관람한 기자의 세태비평이다. "現代的
性格의 한 特徵일 수 있는 것이매 모름즉이「모던 뽀이」와「모던껄」이
란 새로운 流行兵士들"이 나타나고 있음을 진단하면서, 이와 같은 현상
을 '현대적 유행'이라고까지 수사하고 있다. 그러나 이들 중 "「모던」이
란 무엇인지도 모르고서 덮어놓고 남이 하니까" 따라하는 부류 또한 없
지 않다고 하고 있으니, 당시 세태 문화에서 '모던뽀이'란 "양풍이란 이
유로 덮어놓고 좋아하며 추종한"[27] 시대의 문화 유행 기호라 할 수 있

25) 一記者,「申不出氏 漫談傍聽記―寬大한 男便」,『삼천리』7권 8호, 1935, 227쪽.
26) 이육사,「朝鮮文化는 世界文化의 一輪― 知識擁護의 辯」,『批判』, 1938. 11.;김용직
　·손병희 엮음,『이육사전집』, 깊은샘, 2004, 344쪽.(이하『전집』과 쪽수로 표기.)
27) 김주리,「일제강점기 양복 담론에 나타난 근대인의 외양과 근대소설」,『인문연구』
　72호, 영남대학교 인문과학 연구소, 2014, 162쪽.

다. 신불출의 만담에서 '모던뽀이'와 '모던껄'이 "「햇잡몸」「햇잡년」"
으로 언어유희가 되어 풍자됐던 것처럼, 이보다 좀 더 이른 시기에 최
서해는 "「모던껄」「모던뽀이」는 근대소녀(近代少女), 근대소년(近代少
年)이니 속어로 말하자면 시체계집애, 시체사내들이 될 것"[28]이라고
비판하며, 이들을 정신이 깃들지 않은 '시체'[29]로까지 묘사한다. 이런
사회 풍조는 단순히 양풍 자체를 풍자하는 논자들의 시선만이 기입된
것이 아니다. 1910년대 이후 계몽·근대적 주체의 외향적 상징 기표였
던 양풍의 현상이 단순히 기호로만 남아 정신의 자기 주체성을 놓쳐버
린 작금의 풍토를 염려했던 것이다. 때문에 양풍의 유행은 단순히 서양
을 모방하는 차원에서 그치는 것이 아니라 세기말의 퇴폐적 기분을 모
방하는 습성으로 전락함과 동시에, '서구'―'일제'로 이어지는 '세계주
의'의 맥락에서 주체성과 정체성을 놓쳐버릴 수 있는 매우 우려 깊은
문화적 풍토였다.

　이에 반해 이육사의 경우는 인용한 부분에서 약술되었듯이 '서구 교
양'과 '동양사상'을 구분하는 것을 통해, '세계주의' 자체를 부정하려는
면모가 포착된다. "서구와 동양사상을 애써 구별하려고 해보아도 지금

---

28) 최서해, 「데카단의 象徵, 모―던껄·모―던뽀―이 大論評」, 『별건곤』 10호, 1927.
　　12, 119쪽.

29) '모던뽀이'에 대한 최서해의 논평은 정신이 깃들지 않은 이런 사회 풍조와 유행 주
　　체들을 '시체'로 비유하기에 이른다. "심한 이는 「못된껄(모던껄)」「못된뽀이(모던
　　뽀이)」라고까지 부르며 엇던 이는 그녀들 정조(貞操)에까지 불순한 말을 하니 이것
　　은 심한 말도 되려니와 나와 가티 그녀들 속을 몰으고 것만 보고는 할 말이 아니다.
　　하나 시체라는 것을 어째서 조치 안케 생각하는지는 한번 생각해 보는 것도 헛수고
　　는 아닐 것이다./ 네전은 몰으지만 근래에 일으러 시체라 하면 그 요소의 90퍼센트
　　는 양풍일 것이다. 요새는 좀 덜하지마는 한때는 서양 것이라 하면 덥허노코 조타
　　하야 의복, 음식, 심지어 뻬트까지라도 노치 못해하든 분들이 잇섯다. 일본에도 이
　　런 때가 잇서서 눈알까지 푸르게 못하는 것을 한탄한 이가 잇섯다 한다."(최서해,
　　앞의 글, 119―120쪽.)

의 우리 머리속은 순수한 동양적이란 것은 있을 수 없다"는 주장은 당시로서는 매우 탈근대적인 의견이라 할 수 있다. 가령 이 시기는 '지성옹호'와 '네오휴머니즘'이 조선 평단에 유입된 시기였다. 서구 체제, 문화주의의 균열에 따라 그에 대한 부정이 동양에 대한 관심으로 대체되면서 동양 중심적인 '보편'의 재편이 이루어지고 있었다. 그 가운데, 일제는 당대 문화보편의 중심적 맹아가 되기 위해 지식인층에서부터 사상적 침략을 기획하고 있었던 것으로 보인다. 여기서 '순수한 동양'의 부재와 '순수한 서양'의 부재를 동시에 견지했다는 것은 '서양'―'일제'―'식민지(조선)'로 나아가는 (세계)보편주의적 사상의 수혜 과정을 부정하는 것이다. 동시에, 수혜자와 혜택자의 관계가 아닌 각각의 문화주체들의 혼종성을 묘파해내는 탈식민적 차원의 논증이었던 것이다. 그러니 조선은 '동양'에서 우리의 문화적 소산을 찾는 것을 아니라, 지금껏 "유구한 우리 정신문화의 전통속"에서 우리의 것을 보존하고 발전시켰듯이 "우리가 흡수한 새 정신의 세련"된 부분을 융합하여 새로운 정신을 창출하자는 주장이다.

이러한 논의는 이육사가 의식적으로 댄디즘에 가까웠다는 것을 방증한다. 어떤 사상의 유행에도 자기 주체성을 놓치지 않았던 면모이기 때문이다. 동양주의적 전통론과도 일정 부분 거리를 두는 동시에, 전근대적인 조선 문화와 현재의 혼종된 조선 문화 사이의 거리를 감안하면서, 종적으로는 조선에서의 교양을 찾고 횡적으로는 서양―동양(일본, 중국)의 교양 담론과 우리의 것을 나란히 하며, 새롭게 우리의 것이 무엇인지 숙의하고 고찰하자는 태도인 셈이다. 이런 태도는 '모던뽀이'보다는 근대문화를 냉소로 일관하는 '문화기획자'인 댄디에 가깝다.30) 그

---

30) 대개 이 시기의 작가들은 "개별적인 상품의 미학을 예민하게 포착하고 즐기는 댄

리고 이와 같은 속성은 이육사가 영화를 대상으로 한 비평문에서도 되풀이 된다.

> 금후로는 文化的 重任을 이 활자에 獨擔을 요구하지는 못할 것이란 것은 벌써 우리가 알고 있는 정도에서도 '필림·라이브라러'같은 것이 얼마나 생겼다든지 이런 것은 말하지 않는다 해도 오늘날의 영화라는 것은 대중오락의 왕좌를 차지하였을 뿐만 아니라 그중에는 幾多의 예술이 나왔으며 보는 그대로가 우리의 지식이었다는 사실만은 누구나 부정하진 못하리라. ……(중략)…… 우리들이 말로는 쉽게 문화 문화하지마는 영화를 제작한다는 사실이 곧 문화란 것은 아니다. 훨씬 고급의 문화란 것은 보담더 '문화적인'작품을 창조하는데 있는 것이다. ……(중략)…… 물론 무대 우에서나 캬메라 앞에서 십년 가까운 세월들을 보낸 분들도 있으니까 개인으로는 한가지 자랑도 되겠지마는 한 개의 위대한 예술품을 창조하는 데는 그까짓건 아무것도 아니란 것은 10년동 안에 무대에 자라난 우리의 「로파—드·도—날」을 아직 한사람도 찾아내지 못한 것이다. ……(중략)…… 만가지 돈에 천가지 기술을 가해도 결국 예술은 山産되지 않는 것이다. 문화를 사랑하는 양심적인 企劃家와 숙련한 기술자, 사도에 정진한 분들이라도 좀더 널리 안목을 들어 문화전반에 향하여 양지의 인사들을 구해서 그 지식전체를 종합하고 처리할 만한 창조적 정신과 수법을 가져야 비로소 조선 영화가 영화로써 완성될 것이며 문화로써의 사명도 수행할 것이다31)

디와 세기말적 우울을 표현하며 퇴폐를 연출하는 데카당스는 이러한 삶 속에서 융합된다."(김주리, 같은 글, 164쪽.)는 견해처럼, '모던뽀이'의 속성에서 기인한 데카당스 속성과 댄디의 속을 동시에 지향하는 경우가 많았다. 이는 식민지 지식인 계급이 가진 특수성에서 연유된다. 가령 이육사 또한 세기말적 우울감을 드러내는 시편으로 1940년대 「阿片」 등의 시편들이 발표된 바 있다.
31) 이활, 「映畫에 대한 文化的 囑望」, 『批判』, l939. 2; 『전집』, 225—228쪽.

인용한 논의는 이육사가 영화와 대중 예술을 대하는 식견이 드러난 글이다. "오늘날의 영화라는것은 대중오락의 왕좌를 차지"하고 있다고 진단하면서, 우선 "보는 그대로가" 우리에게 지식이 될 수 있는 대중 예술의 영역에서의 영화가 가진 독보적인 기능을 논하고 있다. 그러나 이육사는 그러한 특징과는 별개로, 영화를 제작하고 유통하는 행위에서 제작자 그룹이 가져야할 '윤리적 태도'의 함양을 당부한다. "영화를 제작한다는 사실이 곧 문화란 것은 아니"듯이, 영화가 고급문화의 영역에 진입하기 위해서는 "문화로써의 사명"을 수행해야 한다는 것이다.

그리고 연이어 이육사는 조선 영화가 가진 문화적 빈곤을 논변한다. 조선에서의 영화의 역사가 10여년이 흐른 만큼 "무대위에서나 캬메라 앞에서 십년 가까운 세월들을 보낸 분들"이 있겠으나 그것은 개인적 차원의 성취일 뿐, 이육사가 보기에 조선 영화는 아직 "위대한 예술품"을 출품하지 못해 고전하고 있는 하위 예술 장르 수준에 불과하다는 것이다. 일단 여기서부터 이육사는 현재 조선 영화에 대해 전혀 감동하지 못하는 주체라는 것을 드러내고 있다. 그러면서 주체적인 정신을 기반으로 하지 않는 표층적 예술이 영화라는 것에 대해 염증을 느끼고 있다. 그리고 이육사는 더 나아가 영화를 "만가지 돈에 천가지 기술을 가"하고 있는 부르주아 소비 예술이자, 활자보다 시각을 통해 대중을 홀리며 압도하고 있는 '선전 기술'로 치부한다. 그러나 영화 예술을 비판하는 수준에서만 그치지 않는다. 오히려 영화가 천박한 예술이 되지 않기 위한 중요한 덕목으로 제작 주체들의 '윤리적 태도'를 주문했던 것이다. 이육사에 따르면, 영화가 위대한 예술이 되기 위해서는 기획가, 기술자, 출연자 모두가 단순히 영화라는 근대 예술의 수법에 능통한 사람으로만 구성되어서는 안 되며, "널리 안목을 들어 문화전반에 향하여 양지의 인사들"로 구성돼야 한다고 고변한다. "지식전체를 종합하고 처리할 만한 창조적 정신"과 영화적 기술("수법")과 그곳에 보충되는 자본이 맞물려야만 "고급의 문화"에 진입할 수가 있으며, 그때에 가서야 영화를 예술품으로도 논할 수 있다는 것이다.

이육사는 「映畫에 대한 文化的 囑望」 말미에서 "영화이론의 전반에 대해서 또는 씨나리오는 씨나리오대로 감독론, 배우론 등등 될수만 있으면 졸열하나마 한번 언급하고자 했으나 지정된 지면도 다하였기에 다음 기회에 미루고 그치기로 한다"[32]고 여운을 남긴다. 그리고 3개월 뒤 「藝術形式의 變遷과 映畫의 集團性— "씨나리오" 文學의 特徵」(『靑色紙』 5호, 1939. 5.)을 통해 영화 예술과 '씨나리오'의 관계를 본격적으로 해명하는 논고를 발표한다. 이 논의는 「映畫에 대한 文化的 囑望」 보다 상대적으로 볼륨감이 있는 글로 볼 수 있다. 여기서는 ① 영화와 씨나리오 문학의 정의와 특성[33], ② 영화 형식의 변천 과정에 대응해 재

---

32) 위의 글, 『전집』, 228—229쪽.

33) 「藝術形式의 變遷과 映畫의 集團性— "씨나리오" 文學의 特徵」의 서두는 당시 이육사가 가진 문화의 전반적인 태도가 드러나기도 한다. "「씨나리오」를 우리들이 남다른 관심을 가지고 생각해 온것은 하루이틀에 시작된 것이 아니다. 물론 씨나리오라면 「스크린」에 影寫될 영화의 대본이므로('컨틔뉴의틕'와는 다르다) ① <u>영화를 촬영한다는 현실적 조건의 제약을 받어 왔든 조선에서 「씨나리오」를 연구한다는 것은 마치 건축을 할 힘이 없는 설계도를 꾸미는 것과 같으므로</u> 모다 자중하여 외부에 발표하지 않었을 뿐이나 요즘같이 영화회사나 혹은 개인의 제작소가 자꾸 생겨지는 현상에는 이 문제도 당연히 토의되어야 할 것이며, 그렇지 않어도 「씨나리오」가 연극에서의 희곡이나 음악에서의 악보의 위치를 차지한다는 데는 ② <u>위선 이론이 없으려니와, 남은 문제는 예술적 짠르로서 형식을 운운하는 사람이 있다고 하드래도 그것은 무엇보다 먼저 우수한 작품을 생산하면 스사로 해결될 문제이며,</u> 일부 인사들이 自眼시하는 경향이었다고 하드래도 ③ <u>역사란 항상 앞서가는 자만이 짓는 것이며,</u> 이것은 예술사회에 있어서도 또한 같은 것이다." (밑줄 강조 인용자) ①은 조선이 자본적, 문화적 빈약함과 동시에 영화 예술의 기본이 되는 씨나리오에 관한 정립 없이 영화를 논한다는 것에 불과하다는 원론적인 태도를 피력한 것이다. ②는 기존의 정해진 이론 틀에 당시로써는 생소한 예술 장르였던 씨나리오를

고한 서구 근대소설의 개괄, ③ 리얼리즘과 자연주의 서구 소설의 전개 양상, ④ 씨나리오 문학이 갖춰야할 덕목 (리얼리티와 묘사 기술)[34] 등을 기술하고 있는데, 그 이면에서 주목해 살펴봐야할 점이 있다. 논의 과정에서 이육사는 줄곧 '개인성'보다는 '집단성'을 강조하고 있다는 점이다. 가령 영화 '대지'를 비평하면서 "가장 생생한 「레알리틔」"의 요소가 드러난 부분들[35]을 열거하는데, 종국에는 "필사적으로 싸우고 있는 민중"의 면모를 제시하고 있다. 다시 말해 "자연의 暴威와 싸우는 때에 개인간의 사소한 감정적 쟁투 같은 것은 전체를 위하야 소멸되고 사람들은 모두 일치단합하야 당면의 적을 퇴치"하는 장면인 것이다. 그렇다면 왜 이육사는 "인간과 자연과 투쟁하는" 장면들을 "장대한 서사시"로 격상시키며, 그것이 "영화예술의 기록적 우월성"이라고까지 약술했을까.

이는 앞선 논고에서 "지식전체를 종합하고 처리할 만한 창조적 정신"을 갖추고 있는 '보증된 주체'들이 영화의 제작자가 되어야 한다는 견해와 교차한다. 작금의 상황에도 마찬가지이지만, 당시에도 영화는 대중들에게 호소력이 강한 매체였다. 그러나 그런 영화를 관람하는 '대중'들은 아직 '시민 의식'을 함양하지 못한 집단이었다. 그러므로 '주제

제단하려는 주류 문단의 시각을 말소하겠다는 의지를 드러내고 있다. 그리고 ③은 장르뿐만 아니라 예술 혹은 역사를 개척하고 기획해야 한다는 심사를 드러냄과 동시에, 이육사가 가진 댄디즘의 감수성을 피력하고 있는 부분이다.

34) 이육사는 영화와 다른 장르 예술을 구분하면서 리얼리티와 묘사기술을 논하며, "수없는 영화의 특성에 관한 기술은 무엇을 의미하는 것인가. 그것은 매우 본능적인 표현에 영화가 우수하면서도 소설보다 개인 개인에 접근하기 용이하고 연극보다 집단적인 강력을 가지고 있는 영화의 형식적 특징"(『전집』, 241쪽.)이라 약술한다.

35) "기근의 大群이 기차를 향하야 쇄도하는 장면과 약탈 때문에 군대가 內動하는 곳과 蝗虫의 대군이 글자 그대로 운하같이 襲來하는 곳"(『전집』, 238쪽.)이라 밝히며, 영화 속에서 가장 역동적인 장면들을 열거한다.

의식'이 없는 영화는 "인간생활의 '레알리틔'를 조그만 과장도 없이 보여준 것 밖에"36) 없다는 것이다. 여기서 소설에서의 리얼리티와 영화의 리얼리티를 다르게 취급해야 하는 이유가 발생한다. 문학과 달리 영화는 "시간적인 역사"를 다루기 힘든 장르이며 개인의 삶과 운명을 주제로 두어도 충분히 "'휴맨 또규맨트'"가 될 수 있는 장르이다. 그러니 영화 제작에 있어서 "역사와 지리는 물론, 집단의 심리와 성격과 운명"37)까지 두루 표출되어야만, 주어진 현실 세계에서 도약하고, 대결할 수 있는 비전을 내장할 수 있다. 영화 예술은 그런 전망을 대중에게 현현하도록 함으로써 "집단의 운명"과 미래를 환기해야 한다는 것이다.

그러면서도 이육사는 끝내 이런 영화의 장르적 특수성은 인정하는 가운데 씨나리오의 예술적 독립이 이루어져야 한다고 당부한다.

인간 본능적인 「센세쇼낼리즘」에의 도취나 「파나치시슴」에로 구사할 가능성은 없는 것일까?/ 개인주의가 붕괴하고 집단이해가 대립 격화해오면 이 영화적 특징은 흔히는 선전매개체로서 유력하게 쓰여지는 때가 있으므로 교양 있는 사람의 일부에서는 영화의 예술성까지를 부정하는 경향도 있으나 그것은 아직 외국의 얘기이고, ……(중략)…… 폭력 앞에서 전인류의 생존본능은 강력한 의지로 전화해야 「히로이슴」은 곧 「휴머니슴」으로 승화하고 마는 것이다.……(중략)…… 적어도 「씨나리오」문학을 건설하는데는 「씨나리오」라는 영화예술의 문학에의 접근이 아니고 문학의 「씨나리오」에의 접근이래야하며 씨나리오 문학은 아무런 데로 구애될 것 없이 예술적으로 독립해야할 것이다.38)

36) 이 부분은 영화 '아랑'에 대한 악평이다.
37) 김학동, 『이육사 평전』, 새문사, 2012, 179쪽.
38) 『전집』, 241−242쪽.

인용문에서 특히 주목해야 할 점은 영화가 선전매개체라는 특성을 인정하는 가운데, 독립적으로 "「씨나리오」문학을 건설"해야 한다는 것이다. 더불어서 영화의 관능주의("「센세쇼널리즘」")나 광적 요소("「파나치시슴」")마저도 모두 인정하고, 영화 예술의 자율적 지위를 보장하자는 것이다. 이 부분이 이육사를 가장 '댄디보이'로 수사할 수 있는 부분이다.

그는 기존의 교양으로 영화 예술을 서열화하려는 의도가 전혀 없었으며, 영화의 형식적 특징을 해하지 않는 수준에서 영화의 상품 미학을 향유했다. 더 나아가 조선에서의 영화 예술이 나아갈 방향성까지 전망했다. 무엇보다 영화라는 근대 예술의 기표를 자기만의 시선을 통해 재인식하고, 영화뿐만 아니라 예술 형식이 시대적으로도 계속 변천해 갈 것을 인지했다. 서구 문학과 조선 영화 산업을 대비해 예증하면서 '예술의 유동성'을 묘파했다는 점이 특히 인상적이다. 또한 (탈)근대적 시각의 비평까지 이접해놓음으로써 진보적인 지식인의 면모와 댄디로서의 면모를 동시에 드러낸 것으로 볼 수 있다. 즉 이육사는 두 편의 영화 비평을 통해, 의식이 깃든 향유자이자, 결론지어진 사회 풍조 속에서 새로움을 추구했던 문화기획자의 모습을 보여주고 있다.

3. 댄디와 젠더 권능

그렇다면 이런 댄디즘의 속성은 이육사의 개별 시편에서는 어떠한 방식으로 구체화되고 있을까. 주지하듯 이육사의 시에서 빈번하게 반복되고 있는 '초극의 비전'39)과 "역동적 의지"40), "'확대된 열린 세계를

---

39) 김종길, 「한국시에 있어서 비극적 황홀」, 『진실과 언어』, 일지사, 1974; 오세영,

추적"41)하는 대륙지향성' 등은 그간 그의 시를 미적으로 해명하는 주요 논제들이었다. 예컨대 「絶頂」에서 북방에 떠밀려 와 삶과 정신의 낭떠러지 앞에선 화자가 '강철로 된 무지개'와 대면하는 초인의 정동이라든가, 「曠野」에서 "千古의 뒤에/ 白馬타고 오는 超人"을 기다리는 자세, 「蝙蝠」에서 박쥐의 존재상을 통해 세계를 뒤집어보려는 의지 등을 상기해보자. 모두 대상을 장악하는 화자의 '권능적 지위'를 최상으로 격상시켜 놓는 이육사 특유의 시적 전략이라 할 수 있다. 이는 댄디즘과도 관계된다.

가령 이육사는 작금의 주어진 세계를 심미적으로 바라보지 않는다. 「絶頂」이나 「曠野」, 「黃昏」, 「靑葡萄」, 「蝙蝠」, 「한개의별을노래하자」에서처럼 그에게 당면한 식민지 질서는 유독 더 가혹하게 시적 화자를 폭압하는 억압의 기제로 제시되고 있다. 그러니 이미 훼손당하거나 기울어진 세계에서 이육사는 세계와 정면으로 대결하기 위해서 세계와 거리감을 조율하며 자기 주체성을 형성(「한개의별을노래하자」, 「蝙蝠」의 경우)하거나, 주어진 세계를 절대적 시간 앞에 세우는 전략(「曠野」, 「黃昏」, 「靑葡萄」)을 택한다. 시공간을 초극으로 몰아 자기만의 이상세계를 전면화함으로써 마치 자기 죽음을 담보(「絶頂」)로 한 시적 경험이 독자와 공유된다는 점에서 이육사 시의 매력은 발생한다. 이런 특징은 역설적으로는 자기 주체를 최상위로 격상시켜 세계와 동등한 지위를 확보하게 함과 동시에, 자기 실존의 아우라로 세계를 장악하고 있는 시대에 대한 '냉소'인 것이다. 이와 같은 심미적 산물은 그의 시를 낭만

「이육사의 「절정」― 비극적 초월과 세계인식」, 『한국현대시작품론』, 문장, 1981.

40) 홍용희, 「거경궁리의 정신과 예언자적 지성― 이육사론」, 『한국문학연구』 38, 동국대학교 한국문학연구소, 2010, 271쪽.

41) 이어령, 「자기 확대의 상상력― 이육사의 시적 구조」, 『이육사』, 김용직 편, 서강대학교 출판부, 1995, 142쪽.

주의로도 이해42)할 수 있는 지점이자, 자신이 꿈꿔왔던 무한한 동경의 세계하고도 일정 거리를 유지하게 하는 전략이다. 아울러 사회변혁을 꿈꾸는 성찰적 자아의 면모43)라고도 볼 수 있다. 그리고 한시 전통을 수혜한 듯44) 다수의 시편들이 수사적 치장을 최대한 절제하는 것 또한 주목해볼 만하다. 특히 감상이나 감정의 과잉을 자제하는 모습, 그로 인해 외양의 단순함과 세련미를 갖추는 균형 감각이 이육사의 시편들에서 돋보인다. 이 또한 그의 시를 댄디의 맥락에서 해명할 수 있는 이유다.

신석초의 회고45)에 따르면, 이육사가 남긴 40여 편(한시와 시조 포함)의 시편들 중 「班猫」와 「邂逅」는 연애시편46)으로 분류할 수 있는

---

42) "육사의 시가 원숙해짐에 따라 그의 언어는 어우 심오해지고 침중한 상징주의의 빛깔로 물들어 갔다. 상징주의 시라고 하면 프랑스의 보들레르나 베를렌을 수입하였던 <백조(白潮)> 시대의 우울하고 퇴폐적인 작품 경향을 연상하게 된다." 신석초, 「이육사의 인물」, 『나라사랑』16집, 외솔회, 1974 가을, 105쪽.

43) 정원석은 댄디가 가지고 있는 자기 성찰 및 기획의 특징에 관해 다음과 같이 정리한다. "자신은 놀라지 않으려 하며 또 쉽게 감동받지도 않으려 하는 댄디의 태도에서 정신적 완벽을 추구하는 태도가 엿보인다. "댄디가 보여주는 특별한 아름다움은, 감동하지 않겠다는 흔들림 없는 결심에서 비롯된 차가운 태도에서 표현 된다" 그러므로 댄디는 낭만적 기질을 갖고 있다 하더라도 "열정적인 사람이 댄디가 되기에는 너무 진실 되다"라고 바르베가 지적했듯이, 자신의 낭만성을 결코 열광적으로 분출시키는 일이 없다. 이런 특성에서 "현대의 자기성찰적 의식의 특수한 위기제압의 전략"으로서 댄디즘을 논할 수 있게 된다."(정원석, 「댄디와 남성성— 젠더적 관점에 따른 댄디즘 고찰」, 『독일언어문학』 75집, 한국독일언어문학회, 2017, 60—61쪽.)는 것이다. 즉 현대의 자기 성찰적, 남성 권능의 교육적 모델이 댄디즘이라고 할 수 있다.

44) 홍용희는 이육사 시에서 나타나는 동양 미학을 해명하면서 다음과 같은 구조적 특징을 다음과 같이 약술한다. "시적 형식이 한시적 4단 구성의 기·승·전·결 구조에 상응한다. 시조의 4단 구성은 고도의 절제미, 안정된 균정미, 절도 있는 파격미, 태평스런 유장미 등을 구비한 균형과 조화의 구현을 추구 한다." (홍용희, 같은 글, 276쪽.)

45) "작품 「반묘(班猫)」와 「해후(邂逅)」등은 그 영원한 여인에게 준 꽃다발이다." 신석초, 같은 글, 105쪽.

데, 특히 이 시편들에서 여성 주체를 '고양이'나 '꽃말'로 대상화하는 모습이 주목된다. 이 시기 이육사는 동료 문인들과 술 모임을 잦게 갖는 등 시대에 대한 분노와 일탈의 모습을 자주 드러냈다. 현실과 자기 이상의 괴리 폭이 1940년대에 진입하면서 더 넓어진 탓이다. "육사는 여자에게 담담한 주객이었다. 결코, 여자에게 친압하지 않는 신사였다. 이런 태도는 모든 여성에 대하여 마찬가지였다."[47]고 하지만, 「班猫」와 「邂逅」는 정실 '안일양'에게 보냈던 연가가 아닌, 그 존재가 알려지지 않는 권번의 여성에게 보낸 연가였다. 주지하듯 이육사에게 강요된 결혼은 당시 집안과 집안 사이에 맺어진 봉건적 계약이었다. 처가에서 '백학학원'을 수학했다는 기록이 남아있기는 하지만, 그 또한 부정기적으로 다녔다는 기록이 전부였다. 그리고 '백학학원'에서 9개월 간 교편을 잡았다가 돌연 일본 유학행에 오른 것이 결혼 이후 채 2년을 채우지 못한 시기였다. 향후 그가 가정에서 보낸 시간이 채 2년이 되지 않는다는 기록들이 산재한 것만을 미루어보아도, '안일양'과 이육사의 "가정생활이 만족스럽지 못"[48]했던 것으로 추측된다. 물론 부인과의 관계가 특별히 돈독하지 않았다고 하여, 그가 다른 여인들에게 연정을 품었을 거라는 추측은 억측일 수 있다. 그러나 댄디로서 "수수하게 자라난 처녀를 아내로 받아들이는 것은 선뜻 내키지 않았던 것"[49]은 분명해 보인다.

보들레르는 댄디즘의 특성을 '남성적 권능'으로 묘사한다. 남성과 여

<hr>

46) 이육사의 연애 시편에서 드러나는 낭만성에 관해서는 박성준, 「이육사 후기시의 연애시편: 「班猫」와 「邂逅」를 중심으로」, 『인문과학연구논총』 제39권 1호, 명지대학교 인문과학연구소, 2018 참조.
47) 신석초, 같은 글, 105쪽.
48) 김희곤, 같은 책, 72쪽.
49) ____, 위의 책, 73쪽.

성의 역할을 구분한 이분법적 맥락에서 타인과 스스로를 구분 짓고 문화적 패권과 담론을 지배하기 위해 '자신의 삶'과 '시대', '역사'를 기획하는 주체가 댄디인 것이다. 즉 댄디는 권력을 가진 주체가 되기 위해 자신을 기획한다. 물론 이와 같은 남성 중심주의적인 젠더 감수성은 남성 주도의 젠더 폭력이 대체로 용인되고 규범이 되었던 시기에 댄디즘에 관한 견해로 국한된다. 하지만 자신의 지배 영역을 넓힘과 동시에 '젠틀맨'으로 호명되며, 외부 세계와의 감성적 접근 방식을 취했던 댄디의 속성을 감안해보면, '댄디보이'의 젠더 권능은 자신만의 세계를 재구성하는 전략적 기획이었다고 판단할 수 있다. 가령 댄디는 "모던걸이라는 '마네킹'에 옷을 입히고 그녀의 '텅빈' 머리에 자신이 원하는 지식을 주입할 수 있"[50]었기 때문에, 여성을 대상화하고 그 대상화된 주체가 타인에게 보이는 방식들을 디자인하면서 '모던걸'에게서 자기 자신의 새로운 지점을 발견[51]하려고 했다. 엄밀히 말해 이와 같은 스타일의 기획은 여성의 주체성을 독점하는 젠더 폭력이라고 할 수 있다. 그러나 당시의 이런 풍조를 지배자와 비지배자의 권능 관계만으로 논할 수 없는 이유는, 적어도 이육사의 경우 젠더 구분을 떠나 '외향적 우아함'보다는 '정신의 우월성'을 강조하는 '지적 권능'을 표출하고 있기 때문이다.

감상적 르뽀의 성격을 띠고 있는 「舞姬의 봄을 찾아서— 朴外仙양 방문기」(『蒼空』, 1937. 4.)는 무용가 박외선과의 인터뷰 내용을 이육사 나름대로 재해석한 에세이다. 이 글에서 인터뷰이에게 이육사가 한 질

---

50) 장문석, 같은 글, 310쪽.
51) 가령 이와 같은 태도는 앞장에서 언급한 이상과 김유정, 이효석의 소설에서도 나타나는 근대 기호들과 자기 방식의 굴절된 사랑 방식들과도 동류를 이루는 댄디즘의 특성이다.

문만을 정리해보자.

    i . 언제부터 무용을 시작했습니까?(박외선의 대답만으로 유추)

    ii . "독자적으로 공연을 한 것은 어느 때쯤 됩니까?"

    iii . "무용과 레알리즘은?"

    iv . "처음 발표한 <사랑의 꿈>이란 어떤 무용였든가요?"

    v . "올해부터는 저절로 독립을 하여야 될 터인데 '어트랙숀'을 가질
        필요는?"

    vi . "지방 순연(巡演)은 몇 번이나 다닙니까?"

    vii . "영화는 자조 구경 다닙니까?"

    viii . "문학의 취미는?", "일본 시인으로는?"

    ix . "미래의 가정은?"

    x . "유행에 대해서는?"

    xi . "위인으로는?" (이 질문 뒤에 '숭배하는 예술가', '좋아하는 독
        서', '좋아하는 스포츠'를 종합해서 질문함.)

    xii . "연애에 대한 경험 하나 들려주시나요."

    정리한 12개의 질문들은 크게 박외선의 무용 세계 및 활동 면모와 박
외선이 함양하고 있는 문화적 관심도 및 선호도, 미혼 여성 박외선의
사적 정보 등을 다루고 있는 것으로 범주화할 수 있다. 이 질문들은 언
뜻 보아도, 박외선의 무용 세계를 알리는 정보 전달만큼이나 박외선의
교양 수준52)을 가늠하는 질문이라고 짐작할 만하다. 여성 인터뷰이에
대한 짓궂은 질문으로 보이는 것도 없지는 않다. 물론 이 르뽀가 잡지

---

52) 실제로 이 글에서 박외양은 이육사의 질문에 대해, 자주 비껴나는 답변으로 응수하
   거나, "'꾀―테'", "이꾸다 슌게쓰" 같은 문학가나 "'쪼엘 마크리'", "'푸레데릭 마
   치'", "'가르보'"와 같은 영화배우의 이름, 음악가 베토벤 등을 나열하며, 자신의 교
   양적 지분을 과시했다.

에서 이미 기획된 원고였다는 것을 감안하면 사변적인 오락적 요소를 충분히 반영해야만 하는 이육사의 상황을 이해할 만하지만, 이는 역설적으로 당대의 재능 있는 여성 무용가를 대하는 언론의 일반적 시선을 드러내는 모습이기도 하다. 이 질문들에서 주목할 점은 우선 이육사가 인터뷰 초반부터 "무용과 레알리즘은?"이라고 급습 질문을 던진 것이다. 여기서부터 무용과 영화, 영화와 문학, 유행과 스타일까지를 다루면서 인터뷰 내용이 볼륨감 있게 채워지게 된다. 개별 주체들이 당대의 예술과 문화, 유행을 대하는 태도를 두루 살피고 싶었던 것53)이다.

물론 육사 자신의 예술적 입장이나 관심사를 이 인터뷰를 통해 표출하기에는 어려운 구조에 있었지만, 이 글 서두에 보이는 인터뷰이에 대해 무관심한 대목들54)을 반추해보면 이육사는 이 인터뷰 자체를 부담스러워했던 것으로 보인다. 질문 목록에 대한 것 또한 잡지의 기획인지 이육사의 기획인지 명확히 알려진 바가 없지만, 그는 당대 타 장르 예술에 대한 존중감을 충분히 함양한 상태에서 이 르뽀를 작성했다. 그리고 첫 질문 이후 "'이 작은 아씨는 자기가 좋아하는 일을 끝까지 해보는 행복된 아씨로구나'하고 속으로 한번 생각해보는 것이 유쾌하였다."는 표현으로 보아, 이육사는 자기 열망과 자기 주체성을 가지고 세계와 대면하는 인물에 대한 경외를 계속 유지하려는 모습도 노출하고 있다.

정리하자면, 이육사는 댄디한 모습을 줄곧 보이면서도, 젠더나 장르

---

53) 박외양은 이육사의 "무용과 레알리즘은?"이란 질문에 관해 "무용이라고 레알리즘을 전혀 부정할 리야 있나요? 그렇다고 해서 로-맨티시즘도 영영 부정하긴 싫어요."라고 응수하며, 서로 대결 구도를 유지하며 인터뷰를 진행한다.

54) "동경을 가거든 무용 조선의 어여쁜 기사(騎士)들을 만나 보아 달라는 것이 <창공(蒼空)> 편집인들의 간절한 부탁이었다. 그러나 내가 동경에 왔을 때는 정에 끌려 거절하지 못한 것을 얼마나 후회했는지 모른다.……(중략)…… 동경에 있는 조선의 무용가가 몇 사람이나 되는가"(『전집』, 350쪽.)

의 구분을 떠나 상대방을 폭압하지 않는 관계를 유지한다. 다만 상대방이 외향의 우아함으로 그친 수준에서 그를 대면했다면, 이육사는 자기만의 지성과 윤리의 잣대에 따라 '지적 권능'과 '권위'를 부렸을 수도 있었을 것이다. 그는 양반 자손으로서 귀족주의자의 보수성을 그대로 간직하고 있었기 때문이다. 이런 성격이 좀 더 구체적으로 드러난 논고로는 '조선 지식여성'의 교양 상실과 허영을 냉혹한 어조로 비판한 「侮蔑의 書— 朝鮮知識女性의 頭腦와 生活」(『批判』, 1938.10.)이 있다.

> 행동의 세계를 떠나선 모든 지식인들이 반성이나 또는 사색이라는 보금자리로 들어가 생각해낸 것 중에 무엇보다 중요한 것은 '지성'에 대한 요구였다. 이것은 휴매니슴을 고향으로 하고 내려온 심리적 경향인 것이다./ 그러면 '조선의 지식여성'들은 지성의 중요한 요소로서 사회와 시대와 문화에 얼마나한 감격과 정서와 관심들을 가지고 소극적이나마 이것을 애끼고 간직했다가 다음에 오는 세대에 물려주려는가? 만약 그렇다면 우리에게도 구라파의 사람들이 가지고 있는 전통이나 교양을 또는 그와 유사한 것이라도 가지고 있었던가? ……(중략)…… 조선에 새로운 교육이 들어온 것은 벌써 반세기가 가깝다고 하드래도 우리들은 새로운 교육이란 '명목'에 도취는 했을지언정 완전한 지적 교육을 받지는 못했다. 그것은 신문화가 이 땅에 들어온 후의 교육사가 증명하는 것이 아니었던가. 우리들이 받았다는 교육은 우리들의 父老들이 자의식을 가지고 지적 교육을 시킨것도 아니었고 우리들 자신 역시 자의식을 가지고 배운 것도 아니었다.[55]

인용한 글은 조선 여성이 가져야 할 유교적 덕목을 논한 것이 아니

---

55) 『전집』, 337―338쪽.

다. "행동의 세계를 떠나선 모든 지식인들이 반성이나 또는 사색이라는 보금자리로 들어가 생각해낸 것 중에 무엇보다 중요한 것은 '지성'"이라는 구문처럼, 파국의 세계를 '지성'이라는 대안으로 개진해 나가자는 진보적 논변이다. 이 글을 여성에 국한해서 읽지 않고, 당대 지식인이 가져야 할 덕목에 관한 교조적인 언사로 바꿔 읽어본다면, 이육사의 양반적 자질이 단순히 봉건적으로 표출된 것이 아니라는 것을 알 수 있다. 이는 댄디즘에서의 정신의 우월성이 강조된 언사였다.

물론 이 논고에서 '지식여성'을 자식에게 교양과 지식을 전수해야 할 주체자로 취급하거나, 교육적 수혜에 도취된 주체, 자의식이 없는 주체로 싸잡아 격하하는 맥락은 아직 논란의 여지가 충분하다. 그러나 교육과 교양에 대해서도 단순히 서구의 것을 수용하는 전통 없는 교양과 교육을 지양해야 하며, "자의식을 가지고 지적 교육"이 실현되어야만 조선의 현실을 전복할 수 있다는 믿음과 당부가 동시에 기입되어 있다. 이는 단순히 이 글이 여성을 대상만으로 하지 않는 것을 방증하며, 1930년대 후반 네오휴머니즘의 연동과 함께, 소란스러운 국제 정세 속에서 지식인층이 내장해야 할 신념들을 기술했던 것으로 판단할 수 있다. 오히려 그 지식인층의 구성을 남성을 포함한 여성까지 확대하고 있는 견해라는 것을 주목할 만하다. 우리만의 '지성'을 추구하지 않는다면 우리는 우리의 문화를 확대하지도 개선하지도 못할 것이라는 전망이 담긴 글인 셈이다. 즉 이육사의 논고들은 보수적 귀족주의자의 면모보다 냉소적 '댄디보이'의 면모가 더 두드러지고 있다. 그가 당부하는 주체성의 맥락이나 '지적 권능' 내지 권위 또한 민족적 차원에서 시대를 계몽하려는 목적이 기입된 주장이다. 그러므로 그는 근대와 대결하고 근대를 향유하는 '댄디보이'이자, 시대를 앞서 읽는 지사가 될 수 있었다.

4. 결론

　이육사가 국내에서 문단 활동을 본격적으로 시작했던 1930년대에는 소위 '중간 계급'의 신세대 시인들이 등장해 기성과 변별력을 갖추기 위한 저마다의 미적 투쟁이 이루어졌던 시기였다. 이러한 가운데 정인보와 신석초의 교우 관계를 통해, 상대적으로 쉽사리 조선 문단에 진입했던 이육사의 존재는 같은 시기에 활동했던 유치환 등으로 하여금 '문화적 콤플렉스'를 품게 했던 것으로 보인다. 이런 이유로 유치환은 재판된 『陸史詩集』의 「序」에서 그의 문학을 '교양'과 '취미'의 일환으로 평가하기도 한다.

　사라진 국가 조선의 사회지도층이 구국을 위해 항일독립투쟁을 하고, 이러한 삶을 기반으로 항일애국시를 썼다는 스토리는 남한 문학사 내에서 재생산을 거듭해왔다. 때문에 이육사의 시를 미적으로 규명한 그간의 연구는 현저하게 부족한 실정이다. 본고는 이런 문제의식에서 이육사 문학의 토대를 예증하는 시각을 근대를 적극적으로 수용하고 자기화했던 댄디즘의 개념으로 고찰했다.

　댄디즘은 기존의 귀족주의적 질서를 허물고 부르주아 계급이 갖는 퇴폐성으로의 경도를 대항하는 '새로운 정신 질서'라고 할 수 있다. 그러나 양풍의 유행은 단순히 서양을 모방하는 차원에서 그치는 것이 아니라 세기말의 퇴폐적 기분을 모방하는 습성으로 전락함과 동시에, '서구'ー'일제'로 이어지는 '세계주의'의 맥락에서 주체성과 정체성을 놓쳐버릴 수 있는 매우 우려 깊은 문화적 풍토였다. 이육사는 당대의 이런 문화 쇠퇴의 염려를 '지성'과 '휴머니티'로써 전복하고자 했었다. 특히 이런 특색은 당시 영화와 시나리오 문학을 고찰했던 논고인 「藝術形式의 變遷과 映畵의 集團性ー "씨나리오" 文學의 特徵」, 「映畵에 대한 文

化的 囑望」와 보수적 여성주의관을 드러내는 「舞姬의 봄을 찾아서—朴外仙양 방문기」, 「侮蔑의 書— 朝鮮知識女性의 頭腦와 生活」과 같은 르뽀와 비평문에서 빈번하게 표출된다.

그의 산문에서 드러나는 미래주의적 시각은 이육사의 문학 지평에 대한 평가를 보다 확장할 수 있는 토대가 된다. 이육사는 조선판 귀족인 유명 양반가의 자손이었다. 그는 전근대적 사회지도층이었으며 그리고 스스로의 이상을 실현하기 위해 '냉소'와 '지성적 권능'을 추구하는 근대적 '댄디보이'였다고 평가할 만하다.

참고문헌

김건형, 「동양주의 담론에 대응하는 이효석의 '서구' 표상과 댄디로서의 조선문학」, 『구보학보』 14, 구보학회, 2016.

김용직·손병희 엮음, 『이육사전집』, 깊은샘, 2004.

김익균, 『서정주의 신라정신과 남한 문학장』, 동국대학교박사논문, 2013.

김인환, 「이육사 시의 속뜻」, 『배달말』 제1권, 배달말학회, 1975.

박성창, 「한·중 근대문학 비교의 쟁점: 이육사의 문학적 모색과 루쉰」, 『비교한국학』 23권 2호, 국제비교한국학회, 2015.

김점용, 「이육사 시의 숭고미」, 『한국시학연구』 17, 한국시학회, 2006.

김종길, 「한국시에 있어서 비극적 황홀」, 『진실과 언어』, 일지사, 1974.

김주리, 「일제강점기 양복 담론에 나타난 근대인의 외양과 근대소설」, 『인문연구』 72호, 영남대학교 인문과학연구소, 2014.

김학동, 『이육사 평전』, 새문사, 2012.

김형수, 「이효석, '비협력'과 '주저하는 협력' 사이의 문학」, 『인문학논총』 5권 1호, 한국인문과학회, 2005.

김흥규, 「陸史의 詩와 世界認識」, 『문학과 역사적 인간』, 창작과비평, 1980.

김희곤, 『이육사 평전』, 푸른역사, 2010.

나민애, 「'지식인─시인'의 시적 과제와 이상─ 시인 신석초의 경우」, 『한국현대문학연구』 43, 한국현대문학회, 2014.

박성준, 「이육사 후기시의 연애시편: 「斑猫」와 「邂逅」를 중심으로」, 『인문과학연구논총』 제39권 1호, 명지대학교 인문과학연구소, 2018.

_____, 「일제강점기 저항시인의 세계인식과 글쓰기 전략─ 이육사, 윤동주를 중심으로」, 『비평문학』 제65호, 한국비평문학회, 2017.

신석초, 「이육사의 인물」, 『나라사랑』 16집, 외솔회, 1974 가을.

오세영, 「이육사의 「절정」─ 비극적 초월과 세계인식」, 『한국현대시작품론』, 문장, 1981.

유성호, 「윤동주 시의 보편성과 특수성」, 『한국언어문화』 제62집, 한국언어문학회, 2017.

유치환, 「序」, 『生命의 書』, 행문사, 1955.

_____, 「序」, 『陸史詩集』, 범조사, 1956.

이아람, "강경한 성품에도 한없이 자상했던 아버지" ―이육사 시인 외동딸 이옥비 여사」, ≪대구일보≫, 2016. 8. 15.

이어령, 「자기 확대의 상상력― 이육사의 시적 구조」, 『이육사』, 김용직 편, 서강대학교 출판부, 1995,

일기자, 「申不出氏 漫談傍聽記―寬大한 男便」, 『삼천리』 7권 8호, 1935.

장문석, 「양반과 댄디― 여천 이원조 연구(1)」, 『한국문학연구』 44, 동국대학교 한국문학연구소, 2013.

정원석, 「댄디와 남성성― 젠더적 관점에 따른 댄디즘 고찰」, 『독일언어문학』 75집, 한국독일언어문학회, 2017.

정효구, 「이념과 실존의 거리: 유치환론」, 『한국문학』, 1985. 7.

조희원, 「보들레르의 댄디와 예술가: 한국 선불교의 불이론에 비추어」, 『인문논총』 제60집, 서울대학교 인문학연구원, 2008.

최서해, 「데카단의 象徵, 모―던껄·모―던뽀―이 大論評」, 『별건곤』 10호, 1927. 12.

최현식, 「이육사·예외상태·시」, 『한국시학연구』 제46호, 한국시학회, 2016.

한민주, 「근대 댄디들의 사랑과 성 문제― 이상과 김유정을 중심으로」, 『국제어문』 24, 국제어문학회, 2001.

홍석표, 「시인 이육사와 중국현대문학」, 『중국현대문학』 55, 한국중국현대문학학회, 2010.

홍용희, 「거경궁리의 정신과 예언자적 지성― 이육사론」, 『한국문학연구』 38, 동국대학교 한국문학연구소, 2010.

홍정선, 「유치환과 이육사」, 『황해문화』, 새얼문화재단, 2000.

윤동주 시에 내재된
기독교 세계관의 낭만주의적 성격

1. 서론

윤동주 시에서 '기독교 정신'의 기여도를 찾는 것은 그의 시를 저항시로 읽는 등식만큼이나 현재 우리 문학 장 내에서 관성화된 독해 방식이다. 주지하듯 대부분 논자들은 정음사 판 유고시집 『하늘과 바람과 별과 詩』(1948) 출간 이후[1]로 윤동주의 시를 저항성의 맥락에서 검토해왔다. 윤동주 연구에서 그가 가졌던 '기독교 신앙'이란 윤동주의 생애와 시를 함께 연동하여 고찰하는 과정에서 토대가 되거나 보충적으로 검토되는 부분이다. 또한 "대부분의 연구들은 한 번씩은 윤동주의

---

[1] 윤동주 유고시집의 판본에 따른 기획의 변모양상을 검토한 논의로는 정우택, 「『하늘과 바람과 별과 詩』 초판본과 재판본의 사이」, 『한국시학연구』 제52호, 한국시학회, 2017; 유성호, 「세 권의 『하늘과 바람과 별과 詩』」, 『한국시학연구』 제51호, 한국시학회, 2017의 연구가 있다. 정우택은 "'기독교적 순절의 시인', '저항시인', '민족시인'으로서의 상징 획득"하는 과정을 초판과 재판 사이의 공백(한국전쟁 상황)으로 심도 있게 검토하는 한편, 유성호는 자필 시고(1941), 초판(1948), 재판(1955)의 기획의도를 계보적으로 되물어가며 한국시사에서 예외적 존재로 "모방할 수 없는 아이콘"으로 남아버린 문학사 내의 '윤동주 시인'의 배타적 창조 조건을 해명한다.

신앙의 회의기를 언급하고 있다"[2]는 견해처럼, '저항성'만큼이나 윤동주 시에 나타난 기독교적 특징을 보충적으로 해명해왔다.

물론 이에 반하여, 일찍이 윤동주 시에서 나타나는 기독교 정신에 대한 문제를 오세영과 김윤식이 반기독교적이거나 서구적 교양의 수준으로 격하하여 고찰한 것이 대표적인 논의라고 할 수 있다. 오세영은 "모더니즘이 첫째 거부한 것은 크리스챤 휴우머니즘"[3]이라면서 "尹東柱는 …… 鄭芝溶이나 金光均의 시에 가까운 언어세계를 보여"[4]주는 것임에 주목했고, 김윤식은 "근엄한 기독교 장로의 손자이며 교육자의 장남이었다"는 사실이 종국에는 "기독교와 더불어 이러한 바탕은 서구적 교양 체험에 직결되는[5]" 문제라고 판단했다. 그러나 이와 같은 견해 또한 여러 공백이 발생하고 있다. 가령 오세영은 윤동주의 시의 전범을 1930년대 모더니즘 시와 연계하여 해명하려는 시도 가운데, 그가 가지고 있던 기독교 신앙에 대해서는 논리의 개진을 위해서라도 배제를 할 수밖에 없었던 것으로 보인다. 김윤식 또한 마찬가지다. 셸리식의 프로메테우스 신화와 더불어 우리의 구토설화와 상호텍스트성을 가지고 있는 윤동주의 「肝」을 고찰[6]하는 가운데, 기독교 사상의 접촉뿐만 아니라 더욱 거시적인 차원에서 "서구 정신사를 배운다는 것은 아마도 지식의 차원으로 봄이"[7] 마땅하다는 논지를 펼쳤던 것이다. 그러니 두 논

---

2) 박지은, 「윤동주 시에 나타나는 신앙의 회의와 극복의 문제」, 『한국시학연구』 제51호, 한국시학회, 2017, 193쪽.
3) 오세영, 「윤동주의 문학사적 위치」, 『현대문학』 1975. 4, 287쪽.
4) _____, 같은 글, 288쪽.
5) 김윤식, 「어둠 속에 익은 사상」, 『윤동주 연구』, 문학사상, 1995, 194쪽.
6) 「肝」에 나타난 프로메테우스 설화에 따른 낭만성과 연전시절 접촉한 셸리를 비롯한 낭만주의 사상에 관한 논고로는 박성준, 「윤동주 시의 낭만성과 戀歌」, 『한국문학이론과 비평』 제75집, 한국문학이론과 비평학회, 2017, 47-56쪽 참조.
7) 김윤식, 같은 글, 196쪽.

자 모두 윤동주 시에 나타난 기독교 정신의 침윤에 대해 일단은 반하는 견해를 취하고 있지만, 기독교 정신의 완전한 배제를 논하기란 어려웠다고 볼 수 있다. 주지하듯이 윤동주의 생애에서 기독교가 차지하고 있는 중량감이란 윤동주의 시에서 드러난 기독교 정신이 침윤된 문제보다, 더욱 총제적인 맥락에서 윤동주의 삶을 종속해왔다.

윤동주의 조부 윤하현은 알려진 대로 명동촌 형성초기에 식솔들을 데리고 이주하여 마을을 건설하는 주체적인 역할을 했던 인물이었고, 명동촌 마을은 강한 유교적 질서를 바탕으로 한 기독교 신자들의 마을이었다. 특히 윤동주에게 유년시절 직접적인 기독교 신앙을 전수했던 전수자로 꼽을 수 있는 인물은 외삼촌이었던 김약연이다. 이 시기 김약연8)은 평양 장로신학교에서 수학한 후 명동소학교 교장을 지내고 있었으며, 아버지 윤영석 또한 명동소학교의 교원으로 일하고 있었다. 기독교 가정에서 태어난 윤동주는 이미 기독교 유아세례를 받았던 것은 물론이고, 간도 이주민 3세대이자 유교와 기독교 문화가 교착된 명동촌이라는 특수한 환경 속에서 자라왔다. 여기서 윤동주가 받아왔던 교육환경을 주목해볼 필요가 있는데, 순교 직전까지 학생신분이었던 윤동주에게는 가정환경만큼이나 교육환경 또한 그의 자아를 형성하는 데 있어 주요한 맥락으로 작용했을 것이다. 수학했던 교육기관을 되짚어보면 명동소학교, 은진중학교, 숭실중학교, 연희전문학교 등 무려 18년

---

8) "김약연이 윤동주에게 끼친 영향은 막대하다. ……(중략)…… 기독교를 기반으로 한 독립운동을 성공적으로 전개하여 북간도지역의 중요한 지도자로 추앙을 받고 있었다. ……(중략)…… 그는 기독교로 개종한 후에도 계속 유교를 제자들에게 가르쳤다. ……(중략)…… 평양 장로교신학교는 보수적이어서 새로운 신학적 경향을 경계시하고 근본주의적인 경향이 강해서 문화나 사회 참여에 대해 부정적인 태도를 견지하고 있었다." 이대성, 「윤동주에게 영향을 준 기독교의 특징에 관한 연구」, 『신학과 실천』 49권 49호, 한국실천신학회, 2016, 644쪽.

이 넘는 기간 동안9) 윤동주는 기독교계 미션스쿨에서 공부해왔다. 그러니 이러한 이력만을 상기해보더라도, 윤동주 시에서 기독교란 "문학의 차원에서 큰 성과를 거두고 있을 뿐만 아니라, 신앙의 차원에서도 독자들에게 크나큰 도전"10)이라는 비전과 비평적 수사가 보충될 정도로 주요한 테마였다고 볼 수 있다. 그의 시에서 종교적 교리나 기독교의 상호텍스트성이 드러나는 것을 단순히 피상적인 독법으로 취급할 수 없을 만큼 그의 생애에서 기독교의 영향력은 막강했다.

그뿐만이 아니다. 가령 윤동주와 덴마크의 실존 철학자 키르케고르에 관한 상관성을 해명하는 논고들이 그렇다. 윤동주가 "기독교 신앙을 確立하게 된 데에는 키르케고르의 實存思想이 적지 않은 영향을 미친"11) 것으로 판단하고, 연전시절과 그 이후의 시편들을 기독교 사상의 연장선에서 파악하려는 시도들이다. 이는 윤일주와 문익환의 회고담 속에서도 충분히 증언되었던 부분이기도 하다. 예컨대 윤일주는 윤동주가 방학이 되자 그의 짐 속에서 가지고 온 서적들을 열거하며 회고한다. "앙드레 · 지이드全集 旣刊分全部, 또스토예프스키 硏究書籍, 바레리詩全集, 佛蘭西名詩集과 켈케고올의 것 몇卷, 그밖에 原書 多數입

---

9) 일제의 강압에 의한 평양 숭실학교에서의 학업 중단 이후 광명중학에서의 2년과 동경 유학 시절인 릿쿄대학과 도시샤대학의 1년 반 정도를 제외하고는 윤동주는 모두 미션스쿨에서 수학했던 셈이다.

10) 류양선, 「윤동주의 시에 나타난 기독교 신앙 : '십자가'를 중심으로」『한국시학연구』 제31호, 한국시학회, 2011, 142쪽.

11) 류양선, 「윤동주의 시에 나타난 종교적 실존」, 『어문연구』 제35권 제2호, 한국어문교육연구회, 2007, 198쪽; 류양선은 윤동주가 연전시절 접하게 된 키르케고르의 논고와 당시 지인의 회고담을 근거 삼아 윤동주가 연전 졸업을 즈음하여, 이 시기 기독교 신앙의 정립을 이루었다 시사한다. 또한 류양선은 개인이 절대자 앞에서 '영혼의 경험' 즉 이성을 넘어선 경험을 언술해낼 수 있다고 주창했던 키르케고르와 그와 같은 경험을 자신의 시편으로 묘사해낼 수 있었던 윤동주의 시적 성취를 「돌아보는 밤」을 중심으로 해명한다.

니다. 켈케고올의 것은 延專卒業할 즈음 무척 愛讀하던 것입니다."[12]와 같은 대목이라든가, "연희전문 졸업 무렵에는 키에르케고오르를 읽으면서 나이 어린 나에게도 그에 대한 이야기를 들려 준 것을 보면 꽤 심취"[13]되었다고 고백했던 대목들이 그렇다. 윤동주는 이때 신과 개인적 교감을 하는 신앙인으로서의 실존의식과 관련한 키르케고르의 사상들에 관해 가장 강하게 몰입했던 시기를 보냈으며, 논자들에 따라 이 시기를 전후하여 윤동주는 신앙 회의기[14]가 있었다고 판단하기도 한다. 그러나 그런 신앙의 회의라는 것도 기독교 신앙을 바탕으로 일어나는 정동임을 감안해볼 때, "그의 키르케고르에 관한 이해가 신학생인 나보다 훨씬 깊은 데 놀라지 않을 수 없었다"[15]는 문익환의 회고에서도 재확인되듯, 윤동주는 "키에르케고르의 윤리적 인간에 대한"[16] 탐독을 통해 자신이 처한 경성 생활에 대한 불안과 좌절을 이겨내기 위한 한 방편으로 기독교 철학[17]에 심취하여 현실에 대한 돌파구를 찾았던 것으로 보인다. 또한 이와 같은 맥락에서 문익환은 "나는 그에 나타난 신앙적인 깊이가 별로 논의되지 않은 것이 좀 이상하게 생각되곤 했었다.

12) 윤일주, 「先伯의 生涯」, 『하늘과 바람과 별과 詩』, 정음사, 1955, 215쪽.
13) _____, 「윤동주의 생애」, 『나라사랑』 23집, 외솔회, 1976 여름, 159쪽.
14) 박지은은 "윤동주에게 신앙의 회의는 단순히 돌출적인 '사건'에 그치는 것이 아니다."(박지은, 같은 글, 193쪽.)는 것을 문제 삼는 한편, 종국에는 "윤동주가 신앙의 회의를 극복하는 과정에서 가장 중요한 것은 '부끄러움'과 '용서'의 문제"(박지은, 같은 글, 221쪽.)라고 약술한다. 신앙과 현실 사이에서 갈등하는 자아가 자기 용서와 구원을 획득하는 과정을 윤동주의 시 창작 행위와 연동하여 고찰하고 있다.
15) 문익환, 「동주형의 추억」, 『원본 대조 윤동주 전집 하늘과 바람과 별과 시』, 연세대학교출판부, 2004, 316쪽; 문익환, 「동주형의 추억」, 『하늘과 바람과 별과 詩』, 정음사, 1968.
16) 정현종, 「마음의 우물」, 『원본 대조 윤동주 전집 하늘과 바람과 별과 시』, 연세대학교출판부, 2004, 358쪽.
17) 물론 현재까지, 이때 윤동주가 읽은 키르케고르의 저서가 정확히 어떤 것인지는 해명된 바가 없다.

그의 시는 곧 그의 인생이었고, 그의 인생은 지극히 자연스럽게 종교적이기도 했다"[18]라는 증언으로 이 시기의 윤동주의 문학적, 신앙적 방황의 상태를 방증하고 있다.

이렇듯 윤동주와 기독교와의 관계는 윤동주의 삶의 배경에서는 물론이거니와 사후 유고 시집이 거듭 출간되는 과정과 이후 윤동주 시 연구에서도 토대가 되는 한 방향으로, 특히 윤동주 시에 나타나는 윤리적 자아의 정동이 되는 발생론적 원천이라 할 수 있겠다. 이에 본고는 윤동주 시의 기독교적 성찰에 대한 논고들의 성취를 대다수 인정하는 가운데, 윤동주가 수혜받았던 기독교의 전후 맥락을 고찰하여 그의 시에 나타난 기독교와 낭만주의의 상관성을 해명한다. 특히 윤동주의 시편 중에서 그 시적 성취가 가장 높은 수준으로 판단되고 있는 연희전문 시절의 자선 『하늘과 바람과 별과 詩』를 묶을 무렵의 시편들을 살핀다. 이 시기의 시편들은 시적 주체의 내면에서 기독교 정신과 현실인식 사이의 부딪힘을 만들며, 자아와 세계의 괴리 내지 갈등을 '부끄러움'이라는 맥락에서 가시화하고 있다. 이러한 갈등적 상황에서 윤동주가 품었던 '전망'이란 이곳에 없는 '무한한 동경의 세계'를 상정했던 것으로 압축할 수 있는데, 그 세계의 가장 앞에 놓이는 시편이 「病院」이라 할 수 있다. 「病院」은 윤동주의 시적 성숙기를 개방했던 시편으로 이 논문은 「病院」을 중심으로 그와 더불어 그 이후의 시편들을 기독교 정신과 낭만주의의 맥락에서 고찰한다.

이와 같은 문제의식은 앞서 김윤식이 언급하는 수준에서만 머물렀던 '서구 정신사를 배운다는 지식적 측면에서의 기독교 사상'을 보다 명징하고 본격적으로 고찰하는 논제라고 할 수 있다. 아울러 저항시인

---

18) 문익환, 같은 글, 316-317쪽.

들의 시편들 속에서 저항성의 그늘에 가려 주로 연구되지 않았던 '낭만성의 문제'[19]를 재검토하는 데 그 의의가 있을 것이다.

2. 기독교와 낭만주의의 교차점에서의 윤동주

일반적 관점에서 언뜻 기독교 사상[20]은 신 중심주의 정신 활동을 총괄하고 있는 개념처럼 인지되고, 낭만주의는 인간 중심 사상이라 정립되기 쉽다. '낭만'이라는 의미가 '고전주의'나 '계몽주의'에 반동하는 상호 대립적 의미 구조 속에서 호출된 것은 사실[21]이지만, 낭만주의의 전조라고 할 수 있는 17세기의 바로크나 르네상스 인문주의의 자장 안에서 인식되었던 '휴먼'(인간)에 대한 관심은 낭만주의만큼이나 프로테스탄트 진영과도 밀접한 인접성을 가지고 있었다. 가령 '프로테스탄트'라는 어원부터가 그렇다. 16세기 초엽 로마의 다수 구교파(가톨릭계)와 소수 신교파(루터계)가 독일 슈파이어에서 열린 제국회의에서 대립하

---

19) 근대시 형성기의 낭만주의와 저항성의 상관관계를 해명한 논고로는 박성준, 「한국 근대시의 낭만주의 재검토와 저항성의 문제」, 『현대문학이론연구』 제71집, 현대문학이론학회, 2017 참고.

20) 본 장에서 '기독교'란 거시적으로 '가톨릭'을 칭하는 것이다. 논증 과정에서 '개신교'나 '프로테스탄트'와 같은 신교의 예시를 들기는 하지만 '기독교'로 통칭하여 낭만주의와 상관성을 해명하는 부분들은 모두 구교 '가톨릭'을 지칭한다.

21) "계몽주의(레싱!)와 낭만주의(노발리스!)를 배타적인 대립으로 바라보는 것이 얼마나 그릇 된 일인지 명백해진다."(큉 · 옌스, 『문학과 종교』, 189쪽 재인용; 김주연, 『사라진 낭만주의』, 서강대학교출판부, 2013, 105쪽.)고 주장한 큉의 견해를 김주연은 다음과 같이 해석한다. 큉은 "계몽주의와 낭만주의를 친족으로 생각하면서, 낭만주의가 계몽주의 소산임을 말한다. 인간 자체의 해방으로 향하는 길목에서 양자는 완전히 하나였음을 강조한다."(김주연, 같은 책, 105쪽.) 다시 말해 낭만주의를 고전주의나 계몽주의 반하는 대립적 개념이라고만 판단할 것이 아니라 낭만과 계몽이 원천적으로 인간에 관한 관심을 재고했다는 것에서 동류한다는 것이다.

자, 신교파 제후들이 자신들의 종교적 신념을 끝까지 당당하게 피력했다는 점에서 이들을 라틴어로 '항의'의 뜻을 가진 '프로테스타티오'(protestatio)로 칭하게 되었고, 이후 이것이 청교도 어원의 유래가 되었다. 다시 말해 기독교의 분파는 '항거하는 개별집단의 발생'이자 전체에서 결락된 일부 집단이 가진 욕망의 표출 그 자체로 '저항의 종교'였던 것이다. 그리고 더 나아가 프로테스탄트의 태동은 '개인의 욕망'의 가능성이 시사된 사건이라 번안해 말해볼 수 있겠다. 서구 낭만주의가 '인문주의'라는 아명 아래 중세의 종교적 도그마를 무너뜨리는데 옹호된 것이라면, 실제로 종교의 도그마에 대해 항거하며 실천적 정신 운동을 이어온 것이 르네상스 이후의 기독교 사상의 핵심이었던 것이다. 이런 문맥에서 단순히 '계몽'과 '낭만'을 대립적 요소로 인지할 수 없는 것[22]은 물론이고, 기독교적 세계관 여러 지성사적 분파를 형성에 기여하며 근대정신을 태동[23]해갔다. 그리고 이후 종교적 변혁 운동은 인간의 본성을 바탕으로 한다는 것은 이미 주지된 사실이다.

당대 프랑스의 경우에서도 마찬가지다. 이성의 붕괴에 있어 18세기 "루소의 사상이 근대 기독교사상에 대하여 가지는 의미는…… 낭만주의적 계몽주의와 자유주의적 개신교 양자의 자원들 중의 하나였던 심오한 감정과 도덕적 감성을 이성에"[24] 불어넣었다는 점이 중핵이라고

---

22) 실제로 윤동주가 경험한 북간도의 기독교는 전체적 맥락에서 계몽주의적 특성이 강하며, 조선 내 개신교가 정착하는 과정 또한 계몽주의로 해석할 여지가 강하다. 그러나 본고는 이 또한 거시적 차원에서의 '인간' 본성에 관심을 둔 지성사의 문맥으로 이해한다.

23) 이러한 맥락에서 기독교적 세계관의 지탱 없이 낭만주의를 논하는 것은 불가능하다. 그러나 역담론적으로 '기독교적 세계관이 낭만주의적이다'라는 식의 명제는 필연이 될 수가 없다. 때문에 본고에서 문제화하는 부분이 바로 윤동주의 시('신앙 회의기 이후')에서 나타나는 기독교적 세계관과 낭만성의 교차점이다.

24) 제임스 C. 리빙스턴, 「낭만주의와 프랑스 가톨릭사상」, 『현대기독교사상사1』, 이

할 수 있는데, 이러한 루소의 사상적 기획은 당대 프랑스 지성인들의 회의주의와 교착하면서 불균형을 이루게 된다. 이에 대표적인 인물이 샤토브리앙이다. 샤토브리앙은 알려진 대로 낭만주의에서 인정하는 쾌락이나 삶의 관능 등을 지향했던 낭만주의자였지만, 역설적으로 가톨릭의 위계질서, 봉건성 또한 상실한 전통을 회복한다는 맥락에서 옹호했던 가톨릭 옹호자였다. 그러나 이런 샤토브리앙의 종교 지향적 태도를 구교를 옹호했다는 것만으로 단순히 보수성으로 이해해서는 안 될 것이다. 낭만주의에서 '개성'이 존중되는 만큼 개별주체로써의 '천재성'이 옹호되었듯이, 당대 가톨릭에서 또한 '개성'과 '천재성'이 가진 불가역의 양자관계를 신의 영역에 도달하려고 하는 '영적 갱신'으로 이해해왔다. 인간이 가 닿을 수 없는 '성스러움의 세계' 즉, '추상화된 질서'[25]를 그 중심으로 둔 채 교회와 사회를 억압하는 상징화 시스템을 줄곧 이어 왔던 것이 샤토브리앙에게는 구교의 옹호를 가능하게 했던 것이다. 물론 종교에서의 근대성이란 이러한 숭고한(숭고화 된) 전통을 무너뜨리는 정신활동에서부터 시작되었다고 말해볼 수 있겠으나, '신'='성스러운 세계'='추상화된 질서'와 같은 등식으로 공고히 정립된 자리가 무너지고 그 공백에, '인간'='속의 세계'='합리적인 질서'와 시스템이 들어서는 과정은 일별 순식간에 대체된 것이 아니다. 그것들이 서로 길항하며 근대성을 형성해간 것은 이미 주지된 사실이다.

형기 옮김, 한국장로교출판사, 2000, 303쪽.

25) 제임스 C. 리빙스턴, 같은 책, 91-92쪽; 가톨릭이 대중에게서 멀어진 가장 큰 이유를 리빙스턴은 구교의 '추상성'과 '지성성'으로 꼽고 있는데, 같은 맥락에서 이 시기 낭만주의자들이 지향해온 '추상'과 '지성'의 세계는 교조적 가톨릭이 가지고 있던 권위이자 전통의 다른 이름이었다. 그럼에도 불구하고 대중에게 구교가 외면받았던 것과 달리 낭만주의가 호소력이 있었던 것은 낭만주의에서의 '추상'이 당시 억압되어 있던 인간의 자율성을 분출시키는데 기여한 바가 컸기 때문이다.

이런 샤토브리앙의 견해와 초기 독일 낭만주의 토대를 마련한 노발리스의 견해는 또한 상통한다. 『기독교 혹은 유럽』(1799)[26]에서 노발리스는 성스러움이 부재된 상태에서의 유럽을 되찾는 방식을 기독교를 통한 통합이라 주장한 바 있다. 다시 말해 나폴레옹이 유럽의 새로운 지배자가 되려고 하고, 프랑스군이 교황 피우스 6세를 죽이는 파국의 국면 속에서 유일한 자구책은 국경을 초월한 정신적 통일 즉 기독교로의 회귀라는 것이다. 이와 같은 태도는 일종의 '반동적 유토피아'[27]로 읽히기도 하지만, 종국에는 이런 주장이 당대 낭만주의자들에게는 '유토피아'의 한 방편으로 인식되었다는 맥락이 더 주목해 볼 사안일 것이다. 요컨대 이러한 낭만주의에서의 태도는 '무한한 동경'과 그 맥이 닿아 있다.

> 낭만주의자들에게 공통되는 것은 자연의 배후에 어떤 정신(Spirit)이나 생명력(Vital Force)이 활동하고 있다는 느낌이다. 자연 안에 있는 이 정신은 대개 신으로 명명되는데, 이신론자들이 이야기하는 중재자로서의 신이나 그가 창조한 것들과 관계없이 초월해 있는 신이 아니고, 모든 것에 내재하는 생명력있는 정신이며 그 안에

---

26) "노발리스가 예나에 모인 낭만주의자들 앞에서 자신의 논문 『기독교 혹은 유럽』을 읽었던 1799년 11월 ……(중략)…… 그들의 종교는 바로 '판타지 종교'내지 '판타지의 종교'였다. 계시종교는 상상력의 유희를 분출시키는 종교로서는 적합하지 않았다."(뤼디거 자프란스키, 「낭만주의의 종교」, 『낭만주의 판타지의 뿌리』, 임우영 외 옮김, 한국외국어대학교 출판부, 2012, 137-138쪽.)는 구문들 미루어보아, 당시 낭만주의자들의 복고적 태도는 "나폴레옹 그 자체가 세속적 정신의 팽창과 역동성을 의미"(루디거 자프란스키, 같은 책, 127쪽.)하고 있을 때 성스러움의 옹호 즉 낭만주의에서의 '무한한 동경'의 옹호를 종교를 경유하여 주장한 것이라 볼 수 있다.

27) 노발리스의 이러한 태도는 "중세의 통일과 사명, 프랑스 혁명의 돼먹지 못한 자세와 그 원인으로 작용하고 있는 종교 개혁에 대한 비판"(김주연, 「독일 낭만주의의 본질」, 『문예사조의 새로운 이해』, 문학과지성사, 1996, 64쪽.)이라고 할 수 있다.

서 모든 것이 움직이고 존재하는 창조적 에로스다. 이러한 무한한 정신(infinite spirit)에 대한 느낌과 또 이 정신과의 교제를 갈망하는 것은 낭만주의에 명확하게 종교적 감수성을 심어주었다.[28] 그러나 노발리스의 다음과 같은 고백이 전형적이다.

인용한 바와 같이 낭만주의자들이 승인했던 신이란 "자연의 배후에 있는 어떤 정신"이나 그곳에 깃든 "생명성"이었으며[29] 그들에게 신은 세속적 세계에서 합의에 따른 신이 아니라 "모든 것이 움직이고 존재하는 창조적 에로스"였다. 즉 "무한한 정신" 그 자체를 의미했던 것이다. 그러므로 저마다 유토피아를 갈망하는 파토스와 동경의 정신을 낭만주의자는 현세에서 상징 기표화된 신의 모습으로 현현했던 것이며, 낭만주의에서의 '동경'뿐만이 아니라 '신비'나 '마술'과 같은 이미 세속화된 정신활동마저도 '추상'과 그 '너머'라는 의미로 현세에서는 '신'과 대체되는 기표로 사용해왔던 것이다. 노발리스를 비롯한 "낭만주의자들은 자신보다 큰 영적인 실체의 한 부분"[30]이 있다고 믿어왔으며, 그것은 항상 '유일한 것'(개인)이기도 하지만, 그 안에 내재된 정동이란 '무한한 것'이라는 영적 믿음으로 낭만주의의 기저에 깔린 종교적 본질을 예증해왔던 것이다.

이러한 맥락에서 윤동주의 시에 나타나는 기독교 사상 또한 거시적

---

28) 제임스 C. 리빙스턴, 「기독교와 낭만주의: 개신교 사상」, 같은 책, 186쪽.
29) 이 같은 태도는 윤동주의 시에서도 반복적으로 드러난다. 특히 창씨개명을 해야 한다는 정서적 압박감이 내재해 있었던 시기에 창작된 「별헤는밤」(1941. 11. 5.)에서 자연물의 이름을 불러주는 과정이 그렇다. 별과 함께 호명되는 비둘기, 강아지, 토끼, 노새, 노루 등 자연물들은 시적 자아가 이름을 빼앗기고 난 시적 주체의 비존재화 이후, 재호명되는 전원적 심상들이다. 이는 독일 낭만주의의 자연관과 연동하고 있다.
30) 제임스 C. 리빙스턴, 앞의 글, 186쪽.

인 측면에서는 낭만주의와 교차하는 부분이 적지 않다. 가령 "유토피아적 열망을 토대로 통일을 지향하는 낭만주의적 상상력이 종교적 근원이 되고, 여기서 우러나오는 진실한 시적 파토스"[31]가 윤동주 시에서 '무한한 동경'으로 드러나는 부분들이 특히 그럴 것이다. 독일 낭만주의가 "유랑민족적 바탕을 지닌 독일 민족이 찾아낸 구체적인 정신적 구심점에 해당된 것"[32]에서부터 출발했다면, 윤동주 또한 그 가계의 특성이 유랑했던 간도 이주민 3세대라는 것에서 유사하다. 간도 이주민 중 윤동주가 속해 있던, 명동촌 이주민들의 교육열에서 그러한 맥락을 읽어낼 수 있다. 고등교육을 통해 결손된 민족 주체의 주변부가 아니라, 그 중심부로 가서 민족 재건의 소임을 다하며 살겠다는 의지를 윤동주와 그의 가정은 줄곧 표출해 왔었다. 이는 역설적으로 유랑의식을 바탕으로 한 '낭만화 경향'이라 설명이 가능하다.[33] 즉 시대적 책무와 개별적 상승 욕망이 교착되면서 다른 세계에 대한 동경으로 표출되는

---

31) 유성호, 「한국 현대시에 나타난 종교적 상상력의 의미」, 『근대시의 모더니티와 종교적 상상력』, 소명출판, 2008, 139쪽; 유성호는 김현승과 윤동주를 "가정과 학교들 그리고 죽을 때까지 자신들의 그 범주 안에서 살게 했던 신앙적 분위기로 하여 정신의 발생론이 비교적 투명하고 명징한 시인들"(유성호, 같은 책, 139쪽.)이라 평가하면서, 그들에게 기독교가 낭만주의적 맥락에서 "관념적 진실"이었다는 점을 지적한다. 이는 본고에서 살핀 샤토브리앙이나 노발리스가 가진 낭만주의 태도와도 연동되는 부분이라 할 수 있다.

32) 김주연, 앞의 글, 43쪽.

33) 윤동주는 기독교 교육의 수혜를 받는 성장 과정을 거치면서 중국에 자신이 조선 내에 자리 잡은 지식인이 되려는 의지를 표출한다. 이는 이미 유명한 일화가 된 의대 진학을 염두에 둔 부친과의 갈등에서도 드러나는데, 윤동주의 가정에서는 학업을 마치고 다시 간도로 돌아와 향토의 일꾼이 되는 것을 바랐던 것이 아니라, 조선이나 일본에서 소위 '성공한 사람'이 되기를 바라고 있었다. 특히 부친이 연전 입학 직전까지 "꼭 의사가 아니라도 '고등고시'란 걸 붙으면 크게 출세한다"(송우혜, 『윤동주 평전』, 서정시학, 2016, 214쪽.) 생각을 가지고 윤동주를 대했던 점이 그렇다. 아울러 이런 가정적 분위기에 수긍해갔던 윤동주 또한 학업 과정에서도 더 큰 세계에 대한 열망과 그에 대한 동경을 품었었다고 볼 수 있다.

예증이라 할 수 있다.

　아울러 윤동주가 경험했던 기독교 신앙의 특수성 또한 윤동주 시가 낭만주의와 깊은 유대가 있었던 지점이라 할 수 있겠다. 대개 기독교 문학이라 하면, "기독교의 궁극적 목표인 구원이나 부활의 사상에 도달하기 위해 어떻게 대응해 갔는가의 과정이 선명히 부각되어야 하는"[34] 목표를 작품 내에 적절히 투사해야 하는 것으로 인지되어 왔다. 또한, 그 저류에 흐르는 종교적 사유가 "'부재하며 동시에 현존하는' 신의 속성이 인간에게 이른바 '비극적 세계관'을 배태"[35]시키지만 그 또한 역동적으로 견지하여, 희망의 세계관으로 되돌리는 시적 의지의 표명이 명징해야만 하는 난제를 가지고 있기 마련이다. 이러한 기독교 문학의 특장들은 윤동주에게 와서는 그가 살아왔던 식민지 체제와 연유하여 발동된다. 가령 초기 개신교의 전파의 과정만을 살펴보아도 그렇다. 구교인 가톨릭이 개인의 평등과 자유를 기반으로 하여 민중 의식 속에 투입되어 아래에서부터의 전파 경로에 따라 오랜 박해를 받았던 것과 달리, 개신교는 자유와 평등의 주체를 거시적으로는 이미 잃어버린 나라인 '조선'에 상정하고 빼앗긴 나라를 되찾아야 한다는 구국 정신[36]과 호환되어 매우 조직적인 사상 전파 과정을 거쳤다. 이에 따라 대개 개

---

34) 박이도, 「한국 현대시의 관류하는 기독교 의식」, 『종교연구』 7, 한국종교학회, 1991, 227쪽.
35) 유성호, 위의 글, 139쪽.
36) 이 시기는 '민족'이나 '국가'의 개념 혹은 그 경계가 명확히 정립되지 않았던 시기였다. 특히 윤동주의 경우는 민족관이나 국가관이 간도 이주민 3세대라는 것에서 특수성을 띠고 있다. 그래서 이들의 '구국'이란 윤동주 입장에서는 경험해본 적이 없는 ① 상상된 국가 조선에 대한 구국이기도 하지만, ② 간도 이주민의 삶의 터전에 대한 층위에서 구국, ③ 자유와 평등의 실천 사상으로서의 구국, ④ 기독교적 구원의 층위에서 모두 고찰이 가능하다. 즉 윤동주의 '민족의식'이라는 것 또한 이러한 맥락에서 함께 고려해야할 사항이다.

신교는 사회사업과 계몽운동을 기반[37])으로 전개되면서 비확정된 민중 주체가 아니라 특정 계급층, 다시 말해 인텔리겐치아 계급을 육성하는 방식으로 전파되었다는 특수성을 가지고 있었다. 그래서 이는 제도적 관점에서 서구 문명을 일본이라는 경유지 없이 직접적으로 수혜받을 수 있었던 직항의 경로였다. 이후 낭만성과 저항성이 연동되는 과정에서[38]) 개신교뿐만 아닌 기독교 사상이 본질적으로 식민지 조선에 미친 영향은 적지 않다. 다시 말해 새로운 세계를 개방하려는 욕망, 즉 낭만적 지향은 당대 기독교 정신의 특수한 한 맥락이자 조건이었던 것이다. 그러니 당내 조선 내의 기독교의 본질이란, 식민지 내에서 이상 세계와 현실과의 괴리 내지 갈등을 현현시키면서 더불어 더 혁혁하게 새로운 낙원을 꿈꾸게 하는, 민족 사상에 기여한 바[39])가 컸다.

---

37) "감리교 선교사 아펜젤러가 세운 최초의 학교 배재학당의 문경호가 지은 애국가 역시 신앙과 나라사랑이 한데 어우러져 있다. / 기독교인이 주축이 된 독립협회 발기로 독립문(獨立門)이 건립되어 준공에 즈음하여 지은 애국가의 내용이다. …… (중략)…… 애국과 신앙과의 사이에 한치의 간격이 없었다. 초기 한국교회의 애국적이며 시위적(示威的)으로 충군적(忠君的)인 공동체였다. 당시 교회는 제국주의 식민주의에 대항할 수 있는 민중 세력의 집결된 조직체로서 무기력한 국가를 대신하여 우리 민족의 지를 표명해 나갔던 강력한 집단이었다." 박효생, 「일제하 기독교인들의 나라사랑」, 『새가정』, 새가정사, 1986. 3, 31－32쪽.

38) 기독교에서는 일제치하의 저항의식을 당시 번안되었던 찬송가에서 찾기도 한다. 가령 이상화의 「빼앗긴 들에도 봄은 오는가」의 상호텍스트성을 가진 찬송가가 그렇다. 1922년 지어진 「삼천리 반도 금수강산」(371장)의 내용인 "삼천리 반도 금수강산/ 하나님 주신 동산/ 봄 돌아와 밭 갈때니/ 사방에 일군을 부르네/ 곧 금일에 이 가려고/ 누구가 대답할까."라는 구절을 빌어, 기독교 문학에서는 민족의 역사를 '봄'으로 상징하는 부분이 그 맥을 같이 한다고 보고 있다.(박효생, 같은 글, 36쪽 참조.)

39) 지금껏 조선과 북간도에서 수혜받은 개신교에 대해 '계몽주의' 특성에 방점을 두고 논의해온 점이 없지 않다. 본고는 당시 개신교의 특수성을 '계몽'과 '낭만'으로 단순 정리할 수도 없거니와, '계몽주의적 경도'뿐만 아니라 '낭만주의적 경향'까지 나타나고 있음을 전제로 한다.

객관적 현실인식과 민족주의적 낭만성이 교착된 사상적 태도는 윤동주 문학의 경우, "기독교의 예언자적 '종말'은, 세속적 권력을 '낡은 체제'로 비판하면서, '새로운 체제'의 필요성을 제시하는 상징적 개념'"[40]이라는 견해와도 깊이 연동된다. 또한 "윤동주는 죽음을 극복하고, 현실을 초월하기 위해 기독교 구원관을 택하고 있다."[41]는 견해와도 상통하는 지점이다. 윤동주의 시가 현실인식의 방점에서는 그 시적 주체가 가진 부끄러움으로 압축되어 논의되어 왔고, 기독교 사상의 관점에서는 속죄의식이나 초월 의지, 구원관 등이 투사된 저항성의 맥락에서 논의되는 점을 상기해보아도 그럴 것이다. 그러니 범박하게는 '현실—좌절—부끄러움' 계열의 정동과 '기독교 세계—속죄 · 초월 의지—낭만적 동경' 계열의 정동들이 병치 회전하면서 윤동주라는 특수한 저항 시인의 기표를 만들어내고 있는 셈이다.

아울러 예각적으로는 윤동주가 경험했던 기독교 신앙에 대한 특수성에 대해서도 주목해야한다. 간도에서 경험한 기독교는 유교질서와 기독교가 교섭된 형태였으며, 연희전문에서 경험한 기독교는 민족주의와 기독교가 교섭된 형태라는 것이다. 전자의 경우 명동촌 이민을 이끌었던 지도자들이 전부 유학생(儒學生)이었다는 것부터가 유교의 성행을 방증하고 있는데, 이는 "1)제사와 집요한 신분의식으로 대표되는 유교 전통/ 2)독특한 언어문화/ 3)높은 교육열"[42] 등으로 초기 명동촌 이주민들의 문화적 특장을 약술할 수 있다. 이주가 시작되었던 1899년 부터 이후 1909년 5월 경 명동교회가 건립되기 전까지는 명동촌의 이

---

40) 김옥성, 「일제 강점기 시인의 분노와 저항」, 『일본학연구』 제39호., 2013, 252쪽.

41) 권성훈, 「한국 기독교시에 나타난 치유성 연구」, 『종교연구』 제66집, 한국종교학회, 2012, 233쪽.

42) 송우혜, 같은 글, 42쪽; 명동촌 유교 질서의 와해 과정에 대해서 송우혜, 같은 책 42—49쪽 참조.

주민들을 지배하고 있는 의식은 유교전통이었다. 명동촌에서 기독교를 수용하게 된 것은 앞서 약술한 바와 같이 북간도에서 저명한 사회적 지위를 가지고 있었던 김약연의 역할과 상동 되는데, 유학자들의 기독교 개종은 기독교적 '평등의식'이나 '우상금지'와 같은 교리들로만 상기해 보더라도 유교질서에서는 거의 혁명에 가까운 문화였을 것이다. 여기서 우리는 1909년부터 시작된 간도 지방의 사회·정치적 지각변동을 감안해보지 않을 수 없다. 청일 간의 간도협약과 안중근의 의거, 한일합병, 신해혁명 등은 간도 이주민들 사이에서 신학문을 받아들여 새로운 자구책을 마련하지 않으면 안 된다는 삶의 불안을 야기시켜왔다. 게다가 북간도 지방은 이후 독립운동의 거점이 되면서 사회주의를 비롯한 서구 사상의 교착지가 된 것 또한 이들의 개종 이유를 보충하는 사료라 할 수 있을 것이다. 이렇게 명동촌에서 융합된 '유교적 기독교'[43]는 유교 전통의 엄숙주의와 상대적으로 자유주의에 가까웠던 기독교 사상(장로교의 보수성)이 교차되면서 억압의 시대에 자유와 평등이라는 개인의 욕망과 그것을 실제로 실천할 수 없는 처지에서의 현실을 받아들이는 전근대적 보수성의 형틀로써의 유교적 생활이 적절하게 보충된 것이다. 특히 이런 유교적 질서는 북간도 지방의 강한 민족의식과

---

43) 엄국현은 "가톨릭 교리서인 『천주실의』 등을 지은 마테오 리치는 유교적인 용어를 가지고 그리스도교의 교리를 해설하였는데, 이렇게 유교적으로 정리된 그리스도교의 문헌이 한국에 수입되어 한국교회는 발생하고 성장"(엄국현, 「윤동주 시에 나타난 유교적 기독교와 종말론」, 『한국문학논총』 제46집, 한국문학회, 2007, 270쪽.)했다는 것과 "한국에 전래된 초기 한국기독교의 유교와의 종교적 혼합현상을 지칭하는 데 적합한 용어가 '유교적 기독교'"(엄국현, 같은 글, 270쪽; 이은선·이정배, 『현대이후주의와 기독교』, 다산글방, 1993, 509쪽 재인용.)라고 밝히고 있다. 특히 이 논고에서 엄국현은 "마음의 수양을 위한 유교의 도덕적 노력"과 "기독교의 종말론", "최후 심판 후 예수의 재림"과 같은 기독교적 사상이 윤동주 시와 어떻게 교차했는지 고찰하고 있다.

도 교우된다는 것은 이미 주지된 사실이다. 아울러 간도 이주민들의 생활 속에서는 그러한 '유토피아적 의지의 표출'이 자식에 대한 '교육열'과 같은 욕망으로 쉬이 교환되어 나타나기도 했으며, 윤동주의 경우 또한 그러했다. 윤동주가 가족들의 독려와 함께 평양, 경성, 동경 등 수차례 유학을 감행했던 그 행적만을 살펴보더라도 이와 같은 맥락에서 크게 벗어나지 않았던 것으로 보인다. 그러니 민족의식 함양을 그 배면에 두고 '유토피아적 지향'(상급학교 진학)을 해온 윤동주의 행적은 명동촌의 '유교적 기독교'와도 연관되었던 것[44]이다.

물론 후자의 경우인, 연희전문 진학에서 수혜 받은 기독교의 특장도 유사맥락에서 고찰이 가능하다. "연희전문학교는 그 전통과 교수, 그리고 학교 분위기가 민족적인 정서를 살리기에 가장 알맞은 배움터"였으며, "당시 만주땅에서는 볼 수 없는 무궁화가 캠퍼스에 만발"[45]했다는 장덕순의 회고만을 보아도 그럴 것이다. 실제로 당시 조선총독부에서 승인이 이루어진 고등교육기관은 경성제국대학이 유일했고, 경성제대를 통해 근대 고등교육이 실업 · 전문 교육 중심으로 이루어졌다는 점은 당대 지식인들을 다루려는 일제의 야욕이 그대로 드러났던 지점이다. 기독교계 대학이었던 연희전문의 경우는 이러한 일본의 식민지 근대를 공고히 하는 식민사관 교육에 항거하는 측면에서 근대 지식을 '조선화'[46]하는 데 심도를 기울였다. 미국 기독교 북장로교, 남북 감리교,

---

44) 진은영은 윤동주 시에 나타난 '부끄러움'을 '수치심'으로 번안해 고찰하면서, "시 세계의 사상적 기반을 '유교적 기독교'에서 찾는 시도는 양자의 유사성에 의한 융합관계에 중점을 두고 있어서 이 사상적 틀로는 그의 시 세계에 나타난 부끄러움의 정조를 해명하는 데 한계"(진은영 · 김경희, 「유교적 수치심의 관점에서 본 윤동주의 시 세계」, 『한국시학연구』 제52호, 한국시학회, 2017, 304쪽.)가 있다고 역술하기도 하였으나, '부끄러움'뿐만 아니라 윤동주 시 세계 전반에 기여한 '유교적 기독교'의 사상적 측면을 간과할 수만은 없다.

45) 장덕순, 「윤동주와 나」, 『나라사랑』 23집, 외솔회, 1976 여름, 143쪽.

캐나다 장로교 선교부 연합위원회의 관리 아래[47]에서 연희전문은 기독교 사상을 토대로 건학되었으나 실제 학풍은 기독교 정신만큼이나 민족정신 함양에 경도된 면이 강했던 것으로 보인다. 가령 "민족운동·사회운동에 참여한 학생들의 상당수는 졸업하지 못하고 퇴학당하거나 스스로 학업을 중도에 포기하는 경우가 많아서 졸업생 명부에서 그 이름 자체를 확인할 수 없다."[48]는 근래에 발표된 졸업생 현황 연구만을 살펴보아도 이러한 특징을 그대로 상기시킨다.

이처럼 윤동주는 기독교 정신의 수혜를 통해 민족성, 저항성 등 당대 식민지 사회의 윤리적 시선을 확보할 수 있었으며, 그와 연동되고 있는 낭만주의 또한 서구 사상의 교양이라는 측면에서 균질하게 수혜받아 왔었다. 특히 이러한 낭만주의적 상상력과 종교적 상상력의 표출은 윤동주 시에서는 시적 자아의 변모 양상을 통해 구체화된다. 현실에 대한 회의감과 불안의 정동이 심화되었다고 할 수 있는 연희전문 졸업 무렵과 도일 직전에 썼던 윤동주의 시편들에서 이러한 특징이 강하게 천착된다고 할 수 있겠다.

---

46) "일본 제국주의의 물리적·제도적 억압 속에서 조선인 사회가 근대적·민족적 고등교육을 위한 차선책으로 선택한 하나의 길은, 제도로서는 전문학교의 지위를 받아들이되 그 실제 운영에서는 인문·사회과학과 자연과학의 기초 학문을 교육과정에 포함하여 사실상 대학으로서의 근대 고등교육을 실현하는 방법이었다. ……(중략)……사립 전문학교들 중에서 숭실, 연희, 이화는 모두 기독교 계통의 교육기관이라는 공통점을 지니고 있다. 일제 강점기에 기독교계 전문학교들은 서구의 미국·기독교계와의 밀접한 관계를 통해 서구적 근대성을 직접 수용하고 조선화함으로써, 일제가 이식하려는 식민지근대성과 경쟁하는 지식의 공간을 창출한 점에서 독특한 위상을 지닌다."(김성보, 「연희전문학교 졸업생들의 사회 진출 기초 연구」, 『동방학지』 173호, 국학연구원, 2016, 2−3쪽.)

47) 송우혜, 같은 책, 219쪽.

48) 김성보, 같은 글, 16쪽.

3.「病院」창작 이후 나타난 낭만성

윤일주와 문익환의 증언[49]으로 알려진 연희전문 시절 윤동주의 '신앙 회의기'는 그의 절필 시기와 겹쳐져 있다. 윤동주가 1939년 9월「自畵像」,「츠르게네프의 언덕」등을 창작한 이후 1년 넘게 작품을 쓰지 않다가 다시 작품을 쓰기 시작한 시기는 1940년 12월이다. 그동안 기독교적 세계관과 유년시절에 경험한 명동촌의 아름다운 기억 공간을 기반으로 동시(童詩) 계열의 시편들을 다수 창작해왔던 윤동주는 1939년에 와서는 그런 화해의 시선이 무너지고 있는 양상을 보인다. 이후 1년이 넘는 침묵은 윤동주에게 있어서 화해가 불가능한 현실을 직시했던 시기였다고 할 수 있는데[50] 특히 절필 직전에 쓴 시편들에서 이러한 특징들이 강하게 노출된다.「自畵像」의 경우 발화 주체에게 입체적으로 인지되고 있는 우물 속과 우물 밖의 사나이가 등장하면서 자아의 불연속적인 정동과 분열증적 증세 내지 내적 갈등이 형상화되기도 한다.「츠르게네프의 언덕」에서는 시적 주체를 지나친 세 소년 거지들의 분열적인 일화들을 통해, 현실에 대한 강한 풍자의식을 드러내기도 했다. 그뿐만 아니라 윤일주의 증언대로라면, 이 시기 윤동주의 시 세계는 연전 시절 경성 공간으로 대변되는 개인적 경험치의 이채로움으로 인해,

---

49) "그에게도 신앙의 회의기가 있었다. 연전(延專) 시대가 그런 시기였던 것 같다. 그런데 그의 존재를 깊이 뒤흔드는 신앙의 회의기에도 그의 마음을 겉으로는 여전히 잔잔한 호수 같았다. 시도 억지로 익히지 않았듯이 신앙도 성급히 따서 익히려고 하지 않았던 것이리라." 문익환, 같은 글, 2004, 317쪽.

50) 물론 이 시기 이전에 평양 숭실학교가 일제의 탄압으로 폐교하자, 만주국 일본 관제 학교였던 '광명중학'에서의 암울한 심정을 투사한 시편들이 선행한다. 광명중학 시절 시편을 집중해 고찰한 논고로는 류양선,「윤동주의 시에 나타난 종말의식: 광명중학 시절 시편들을 중심으로」,『어문연구』제44권 제1호, 한국어문교육연구회, 2016 참고.

세계를 인식하는 "시야가 넓어지면서"[51] 주어진 현실에 대면하는 그의 자세 또한 기독교적 사상만으로는 현실을 응전하기에 역부족했던 것으로 보인다.

이미 중일전쟁에서 승리한 일본은 1939년 태평양전쟁을 일으키고 제국주의적 자아도취에 빠져 '대동아공영권' 체제에 박차를 가했다. 1940년 2월 조선총독부는 창씨개명제를 실시했고 잇따라 ≪동아일보≫와 ≪조선일보≫는 폐간이 되었으며, 연희전문의 경우도 '신사참배' 대신 '신사참례'로 겨우 폐교를 면한 상태[52]였다. 그런 가운데 윤동주가 침묵을 깨고 쓴 시가 「病院」(1940. 12.)과 「慰勞」(1940. 12. 3.), 「八福」(1940. 12. 추정)이라는 것에 주목할 필요가 있다. 특히 「病院」은 윤동주가 연전 시절 스스로 묶은 『하늘과 바람과 별과 詩』의 본래 제목이기도 했던 시편[53]으로 윤동주가 파악했던 당대 현실에 대한 보다 구체적인 정동이 드러나 있다.

---

51) 신앙 회의기에 대한 윤일주의 회고를 보면 다음과 같다. "3학년 때부터는 교회에 대한 관심이 덜해졌다는 느낌을 받았다. 그때가 그의 시야가 넓어지면서 신앙의 회의기에 들었던 때인지 모른다. ……(중략)……하루는 할아버지께서 "오늘은 동주가 기도 드리지"하고 명하시었다. 동주 형은 무릎을 꿇고서 예전과는 달리 꽤 서투른 기도를 드렸다" 윤일주, 같은 글, 157쪽.

52) "연전의 원한경 교장은 학교를 일본인에게 빼앗기지 않으려고 '신사참배'가 아닌 '신사 참례(神社參禮)'의 선에서 타협을 하여 폐교를 면했다고 한다." 송우혜, 같은 책, 220쪽.

53) "「서시」를 11월 20일에 쓴 것으로 되어 있다. 이로 보아 알 수 있듯이 「별 헤는 밤」을 완성한 다음 동주는 자선 시집을 만들어 졸업 기념으로 출판하기를 계획했었다. 「서시」까지 붙여서 친필로 쓴 원고를 손수 제본을 한 다음 그 한 부를 내게 가져다주면서 시집의 제목이 길어진 이유를 「서시」를 보이면서 설명해 주었다. 그리고 처음에는(「서시」가 되기 전) 시집 이름을 『병원』으로 붙일까 했다면서 표지에 연필로 '병원(病院)'이라고 써넣어 주었다. 그 이유는 지금 세상은 온통 환자 투성이이기 때문이라 하였다." 정병욱, 「잊지 못할 윤동주의 일들」, 『나라사랑』 23집, 외솔회, 1976 여름, 140쪽.

살구나무 그늘로 얼골을 가리고. 病院뒷 뜰에 누어, 젊은 女子가
힌옷아래로 하얀다리를 드려내 놓고 日光浴을 한다. 한나절이 기울
도록 가슴을 알른다는 이女子를 찾어 오는 이, 나비 한 마리도 없다.
슬프지도 않은 살구나무가지에는 바람조차 없다.

나도 모를 아픔을 오래 참다 처음으로 이곳에 찾어왔다. 그러나
나의 늙은 의사는 젊은이의 病을 모른다. 나안테는 病이 없다고 한
다. 이 지나친 試鍊, 이 지나친 疲勞, 나는 성내서는 않된다.

女子는 자리에서 일어나 옷깃을 여미고 花壇에서 金盞花 한포기를
따 가슴에 꼽고 病室안으로 살어진다. 나는 그女子의 健康이――아
니 내 健康도 速히 回復되기를 바라며 그가 누엇든 자리에 누어본다.
    ―「病院」전문54)

　인용한「病院」에서 독특한 지점은 시적 자아의 태도이다. 병원 뒤뜰
에서 "日光浴을 한다"는 "젊은 女子"에게 아무도 찾아오는 이 없는 이
유는 무엇일까. 가령 이 여자의 병적 증세를 "가슴을 알른다는" 병, 즉
결핵으로 환치시켜본다면, 그녀의 병은 개인 주체의 병증이라기보다
는 당대 청년들이 공유하며 앓고 있었던 병적/정신적 매개항이라 할 수
있다. 폐결핵은 근대적 질병임과 동시에 "죽음을 조소함으로써 죽음을
직시하고자 하는 아이러니의 정신"55)을 반영한 근대적 질병이라 할 수
있다. 그 병적 증세가 근대 낭만주의와 깊이 연유된 것은 물론이거니와
소진해가고 있는 자신을 스스로 몸으로 재인지 하는 과정을 통해, 육체
의 낭비가 됨과 동시에 시대의 맥락 속에서 스스로를 배제시킨 유폐된

---

54) 왕신영 외 엮음,『사진판 윤동주 자필 시고전집』(2판), 민음사, 2002, 146―147쪽.
55) 김윤식,「결핵의 속성과 결핵문학」,『이상 연구』, 문학사상사, 1987, 110쪽.

낭만 주체를 건립해 놓는 하나의 방법론56)이 근대문학 속 결핵의 의미 기표이다. 게다가 결핵이란 앓은 주체에게 있어서 숨조차 제대로 쉴 수 없는 현실적 사태를 병증으로 드러내기 때문에, 근대의 문학작품 일반 속에서 결핵을 앓는 주체들이 가진 감흥적 지위는 좌절의 시대를 읽어내는 매우 독특한 기표로써 낭만화되어 있다고도 평가할 수 있을 것이다.

시어 수준에서만 살펴보더라도 그렇다. 여자는 "살구나무 그늘로 얼굴을 가리고" 있고, 나무처럼 수동화되어 "日光浴"을 하고 있으나 나무와 달리 "이女子"에게는 "찾어 오는 이, 나비 한 마리도 없다." 다시 말해 여자의 몸은 어떤 생명력도 깃들여져 있지 않은 파국의 상태라는 것이다. 그러나 이런 모든 사태는 시적 주체인 '나'에게서 일어나는 일이 아니라 타자인 "젊은 女子"에게서 일어난 일이며, 1연까지 나는 그런 여자를 병원에 찾아와 "病院뒷 뜰"에서 목격하고 있는 단순 관찰자에 불과하다는 것이다. 그리고 실제로 내가 겪고 있는 현실이란 2연에 포진된 정황들이다.

나는 스스로도 "모를 아픔을 오래 참다 처음으로 이곳에 찾어왓"음에도 불구하고 의사는 나의 병을 모른다고 말한다. "나안테는 病이 없다고" 하는 것이다. 여기서 시적 주체는 이러한 의사의 진단을 "늙은 의사"의 진단과 "젊은이의 病"으로 표상하면서 세대론적 충돌로 환기시키는데, 먼저 이 가운데 유발되는 시적 정서는 기성과 젊은 세대 간의

---

56) 김윤식의 견해에 따르면, 결핵은 근대 낭만주의와 관련이 깊은 병증이라 할 수 있는데, 이는 '낭만파 문학'과 관련하여 18세기 중엽 "세련된 성품의 감수성의 지표였던 것"으로 "건강함이란 야만스런 취미의 징후로 간주"되는 반면에 "감수성 있고자 하는 자는 결핵에 걸리고 싶었"다는 귀족적 욕망으로 병증이 하나의 메타포로 작용된 사례이다. "결핵은 감수성 예민한, 그러니까 창조력이 풍부한 특이한 인물의 소유물이라는 점이 널리 유포되"었으며 이는 근대문학에서의 낭만적 주체들과 교착되어, 문학작품 속에서 형상화되었다고 할 수 있다. 김윤식, 「메타포로서의 결핵」, 『현대문학』, 1993. 3, 325쪽 참조.

인식 격차라고 볼 수 있다. 젊은이는 자신의 병도 모른 채 병을 앓고 있는/앓고 싶어 하는 낭만화된 주체이고, 늙은 의사는 정확한 진단을 하고 있는지 도무지 알 길이 없는 미궁의 객체이다. 일단 의사의 경우 젊은이에게 병이 없다고 위계적 억압을 행사하는 주체이기도 하지만, 병의 유무를 진단하는 문제를 떠나 병을 '모르는' 주체이기도 하다.

그런데 여기서 더 주목해서 볼 점은 "늙은 의사"를 호명함에 있어 "나의 늙은 의사"와 같은 소유격 조사를 사용했다는 점이다. "나의 늙은 의사"란 누구인가. 단순히 기성세대의 질서를 대변하는 외부적 주체57)라고만 인지할 수밖에 없는 것인가. 시적 사태만을 상기해보더라도, 앞서 언급했듯 늙은 의사는 내(젊은이)가 앓고 있는 병의 존재 유무와 병증을 판단하는 입법자의 지위를 가지고 있다. 내가 아무리 병을 앓고 있더라도 그가 병이 없다고 하면 없는 것이고, 나에게 전혀 증상이 없더라도 그가 병이 있다고 한다면 있는 것이다. 그러므로 "나의 늙은 의사"의 지위란 '나의 신' 즉 기독교적 신의 자리를 대리하는 대리적 상징 기표라고 할 수 있다. 그러므로 이어지는 시적 주체의 육성을 주목해서 독해할 수밖에 없다. "이 지나친 試鍊, 이 지나친 疲勞, 나는 성내서는 않된다."는 육성은 신 앞에서 성을 낼 수 없다는 의지의 투사가 아니라 종국에는 '성을 내서는 안 되는' 지침으로 서 있는 윤동주가 가진 '거역하기 힘든' 신앙적 윤리라 할 수 있다. 그러한 가운데 역설적으로는 윤동주가 겪고 있었던 당대 사회에 대한 불안감이나 이제까지 가

---

57) 이은실은 「병원」과 윤동주의 산문 「화원의 꽃이 핀다」를 비교 · 대조하면서 다음과 같이 고찰한다. "화원이 아픈 상처를 지니고 있음에도 여전히 희망을 잃지 않은 청춘, 즉 젊은이들의 모임을 뜻하는데 비해, 병원은 병들어 있는 줄도 모르는 기성세대로 이루어진 사회, 그러니까 진짜 환자들로 가득한 이 세상을 뜻하는 것"(이은실, 「윤동주 시 「병원」에 나타난 타자성 연구」, 『한국시학연구』 제49호, 한국시학회, 2017, 132쪽.)으로 판단한다.

지고 있던 자신의 신앙에 대한 회의감이 '시련'과 '피로'와 같은 넋두리로 표현되고 있는 것이다.

이처럼 「病院」에서 2연까지 '시련'과 '피로'로 압축되고 있는 윤동주의 정동은 이 세계를 구원하지 않고 버려둔 신(혹은 기성세대)을 탓하는 듯한 인상으로 시상이 전개되지만, 그것이 '지나치다'는 것에서 시적 주체로 하여금 정서적 고양이 유발되게 하고, 결국은 3연에서는 전혀 다른 국면에 놓이게 된다는 점을 주목해야 한다. 3연에서 "金盞花 한 포기를 따 가슴에 꼽고 病室안으로 살어진다"는 이 젊은 여자가 시적 주체 대신 병증을 앓고 있는 타자처럼 보인다는 점이 「病院」에서 가장 흥미로운 지점 중 하나다. 기독교적 사상을 경유해서 호명하자면 이 "젊은 女子"는 현존하는 예수의 또 다른 재현 양상이라 할 수 있다. 특히 「病院」을 종결하는 마지막 문장이 그렇다. "그가 누엇든 자리에 누어본다."는 의미는 결국 시적 주체로 하여금 여성의 병증과 동류하며, 객체로써 바라보던 주체의 시선이 타자와 총체적 통일이 되는 국면으로 이 시가 마무리 된다는 것인데, 이는 이 세상에 존재하지 않는 '영적 체험'[58]과도 같다. 이들에게 서로 "速히 回復되기를 바라"는 마음이 현실적 인식 측에서 기인한 것이라면, 내가 "젊은 女子"의 자리로 가서 나조차 '속죄양'이 되는 것은 종교적 인식의 심층부에서 기인했다고 볼수 있다. 이런 구조라면, 「病院」 전체에서 낭만적 풍조로 그려낸 여자가 앓고 있는 결핵의 병증은 숨도 제대로 쉴 수 없었던 윤동주 자신의 '종교적 실존'[59]에 대한 자각이다. 끝끝내 윤동주는 종교적 관점에서

---

58) 대다수의 개신교에서는 성부, 성자, 성모, 성령 중 성령의 개념을 중요시하는 것은 기독교 신자인 개인이 '영적 경험'을 통해 성령을 직속으로 만난다는 지점 때문이다. 이는 윤동주의 시편 속에서도 드러났듯이 인간이 직속으로 신에게 가 닿아 '위로'를 받는다는 종교적 실존의 개념과도 연유한다.

59) 류양선은 윤동주의 종교적 실존이 시편 속에서 현현되는 기점은 1941년 이후 창작

영원한 동경의 대상인 구원자의 위치에 설 수 없고, 낭만주의적 관점에서도 동경의 병증인 폐결핵을 앓지 못하는 주체, 즉 '천재적 감각'을 내재할 수 없음에 대한 공통의 자각이자 불안감의 표출이라 할 수 있겠다.

이와 같은 맥락에서 같은 시기에 창작한 것으로 알려진 「慰勞」와 「八福」 또한 고찰이 가능하다. 먼저 「慰勞」의 경우 일반적으로는 나비와 거미의 관계 때문에 나비는 조선과 거미는 일본이라는 등식적인 해석을 선행하는 경우가 다수였다. 그러나 이는 윤동주의 시를 저항성의 맥락으로 독해하려는 시각이 반영된 결과다. 「慰勞」는 「病院」과 같은 공간인 "病院 뒤ㅅ뜰"을 공유하고 있으면서 "거미가 쏜살같이가더니 끝없는끝없는실을뽑아 나비의 온몸을 감어버"릴 때 겨우 "거미줄을 헝크러 버리는 것박에"[60] 할 수 없는 시적 주체의 행위를 구체화하는 시편이다. 여기서 주목할 점은 "사나이"에게 위로를 행하는 주체가 이미 죽은 나비를 구하는 시늉만 할 수밖에 없었다는 것이다. 시적 주체가 행사했던 위로의 방법("이사나이를 慰勞할말이")은 죽은 나비를 구하

된 시편들로 한정하고 있다. 이 시기 「별헤는밤」, 「참회록」, 「서시」 등 독자들에게 큰 감응력을 주는 시편들이 포진되었다는 것과 졸업 무렵인 연전 4학년 때에 이르러서는 종교적 성숙기로 접어들어 "시인이 어떤 교리나 사상체계에 따라 사유하는 것이 아니라 신앙 그 자체가 시인의 실존을 떠받치고 있다는 것을 말해준다. 정히 종교적 실존으로 우뚝 서게 된 것"(류양선, 「윤동주 시에 나타난 시간과 영원: 쉽게 씌어진 詩분석」, 『한국시학연구』 제34호, 한국시학회, 2012, 160－161쪽.)이라고 판단한다. 그러나 본고는 종교적 실존과 더불어 윤동주 시에 나타나는 기독교 세계관과 낭만성의 상관성을 고려해볼 때, 종교적 사유만큼이나 윤동주가 겪었던 실제 생애에서의 좌절 또한 주요한 실존의식으로 작용했을 것으로 판단한다. 때문에 '신앙의 성숙'이라는 판단은 유보하고 '신앙 회의기'를 전후해서 가장 절실하게 현실을 인식했던 시기, 즉 연전 3학년(1940) 때부터를 윤동주 시의 '시적 성숙기'로 지칭한다. 이때부터 윤동주는 기독교 인식과 그 안에 내포된 낭만성을 동시에 확보하는 '갈등(부끄러움)의 정동'을 가시화했던 것으로 보인다. 이와 같은 세계의 개방에는 「病院」이 놓여 있다.

60) 왕신영 외 엮음, 같은 책, 171쪽.

려고 했다는 것에서 이미 사후적인 처방이며, 근본적으로 "거미란 놈이 흉한 심보"로 조직해낸 거미줄을 끝내 거두지 못하고 "헝크러 버리는" 수준으로 밖에 행하지 못했다는 점에서 수동적이며 타협적이다. 이처럼 적극적이지 않은 현실 개선의 의지는 독자로 하여금 시적 주체를 보다 미약한 상태로 보이게 한다. 때문에 옥외요양(屋外療養)을 하고 있다는 "사나이"와 발화자 '나'의 상태는 동류[61]를 이루게 되는 것이다. 동시에 「病院」과 마찬가지로 '위로'를 필요로 하는 주체들로 재현되면서, 발화자에게 "사나이"란 존재는 병증을 앓는 "젊은 女子"(「病院」)의 경우에서처럼 동등하게 위로의 대상이자 탐미의 대상이 되고 있는 셈이다.

이러한 '병'과 '위로'에 대한 집착은 「八福」에서도 마찬가지다. 마태복음 5장 3~12절을 인유해서, 「八福」 종국에는 "슬퍼 하는자는 복이 있나니// 저히가 永遠히 슬플것이오."[62]라는 종말론적 결론에 도달한다. 그러나 여기서 주목할 점은 윤동주가 자필 시고에서는 앞서 제시한 종결과 달리, "저히가 永遠히 슬플것이오." 대신 "저히가 슬플것이요./ 저히가 위로함을 받을 것이요."를 썼다가 수정했다는 것이다.[63] 즉 현

---

61) 발화 주체와 "사나이"의 관계는 같은 시기 창작된 「病院」에서도 유사한 구도이지만, 「自畵像」에서 자기 분열적 분신으로 "사나이"를 제시한 것과도 유사한 구도라고 할 수 있다.

62) 왕신영 외 엮음, 같은 책, 170쪽.

63) 자필 시고 원고를 보면 이와 같은 수정 흔적(왕신영 외 엮음, 같은 책, 170쪽; 상단부 사진판 원고 자료 참조.)들이 그대로 드러나는데, 「八福」 개작 과정에서 두 가지 경우 추측이 가능하다. ①"슬퍼 하는자는 복이 있나니/ 저히가 슬플것이요./ 저히가 위로함을 받을 것이요."로 시를 마무리했으나 두 행을 지우고 "저히가 永遠히 슬플것이오."로 마무리를 지었던 경우이거나 ②"슬퍼 하는자는 복이 있나니/ 저히가 슬플것이요./ 저히가 위로함을 받을 것이요.// 저히가 永遠히 슬플것이오."까지 시 전문을 썼다가 중간에 두 행을 ①에서처럼 지웠던 경우이다. ①이든 ②이든 두 경우 모두 슬픔을 위로받는다는 의미가 결락되었다는 것에 본고는 주목한다.

실에서 떨어진 속죄양인 우리의 '슬픔'을 신이 "위로"를 한다는 맥락이 수정 과정에서는 결락된 것이다. 이 시기 윤동주에게는 자신을 위로해 줄 수 있는 종교(신)의 기능만큼, 자신의 슬픔이 당위가 되는 세계의 좌절감이 선행했던 것으로 보인다. 아울러 개작과정 흔적 중에서 한 가지를 더 짚고 넘어가자면, 글씨의 형체가 명확하지 않아 확정할 수는 없지만, 「八福」의 마지막 연 "저히가 永遠히 슬플것이오." 또한 "永遠히" 대신에 "따히"라는 단어를 썼다가 지운 흔적이 보인다는 점이다. 만약 개작 전 "저히가 따히 슬플것이오."로 해석을 하게 된다면, 우리가 '화합하여 슬퍼하겠다는 의미'를 획득함으로써 1940년 12월에 창작된 3편 「病院」, 「慰勞」, 「八福」에서 공통적으로 엿보이는 발화자의 인칭 문제 또한 설명할 수 있어진다. 이 세 편 모두 발화자가 윤동주=나 등식을 띠고 있는 것이 아니라 시대를 대표하고 있는 공적 주체내지 공동체적 주체의 모습을 하고 있다는 것이 특징인데, 결국 시대의 '슬픔'이든 그에 대한 '위로'든 사적 영역에서의 감흥이 아니라 거시적 차원에서의 시대적 감수성을 윤동주가 시를 통해 형상화했다는 점에서 의미를 갖는다.

다시 말해 신앙 회의기(절필 시기)를 지나 윤동주가 다시 시를 창작하기 시작한 1940년 12월 무렵은 윤동주의 세계인식 자체가 고등적 차원에 들어서게 된 시점이며, 이는 동시적 세계와의 결별을 뜻하는 것은 물론이거니와 시적 성숙기로 접어든 단계라고 할 수 있는 것이다. 그리고 이듬해인 1941년에 창작하게 되는 시편들의 수가 이전보다 다수로 포진되고 있다는 점64)과 미약했던 주체의 내적 갈등이 '부끄러움'의 맥

---

64) 윤동주는 연전에서 보낸 마지막 1년이었던 1941년 한 해에만 「무서운時間」, 「눈오는地圖」, 「새벽이올때까지」, 「太初의아츰」, 「또太初의아츰」, 「十字架」, 「눈감고간다」, 「바람이불어」, 「못자는밤」, 「看板없는거리」, 「또다른故鄕」, 「길」, 「별

락으로까지 치달아 읽힐 수 있었던 시편들, 가령 「별혜는밤」(11. 5.),
「序詩」(11. 20.), 「肝」(11. 29.) 등과 더불어 도일 직전 「懺悔錄」(1942.
1. 24.)을 창작했다는 점이다. 이들 시편들은 현재까지 '시인 윤동주'를
가능하게 했던 가편들이었음을 물론이거니와 또한 이 시기 창작된 시
편 "거의 전부가 基督敎 신앙과 관련된 작품들"65)이라는 것 또한 간과
할 수 없는 맥락일 것이다. 그리고 이 시기 시편들부터 더욱 더 공통적
으로 드러나는 '하늘', '밤'과 같은 수직적 상상력과 자기 성찰적 태도66)
는 이후 윤동주 시의 대표적인 알레고리로 자리매김 되었다. 낭만적 동
경이 투사된 다른 세계에 대한 지향성이 짙은 시적 행보가 주목되는 시
기라고 볼 수도 있는 것이다.

뿐만이 아니다. 예컨대 "나는 별 하나에 아름다운 말 한마디식 불러
봅니다. 小學校때 冊床을 같이 햇든 아이들의 일홈과, 佩, 鏡, 玉 이런
異國少女들의 일홈과 벌서 애기 어머니 된 게집애들의 일홈과, 가난한
이웃사람들의 일홈과, 비둘기, 강아지. 토끼, 노새, 노루, 「뚜랑시쓰ㆍ
쨤」 「라이넬ㆍ마리아ㆍ릴케」 이런 詩人의 일홈을 불러봅니다."67)라는
구절에서도 드러나듯이, 「별혜는밤」에서 시적 주체가 호명하는 존재
들은 별을 대체하는 '동경의 대상'이자, 이름 잃은 시적 주체와 달리 이
름을 잃지 않는 절대화된 존재이다. 즉 "무한한 정신(infinite spirit)"이

혜는밤」, 「序詩」, 「肝」 등 다수의 시편을 창작한다. 이는 졸업기념 자선 시집을 출
판하려는 계획과도 맞물려 있기는 하지만, 이 시기 창작한 작품들의 고른 수준을
고려해보더라도 윤동주의 시가 원숙한 상태에 이르렀음을 반증하고 있다.
65) 류양선, 「윤동주의 시에 나타난 종교적 실존」, 『어문연구』 제35권 제2호, 한국어
   문교육연구회, 2007, 196쪽
66) 윤동주 시에서 나타난 '밤'과 서정성의 연관성을 고찰한 논고는 고봉준, 「윤동주
   시 세계의 이해: '밤'과 '성찰'의 연관성을 중심으로」, 『현대문학의 연구』 63, 한국
   문학연구학회, 2017 참조.
67) 왕신영 외 엮음, 같은 책, 165쪽.

깃든 낭만화된 존재들[68]이다. 또한 「序詩」에서 종횡적 이미지의 교차를 통해 구현된 "모든 죽어가는것을 사랑"하는 마음이라든가, 「肝」에서 해석하는 윤동주 식의 프로메테우스의 존재론과 「懺悔錄」에서의 욕이 되는 자신의 얼굴은 "구리 거울속"이라는 낭만적 공간 속에 가라앉혀 자기 존재를 재인식하는 고립적 정황[69] 또한 모두 시적 주체의 '무한한 낭만적 동경'이 투사된 지표들이다.

이와 같은 시편들에서 상대적으로 낭만성보다는 현실 지향적 태도인 '부끄러움'이 강화된 시적 주체들은, 이런 낭만적 대상과의 끊임없는 교착을 통해 이곳에 아직 당도하지 않는 '유토피아적 전망'을 확보한다. 그 때문에 자아와 세계에 대한 갈등 각을 더욱 더 가파르게 상승하는 효과를 거두며, 결국 그 안에서 '지금 이곳'에 없는 '새로운 차원의 윤리성'이 생성[70]되는 것이다. 정리하자면, 윤동주는 신앙 회의기와 절

---

68) 김재혁은 윤동주가 인유하기도 했던(「별헤는밤」) 릴케에 대한 독서력(『말테의 수기』)을 근거 삼아 릴케와 윤동주의 과거 회상의 공간 조직과 관련하여 순수미학적 공간으로서의 '전원적 유토피아'를 상정하여 고찰한다. (김재혁, 「문학 속의 유토피아: 릴케와 백석과 윤동주: 시적 주체와 공간의식의 관점에서」, 『헤세 연구』 26, 한국헤세학회, 2011, 140－148쪽 참조.) 이와 같은 견해는 윤동주의 시의 낭만성과도 깊이 연유하는 부분이다.

69) 「懺悔錄」, 「序詩」를 비롯한 윤동주의 시에서 '부끄러움'이 특정화된 시편들은 키르케고르가 역설했던 '윤리적 실존'의 양상과 관련이 깊다. 가령 "「죽음에 이르는 병」에서……절망이란 인간이 인생에 대한 참다운 의식에 도달하기 직전에 맛보지 않으면 안 된다고 하는 점"(제임스 C. 리빙스턴, 같은 책, 805쪽.)에서 헤겔을 경유한 변증법적 고찰이나, 신이 아닌 ""너 자신을 선택하라"는 명령으로 요약"(제임스 C. 리빙스턴, 같은 책, 806쪽.)되는 키르케고르의 실존 철학은 인간이 자신의 삶에 있어 어떤 선택을 하는 결과보다 그 과정 속에서 얻게 되는 '도덕적 의지'와 '결핍'의 상황에 대해 주목했다. 키르케고르에 의하면 그 안에 내재한 윤리가 종교적 실존에 가닿는 이상주의적 단계라는 것이다.더불어 키르케고르는 본고에서 관심을 두는 낭만주의적 관점에서는 "심미적 실존의 영역을 낭만주의의 감수성과 동일시시켰"(제임스 C. 리빙스턴, 같은 책, 804쪽.)던 견해가 있다.

70) 본고와 다른 방점에서, 윤동주의 낭만성은 1930년대 후반 지성사와 네오휴머니즘

필 시기를 지나 「病院」외 두 편의 시를 창작한 이후 종교성의 심화와 더불어 낭만성의 심화가 윤동주 시편들 속에서 나타났던 셈이다.

4. 결론

윤동주 시에 나타난 기독교적 특징은 '저항성'만큼이나 주요한 논제였다. 그러나 기존 연구들의 방향성은 시학과 종교학(기독교)을 서로 매개로 두면서, 비교 연구적 고찰만을 되풀이해 온 측면이 없지 않다. 당대 수용된 기독교는 단순히 종교적 사상에만 국한되었던 것이 아니다. '서구 정신사를 배운다는 지식적 측면'(김윤식)에서 기독교 정신은 교양과 근대성이 내포되어 있던 근대정신의 보고(寶庫)였다는 점을 간과할 수는 없는 것이다.

서구 낭만주의와 기독교의 관계가 샤토브리앙이나 노발리스의 경우에서처럼 종교에서의 '신'의 자리를 속세에서는 인간이 가진 정동 중 '동경'과 '무한한 정신'으로 대체하여 생각했다는 점이 그렇다. 특히 윤동주가 받아들였던 기독교 또한 이러한 '동경'에 대한 의식이 강하게 침윤될 수 있었던 '유교적 기독교'였음은 이미 알려진 사실이다. 그의 시편들 속에서 낭만주의적 표상이 식민지 조선을 응전하는 하나의 비전으로써 민족 정서를 함양하고 있는 것은 물론이거니와 개인과 종교, 개인과 사회의 대립적 맥락에서도 '갈등'으로 특정화되면서 고민하는

의 맥락에서 고찰이 가능하다. "탈민족적 차원의 인간애를 형상화함으로써 앞으로 지성인으로서 어떤 행동 양식을 통해 이 시기를 살아내야 하는지"(박성준, 「일제강점기 저항시인의 세계인식과 글쓰기 전략: 이육사, 윤동주를 중심으로」, 『비평문학』 제65호, 한국비평문학회, 2017, 134쪽.) 윤동주는 낭만성과 더불어 당대에는 상상할 수 없었던 최상위 층위의 윤리성을 시편 속에 내재했다.

근대 자아의 윤리적 면모가 표출된 것은 지금까지도 윤동주의 시를 읽는 토대적 독해방식이 되고 있다.

특히 윤동주가 경험했던 서구 근대 사상으로서의 기독교와 그 안에 내포된 낭만주의에 대한 해명은 윤동주 시의 '시적 성숙'을 가시화하는 새로운 방법론으로써 의의를 가진다. 「病院」이 창작된 1940년을 기점으로 윤동주의 시편들을 단순히 종교성이나 저항성과 같은 맥락으로 고찰하기는 힘들다. 시학과 종교학을 길항하는 낭만적 비전을 부끄러움의 정동으로 내재하면서, 보다 고등적 차원의 윤리의식을 윤동주는 자신의 시에 투사했던 것이다. 아울러 보다 거시적으로는 본고는 윤동주를 비롯한 저항시인의 시편들 속에서 저항성의 그늘에 가려 주로 연구되지 않았던 '낭만성의 문제'를 재검토하는 데 그 의의가 있다고 하겠다.

참고문헌

<기본 자료>

송우혜, 『윤동주 평전』, 서정시학, 2016.

왕신영 외 엮음, 『사진판 윤동주 자필 시고전집』 (2판), 민음사, 2002.

정현종 외 엮음, 『원본 대조 윤동주 전집 하늘과 바람과 별과 시』, 연세대학교출판부, 2004.

제임스 C. 리빙스턴, 『현대기독교사상사1』, 이형기 옮김, 한국장로교출판사, 2000.

<논문 및 단행본>

고봉준, 「윤동주 시 세계의 이해: '밤'과 '성찰'의 연관성을 중심으로」, 『현대문학의 연구』 63, 한국문학연구학회, 2017.

권성훈, 「한국 기독교시에 나타난 치유성 연구」, 『종교연구』 제66집, 한국종교학회, 2012.

김성보, 「연희전문학교 졸업생들의 사회 진출 기초 연구」, 『동방학지』 173호, 국학연구원, 2016.

김옥성, 「일제 강점기 시인의 분노와 저항」, 『일본학연구』 제39호, 2013.

김윤식, 「결핵의 속성과 결핵문학」, 『이상 연구』, 문학사상사, 1987.

_____, 「메타포로서의 결핵」, 『현대문학』, 1993. 3.

_____, 「어둠 속에 익은 사상」, 『윤동주 연구』, 문학사상, 1995.

김재혁, 「문학 속의 유토피아: 릴케와 백석과 윤동주: 시적 주체와 공간의식의 관점에서」, 『헤세 연구』 26, 한국헤세학회, 2011.

김주연, 「독일 낭만주의의 본질」, 『문예사조의 새로운 이해』, 문학과지성사, 1996.

_____, 『사라진 낭만주의』, 서강대학교출판부, 2013.

뤼디거 자프란스키, 「낭만주의의 종교」, 『낭만주의 판타지의 뿌리』, 임우영 외 옮김, 한국외국어대학교 출판부, 2012.

류양선, 「윤동주의 시에 나타난 기독교 신앙: '십자가'를 중심으로」 『한국시학연구』 제31호, 한국시학회, 2011.

_____, 「윤동주의 시에 나타난 시간과 영원: 쉽게 씌어진 詩분석」, 『한국시학연구』 제

34호, 한국시학회, 2012.

_____, 「윤동주의 시에 나타난 종교적 실존」, 『어문연구』 제35권 제2호, 한국어문교육연구회, 2007.

_____, 「윤동주의 시에 나타난 종말의식: 광명중학 시절 시편들을 중심으로」, 『어문연구』 제44권 제1호, 한국어문교육연구회, 2016.

문익환, 「동주형의 추억」, 『원본 대조 윤동주 전집 하늘과 바람과 별과 시』, 연세대학교출판부, 2004.

박성준, 「윤동주 시의 낭만성과 戀歌」, 『한국문학이론과 비평』 제75집, 한국문학이론과 비평학회, 2017.

_____, 「일제강점기 저항시인의 세계인식과 글쓰기 전략: 이육사, 윤동주를 중심으로」, 『비평문학』 제65호, 한국비평문학회, 2017.

_____, 「한국근대시의 낭만주의 재검토와 저항성의 문제」, 『현대문학이론연구』 제71집, 현대문학이론학회, 2017.

박이도, 「한국 현대시의 관류하는 기독교 의식」, 『종교연구』 7, 한국종교학회, 1991.

박지은, 「윤동주 시에 나타나는 신앙의 회의와 극복의 문제」, 『한국시학연구』 제51호, 한국시학회, 2017.

박효생, 「일제하 기독교인들의 나라사랑」, 『새가정』, 새가정사, 1986. 3.

엄국현, 「윤동주 시에 나타난 유교적 기독교와 종말론」, 『한국문학논총』 제46집, 한국문학회, 2007.

오세영, 「윤동주의 문학사적 위치」, 『현대문학』 1975. 4.

유성호, 「세 권의 『하늘과 바람과 별과 詩』」, 『한국시학연구』 제51호, 한국시학회, 2017.

_____, 「한국 현대시에 나타난 종교적 상상력의 의미」, 『근대시의 모더니티와 종교적 상상력』, 소명출판, 2008.

윤일주, 「先伯의 生涯」, 『하늘과 바람과 별과 詩』, 정음사, 1955.

_____, 「윤동주의 생애」, 『나라사랑』 23집, 외솔회, 1976 여름.

이대성, 「윤동주에게 영향을 준 기독교의 특징에 관한 연구」, 『신학과 실천』 49권 49호, 한국실천신학회, 2016.

이은실, 「윤동주 시 「병원」에 나타난 타자성 연구」, 『한국시학연구』 제49호, 한국시학회, 2017.

장덕순, 「윤동주와 나」, 『나라사랑』 23집, 외솔회, 1976 여름.

정병욱, 「잊지 못할 윤동주의 일들」, 『나라사랑』 23집, 외솔회, 1976 여름.

정우택, 「『하늘과 바람과 별과 詩』 초판본과 재판본의 사이」, 『한국시학연구』 제52호, 한국시학회, 2017.

정현종, 「마음의 우물」, 『원본 대조 윤동주 전집 하늘과 바람과 별과 시』, 연세대학교 출판부, 2004.

진은영 · 김경희, 「유교적 수치심의 관점에서 본 윤동주의 시 세계」, 『한국시학연구』 제52호, 한국시학회, 2017.

2부

윤동주의 독서체험

윤동주의 독서 체험 고찰(1)

— 소장 '학예 스크랩북'의 의미와
윤동주가 읽은 신세대 시인들

1. 서론

윤동주는 1943년 7월 13일 고희욱과 함께 "國體를 변혁할 것을 목적으로 하여 그 목적 수행을 위한 행위"[1]라는 혐의를 받으며 체포되었다. 송몽규 등과 상면한 정도밖에 없었던 고희욱은 이듬해 기소 유예 처분을 받으며 풀려났지만, 윤동주는 기소되어 후쿠오카 형무소에서 수감 생활을 하다가 1945년 2월 16일 사망한다. 윤동주가 검거되었을 당시 "일본에서 유학하던 중 썼던 상당한 분량의 한글로 쓴 글"[2]들이 일경에게 압수되었다고 하지만, 그 원고들이 전해지지는 않는다. 그러니 현재까지 "강처중에게 보낸 릿쿄대학 편지지에 쓴 5편"[3]의 시가 유작[4]으

---

1) 이 죄목은 교토 재판소의 판결문(「일본 교토 재판소 판결문」, 『윤동주 연구』, 문학사상사, 1995, 547쪽.)을 따르고 있다. 당시 일본 치하에서는 본국과 (한)반도를 구분하지 않고 제국주의 치하의 훈령을 따르지 않는 저항 가능성의 인물조차 '不逞鮮人(ふてい・せんじん)'으로 분류했다. 현재 윤동주의 죄목은 치안유지법 제5조 위반 '독립운동'죄로 알려져 있다.
2) 송우혜, 「연보」, 『윤동주 평전』, 서정시학, 2016, 548쪽.
3) 김응교, 「윤동주 산문 「종시」의 경성과 노동자」, 『한국문학이론과 비평』 75, 한국

로 남은 셈이다. 그러나 윤동주가 남기고 간 것은 5편의 유작과 소실된 원고들에 관한 궁금증만은 아니었다. 교토 '시모가모 경찰서'에 체포 당시 하숙집에 남아 있던 윤동주의 소장 서적과 윤동주가 직접 제작한 '학예 스크랩북 1권', '시고집 3권'이 현재까지 우리에게 전해지고 있다. 그러나 그동안 그가 남긴 장서들에 관해 주목하지 않았던 것은 어느 시 인들의 독서 체험이 그들의 연구사에서 보충적으로 다뤄지듯, 윤동주 또한 그런 관행이 작용되었을 것으로 보인다. 여기서 본 연구가 주목하 는 점은 윤동주의 독서 체험과 시 작품 사이 영향 관계를 고찰하는 것 이다.

특히 학예 스크랩북5)의 경우, 윤동주 스스로가 당대 논고를 편집한 개인 제작 앤솔러지 형태였다는 점에서 더욱 주목할 만한 사료라 판단 된다. 학예 스크랩북은 짙은 갈색 표지에 속지까지 마련해 표지에는 영 문으로 "<SCRAP BOOK>이라고 인쇄를 하여 책처럼 구성한 것으로, 자필 시고집(총 3권)6)만큼이나 윤동주가 정성을 들여 제작한 소장서였 다. 그리고 윤동주 스스로가 실제로 개별 문예 작품을 취사 선택해 수

문학이론과비평학회, 2017, 74쪽.
4) 강처중에게 보낸 1942년 6월 3일자 편지의 수록작품(유작)은 「懺悔錄」(1.24), 「흰 그 림자」(4.14), 「흐르는 거리」(5.12), 「쉽게 씌어진 詩」(6.3), 「봄」(연대 미상) 등이다.
5) 본 연구에서 논의하고 있는 윤동주의 학예 스크랩북은 1—4권의 규모는 다음과 같 다. 수록된 시 41편(본인 작품 2편 포함), 소설 6편, 비평 137편, 수필 22편, 서간문 3 편, 한시 1편, 동요 1편, 좌담회 3편이다. 스크랩북 1권은 윤동주 사망 당시 남긴 것 으로 유족이 보관하고 있었고, 2, 3, 4권은 심연수의 동생 심호수가 보관해오다가 2000년 8월에 공개한 것으로, 윤동주의 여동생 윤혜원에 의해 유품임이 확인된 자 료로 알려져 있다. 이후 『윤동주 자필 시고전집』(민음사, 1999.) 개정판을 통해 스크 랩북의 목차가 널리 공개되었다. 스크랩북 1—4권이 공개된 지 20년이 지났지만, 이 자료에 관한 체계적인 탐구는 현재까지도 답보 상태에 있다.
6) 산문과 낱장으로 존재(습유시)하거나 스크랩북 속에 수록된 시를 제외하면 윤동주 의 시고집은 『나의 習作期의 詩 아닌 詩』, 『窓』, 『하늘과 바람과 별과 詩』 등으로 총 3권이다.

집하고, 자기 취향을 반영하여 항목화했다는 점에서 적극적 의미를 가진 독서목록이었다고 볼 수 있다. 특히 시 장르 전편 43편(한시 1편, 동요 1편 포함)과 평론, 수필 등 다양한 장르가 모두 포함된 스크랩북 1권의 경우는 도일 이후에도 시고집과 함께 소장하고 있었다는 점에서 윤동주의 문학 취향을 가늠하는 데 중요한 사료가 된다. 아울러 문학 평론과 논문으로만 구성된 스크랩북 2권, 3권과 평론, 수필, 소설, 좌담회, 서간문으로 구성된 4권에서 나타난 문학 경향을 통시적으로 고찰한다면, 당대 윤동주가 추체험하고 있었던 문단과 논단의 풍경은 물론이거니와 그의 문학적 관심사까지 파악이 가능해진다.

그간에 선행연구는 학생, 간도 이주민 3세대, 항일저항시인 등으로, 주로 윤동주의 주체적 특징에 따라 실증적 접근을 해온 점이 없지 않다. 그 때문에 윤동주의 시 또한 그 주체적 특징에 따라 연구하는 관행이 지속되었다. 윤동주는 명동촌 명동학교→ 용정 은진중학→ 평양 숭실학교→ 용정 광명중학→ 경성 연희전문→ 동경 릿쿄대학→ 교토 도시샤 대학 등으로 진급 과정을 거쳤다. 그에게 타지 유학과 귀향의 잦은 번복은 신앙과 교육을 중시했던 그의 가족력이나 이주 3세대 디아스포라적 특수 욕망이 반영된 결과라고 볼 수도 있지만, 이는 윤동주가 모색과 실패를 함께 경험하며 성장해나갔던 주체였다는 방증이기도 하다. 그러므로 윤동주의 경험은 직접 경험만큼이나 추체험의 요소 또한 중요하게 고려될 사항이라 볼 수 있다.

2018년 1월을 기준으로 윤동주 연구의 주제별 동향은 '윤동주론'과 같은 개괄적 연구가 74편, 다른 작가와 비교문학적 관점에 있는 연구가 97편, 의식(인식)에 관한 연구가 107편, 시 분석이 144편, 교육 관련 연구가 34편, 종교 관련 연구가 59편, 지역 및 디아스포라 연구가 24편,

특정 관점(기호학, 정신분석학 등 철학 및 비평이론 등)이 19편, 기타(번역, 영화, 연구 동향 등)가 35편으로 집계되고 있다.[7] 그리고 이후 현재 기준(2022. 3.) 제출된 학술논문 89편 또한 지역과 디아스포라, 교육, 번역, 콘텐츠 등의 양상으로 연구 주제가 분포되고 있다. 현재 윤동주 연구는 "좁은 의미의 저항 텍스트에서 벗어나, 좀 더 넓은 예술적 차원에서, 극적 생애와 죽음을 결속하면서, 항구적 보편성을 가진 매혹의 텍스트로"[8] 거듭나고 있는 것은 물론이거니와 "윤동주를 바라보는 우리의 관점이 과거에 '사건으로서의 윤동주'에서 '사람으로서의 윤동주'로 이동했고, 이제는 '텍스트로서의 윤동주'로 나아가야 할 것"[9]으로 전망되고 있다. 그런데 정작 이와 같은 연구 동향과는 상이하게 윤동주가 당대 읽고 영향을 받았던 텍스트에 대한 고찰은 선행되지 않고 있다.

윤동주의 경우 다른 작가들과 달리 생전에 정식 문단 활동을 하지 않았고, 당대 문인들과 교류한 흔적 또한 지극히 제한됐던 학생 신분이었기 때문에, 그의 전기적 행적과 실증 연구마저도 해방 이후 유족과 친우들의 회고담에 의존할 수밖에 없는 상황이다. 그런 가운데에서도, 정교한 사료를 바탕으로 집필한 송우혜의 『윤동주 평전』과 육필 원고·유품을 사진판으로 제시하고 해설한 왕신영·심원섭·오오무라 마스오·윤인석의 『윤동주 자필 시고전집』이 출간되어, 향후 연구자들의 후속 연구에 토대 자료 역할을 하고 있다. 특히 『윤동주 자필 시고전집』의 경우는 개작한 흔적이나 낙서, 창작 시기마저도 윤동주의 육필로 정확하게 나타나고 있기 때문에 그간의 윤동주 연구에서의 혼선을 어느

---

7) 김은실 외, 「윤동주 관련 연구 동향 분석─ 주제별 분석 및 동시출현단어 분석을 중심으로」, 『비교한국학』26(2), 국제비교한국학회, 2018, 99─100쪽 참조.
8) 유성호, 「윤동주 시의 보편성과 특수성」, 『한국언어문화』62, 한국언어문화학회, 2017, 68쪽.
9) 김성연, 「윤동주 평전의 질료와 빈 곳」, 『한국시학연구』61, 한국시학회, 2020, 14쪽.

정도 방지할 수 있는 사료가 된다고 할 수 있겠다.

그러므로 윤동주가 직접 제작한 학예 스크랩북의 학술적 의미를 간과해서는 안 된다. 이와 더불어, 윤동주의 '적극적인 독서 체험'과 작품 사이의 관계망 또한 규명할 필요성이 있다. 윤동주의 독서력에 대해서는 사후 회고담을 통해서 여러 차례 증언된 바 있다. 특히 스크랩북 1권과 소장 도서 42권(국문 10권, 일문 27권, 영문 5권), 자필 시고집은 윤동주 사후 친우 강처중에 의해 유족에게 전해져, 그의 독서력을 가늠하는 사료가 되었다. 그리고 이 장서들의 목록은 동생 윤일주와 친우 문익환의 증언과 어느 정도 일치하는 모습을 보인다.10)

가령 "방학 때마다 이불짐 속에서 한 아름씩 넣어오는 책은 8백 권 정도 모이었고, 그것은 우리 동생들에게 참으로 좋은 자양이 되었다."11)라든가, "그는 대단한 독서가였다. 방학 때마다 사가지고 돌아와서 벽장 속에 쌓아둔 그의 장서를 나는 못내 부러워했었다. 그의 장서 중에는 문학에 관한 책도 있었지만 철학서적이 있었다고 기억된다."12)와

---

10) 윤동주의 장서 목록은 분량상 모두 담을 수 없어, 목록이 공개된 출처만을 기술한다. 다만 국문 시, 저서의 경우는 논문 2장에서 따로 항목화하기로 한다. 강처중이 일본에서 가지고 온 소장 도서는 송우혜, 『윤동주 평전』, 서정시학, 2016, 314쪽에서 항목화되어 있으며, 윤일주가 증언한 장서 목록은 윤일주, 「윤동주의 생애」, 『나라사랑』 23, 외솔회, 1976 여름, 155−158쪽과 윤일주, 「先伯의 生涯」, 『하늘과 바람과 별과 詩』, 정음사, 1955, 215쪽에 기술되어 있다. 그리고 문익환의 경우는 장서 목록에 대한 자세한 언급은 없었으나, 문익환, 「동주형의 추억」, 『원본 대조 윤동주 전집 하늘과 바람과 별과 시』, 연세대학교출판부, 2004, 316쪽; 문익환, 「동주형의 추억」, 『하늘과 바람과 별과 詩』, 정음사, 1968 및 문익환, 「하늘·바람·별의 詩人, 尹東柱」, 『월간중앙』, 1976. 4, 320−321쪽에서 키르케고르에 대한 독서력을 중심으로 기술되고 있다. 물론 현재까지 윤동주가 정확히 키르케고르의 어떤 저서를 읽었는지는 해명되지 않았다.
11) 윤일주, 「윤동주의 생애」, 『나라사랑』 23, 외솔회, 1976 여름, 158쪽.
12) 문익환, 「윤동주형의 추억」, 『원본 대조 윤동주 전집: 하늘과 바람과 별과 시』, 연세대학교 출판부, 2004, 215쪽.

같은 회고가 그렇다. 그리고 이들의 회고에서 언급된 정지용, 릴케, 프랑시스 잠, 키르케고르, 투르게네프 등의 경우는 주지하듯, 모두 윤동주의 시에서 수용되었거나 영향 관계에 있는 독서 체험으로 충분한 연구 검토가 이루어져 있는 상황이다. 그러나 윤동주가 직접 제작한 학예 스크랩북 1—4권을 대상으로 한 연구는 현재까지 본격화되지도 않았을 뿐만 아니라, 극히 일부만 윤동주의 시나 생애를 해명하는 보충 자료로 제시되고 있다.

이에 본 연구는 윤동주의 학예 스크랩북 1—4권을 주제별·시기별로 항목화[13]하고, 여기서 드러나는 전환기 담론을 추출하여 윤동주의 독서 체험을 종합적으로 검토한다. 아울러 스크랩북 제작 시기와 견주어 윤동주 시의 작품세계를 비교 고찰하려고 한다. 특히 선행 연구사에서 논의된 바 있는 정지용 시와의 친연성뿐만 아니라, 현재까지 검토된 바가 없었던 오장환을 비롯해 김광균, 김달진, 윤곤강 등의 시와의 영향 관계를 해명하여, 윤동주의 미적 전략과 시대정신을 탐구한다. 이를 통해 청년 문사였던 윤동주의 시가 당대 문단과 어떻게 조우하고 있었고, 신진 그룹의 경향을 수용해갔는지 고찰해볼 것이다.

---

13) 본 연구는 총 3회에 걸쳐 진행한다. 1,2차로는 학예 스크랩북의 의미 범주와 독서 체험을 통한 시적 수용 관계를 해명한다면, 3차 연구로는 학예 스크랩북 2—4권에 수록된 전환기 담론을 읽은 '지식인 주체로서 윤동주'에 천착한 연구가 주된 관심일 것이다. 여기서 전환기 담론이 그대로 투영된 독서목록은 문학 평론과 논문에 해당한다. 하지만 이 시기 다른 작가들의 창작작품 또한 그들이 1930년대 후반 전환기를 횡단한 시대 인식과 별개로는 볼 수 없는 바, 학예 스크랩북 전체를 대상으로 윤동주의 전환기 담론 수용 양상을 살펴볼 것이다.

2. 학예 스크랩북의 의미와 그 범주

윤동주의 학예 스크랩북은 1936년 10월 1일부터 1940년 12월 26일까지 ≪조선일보≫와 ≪동아일보≫, ≪매일신보≫ 학예면에 수록된 원고[14]를 윤동주가 직접 수집해놓은 것이다. 윤동주는 소년기부터 기성 문인들의 작품과 평론들을 스크랩했다고 전해지고 있으나, 현존하는 것은 본 연구에서 제시하고 있는 1—4권뿐이다. 앞서 언급한 바와 같이 현재까지 윤동주의 학예 스크랩북을 대상으로 한 연구는 부재한다. 전환기 담론을 특정해서 윤동주의 시작 활동에 어떤 영향을 미치고 있는지 해명하는 사례 또한 빈약한 편이다.

『윤동주 평전』에서는 학예 스크랩북에 대한 언급보다는 윤동주의 독서 체험과 관련하여 소장 도서에 관한 논의들이 주를 이루고 있으며, 『윤동주 자필 시고전집』에서는 학예 스크랩북 1—4권을 말미 부록에다 부기하고 있기는 하지만, 이 스크랩북의 사료적, 학술적 의미가 어떠한지 충분히 해명을 한다거나 윤동주 시와의 관계망 등은 전혀 첨언하지 않고 있다. 이는 다시 말해, 윤동주 시를 해명하는 데 있어서, 사료로써 윤동주의 독서목록이나 학예 스크랩북에 관한 관심은 미진한 상황이라는 방증이다. 그동안 선행연구는 윤동주가 독립운동가, 기독교 신자, 간도 이주민 3세대, 학생 주체라는 점에 함몰된 나머지 그를 전환기 응전력을 갖춘 지식인 주체로는 상정하지 못했다. 시를 해명할 때도 주체에서 파생된 범주를 벗어나지 못하고 저항성, 부끄러움의 시학, 종교성,

---

14) 학예 스크랩북을 구성하는 주 매체는 ≪조선일보≫ 학예면이라 볼 수 있다. 시 장르가 주로 포함된 1권에는 ≪조선일보≫와 ≪동아일보≫, ≪매일신보≫로 매체가 다양화되어 있으나, 비평문이 주를 이루고 있는 2, 3, 4권에는 모두 ≪조선일보≫에서 발표된 글이 수록되어 있다.

디아스포라 등으로 일관된 주제 의식에 주목하는 관행이 있었다.

그러나 학예 스크랩북 전체에서 드러난 윤동주의 세계인식 방향을 고려해보면, 네오—휴머니즘론, 지성옹호, 행동주의, 주체 재건, 고전부흥, 문화부흥론 등, 1930년대 후반 당대 주요 담론들과 윤동주는 긴밀히 접촉하고 있었다. 비록 문인 주체로 작품 활동을 하며 담론 속에서 전환기를 전유한 것은 아니었지만, 그는 독서 활동을 통해 전환기를 읽어냈고 그러한 시대 정신을 자신의 시에서 내재하려고 했다. 전환기 담론이 서구라는 보편이 무너지는 시점에서 서구 합리성으로 표상되는 휴먼의 극복과 자생적 전통과 지성의 필요로 인해 조선 문단 내부에서 보이지 않는 전망 찾기 운동의 일환이었다는 점을 고려할 때, 이 시기 이후로 한정판 시집까지 출간하려고 했던 윤동주에게 전환기란 종교성이나 저항성만큼이나 중요한 모색기의 모랄이었다고 볼 수 있다. 물론 향후 이러한 보편에서 특수를 재건하려는 조선 문단의 모색이 일본을 주체로 한 동양 담론의 보편으로 재생산되어 당대 문인들은 길항력을 잃고 친일로 경도되지만, 윤동주는 텍스트에만 머물지 않고 행동하는 지성으로 성장한다. 이러한 점에서 윤동주가 읽은 1930년대 후반 전환기 담론은 그의 텍스트뿐만 아니라 향후 행적에서도 유의미한 상관관계를 가지고 있다.

먼저 스크랩북 1권의 규모와 범주는 다음과 같다.

장르	학예 스크랩북 1권_ 서지 목록 (스크랩북 정리 순)
시	정지용, 「愁誰語 2— 毘盧峯, 九城洞」, ≪조선일보≫, 1937.6.9. 등 총 41편[15]
수필	엄흥섭, 「山家迎春記— 春菜 · 外套」, ≪조선일보≫, 1937.3.25. 등 총 12편
한시	양주동, 「魯迅詩一首: 附和韻」, ≪조선일보≫, 1937.1.19.
동요	크리스티나 로세티 「종소리」, ≪동아일보≫, 1938.11.13.

비평 및 논문	박세영, 「廢苑의 詩壇」(상)(하), ≪동아일보≫, 1937.6.13.－15. 이태준, 「評論態度의 對하야」(상)(하), ≪동아일보≫, 1937.6.27.－29. 최재서, 「文學의 貧困」, ≪조선일보≫, 1937.4.3. 김용제, 「朝鮮文壇上半期總決算－其 一創作界」(1)(2)(3)(4)(5), ≪동아일보≫, 1937.8.8.－13. 박영희, 「文學的雰圍氣의必要」, ≪동아일보≫, 1937.7.10. 최재서, 「휴―맨·패로트」, ≪조선일보≫, 1940.2.20. 서인식, 「胡椒譚―文學的情神」, ≪동아일보≫, 1939.6.20. 김남천, 「胡椒譚― 權威에의 阿諂」, ≪동아일보≫, 1939.6.24. 정지용, 「胡椒譚―衣服一家見」, ≪동아일보≫, 1939.5.10.

위에 제시된 1권의 자료들은 주제 단위로는 일정한 범주를 이루지
못하고 있다. 물론 2권 이후 목록들과 견주어 본다면 해명이 어느 정도
가능하지만, 윤동주가 일본에서 '사상 불온, 독립운동'의 죄목으로 체
포 직전까지 소장하고 있었다는 것을 더 고려해볼 필요가 있다. 그 때문
에 윤동주가 남긴 유학 시절 서적과 견주어 고찰할 필요가 있다는 것이
다. 본 연구에서는 1930년대 후반 전환기를 보낸 식민지 조선 시인들의
응전 방식을 검토하기 때문에, 윤동주가 남긴 장서 42권 중 국문 시집
10권을 학예 스크랩북 1권의 수록된 시와 함께, 연구대상으로 특정할
수 있다. 국문 시집 10권의 목록을 윤동주가 구매했던 순서대로 정리해
보면 『정지용시집』, 『영랑시집』, 『을유 명시 선집』, 오장환의 『헌사』,
서정주의 『화사집』, 정지용의 『백록담』, 장만영의 『축제』, 신석초의
『촛불』, 『박용철 전집1』, 백석의 『사슴』 등이다. 여기서 백석의 『사슴』
은 구매한 시집이 아니라 윤동주가 직접 필사한 작품으로 알려져 있다.
선행연구에서 조선 시인 중에서 주로 윤동주와 비교 고찰했던 시인

---

15) 학예 스크랩북 1권에 첫 작품은 정지용의 「愁誰語 2－ 毘盧峯, 九城洞」이다. 이 첫 장
에는 정지용의 다른 「毘盧峯」이 여백에 수기로 적혀 있기도 하다. 이 작품도 포함한
다면, 총 41편 규모이고, 여기서 본인 작품은 「아우의 印象畵」, 「遺言」 등 2편이다.

은 정지용, 이상, 백석, 김현승, 이육사 등이다. 윤동주의 시편에서 수용됐던 것으로 해명된 시인은 정지용, 이상 정도이고, 이육사는 저항성의 측면에서, 백석은 북방 정서의 관점에서, 김현승은 종교적 관점에서 비교 고찰되었다. 향후 본 연구관점을 경유한다면, 여기서 고전부흥론과 순수론을 차용해서 박용철이나 서정주, 김영랑과 정지용 후기 시와 비교 고찰이 가능하고 백석과 신석초 시와 상관관계도 어느 정도 교착점을 찾을 수 있을 것이다.

  그리고 기존 연구에서 아직 고찰해 내지 못한 오장환과 김광균, 이용악과의 관계성 또한 해명할 수 있다. 전환기 임화에 의해 '신세대'로 명명된 이들은 기존 윤동주 비교 연구에서 부상한 적이 없는 주체들이다. 이들 중 오장환의 경우는 시집 『헌사』를 윤동주가 소장하고 있었을 뿐만 아니라 스크랩북 1권 목록에서도 시편 8편(총 스크랩 3회)[16]으로 가장 많은 편수를 보인다. 김광균 또한 스크랩한 단위 편수로 3편 3회[17]로, 정지용(시 2편, 수필 6편, 2회)과 비교할 때 적은 분량이 아니고, 이용악의 시편도 1편[18]을 스크랩하고 있다. 그리고 무엇보다 유치환의 시는 6편(4회)[19]이 스크랩되었다는 것도 주목해서 볼 부분이다. 이는 임화의 신세대론을 윤동주가 읽었을 뿐만 아니라 당시 미당, 청마, 김

---

16) 「聖誕祭」(≪조선일보≫, 1939.10.24.), 「마리아(上)」(≪매일신보≫, 1940.2.8.), 「마리아(下)」(≪매일신보≫,1940.2.9.), 「패랭이─頭序」(≪매일신보≫, 1940.11.16.), 「패랭이─타관사람」(≪매일신보≫, 1940.11.19.), 「패랭이─씨름동무」(≪매일신보≫, 1940.11.20.), 「패랭이─古家」(≪매일신보≫, 1940.11.22.), 「패랭이─枕石」(≪매일신보≫, 1940.11.23.) 등 총 8편.

17) 「薔微와 落葉」(≪조선일보≫, 1937.1.28.), 「雪夜」(≪조선일보≫, 1938.1.8.), 「瓦斯燈」(≪조선일보≫, 1938.6.3.) 등 총 3편.

18) 「눈보라의 故鄕」(≪매일신보≫, 1940.12.26.) 총 1편.

19) 「風習」(≪조선일보≫, 1937.10.6.), 「菩薩像」(≪조선일보≫, 1937.12.9.), 「立秋」(≪동아일보≫, 1937.9.2.), 「非力의 詩」, 「怨讐」, 「五月雨」(이하 ≪조선일보≫, 1938.6.4.) 등 총 6편.

달진20), 윤곤강21) 등 '『시인부락』동인'과 '생명시파의 시'를 탐독했었다는 방증이다. 청마의 경우 연전을 중퇴한 동문으로 윤동주는 그의 시에 깊은 관심을 가졌던 것으로 보인다. 그러나 지금까지 이에 관한 근접 연구가 이루어지지는 않은 실정이다.

자료 범위에 있어서, 우선 전환기 담론에 영향과 상관관계에 놓여 있는 윤동주의 시 작품은 1936년 10월부터 동시, 동요를 제외하고, 사후까지 창작된 윤동주의 시는 총 61편이다. 이 중에서 학예 스크랩북을 제작한 시기의 작품은 총 39편이지만, 이후의 작품들(22편)도 이 시기 스크랩 경향이 작품에 반영될 수 있다는 점을 배제할 수 없다. 그러므로 전환기 담론에 영향·수용 관계에 있는 시편을 현전하는 자료를 토대로 미루어보건대, 1936년 10월 이후 윤동주의 시 작품을 모두 검토하는 것이 마땅하다.

현전하는 학예 스크랩북 1—4권에 수록된 원고를 신문 연재 편수를 기준으로 그 규모를 상정해보면, 시 41편(본인 작품 2편), 소설 6편, 비평 137편, 수필 22편, 서간문 3편, 한시 1편, 동요 1편, 좌담회 3편이다. 이 중 학예 스크랩북 1권의 경우는 유학 시절에도 소장하고 있었고 수록작품 게재 시기 또한 가장 넓게 분포되고 있다. 이를 미루어보아 스크랩북 1권은 윤동주가 소장한 기존 학예 스크랩북 중에서 꼭 읽어야 할 목록을 다시 편집했을 가능성이 크다. 그러므로 전환기 담론 수용에 있어서는 스크랩북 1권은 따로 항목화하고, 이에 견주어 2, 3, 4권을 살펴볼 필요가 있다.

그리고 학예 스크랩북 2, 3, 4권에 전환기 주요 담론을 주제별/시기

---

20) 김달진 시의 스크랩 작품은 「六月―1.蜀葵花」,「六月―2.보슬비」,「六月―3.白日哀傷」(이하 ≪조선일보≫, 1937.6.20.)이 있다.

21) 윤곤강 시의 스크랩 작품은 「가랑비」(≪조선일보≫, 1936.6.5.)가 있다.

별 분류하여 정리하면 다음과 같다.

주제	학예 스크랩북 2—4권 비평 및 논문_ 주요 서지 목록(시기순)
네오 -휴머니즘 · 지성옹호 · 행동주의론 · 주체론	윤규섭, 「文學儀式과 生活의 乖離」,(1)(2)(2)(3)(4)(5), ≪조선일보≫, 1938.5.18.—25. 안호상, 「自我擴大와 環境」, ≪조선일보≫, 1938.7.1. 최재서, 「事實의 世紀와 知識人」, ≪조선일보≫, 1938.7.2. 유진오, 「叡知·行動과 知性」(상)(하), ≪조선일보≫, 1938.7.3.—5. 신남철, 「知者를 부르는 喇叭」, ≪조선일보≫, 1938.7.7. 이기영, 「歷史의 흐르는 方向— 科學的合理性의 把握과 實踐」, ≪조선일보≫, 1938.7.9. 안함광, 「「知性의 自律性」의 問題— 그의 眞實한 理解를 위하야」(1)(2)(3), ≪조선일보≫, 1938.7.10.—13. 윤규섭, 「知性問題와 휴매니즘」(2)(3)(4)(5)(6), ≪조선일보≫, 1938.10.11.—20. 서인식, 「傳統의 般的性格과 그 現代的意義에 關하야」(1)(2)(3)(4)(5)(7)(8), ≪조선일보≫, 1938.10.22.—30. 백 철, 「時代的偶然의 受理」(1)(2)(3)(4), ≪조선일보≫, 1938.12.2.—6. 최재서, 「抒情詩에 잇서서의 知性— 現代詩論의 前進을 위하야」(1)(2)(3)(4), ≪조선일보≫, 1938.12.24.—28. 김오성, 「時代와 知性의 葛藤— 프로데듀—스的事態」(2)(3)(6)(7), ≪조선일보≫, 1939.1.24.—2.2.
전부흥론	박영희. 「古典復興의 現代的 意義」, ≪조선일보≫, 1938.6.4. 이희승, 「古典文學에서 어든 感想」, ≪조선일보≫, 1938.6.5. 박종홍, 「歷史의 轉換과 古典復興」, ≪조선일보≫, 1938.6.7. 이여성, 「古典研究의 書籍貧困」, ≪조선일보≫, 1938.6.8. 최재서, 「古典研究의 歷史性」, ≪조선일보≫, 1938.6.10. 유자후, 「傳來作品 稽考難」, ≪조선일보≫, 1938.6.11. 박치후, 「古典의 性格인 規範性」, ≪조선일보≫, 1938.6.14. 송석하, 「新文化輸入과 우리民俗」, ≪조선일보≫, 1938.6.15. 전몽수, 「鄕歌解疑」(3)(4)(4)(5)(6)(6), ≪조선일보≫, 1938.6.6.—14. 양주동, 「鄕歌와 國風·古詩— 그年代와 文學的價値에 對하야」(상), ≪조선일보≫, 1939.1.1.

	호암, 「己卯年을 通해본 政治家」(1)(2)(3)(4), ≪조선일보≫, 1939.1.7.—11.
문화부흥론 및 타 장르 논의	채만식, 「文學과 映畵— 그 實踐인 「圖生錄」 評」(1)(2)(3)(4), ≪조선일보≫, 1938.6.16.—21. 유치진, 「映畵擁護의 辯— 蔡萬植氏에게 보내느 글」(1)(3), ≪조선일보≫, 1938.6.25.—30. 김관, 「音樂敎養論義」(1)(3)(4), ≪조선일보≫, 1938.10.27.—30. 이원조, 「新協劇團公演」의 春香傳觀劇評」(상)(하), ≪조선일보≫, 1938.11.3.—5. 서광제, 「作品素材와 精神— 文藝作品과 映畵에 關하야」(1), ≪조선일보≫, 1939.2.2.
세계문학 논의	최재서, 「現代世界文學의 動向」(상)(중)(하), ≪조선일보≫, 1938.4.2.—24. 이원조, 「고기도—散步的 文學」, ≪조선일보≫, 1938.4.10. 신석초, 「봐레리—學士의 「테스트氏」 考」(1)(2)(3)(4), ≪조선일보≫, 1938.11.9.—15. 임화, 「「大地」의 世界性—노벨賞作家 팔빡에對하야」(상)(중)(하), ≪조선일보≫, 1938.11.17.—20. 김태준, 「支那文學과 朝鮮文學과의 交流」(상)(중)(하), ≪조선일보≫, 1939.1.1.—8.
좌담회	김상용 외 5인, 「文学建設座談会— 詩論의 貧困에 對하야」, ≪조선일보≫, 1939.1.3. 최재서 외 4인, 「文学建設座談会— 오는一年間의 評論界中心課題」, ≪조선일보≫, 1939.1.3. 임화 외 6인, 「文学建設座談会— 長篇小說의 核心」, ≪조선일보≫, 1939.1.3.
문학 · 철학 일반론 및 현장 비평	문학 · 철학 일반론 : 박종홍, 「現代哲學의 諸問題」(상)(중)(하), ≪조선일보≫, 1938.4.19.—21. 등 총 9편 현장 비평 : 이원조, 「九月 創作評」(3)(4)(4), ≪조선일보≫, 1938.9.7.—9. 등 총 5편
기타	정인섭, 「現代學生氣質論—理想에 불타는 學徒들에게」(1), ≪조선일보≫, 1939.1.5. 등 총 2편

윤동주의 학예 스크랩북 2, 3, 4권에 주제적 측면에서 상당 부분을

차지하는 내용은 '휴머니즘'과 '지성옹호론'이다. 물론 주체론이나 전통론, 고전부흥론, 문화부흥론 또한 이 시기 네오―휴머니즘과 지성옹호론에서 파생된 조선 문단 내 담론이라고 할 수 있다. 최재서는 「知性擁護― 知性과 휴마니즘(5)」에서 문화 옹호 작가대회 내용을 다루면서, 서구 작가들이 독일 파시즘 이후 훼손된 인간문화에 관해 자성하는 목소리를 소개한다. 서구에서는 지성과 신휴머니즘을 통한 인간성의 복권을 주창하고 있었으며, 조선의 식민지 지식인들 또한 근대의 합리성 붕괴와 사상 부재 상태에 봉착하고 있었다. 이러한 가운데, 이 스크랩북들은 조선 문단과 당대 지식인 사회의 동향에 관해 윤동주가 종합적으로 주시하고 있었다는 방증이 된다.

특히 여기서 서인식의 「知性의 時代的 性格」을 "철학적 사유를 대중적인 버전으로 번역하고 있는"[22] 백철의 「時代的 偶然의 受理」를 윤동주가 스크랩한 것을 주목해서 볼 필요가 있다. 그리고 백철의 논의를 비판적으로 검토한 김오성의 「時代와 知性의 葛藤― 프로데듀―스的 事態」와 서구 붕괴 이후 휴머니즘과 지성옹호의 수용 자체를 비판적으로 고찰한 윤규섭의 「知性問題와 휴매니즘― 三十年代 인테리겐챠의 行程」 또한 윤동주가 스크랩했다는 것도, 윤동주 시의 전환기 담론 수용 양상을 파악하는 주요한 지점이 된다. 주지하듯, 윤동주의 「肝」은 프로메테우스 신화와 귀토 설화, '성경 속 독수리 의미'[23]가 상호텍스트성의 관계로 병치된 작품이다. 즉 윤동주는 자신의 시에서 프로메테우스를 전유하기 전에 네오―휴머니즘과 지성옹호 등 전환기 담론을

---

22) 서인식, 「『서인식 전집1― 역사와 문화』 해제」, 『서인식 전집1』, 차승기, 정종현 편, 역락, 2006, 224쪽.
23) 「肝」에 등장하는 독수리의 상징성을 류양선은 시편 103장, 이사야 40장을 경유해서 설명한다. (류양선, 「윤동주의 <간> 분석」, 『한국현대문학연구』 32, 한국현대문학회, 2010, 461―462쪽 참조.)

읽고 사유했었다고 볼 수 있다.[24) 실제 「肝」의 창작시기는 1941년 11월 29일이지만, 윤동주의 스크랩을 통한 독서 체험이 반영되었을 가능성을 배제하기 힘들고, 「肝」의 내용 또한 시대적 고뇌와 갈등 의식을 심층화한 것이다. 그리고 김오성의 논고에도, 윤동주의 「肝」에도, 모두 쇠사슬에 묶인 프로메테우스가 등장하여 당대 조선 지식인을 표상하는 기능을 하고 있다.

그리고 최근 윤동주의 시에서 동양적인 것을 해명하는 논고들이 제출되고 있는 시점에서 당대 윤동주가 읽은 고전부흥 담론을 간과해서 볼 수는 없다. 지금껏 윤동주의 동양적인 것에 관한 관심은 그가 간도 이주민 3세대로 기독교만큼이나 유교적 질서에 강한 접촉이 있었을 것이라는 판단에서 진행되었다. 그러나 그것이 세계문학 속 자생적 우리문학을 주창하려고 했던 전환기 '조선적인 것'의 탐구에서 시작되었다고 특정한다면, 윤동주가 이 시기 읽은 고전부흥론과 세계문학론 또한 의미 있는 연구자료가 될 것으로 기대된다.

아울러 도일 이후 윤동주의 저항성이 행동주의로 경도됐다는 것도 전환기 담론 내에서 검토한다면, 도일 이후 창작한 윤동주의 시편 또한 근대 초극이나 탈식민주의적 관점에서 고찰이 가능할 것이다. 이 밖에도 현장 비평이나 문학·철학 논고 고찰 과정에서 직간접적인 교류 관계를 놓여 있는 시편들을 특정할 수 있을 것이라 기대한다. 그리고 무엇보다 이 시기 윤동주는 시적 실험과 모색을 같이 했다는 점 또한 간과해서는 안 된다. 「肝」뿐만 아니라, 「츠르게네프의 언덕」은 풍자적 실험을 감행했던 시도였고, 「八福」은 이상의 시를, 「毘盧峯」, 「谷間」

24) 윤동주 「肝」에 소재로 등장하는 '프로메테우스'의 변용과 김오성의 논의 수용 및 변용에 관한 구체적인 해명은 박성준, 「윤동주 시의 낭만성과 戀歌」, 『한국문학이론과 비평』 75, 한국문학이론과 비평학회, 2017, 47−56쪽 참고.

등은 정지용의 시를 전유한 시도였다. 즉 윤동주가 학예 스크랩북을 만들었던 시기는 그 스스로에게도 시적 모색기로 판단할 수 있을 것이다. 이렇듯 윤동주는 시의 형식적 비전을 동시대의 시인에게서 배워나갔다. 그리고 내면의 구축과 시대의 응전력은 당대 지성사의 흐름과 견주어 보며 자기 문학세계를 조망해나갔다고 볼 수 있다.

3. 학예 스크랩북 1권:
윤동주가 탐독했던 오장환과 신진 시인들

총 3차에 걸쳐 진행될 윤동주의 학예 스크랩북 연구는 먼저 1권에 수록된 시편들 간의 영향 관계를 해명한다. 전환기 담론을 읽어낸 당대 시인들 각자의 반응과 윤동주의 반응, 그리고 윤동주가 학생으로서 그들의 시를 접한 입장 등을 윤동주의 적극적인 독서 활동(스크랩)에서 엿볼 수 있다는 가설이다. 우선 윤동주의 학예 스크랩북 1권에 수록된 시편과 산문을 합해서 가장 많은 비중을 차지하는 문인은 정지용이다. 윤동주는 정지용의 두 권의 시집을 모두 소장[25]하고 있었을 뿐만 아니라, 『정지용시집』 출간[26] 이후 그는 동시 「조개껍질」(1935.12)을 집필하는 등 지용에게서 "문학적 자극"을 받아 향후 "'동시'를 쓰게 된 계기"[27]를 마련한 바 있다. 게다가 1939년 윤동주가 연전 기숙사를 나와

---

25) 윤동주의 자필 서명을 참고해보면, 『정지용시집』(1935.10.27.)은 1936년 3월 19일에, 『백록담』(1941.9.15.)은 1941년 10월 6일에 구매한 것으로 알려진다.
26) 윤동주가 『정지용시집』을 소장하게 된 시기는 시집 내지에 적힌 날짜 "1936. 3. 19."로 미루어보아 숭실학교 폐교 이후 용정 시기였던 것으로 보인다.
27) 송우혜, 앞의 책, 183쪽; 『정지용시집』 동시, 동요가 하나의 장(3장)을 차지하고 있

북아현동에서 하숙을 했을 당시, 정지용의 거처(북아현동 1의 46호)에서 "친구들, 학생들, 문학 지망생들 …… 그런 손님들이 끊일 새 없었다"[28]는 지용의 아들 정구관씨의 증언에 따르면, 학생 시절 윤동주가 정지용을 실제로 만났을 것이라는 가능성 또한 배제할 수 없다.[29] 그리고 정지용의 시를 직접적으로 계승하고 차용했다는 선행연구들이 꾸준히 제출되고 있다. 대표적인 작품으로 「毘盧峯」, 「슬픈 族屬」[30] 등을 논하고 있을 뿐만 아니라, 「거리에서」, 「牧丹峯에서」, 「山林」, 「谷間」, 「黃昏이바다가되어」, 「風景」, 「소낙비」, 「毘盧峯」, 「바다」, 「비오는밤」, 「사랑의 殿堂」, 「異蹟」, 「고추밭」 등 총 13편의 시편에서 정지용을 전유한 흔적을 찾은 연구[31]가 제출되기도 했다.

비록 학예 스크랩북 1권에 소장된 정지용의 시편은 「愁誰語 2— 毘盧峯 九城洞」 뿐이지만, 이 시기 정지용의 「愁誰語」 연작 산문들은 시로 고쳐져 『白鹿潭』에 수록되기도 했던 것을 고려해볼 때, 윤동주는 지용이 종교시와 결별하고 산문화 경향의 산수시에 새로운 문학적 비전[32]을 둔 것을 깊이 있게 고찰했던 것으로 판단된다. 특히 윤동주가

었던 것은 문학 청년이었던 윤동주에게 동시로 출발하는 창작 동인이 되기 충분했을 것이다.

28) 송우혜, 위의 책, 244쪽.

29) 정지용과 윤동주가 생전에 만났다는 기록은 명확하지 않다. 실제로 유고 시집 『하늘가 바람과 별과 詩』 초간본에 정지용이 「서문」을 썼을 때, 동생 윤일주와의 문답이 일부 수록되어 있는데, 여기서도 정지용은 윤동주를 모르는 사람으로 두고 질문을 이어가고 있다.

30) 김응교, 「윤동주와 『정지용시집』의 만남」, 『국제한인문학연구』 16, 국제한인문학회, 2015, 109−115쪽 참고.

31) 이숭원, 「정지용 시가 윤동주에게 미친 영향」, 『한국시학연구』 46, 한국시학회, 2016, 11−36쪽 참고.

32) 박성준에 따르면 이 시기 정지용의 산문화 경향을 다음과 같이 고찰한다. "「愁誰語」 연작이 『白鹿潭』 시집 구성에 상당 부분을 차지하고 있다는 것이다. 산문으로만 채워져 있는 5부의 경우, 수록작품 8편 중 「叡讓」과 「꾀꼬리와 菊花」를 제외하고 6

동명의 작품 「毗盧峯」을 창작하고, 정지용 「毗盧峯」에서 "白樺"(자작나무)숲의 공간을 그대로 전유해왔던 것을 상기해보면, 윤동주 또한 자신의 종교적 신념과 전환기의 실존적 억압의 문제를 유사하게 고민했던 것으로 유추할 수 있다.

다시 말해, 윤동주는 정지용의 제1시집에서는 '동시' 창작의 원동력을 발견했고, 제2시집에서는 전환기를 횡단하는 자아로서 어떤 시적 비전을 내재해야만 했는지 고민을 추동시켰다. 이와 같은 관점에서 스크랩했던 다른 시인들의 시편 또한 고찰이 가능하다. 앞장에서 선술했듯이, 윤동주의 스크랩 시편 중 가장 많은 편수를 차지하는 시인은 오장환이다.

> 여긔에모은 四, 五편의시는 내가 고향에들리어 다시 눈물먹음고
> 소년의시절을 그리워하는 노래입니다 무슨차든시 타랴면四, 五十
> 里걸어야하던옛장의동구아페는표ㅅ말만서잇는 간이야역(簡易驛)
> 이 생겻습듸다 나는흐렁흐렁 옛날의좁은 고샅을 도라 이 쬐그만 역
> 압헤서 긔적소리를기다린 것이엇습니다
> — 오장환, 「패랭이－頭序」 부분

> 내 사랑하는 고향은 山이 아니엇다

편 이 모두 「愁誰語」 연작을 그대로 두거나 (재)가공해 수록했다. 이는 『白鹿潭』 5부의 수록된 산문 대부분을 「愁誰語」 연작에서 시발된 문학적 정동이었다는 것을 방증하는 부분"이라 볼 수 있다. (박성준, 「정지용 후기 시의 산문성과 무력감－『白鹿潭』의 재평가와 「슬픈 偶像」의 재해석을 중심으로」, 『우리어문연구』 64, 우리어문학회, 2019, 81쪽.) 또한 "『白鹿潭』에 수록된 '산수시'는 단순히 산수를 노래했다기보다는 여행의 자기 체험을 기반으로 한 "기행 산수시"라고 할 수 있다. 정지용의 여행 및 탐방의 경험을 드러내고 있는 산문들이 이 시기 다수 제출"하면서, "에세이에서 자신의 미적 방향과 의식을 드러냄으로써 자신을 둘러싼 문화적 기호들을 해명"한 것으로 판단한다.

여울이 아니엇다
더욱이 여튼 石榴남구 알 알 이 터지는 石榴남구도 아니엿섯다

담배 닙 포기 포기 茂盛한 밧고랑 한창 지나가
큰시내가 江으로 모여드는 길고 긴 방천쑥에는
줄다어 아카시아 쏫이 흐여코
적은 발 물에 잠그고 노래하는 童男童女들

(중략)

오즉 낫서른 손님과가티 타관에서 온사람가티
휘파람 불며 지나가노라 휘파람 불며
길고 긴 아카시아 숩……
                            ― 오장환, 「패랭이―타관사람」 부분

石油 등잔 슴먹이는 土담방안에
쓸쓸한 主人과 마조안즈면
박게서는 나루건늬자 청하는 문설주소리
아득―히 생각 히는건
씨름동무와 나와 그의 동생이 어렷슬적 부르든 노래

고등에 씨―름 황새―씨―름
어듸가 배윗니 말미가 배윗다
어쩌케 배윗니 요러케 배윗다
                            ― 오장환, 「패랭이―씨름동무」 부분

　　인용한 시는 오장환의 「패랭이」 연작시이다. 총 5편으로 구성된 이
연작은 ≪매일신보≫에 1940년 11월 16일부터 23일까지 발표한 작품

을 윤동주가 모아 놓은 것이다. 그런데 엉뚱하게도 이 연작은 근래에
『실천문학』(2014년 겨울호)을 통해 오장환의 새로운 발굴작으로 소개
하는 해프닝이 있기도 했다.33) 이 시기 ≪동아일보≫, ≪조선일보≫ 등
민족계열 일간지가 폐간당하면서, ≪매일신보≫는 조선총독부 기관지
의 기능을 하고 있었다. 물론 그렇다고 해서 윤동주가 총독부 기관지에
수록된 시편들을 수집했다는 점이 논란이 되지는 않는다. 당시 식민지
조선에서 한글로 발행되는 일간지는 ≪매일신보≫뿐이었고, 우리 시
를 읽을 수 있는 경로로도 거의 유일했던 매체가 ≪매일신보≫였기 때
문이다.

　주지하듯, 오장환은 시집 『성벽』(1937.8.)과 『헌사』(1939.7.)34)를 상
재한 이후에도 인텔리의 삶이 갖는 폐쇄성과 강한 원죄 의식이 투사된
시편들을 꾸준히 발표하고 있었다. 가령 김기림은 오장환의 시를 "새
'타입'의 서정시를 세웠다"고 극찬함과 동시에 "심리의 변이, 악과 퇴폐
에 대한 깊은 통찰, 혼란 속에서도 어떠한 질서를 추구해 마지않는 비
극적 노력"35)으로 평가하기도 했다. 이때 오장환은 「姓氏譜」와 같은
작품에서 전통에 대한 강한 거부반응을 추구하면서도, 인용된 시편들
에서처럼 전원적 향토성의 비애로 되돌아가고 싶어 하는 회귀 본능36)

---

33) 『실천문학』에 소개된 오장환 발굴 시편 중 「조선의 아들」(≪매일신보≫,
　1932.7.30.)과 「발자취 차저」(≪매일신보≫, 1932.8.2.)는 종전 최초 발표작으로 알
　려져 있던 「아침」, 「화염」(『휘문』, 임시호, 1933.2.22.)이나 「목욕간」(『조선문학』
　1933.11.)이 아니었다는 것에 학술적 가치를 갖지만, 「패랭이」 연작은 이미 윤동주
　학예 스크랩북 1권에서 항목화되어 있던 시편이었다.
34) 시집 앞장 자필 서명을 확인해보면, 윤동주는 오장환 시집 중 『헌사』(1939.7.20.)
　를 1939년 10월 5일에 구매했던 것으로 보인다.
35) 김기림, 「『성벽』을 읽고」, 『김기림 전집 2』, 심설당, 1988, 377쪽.
36) 도종환은 이런 오장환 시의 구심을 고향에 대한 향수 의식으로 파악하고 고향—탈
　향—귀향의 경로를 제시한다. "첫 시집에 수록된 「여수」, 「황혼」, 「향수」, 「해수」
　등의 시에는 도시를 방황하다 동화하지 못하고 절망해 고향으로 돌아가고 싶어 하

228 윤동주와 조선문학 살롱

을 드러내기도 한다.

이런 측면에서 「패랭이—頭序」는 그런 고향의 원형 세계로 닿으려하는 하나의 선언으로 읽힌다. "내가 고향에들리어 다시 눈물먹음고 소년의시절을 그리워하는 노래"라고 연작시의 창작 경위를 밝히면서 "옛날의좁은 고삿을 도라" '기억의 간의역'들을 헤아리겠다고 선언한 것이다. 그러나 오장환에게 그 고향은 "山"과 "여울", "石榴남구"가 이미 훼손된 공간이었고, 타관을 돌다가 다시 찾아온 이 고향의 풍경들 역시시적 화자를 환대하며 맞이해주지 않는다. "담배 닙 포기 포기 茂盛한 밧고랑"이나 "길고 긴 방천쭉"에 "아카시아 꼿"들, "노래하는 童男童女들"과 같은 정겹고 익숙한 풍경을 마주하는데도, 화자에게 고향은 "빗장은 굿이 닷치여"(「패랭이—古家」)둔 古家처럼 곁을 내주지 않았으며, "오즉 낫서른 손님과가티 타관에서 온사람가티"(「패랭이—타관살이」) 그를 그저 이방인으로 취급하는 것만 같다. 다만 그의 고향 충북보은군 회인면 아미산(峨嵋山)자락 밑 "土담방안에/ 쓸쓸한 主人"이 된옛 동무가 그를 겨우 알아봐 주고 있을 뿐이다.[37] 그제야 화자는 그 옛동무와 나눴던 씨름 놀이와 그때 부르던 노랫소리("씨름동무와 나와그의 동생이 어렷슬적 부르든 노래")가 들리는 것만 같고, 다시 어려져서는 "고등에 씨—름 황새—씨—름"과 같은 말놀이를 주고받으며, 향수에 잠시 젖어갈 뿐이다.

오장환의 고향 의식은 짙은 향수가 투사돼 있으면서도, 그곳을 탈주

는 화자의 모습이 자주 나타난다. 이런 귀향 의식은 1940년대에 쓴 「고향 앞에서」와 같은 시에도 계속 이어진다. 그리고 자주 어머니에게 돌아오고 싶어 한다."(도종환, 「오장환 평전을 새로 써야 한다」, 『실천문학』, 2014 겨울호, 152쪽.)는 것이다.

37) 도종환은 이곳에서 만난 옛동무("쓸쓸한 主人")의 가계를 오장환의 어릴 적 부모, 형제들로 해석하며, 오장환이 고향에서 과거의 자신을 만나는 정황으로 이해한다. (도종환, 위의 글, 151—152쪽.)

하고 싶거나 생경하게 느끼는 감흥이 동시에 회동하는 형태를 띤다. 이런 "이중감정의 진술에서 여전히 감득되는 고향 잃은 자의 심회"[38]를 유발하는 전략을 통해, 오장환은 삶의 구심을 잃어가는 식민지 지성의 불온성을 형상화했다고 볼 수 있다. 이와 같은 특징은 오장환의 스승이었던 정지용의 시 「故鄕」에서도 "고향에 고향에 도라와도/ 그리던 고향은 아니러뇨 …… 마음은 제고향 진이지 안코/ 머언 港口로 떠 도는 구름."과 같은 심사와 그 맥을 같이 한다. 정지용에게도 고향은 "그 곳이 참하꿈 엔들 니칠니야"(「鄕愁」)라고 부르고 그리워하던 곳이기는 했지만, 정지용에게나 오장환에게나 고향은 이미 훼손되어 되돌아갈 수 없는 미지의 공간이기도 했다.

더 정확히 말하면, 고향이라는 원형/시원(始元)의 공간으로 되돌아가더라도 이미 식민지 조선에서 주체화되지 못한 허구적 현실을 횡단하고 다녔던 그런 화자들에게, 그들이 처한 삶의 불연속성은 도무지 회복할 수 없었던 기형이었던 셈이다. 이렇게 '고향으로의 도피'나, 더 나아가 '조선 산수의 유람'[39], 조선심(朝鮮心)에 관한 관심은 정지용과 오장환의 시편에서 유사하게 현현되고 있었다. 이는 전환기의 횡단하면서 이들이 내재화하려고 했던 문학적 비전이자, "일제 말기 피식민지 지식인으로서 예속과 저항 사이에서 '위장'과 '연기'의 성격"[40]이 투사된 형태라 볼 수 있다.

38) 유성호, 「오장환 시의 초기 지향과 일제 말기의 육성—근자에 발굴된 자료들을 중심으로」, 『실천문학』, 2014 겨울호, 152쪽.
39) 곽명숙, 「정지용 시에 나타난 여행의 감각과 의미」, 『한국현대문학연구』 37, 한국현대문학회, 2012, 127쪽 참조.
40) 김봉근, 「정지용 후기시 「슬픈 偶像」의 재해석과 위상 연구」, 『한국시학연구』 50, 한국시학회, 2017, 211쪽.

故鄕에 돌아온날밤에
내 白骨이 따라와 한방에 누엇다.

아둔 房은 宇宙로 通하고
하늘에선가 소리처럼 바람이 불어온다.

어둠속에 곱게 風化作用하는
白骨을 드려다 보며
눈물 짓는 것이 내가 우는것이냐
白骨이 우는것이냐
아름다운 魂이 우는것이냐

志操 높은 개는
밤을 새워 어둠을 짓는다.

어둠을 짓는 개는
를르 쫓는 것일게다.

가자 가자
쫓기우는 사람처럼 가자
白骨몰래
아름다운 또다른 故鄕에 가자.

               — 윤동주, 「또다른 故鄕」 전문

    특히, 이 시기 윤동주는 「또다른 故鄕」(1941.9.)을 통해 정지용, 오장
환이 공유했던 기형적 향수와 불연속적 정서를 형상화해 내고 있다. 예
컨대 "故鄕에 돌아온날밤에/ 내 白骨이 따라와 한방에" 누워 있다는 시
적 정황의 구축은 원형 회복의 공간에서 죽음을 묘파해 내는 표현임과

당시 지식층의 분열적 증상을 그대로 드러내는 표현이기도 했다. 연전 졸업을 앞둔 시기, 시집 출간이 좌절되고 이후 도일 상황에서 창씨개명까지 감행해야 했던 윤동주에게는 자신의 의지로는 아무것도 할 수 없는 상황에 놓이게 된다. 이렇게 나약한 처지였던 윤동주에게 고향은 더 이상 자신을 회복할 수 있는 공간이 아니었다.[41] 그러니 윤동주는 정지용, 오장환 등의 시편을 읽고 '도피'를 세속화하는 전략을 선택한 것이 아니라, '다른 고향'을 통해, "시적 주체가 몸담고 있는 생활과 현실만이 앞으로 자신의 고향이 될 것"[42]이라는 일종의 선언을 시편 속에 투사시킨 것이다. 그러니 윤동주는 "가자 가자/ 쫓기우는 사람처럼 가자/ 白骨몰래/ 아름다운 또다른 故鄉에 가자"라고 재차 외치며, 다른 시원(始元)의 공간을 구축하고 싶었을 법하다.

여기서 윤동주에게 '다른 시원'이란, '다른 미지의 공간'임과 동시에 종교적 회귀 공간이기도 하다. 이러한 맥락에서 오장환의 고향 회귀 관념을 영원회귀 관념으로 심화 · 확대하여 이해해볼 수 있다. "원죄의식의 연계 선상에서 <할렐루야> · <성탄제> · <마리아> 등을 해석"[43]하는 평가들이 그러한데, 오장환이 기형적/충동적으로 느끼고 있던 고향의 의미는 일종의 '신성'에 대한 기형성을 형상화하고 있는 맥

---

41) 신철규는 백골의 의미를 "생명력을 상실한 육체를 암시하며, 생명력이 충만한 '생활'에 참여하지 못하고 불가항력적인 세계의 어둠에 왜소화되어 간신히 생존을 위해 살아가는 유약한 자아를 형상화한 것"(신철규, 「윤동주와 백석─ 암흑기 시적 주체의 두 가지 지향」, 『한국시학연구』 50, 한국시학회, 2017, 64쪽.)으로 판단하지만, 윤동주는 자기 자신과의 화해뿐만이 아니라 현실과의 화해의 문제에서도 일방적인 순응의 태도를 보이지 않는다. 오히려 그는 시를 통해 '다른 미지'를 설정하여 자기 윤리/세계를 개방하려고 했었다.
42) 신철규, 위의 글, 65쪽.
43) 김학동, 「전통의 거부 반응과 좌경적 이념의 추구」, 『오장환 평전』, 새문사, 2004, 172쪽.

락이기도 했다. 윤동주가 「패랭이」 연작 외에 스크랩했던 작품이 굳이 「聖誕祭」, 「마리아(상), (하)」 등인 것을 미루어보면, 윤동주 역시 오장환과 같이 존재론적 뿌리를 의심하거나 자신의 신앙과 신념에 대한 의심을 지속했을 것으로 보인다. 이는 윤동주의 신앙 회의기와도 관련이 깊으며, 주지하듯 윤동주는 이 시기를 겪으면서 행동주의적 면모와 「흐르는거리」 등 전범 국가의 시민들까지도 연민하는 '범세계적 시적 지향'으로 거듭난다.

이처럼 윤동주가 오장환의 세계관을 차용 및 전이했던 면면들이 지속적으로 드러났던 이유는, 비교문학적 관점에서 당대 정지용이라는 공통항을 간과하고 논하기는 힘들다. 주지하듯 오장환은 휘문고보에서 영어 교사였던 정지용에게 시를 배웠던 바[44] 있고, 처음에는 '동시'를 주로 쓰면서 초기 시 세계를 구축해나갔다. 윤동주 역시 선술했듯 『정지용시집』의 깊이 있는 탐독을 통해 처음에는 '동시'를 쓰며 자기 세계를 형성해나갔다. 이후 「序詩」, 「懺悔錄」, 「十字架」, 「八福」과 같은 가편들을 통해 종교적 세계와 자아 사이의 고민을 투사[45]했으며, 이는 참혹한 현실과 그 현실을 겪는 자아 사이의 문제로 환원되어 읽히기도 한다. 주어진 세계를 치열하게 성찰하는 자아를 내세워 자기 시편 속의 화자를 능동적/행동주의적인 주체[46]로 격상하려 했던 것이다. 이

---

44) "정지용은 휘문고보 출신들의 졸업기를 물을 때 반드시 오장환을 중심으로 해서 전후를 가렸다고 한다. 이는 휘문고보 출신 가운데서 오장환이 정지용의 뇌리에 강한 인상으로 남았음을 알려준다." (김학동, 위의 책, 35쪽.)

45) 소위 윤동주의 '신앙 회의기'라 특정되는 이 시기의 시편들은 윤동주의 기독교적 세계관을 반영하고 있음과 동시에, "슬픈사람의 뒷모양/ 거울속에 나타"(「懺悔錄」)난다거나, "저희가 영원히 슬플 것"(「八福」)이라는 표현과 같이 주어진 세계를 부정하는 자아가 종종 도출된다. 이는 오장환이 종교로서는 절대 회복할 수 없는 현실에 대한 경탄과 동류하는 세계관이라 볼 수 있다.

46) "윤동주가 동경에서 피검되기까지의 행적이 보다 행동주의적으로 변모했다는 것

는 정지용이 종교시(가톨릭시즘)의 탐미 시기를 거쳐 산수시로 변모했던 양상이나, 오장환이 원색적 퇴폐주의로써 죽음의 내세관을 탐미하는 한 방식으로 종교(기독교)를 경유했던 점과 유사한 주체론이다. 정지용, 오장환이 상고주의나 목가, 향수로 도피를 선택했다면, 윤동주는 주체의 성찰을 통해 세계와의 대결을 선택한 셈이다. 즉 이들의 시를 탐독하며 윤동주는 자기 시 세계를 탐색해갔다고 평가할 만하다.

그 밖에도 오장환은 동경 유학 이후 『낭만』, 『시인부락』, 『자오선』 등 동인 활동을 해오면서 김광균, 김달진, 서정주, 윤곤강 등과 교우했었고, 이들의 시편들과 산문[47]을 윤동주가 모두 스크랩했다는 점을 간과할 수 없다.

가령 김광균 스크랩작의 경우 「雪夜」, 「瓦斯燈」과 같은 회화적 감각이 짙게 묻어나는 출세작뿐만 아니라, 「薔薇와 落葉」처럼 군산 시절 고향을 그리워하는 자아와 모습과 일제에 의해 수탈을 당해온 조선 '항구'의 모습을 형상화한 작품을 포함하고 있었다.

김달진의 경우도 마찬가지다. 이미지즘을 기반으로 한 목가적 상상력에 기댄 「六月」 연작을 윤동주는 스크랩해 두었다. 이 시편들은 "나즌 하늘 바래도보며/ 고적한 마음을 스스로 親"(「六月-2.보슬비」)해보려고 하는 동양적 달관의 세계를 구체화한 시편이라 볼 수 있는데, 그 내용이 달관이나 전원적 도피에 치중되어 있다면 형식은 당대 신진

은 당대 행동주의 철학에 영향을 받은 이후, 저마다의 위치에서 지성의 실천을 실행에 옮긴 결과라고 할 수 있다" (박성준, 「일제강점기 저항시인의 세계인식과 글쓰기 전략-이육사, 윤동주를 중심으로」, 『비평문학』 65, 한국비평문학회, 2017, 122쪽.)

47) 서정주의 작품은 산문을 스크랩했으며, 그 목록은 「呪文」, 「夕暮詞」, 「餘白」 등 총 3편이다. 윤동주가 서정주의 시집 『화사집』을 소장하고 있기는 했으나, 스크랩북에서는 미당의 시가 보이지 않는다.

들이 공유했던 이미지즘에 토대를 두고 있는 시였다. 바람에 빨간 접시
꽃(蜀葵花)이 흔들리는 형상을 젊은 색시가 울타리에 빨래를 널어두는
장면과 교차 편집(「六月－1.蜀葵花」)을 한다든가, "나비"나 "호박벌",
"쓴매미"가 빛과 그늘을 오가는 운동성을 "등골에 닷는 싸늘한 마루 觸
感"(「六月－3.白日哀傷」)에 서리는 애상으로 표현하는 묘사들은 삶과
죽음의 무상을 드러내는 정서만큼이나 이미지를 구축하는 형식미가
잘 드러난 시편이기 때문이다.

그리고 윤곤강의 작품 또한 김광균의 회화성과 동류하고 있는 듯한
「가랑비」를 스크랩했다는 점에서, 앞서 살핀 시인들과 형식적 유사관
계를 맺는다. 이 시는 가랑비가 내리는 형상을 "검정 고양이 꼬리에/ 조
름이 묻어오는 대낮—"으로 포착해 내는 가편이다. 고양이의 동물성과
가랑비의 운동성을 교착해 내는 이미지 위주에 시편이라 볼 수 있다.

즉 이렇게 이미지즘을 기반으로 언어의 조형성과 참신성에 몰두했
던 신세대의 시편들을 윤동주가 다수 스크랩해왔던 점[48])이 그의 학예
스크랩북 1권을 통해 드러나고 있다. 그 세계관 또한 큰 틀에서는 1930
년대 도시를 향유하는 주체가 아니라 고향, 전원, 조선, 동양의 관념 세
계를 지향하며 도피와 선회의 심사를 내비쳤다는 공통점을 보인다. 그
리고 이러한 특징들은 향후 오세영에 의해서 "尹東柱는 …… 鄭芝溶이
나 金光均의 시에 가까운 언어세계를 보여"[49])왔다는 평가로 수렴되기

---

48) 윤동주는 정지용이나 오장환, 당대 신진 그룹 시에서 뿐만이 아니라, 일본 내에 모
더니즘 운동에 관해서도 관심이 깊었다. 주지하듯 윤동주의 독서목록 중에는 『詩
と 詩論』과 일본의 서정시지 『四季』 또한 발견되고 있다. 이는 당대 일본의 전위시
운동, 산문시 운동과 관련이 깊다. 이에 관한 자세한 논고는 왕신영, 「일본의 모더
니즘과 윤동주－1920~30년대의 관련 양상에 대하여」, 『일본학보』 74(2), 한국일
본학회, 2008, 227－230쪽을 참고한다.
49) 오세영, 「윤동주의 문학사적 위치」, 『현대문학』 1975. 4, 288쪽.

도 한다. 당대 '모더니즘'과 '크리스찬 휴머니즘'의 '거부'와 '수용'을 왕래했던 낭만적 정신으로 윤동주의 시적 특징이 해명[50]된 것이다. 그러므로 윤동주에게는 오장환 등의 신진 시인들의 독서는 정지용을 매개로 한 독서 체험의 연장이었고, 유사한 시적 고민과 발전 단계를 거쳐 왔다고 판별할 만하다. 아울러 김광균, 김달진, 윤곤강의 스크랩 작품을 통해서도 당대 이미지즘에 관한 관심을 드러낸 흔적들까지도 살필 수 있다.

4. 결론

본 연구는 전환기 지식인 주체로 윤동주를 읽는 새로운 방향성을 제시한다. 윤동주가 직접 제작한 '학예 스크랩북'을 토대로, 그가 독서했던 전환기 담론을 범주화하고, 윤동주가 아껴 읽었던 시와 그의 시편 사이의 영향 관계의 해명을 통해 윤동주의 시의 다른 독법을 재고하고자 했다.

1930년대 후반 윤동주가 읽은 시와 비평, 철학(사상) 등은 전환기 근대를 저마다 응전해왔던 지식인층의 보고가 드러나는 1차 자료라 볼 수 있다. 보통은 당시 문인들의 작품을 해명할 때 시대 정신이나 담론과의 상호작용을 다양한 방면에서 비교항으로 두는 관행이 있다. 그에 반해, 윤동주 연구에 있어서는 당대 담론과의 상호작용이 지극히 제한적으로 이루어져 왔다. 윤동주의 독서 체험을 기반으로 윤동주의 주체를 당대 지식인과 동등한 지위로 격상하고 그의 학예 스크랩북 1—4권을 검토한다면, 윤동주가 읽어냈고 응전하려고 했던 전환기 근대와 식

---

50) _____, 위의 글, 287쪽.

민지의 내면은 어느 정도 명징한 파악이 가능해진다.

특히 스크랩북 1권에 수록된 시편을 통해 윤동주의 연희전문 시절과 도일 전후의 시편들이 당대 신진들의 시적 경향과 맞닿아 있었음을 살필 수 있었다. 가령 오장환의 「패랭이」 연작이나 「聖誕祭」, 「마리아」 연작을 읽고, 윤동주는 「또 다른 故鄕」을 통해 근원성 상실과 다른 시원의 공간 구축을 전략화했다. 윤동주에게는 오장환은 정지용을 매개로 한 독서 체험이었으며, 아울러 김광균, 김달진, 윤곤강의 스크랩 작품을 통해서도 당대 이미지즘에 관한 관심을 드러낸 흔적들을 살필 수 있다.

이렇게 오장환을 비롯해 윤동주는 당대 신진 그룹의 경향을 수용하여 자아 성찰, 세계와의 대결을 통한 주체 건립, 결핍된 고향 의식, 신앙 회의기의 극복의 문제 등을 자신의 시에서 내재화해 나갔다. 이는 윤동주 시에 나타난 '시대 정신'이라 볼 수 있다.

참고문헌

<기본서>

김학동, 『오장환 평전』, 새문사, 2004.

송우혜, 『윤동주 평전』, 서정시학, 2016.

윤동주, 『사진판 윤동주 자필 시고전집』, 왕신영 외 편, 민음사, 2002.

윤동주, 『원본 대조 윤동주 전집 하늘과 바람과 별과 시』, 정현종 외 편, 연세대학교출판부, 2004.

<논문>

곽명숙, 「정지용 시에 나타난 여행의 감각과 의미」, 『한국현대문학연구』 37, 한국현대문학회, 2012.

김기림, 「『성벽』을 읽고」, 『김기림 전집 2』, 심설당, 1988.

김봉근, 「정지용 후기시 「슬픈 偶像」의 재해석과 위상 연구」, 『한국시학연구』 50, 한국시학회, 2017.

김성연, 「윤동주 평전의 질료와 빈 곳」, 『한국시학연구』 61, 한국시학회, 2020.

김은실 외 3인, 「윤동주 관련 연구 동향 분석 ─ 주제별 분석 및 동시출현단어 분석을 중심으로」, 『비교한국학』 26(2), 국제비교한국학회, 2018.

김응교, 「윤동주 산문 「종시」의 경성과 노동자」, 『한국문학이론과 비평』 75, 한국문학이론과비평학회, 2017.

_____, 「윤동주와 『정지용시집』의 만남」, 『국제한인문학연구』 16, 국제한인문학회, 2015.

도종환, 「오장환 평전을 새로 써야 한다」, 『실천문학』, 2014 겨울.

류양선, 「윤동주의 <간> 분석」, 『한국현대문학연구』 32, 한국현대문학회, 2010.

문익환, 「윤동주형의 추억」, 『원본 대조 윤동주 전집: 하늘과 바람과 별과 시』, 연세대학교 출판부, 2004.

박성준, 「윤동주 시의 낭만성과 戀歌」, 『한국문학이론과 비평』 75, 한국문학이론과 비평학회, 2017.

_____, 「일제강점기 저항시인의 세계인식과 글쓰기 전략─이육사, 윤동주를 중심으로」, 『비평문학』 65, 한국비평문학회, 2017.

_____, 「정지용 후기 시의 산문성과 무력감―『白鹿潭』의 재평가와 「슬픈 偶像」의 재
　　　해석을 중심으로」, 『우리어문연구』 64, 우리어문학회, 2019.

서인식, 「『서인식 전집1―역사와 문화』 해제」, 『서인식 전집1』, 차승기 · 정종현 편,
　　　역락, 2006.

신철규, 「윤동주와 백석― 암흑기 시적 주체의 두 가지 지향」, 『한국시학연구』 50, 한
　　　국시학회, 2017.

오세영, 「윤동주의 문학사적 위치」, 『현대문학』, 1975.4.

왕신영, 「일본의 모더니즘과 윤동주―1920~30년대의 관련 양상에 대하여」, 『일본학
　　　보』 74(2), 한국일본학회, 2008.

유성호, 「오장환 시의 초기 지향과 일제 말기의 육성―근자에 발굴된 자료들을 중심으
　　　로」, 『실천문학』, 2014 겨울.

_____, 「윤동주 시의 보편성과 특수성」, 『한국언어문화』 62, 한국언어문화학회,
　　　2017.

윤일주, 「윤동주의 생애」, 『나라사랑』 23, 외솔회, 1976 여름.

이숭원, 「정지용 시가 윤동주에게 미친 영향」, 『한국시학연구』 46, 한국시학회, 2016.

윤동주의 독서 체험 (2)
– 유치환 시의 영향 관계를 중심으로

1. 서론

윤동주가 사후 남긴 소장 도서 목록[1] 42권(국문 10권, 일문 27권, 영문 5권) 중 국문 시집 10권[2]에는 특이하게도 백석의 시집이 필사본으로 추가되어 있다. 윤일주에 따르면, "1936년 1월에 1백부 한정판으로 출판된 백석(白石) 시집 『사슴』을 구할 길 없어 도서실에서 진종일을 걸려 정자로 베껴 낸 바 있다."[3]고 회고된다. 당시 『사슴』(1936.1.20.)은 선광인쇄주식회사에서 간행된 한정판 시집이었기 때문에, 윤동주는 백석 시집을 필사까지 해서 소유하고 싶었던 것[4]으로 보인다. 이런

---

1) 왕신영 외, 『(사진판) 윤동주 자필 시고전집』, 민음사, 1999, 부록에 따르면, 윤동주의 소장 도서 목록과 '학예 스크랩북' 1—4권의 서지 목록이 제시되어 있다.
2) 국문 시집 10권을 구입 시기별로 정리하면 다음과 같다. 『정지용시집』, 『영랑시집』, 『을유 명시 선집』, 오장환의 『헌사』, 서정주의 『화사집』, 정지용의 『백록담』, 장만영의 『축제』, 신석초의 『촛불』, 『박용철 전집1』, 백석의 『사슴』이 있다.
3) 윤일주, 「윤동주의 생애」, 『나라사랑』 23, 외솔회, 1976 여름, 154쪽.
4) 필사 노트 겉장에 윤동주가 수기로 남긴 날짜는 "1937. 8. 5."인데 이 날짜가 필사를 마무리하는 날짜를 명시한 것인지, 필사를 시작한 날짜를 명시한 것인지 정확하지는 않다. 윤일주의 회고로는 평양 숭실중학 시절이라 하지만, 이 시기는 필사 마무리와 시작 날짜를 가늠해보아도 용정 광명중학 시절이었던 것으로 추론된다.

이유로 윤동주와 백석 시의 관련성 연구5)는 활기를 띠게 된다. 가령, 백석의 시구 "초생달과 바구지꽃과 짝새와 당나귀가 그러하듯이/ 그리고 또 「프랑시쓰 · 쨈」과 陶淵明과 「라이넬 ·마리아 ·릴케」가 그러하듯이"(「흰 바람벽이 있어」, 『문장』3권 4호, 1941.4.)와 윤동주의 시구 "小學校 때 책상을 같이 했던 아이들의 일홈과…(중략)… 비둘기, 강아지, 토끼, 노새, 노루, 「뚜랑시쓰 ·쨈」「라이넬 ·마리아 ·릴케」이런 시인들의 일홈을 불러 봅니다."(「별 헤는 밤」, 1941.11.5.)는 구절에서는 직접적인 유사성을 띤 구절들이 엿보인다. 물론 「흰 바람벽이 있어」는 시집 『사슴』에 수록되지 않은 백석의 시편이기는 하다. 하지만 자연물을 열거하다가 돌연 상승 배치하여 외국 시인의 이름을 열거하는 언술 양식이 유사하고, 호명하는 외국 시인들의 이름 또한 프랑시스 잠, 릴케로 동일하다는 것도 유사한 부분이라 할 수 있다. 다시 말해, 이 대목은 형식적 차용뿐만 아니라 세계관6)까지 함께 공유하고 있었다는 방증이 된다.

이처럼 윤동주는 '적극적인 독서 체험'을 통해, 당대 신진 그룹의 경

---

5) 북방 의식과 디아스포라 관련 논고를 제외하고, 윤동주와 백석 시의 영향 관계를 고찰한 연구는 시기별로 다음과 같다. 김응교, 「신경(新京)에서, 백석「흰 바람벽이 있어」―시인 백석 연구(4)―」, 『인문과학』48, 성균관대학교 인문과학연구소, 2011; 김재혁, 「문학 속의 유토피아; 릴케와 백석과 윤동주―시적 주체와 공간의식의 관점에서」, 『헤세연구』26, 한국헤세학회, 2011; 이승철, 「백석과 윤동주 시의 "방" 텍스처 고찰」, 『비교문학』67, 한국비교문학회, 2015; 김응교, 「백석 '가무래기'와 윤동주 '오줌싸개'의 주변인」, 『한국언어문화』62, 한국언어문화학회, 2016; 신철규, 「윤동주와 백석 ―암흑기 시적 주체의 두 가지 지향」, 『한국시학연구』50, 한국시학회, 2017.

6) 김재혁은 윤동주가 일본어판 산문시『기수 크리스토프 릴케의 사랑과 죽음의 노래』에 주목하는 한편, "백석과 윤동주 두 시인이 릴케나 프랑시스 잠에게서 받은 영향은, 릴케의『말테의 수기』의 관점, 특히 전원을 노래한 부분의 시각에서 보는 것"(김재혁, 앞의 글, 141쪽.)이라 명시화하고 있다. 즉, 기억과 몽상을 통한 유토피아를 구축하는 전원적 상상력으로 판단한 것이다.

향을 수용하고, 본인의 시 세계를 성장시키는 밑거름을 마련해 나갔다. 특히 도일 이후에도 자신의 습작 노트 격인 시고집 3권과 함께 소장하고 있었던 '학예 스크랩북 1권'7)에는 정지용, 임화, 오장환, 유치환, 김광섭, 김광균, 김달진, 이용악, 윤곤강 등의 시편이 수록되어 있었다. 갈색 표지에 영문으로 <SCRAP BOOK>이라고 인쇄를 하고 속지까지 마련해 정성 들여 책처럼 구성한 이 스크랩북은 윤동주가 직접 제작한 독서집이라고 볼 수 있다. 여기에 수록된 오장환의 「패랭이」연작이나 「聖誕祭」, 「마리아」연작을 읽고, 윤동주는 「또 다른 故鄕」을 통해 근원성 상실과 다른 시원의 공간 구축을 전략화했다는 점과 김광균, 김달진, 윤곤강의 스크랩 작품을 통해 당대 이미지즘에 관한 관심을 드러냈다는 점에서, 이 학예 스크랩북은 1936년 10월 1일부터 1940년 12월 26일8)까지 윤동주가 직간접적 영향을 받았던 논고들의 보고라고 할 수 있다. 아울러 도일 이후에도 시고집과 함께 소장하고 있었다는 점에서 스크랩북 1권에 수록된 시편의 경우는 윤동주의 적극적인 독서목록이자 윤동주가 심취해서 읽은 시편이라 추론할 수 있다.

여기서 본 연구가 주목하는 점은 윤동주와 유치환 시의 관계성 해명이다. 윤동주는 유치환의 시를 4회(총 6편)에 걸쳐 스크랩했고, 이 중 유치환의 「風習」(≪조선일보≫, 1937.10.6.)은 학예 스크랩북 1권에서 정지용의 「愁誰語 2— 毘盧峯 九城洞」(≪조선일보≫, 1937.6.9.) 바로

---

7) 평론과 논문을 주로 수록한 2—4권과 달리, 학예 스크랩북 1권에는 시 장르 전편 43편 (한시 1편, 동요 1편 포함)과 평론(9편), 수필 등 다양한 장르가 모두 포함되어 있다.
8) 학예 스크랩북 1권에 수록된 원고들은 시기순으로 정리되어 있지 않고, 윤동주 취향과 중요도에 따라 정리되어 있다. 그 때문에 1권의 시기는 2—4권의 시기를 포함하고 있으며, 현전하는 스크랩북 수록 원고의 시기를 특정하면 윤태웅 「九月蒼空」 (≪조선일보 ≫, 1936.10.1.)부터 이용악 「눈보라의 故鄕」(≪매일신보≫, 1940.12.26.)까지이다.

뒤에 수록된 작품이기도 하다. 윤동주가 중요도에 따라 작품 순서를 정했다는 것을 가늠해볼 때, 유치환의 시는 정지용의 시만큼[9)]이나 윤동주에게 감흥을 줬다고 예상할 만하다. 그리고 엄밀히 말하면 정지용의 「愁誰語」 연작은 이 시기 산문의 형태로 발표되었다가 향후 『백록담』에 시로 수정되어 수록되었기 때문에, 스크랩북 1권에 수록된 첫 번째 시는 유치환의 「風習」이라고도 볼 수 있다. 그리고 스크랩 총 규모에서 보더라도 유치환의 시가 6편으로 오장환 시 8편, 정지용 시 2편, 수필 6편이라는 것을 견주어봤을 때 유치환 시의 스크랩 편수는 적은 규모가 아니다.

이에 본 연구는 윤동주의 학에 스크랩북 1권에 수록된 유치환의 원고를 통해 윤동주 시와의 영향 관계를 비교 고찰한다. 윤동주와 유치환이 함께 읽었던 키르케고르와 종교적 실존에 관해 해명하는 동시에, 윤동주의 「序詩」, 「별헤는밤」, 「돌아와보는밤」 등에서 엿보이는 유치환 시의 전유 양상을 검토해볼 것이다.

2. 윤동주와 유치환이 전유한 키르케고르

주지하듯 윤동주는 간도 이주민 3세대로 그가 자랐던 명동촌은 유교적 질서와 기독교적 분위기가 혼종된 사회였다. "1) 제사와 집요한 신분의식으로 대표되는 유교 전통/ 2) 독특한 언어문화/ 3) 높은 교육열"[10)]이 그들 사회의 특징이었고, 그곳에서 자란 윤동주는 학업의 전

---

9) 윤동주는 정지용의 시(산문) 「愁誰語 2— 毘盧峯 九城洞」의 영향을 받아, 자신의 「毘盧峯」를 창작한 바 있다. 윤동주의 「비로봉」과 정지용의 「비로봉」은 시공간과 "'백화'라는 단어"(이숭원, 「정지용 시가 윤동주에게 미친 영향」, 『한국시학연구』 46, 한국시학회, 2016, 21쪽.)를 공유하고 있다.

과정을 미션스쿨로 수학하기까지 한다. 유치환 또한 다르지 않다. 유치환은 '유교적 가계의 질서'와 '모친에 의해 수혈된 기독교적 분위기'[11]가 공생하는 가운데에 유년을 보내고 있었기 때문에, 그의 시의 독특한 종교적·존재론적 특징은 매우 이른 시기부터 발현되고 있었다고 판단할 만하다.

여기서 윤동주와 접점을 가지는 점은 우선 연희전문에 선배였다는 점과 유년 시절 유교적 분위기와 기독교의 수혈이 윤동주처럼 그대로 작용하고 있었다는 점이다. 그뿐만 아니라 윤동주가『박용철 전집』1권을 장서로 소유[12]하고 있었고, 유치환도 박용철이 주관하는『문예월간』을 통해 문단 진출을 했다. 그리고 윤동주와 유치환 모두 정지용 시에 대한 영향이 어느 정도 있었다는 점 또한 거론될 수 있겠다.

그러나 유치환의 종교성은 매우 기이하고 굴절된 형태로 드러난다. 가령 산문「救援에의 摸索」등에서 "기독교의 인격적인 신이 인간의 삶 곳곳에 침투하여 간섭하고 주장하는 존재라면 청마가 상상한 신은

---

10) 송우혜,『윤동주 평전』, 서정시학, 2016, 42쪽.
11) 유치환이 1928년 4월 10일 연희전문에 입학했을 당시만 해도, 그의 종교는 '기독교 장로교'였다. 그러나 연전 문과 본과에서 자신이 생각했던 문과적 분위기와는 상이함을 느낀다. 목사 아니면 장로의 자제들로 구성된 문과 분위기를 유치환은 견디기 어려워했고, 결국 이런 "기독교적 학풍에 순응하지 못하고"(문덕수,『청마 유치환 평전』, 시문학사, 2004, 77쪽.) 연전을 중퇴한다.
12) 주지하듯, 박용철의 시론 또한 윤동주처럼, 릴케와 키르케고르의 영향을 받는 바 있다. "윤동주 시의 중심적 주제인 죽음과 재생의 모티프가 최초의 시들(1934년)에서 이미 나타나고 있었는데, 이것이 박용철이 번역한 키에르케고르의 시론과 시인론(1934년)의 영향 때문에 고뇌와 동경, 우수의 시 세계로(1935년) 바뀌게 되"(엄국현,「윤동주 시의 창작원리」,『한국문학논총』56, 한국문학회, 2010, 211쪽.)었다는 평가를 주목해서 볼 필요가 있다. 엄국현은 윤동주가 박용철의 번역시론이나 번역서, 그의 순수시론을 접한 이후, 자기 시 세계를 '성찰'과 '명상'의 정동으로 정립할 수 있었다고 해명한다. 특히 윤동주의 시에서 빈번하게 나타나는 기독교적 모티프(특히 순이 시편의 경우)는 박용철의 순수시론의 변용으로 볼 수 있다는 것이다.

홍미롭게도, 능동자(能動者)가 아니다. 오히려 인간이 신에 대해 능동자인 것"[13]으로 인식하는 양태를 보이기도 하고, "신이라 하면 우리는 누구나 얼른 종교에서 말하는 신으로 안다. 그러나 우리는 그러한 신의 인식을 종교에서 뺏아와야 한다"[14]고 고변을 늘어놓기도 한다. 즉 유치환이 설정한 신이란 기독교적 신도 아니고, 동양(유가, 도가)적 신도 아닌, 인간 세상 속에서 관념으로 호출된 심층적 존재이다. 그에 의하면 인간의 '예지'가 종교를 만든 것[15]이며 사후 세계라는 것도 인간이 구축한 생리의 허상이라는 것이다. 그는 "'신성'을 추구하되 그것을 인간성이라는 조건 속에서"[16] 논하고 했기 때문에, 유치환 시에서 절대성이란 신성과 같은 영적 차원의 문제가 아니라 인간의 존재론적 현실을 강하게 견지하는 형태로 전개될 수밖에 없다.

　　흑인종들이 신봉한다는 추악한 신과 기독교나 여외의 다른 종교의 신과에 다를 바가 무엇이 있으며, 어쩌면 신의 의사는 이러한 기괴한 목편의 두상에도 깃들어 있는지도 모를 일이다. …(중략)… 「케엘케고올」이 신앙은 공포와 전률 속에서도 절망하지 않고 단독자로서 신의 앞에 서게 한다고 한 이 신앙인즉, 결코 영생불멸한다는 천국에의 허욕스런 추구가 아니라, 우주 만유를 냉혹하게도 거느려 지켜 있는 무량광대한 의사 - 그 절대한 신의 자세와 또한 그와 인간과의 거리를 한 조각 사심(邪心)의 가려움도 냉정히 물리쳐 깨달음으로써 인간 자신의 운명을 체득하여, 마침내 낙엽처럼 입명(立

---

13) 손남훈, 「청마 유치환 시의 초월 의식 연구」, 『동남어문논집』 44, 동남어문학회, 2017, 109쪽.
14) 유치환, 「신의 자세」, 『유치환 전집 5』, 남송우 편, 국학자료원, 2008, 211쪽.
15) _____, 「신의 존재와 인간의 위치」, 위의 책, 233쪽.
16) 김윤정, 「유치환의 문학에 나타난 '인간주의적 형이상학' 고찰」, 『한민족어문학』 69, 한민족어문학회, 2015, 505쪽.

命)할 줄을 아는 인간의 겸허한 예지를 가리킴에 불외한 것이다.
— 유치환, 「신의 자세」 부분17)

「신의 자세」에서도 마찬가지다18). 유치환은 키르케고르를 인용하여, 신성의 추구가 인간의 '예지' 영역에서 작동한다고 진술한다. 먼저 그 제목부터 '신' 앞에서 선 인간의 자세가 아니라, '신의 자세'였다는 점이 주목된다. 유치환이 신성에 관해 전제하고 있는 것은 '신' 자체가 인간 문명이 구축한 허구의 대상이라는 것이다. 그러니 흑인이나 백인이 만들어 낸 종교의 차이는 그들 문명이 가진 문화적 풍토와 질료의 차이이지 근본적인 신성의 격 차이라 볼 수 없는 것이다. 보들레르가 자신의 친구가 가져온 아프리카 '마니토우' 신의 목각(우상)을 보고 추악해 보였다는 일화를 가져오면서, 유치환은 백인 사회에 관성화된 기독교 우월주의를 비판한다. '신'이란 각계의 문명사회에서 창조된 규약이며 그 문명의 발전사에 따라 고등 종교화되기도 할 뿐 신성이 깃들어 있다는 것은 그들 문명의 각각의 정신사가 깃들었다는 것이지, 종교 간의 이질과 격차를 논해서는 안 된다는 것이 유치환이 견지하는 종교에 대한 태도라 할 수 있다. 그 때문에 "영생불멸한다는 천국에의 허욕스런 추구"를 일찍이 반성하고, 단독자로 신 앞에 대면하려 했던 키르케고르를 호출하여, 그의 정신사를 통해 그들의 문화적 관성을 비판하려

---

17) 유치환, 「신의 자세」, 『유치환 전집 5』, 남송우 편, 국학자료원, 2008, 214쪽.
18) 유치환의 「신의 자세」는 윤동주가 키르케고르를 읽는 시기와 달리, 사후적으로 작성된 논고이지만, 유치환의 종교관이 만주 이전 시기부터 점층적으로 형성되었다는 점을 고려해볼 때 비교항이 될 수 있을 논고라 판단된다. 가령 손종호는 「생명의 서」(≪동아일보≫, 1938.10.19.)를 분석하면서 "단독자로서의 치열한 자아 극복 의지를 관념적으로"(손종호, 「유치환 시에 나타난 종교성」, 『어문연구』 35, 어문연구학회, 2001, 136쪽.) 투사했다고 판단하고, 종교의 모순성을 넘어 반종교적 형태의 시적 지향이 초기 시부터 이미 형성된 세계라고 평가한다.

고 했던 것이다.

키르케고르는 하녀의 자식으로 태어나서 이복형제들을 대다수 병과 사고로 잃었고, 평생 죄의식과 절망에 빠진 아버지를 보고 자랐다. 그가 신학을 전공하는 동안에도 아버지의 비윤리적인 행위의 결과물인 존재가 저 자신이라는 것에 관해 강한 죄의식을 느꼈으며, 굴절된 가족사에 따른 자기 실존의 문제를 늘 고뇌했던 종교철학자로 알려져 있다. 그는 "인간이 자신에게 절대적으로 집중하게 될 때, 그리하여 그가 자신에 대한 진정한 앎(self—knowledge)에 도달하게 될 때, 이때가 곧 신에 대한 앎(God—knowledge)을 가지게 되는 순간"[19]에 봉착한다고 보았으며, 그 가운데 "외톨이인 인간이라는 것이 가장 고귀한"[20] 존재(단독자)라고 판단했다. 즉 인간에게 신이 절대적인 깨달음을 주는 것('알기 위해서 믿는')이 아니라, 한 개인이 자기 삶에서, 자신을 알아가면서 주관적 진리 ('믿는다는 것을 이해하는 상태인')에 이르렀을 때 '신성과 이성의 종합'을 획득할 수 있다는 것이다. 그러므로 키르케고르의 이러한 질문은 인간이 신을 추종하는 존재로 남아서는 안 되고, 자기 자신이 어떻게 살아가야 하는지 끊임없이 성찰하는 실존적 존재로 성장해야 한다는 것을 의미한다.

키르케고르가 설정한 인간 실존의 세 단계도 이와 같은 성찰적 존재론과 깊은 관련을 맺는다. 그는 ①심미적 실존과 ②윤리적 실존, ③종교적 실존으로 인간 실존의 양상을 범주화하고, 단계별 존재 상태의 구획과 경계영역을 설정함으로써 자아 실존의 성장 과정을 제시한다. ① 심미적 실존에서는 감각적 쾌락을 추구하는 존재 상태가 주를 이루어

---

19) 이명곤, 「키르케고르의 종교관과 주관성으로서의 진리」, 『동서철학연구』 89, 한국동서철학회, 2018, 276쪽.

20) 키에르케고르, 임규정 역, 『죽음에 이르는 병』, 한길사, 2007, 239쪽.

종국에는 절망과 불안에 빠진 존재로 전락한다면, ②윤리적 실존에서는 타인과 사회와의 관계 속에서 그리스도의 '온전한 도덕적 모범' 모델을 견지하고 규범으로 나아가려는 윤리적 존재 상태가 전망된다. 그러나 윤리적 실존 또한 인간이 완벽하게 윤리적인 상태를 지속할 수 없으므로, 심미적 실존에서처럼 깊은 절망 상태21)에 빠질 수밖에 없다. 여기서 키르케고르는 ③종교적 실존을 '종교성 A'와 '종교성 B'로 다시 구획하여, 전자는 실존하는 존재가 신과 맺고 있는 긴장 관계를 지속해서 유지하는 '내재적 종교의 단계'로 설정하고, 후자는 인간이 신 앞에서 철저히 죄의식(죄책감)을 자각할 수밖에 없는 단절된 존재라는 것을 깨닫는 '기독교적 실존 단계'로 설정한다. 그러니 종교적 실존에 이른 존재라도 종교성 B의 단계(무한한 순종의 단계)에 진입하지 못한다면 자기 절망과 회의, 죄의식에 시달리며 고통에 빠진 존재로 전락할 수밖에 없다.

유치환이 강조한 인간의 '예지'의 영역이라는 것도 실상 키르케고르의 종교성 B의 단계를 배제한 채로, 앞선 성장단계를 전유하는 것으로 보이는데, 민족의 절망과 자기 절망을 동시에 경험하고, 전체와 개인 사이에서의 통고를 출생부터 줄곧 겪어왔던 세대들에게 '무한한 순종'을 통한 '안식'이란 불가능의 영역일 수밖에 없었다. 오히려 일제라는 대타자가 더 공고하게 자리 잡고 있었던 전환기에 발표된 대다수 시편은 ①심미적 실존에서처럼 도피를 선택하거나, ②윤리적 실존이나 종교성 A에서처럼 실존적 절망을 내재화하는 방식으로 형상화되었다.

---

21) 김응교는 윤동주의 시를 키르케고르가 설정한 세 단계에 따라 배치하고, 윤리적 실존 단계에서 "자책의 한계에서 윤동주는 1년 3개월(1939년 9월─1940년 10월)간 절필"(김응교, 「단독자, 키에르케고르와 윤동주─「길」, 「간」」, 『기독교사상』 670, 대한기독교서회, 2014. 10, 170쪽.)을 했던 신앙 회의기(절필 시기)를 명시한다.

이런 관점에서 윤동주 또한 신앙 회의기의 극복의 문제를 키르케고르의 독서 과정과 함께했을 것으로 보인다.

> 신앙의 회의기에 들었던 때인지 모른다. …(중략)…할아버지께서 "오늘 동주가 기도 드리지"하고 명하시었다. 동주 형은 무릎을 꿇고서 예전과는 달리 꽤 서투른 기도를 드렸다. 예배 후 우리들을 보고 "기도는 신앙대로 가는 것이야"하면서 씩 웃는 것이었다. …(중략)… 연희전문 졸업 무렵에는 키에르케고오르를 읽으면서 나이 어린 나에게도 그에 대한 이야기를 들려 준 것을 보면 꽤 심취되어 있은 것 같다.
>
> — 윤일주, 「동주형의 추억」 부분[22]

> 그의 장서 중에는 문학에 관한 책도 있었지만 많은 철학서적이 있었다고 기억된다. 한 번 나는 그와 키에르케고르에 관한 이야기를 하다가 그의 키에르고르에 관한 이해가 신학생인 나보다 훨씬 깊은 데 놀라지 않을 수 없었다. …(중략)… 나는 그에 나타난 신앙적인 깊이가 별로 논의되지 않은 것이 좀 이상하게 생각되곤 했었다. 그의 시는 곧 그의 인생이었고, 그의 인생은 극히 자연스럽게 종교적이기도 했다. 그에게도 신앙의 회의기가 있었다. 연전(延專) 시대가 그런 시기였던 것 같다. 그런데 그의 존재를 깊이 뒤흔드는 신앙의 회의기에도 그의 마음은 겉으로는 여전히 잔잔한 호수 같았다. 시도 억지로 익히지 않았듯이 신앙도 성급히 따서 익히려고 하지 않았던 것이리라.
>
> — 문익환, 「동주형의 추억」 부분[23]

---

22) 윤일주, 앞의 글, 157−159쪽.
23) 문익환, 「동주형의 추억」, 『원본 대조 윤동주 전집 하늘과 바람과 별과 시』, 정현종 외 편, 연세대학교출판부, 2004, 316−317쪽;

인용문은 윤일주와 문익환이 회고하고 있는 윤동주의 키르케고르 독서에 관한 증언들이다. 정확히 윤동주가 키르케고르의 어떤 저작을 읽었는지는 현재로서 확인[24]할 수가 없으나, 증언들로 미루어보아 윤동주는 연희전문 졸업을 앞두고 키르케고르를 탐독했고, 이 시기와 맞물려 기독교 신앙에 대한 회의기도 찾아왔던 것으로 확인된다. "그의 존재를 깊이 뒤흔드는" 것과 같았다는 기독교 신앙에 대한 회의는 알려진 대로 그의 절필로 이어진다. 그도 그럴 것이 유아 세례를 받았던 윤동주에게 기독교 세계에 대한 회의와 의심은 자기 실존과 근간의 문제와 밀접한 관계를 맺고 있을 수밖에 없었다. 그러니 방학 때 집으로 돌아와 식전 기도를 드리는 행위에서 서투른 점이 발견되었다는 증언은 강한 반항의 방증이라 볼 수 있다. 우선 집안의 웃어른인 할아버지의 말씀을 성실히 따르지 않는 것은 유교적 분위기에 대한 반발이고, 더 나아가서는 기독교 의식에 대한 반항이었기 때문이다. 특히 "'기도는 신앙대로 가는 것이야'면서 씩 웃"었다는 대목은 '기도는 하느님의 마음을 바꾸지는 않고, 다만 기도하는 자의 마음을 바꿀 뿐'이라는 키르케고르의 명제와 상통하는 부분이 있다.

대다수 논자는 윤동주의 절필 시기와 신앙 회의기를 이겨내는 한 방편으로 키르케고르의 독서를 거론[25]하고 있다. 진학을 거듭할수록 더

---

24) 키르케고르 독서 시기에 관해 『하늘과 별과 바람과 詩』 1955년 정음사판 '후기'의 윤일주의 글을 참고할 만하다. 「先伯의 生涯」에서 윤일주는 "켈케고올의 것 몇卷, 그밖에 原書 多數입니다. 켈케고올의 것은 延專卒業할 즈음 무척 愛餐하던 것입니다."와 같이 회고하기도 한다.

25) 대표적으로 류양선의 논의를 참고할 만하다. "尹東柱의 연전 졸업반 전반기에 씌어진 一連의 시작품들이 그가 기독교 신앙을 確立해 나아가는 過程을 보여 주고 있다고 했거니와, 그가 이 시기에 宗敎的 實存으로 발돋움하게 된 데에는 키에르케고르의 實存思想이 일정 정도의, 아니 어쩌면 결정적인 영향을 끼쳤던 것"(류양선, 「윤동주의 시에 나타난 종교적 실존―「돌아와 보는 밤」 분석」, 『어문연구』 35(2),

높은 단계의 일제의 폭압을 견딜 수밖에 없었던 윤동주는 그 과정에서 자아의 건립 문제뿐만 아니라 자기 시의 시적 실존까지 고민할 수밖에 없었다. 초기에는 고향 명동의 아름다운 풍경을 불러와 동시를 창작하던 심미적 실존 수준에서, 그의 시적 실존 양상은 점차 현실과 대결 양상을 보이는 윤리적 실존 단계[26]로 접어들어 갔으며, 종국에는 1년가량의 절필 시기까지 맞이하게 된 것이다. 윤동주는 그렇게 '온전한 도덕적 모범'이 건립될 수 없는 억압의 시기를 살아가면서 타인과 공동체, 더 나아가 조선 민족을 이해하는 태도조차 회의감이 들 수밖에 없는 암울한 침체기를 겪는다. 그러나 이 시기가 윤동주 시 세계 전반에서 정체기로만 판단하기는 어렵다. 예컨대, 신앙 회의기 바로 직전 창작한 작품에서 "값싼 동정과 자기기만에 빠진 「츠르게네프의 언덕」의 화자에게, 그리고 투르게네프의 「거지」에 나타난 맹목적으로 아름다운 사랑의 세계에 시인은 냉소를 보"[27]내는 형태가 그러하다. 윤동주는 '냉소'와 '풍자'를 통해 윤리적 실존에서 종교적 실존으로 나아가는 경계영역[28]에 가닿으려는 정신적 고행의 과정을 겪어내고 있었으며, 종전 그의 동시가 갖는 화해주의적 시선에 대해서도 충분히 염증을 느

한국어문교육연구회, 2007, 199쪽.)이다.

26) 김응교는 윤리적 실존 단계의 시편을 「슬픈族屬」, 「해바라기 얼골」, 「츠르게네프의 언덕」을 거론하며, 이 시기를 1938년부터 1939년 9월 이후로 설정한다. 김응교, 앞의 글, 169쪽 참조.

27) 최희진, 「윤동주 문학의 사랑과 회의의 문제」, 『우리말글』 75, 우리말글학회, 2017, 422쪽.

28) 키르케고르의 실존 단계는 "세 개의 실존 단계들로만 구성되는 것이 아니다. 실존 단계들 사이에 경계영역(confinia)이 존재하기 때문이다. 심미적 실존과 윤리적 실존 사이에는 아이러니라는 경계영역이, 그리고 윤리적 실존과 종교적 실존 사이에는 유머라는 경계영역이 존재한다." 임규정, 「키르케고르의 실존론적 윤리학에 대한 고찰1─ "심미적 실존의 상징들"을 중심으로」, 『인문학연구』 123, 충남대학교 인문과학연구소, 2021, 280쪽.

끼고 있었다. 다시 말해 윤동주는 자기 시의 관성을 무너뜨리며 자기 시 세계의 한계를 거듭 경신하고 있었던 것으로 보인다.

물론 이때까지 윤동주 또한 유치환의 경우에서처럼 키르케고르의 실존 단계 중 종교성 B의 단계를 배제한 채로 시 세계를 확장해갔기 때문에, 결핍과 절망을 오가며 완전하지 못한, 주어진 세계를 자각하는 수준에서 그치고 만다. 절필 시기를 지나 창작한 작품들의 경우, 이전과는 전혀 다른 양상의 주체 발화가 등장한다. 「흐르는거리」(1942.5.12)에서 일본인들에게까지 연민의 정서를 보내는 장면들을 상기해보거나, 「病院」(1940.12.)에서 "지나친 試鍊"과 "疲勞"로 가득한 세상에서도 "나는 성내서는 않된다."라고 순응하는 장면을 상기해보자. 「흐르는거리」의 경우는 전쟁을 치르고 있는 일본인들의 피로하고 고된 일상을 3연에서 묘사하고 있는데, 이는 자신의 실존을 위협했던 일본인들에게도 연민을 보내는 태도로 읽히기 때문에 여타의 윤동주 시와는 다르게 이질감이 느껴진다. 「病院」의 경우도 젊은이들이 병을 모르는 의사에게 화를 내는 것이 아니라 오히려 순종하는 모습이 진술되고 있어서, 다시 나약한 주체로 회귀하는 모습처럼 형상화되어 일종의 시적 퇴보로 읽히기도 한다. 그러나 이는 키르케고르의 종교성 B 단계를 경유하면 전혀 다른 국면으로 독해가 가능해진다.

키르케고르는 실존적 진리를 보편이 아닌 주체성에서 기인한다고 보았지만, 그 주체성이 인간의 완벽한 주관이나 완벽한 이성을 뜻한 것만은 아니다. 그에 따르면, 심미적 실존 단계가 외부 요인에 의해 추동된다면 윤리적 실존 단계는 주체의 내부 요인으로 인해 질서화된다. 그에 반해 종교적 실존 단계에서는 주체를 초월한 단계로, "신앙의 행위는 인간의 합리성의 기준을 넘어선"[29] 차원에서만 이해가 가능한 영역이다. 종교적 실존 영역에서는 현실적인 부조리에 따른 함몰보다 절대자의 의중에 무한히 순응하는 인간의 태도가 선행하는 것이다. 그러니 「흐르는거리」에서 이미 절대자에게 부여받은 나의 시련 상황을 거두어내고 본다면, 일본인이라고 그들은 연민하지 않을 이유도 없고, 그들 또한 일본 제국주의의 또 다른 희생의 주체일 수 있다는 대승적 차원의 태도가 엿보이는 것이다. 아울러 「病院」에서도 성을 낼 수밖에 없는 상황을 만들어 낸 '늙은 의사'가 "나의 늙은 의사"로 진술되는 것을 보면, 의사는 절대자의 은유로 읽히기도 하고, 시적 주체는 그 신 앞에서 한없이 순응하는 주체가 될 수도 있는 것이다.

이처럼 유치환이 키르케고르의 실존 사상을 일부 수용하여 인간의 '예기', 주관/주체성의 맥락에서 신성을 탐구해 나갔다면, 윤동주는 키르케고르 사상의 전면적 수용을 통해, 절필 시기를 극복하고 자기 시세계를 종교적 실존 영역(종교성 B)으로까지 그 사유체계를 확장해 나갔다고 볼 수 있다. 그러나 두 시인 모두 현실과의 대결 양상과 포기, 절망감을 딛고 일어서는 자기 초월의 의지를 함양했다는 맥락은 여전히 유사점으로 남는다. 이런 이유로 본 연구는 윤동주가 유치환에게 실제 영향을 받았다고 추론되는 「風窻」에 주목할 수밖에 없는 것이다.

---

29) 황민효, 「키에르케고르의 그리스도교 진리 변증에 관한 소고」, 『한국조직신학논총』 60, 한국조직신학회, 2020, 198쪽; 키르케고르는 『두려움과 떨림』에서 아브라함이 번제물로 자식 이삭을 바치는 행위를 통해, 인간의 통념으로 이해될 수 없는 신성의 행위로 종교적 실존을 설명하고 있다.

3. 윤동주가 읽은 유치환의 시

그동안 윤동주의 시를 평가하는 데 있어 모더니즘이나 이미지즘이 사사된 것으로 해명하는 일은 드물었다. 윤동주의 시는 이육사, 심훈과 더불어 암흑기에 빛나는 '저항의 정신사'를 기반으로 하는 "국민국가적 상상력 안에서 폭 넓은 교육 자료로 활용"[30]되어 온 면이 없지 않다. 그러니 그의 시 세계는 하나의 성역화/신성화된 의미로 재생산됐으며 윤동주의 시를 시작 방법론의 관점에서 해명하는 일 또한 주요 논제로 다뤄지기 힘든 실정이었다. 여기서 주목할 점은 오세영이 윤동주의 시를 "鄭芝溶이나 金光均의 시에 가까운 언어세계"[31]라 평가했다는 점과 윤동주의 스크랩북에 수록했던 당대 신진들의 작품들이 모더니즘(이미지즘)을 수혜받은 작품들이 다수 포진되었다는 점[32]이다. 윤동주는 김광균, 김달진, 윤곤강의 스크랩 작품을 통해 당대 이미지즘에 관한 관심을 드러내고 있었으며, 정지용의 시의 산문화 경향에 관해서도 깊이 천착했던 것으로 보인다. 여기서 윤동주의 소장 도서 중 百田宋治의 『詩作法』이 포함되어 있다는 점을 상기해볼 수 있는데, 당시 百田宋治는 일본 내 신산문시 운동을 주도했던 인물이었고, 일본에서는 인간의 사고를 포괄적으로 드러내며 새로운 시 정신/ 형식에 대한 갈구가 지속되는 상황이었다.[33] 이런 일본의 문단 경향이 정지용의 『백록담』에서

---

30) 유성호, 「윤동주 시의 보편성과 특수성」, 『한국언어문화』 62, 한국언어문학회, 2017, 69쪽.
31) 오세영, 「윤동주의 문학사적 위치」, 『현대문학』 1975.4, 288쪽.
32) 윤동주는 그의 스크랩북에서 특히 김광균의 작품을 3편 수록하고 있다. 그 목록은 「薔薇와 落葉」(≪조선일보≫, 1937.1.28.), 「雪夜」(≪조선일보≫, 1938.1.8.), 「瓦斯燈」(≪조선일보≫, 1938.6.3.) 등이다. 이 작품들은 현실주의 경향의 초기 시에서 김광균이 본격적으로 '조형성', '회화성'을 강조한 시편들로 변모한 시기의 작품이라 볼 수 있다.

조선어로 재현되고 있는 현상이었다면, 이 시기 윤동주는 일본 내 모더니즘 운동과 그것을 조선적으로 실천한 정지용의 시적 경향을 그대로 전유하고 싶었을 것으로 보인다. 그 밖에도 장서 목록에는 포함되어 있지 않지만, 윤일주에 따르면 일본 전위시 운동을 견인했던『詩と 詩論』과 일본의 서정시지『四季』가 포함된 책 꾸러미를 방학이 되면 윤동주가 한 짐씩 가져왔던 회고가 있었던 것34)으로 보아, 윤동주는 일본의 모더니즘 운동과 서정시 운동의 격차 사이에서 자기 시의 정체성을 고민했을 가능성 또한 배제할 수 없다.

유치환 또한 그의 초기 시에서 모더니즘과 접촉면이 없지 않다. 유치환은 그 스스로도 회고했듯이, 1930년대 들어『카톨릭 청년』과『삼사문학』지를 통해 활발하게 활동을 진행하면서 정지용, 이상 등과 교우한 바35) 있었고, 연희전문을 중퇴한 이력도 있었다. 유치환의 데뷔 경로는『문예월간』(1931.12.)에 발표한「靜寂」이었으며, 당시『문예월간』은 박용철이 주관하는 잡지였다. 주지하듯 박용철과 유치환의 형 유치진은 해외문학파와 '극예술연구회'의 일원이었고, 박용철은 '시문학사'를 운영하면서 정지용과 김영랑 등의 시집을 출간한 바 있다. 게다가 박용철도 짧게나마 연희전문에서 수학한 이력을 가지고 있다. 그러니

---

33) 윤동주의 일본 내 모더니즘 수용과 관련된 자세한 논고는 왕신영,「일본의 모더니즘과 윤동주―1920~30년대의 관련 양상에 대하여」,『일본학보』74(2), 한국일본학회, 2008, 227―246쪽을 참고한다.

34) "그가 방학 때마다 이불짐 속에 한 아름씩 넣어 오던 책은 8백권 정도 모이었고, …… 시지(詩誌) ≪사계(四季)≫, ≪시와 시론≫"(윤일주, 앞의 글, 158쪽.) 등이 있었다고 회고된다.

35) 유치환,「'청마시초' 무렵」,『淸馬시집』, 문학세계사, 1993, 137쪽; "1936년에는 초량동 집으로 찾아온 시인 이상(李箱)과 부산 우체국 맞은 편에 있는 어떤 '여관'에서 하룻밤 동숙했다. 이 때『생리』지의 동인 박영포도 술자리에 동석했다."(문덕수, 앞의 책, 93쪽.)고 전해지며, 청마의 초기 동인지 시절은 "모더니즘적 공간성·회화성의 수용"(문덕수, 위의 책, 97쪽.) 양상이 두드러진다.

형 유치진의 주선으로 유치환은 문단 데뷔에 발판을 마련했고, 1930년 대 유치환의 초기 시는 형의 친우 박용철을 매개로 정지용과의 접점을 갖는 셈이다. 물론 여기서 정지용은 윤동주가 만난 적은 없지만, 주지하듯 윤동주는 매우 이른 시기부터 정지용을 자신의 시적 스승으로 삼았고, 그의 시편을 닮고 싶어하기도 했다. 이렇게 이 시기 청마 시에 전유된 모더니즘이나 이미지즘에 관한 수용 관계는 어느 정도 해명이 된 상황이다. 실제로 유치환은 초기 시「都市詩抄」연작과「海獸」등을 통해 "지용 시에서 흔히 접할 수 있는 감각언어"36)의 형식미를 드러내며 '자기류의 전위시'를 모색한 흔적이 있었다고 볼 수 있다.

윤동주에게 있어서 자기 전위의 시적 고민 또한 학예 스크랩북을 작성했을 당시, 산재한 고민이었을 것으로 보인다. 가령 귀토설화, 셸리의「프로메테우스의 해방」을 차용하여 창작한「肝」의 실험성이나, 투르게네프의「거지」가 인유된「츠르게네프의 언덕」37) 등에서 엿보이는 형식적 상호텍스트성이 드러난 시편들의 실험이 그렇다. 윤동주는 학예 스크랩북을 제작하며, 자신의 독서 체험을 토대로 적극적인 형식 실험을 감행한 것이다. 그뿐만 아니라「八福」(1940.12 추정)에서는 마태복음 5장 3—12절과 상호텍스트성을 갖는 동시에, 이상 시「오감도」의 내용·형식을 적극적으로 수용했다. "저히가 永遠히 슬플것이오."라는「八福」의 마지막 구절38)에서도 드러나듯, 형식적 수용뿐만이 아니

---

36) 박철석,「유치환의 초기시에 대하여」,『한국문학논총』20, 한국문학회, 1997, 8쪽.
37)「츠르게네프의 언덕」에서 윤동주가 의식적으로 제목 앞에 '散文詩'라고 명시한 것도 일본 산문시 운동과 밀접한 영향이라 볼 수 있는데, 예컨대 산문시의 "주지적 시운동을 그의 신문 스크랩을 통해서도 알 수 있듯이 문학의 방법으로서의 지성에 많은 관심을 가지고 있었던 윤동주가 간과했을 가능성은 거의 없"(왕신영, 앞의 글, 237쪽.)었다는 평가가 그렇다.
38) 자필 시고를 참고하면, 마지막 구절에 개작 과정을 살펴볼 수 있다. ① "슬퍼 하는 자는 복이 있나니/ 저히가 슬플것이요./ 저히가 위로함을 받을 것이요."로 시를 마

라 "분열·탈주의식, 죽음의식, 모멸을 기반으로 한 자기애와 자살충동 간의 갈등 등등의 면모들"[39]을 공유하는 내적 상실을 기반한 정신적 수용까지 윤동주는 「八福」을 통해 실험하려 했던 것이다. 이처럼 이상 시에 대한 적극적 수용이 「八福」으로 이어졌다면, 스크랩북 1권의 첫 작품 격인 유치환의 시는 그보다 더 전방위적 범위에서 수용 양상이 있었을 것으로 추론된다. 아래 표는 윤동주가 스크랩한 유치환 시의 서지 목록이다.

작품 순번	학예 스크랩북 1권의 유치환 서지 목록
2	「風習」, ≪조선일보≫, 1937.10.6.
24	「菩薩像」, ≪조선일보≫, 1937.12.9.
25	「立秋」, ≪동아일보≫, 1937.9.2.
29	「非力의 詩」, ≪조선일보≫, 1938.6.4. 「怨讐」, ≪조선일보≫, 1938.6.4. 「五月雨」≪조선일보≫, 1938.6.4.

앞서 언급한 것처럼 6편이라는 스크랩 양은 오장환 8편과 비교했을 때 적은 분량이 아닌 것은 물론이고, 특히 유치환의 「風習」은 소위 윤동주의 절필 시기[40]라고 특정되는 '신앙 회의기' 이후에, 다시 시 창작

무리했으나 두 행을 지우고 "저희가 永遠히 슬플것이오."로 마무리를 지었던 경우이거나 ② "슬퍼 하는자는 복이 있나니/ 저희가 슬플것이오./ 저희가 위로함을 받을 것이오.// 저희가 永遠히 슬플것이오."까지 시 전문을 썼다가 중간에 두 행을 ①에서처럼 지웠던 경우이다. ①이든 ②이든 두 경우 모두 슬픔을 위로받는다는 의미가 결락되었다는 것"(박성준, 「윤동주 시에 내재된 기독교 세계관의 낭만주의적 성격」, 『현대문학의 연구』 64, 한국현대문학연구학회, 2018, 211쪽.)에 주목할 필요가 있다. 즉 윤동주는 모더니즘 시론에 천착하여 형식적 고민을 지속하면서도 그 정신적 내상을 점차 세계와의 대결 양상으로 기울어지고 있었다.
39) 권오만, 「윤동주 시에서의 이상 시의 영향」, 『윤동주 시 깊이 읽기』, 소명출판사, 2009, 160쪽.
40) 1939년 9월 「달같이」, 「薔薇병들어」, 「츠르게네프의 언덕」, 「산골물」, 「自畵像」,

에 몰두하는 밑거름이 된 작품이다.

     Ⓛ—1 지붕은 서리와 새는 별빛을 가리우고
     壁은 바람과 辱됨을 가로막고,—
     아가도 엄마 품안에 부둥켜 자고
     이웃 닭도 팬드래미를 오고리고 잠든밤
     ㉠—1 벼개에 없고 생각는 나의 별은 바눌귀보다
     적고멀다.

     Ⓛ—2 맑은 물은 끌어도 넘지안는 법
     설령 나의 苦惱가 소스라치는 바다만 한들
     거기 나의 서러운 노래도 잇나니,

     ㉣—1 孤獨과 겨울은 또한 조혼 滋養도 되려만
     면 소나무여, 그래 너는 絢爛한 季節을 믿으뇨
     —바람이 여울처럼 마음위를 짖고 휘돈다.

     사랑을 주어야 되고 받어야 되고
     ㉢—1 이 너무나 擬古的 슬푼 風習에
     나는 밈들레처럼 늙으냐 노니,

     적게 살다 적게 몰아가랴 마음하면
     ㉠—2 다시 우러를 한결같은 蒼空도 잇으리
     疑惑이어 菩薩처럼 Ⓛ—3 눈 감아 지이다.

                       — 유치환, 「風習」 전문

「少年」 등을 발표 및 창작한 이후로 다시 작품을 쓰기 시작한 시기는 1940년 12월
이었다.

(ㄱ)—2 죽는 날까지 하늘을 우르러
한점 부끄럼이 없기를,
잎새에 이는 바람에도
나는 괴로워했다.
(ㄹ)—1 별을 노래하는 마음으로
모든 죽어가는것을 사랑해야지

— 윤동주, 「序詩」 부분

(ㄴ)—1 세상으로부터 돌아오듯이 이제 내 좁은 방에 돌아와 불을 끄옵니다. 불은 켜두는것은 너무나 피로롭은 일이옵니다. 그것은 낮의 延長이옵기에—

(중략)

하로의 울분을 씻을바 없어 **(ㄴ)—3 가만히 눈을 감으면 (ㄴ)—2 마음속으로 흐르는 소리,** 이제, 思想이 능금처럼 절로 익어 가옵니다.

— 윤동주, 「돌아보는밤」 부분

나는 아무 걱정도 없이
(ㄱ)—1 가을 속의 별들을 다 헤일 듯합니다.

가슴 속에 하나 둘 새겨지는 별을,
이제 다 못 헤는 것은
쉬이 아침이 오는 까닭이오,
來日 밤이 남은 까닭이오,
(ㄷ)—1 아직 나의 青春이 다하지 않은 까닭입니다.

별 하나에 追憶과
별 하나에 사랑과
별 하나에 쓸쓸함과

별 하나에 憧憬과
별 하나에 詩와
별 하나에 어머니, 어머니,

　　　　　　　　—윤동주, 「별헤는밤」 부분

　　인용한 유치환의 「風習」은 학에 스크랩북 1권을 구성할 때 윤동주가
순서상 두 번째로 배치한 시편이다. 그만큼 윤동주에게 중요한 시편이
었다고 추정이 된다. 「風習」에서 시적 화자는 '인간사에서 겪는 일'과
'사적인 자신의 의지'가 대결하는 양상을 구체화한다. "아가도 엄마 품
안에 부둥켜 자고/ 이웃 닭도 팬드래미를 오고리고 잠든" 고적한 밤 풍
경에 외따로이 하늘을 우러러보는 화자는, 오직 자신의 별이 무엇인지
감지하는 것에 몰두한다. 그리고 화자는 자신의 별이 "적고멀다"는 거
리감을 느끼고, 이내 고뇌를 앓는다. 자신이 발 딛고 있는 인간 세계는
"너무나 擬古的 슬픈 風習"으로 구축되어 있고, 나 자신이 명확히 누구
이고 무엇을 원하며 살아가고 있는지 고심하는 그런 고뇌마저도, 철없
고 "서러운 노래"로 취급되기 일쑤인 밤이다. 그러니 화자는 서둘러
"밈둘레처럼 늙"어버리며 달관의 세계에 가닿을 수밖에 없다. "적게 살
다 적게 몰아가랴 마음하면/ 다시 우러를 한결같은 蒼空도" 있을 것이
라는 희망은 이 시적 화자에게는 좀처럼 위안으로 다가오지 않는다. 오
히려 화자는 수동화되어 있는 삶을 거부하고 자기 주체를 건립하기 위
해 애쓰는 모습을 보인다. 스스로 "菩薩처럼 눈"을 감아 '속스러운 세
계'를 중단시키거나 인간사에 관한 '疑惑'의 의지를 끊임없이 추동하겠
다는 진술로 시편을 끝맺고 있다.
　　앞서 언급했듯이 유치환의 「風習」은 윤동주의 「序詩」(1941.11.20.),
「별헤는밤」(1941.11.5.), 「돌아와보는밤」(1941.6.) 등과 유사한 정황을

공유하고 있기도 하다. 인용 시의 유사관계를 정리하면 다음 표와 같다.

유치환 「風習」	윤동주 작품	유사관계
㉠─1 벼개에 얹고 생각는 나의 별은 바눌귀보다/ 적고멀다.	(ㄱ)─1 가을 속의 별들을 다 헤일 듯합니다.// 가슴 속에 하나 둘 새겨지는 별을,/ 이제 다 못 헤는 것은(「별헤는밤」)	* 시적 화자와 "별"의 거리감 조성, "별"에 대한 관념 투사
㉠─2 다시 우러를 한결같은 蒼空도 잇으리	(ㄱ)─2 죽는 날까지 하늘을 우르러 (「序詩」)	* 화자의 "하늘"을 우러러보는 행위
㉡─1 지붕은 서리와 새는 별빛을 가리우고/ 壁은 바람과 辱됨을 가로막고,─ / 아가도 엄마 품안에 부둥켜 자고/ 이웃 닭도 팬드래미를 오고리고 잠든밤	(ㄴ)─1 세상으로부터 돌아오듯이 이제 내 좁은 방에 돌아와 불을 끄옵니다. (「돌아보는밤」)	* 화자가 잠을 자기 위해 "방"에 들어가는 정황에 대한 묘사 및 어둠(절망감)에 대한 질감
㉡─2 맑은 물은 끌어도 넘지안는 법/ 설령 나의 苦惱가 소스라치는 바다만 한들/ 거기 나의 서러운 노래도 잇나니,	(ㄴ)─2 마음속으로 흐르는 소리 (「돌아보는밤」)	* '물'의 질감과 화자의 내적 심리 동일화, 그곳에서 들리는 소리(계시)
㉡─3 눈 감아 지이다.	(ㄴ)─3 가만히 눈을 감으면 (「돌아보는밤」)	* 화자의 눈감는 행위
㉢─1 이 너무나 擬古的 슬픈 風習에 나는 민들레처럼 늙으냐 노니,	(ㄷ)─1 아직 나의 靑春이 다하지 않은 까닭입니다. (「별헤는밤」)	* 신성(神聖)을 대면하는 세속화 된 화자의 반성
㉣─1 孤獨과 겨울은 또한 조흔 滋養도 되려만 면 소나무여, 그래 너는 絢爛한 季節을 믿으뇨	(ㄹ)─1 별을 노래하는 마음으로/ 모든 죽어가는것을 사랑해야지 (「序詩」)	* 화자 자신을 돌아보는 성찰 행위와 자연물에 대한 연민

위 표에 명시한 것처럼 윤동주는 「風習」을 읽고 난 후, 자신의 시편

속에 「風習」과 유사한 정황과 시적 화자의 행동태, 정서감 등을 분산해서 투사하고 있다. 유치환의 「風習」에 대한 비교 고찰은 직접적이고 적극적인 수용이라기보다는 오래 두고 아껴 읽은 작품에서 전사된 일종의 흔적으로 격하할 수도 있겠으나, 이 시편들이 윤동주의 시에서 가장 애송되는 작품 중 하나라는 것은 간과할 수 없다.

윤동주는 1940년 12월 3일부터 「八福」을 시작으로 1941년 연말까지 무려 19편의 시를 쓴다. 여기에 학우회지 『文友』(1941. 6.)에 발표한 「自畵像」까지 추가해서 본다면, 이 시기는 윤동주가 가장 왕성하게 시 창작을 해온 시기였으며, 자아와 세계 사이의 대결 의지를 강하게 노출하는 시기이기도 했다. 이는 앞 장에서 언급한 것과 같이 키르케고르의 철학을 토대로 정신적 성장과 자양으로 삼아 식민지 지식인으로서 삶의 실존을 고민한 결과라고 볼 수도 있겠지만, 윤동주에게는 그러한 철학적 테제만이 작동하고 있지는 않았을 것이다. 절필 시기에도 윤동주는 학에 스크랩북 제작을 멈추지 않았으며, 당대 신진들의 시편과 유행하는 창작방법론, 일본에서의 시 운동 등을 두루 살피며, 독서를 통해 당대의 시적 경향을 추체험하고 있었다. 그 과정에서 윤동주는 자신의 문학적 비전을 확보하려고 애썼고, 이런 입체적인 노력의 성과가 왕성한 창작 욕구로 반영된 것이다. 유치환의 「風習」을 탐독한 후, 시적 주체의 성장이라는 측면에서도 유사한 논의가 가능해진다.

특히 "세상으로부터 돌아오듯이 이제 내 좁은 방에 돌아와 불"(「돌아와 보는 밤」)을 끄고 시적 화자의 내면 공간을 살피는 행위[41]라든가, "하늘을 우르러/ 한점 부끄럼이 없기를"(「序詩」)바라며, 고뇌하더라도

---

41) 가령 윤동주의 낱장 원고 중 「못자는밤」에서 "하나, 둘, 셋, 네/ ……………/ 밤은/ 많기도 하다."라며 화자에게 주어진 밤을 유기체로 인지하고, 숫자를 세는 정황 또한 유치환 시 「風習」에서 드러나는 주체성과 관련이 깊다고 볼 수 있다.

"주어진 길"을 걸어가야겠다는 자기 성찰적 진술들이 그렇다. 또한 밤하늘에서 '나의 별'을 견지하는 자세 또한 유사하다. 윤동주가 "별 하나에 追憶과/ 별 하나에 사랑과/ 별 하나에 쓸쓸함과/ 별 하나에 憧憬과/ 별 하나에 詩와/ 별 하나에 어머니, 어머니,"(「별헤는 밤」) 등을 헤아리고 있을 때, 유치환은 "벼개에 얹고 생각는 나의 별은 바눌귀보다/ 적고 멀다."는 것을 인지하며 '별'과 '자아' 사이의 위치를 설정해나갔던 셈이다. 윤동주가 별을 헤아리며 자기 존재를 찾아 나갔다면, 유치환은 우선은 자기 주체를 축소했다가 시행의 진행 상황에 따라 주체를 점층적으로 키우는 시적 전략을 택했다. 그러면서 전편보다 일진보한 시적 주체의 성장을 가시화해 놓은 것이다.

> 娑婆의 苦楚는 꽃에 꽃이 피고
> 罪惡은 오로지 昇華하되
>
> 오직 一念히 心願함은
> 오오 衆愚여 衆愚여 衆愚여
>
> 大慈 大悲!
> 그도 한 어짜지 못할 슬픈 因果이러니
>
> 永遠히 濟度못할 劫罪를 지고
> 이렇게 적막한 骨董이여
>
> — 유치환, 「菩薩像」 부분

바닷가 해빛 바른 바위우에
습한 肝을 펴서 말리우자.

코카사쓰山中에서 도맹해온 토끼처럼
둘러리를 빙빙 돌며 肝을 직히자.

내가 오래 기르든 여윈 독수리야!
와서 뜨더 먹어라. 시름없이

너는 살지고
나는 여위어야지, 그러나,

— 윤동주, 「肝」 부분

　물론 종교관에 따라 윤동주와 유치환의 세계는 조금은 다른 국면에
놓이게 된다. 특히 인용한 「菩薩像」과 같은 시편에서 유치환은 불교적
세계관을 차용하며, 독특한 인간 중심적 관념을 투사한다. 불교에서는
백팔 가지 마음에 집착과 번뇌를 스스로 견지하고 알아가는 행위를 본
래의 참마음(一心)을 찾아가는 성찰이자 깨달음의 수행으로 보고 있다.
그러니 인간이 속스러운 사바(娑婆)세계를 살아내며 겪는 고초는 당연
한 일일지도 모른다. 그런데 여기서 화자는 현실 세계에서 겪는 고초를
"꽃에 꽃이 피"는 형상으로 수사하는가 하면, 현실에서 겪는 죄악까지
승화될지도 모른다고 불교의 교리를 비틀고 있다. 그러면서 "一念히 心
願함"을 택한 중생들에게 "衆愚여"를 난발하는데, 이는 전심을 다 해서
염불하는 사람들에게 어리석다고 영탄조로 그들을 조롱하는 장면으로
보인다. 그 이유는 "大慈 大悲!", 즉 중생을 사랑하는 마음으로 구제하
러 오신 부처가 무용하다는 풍자에서 비롯된 것이다. "永遠히 濟度못할
劫罪를 지고/이렇게 적막한 骨董이"라 보살상을 칭했던 이유도, 부처의
우상이 더는 시적 화자가 처한 현실에 구원이 되지 않기 때문이다. 다
시 말해, 「菩薩像」에서 나타난 종교적 교리에 대한 풍자와 조롱은 유치

환이 딛고 있는 세계가 종교적 구원으로도 도무지 헤어나올 수 없는 참혹한 질감이었다는 것을 방증한다.

윤동주가 불교적 교리를 경유하는 「菩薩像」을 굳이 스크랩한 이유를 여기서 찾을 수 있다. 앞장에서 언술했듯 윤동주는 연희전문 시절 키르케고르의 사상에 심취하고, 신앙인으로서 실존의 문제를 고민하는 시기가 있었다. 식민지에서 문학도로 살아가면서 기독교 정신과 현실 사이의 괴리는 자신이 믿고 있는 기독교 사상의 한계로 다가왔다. 이에 윤동주는 신앙 회의기를 겪으며 그것을 "극복하는 과정에서 …… '부끄러움'과 '용서'의 문제"42)를 자신의 시편 속에 투사하기에 이른다. 이 시기 이후로 현실에서 고통받는 자아의 형상이 윤동주의 시에 빈번하게 등장하는 이유도 이러한 맥락 때문이다. 가령 「肝」(1941.11.29.)에서 속박당한 프로메테우스의 형상이 그것이다. 게다가 윤동주는 「肝」에서 귀토설화를 인유하면서 동서양의 설화적 모티프를 새롭게 구축하고, "토끼와 프로메테우스 사이에 놓인 공통점인 간을 매개로 토끼같은 화자가 반성을 통해 프로메테우스 같은 화자로 변모하는 과정을 형상화"43)한다. 무엇보다 「肝」에서는 독수리에게 "와서 뜨더먹어라, 시름없이"라고 개입하는 제3의 화자의 육성이 생경하게 읽히는데, 이는 윤동주 시에서 보기 드문 표현이다. "바닷가 해빛 바른 바위우에/ 습한 肝을 펴서 말리"는 1연의 묘사도 그로테스크한 장면으로 읽히고, 마지막 연에서 "목에 맷돌을 달고" 침전하는 프로메테우스의 형상은 당대 지식인들의 모습이자 윤동주 자신의 고통을 대입한 표현으로 읽힌

---

42) 박지은, 「윤동주 시에 나타나는 신앙의 회의와 극복의 문제」, 『한국시학연구』 51, 한국시학회, 2017, 221쪽.

43) 최용석, 「윤동주의 「간」 읽기」, 『한국어문교육』 29, 고려대학교 한국어문교육연구소, 2019, 215쪽.

다. 이렇게 확실한 죽음을 담보한 존재에게 더 가혹한 정황 설정을 덧붙여 진술하는 시적 전략은 윤동주 시에서는 보기 드문 악마주의적 진술이라 볼 수 있다.

이런 특징은 유치환을 스크랩 한 다른 시에서도 유사하게 드러나는데, "내 마음 이미 모든것을 일흘 예비 되엇노니"(「立秋」)라는 진술이라든가, "나는 非力하야 안즌뱅이"(「非力의 詩」)라고 자기 주체를 침전시키는 모습들이 그렇다. 주어진 세계에 대해서 대결이나 저항조차 무용해지는 전환기 조선을 횡단하면서, 자신들이 믿고 있는 신념까지도 스스로 무너뜨리겠다는 난장을 보여주는 자아의 형태를 발현시킨 것이다. 특히 유치환이 구축하고 있는 자연(세계)은 완성이 아니라 미완성/ 무완성의 모습을 가시화하고 있어, 그 결단이 더욱 벼리게 읽히기도 한다. "어디메 搖亂한 花林을/ 狼藉하게 뭇지르고 온 비는 또/ 나의 窓아페 종일 부터 서서/ 비럭지처럼 무엇을 졸르기만 한다.(「五月雨」)"고 오월에 순하게 내리는 비를 조롱한다든가, "어디메 나의 원수여 있느뇨/ 내 오늘 그를 만나 입마추려 하노니/ 오직 그의 비수를 품은 악의 앞에서만/ 나는 항상 옳고 강하였거늘"(「怨讐」)이라며, 오직 자기만이 주어진 세계를 관장하겠다는 태도를 드러내며, '나의 원수를 사랑하라'는 기독교적 교리 또한 조롱하기에 이른다. 이런 형태는 그들에게 처한 '자연'과 '동경의 세계'가 "결핍된 현실에서 동화되고자 하는 이상적 시공간으로서의 유토피아로 자리하는 것이 아니라 또 다른 결핍으로"[44] 다가왔다는 것을 의미한다. 이처럼 윤동주에게 있어서 유치환의 시편은 세계를 의심하고 자기를 건립하는 한 세계를 개방하는 데에 촉진제가 되었던 것으로 보인다.

---

44) 박진희, 「유치환의 자연시 연구」, 『어문연구』 73, 어문연구학회, 2012, 333쪽.

4. 결론

윤동주는 동시대의 시인들의 작품을 모아 '학예 스크랩북'을 제작하면서, 당대 신진들의 시적 경향을 자기화해 나갔다. 특히 유치환의 시「風習」은 윤동주의 학예 스크랩북 1권의 두 번째 목록으로 배치된 작품이다. 윤동주가 중요도에 따라 작품 순서를 정했다는 것을 가늠해볼때, 유치환의「風習」은 윤동주의 신앙 회의기 이후의 시편에 깊은 영향을 끼쳤을 것으로 판단된다.

윤동주와 유치환의 접점은 우선 연희전문에서 선후배 사이였다는점과 유년 시절 유교와 기독교적 분위기를 동시에 경험했다는 점이다. 윤동주는『박용철 전집』1권을 장서로 소유하고 있었고, 유치환도 박용철이 주관하는『문예월간』을 통해 문단에 진출한 바가 있었다. 또한이들 모두는 박용철을 접점으로 키르케고르를 탐독하며 자신의 종교관을 형성해나갔다. 그리고 윤동주와 유치환 모두 정지용 시와 이미지즘에 영향을 받았다는 점 또한 거론될 수 있겠다.

유치환이 키르케고르의 실존 사상을 일부 수용하여 인간의 '예기', 주관/주체성의 맥락에서 신성을 탐구해 나갔다면, 윤동주는 키르케고르 사상의 전면적 수용을 통해, 절필 시기를 극복하고 자기 시 세계를종교적 실존 영역(종교성 B)으로까지 그 사유체계를 확장해 나갔다고볼 수 있다. 그러나 두 시인 모두 현실과의 대결 양상과 포기, 절망감을딛고 일어서는 자기 초월의 의지를 함양했다는 맥락은 여전히 유사점으로 전망된다. 이런 이유로 본 연구는 윤동주가 유치환에게 실제 영향을 받았다고 추론되는「風習」에 주목할 수밖에 없는 것이다.

이에 본 논문은 윤동주와 유치환이 함께 읽었던 키르케고르와 종교적 실존에 관해 해명하는 동시에, 윤동주의「序詩」,「별헤는밤」,「돌아와보는밤」 등에서 엿보이는 유치환 시의 전유 양상을 검토해보았다. 이를 통해 윤동주가 당대 신진 그룹의 경향을 수용하고, 자신의 시 세계를 성장시키는 밑거름을 마련해 나갔던 점을 해명할 수 있다.

참고문헌

<기본 자료>
문덕수,『청마 유치환 평전』, 시문학사, 2004.
송우혜,『윤동주 평전』, 서정시학, 2016.
왕신영 외,『(사진판) 윤동주 자필 시고전집』, 민음사, 1999.
유치환,『유치환 전집 5』, 남송우 편, 국학자료원, 2008.
키에르케고르, 임규정 역,『죽음에 이르는 병』, 한길사, 2007.

<논문 및 단행본>
권오만,「윤동주 시에서의 이상 시의 영향」,『윤동주 시 깊이 읽기』, 소명출판사,
　　　2009.
김윤정,「유치환의 문학에 나타난 '인간주의적 형이상학' 고찰」,『한민족어문학』 69,
　　　한민족어문학회, 2015.
김응교,「단독자, 키에르케고르와 윤동주―「길」,「간」」,『기독교사상』 670, 대한기독
　　　교서회, 2014. 10.
김재혁,「문학 속의 유토피아: 릴케와 백석과 윤동주 ― 시적 주체와 공간의식의 관점
　　　에서」,『헤세연구』 26, 한국헤세학회, 2011.
류양선,「윤동주의 시에 나타난 종교적 실존―「돌아와 보는 밤」 분석」,『어문연구』
　　　35(2), 한국어문교육연구회, 2007.
문익환,「동주형의 추억」,『원본 대조 윤동주 전집 하늘과 바람과 별과 시』, 정현종 외
　　　편, 연세대학교출판부, 2004.
박성준,「윤동주 시에 내재된 기독교 세계관의 낭만주의적 성격」,『현대문학의 연구』
　　　64, 한국현대문학연구학회, 2018.
박지은,「윤동주 시에 나타나는 신앙의 회의와 극복의 문제」,『한국시학연구』 51, 한
　　　국시학회, 2017.
박진희,「유치환의 자연시 연구」,『어문연구』 73, 어문연구학회, 2012.
박철석,「유치환의 초기시에 대하여」,『한국문학논총』 20, 한국문학회, 1997.
손남훈,「청마 유치환 시의 초월 의식 연구」,『동남어문논집』 44, 동남어문학회, 2017.

손종호, 「유치환 시에 나타난 종교성」, 『어문연구』 35, 어문연구학회, 2001.

엄국현, 「윤동주 시의 창작원리」, 『한국문학논총』 56, 한국문학회, 2010.

오세영, 「윤동주의 문학사적 위치」, 『현대문학』 1975.4.

왕신영, 「일본의 모더니즘과 윤동주 — 1920~30년대의 관련 양상에 대하여」, 『일본학
　　　보』 74(2), 한국일본학회, 2008.

유성호, 「윤동주 시의 보편성과 특수성」, 『한국언어문화』 62, 한국언어문학회, 2017.

윤일주, 「윤동주의 생애」, 『나라사랑』 23, 외솔회, 1976 여름.

이명곤, 「키르케고르의 종교관과 주관성으로서의 진리」, 『동서철학연구』 89, 한국동
　　　서철학회, 2018.

이숭원, 「정지용 시가 윤동주에게 미친 영향」, 『한국시학연구』 46, 한국시학회, 2016.

임규정, 「키르케고르의 실존론적 윤리학에 대한 고찰1 — "심미적 실존의 상징들"을 중
　　　심으로」, 『인문학연구』 123, 충남대학교 인문과학연구소, 2021.

최용석, 「윤동주의 「간」 읽기」, 『한국어문교육』 29, 고려대학교 한국어문교육연구소,
　　　2019.

최희진, 「윤동주 문학의 사랑과 회의의 문제」, 『우리말글』 75, 우리말글학회, 2017.

황민효, 「키에르케고르의 그리스도교 진리 변증에 관한 소고」, 『한국조직신학논총』
　　　60, 한국조직신학회, 2020.

윤동주의 독서 체험 연구(3)
― 전환기 정신사의 전유를 중심으로

1. 서론

　윤동주는 1936년 10월 1일부터 1940년 12월 26일까지 ≪조선일보≫, ≪동아일보≫, ≪매일신보≫ 학예면을 중심으로 '스크랩북'을 직접 제작하여 자신의 독서 목록을 항목화한 바 있다. 이 '학예 스크랩북'은 총 4권으로 구성되어 있으며, 1권은 피검 당시 하숙집에 남겨진 소장서, 자필 시고집 3권과 함께 유품으로 남아있던 것이고, 2권, 3권, 4권은 심호수[1])가 보관해온 자료로 2000년 8월에야 대중에게 공개된 것이다. 특히 1권은 윤동주가 유학 중에도 소유하고 있었던 만큼 시, 한시, 동요, 평론, 수필을 아우르는 다양한 장르의 작품들로 구성되어 윤동주의 독서 편력이 확연하게 드러난 사료[2])라 할 수 있다. 2권과 3권은 문학평론

1) 심호수는 심연수의 동생으로, 윤동주의 여동생 부부(오형범, 윤혜원)에게 스크랩북 2~4권이 유품임을 확인받았으며 그 목록은 『윤동주 자필 시고전집』(민음사, 1999.) 개정판에서부터 <스크랩북 내용 일람>을 통해 공개되어 있다. 물론 학예 스크랩북이 실물 자료로 공개된 것은 아니지만, 스크랩북의 구성 및 서지 목록이 모두 공개되어 있으므로, 도일 전후로 윤동주의 적극적인 독서 목록을 모두 파악할 수 있게 된 셈이다.
2) 학예 스크랩북 1권에 수록된 작품과 관련하여, 윤동주가 읽은 당대 시인들의 영향

만으로 구성하여 윤동주는 당대의 조선 문단의 담론과 징후를 살펴왔으며, 4권은 평론뿐만 아니라 좌담회, 서간문, 소설까지 포함하여 당대 지성사와 함께 조선 논단의 흐름까지 파악하려고 했다.

그러나 지금껏 선행연구사에서 상대적으로 윤동주가 "남긴 장서들에 관해 주목하지 않았던 것은 여느 시인들의 독서 체험이 그들의 연구사에서 보충적으로 다뤄지듯, 윤동주 또한 그런 관행이 작용"[3]된 것으로 보인다. 실제로 조선 문단과 일정 거리 떨어진 자리에서 자기 시를 창작해왔던 윤동주가 문단에 발표한 시는 단 2편(동시 제외)[4]에 지나지 않으며, 연희전문 시절 은사였던 이양하 선생의 만류로 인해 자필 시고였던 『病院』(가제) 마저도 상재하지 못했기 때문에 윤동주의 문단 활동은 작고 때까지 거의 전무한 수준이었다. 그러니 그에 대한 실증 연구 또한 가족이나 주변 회고에 의존한 채 진행될 수밖에 없었던 실정이다. 그리고 학예 스크랩북을 제작했을 당시 윤동주가 창작했던 시가 39편[5]이었던 것을 고려해보면, 윤동주의 작품 세계는 그의 독서 행위

관계를 고찰한 선행 논고로는 박성준의 논의가 있다. "윤동주는 소년기부터 기성 문인들의 작품과 평론들을 스크랩했다고 전해"(박성준, 「윤동주의 독서 체험 고찰(1)―소장 '학예 스크랩북'의 의미와 윤동주가 읽은 신세대 시인들」, 『국제한인문학』 제32호, 국제한인문학회, 2022, 69쪽.)지고 있으며, 이는 윤동주의 '적극적인 독서 행위'를 방증하는 자료로 평가할 수 있다. 더 나아가 스크랩북은 단순히 자기 취향을 반영하고 있는 자료로만 볼 것이 아니라, 학생 신분으로 시를 썼던 윤동주가 나아가고자 했던 시적 전망이나 세계 인식의 틀을 엿볼 수 있는 실증 자료로 기능할 수 있을 것으로 보인다.

3) 박성준, 위의 글, 65쪽.

4) 『시고전집』 개정판을 기준으로 '스크랩 내용 일람'(윤동주, 왕신영 외 편, 『사진판 윤동주 자필 시고전집』 민음사, 2002)에는 윤동주가 자신이 발표한 시 2편을 스크랩북 1권에 말미에 재수록한 것으로 확인된다. 그 작품은 「아우의 印象畵」(≪조선일보≫, 1938.10.17.), 「遺言」(≪조선일보≫, 1939.2.16.) 등이다. 여기서 「遺言」은 '尹東柱'가 아니라 '尹柱'라는 이름으로 발표가 된다.

5) 피검 당시 소실된 국문 작품을 제외하고, 동시를 포함 작고 시까지 61편의 시를 창

와 깊은 연관성이 있었다고 추론할 만하다.

특히 여기서 본 연구가 주목하는 점은 윤동주가 당대 조선 문단의 전환기 비평사를 탐독했던 맥락과 그에 따르는 시의 영향 관계에 관한 고찰이다. 물론 윤동주의 학예 스크랩북 1~4권에 해당하는 비평문의 주제론적 범위(연작기고 및 연속회차 제외)는 ①네오―휴머니즘론, 지성옹호론, 행동주의론, 주체론이 12편6), ②고전부흥론 11편7), ③문화부

작한 윤동주가 스크랩북을 제작한 시기에 자기 작품의 3분의 2 정도를 창작했다는 점은 이 학예 스크랩북의 자료적 가치를 방증해준다. 정식 문단 활동이 전무했던 윤동주에게 추체험 활동이었던 독서 행위는 그의 시 세계를 조망하는 데에 지대한 영향을 끼쳤을 것으로 추론된다.

6) ① 네오―휴머니즘론, 지성옹호론, 행동주의론, 주체론과 관련한 스크랩 논고의 서지 사항은 다음과 같다.

윤규섭, 「文學儀式과 生活의 乖離」, ≪조선일보≫, 1938.5.18~25; 안호상, 「自我擴大와 環境」, ≪조선일보≫, 1938.7.1; 최재서, 「事實의 世紀와 知識人」, ≪조선일보≫, 1938.7.2; 유진오, 「叡知 · 行動과 知性」, ≪조선일보≫, 1938.7.3~5; 신남철, 「知者를 부르는 喇叭」, ≪조선일보≫, 1938.7.7; 이기영, 「歷史의 흐르는 方向―科學의 合理性의 把握과 實踐」, ≪조선일보≫, 1938.7.9; 안함광, 「「知性의 自枕性」의 問題―그의 眞實한 理解를 위하야」, ≪조선일보≫, 1938.7.10.~13; 윤규섭, 「知性問題와 휴매니즘」, ≪조선일보≫, 1938.10.11~20; 최재서, 「抒情詩에 잇서서의 知性―現代詩論의 前進을 위하야」, ≪조선일보≫, 1938.12.24~28; 서인식, 「傳統의 般的性格과 그 現代的意義에 關하야」, ≪조선일보≫, 1938.10.22~30; 백철, 「時代的偶然의 受理」, ≪조선일보≫, 1938.12.2~6; 김오성, 「時代와 知性의 葛藤―프로데듀―스의 事態」, ≪조선일보≫, 1939.1.24~2.2.

7) ② 고전부흥론과 관련한 스크랩 논고의 서지 사항은 다음과 같다.

박영희, 「古典復興의 現代的 意義」, ≪조선일보≫, 1938.6.4; 이희승, 「古典文學에서 어든 感想」, ≪조선일보≫, 1938.6.5; 박종홍, 「歷史의 轉換과 古典復興」, ≪조선일보≫, 1938.6.7; 이여성. 「古典研究의 書籍貧困」, ≪조선일보≫, 1938.6.8; 최재서, 「古典研究의 歷史性」, ≪조선일보≫, 1938.6.10; 유자후, 「傳來作品 稽考難」, ≪조선일보≫, 1938.6.11; 박치후, 「古典의 性格인 規範性」, ≪조선일보≫, 1938.6.14; 송석하, 「新文化輪入과 우리民俗」, ≪조선일보≫, 1938.6.15; 전몽수, 「鄕歌解疑」, ≪조선일보≫, 1938.6.6~14; 양주동, 「鄕歌와 國風 · 古詩― 그年代와 文學的價値에 對하야」, ≪조선일보≫, 1939.1.1; 호암, 「己卯年을 通해본 政治家」, ≪조선일보≫, 1939.1.7~11.

홍론 5편, ④세계문학론 5편, ⑤좌담회 3편 등으로 전환기 비평사의 거의 전 범위를 항목화하고 있다. 주지하듯 전환기의 담론이 각각 독립적으로 형성된 것이 아니라 담론 심화 과정에서 논자들의 경향성과 전망에 따라 개별 심화된 맥락이었다는 것을 검토해 보면, 윤동주가 전환기 담론의 전 범위를 다뤘다는 것은 그가 이 시기 조선 논단에 관한 관심이 깊었다는 점을 방증한다. 그뿐만 아니라 신휴머니즘론에서 고전부홍론까지 파생된 논쟁 과정을 윤동주가 스크랩한 논고들을 통해서만 복기해보더라도, 윤동주가 읽어낸 전환기가 그에게 어떻게 내재화될 수 있었는지 대략적 파악이 가능해진다.

이에 본 연구는 윤동주가 적극적으로 독서했던 전환기 담론들인 「지성 문제와 휴매니즘」, 「'지성의 자율성'의 문제」, 「사실의 세기와 지식인」, 「시대적 우연의 수리」, 「시대와 지성의 갈등—프로데듀—스적사태」, 「고전복오의 이론과 실제」 연작 등을 검토해 봄과 동시에, 윤동주가 이 시기 전후로 창작한 시에서 전환기를 어떻게 내재화했는지 고찰한다. 이미 선행연구에서 윤동주의 스크랩북에 수록된 유치환 시편과의 영향 관계와 키르케고르 철학을 전유한 맥락을 검토[8]한 바 있듯이, 윤동주의 학예 스크랩북은 윤동주의 창작 동기와 시적 전략화 과정이 드러난 보고라고 평가할 수 있을 것이다. 특히 그의 시편 「아우의 印象畵」, 「사랑의 殿堂」, 「슬픈族屬」, 「慰勞」, 「肝」 등에서 나타난 전유 관계를 살펴보면, 신휴머니즘에서 지성 옹호, 고전부홍론에 이르기까지 전환기 정신사가 투사된 가편이었다는 점을 본 연구는 고찰해볼 것이다.

8) 박성준, 「윤동주의 독서 체험(2) —유치환 시의 영향 관계를 중심으로」, 『비평문학』 제83호, 한국비평문학회, 2022, 105~133쪽.

2. 지성사의 탐독: 연전 시절 시적 전망의 모색

주지하듯, 조선 문단 내에서 네오―휴머니즘 논쟁의 촉발점은 백철의 「웰컴! 휴먼이즘」9)에서부터다. 물론 그보다 앞서 1935년경 서구 보편의 몰락이 가속화되는 가운데 세계 대전과 맞물려, 서구의 합리성과 인간성의 붕괴를 목격한 인텔리들의 자성적 논의가 추동되고 있었고, 이를 조선 문단 내에서도 이헌구, 함대훈, 홍효민, 김문집 등이 소개하기에 이르렀다. 가령 일찍이 이헌구는 「行動精神의 探照」에서 "행동과 인본주의(휴머니즘)와의 관계는 어떤 것인가?" 되물으면서, "기계적 유심론에서 떠나 인간성의 새로운 계시를 위하여 종합적으로 과학적 문명, 정신적 사색을 섭취하려 한다."는 크레미외의 논의를 고찰한다. 종국에 이 논의는 "행동적 정신이란 "나는 인간이다."라는 일언"10)을 발견하는 것으로 귀결되며, 여기서 행동 정신은 유럽에서 발발한 새로운 휴머니즘 운동의 한 표현 양식에 지나지 않는다는 것을 시사하는 것으로 요약된다.

즉 1935년경에 조선 문단에 소개된 네오―휴머니즘론과 행동주의 문학론은 담론 형성으로 심화된 것이 아니라, 소개의 차원에서 그쳤다고 보는 것이 합당하다. 그에 반해, 백철의 논의로부터 발발한 휴머니즘론은 백철 스스로가 그러했듯 "카프 해체 이후 식민지 조선의 인텔리들은 지성적 좌표를 상실했고 이를 대체할 서구의 담론이 급속도로 유입되는 상황"11)에서 촉발된 근대 초극의 논의였다고 평가할 만하다.

---

9) 권영민, 『한국현대문학비평사 IV―1』, 한국학술정보, 2004, 181쪽; 『朝光』 제15호, 1938.
10) 이헌구, 「행동 정신의 탐조」, 『이헌구 선집』, 현대문학, 2011, 113쪽; ≪조선일보≫, 1935.4.19.
11) 박성준, 「한흑구 시에 나타난 '자유'의 의미 연구―미국 체험을 통한 근대 전환기 담

물론 이는 임화의 적극적인 반발이 도화선[12])이 되기도 했던 부분이었으나, 이후 서인식, 김오성, 최재서, 안함광, 윤규섭 등이 합류하여 약 5년간 조선 문단에 주요 논제로 자리를 잡아나갔다. 게다가 예술파로 분류된 논객이었던 김문집, 김환태 등까지 이 논의에 합류하면서, 이 시기 휴머니즘 논의는 찬반양론에 따라 문화 옹호, 고전부흥, 세계문학론으로까지 확대되는 형국을 맞이한다. 이와 같은 맥락들을 윤동주는 자신이 직접 제작한 학예 스크랩북을 통해 읽어내고 있었던 것이다.

> 만일 르네상스 휴머니즘이 중세적, 봉건적인 것에서의 인간 해방이라면, 현대 휴머니즘은 시민적인 것에서의 인간의 해방이라고 할 것이다. 거기에는 역사적 차이가 잇슬 뿐만 아니라 인간 해방의 태도에 잇서서도 커드란 차이가 잇다. ……(중략)…… 이제 억지로나마 현대 휴머니즘을 규정한다면, 그것은 오늘의 사회적 전형기에 잇서 범람하는 모든 비합리적 신화와 물적, 생활적 파멸에서 인간성 일반을 사회적, 역사적 입장에서 해방하려는 것이라고 할 수 잇슬 것이다. 그러나 여기에 주석을 필요로 할 것은 처음부터 휴머니즘은 역사적 주체 운동으로서가 아니라, 인텔리겐챠의 그것으로 시작되고 또한 전재되면서엿다는 것이다. 따라서 휴머니즘은 아무리 인간성 일반을 처들고 나왓다 할지라도 일반적인 문제보다는 직접적으

론의 전유를 중심으로」, 『현대문학의 연구』 제79호, 현대문학연구학회, 2023, 9쪽.
12) 이 시기 임화는 「르네상스와 신휴머니즘론」(『조선문학』, 1937.4.), 「문예이론으로서의 신휴머니즘에 대하여—문예학의 기초 문제에 비춰 본」(『풍림』, 1937.4.), 「휴머니즘논쟁의 총결산—현대문학과 휴머니티의 문제」(『조광』, 1938.4.) 등을 통해 백철의 문제의식을 전면 부정하며 근래의 유통되는 휴머니즘은 르네상스의 휴머니즘과 별반 다르지 않은 맥락이라 비판하기도 했다. 임화의 골자는 휴머니즘을 제창한 계급이 유독 지식인이라는 점에서 전 계급적 확대로 귀결되지 않는다는 맥락(임화, 「르네상스와 신휴머니즘론」, 『임화예술전집3 문학의 논리』, 소명출판, 2009, 121쪽.)이었지만, 이는 유럽발로 시작된 휴머니즘론이 식민지 조선의 현실에 대립하는 과정에서 일어난 문제였던 것으로도 해석이 가능하다.

로 인텔리겐챠에 관련된 '지성의 자유'라든가, '문화의 옹호'의 과제
로 전개되지 않흘 수 업는 것이다.

— 윤규섭,
「지성 문제와 휴매니즘— 30년대 인텔리겐챠의 행정」 부분[13]

합리적 객체에 대한 주체적 능동(실천)의 세계를 가지지 않는 지
성은 벌써 지성일 것을 저버린데 지나지 않는다./ 그러나 오늘과 같
이 혼돈된 사조의 교류 가운데 있어 지식인이 이렇다 할 지도 정신
의 주체화를 얻지 못한 채로 모색의 일로에서 저미(低迷)하게 될 대
그가 진실로 깊고 정당한 사색의 세계를 사회에 대하여 요구·옹호·
주장한다는 것은 이(理)의 자연지사가 아닐까? 진실로 깊고 정당한
사색의 과정 없이 정당한 행위의 세계는 나타나지 않는다.

— 안함광,
「'지성의 자율성'의 문제—그 진실한 이해를 위하여」 부분[14]

위의 자료는 윤동주의 학예 스크랩북 3권과 2권에 수록된 비평문이
다. 먼저 윤규섭은 르네상스의 휴머니즘과 현재 유통되는 휴머니즘을
구별하면서, 각각 극복의 대상의 차이를 논한다. 전자의 휴머니즘이
'봉건적인 것'의 개조를 통해 중세로부터 인간(성)을 해방하는 것에 목
적을 두고 있었다면, 후자는 '시민적인 것'에서 인간 해방을 목적으로
한다는 점이 차이가 있다고 분류한다. 여기서 '시민적인 것'이란 서구
근대의 보편적인 것과 다름이 아니다. 주지하듯 르네상스 이래로, 종교
성을 배척하고, 그 대체재로 과학적 진보와 개인주의, 합리적 이성과

---

13) 윤규섭, 「지성 문제와 휴매니즘— 30년대 인텔리겐챠의 행정」, 『인식과 비평』, 최
   명표 편, 신아출판사, 2015, 148쪽; ≪조선일보≫, 1938.10.16.
14) 안함광, 「'지성의 자율성'의 문제—그 진실한 이해를 위하여」, 『안함광 평론선집 1:
   인간과문학』, 이현식·김재용 편, 박이정, 1998, 169~170쪽; ≪조선일보≫, 1938.
   7.13.

같은 시민 사회의 규약들이 휴머니즘적 이데올로기로 자리 잡아 나갔다. 그러나 과연 그것이 진정 휴머니즘적이었나, 반성과 성찰이 필요한 시기가 도래했다는 점에서, 근대 보편의 '시민적인 것'에 대한 재고가 요청된다는 주장이다. 그러므로 세계 대전과 독일 파시즘 이후에 서구 보편의 몰락[15]은 '개인'과 '합리성'마저도 하나의 극복의 대상으로 자리 잡게 된다. 그러니 종래의 '휴먼' 자체를 극복의 대상으로 삼고 "사회적, 역사적 입장에서 해방"하려는 모든 행위가 네오—휴머니즘론의 촉발점이었다. 그러나 여기서 윤규섭은 '새로운 지성', '새로운 문화', '새로운 전통'이 필요한 시대 징후를 읽어내고 개조해나가는 주체가 인텔리에게만 부여되고 있다는 점을 문제시하고 있다. 인간성 일반의 문제가 아니라 지식인층에게 부여된 지성의 문제로 요청되는 네오—휴머니즘의 골자는, 종국에는 "'지성의 자유'라든가, '문화의 옹호'의 과제"와 같은 특정 계층인 진보적 인텔리들의 반성적 자각의 형태[16]를 띨 수

---

15) 최재서는 이 시기 세계 문화옹호 작가대회에서의 발레리의 '휴머니즘 선언'을 소개하면서 다음과 같은 맥락의 설명을 첨언한다. "土의 전체에 있어서 휴마니즘의 정신을 선양하였다. 現代를 풍미하는 非合理主義에 대하여 人間의 知性을 빛내게 하고, 政治的 文化의 責任과 努力을 集團으로부터 個人으로 옮기고 國民主義의 神話와 暗示에 맹동하는 民衆을 배척하고 叡智의 축적인 文學 藝術 기타 모든 文化의 傳統을 옹호하려고 하였다."(최재서, 「知性擁護—五.知性과 휴마니즘」, 『최재서평론집』, 청운출판사, 1961, 164쪽;『文學과 知性』, 인문사, 1938.)

16) 이와 관련하여, 윤동주의 스크랩 목록 중 다른 논고들을 참고할 만하다. 유진오의 「世紀에 붓치는 말— 叡知·行動과 知性(하)」(≪조선일보≫, 1938.7.5.)에서는 당대 지성 옹호의 난제는 "行動업는 知性은 空虛라는 것"으로 진단된다. 이는 역사적 진보 없는 지성이나 행동의 추구는 지식인의 임무가 아니라는 맥락으로 이해할 수 있다. 아울러 같은 기획의 안호상의 글 「世紀에 붓치는 말— 自我擴大와 環境」(≪조선일보≫, 1938.7.1.)에서는 환경에 지배에 따라 자아와 성심의 문제를 핑계 삼는 태도를 비판하며, 지성인들에게 부여된 시대적 책무를 강조한다. "原因과 理由를 『나』(自我)에게 돌려보내는데 反對하여 모든 原因을 오직 環境에 돌려보내는" 행위는 옳지 않으며, 오히려 안호상은 자아를 확대하여 "環境을 批判하는 主人公"으로 거듭나야 한다고 시사한다. 이러한 논지 모두를 윤동주는 지성인의 책임과 행동

밖에 없다는 것이다.

이와 같은 맥락은 안함광의 논의에서도 유사하다. 다만 좌파 논자였던 안함광은 여기에 지성의 실천 가능성을 시사하는 형태로 논의를 전개한다는 차이가 있다. 실천하지 않는 "지성은 벌써 지성일 것을 저버"린 것과 다르지 않다는 것[17]은 이미 '네오 휴먼—지성 옹호—행동주의'의 맥락을 모두 내포한 것이라 볼 수 있다. 또한 "지도 정신의 주체화"[18]라는 개념을 대입하여, 휴먼의 문제를 지식인층의 문제로 한정하려고만 한 것이 아니라, 조선 문단 내의 사상적 공백을 새로운 사상으로 협의해 개진해 나가기를 요청한다. 즉 지성은 사상을 주체화하는 수단으로 기능해야 한다며, 더 나아가 문학 정신 안에서는 더욱 구체적인 방법론적 모색이 필요하다는 주장까지 확장한다. 그러니 안함광은 현재를 "혼돈된 사조의 교류"를 겪고 난 이후의 상태로 진단했던 것이다.

그렇다면 이 논고를 읽은 윤동주는 어떻게 자기 세계를 변모시켰는

을 강조한 맥락으로 읽어냈을 것이다.

17) 안함광은 「지식옹호의 변」(『비판』, 1938.11.)에서 '지식 옹호란 창조의 정신' 자체를 지칭한다고까지 논변한다. 그러면서 '조선문화 전통의 빈약성'과 조선문화 (재)창조의 문제를 지식(지성)을 어떻게 동원하여 창조할 수 있는 것인가 시사하는 과제로 문제의식이 옮겨가야 한다고 주장한다.(안함광, 「지식옹호의 변」, 앞의 책, 177~178쪽 참조.) 이는 윤규섭이 문화 옹호의 문제나 전통론으로 네오 휴먼을 해석한 맥락과 다르지 않다.

18) 윤동주가 스크랩하지 않은 같은 글 다른 회차에서 안함광은 지도 정신과 지성의 문제를 다음과 같이 약술한다. "사실 '지성의 문제'는 지도 정신의 상실적 현실의 산물이다. 그러기 때문에 지성의 직관적 개성화니 지성의 능동성이니 하는 것도 결코 혹정의 지도적 사상의 원리를 전제로 하고 있는 말이 아니라는 것을 밝혀 둘 필요가 있다.……(중략)……지성의 문제는 그 제론적(提論的) 이유를 '사상의 문제'에 양여(讓與)하지 않을 수 없는 것이기 때문이다.……(중략)……지성은 사상을 구체화하고 주체화하고 행동화하는 모멘트라고 생각한다. 그런 의미에서 지성의 무제는 앞으로도 방법론적 논쟁의 제목으로 전개되어질 충분한 의의가 있는 것으로 생각되어진다." 안함광, 앞의 글, 174~176쪽; ≪조선일보≫, 1938.7.15~16.

가에 대한 문제가 남는다. 주지하듯 윤동주는 창작 시기를 시 작품 말미에 부기해 놓았다. 이는 자신보다 송몽규가 먼저 등단했던 것[19]과 관련이 있기도 하거니와, 자신이 '시고집 3권'[20]을 소장하고 다녔던 것을 고려하면, 윤동주는 자신이 쓴 시를 저 스스로 아끼며 성찰해 가는 과정을 거쳤던 것으로 보인다. 현재 출간된 '자필 시고전집'에서는 시편마다 윤동주의 메모나 수정 사항까지 기록되어 있어, 후행 연구자들의 연구 방향에도 지대한 이바지를 하는 중이다.

이와 같은 점을 미루어 보건대, 네오 휴먼의 논의에서 파생된 전환기 담론이 본격화되었던 1938년에 윤동주(22세)는 「새로운 길」(5.10.), 「비오는 밤」(6.11.), 「사랑의 殿堂」(6.19.), 「異蹟」(6.19.), 「아우의 印象畵」(9.15.), 「코쓰모쓰」(9.20.), 「슬픈族屬」(9.), 「고추밭」(10.26.) 등 시만 8편을 창작했다. 동시도 5편을 창작했으며, 10월에는 산문 「달을쏘다」를 창작하기도 한다. 물론 이 시기는 1936년이나 1937년보다 시 창작에 열정을 더 보여왔다고 보기는 어려운 점이 있으나, 윤동주에게 1938년은 광명 중학을 2월 졸업하고, 4월 9일 연희전문 문과에 입학하여 경성에서의 기숙사 생활을 시작하게 된 시기이기도 하다. 즉 윤동주에게 1938년은 개인사적 차원에서도 도시 경성에서의 새로운 경험들이 물밀듯이 밀어닥친 해이기도 하고, 의대에 진학하기를 원했던 아버지와의 불화를 이겨내고 본격적으로 문과에서 문학을 공부한 시기이기도 하다. 다시 말해, 개인의 경험적 차원에서도 1938년에 창작된 윤동주의 시는 종전의 시편들과 다른 차원의 시가 되기에 충분한 조건이었던 셈

---

19) 송몽규는 1935년 1월 1월 동아일보 신춘문예에 콩트 「술가락」으로 입선을 했고, 이보다 앞서 윤동주는 1934년 12월 24일에 「삶과 죽음」, 「초한대」, 「내일은 없다」에서부터 제작 월일을 부기하는 습관을 줄곧 유지한다.
20) 윤동주가 소유하고 있던 자필시고집은 『나의 習作期의 詩 아닌 詩』, 『窓』, 『하늘과 바람과 별과 詩』 등이다.

이다. 게다가 학에 스크랩북 2~3권에 대다수 평론과 논문들이 1938년에 집중된 것 또한 이와 같은 사적 상황을 고려하지 않을 수 없다. 본격적으로 윤동주는 문학 공부를 시작하면서 전환기 담론에 대한 스크랩을 통해 자기 세계를 형성해 나갔다고 추론해 볼 수 있는 것이다.

『너는 자라 무엇이 되려니』
『사람이 되지』
아우의 설흔 전정코 설흔 對答이다.

슬며―시 잡어든 손을 노코
아우의 얼굴을 다시 드려다 본다.

싸늘한 달이 붉은 니마에 저저,
아우의 얼굴은 슬픈 그림이다.

　　　　　　　　　　　—「아우의 印象畵」부분21)

우리들의 사랑은 한낫 벙어리 엿다.

靑春!
聖스런 촛대에 熱한불이 꺼지지前,
順아 너는 앞으로 내 달려라.

어둠과 바람이 우리窓에 부닥치기前
나는 永遠한 사랑을 안은채
뒤ㅅ 門으로 멀리 사려지련다.

---

21) 윤동주, 『하늘과바람과별과詩 원본대조 윤동주 전집』, 연세대학교 출판부, 2004, 87쪽; 이후 '『전집』 쪽수'로 표기.

이제.

네게는 森林속의 안윽한 湖水가 있고,

내게 峻險한 山脈이있다.

                            ─「사랑의 殿堂」 부분22)

    앞서 언급한 것처럼, 윤동주는 경성 생활을 시작하면서 자기 문학의 새로운 지평을 넓히는 계기를 만든다. 막 연희전문에 입학한 시기 (1938.4.9.) 창작했던 「새로운길」(1938.5.10.)에서는 이와 같은 윤동주의 내면 결의가 그대로 투사되어 있다. "내를 건너서 숲으로/고개를 넘어서 마을로// 어제도 가고 오늘도 갈/ 나의길 새로운길"을 제창하며, 자신이 앞으로 창작할 시가 개인적 차원을 넘어, 자기 시가 어떤 의미로 작용할 수 있는지 고민 또한 함께 수행23)했을 것으로 보인다. 특히 인용 시편에서는 이 시기 읽었던 전환기 담론에 대한 고민이 투사되었다고 판단할 만하다.

---

22) 『전집』, 91쪽.

23) 가령, 윤동주의 스크랩 목록 중, 지성의 역할을 문학적 방법론으로 이해하려 했던 최재서의 논고가 그러하다. 김기림 등이 논제로 삼았던 시의 '회화성'과 '음악성'의 관계를 최재서는 지성의 문제로 환원하여 다음과 같이 약술한다. "우리가 지금 詩의 繪畵性을 생각하게된것은 詩가 浪漫主義以來 너무도 音樂化하야 도리어 詩讀者의 世界——意味의世界를 喪失케된데 對하야 그 救濟를 發見하려는 때문이다. 그리고 音樂의 물결속에 沈沒된 詩를 건저내랴면 詩가 詩讀者의 意味의世界를 維持하랴면 詩의 情緖를 結晶시키고 그感情을 限定하고 그 輪廓을 區劃하는 繪畵的 智性의 作俑을 기대리지 안홀수 업다. 今日 이點을 가장 明確하게 認識하고잇는 批評家는 원담루이스이다."(최재서, 「서정시에 잇어서의 지성2─ 현대시론의 전진을 위하야, 시에 잇어서의 음악 회화성 승전」, ≪조선일보≫, 1938.12.25.) 다시 말해, 최재서는 시에서의 음악성은 시간적 계기를 서술하는 층위로, 회화성은 공간적 병치를 묘사하는 층위로 해석하고, 후자의 경우는 "우리에 의식에 쇼크를 주어 覺醒시키고" 실재를 직시하는 지성적 작용이라고 평가한다. 이는 윤동주가 정지용과 오장환, 김광균 등과 같은 이미지즘을 기반으로 하는 시인들의 시편들을 독서하는 데에도 비평적 틀로 작용했을 가능성이 높다.

먼저 「아우의 印象畵」에서 시적 화자는 동생과 찬 기운이 가득한 밤 길을 걸어가는 것으로 묘사된다. 아우의 얼굴에서 슬픈 그림('印象畵') 을 화자가 읽어낸 이유는 아우가 앞으로 살아갈 세상이 녹록지 않으리 라는 것을 형은 이미 알고 있었기 때문이다. '사람'이 되는 것이 꿈이라 는 동생의 말은 겨우 사람이 되기도 어려운 시대를 살아가고 있는 이들 의 시대상을 투영[24]하고 있다. 즉 휴먼, 인간적인 것이 불가능한 시대 에 시적 화자는 어떤 지성인의 삶을 살아가야 할지 생각에 잠기며 서러 워지는 것이다. 그렇다면 "슬며―시 잡어든 손을" 놓고 아우의 얼굴에 서 "싸늘한 달"을 읽어냈던 이유는 무엇인가. 지성은 있으되, 자유가 없 는 식민지 시대에 지성의 자유와 문화의 재창조를 논하는 시대적 물음 에 화자는 쉽사리 답을 내릴 수 없기 때문이다. 아우의 대답이 설익은 대답이든, 서러운 대답이든, 인간성을 상실한 시대에 사람이 되겠다는 대답은 화자 자신조차 찾아내지 못한 정답에 가까운 말이었을 것이다.

「사랑의 殿堂」에서도 마찬가지다. "우리들의 사랑은 한낮 벙어리"라 고 말할 때, 이미 순이와 나는 사랑조차 현실에서 논할 수도 없는 사태 에 진입해 있다. 다만, 순이에 대한 마음을 화자가 사랑이라고 호명할 수 있는 이유는 미약하게나마 '순이'라는 대상을 '지적인 정서'로 상정 해놓고 있기 때문이다.[25] 다시 말해 사랑이라는 체화된 감정이 아니라, 사랑의 관념을 순이를 통해 확인하고 이행하는 과정을 서술한 것이다. 즉 이 시에서 화자는 순이와 사랑을 한 적이 없다. 순이를 사랑한다는 관념만을 자신의 지적 충동으로 재차 확인할 뿐이다. 그러니 화자가

---

24) 박성준, 「윤동주 시의 낭만성과 戀歌」, 『한국문학이론과 비평』 제75집, 한국문학 이론과 비평학회, 2017, 44쪽.

25) 이와 같은 관점에서 엄국현은 윤동주의 순이 시편(「사랑의 殿堂」, 「눈오는 地圖」, 「少女」)을 연애시가 아닌 명상시로 판단한다. (엄국현, 「윤동주 시의 창작원리 연구」, 『한국문학논총』 제56집, 한국문학회, 2010, 215쪽.)

"永遠한 사랑을 안은채/ 뒤ㅅ 門으로 멀리 사려지"는 결의에 찬 선택을 한 것도, 순이에게로 나아가는 사랑이 아니라 사랑을 말할 수 없는("벙어리") 시대에 사랑을 논하겠다는 선언에 가깝다. 그러므로 여기서 사랑은 "네게는 森林속의 안윽한 湖水가 있고,/ 내게 峻險한 山脈이있다." 고 진술할 만큼 낭만적 시원의 공간과 절대적 관념이 투사된 사랑일 수밖에 없다. 이와 같은 맥락의 시편을 윤동주는 훗날 「바람이 불어」 (1941.6.2.)에서도 반복한다. 이 시에서 윤동주는 "단 한女子를 사랑한 일도 없다./ 時代를 슬퍼한 일도 없다."라고 고백한 바 있지만, 이 또한 '한 여자를 사랑하고 싶었다', '시대를 슬퍼하는 지성이고 싶었다'는 진술에 다른 표현일 수 있다.

요컨대 이처럼 윤동주는 연전에서 문학을 본격적으로 공부하면서, 저조차도 정리할 수 없는 지성인으로서의 정동을 가지고 시대의 공백과 전망을 같이 모색하려 했던 것으로 보인다. 물론 이와 같은 정동이 추동되었던 가장 큰 이유는 윤동주 저 자신이 식민지 지식인 주체로 성장하고 있었다는 점과 더불어, 무엇을 전망해야만 자신의 문학이 유의미한 시작 행위로 거듭날 수 있을 것인지, 고민하고 반성했던 시기를 고되게 겪고 있었기 때문이다. 그가 건너온 시대는 도무지 사람으로 성장할 수도 없고, 사랑을 관념화할 수밖에 없었던 까닭에, 그의 고민은 가중되고 있었다. 그리고 「슬픈族屬」에 이르러서는 민족에 대한 '공동체적 사유'로 거듭난다.

> 흰 수건이 검은 머리를 두르고
> 흰 고무신이 거츤발에 걸리우다.
>
> 흰 저고리 치마가 슬픈 몸집을 가리고,

흰 띠가 가는 허리를 질끈 동이다.

―「슬픈族屬」 전문26)

　주지하듯 「슬픈族屬」은 "우리 민족 전체를 의인화"27)하려는 기획이
었다는 평가가 있기도 하고, 연전 시절 시집 출간이 좌절된 이유28)가 된
시편 중 하나이기도 했던 내력을 가진 가편이다. 이처럼 시대적 정신이
투사된 시편이라는 평가와는 별개로, 시의 구조적인 측면을 살펴보면
'흰 것'들로 상징되는 민족의 외향이 모두 수동적으로 묘사됨을 알 수
있다. 시에 등장하는 여인이 머리에 "흰 수건"을 두른 것이 아니라 "흰
수건"에 "검은 머리"를 두르고 있는 모습도 그러하고, "거친발"이나 "슬
픈 몸집", "가는 허리"도 "흰 고무신"과 "흰 저고리", "흰 띠"로 은폐되고
가려져 있는 모습을 하고 있다. 이는 당대를 살아가고 있던 늙지 않는
거리 여인의 모습을 단출하게 묘사한 것이기도 하지만, 외향만으로도
식민지 치하에 살아가는 삶의 내력이 고스란히 드러나는 대목이기도
하다. 거친 발과 야윈 허리로 염색도 하지 않은 흰옷을 입고 노동을 하
는 모습은 윤동주가 경성과 용정을 왕복하며 실제 눈으로 보았던 조선
인의 삶의 군상들이었을 것이다. 그들의 삶도 능동적이지 않은데, 윤동
주 저 자신은 지성이니, 행동이니, 문화 창조니 하는 당대 지성사를 읽
어내고 있으니, 이 시기 윤동주에게는 현실과 이상 사이의 괴리가 더 가
중되었을 것으로 추론된다. 게다가 '슬픈 민족'이 아니라 '슬픈 족속'이

---

26) 『전집』, 39쪽.

27) 송우혜, 「젊음의 정거장, 서울 연희전문학교」, 『윤동주 평전』, 서정시학, 2016, 232쪽.

28) 윤동주의 시집 출간을 만류한 이양하 선생에 대한 회고를 정병욱은 다음과 같이 약
　술한다. "「십자가」, 「슬픈 족속」, 「또 다른 고향」과 같은 작품들이 일본 관헌의 검
　열을 통과할 수 없을뿐더러 동주의 신분에 위험이 따른 것이니 때를 기다리라고 하
　셨을 것"(정병욱, 「잊지 못할 윤동주의 일들」, 『나라사랑』 23집, 외솔회, 1976 여
　름, 140쪽.)이다.

라고 표현한 것 또한 그들을 낮게 이르는 시어로 일관하고 있으니, 그 족속 안에 포함된 자신마저도 낮게 지칭하게 되는 결과를 낳게 된다.

다시 말해, 안함광의 논의에서처럼 과연 지성의 역할과 공백으로 남은 '지도 정신'이나 '사상'이란 무엇인가, 진정으로 모색하는 시점이 윤동주에게 도래했을 것으로 추론할 수 있다. 주지하듯, 이 시기 이후로 신앙 회의기를 겪기도 했고, 이듬해인 1939년과 1940년에는 그 이전과 달리 시풍이 어두워졌음은 물론이고, 거의 절필에 가까운 시작 행보[29]를 보이기도 한다. 그러니 이 시기 창작한 시를 통해 비유해보자면, 윤동주는 경성 체류 기간에 자신이 품어온 "戀情, 自惚, 猜忌,"와 같은 정돈되지 않는 마음들을 "작고 金메달처럼 만저"보면서 "내 모든것을 餘念없이,/ 물결에 써서 보내"(「異蹟」)는 가혹한 성찰의 시기를 보냈던 것으로 판단된다. 아울러 같은 기간에 쓴 산문 「달을쏘다」는 후에 「自畫像」의 초고가 되기도 했던 것[30]을 고려해보면, 윤동주에게 지성적 방향성이 저 자신도 쉽사리 결정할 수 없었던 테제였음이 분명했다.

3. 전환기 전유와 근대 초극의 양상: 「慰勞」와 「肝」의 경우

선술한 바와 같이, 지성적 좌표를 잃은 당대 지성들의 사상의 곤궁은 윤동주에게 다른 시적 비전을 함의해야 할 당위성으로 전이되었다. 그러나 주지하듯 윤동주는 내면의 성찰을 통해 느리게 진일보한 시작 과

---

29) 1939년에는 9월에 「달같이」, 「薔薇병들어」, 「산골몰」, 「少女」, 「自畫像」, 산문시 「트루게네프의 언덕」을 몰아서 창작했고, 1940년에는 「八福」(미상), 「慰勞」 (12.3), 「病院」(12.) 등을 12월에 몰아서 창작한다.
30) 류양선, 「尹東柱의 <自畫像> 再論」, 『성심어문논집』 제25집, 성심어문학회, 2003, 180~181쪽.

정을 거친 시인이었다. 게다가 '시인'이라는 칭호조차도 당시에는 윤동주는 문단에 등단하지 않았기 때문에 자신에게 쉽사리 붙일 수조차 없는 상황이었다. 윤동주는 시집 『病院』 출간이 만류되자 다시 학업과 생활로 도피하기 시작한다. 예컨대 이 시기 수업 과제로 제출[31]되었다가 산문으로 발표된 「달을쏘다」가 그렇다. 「달을쏘다」 말미에서는 "죽어라고 팔매질", "통쾌", "꼿꼿한", "띠를 째서", "탄탄한 갈대" 등 이 산문의 앞부분에서 볼 수 없었던 강한 역동성(逆動性)을"[32] 드러내는 표현들을 볼 수 있는데, 이는 암담한 시대 상황과 자신의 좌절된 문학적 여정에 대한 윤동주의 절규에 가까운 수사였다고 볼 수 있다. 그리고 당대 논단의 풍경도 다르지 않았다.

> 오늘은 모도가 비평의 상실된 시대라고 한다. 평론은 그가 가져야 할 공통의 원리적 정신을 일코, 비평 정신의 권위는 泥濘에 굴르고 잇다는 것이다. ……(중략)…… 비평의 근원을 인간 생활뿐만 아니라 널리 유기체 전체에서 찻게 될 제, 그것이 점차 신경 계통의 출현에 따라 의식의 영역으로 올마가게 되고 다시 그것이 인간 생활이 원시 시대에 잇서서 판단과 기준의 자연발생적인 계단을 거쳐서 오늘의 고도의 비평 계단에 이르게 된 일련의 발전 과정이 얼마나 유구한 것이엇스며 얼마나 꾸준한 것이엇는가를 족히 짐작할 수 잇는 것이다.
> ― 윤규섭,
> 「현계단과 문예평론― 비평 정신과 인식론적 과제」 부분[33]

---

31) 정인섭 강의 시간에 학기말 시험(1938년 7월에서 9월로 추정)으로 제출된 「달을쏘다」는 이후 다듬어져 ≪조선일보≫ 학생란(1939.1.23.)에 발표되었으며, 윤동주의 학예 스크랩북 4권에는 정인섭의 글 「현대학생기질론─이상에 불타는 젊은 학도들에게(1)」(≪조선일보≫, 1939.1.5.)가 수록되어 있기도 하다.

32) 김응교, 「1년 동안 글쓰기, 윤동주 산문 「달을 쏘다」」, 『사고와 표현』 제12집 1호, 사고와표현학회, 2019, 167쪽.

33) 윤규섭, 앞의 책, 166~167쪽; ≪조선일보≫, 1939.1.31.

事實의 秩序를 깨트리고 前塵하며 行動이 知性을 박차고 나서는
데 現世紀의 감출수업는 風貌가 나타난다. ……(중략)…… 事實이
自動的으로 秩序를 破壞하고 行動이 故意로 知性을 蔑視하는 世紀
에잇서 知識人은 어떤 態度를 取하며 어떤 役割을 스스로가저야할
까? 적어도 知識人이 現在에잇서 무슨 創造的役割을 가진다거나 或
은 指導性을 確聞한다고 생각함은 迷信에 가까운일이 아닌가 생각
한다.
— 최재서, 「事實의 世紀와 知識人」, ≪조선일보≫, 1938.7.2

가령, 인용한 한에 스크랩북의 비평문들은 당시 조선 문단의 풍조를
잘 나타내고 있다. 윤규섭은 현시대를 비평 상실로 진단하며, 비평의
역할이 단순히 "대상을 음미(논구, 분석)"하는 데에만 있는 것이 아니라
고 진술한다. 비평의 상실은 비평에 대한 불신에서 시작된 것이고, 이
는 지성의 역할이 약화된 맥락에서 찾을 수 있다는 논지이다. 그렇다면
왜 지성의 역할은 축소되었는가. 그에 의하면 비평은 '작품'과 '인간 생
활', '현실'의 문제를 연동하는 기능뿐만 아니라, 인간 생활의 기저를 통
찰하고 유기체 전체를 식별하는 '판단력'으로 기능해야 한다고 말한다.
인간의 유구한 역사와 함께 발전해온 이런 인식과 비판 능력이 비평의
추동력을 만들고, "평론의 지표성"[34]을 세우게 된다는 것이다. 그러나
윤규섭이 보기에는 지금의 문예비평은 지표성을 어디에 둘지 논쟁하
고 있는 상황이 아니라, 비평의 지표성 자체를 유파마다 세우지 못하고
있을 뿐만 아니라 작품과 현실 간의 관계 설정만을 해설하는 수준에 그
치는 평문들만 다수 쏟아지는 상황이라는 것이다. 즉 윤규섭에게 비평
의 상실은 지성의 상실이고, 평론의 지표성 상실은 문학적 전망의 상실

---

34) 윤동주가 실제로 스크랩한 부분은 1회차이다. 그 때문에 평론의 지표성 상실을 다
루는 부분은 누락되어 있으며, 문단의 당대 징후를 진단한 부분만 스크랩되었다.

이다.

같은 맥락에서 최재서 또한 현시대의 당면 문제를 '질서가 파괴된 상태'나 "知性을 蔑視하는 世紀"에서 찾는다. 이런 가운데 최재서는 당면 현실에서 지식인의 역할과 태도는 무엇이냐는 물음과 동시에 역설적으로, 당대 지식인들이 파괴된 질서를 목도하면서 어떤 전망도 마련하지 못하고 좌표가 상실된 상태만 지속하고 있음을 가시화해 낸다. 윤규섭이 '평론의 지표성'을 논구하여 지속적으로 지식인의 태도 갱신과 사상적 모색을 추동하려고 했다면, 최재서는 지성의 멸시를 있는 그대로 받아들이는 것을 용인했다고 볼 수 있다. 그러니 "創造的役割을 가진다거나 或은 指導性을 確聞"하는 것은 부질없는 일이며, 그런 태도는 "迷信에 가까운일"이라고까지 격하해서 진술하는 것이다. 범박하게 말하자면 이 문제는 지성 상실과 비평 상실의 시대를 받아들이느냐, 받아들이지 않느냐 하는 골자로 이해할 수 있는데, 이와 같은 관점은 백철과 김오성의 논쟁에서 재반복된다.

> 今日의 時代를 受理하는 努力이 하나의 眞理를 建設하는 문제라면 그것이 하나의 寫實主義와 運命論네 삐져서는 不可하다. 時代의 偶然에 대하야 事實과 偶然以上의 意味를 찾고또는 그偶然과는 反對의 地點에하나의 結論을찾는것이며 여기에 이時代에 對한 文學者의프렉시불한 情神이 잇는것이다. ……(중략)…… 政治나 事實에대하야 文學者는 精神的으로 그事實과 政治以上의 무엇을 攝取할것이 잇는것이다. 그리고몬저 말한바 偶然 그事實에 대하야 情神이 할일은 그뒤에 『意味』를 부처보는것이라는것도 그런뜻에서다.
> — 백철, 「時代的偶然의 受理」, ≪조선일보≫, 1938.12.3.~6

> 프로메듀―스가 제우스에게 反抗하는것은 決코 宇宙를 支配하는

必然의 힘을 拒逆하는것이 아니고, 歷史와 함께 推移될 運命을 갓고 잇는 現世의 권위인 大神 제우스에게 反抗하는 것이다. ……(중략)…… 프로메듀―스는 新興하는 民衆의힘, 또는 精神的 自由를 象徵합일것이다. 當時 希臘이 寡頭政治에서 民主政治에로 朦昧時代에서 文化時代에로 옴겨온것이 歷史的 必然일지댄 이 必然의 힘을 確信하는 프로메듀―스의 情神이 將次 沒落할 運命을 갓고잇는 제우수의 暴威에 屈服할 理 가 업섯슬것이다. ……(중략)…… 時代의 안에서 時代以上의 必然의힘, 즉 歷史的인 힘을 確知하는 聰明, 이것것을 우리는 부로메주―스(卽知性)의 立場이라고 불너두기로 하자.

            ― 김오성, 「時代와 知性의 葛藤―프로데듀―스的事態」,

                            ≪조선일보≫, 1939.1.24.~26.

   백철이 지칭하는 '시대적 우연'이란 최재서가 논한 '사실의 세기'와 다른 맥락이 아니다. 백철의 친일 성향을 드러낸 첫 비평문으로도 알려진 인용문은, 금일 조선이 겪고 있는 세계사적 맥락을 단순히 '우연'의 문제로 취급한다. 최재서가 '사실의 세기'를 서구 몰락과 지성의 역할 상실, 좌표 상실의 수준에서 진단했다면, 백철의 경우는 서구 지성의 몰락도, 서구 제국주의 침략의 세계사도, 파시즘도, 일제의 중일전쟁마저도 우리에게 당도한 우연에 기인한 사실임을 인정해야 한다고 주장한다. 그러니 우연으로 취급된 커다란 사실들을 지식인이 수리(受理)하지 않고 응전한다면, 이 또한 시대 정신에 반하는 행위라는 논리이다. 다시 말해, 우리에게 당도한 객관적인 거대한 사실을 받아들이는 가운데, 그런 사실 수용을 토대로 "時代의 偶然에 대하야 事實과 偶然以上의 意味를 찻고또는 그偶然과는 反對의 地點에하나의 結論을찻는것"이 현시대의 지식층이 취해야 할 태도라는 것이다. 그러니 이러한 타협론에서 지식인의 역할은 "偶然 그事實에 대하야 情神이 할일은 그뒤에

『意味』를 부처보는것"과 같이, 역할 자체가 협소해질 수밖에 없다. 물론 우선 거대한 흐름을 수용하고 뒤를 모색하자는 논의로 읽혀질 수도 있으나, 백철의 골자는 지식인은 어떤 좌표도 갖지 말고 일제에 협조하는 맥락으로 읽힐 소지가 다분하다. 이에 관해 김오성은 '프로메테우스 신화'를 경유하여 반박을 시도한다.

백철에게 시대의 우연을 수리하는 것이 지성의 역할이었다면, 우선 김오성은 시대와 지성은 '갈등'하고 있다고 진단한다.[35] 즉 지성은 시대에 항거하는 주체로 기능해야 한다는 것이다. 주지하듯 프로메테우스는 제우스의 불을 훔쳐 인간에게 가져다주면서 문명사에 더 나은 삶을 제공해준 영웅으로 형상화된 신화 속 인물이다. 김오성은 인용문에서 이러한 행동을 "프로메듀―스가 제우스에게 反抗하는것은 決코 宇宙를 支配하는 必然의 힘을 拒逆하는것"이 아니었다는 것으로 판단한다. 물론 거대한 시대사의 흐름을 제우스에 반항한 프로메테우스의 모습으로, 단편적 비유를 시도한 것은 논증적 비약이 있기는 하지만, 김오성은 프로메테우스가 "當時 希臘이 寡頭政治에서 民主政治에로 朦昧時代에서 文化時代에로 옴겨온것"을 미리 예견하고 선지자(先知者)처럼 다음 시대를 예비하여 항거한 지성의 모습으로 묘파된다는 점을 김오성은 주목하고 있다. 다시 말해, 김오성의 논의는 곧 몰락할 제우스 시대를 예견하고 프로메테우스가 항거했듯이, 조선의 지식인층도 언제 어떻게 몰락할지도 모르는 일제에 대해 예비하는 지성을 함양해야 한다는 것이다. 그와 동시에 항거의 정신을 놓쳐서는 안 된다는 숨은

---

35) 이 시기 김오성은 "백철과 같은 지성인들에 대하여 "불순한 요소를 많이 섭취"한 "금일의 프로메듀―스(정신, 지성)"라고 비판(박군석, 「윤동주의 시 「간(肝)」에 나타난 '시적 주체'의 지평」, 『한국문학논총』 71집, 한국문학회, 2015, 188쪽.)하며, 중일전쟁까지 옹호하고 나선 백철을 '타락한 프로메테우스'라고까지 지칭하기도 한다.

의도가 깔려 있었던 것이다. 이를 백철의 논의에 대입하여 말하자면, 서구 질서의 몰락이 일본을 중심으로 한 동양의 재편으로 기능하는 기회로 인지되고 그것에 협조할 것이 아니라, 서구 질서가 우연하게도 몰락되었듯이 일제조차도 그렇게 몰락될 가능성도 배제할 수가 없으니, 조선의 지성들은 "歷史的인 힘을 確知하는 聰明"을 가져야 한다.

그렇다면, 백철의 '수리'와 김오성의 '갈등'을 모두 읽어낸 윤동주는 어떠한 시적 전망을 함의하려고 했을까. 주지하듯, 윤동주는 '수리'도 '갈등'도 아닌 자기 성찰과 시대를 성찰하는 저만의 방식으로 당대의 지성사를 전유해나갔다.

거미란 놈이 흉한 심보로 病院 뒤ㅅ뜰 난간과 꽃밭사이 사람발이 잘 다찌않는곳에 그물을 쳐놓았다. 屋外療養을 받는 젊은 사나이가 누어서 치여다 보기 바르게――

나비가 한마리 꽃밭에날아들다 그물에 걸리엿다. 노―란 날개를 파득거려도 파득거려도 나비는 자꾸 감기우기만한다. 거미가 쏜살같이가더니 끝없는실을뽑아 나비의 온몸을 감어버린다. 사나이는 긴 한숨을쉬였다.

나(歲)보담 무수한 고생끝에 때를잃고 病을 얻은 이사나이를 慰勞할말이――거미줄을 헝크러 버리는 것박에 慰勞의 말이 없엇다.
—「慰勞」전문36)

바닷가 해빛 바른 바위우에
습한 肝을 펴서 말리우자.

---

36)『전집』, 71쪽.

코카사쓰山中에서 도맹해온 토끼처럼
둘러리를 빙빙 돌며 肝을 직히자.

내가 오래 기른 여윈 독수리야!
와서 뜨더 먹어라. 시름 없이

너는 살지고
나는 여위어야지, 그러나,

거북이야!
다시는 龍宮의 誘惑에 않떠러진다.

푸로메디어쓰 불상한 푸로메디어쓰
불 도적한 죄로 목에 맷돌을 달고
끝없이 沈澱하는 푸로메드어쓰.

― 「肝」 전문37)

　　인용 시 「慰勞」에서 거미에 걸린 나비의 모습은 식민지 조선 민중들
의 모습이자 현실에 응전하지 못하는 지식인의 모습으로 상징된다. "노
―란 날개를 파득거려도 파득거려도 나비는 자꾸 감기우기만한다"는
나비의 고통은 병을 얻어 요양하고 있는 젊은 사나이의 모습과 교차되
면서, 나비의 고통과 사나이의 고통, 시적 화자의 처지가 일대일로 대
응되는 양상을 보인다. 그러나 이러한 단순한 구조에서 이 시가 마무리
된다면, 윤동주의 시선은 수동적인 주체로 가라앉았을 것이다. 이 시에
서 주목할 지점은 시 말미에 "거미줄을 헝크러 버리는 것박에" 할 수 없
는, 사태 바깥에 있는 화자의 행동에 있다. 조선의 현실을 나비의 입장

---

37) 『전집』, 67쪽.

이나 감정 이입된 사나이의 처지에서 서술하는 것이 아니라, 현실을 사태 바깥에서 사유하는 화자의 시선과 태도(행동)가 당대 지성인으로서 실천할 책무에 대한 고민으로 독해될 수 있기 때문이다. 즉 거미의 "흉한 심보"를 읽어내고, 시대의 소명을 다해야 할 지성의 입장을 인지하고 있지만, 고작 자신이 할 수 있는 일은 사나이의 병을 낫게 하는 일도 아니고, 나비를 치료하는 일도 아니다. 단지 속박 당한 나비를 당장에는 구원해주기 위한 소극적인 행동만을 취할 수 없기 때문에, 그것을 시적 화자는 '치유'나 '개선'이 아니라 '위로'라고 칭할 수밖에 없었다.

이런 관점에서 인용 시 「慰勞」(1940.12.3.)는 자필 시고집의 표제이기도 했던 「病院」(1940.12.)하고도 연계되는 시편이기도 하다. 「病院」에서 '병든 사나이'의 모습은 병실에서 일광욕하는 "젊은 女子"와 '모르는 아픔을 참고 있던 나'의 모습으로 분화되어, 「慰勞」에서 보다 수동적인 주체성으로 하강된다. 게다가 '젊은 나'와 진단을 내리는 '늙은 의사'의 관계성을 통해 폭력(억압)을 내재 당한 세대론적 고충으로 격상되기도 한다. 다시 말해 병이 분명 있으나 병이 없다고 진단 내려진 당대 지식인층의 길항하는 모습을 「病院」에서는 그대로 묘파해내고 있다. 한편 「慰勞」에서는 그러한 가운데에서도 저항력을 잃지 않으려는 당대 지성의 행동주의적 면모가 드러난 시편이라 평가할 수 있겠다.

그렇다면 '속박당한 나비'의 모습은 다시 어떻게 전유되고 있는 것일까. 두 번째 인용 시 「肝」에서 "불상한 푸로메디어쓰"의 모습은 「慰勞」의 나비의 형상과 다르지 않다. 「肝」(1941.11.29.)은 자선시집을 모두 완성하고, 창씨개명을 앞둔 시점에서 창작한 시로, 당대 지성사를 스크랩했던 시기와 약 2년의 시차를 두고 있는 시편이다. 이 시에서는 프로메테우스 신화와 귀로 설화가 함께 인유되고 있는 특징을 보인다. 여기서 프로메테우스 신화는 이양하 교수의 수업 중 제재가 되었던 셸리의 「해방된 프로메테우스」와 관련이 깊다.[38] 당시 연전에서는 셸리와 바이런 같은 낭만주의 계열 시인들이 교육콘텐츠로 활용되고 있고, "개성과 자아의 추구, 속박으로부터의 자유로운 해방"[39]이라는 관점에서 당대 식민지 지식인들을 매료하기에 충분한 콘텐츠였다. 가령 셸리가 재창조한 프로메테우스는 "제우스의 형벌이 중단되고 프로메테우스가 수동적으로 풀려나는 결말을 고쳐, 신과 인간 간의 화해와 용서에 방점을 찍는 것이 아니라 프로메테우스의 능동적 해방에 초점이 맞"[40]췄기 때문에, 당시 지성들에게 능동적 자아를 추동시키는 매개 서사로 작용했을 가능성이 크다. 그런 가운데, 윤동주는 셸리식의 프로메테우스를 수용해서 「肝」을 창작한다. 물론 이 시는 김오성의 논고를 동조한 맥락으로 읽히기도 한다.

가령, "불 도적한 죄로 목에 맷돌을 달고/ 끝없이 沈澱하는" 프로메테우스의 모습은 윤동주 자신의 모습인 동시에 시대를 살아가는 지식인층의 무능한 모습이다. 그러나 그런 무능과 고통 상태의 지속은 능동이 될 수 없는 현실을 횡단하고 있기 때문이고, 끝끝내 제우스의 불을 훔쳐낸 윤리적 행동에 대한 형벌 때문이다. 즉 지성의 책무를 다 해야 하지만, 또 한 편으로는 다하는 것은 불가능에 가까운 현실을 프로메테우스의 속박된 상태가 상징한다고 볼 수 있다. 그럼에도 시적 화자는 제

---

38) "연희전문의 이양하 교수가 셸리를 좋아하였다는 점, 경성제국대학의 사토기요시 역시 낭만주의 시를 자주 가르쳤으며, 그의 제자였던 최재수와 임학수 모두 낭만주의에 관한 글을 썼다는 것을 미뤄 보아, 낭만주의 시가 식민지 조선의 제도적 영문학 연구 중 중요 부분이었던 것은 분명하다" (신경숙, 「윤동주 「肝」과 프로메테우스」, 『비교문학』 제67집, 한국비교문학학회, 2015, 124쪽.)

39) 박호영, 「일제강점기 혁명적 낭만주의 이입 연구」, 『한중인문학연구』 제28집, 한중인문학회, 2009, 21쪽.

40) 박성준, 「윤동주 시의 낭만성과 戀歌」, 앞의 글, 49쪽.

몸의 속박을 모두 감당하더라도 (독수리로부터) '간'만은 지키겠다는 토끼의 의지를 이입시킨다. 다시 말해, 현실에 대한 응전을 놓치지 않겠다는 의지와 멸시된 삶의 현장에서도 끝끝내 살아내며 수동에서 능동체로 거듭나겠다는 결의를 투사하고 있는 것이다. 여기서 꾀가 많은 토끼를 경유한 것과 대결하더라도 살아서 대결하겠다는 소극적 행동주의가 일종의 현실에서 타협으로 읽힐 소지가 없지는 않으나, "와서 뜨더 먹어라. 시름 없이// 너는 살지고/ 나는 여위여야지, 그러나,"와 같은 구절을 읽어보면, 비겁하게 식민지 지식인으로 살겠다는 맥락으로만 읽히지는 않는다. 오히려 이것은 타협이나 절충이 아니라, 김오성이 논의했듯 '제우스적 현실'을 간파하며, 자기 세계를 구축해 나가겠다는 '근대 초극'의 의지로 판단할 만하다.

現代文學이라는 것은 官能的 享樂的인 極히 表面的인데서 滿足하려한다.……(중략)……善惡의 分岐線上에서 叡智의 穿鑿이 古典文學의 特質이라면, 現代文學에는 이것이 缺如되여 잇는것이다. 그러므로 우리가 古典文學의 價値를 再認識하려는것은 生活의 表面이 아니고, 그 底流에 잇고, 그 物質에만잇는것이 아니며, 深奧한 情神에잇으며 그 狹窄한데 잇는것이아니라, 그 光胤한 思索의 世界에 잇는것이다.
— 박영희, 「古典復興의 現代的 意義」, 《조선일보》, 1938.6.4.

옛것이면서도 가장 새로울 수 잇고 먼곳이면서도 가장가까울수 있다는 것이 古典이 가진바 特性이 아닐수업는것이오. 이가티하야 歷史에 잇서서 劃期的인 最高峰으로부터 最高峰으로 飛躍的斷切을 넘어 새로운 연결을 짓게되는것이 古典復興의 現想으로 나타나는 歷史的事實일 것이다.
— 박종홍, 「歷史의 轉換과 古典復興」, 《조선일보》, 1938.6.7.

現代作家가 늘 古典을 意識하고 써야한다는것과 古典硏究家가 늘
現代文學을 念頭에두고 잇서야한다는것은 다가리 傳統이 우리에게
全體的秩序를 要求하기때문이다.
— 최재서, 「古典硏究의 歷史性」, ≪조선일보≫, 1938.6.10.

인용한 부분은 『조선일보』에서 연작 기획으로 마련했던 「古典復奧
의 理論과 實際」에 수록된 원고 일부분이다. 윤동주는 이 기획을 상당
량 스크랩했던 것으로 보이는데, 당대의 지성들은 조선의 고전을 발굴
하고 재호출하는 과정을 통해 저마다의 방식으로 근대를 초극하려 애
썼다. 가령 박영희는 고전의 가치를 현대문학의 그것과 비교하면서,
"生活의 表面이 아니고, 그 底流에" 있는 "深奧한 情神"을 찾아야 한다
고 주창하기도 하고, 박종홍은 "歷史에 잇서서 劃期的인 最高峰으로부
터 最高峰으로 飛躍的斷切을 넘어 새로운 연결을 짓게되는것"이 고전
의 가치라고 판단하기도 한다. 즉 우리가 딛고 있는 혼란스러운 현실을
개진해나갈 가치로 고전의 발굴하고, 그것을 통해 '새로운 전통'을 구
축해야 할 것이라는 전망이다. 그러니 최재서에 의하면, "現代作家가
늘 古典을 意識하고 써야"하며, 고전연구가 또한 "늘 現代文學을 念頭
에두고 잇"으면서 "全體的秩序"를 구축해야 한다는 진단까지 보충되고
있는 것이다.

이러한 관점에서 윤동주는 귀토설화와 프로메테우스 신화를 동시에
차용하여, 새로운 시작 방향을 완성해낸 것이 「肝」의 창작 배경이라 할
수 있다. 고전에서의 권선징악이라는 주제 의식과 프로메테우스의 미
래 전망의 의지가 적절히 조우되면서, 윤동주의 내면세계와 시대 정신
을 모두 형상화해낸 가편이 「肝」이라고 평가할 만하다. 이에 더불어,
윤동주 저 자신은 꾀 많은 토끼로 전락하지도, 우직한 거북이가 되지도

않겠다는 의지와 함께, 고통을 수반하더라도 프로메테우스의 지성(행동)으로 거듭나겠다는 지성의 윤리관을 담아내고 있다. 그러니 「肝」은 윤동주의 근대 초극 양상을 가장 명징하게 드러내고 있는 시편이었다고 평가할 수 있을 것이다.

4. 결론

윤동주는 1936년 10월 1일부터 1940년 12월 26일까지 ≪조선일보≫, ≪동아일보≫, ≪매일신보≫ 학예면을 중심으로 '스크랩북'을 직접 제작하여, 자신의 독서목록을 항목화했다. 윤동주가 당대 조선 문단의 전환기 비평사를 탐독했던 맥락과 그에 따르는 시의 영향 관계를 고찰해보면, 당대 청년 혹은 학생이었던 윤동주는 단지 학생으로서가 아니라 식민지 조선의 지식인으로서 책무를 다해야 한다는 굳은 결의가 있었다는 점을 발견할 수 있다.

가령 윤동주는 윤규섭, 안함광, 최재서, 백철, 김오성, 박영희 등의 전환기 담론을 읽고 자신의 시에 사상적 자양으로 삼았다. 특히 「知性 問題와 휴매니즘」, 「'知性의 自律性'의 問題」, 「事實의 世紀와 知識人」, 「時代的 偶然의 受理」, 「時代와 知性의 葛藤—프로데듀—스的 事態」, 「古典復奧의 理論과 實際」 연작 등을 검토해 보면, 윤동주가 이 시기 전후로 창작한 시에서 전환기를 어떻게 내재화했는지 해명할 수 있다.

특히 「아우의 印象畵」, 「사랑의 殿堂」에서 시대에 대한 고민을 투사한 맥락을 찾아볼 수 있으며, 「슬픈族屬」에서는 개인의 성찰을 넘어 공동체에 대한 성찰로, 시적 관심이 전이되어 갔음을 알 수 있다. 그리고 「慰勞」에서는 화자의 위치 설정을 통해, 당대 지성으로써 사유하는 자리를 가시화해 내고 있었으며, 「肝」에서는 귀토설화와 프로메테우스 신화의 차용을 통해, 새로운 시 형식과 시대 전망을 내포하려고 한 고민까지 엿보였다.

　이처럼 윤동주의 적극적인 독서 활동인 학에 스크랩북의 논고들을 통해, 윤동주가 전환기 담론을 자기화해 갔던 맥락을 검토해볼 수 있으며, 이는 윤동주가 자신의 시에서 전망하려고 했던 '근대 초극'의 양상이었다고 평가해볼 수 있을 것이다.

참고문헌

<기본 자료>
송우혜, 『윤동주 평전』, 서정시학, 2016.
윤동주, 『하늘과 바람과 별과 詩 원본대조 윤동주 전집』, 정현종 외 편, 연세대학교 출
　　　　판부, 2004,
＿＿＿＿, 『사진판 윤동주 자필 시고 전집』, 왕신영 외 편, 민음사, 2002.

<단행본>
안함광, 「'지성의 자율성'의 문제―그 진실한 이해를 위하여」, 『안함광 평론선집1: 인
　　　　간과문학』, 이현식·김재용 편, 박이정, 1998, 169―170쪽.
윤규섭, 「지성 문제와 휴매니즘― 30년대 인텔리겐챠의 행정」, 『인식과 비평』, 최명표
　　　　편, 신아출판사, 2015, 148쪽.
＿＿＿＿, 「현계단과 문예평론― 비평 정신과 인식론적 과제」, 『인식과 비평』, 최명표
　　　　편, 신아출판사, 2015, 166―167쪽.
이헌구, 「행동 정신의 탐조」, 『이헌구 선집』, 현대문학, 2011, 113쪽.
임　화, 「르네상스와 신휴머니즘론」, 『임화예술전집3 문학의 논리』, 소명출판, 2009,
　　　　121쪽.
최재서, 「知性擁護―五.知性과 휴마니즘」, 『최재서평론집』, 청운출판사, 1961, 164쪽.

<논문 및 기타 자료>
김오성, 「時代와 知性의 葛藤―프로데듀―스的事態」, ≪조선일보≫, 1939.1.24.~26.
김응교, 「1년 동안 글쓰기, 윤동주 산문 「달을 쏘다」」, 『사고와 표현』 제12집 1호, 사
　　　　고와표현학회, 2019.
류양선, 「尹東柱의 <自畵像> 再論」, 『성심어문논집』 제25집, 성심어문학회, 2003.
박군석, 「윤동주의 시 「간(肝)」에 나타난 '시적 주체'의 지평」, 『한국문학논총』 71집,
　　　　한국문학회, 2015.
박성준, 「윤동주 시의 낭만성과 戀歌」, 『한국문학이론과 비평』 제75집, 한국문학이론
　　　　과 비평학회, 2017.

_____, 「윤동주의 독서 체험 고찰(1) ―소장 '학예 스크랩북'의 의미와 윤동주가 읽은 신세대 시인들」, 『국제한인문학』 제32호, 국제한인문학회, 2022.

_____, 「윤동주의 독서 체험(2) ―유치환 시의 영향 관계를 중심으로」, 『비평문학』 제83호., 한국비평문학회, 2022.

_____, 「한흑구 시에 나타난 '자유'의 의미 연구―미국 체험을 통한 근대 전환기 담론의 전유를 중심으로」, 『현대문학의 연구』 제79호, 현대문학연구학회, 2023,

박영희, 「古典復興의 現代的 意義」, 《조선일보》, 1938.6.4.

박종홍, 「歷史의 轉換과 古典復興」, 《조선일보》, 1938.6.7.

박호영, 「일제강점기 혁명적 낭만주의 이입 연구」, 『한중인문학연구』 제28집, 한중인문학회, 2009.

백 철, 「時代的 偶然의 受理」, 《조선일보》, 1938.12.3.~6.

신경숙, 「윤동주 「肝」과 프로메테우스」, 『비교문학』 제67집, 한국비교문학학회, 2015.

안함광, 「지식옹호의 변」, 『비판』, 1938.11.

엄국현, 「윤동주 시의 창작원리 연구」, 『한국문학논총』 제56집, 한국문학회, 2010.

유진오, 「世紀에 붓치는 말― 叡知·行動과 知性(하)」, 《조선일보》, 1938.7.5.

정병욱, 「잊지 못할 윤동주의 일들」, 『나라사랑』 23집, 외솔회, 1976 여름호.

최재서, 「古典硏究의 歷史性」, 《조선일보》, 1938.6.10.

_____, 「事實의 世紀와 知識人」, 《조선일보》, 1938.7.2.

_____, 「서정시에 잇어서의 지성2― 현대시론의 전진을 위하야, 시에 잇어서의 음악 회화성 승전」, 《조선일보》, 1938.12.25.

3부

전환기 조선문학 살롱

1938년 조선문학 살롱
―「明日의 朝鮮文學」에서 제기된 '미래'의 의미

1. 1938년 조선문학의 미래

1938년 신년 벽두부터 ≪동아일보≫에서 기획한 문학좌담회「明日의 朝鮮文學」[1]은 1930년대 말까지 조선문단에서 지속적으로 제기되고 있었던 리얼리즘의 문제와 당시 새롭게 대두된 네오휴머니즘에 관해, 직접적인 문인들의 육성[2]을 엿들을 수 있는 주요한 사료다. 당시 ≪동아일보≫의 학예부기자였던 서항석이 좌장을 맡고, "이헌구 평론가, 정인섭 평론가, 김용제 시인, 김남천 소설가, 최재서 평론가, 임화 시인, 김문집 평론가, 정지용 시인, 모윤숙 시인, 김광섭 평론가, 김상용 시인, 유치진 극작가, 박영희 평론가"[3] 등 본사 측 좌장 포함 총 14명의

---

1) 필자는 ≪동아일보≫에서 개최된 신년문인좌담회를 대상으로 각 시기마다 당대 문학을 통찰하는 문인들의 육성을 살피려는 연구과제를 가지고 있다. 당대 조선문학을 진단하는 '살롱의 성격'을 가진 1938년 「明日의 朝鮮文學」, 1939년 「新建할 朝鮮文學의 性格」, 1940년 「文化現世의 總檢討: 初有의 藝術綜合論議 討議되는 諸問題 文化人의 眞摯한 氣焰」 등 3편의 좌담 원고를 모두 '조선문학 살롱'이라 규정한다.

2) 이 좌담회의 부제는 "文壇重鎭 十四氏에게 再檢討된 리얼리즘과 휴매니즘"이다.

3) 「座談會光景」(≪동아일보≫ 1938.1.1.)에서 좌담에 참여한 문단중진들을 열거하고 있는데, 학예부기자를 겸하며 평론활동을 하고 있는 서항석을 "본사측"이라 명명한 것은 수긍할 수 있는 바이지만, 여기서 박영희, 김광섭, 김용제 등을 시인이라 칭한

문단 중진들이 참여한 좌담이 「明日의 朝鮮文學」4)이었다.

서항석이 작성했다고 추론되는 좌담 서두를 여는 글을 살펴보면, "正常的으로 發展하는 文壇에 잇어서는 한 개의 思潮나 傾向은 그 社會現實로서나 文學現實로서나 必然的 産物이다. 그리고 作家나 評家는 매양 이에 基하야 創作하고 批判해야한다. 그러나 지금까지의 우리 文壇은 그러지 못했다. …… 새해를 맞어서는 作家나 評家를 막론하고 그 무슨 課題가 提出되어야할 것이다. 海外에서 閃忽한 異色의 思潮에서 보다 더 朝鮮現實을 基한 이즘을 釀出해야할것이다."라고 일변한다. 즉 좌담의 좌장인 서항석은 당대 문단에서 해외 의존적 사조에 기입해서 작가나 평론가가 조선의 현실을 도외시하고 있다고 판단하는 입장을 내비침과 동시에, '통일된 사조나 경향성'이 필요하다는 입장에서 이 좌담을 진행하고 있다는 것을 시사한다. 그러나 「明日의 朝鮮文學」에 참여한 문인들은 정작 조선문학의 미래를 두고 종합된 의견을 모아 제출한 것이 아니라 당대 인텔리겐치아들의 각자 간의 의견 출동을 난장에 가까운 모습으로 재현함으로써, 서로 간의 입장차를 더 극명하게 드러내는 지표가 되었다. 이 좌담에서는 그간 "리얼리즘이라든가 휴매니즘, 浪漫情神이라든가 告發의 情神이라든가"(서항석)하는 당대 조선문학장 안에서 논의되었던 모든 경향과 사조론 등이 엇갈려 제시되면서, 서항석이 원했던 조선문학이 나아가야 할 '통일'의 목표가 아닌, '개별'의 주체들이 당면하고 있던 현실의 양태들과 그에 따른 문학적 신념들이

것은 독특한 지점이다. 일본에서의 나프 활동 이후 조선 귀국 후에는 평론에만 매진했던 김용제를 시인이라 칭한 것은 이때까지만 해도 경향파적 성격이 강했던 그의 비평관을 높이 인정했던 결과이다.

4) 이 좌담회는 상, 하로 기획되어 신년호에는 「明日의 朝鮮文學」(≪동아일보≫ 1938.1.1, 21면.)으로 표제를 달았고, 일요일을 건너뛰고 1월 3일에는 「明日의 朝鮮文學座談會(下)」(≪동아일보≫ 1938.1.3, 7면.)로 표제를 달고 있다.

표출되었다.

오히려 이러한 토론 과정에서의 난장은 1930년대 말 조선문인들이 가지고 있던 '각자의 미래'를 되짚어 보게 되는 계기가 됨으로써, 보다 총체적인 조선문학의 일면을 역설적으로 드러내는 사례가 되었음은 물론이다. 대공황과 더불어 서구 중심의 근대가 무너지고 있는 시점과 연동하여, 이미 식민지 조선의 인텔리겐치아 문인들은 프로문학의 퇴조의 흐름을 감당하며 저마다 불안의 정동들을 내재하고 있었다. 그러니 시대의 상흔과 더불어 각자의 미래를 발판삼아, 서항석의 견해처럼 문학비평은 "이즘"을 찾아 경도되는 불구적 양상을 띠는 면도 없지 않다. 물론 이러한 불안은 1937년 7월에서 시작된 중일전쟁 이후로 전시체제로 탈바꿈해 가는 과정에서의 일제의 폭압과 그에 따른 세계정세의 변화들을 어느 정도씩 감지하고 있었던 것으로 보이는 조선문인들의 공통적 내상으로 드러나고 있는 징후5)라고도 할 수 있겠다.

특히 좌담에 참여한 문인들의 히스테리적 언변들6)과 서로의 문학적 이상에 대해 비아냥거리는 장면들은 1938년에 당면하고 있던 조선문학 내에서의 각자의 불온의 좌표를 그대로 가시화한다. 좌담의 서두부

---

5) 가령 프로문학의 퇴조는 당대 비평가 그룹에서의 정신적 붕괴 현상을 야기시킨다. "30년대 중반의 프로문예비평가는 이중의 붕괴에 직면해 있었다. 자신들을 '주체화'시켰던 이데올로기적 장치(나프, 카프 및 그 이념과 이론)와 그것에 내재한 다른 곳의 '현실'상 및 욕망의 붕괴가 그것이다./ 이제 30년대 후반이 이르러 현실의 제도적 규제 앞에 '스스로'에 대한 환상(즉, 주체와 현실의 양 측면에서)을 제거 당하게 되었다고 볼 수 있다."(서경석, 「1930년대 문학비평에 나타난 '탈근대성' 연구」, 『한국학보』22집 3호, 일지사, 1996, 175쪽.)는 견해가 그렇다.

6) 1920년대, 30년대 숱한 문인좌담회에서 참여 문인들의 호전적인 언변은 반복적으로 드러나고 있는 기표라고 할 수 있다. 그러나 본고를 비롯해 필자가 향후 연구과제로 삼고 있는 총 3편의 신년좌담 원고들 중 특히 「明日의 朝鮮文學」에서의 김문집의 언변은 호전성을 지나 반대 진영의 목소리는 아예 묵인하겠다는 수준에서 발설되고 있다.

터가 각자의 입장만을 고수하겠다는 의사표출이 혼재되고 있다. 가령 좌장 서항석이 구체화한 당면의 문제인 리얼리즘, 휴머니즘, 낭만정신, 고발문학 등에 대해 박영희가 "그 問題들이 어느 程度까지나 檢討되엇 는지 어디 筆者들이 좀 이야기를 해주시면 조켓읍니다. 指導的인 論文 을 만히 쓰신 남천 씨나 임화 씨나 김용제 씨나……"라고 응답을 요청 할 때, 김문집이 말을 자르고 나오는 대목부터가 그렇다. 김문집은 "쓰 긴 뭘 만히 썻나요. 나는 都是 評論家들이 藝術이 원치 文學이 뭔지 알 고 쓴겐지부터가 의문입니다. 리얼리즘 리얼리즘 하는데 리얼리즘가 藝術과의 關係를 알리나 하고서"라든가, "내 보건대 空想的인 理念, 아 모런 感受性도 없이 그저 槪念化한 印象마느로 批評을 하는 게 評論家 인가?"와 같은 언술들을 서슴없이 던지면서, 현시대의 평론가들의 예 술관 부재를 모두 싸잡아 비판하는 태도로 김문집의 견해는 일관되고 있다. 이러한 태도는 김문집뿐만 아니라, 논조들을 따라가면서 번번이 정지용과 최재서가 논점 바깥에서의 비아냥거림을 보태는 모습이라든 가, 좌담에 참여를 하긴 하였으나 거의 말을 하지 않고 있는 김상용, 모 윤숙 등의 침묵7) 또한 이 좌담회의 당대적 음화를 그대로 방증하는 맥 락이라 할 수 있다.

이에 본고는 「明日의 朝鮮文學」에서 나타난 당대 조선문학의 위기 의식을 고찰한다. 당대 1938년 1월 현실을 기점으로 제출되었던 리얼 리즘의 논의가 고발의 정신으로 통용되었던 시점에 조선문학의 풍조, 새로운 이론을 찾으려 했던 비평가 그룹들의 열망, 리얼리즘의 폐기에 관한 문제를 실제 문인들의 육성을 통해 복원해냄으로써, '사실의 시

---

7) 김상용은 좌담 내내 "그저 배우고 잇읍니다." "배우로 온 사람더러 자꾸 말을 하라 니" 등으로 일관하는 태도를 보인다. 모윤숙 또한 "都是 評家들은 作家를 무시합디 다."와 같은 의미심장한 짧은 견해를 피력했을 뿐이다.

대'에 당면한 조선문인들이 저마다 품고 있던 문학적 미래에 관한 구체적인 면모들을 살펴볼 것이다.

2. 고발문학론과 줄어드는 주체

'분열된 지식인 계급'들이 바라보고 있던 '흔들리는 현실'에 대한 응전이란 조선의 인텔리겐치아 문인들에게 어떤 방향성을 갖고 예각화되었을까. 「明日의 朝鮮文學」에서 먼저 가장 눈에 띄게 드러나는 문제의식은 김남천의 '고발문학론'에 둘러싸인 리얼리즘의 문제다. 좌담회에 몇 개월 앞서 김남천이 제공했던 평문 「고발의 정신과 작가」(≪조선일보≫, 1937.6.3.~5.)와 「창작방법의 신국면」(≪조선일보≫, 1937.7.10.~15.)과 같은 논의들을 좌담에 참여한 논객들이 이미 읽고 있었고, 그에 대해 각자의 입장을 덧붙이는 광경이 벌어지고 있었던 것이다. 조선의 당대 현실에 알맞은 리얼리즘론에 구축을 요청했던 김남천의 '고발문학론'은 당대 비평사의 문맥에서 근대의 위기를 극복하려는 응전의 한 방법론이자 리얼리즘의 조선적 재활을 주창한 야심찬 기획이었다는 것은 이미 주지하는 사실이다.

김문집: 김남천 씨는 새삼스런 고발의 문학을 제창하는데 어떤 작품을 물론하고 그곳에는 고발의 정신도 잇고 리얼리즘도 잇고 낭만정신도 내포되어 잇는것이지요.
김남천: 내가 고발의 정신을 제창한 것은 조선의 사회적 현실이 작자로 하여곰 그것을 고발시킨 까닭입니다. 그래서 나는 작자인만큼 지금가지 작자들이 범해온 주관주의적 과류(過謬)에서 벗어나서 좀더 이해하고 그 현실을 문학적으로 ○○○○

김문집: 그러타면 백백교(百百敎)의 신문기사가 고발적인 점에서는 더 효과가 잇을것이다. 그 속에는 고발의 정신도 있을 것이고 리얼 낭만 다 들어 잇지요./ 헛되의 남의 문단의 모방만하고

정인섭: 모방이 나뿐 것은 아니지요 문제는 거기에서 우리에게 논의되어야할 새로운 문제를 발견하는데 잇지요.…… (중략) …… 다만 최재서 씨에게 뭇는말인데 최형은 심리주의와 리얼리즘을 어떠게 구별하시나요? 이옹(이상)의 「날개」를 리얼리즘의 심화라고 햇는데 그런 심리주의 리얼리즘도 리얼리즘이라고 부를 수 잇을까요.

최재서: 그것은 신문사에서 붙인 제목이나 심리주의 리얼리즘이 붙엇으니까 그러케 부를수잇겟죠.

정인섭: 그런 심리주의적인 리얼리즘이 금후(今後)로도 발전할수 잇고 실천화할수잇을 것 같지 안습니다.

최재서: 그런데 김남천씨 레얼이라고 하지안코 고발이라는 신술어를 쓴 동기는 어떳습니까.

김남천: 리얼을 좀더 심화하는 의미에서 고발이라는 말을 썼습니다.

최재서: 글도 리얼리즘과 무슨 관련성이 없을까요?

김남천: 인간에서 잇는 가장 아름다운 감정이 중요할 만한 사실을 고발한다. 그 중오를 고발하는 마음도 역시 사랑하기 때문에 고발하는 것이다. 그러나 소시민은 사회적 현실에서 중오를 발견하기 전에 자기자신 속에서 중오를 발견합니다. 그래서 그것을 고발![8]

좌담 중 김남천의 견해에 따르면, 그가 주창한 고발문학론이란 "사회적 현실"을 작가가 고발을 통해 드러냄으로써 "현실을 문학적으로" 좀 더 이해하고, 작가가 흔히 갖는 "주관주의적 과류"를 범하지 않기 위한

---

8) 인용한 바와 같이, 이후 직접 인용하는 「明日의 朝鮮文學」의 부분은 인용자의 편집에 따라 좌담에 참여한 작가들의 구어체(육성)를 그대로 살리는 것에 방점을 두고, 국한문혼용체를 모두 한글로 대체해 수록한다. 다만 한글만으로는 명확한 뜻을 분별할 수 없는 경우에만 한문과 함께 병기한다.

창작방법론의 지침이자, "리얼을 좀더 심화하는 의미에서 고발이라는 신술어"을 사용했다고 고변한다. 즉 "고발의 문학은······ 소설리스틱 리얼리즘이 가지는 원리 위에 입각하여 지금의 이 땅의 특수성, 사유에 있어서는 아시아적 영퇴성(嬰退性) 위에 서서 창작적 태도를 시대적 운무(雲霧)의 충실한 왜곡 없는 반영으로 관철시키려는 문학정신"[9]이라고 진술했던 것을 미루어보아도 그렇다. 김남천의 고발문학론은 카프가 쇠퇴한 이후 조선문학 내의 담론 부재와 혹은 이론적 명제 부재에 따른 혼란을 대체하기 위한 기획이었다. 프로문학 진영 안에서의 '사회주의 리얼리즘'의 선부른 수용에 대한 반기를 든 결과가 고발문학의 정신이라 할 수 있겠다.

물론 김남천이 주창한 고발문학론은 사회적 현실의 거의 대부분의 범주를 고발할 것[10]을 지칭하고 있기도 하지만, 더 나아가 작가가 현실과 대면하여 어떤 정신을 가져야 하는지 지침[11]을 마련했다는 것에 더

---

9) 김남천, 「창작방법의 신국면」, ≪조선일보≫, 1937.7. 10~15; 『김남천 전집 1』, 정호웅·손정수 엮음, 박이정, 2000, 239쪽.

10) "이 정신 앞에서는 공식주의도 정치주의도 폭로되어야 한다. 영웅주의도 관료주의도 고발되어야 한다. 추(醜)도, 미(美)도, 빈(貧)도, 부(富)도 용서 없이 고발되어야 한다. 지식계급도 사회주의자도 민족주의자도 시민도 관리도 지주도 소작인도 그리고 그들이 싸고도는 모든 생활과 갈등과 도덕과 세상관이 날카롭게 추궁되어 준엄하게 고발되어야 할 것이다. 이렇게 하는 가운데서 진지한 휴머니티와 작가가 일체로 될 수 있으며 그의 예술이 그것을 구현함에 이를 것이다." (김남천, 「고발의 정신과 작가」, ≪조선일보≫, 1937.6.5; 『김남천 전집 1』, 232쪽.)

11) 이현식의 논의에 따르면, "김남천의 고발문학론을 보면 개인의 문제가 과거와는 다른 방식으로 1930년대 후반에 독특하게 제기된 형태라고 할 수 있겠는데, 이는 이미 막연한 개인이나 추상적인 사회의 문제가 아니라 구조화된 사회의 문제 계급으로서 개인의 문제를 전면적으로 문제 삼고 있는 상황이라는 점에서 말미암는다. 다시 말해 자본주의 사회 속에서 살아가는 개인, 그러나 이미 그런 사회의 모순을 자각한 개인이 문학의 주제가 되어야 함을 고발문학론은 말하고 있는 것"(이현식, 「정치적 상상력과 내면(內面)의 탄생」, 『한국근대문학연구』 24, 한국근대문학회, 2011, 437쪽.)라고 말하고 있다. 즉 김남천이 '무기력한 자아'나 '소시민'과 같은

주목해야할 부분이 있다. 김남천 스스로가 감지하고 있듯, 자신이 내세운 고발이란 리얼리즘을 심화하는 한 방법론이며, 그러한 방법론이 현시점에서 필요로 한 이유는 식민지 조선, "아시아적 영퇴성"이라는 시대적 특수성을 당대 문인들이 공유하고 있었기 때문이다. 그러나 이러한 현실을 개진해 나가야 할 이론적 방법의 부재로 인해, 당대 작가들은 무엇을 어떻게 써야하는지 난감한 상태에 놓여 있었던 것도 사실이다. 객관적 현실을 바라보는 작가의 체험이란 무용해질 수밖에 없다. 현실이 작가의 체험을 압도하고 있는 형국이기 때문이다. 좌담에서의 논변에 따르면, 김남천이 감지하기에는 작가들은 자신과 더불어 이미 "주관주의적 과류"를 오래 범해왔기 때문에, 객관적 현실에 압도당하지 않는 실천 의지가 필요했다. 그래서 김남천은 그 작가적 실천 의지를 '고발하는 정신'에서 찾으려고 한 것이다. 향후 현실에 방점을 두었던 '고발문학론'에서 '자기고발론'으로 김남천의 논의가 확장되는 것은 이와 같은 문단 세태에 대한 염려가 반영된 것으로 볼 수 있다. 또한 작가주의적 입장에서 "'체험'과 '관찰'이 교섭하는 과정을 통해"[12] '관찰문학론'을 피력하고 더 나아가 현실의 세태에서 작가가 처한 생활의 국면을 가시화한 것은 당대를 응전하는 작가의 지침이자 개인(작가)의 축소화 전략이라고 할 수 있다. 리얼리즘 재건과 더불어 리얼리즘의 한 방법론으로 다른 이름을 붙이되, 그것을 사회주의 리얼리즘의 축소판으로 즉 '조선적 리얼리즘'의 개방 가능성과 더불어 더 축소해서는 작

술어를 쓴 것 또한 이와 같은 맥락에서 이해가 가능할 것이며 김남천은 이식된 사회주의 리얼리즘을 창작론의 수준으로 식별함으로써 '작가의 자리'를 보다 가시화했다는 것에서, 구조화된 근대에서의 작가의 역할이란 무엇인가 끊임없이 질문을 마련하고 있는 것이다.

12) 김민정, 「전략의 기표, 응전의 기의」, 『반교어문연구』 제45집, 반교어문학회, 2017, 137쪽.

가 개인의 창작방법론, 더 작게 보자면, 개인의 생활의 문제까지 아우르는 축소화 전략을 통해, 거대한 '사실의 세기'[13]를 횡단하려고 했던 것이다. 즉 김남천의 '고발의 정신'이란 "고전적 리얼리즘 정신의 날카로운 현대적 부활을 주창하는 의미"[14]라고 볼 수 있다.

물론 이와 같은 김남천의 기획은 좌담회 안에서는 아주 소박한 수준에서 논변된 면이 없지 않다. 가령 "소시민은 사회적 현실에서 증오를 발견하기 전에 자기 자신 속에서 증오를 발견"해야 된다는 정도의 언술로 소시민적 입장에서의 작가의 정체성을 논변하는 수준에서 그치고 만다. 이에 대해 ― 인용에서는 제외 되었으나 ― 최재서는 "레얼리즘을 표방하는 작가가 평가(評家)는 지금부터 사회적 현실을 고발하는 것이 아니라 자아를 고발해야 합니까?"[15]라고 되묻고 임화와 김남천은 "그런 것만이 아닌겟지요."라고 동시에 답변을 한다.[16] 여기서 김남천

---

13) 차승기는 "임화와 김남천에게 '사실의 세기'는 주체/ 세계의 관계가 여전히 불확실성과 비결정성의 상태에 놓여있는 시대"(차승기, 「'사실의 세기', 우연성, 협력의 윤리」, 『민족문학사연구』 30권, 민족문학사연구소, 2008, 300쪽.)였다고 평가하며, 당대 조선 지식인들이 감각한 '사실'의 세계가 '현실'로 구성될 수 없는 상황에 처한 맥락적 사태를 논한다. 이때 흔들리게 되는 주체의 자리는 임화나 김남천에게 '주체 재건'의 문제로 도래했을 것이다.

14) 한형구, 「김남천의 '고발문학론'과 '유다'론의 행방」, 『비교문학』 제47집, 한국비교문학회, 2009, 215쪽.

15) 주지하듯 최재서의 비평은 그의 비평 시선의 연속성을 고려해볼 때, 영문학과 주지주의, 낭만주의, 국민문학 등으로 잠차 전환되어 가는 과정을 논해볼 수 있다. 서구→조선→일본으로 이행되는 최재서의 비평론적 변모(이혜진, 「최재서 비평론의 연속과 단절」, 『우리어문연구』 51집, 우리어문학회, 2015, 434-444쪽.)는 이 시기 문인들의 불안과 절망감으로 대리될 수도 있을 것이다.

16) 이 좌담회에서도 여실히 드러나는 바이지만, 이 시기를 전후로 제출된 '주체 재건'의 문제 또한 김남천의 비평적 동지이자 라이벌 관계였던 임화에 의해 호출되었고, 이와 관련하여 이미 임화는 '위대한 낭만 정신' 등을 재창하면서 낭만주의의 부활과 함께 리얼리즘의 재호출을 기획했다. 이는 김남천이 고발문학론이라는 신술어의 사용한 견해와 동류를 이루는 기획이라 할 수 있다.

의 해설이 주목할 만하다. "사회적 현실의 산물인 빈곤— 비굴 등을 고발했다고 생각합니다./ 그리고 너무 무능, 무기력한 자아— 인테리에 대한 증오를 고발했다고 봅니다"라고 최재서의 물음에 답변한다. 이는 김남천이 작가의 무능을 방조하는 현실과 빈곤과 비굴을 겪어내는 작가의 생활 감성을 조장하는 냉혹한 세태가 그가 주창한 '고발의 형식' 안에 반영되고 있다고 시사하는 셈이다.[17] 즉 김남천은 작가를 '무능한 자아'와 등식화[18]하며 작품 내외에서 '줄어드는 주체'의 전략을 기획할 수밖에 없는 거대한 현실을 역설하면서, '창작주체'와 '대문자의 현실'을 둘 다 가시화하는 리얼리즘의 재건, 주체 재건의 기획에 동참했던 셈이다.

그러나 당대 문인들의 이러한 자구책적 기획들은 모두 어떠한 방식으로 기울어졌던가. 이 좌담회 이후 1938년 12월에 제출된 백철의 글 「시대적 우연의 수리—사실에 대한 정신의 태도」(≪조선일보≫, 1938. 12. 2~ 7.)는 이미 알려진 대로 대동아공영권 질서(1940)를 지식인 내

---

17) 물론 이에 대해 최재서는 "그러타면 "고발의 정신"이란 리얼리즘의 폭로의 정신과 조금도 다를 것이 없잔습니까."라고 김남천의 견해를 격하는 발언을 이어간다. 이와 같은 태도는 특히 인용문에서도 엿보이듯 김문집에게 가장 많이 드러나게 되는데, 김문집이 고발문학론을 "신문기사가 고발적인 점에서는 더 효과가 잇을것이다."라고 격하는 장면들이 그렇다. 그리고 김문집은 "고발이란 휴매니즘"이라는 다소 독자적인 견해로 응수한다. 그러나 최재서의 경우는 "남천 씨의 고발 운운은 조케말하면 폐인의 정열의 발현이오. 기쁘게 말하면 무기력하기 짝이 없는 것"이라고 양가적인 시선을 보이고 있다. 그러나 최재서의 지적에서 '무기력'은 김남천에게는 작가의 생활 감성을 작품 속에 내재할 수 있는 또 다른 의미에서의 '정동'(affect)으로 작용된다.
18) 이 논쟁의 끝에서도 김남천은 스스로가 무능한 자아임을 드러내는 고변을 하게 되는데, "나는 그 작품에서 인도주의적 허망, 환상 같은 것을 고발하랴고한것인데 역량이 부족해 해서 작품에까지 그것이 나타나지 못했지"와 같은 말이 그렇다. 실제로 김남천은 "조선적 리얼리즘의 성취라는 목적 하에 창작방법론을 전개하면서 리얼리즘 문학의 양식으로 염두에 둔 것은 장편소설"(김민정, 앞의 글, 141쪽.)이었으나 정작 자신은 소설을 완성하지 못하는 처지에 놓인 작가로 전락하고, 비평을 통해 현실을 탐색하는 그 과정에만 주력하는 결과를 초래하기도 했다.

부에서 스스로 용인했던 첫 논의로 기록되고 있다. 중일전쟁에서의 일본의 승리를 백철은 "公然한 事實"이라 칭하면서 "文學者나 知識人 앞에 決코 無意味한 것만이 될 수는 없는 일"이라며 새로운 동아시아의 질서 체제에 대해 조선의 지성인들이 동참할 것을 독려한다. 현실에 대해 우연적인 사건, 즉 일본을 맹주로 하는 동아시아의 신체제에 대해 "偶然과의 友誼를 拒絶한다고 해도 現實側에서 머리를 숙이고 文學者와 妥協을 聽하는 일"이라고 칭하고, 일본과의 타협의 논리를 현현하는 "사실을 수리하는" 지성인의 자세쯤으로 되돌리고 있는 셈이다. 이러한 국면까지 치닫게 되는 전환기 정국의 조선 문인들은 각자의 자구책을 마련했고 그 과정에서 김남천 또한 '고발정신'에 방점을 둔 새로운 리얼리즘의 예각적 실천 지침이 필요했던 것이다. 그러나 그런 주장은 좌담 「明日의 朝鮮文學」에서도 드러나듯, 크게 동의를 얻지 못한 채 개별 작가와 그 창작방법론의 층위에서 발화된 수준에 머물고 만다. 좌담회에 참여한 중진들은 모두 각자의 미래를 염두하고 있었기 때문이다.

3. 새로운 '—이즘'의 호출과 탈이론화

「明日의 朝鮮文學」에서 가장 두드러진 현상 중 하나는 상대방의 주장에 대해 '동의하지 않음'과 '듣고 싶지 않음'을 끊임없이 상기시키는 좌담 참석 문인들의 히스테리적인 언변이다. 그러나 이러한 언변의 궁극적 목표는 상대방의 견해를 비난하기 위한 한 방편에 지나지 않는 언사라기보다는 담론 부재의 현상을 극복하기 위해 새로운 담론을 유입·주창하는 현 문단의 비평적 세태를 지양하기 위한 의도가 배면에 깔려있다. 가령 김남천이 '고발의 정신'을 주창하고 임화가 '낭만의 정신'을 리얼리즘 문학과 융합[19]하려 할 때, 그들의 궁극적 의도는 카프 해산 이후 리얼리즘의 부활에 있다는 것은 이미 주지하는 바일 것이다. 그렇게 리얼리즘에 기반을 둔 비평 정신의 흐름이 있었다면 김환태, 김문집 등은 예술주의 비평을 시사했다. 물론 알려진 대로 "예술주의 비평은 그 동안 '현실주의'라는 지배적 담론의 힘에 눌리어 문학비평의 중심권에 진입하지 못한 채 주변적인 담론으로 남아 제대로 평가받지 못했다."[20]는 인상이 강한 것도 사실이다. 그의 비평 경력이 약 5년이라는 짧은 기간에 한정[21]되어 있기는 하지만, 당시 이원조와 최재서가 ≪조선일보≫ 지면을 주 무대로 활동할 때 김문집이 ≪동아일보≫에 자리를 잡고, 그들과 논쟁적 성격의 평문들을 거침없이 발표한 이력들을 고려해 볼 때, 김문집이 남긴 비평사의 족적이 작다고만은 할 수 없을 것

---

19) 임화는 카프 해산을 전후로 낭만주의의 부활에 대해 논의하였다. 이 시기 임화가 발표한 「낭만적 정신의 현실적 구조—신창작 이론의 정당한 이해를 위하여」(≪조선일보≫, 1934.4.14~25.)와 「위대한 낭만적 정신—이로써 자기를 관철하라!」(≪동아일보≫, 1936.1.1~4.)는 단지 '낭만의 정신'의 필요성만을 요청한 것이 아니다. 그는 낭만 정신과 더불어 리얼리즘의 부활을 선언한 셈이다. 가령 다음과 같은 구절들이 그렇다. "몽상의 낭만주의는 결코 작품에 있어서의 사실성寫實性을 제외하는 것은 아니다./ 견고한 현실적 구조 위에 선 낭만주의, 즉 단지 현실을 자연스럽게 모방(묘사)하지 않고 모방을 휘한 위대한 몽상에 종속시킴으로 그것에 보편적 성질을 부여하는 그러한 낭만주의이다." (임화, 「낭만적 정신의 현실적 구조」, 『문학의 논리』, 임화문화예술전집 편찬위원회 편, 소명출판, 2009, 29쪽.) 임화가 위대한 낭만 정신을 논변한 기획은 낭만정신과 더불어 "견고한 현실 구조"를 더욱더 가시화하기 위함이다.

20) 신재기, 「창조적 비평의 주창과 그 실천 — 비평가 김문집론」, 『어문논집』 38권, 민족어문학회, 1998, 202쪽.

21) 1935년 조선 입국 이후 1940년 6월 일본에 귀화할 때까지 김문집은 약 5년간 조선 문단 내에 제출된 작품들에 관해, 크게는 순수론의 입장에서 "에세이적 비평"(신재기, 위의 글, 216쪽.)을 발표하면서 당대의 독특한 목소리를 내고 있었다. 가령 김문집은 「상반기 문단 총결산」(『중앙』, 1936. 7.)과 같은 글에서는 그해 상반기에 나온 50편의 소설을 점수로 채점하여 평균치를 내는 기행을 보이기도 했다.

이다. 특히 좌담회에 참여하기 직전 김문집이 발표한 「비평예술론」
(≪동아일보≫, 1937.12.7~12.)은 어떤 이론에도 구속되지 않은 "반체
계론"22)적 성격이 그대로 드러난 논의로 한국비평사의 신선한 충격이
었다. 더불어 이러한 김문집의 주장, 즉 이론으로부터의 자율성을 「明
日의 朝鮮文學」에서는 여러 논자들이 동조를 하고 있는 점이 특수한
점이라 할 수 있다.

> 정인섭: 그러니까 우리 문단에서는 먼저 이 이즘을 해방해야합니
> 다. 이즘으로 구속을 말고 각자가 자유분방하게 자기의 특장을 발전
> 시키도록. 평론가들도 이 이즘에서 해방되어야 됩니다.
> ……중략……
> 서항석: 요새보면 리얼리즘으로부터 떠나서는 작가의 큰죄나 되
> 는 듯이 생각하는 경향이 보이는데 여기서 새로운 길이 없을 술가
> (術家)가 돼야한다니까. 문예평론가들은 고발이니 리얼이니 공연히
> 이즘만 찾지 말고 먼저 예술 전의 감정을 길러야해요.
> 정인섭: 그보다 이 시대는 이론을 강요할 시대가 아입니다./ 통일
> 된 이론을 재래처럼 요구할수가 없으니까 먼저 이즘을 해방하는 것
> 입니다. 그러타고 이즘을 무시하는 것은 절대아닙니다. 되려 그 반
> 대지요. 그리고 통일된 이론에 작가들이 구속이 될 필요가 없나고
> 생각합니다.
> 김광섭: 그러나 통일된 이론을 세울수없다 하더라도 고민하는 과

---

22) 장도준은 김문집 비평의 순수주의적 특징을 "반체계론"으로 압축해 설명한다. 비
평의 예술적 지위를 강조하고 종국에 "비평이 작품에서 해방되기를 기대"(장도준,
「김문집의 비평예술가론」, 『향도문학연구』 제7호, 향토문학연구회, 2004, 120쪽.)하는
김문집의 태도는 "센티멘탈리즘과 프로문학, 주지파문학에 대한 부정"(장도준, 위
의 글, 120쪽.)은 물론이고 조선 문학 안에 모든 비평적 태도들을 부정하는 것에서
출발한다. 그 때문에 김문집의 '반체계론'이란 당대 현실로 미루어 보아 '탈이론'적
성격이라 귀결하여 설명할 수 있을 것이다.

정을 살릴 필요는 잇지요. ……(후략)

　　……중략……

　　정지용: 리즘이 없긴 웨 없어요? 씨름을 하는데도 씨름하는 법이
잇는데, 그저 뾰족한 소리는 살살 피해가며 책안챕힐 안전지대에서
뱅뱅 돌일이지.

　　인용한 부분을 살펴보면 정인섭, 서항석, 김광섭의 경우 당대 작가나
평론가가 모두 '이즘'에 기대어 자신의 문학론을 펼치는 것에 대해 반
감을 가지고 있었다. 좌장인 서항석의 육성으로도 그대로 드러나고 있
듯이 "리얼리즘으로부터 떠나서는 작가의 큰죄나 되는 듯이 생각하는
경향"이란 프로문학이 쇠퇴한 이후임에도 불구하고, 임화나 김남천과
같은 호전적인 비평가의 등장으로 평단은 이미 리얼리즘이 부활된 자
장 안에서 형성되고 있는 것에 반하는 입장을 내비친 것이다. 이와 같
은 견해는 김문집이 줄곧 발표해 오던 탈 이론적 비평의 성격과 동류를
이룬 것은 물론이고, 역학관계만을 따져보더라도 그렇다. 당시 김문집
이 ≪동아일보≫ 주필로 문학비평을 쓰고 있었고, 서항석 또한 ≪동아
일보≫ 학예부 부장이면서 기자일과 비평 및 극작활동을 겸해온 이력
이 있었다. 이러한 이력은 서항석을 기점으로 매개해보면, 1927년 1월
부터 이미 『해외문학』파의 중심 맹원으로 참여했던 정인섭의 경우도
연관이 될 것이다. 정인섭은 1930년에 『극예술연구회』를 조직하고 향
후 연극운동을 활발히 진행해온 바 있는데, 여기 참여한 문인들에는 좌
담에도 참여하고 있는 서항석, 유치진, 이헌구, 김광섭, 모윤숙이 포함
되어 있다. 다시 말하면 14인의 문인들의 구성 방식이 이미 임화, 김남
천의 리얼리즘파와 그 외의 김문집, 서항석을 비롯한 문인들로 구성23)

───────────────

23) 좌담 중 정지용의 언사들을 미루어보면 좌담 구성원 중 김문집만큼 지용의 경우도

되어 있다고 해도 과언이 아니었던 것이다.

그중 정인섭의 경우는 일찍이 괴테와 "朝鮮의 文壇에는 남을 충실히 알기 전에 輕妄히 무시하려는 惡習이 유행하는 것 같으니 文學思想의 史的 考察은 여하한 流派를 물론하고 필요하고 文豪의 기념행동도 중대한 일이다. 긍정이냐 부정이냐 하는 입장은 각기 主見에 의한 것"[24] 이라는 견해를 통해 조선문단에 만연한 서구 중심적 이론의 경도 현상을 비판해왔다. 이는 서구 문학을 적극적으로 번역 수용했던 『해외문학』파 주역[25]이 서구적 경도를 자조적으로 반성한 것이라는 데에서 의미를 가지기도 하지만, 해외문학 속에서 조선의 위치를 상정하고 '조선적인 것에 물음'을 내던졌다는 것에서도 주목이 된다. 리얼리스트였던 김남천의 경우 역시 '조선적인 리얼리즘의 탄생'을 '고발의 정신'에서 찾으려고 했던 것과 동일한 문제의식을 공유하고 있다고 볼 수 있기 때

늘 독특한 입장을 취하고 있다. 주지파, 기교파라고 할 수 있는 정지용은 주지하듯 1930년대 모더니즘 운동의 주역이었지만 『정지용시집』(시문학사, 1935.) 출간 이후 이미 시 세계의 변동이 감지되고 있었다. 정지용은 이론의 중요성은 대체로 용인하고 있으나 리얼리즘 문학에 대해 반하는 입장을 고수하는 것은 이 좌담 후 약 1년 뒤 『문장』지 추천위원으로 위촉되고, 현대어를 바탕으로 조선 순수시의 위상을 한층 드높인 지용 시의 변모과정을 상기해보면, 이런 중의적 입장은 충분히 수긍이 되는 바다. 가령 기교파와 리얼리즘파의 육성을 제대로 듣고 싶었다면 기획에서 김기림을 참여시켜야 했을 것이다.

24) 정인섭, 「괴-테 百年紀念欄 -「괴-테」와「쉐익스피어」」, 『동광』 제31호, 1932. 3, 116쪽.

25) 정인섭의 경우 우리 국어와 한국문학의 세계화에 대해 꽤 이른 시기부터 관심을 가지고 있었다. 가령 "국어의 세계화에 대한 신념은 1927년 『해외문학』파 시절부터 각별하게 준비된 것이었고 그가 1927년에 발표한 「번역예술의 유기적 기능」이라는 긴 평문에서 장차 한국문학의 세계화에 대한 열망을 표시"(홍경표, 「정인섭의 한국시 영어 번역」, 『한국말글학』 23권, 한국말글학회, 2006, 332쪽.)를 했다는 견해에서도 확인 되는 바이다. 그러니 서구의 이론에 기대어 주어진 현실을 개진하려 했던 프로문학파(김남천, 임화)의 견해와는 이미 충돌을 예상할 수밖에 없는 상황이었다.

문이다. 다시 말해 언뜻 반대파의 입장이었지만 현실에 대한 문제의식의 공유는 늘 있어왔던 셈이다. 그리고 좌담에서 극명하게 드러난 진영의 가름은 김문집과 정인섭이 동류를 이루고 있는 형국이지만, 좀 더 명확하게는 서로 다른 지향을 가지고 있었음을 그들이 과거에 제출한 논의들을 경유해서보면 쉽게 인지할 수 있을 것이다.

먼저 좌담에서 드러난 표면적 입장조차도 조금은 다르다. 김문집이 이론의 필요 없음을 논설했다면, 정인섭은 "이즘의 해방" 즉 이론으로부터의 해방을 논설한 셈이다. 김문집의 「비평예술론」에 다음과 같은 구문들이 그렇다. "價値의 創造가 作家의 生命이라면 價値의 再創造가 批評家의목숨이다. …… 아직도 文壇에는 리얼리즘이니 휴매니즘이니 或은 고발 或은 創作方法이니들해서 蒼白한 沈滯를 거듭귀역질하고 잇다"[26]며, 김문집은 강한 어조로 문단에서 통용되는 모든 이론적 실태를 비판하고 있다. 오히려 김문집에 따르면, 문학비평에서의 이론들이란 비평가로 하여금 "창백한 침체"와 "귀역질"을 일으킨다는 것이다. 더불어 "科學도 哲學도 아닌 批評! 더구나 批評藝術에 잇어서 그의 體系라함은 詩體系, 小說體系 또는 舞踊體系라는 말보다더 웃어운말"[27]이라고 말하며, 과학도 철학도 아닌 예술의 영역인 비평이 왜 체계를 가져야하는 것인지 야유하기도 했다. 그리고 이론을 경유해서 비평하는 평단의 풍조를 비판하면서, 그런 현학적 비평에 대해 "抽象的인 스타일의作家는 大槪는 센티멘타리스트란것이다. 이말은 文藝批評에서도 適用되는말로서 우리 評壇에는 抽象的인 觀念的語彙와術語를 牛汗供給하므로서 無智한 讀者와 一般作家들에게는 高知識人의 驚異를 或

---

26) 김문집, 「비평예술론 – 휴업비평인의 입장에서(1)」, 《동아일보》, 1937.12.7.
27) 김문집, 앞의 글, 1937.12.12.; 이후 신문지면 인용은, 회차 표기 후, 수록 날짜 병기 및 면수 표기.

받는지는모르나 그實 一個의 知的센티멘타리스트에 不過하다"28)는 독설을 던진다. 즉 "지식인" 행세를 하기 위해 "관념적 어휘와 술어"나 사용하는 비평(가)이란 진정한 의미에서 예술을 행하는 예술가가 아니며 그저 겉멋에 휩싸인 "知的센티멘타리스트"라는 것이다. 그러니 김문집은 "아름답다는 것은 아름다운 느낌이요, 이 느낌은 좋다는 사실"29)에만 기입하여 자신의 예술관을 투사한 일종의 '재주를 부리는 것'30)이 비평의 행위라고 범주화해 생각했던 것이다.

그러므로 정인섭의 입장과는 엄밀히 다르다. "그보다 이 시대는 이론을 강요할 시대가 아닙니다./ 통일된 이론을 재래처럼 요구할수가 없으니까 먼저 이즘을 해방하는 것입니다. 그러타고 <u>이즘을 무시하는 것은 절대아닙니다. 되려 그 반대지요.</u> [밑줄 인용자] 그리고 통일된 이론에 작가들이 구속이 될 필요가 없다고 생각합니다."라는 정인섭의 답변 속에서도 짐작할 수 있듯이 그는 이론을 오히려 존중하는 입장을 고수하고 있다. 그러나 서구 문학을 조선 내에 앞다투어 소개해왔던 정인섭의 입장에서는 '시대의 요청'을 염두에 두지 않는다면 그 이론이란 것도 무용한 것에 지나지 않는다는 것이다. 좌담이 진행되는 과정을 더 읽어보면 정인섭은 다음과 같은 견해를 피력한다.

---

28) _____, 앞의 글(6), 1937.12.12

29) _____, 「언어와 문학 개성」, 『비평문학』, 청색지, 1938, 5쪽.

30) "結局 批評은 在來의 藝術과는 形式을달리하는 自己의 美的完成의 藝術이요 아니 藝術이라야하고 따라서 最古의 倫理學的意味로서 自己批判의 藝術이라야 한다는 것이 나의 提言이다."(김문집, 앞의 글(2), 1937.12.8.)과 같은 비평적 소임의 입장이나 "宇宙는 決코 신 또는 物質 其他의 表現이 아니고 오직 재주의具象이요 그의 體系란 것이 나의 體識이요"(김문집, 앞의 글(5), 1937.12.11.)와 같은 구문들에서도 확인되듯 "체계와 이론과 관념을 거부하였으므로 김문집은 당연지 그 자리를 재주론"(장도준, 앞의 글, 123쪽.)으로 대체하고 있다고 할 수 있다.

서항석: 내년에도 리얼리즘을 그대로 가지고 가야 할까요. 너무 한군데 구속이 돼서 그것이 그대로 작품비평의 척도가 되고 기준이 돼버리는 것 같은데?

정인섭: 향토적 신비주의로 간다면?

최재서: 민족주의적인 것을 의미하는 말인가요?

정인섭: 그보다도 각자가 자기가 신봉하는 이즘을 발육시켜서 거기서 각자의 이즘이 살고 걸작이 나오게 된다면 ─

정지용: 이즘은 수입은 잘해도 그것이 조선에 와서는 발육이 못되고 뼈뼈 말라죽으니 웬일입니까.

인용한 바와 같이 정인섭이 주장하는 조선문학의 미래는 구체화되어 제시되지는 못했으나 "향토적 신비주의"라는 술어로 나타난다. 여기서의 '향토성'이란 조선문학 안에서의 향토성을 의미하고 있기도 하지만, '향토성'과 '신비주의'의 간에 조탁되는 언어 간의 의미 중첩의 기능을 고려해본다든가, 해외문학론자인 정인섭의 입장을 고려해 보면 세계문학 안에서 변방에 위치에 있는 조선의 정국을 향토성으로 상징하고 있는 기표임에 틀림없다. '신비주의' 또한 동서양이 서로의 문화에 대한 생경함과 경이로움으로 찬탄과 배제의 논리를 동시에 내재하는 수준에서의 신비로움일 것이다. 그러니 최재서는 "향토적 신비주의"를 "민족주의 적인 것"을 의미하느냐고 물었던 것이다. 가령 정인섭이 미국 내 흑인문학 등에 관심[31]을 보여 온 것도 그렇다. 서구 이론에

---

31) 가령 정인섭의 논의 중 「亞米利加 現詩壇의 縮圖」에서 미국 문단 내의 흑인 문학에 대해 관심을 기울인 측면 또한 당대 조선문학의 미래를 가늠하는 사유의 경유지로 작용했다 할 수 있다. "(9) 黑人種派/ 최근 미국 문단에서는 재래 흑인종간에 이러한 시운동이 주목될 만한 것이 되어 잇다. 물론 백인종시인으로서 흑인종의 생활을 그린 자가 잇다. 그러나 흑인종 자체로서 시가를 창작한다는 것은 또한 흥미잇는 경향이라 안이할 수가 업다. 『던바―』작품은 其中에서도 맛볼 만한 것이요 1903년에 紐育에서 출생하야 대학공부를 마친 후에 흑인종 생활의 잡지인 『機會』의 편집

매혹당해 따라만 갈 것이 아니라 생경한 흑인종의 시가 미국 문단 안에서도 새로운 징후로 나타나고 있듯이, 우리에게도 종국에 조선문학의 미래가 서구에서 들여온 "이즘을 발육시켜서" "각자의 이즘"으로 현현해야한다는 입장인 것이다. 즉 조선문학의 자립성을 '이즘 해방'을 통해 논변했다.

4. 리얼리즘의 향방과 성패

앞서 좌장 서항석이 "내년에도 리얼리즘을 그대로 가지고 가야 할까요. 너무 한군데 구속이 돼서 그것이 그대로 작품비평의 척도가 되고 기준이 돼버리는 것"이라고 논한 바와 같이 결국 「明日의 朝鮮文學」에서의 주요 화두는 리얼리즘의 향방이다.

> 유치진: 작가가 리얼리즘만 추궁하고보면 너무 어두워져서 비관으로 흐르기가 쉽고 나중에는 자승자박이 돼서 신변소설화하기가 쉽게 되드군요. 리얼리즘에 입각만 자신자신의 에스푸리―를 강조, 거기서 수년 세례를 받는 후에 낭만적으로도 수련을 해서 자기를 계발하는 것이 명백의 문학의―
> 정인섭: 당신이 고조(古調)하는 낭만주의란 신낭만주의를 말하는 걸 OOO 내가 말하는 낭만주의란 (임)화씨가 말한 리얼리즘에 입각한 시뻘건 심장(心臟)이란 의미인 것입니다.

조수로 잇는 흑인종 청년 『인카운티―컬넨』이 編한 『亞米利加黑人種詩歌』 기타 시집에는 백인종의 시가에 지지 안흘 만한 것도 잇다. 그런데 그들의 민족적 자각이 점차 예민하야 젓서 그들의 과거에 대한 새로운 자랑을 노래하는 것이 만타."(정인섭, 「亞米利加 現詩壇의 縮圖」, 『삼천리』, 제9호, 1930.10, 69쪽.) 다시 말해, 정인섭은 흑인문학이 자위적 생태성을 통해 그들의 문학적 존재감을 드러냈듯이 조선문학 또한 세계적 위상을 확보할 수 있다고 믿었다.

정지용: 글세 문학이란 공식이 아니래두들 그러거든 아리스토테레스가 한말처럼 예술은 엄숙해야지요. 덮어노코 황당무괴한 것이 낭만이 아니고 정확한 것만이 리얼리즘이 아니지요.

……중략……

임화: 유치진 씨가 리얼리즘의 세례를 받으며 낭만화하듯이 지금 작가들은 거의 리얼리즘으로부터 떠나는것같습니다.

정인섭: 임화적 리얼리즘에서는 떠나는 게죠. 그러타면 작가들 모두 낭만주의화한다는 말슴인가요.

임화: 보편적인 리얼리즘에서 작가들이 떨어저가는 것만은 사실입니다. 이효석 씨 같은 분은 에로티시즘으로 떨어지고 금년의 당선 작가들도 생활의 광범한 관심을 버리는 것 같습니다. 이런때는 평가(評家)들은 작가들을 다른 조흔길로 지시해야할것입니다.

……중략……

임화: 유치진 씨말대로 리얼리즘의 길은 어두운데 그러니까 작품도 자연 어두어지지요 그래서 로맨티즘이 일―루의 희망을 줍니다. 그러나 나는 그보다도 우리네 작가가 우리의 현실을 아느냐 모르느냐가 의문입니다./우울한 현실 분위기에 휩쓸려서 이데올로기를 성실한 것 같습니다. 외국을 본다면 십구세기말의 호결한 속에서도 신세대가 제시되지 안헛든가요. 체홉이나 알티바세프에서 어떠케 고리키―가 나왓는가. 이적이 모두 작가가 현실을 떠나서―

김문집: 무슨소리! 작가가 현실을 안본다?

임화: 아니 안본다는게 아니라 좀도 광범한 현실을 봐야한단말입니다.

김문집: 무슨소리.

최재서: 리얼리즘은 완전히 패배한 것이 아닌가합니다.

김문집: 그도안될말. 리얼리즘이 언제 패배햇단 말입니까. 패배햇다면 벌서 백년 전에 패배한것이오. 패배치안헛다면 백년 후까지라도 문학이 잇는 한 소명되지 안흘겝니다.

먼저 정인섭은 좌담 과정 중에서 현시대에 직면한 낭만주의를 서구에서 이식된 신낭만주의가 아닌 "낭만주의란 (임)화씨가 말한 리얼리즘에 입각한 시뻘건 심장(心臟)이란 의미인 것"으로 한정하고, 리얼리즘조차도 "임화적 리얼리즘"이라는 것을 못박아두고 논의를 개진해 나간다. 그렇다면 이 시기 "임화적 리얼리즘"이란 어떤 논지를 두고 하는 말이었을까. 임화는 이 좌담회 직전 「사실주의의 재인식」(≪동아일보≫, 1937.10.8~14)과 「주체의 재건과 문학의 세계」(≪동아일보≫, 1937.11.11~16)라는 논고를 통해 리얼리즘의 재활에 관하여 예각적인 방법론을 제시했다.

가령 ""쏘시알리슴的 레얼리슴"은 한개 恣意的인 提唱이아니라 엿태까지의 世界文學의 結論으로서 또는 傾向文學이 到達한 最高의 一般的 方法으로서 輸入되여 文學活動의 統一的標幟로 樹立되랴하엿든 것이다."[32]와 같이, 임화 자신이 주장하는 사회주의 리얼리즘은 "세계문학의 결론"이자 "경향문학이 도달한 최고 일반적방법"인 것이다. 게다가 ""로맨티시즘" 或은 "휴매니즘" 其他의 擡頭가 一致된 意思의反映이라기보다는섯투른 創意의所産이엇다."[33]며 종래에 자신이 논의했던 '낭만정신'의 필요성에 대해서도 부정을 하면서까지 사회주의 리얼리즘의 근본정신을 훼손하는 작금의 실태에 대해 염려를 던지고 있다. 일례로 이 논의에서는 최재서가 이상과 박태원의 소설을 각각 '리얼리즘의 심화'나 '리얼리즘의 확대'라 평가한 경우[34]를 비판하면서 "似而非 "레얼리슴"論이 大途를 闊步"[35]하는 것이라고 문제화하고 있기도 한다. 게

---

32) 임화, 「사실주의의 재인식 ― 새로운 문학적 탐구에 기하야」, ≪동아일보≫, 1937.10.8, 4면.

33) ___, 위의 글(1), 4면.

34) "李想의 純粹한 心理主義를 "레얼이슴"의 深化 朴泰遠氏의 純粹히形式的인構造의 小說을 "레얼이슴"의 擴大라 宣揚하든 似而非 "레얼리슴"論이 大途를 闊步하지 안는가?"(임화, 앞의 글(2), 4면.)

다가 이 논의에서 임화는 '발자크적 리얼리즘'을 가장 높은 차원의 리얼리즘이라 논하면서 '리얼리즘의 승리'36)에 관해 역설한다. 임화가 재인식하려고 했던 리얼리즘의 중핵에 닿는 정신이란, 객관적 현실과 흔들리는 주체 사이에서 유발되는 불안의 정동을 문학 안에서 해소37)하기 위한 기획이었다. 이 시기 임화가 적극적으로 리얼리즘을 수용했다는 것은 모두가 주지하는 일반적 사실이겠지만, 그러한 임화조차 종래의 자신의 견해를 수정하면서까지 '발자크적 리얼리즘'을 논한 것을 미루어 볼 때, 임화 스스로도 현시대에 필요한 리얼리즘에 대한 명확한 근거를 마련38)하지 못한 채 갈피를 잡지 못했던 것으로 보인다.

---

35) 임화, 위의 글(2), 4면.

36) "임화는 사회주의 리얼리즘의 가장 높은 차원은 '발자크적 리얼리즘'이라고 말한다. 그렇다면 낭만정신론이 완전히 폐기된 것이라고 말할 수 있을까? 낭만정신론에서 발자크의 '리얼리즘의 승리'라는 명제가 지속적으로 참조되었던 점을 감안한다면 이는 자명해진다. 공식주의를 극복하기 위해 현실에 대한 인식뿐만 아니라 감정, 사상, 주관 등을 포괄하는 '새로운 리얼리즘'으로서 낭만정신론을 주창했지만 현실적 구조에 대한 고려가 미흡했다는 반성, 이것이 '발자크적 리얼리즘'으로 계승된 것이다."(조은주, 「임화의 '비평적 주체'의 정립 과정과 비평의 윤리」, 『한국문화』 47, 서울대학교 규장각 한국학연구원, 2009, 288쪽.)는 견해에서 미루어 보아도 그렇고, 이후 임화가 '사회주의 리얼리즘'과 '혁명적 낭만주의'의 연결 고리를 찾으려는 면모만을 상기해 보더라도, 임화는 새로운 리얼리즘의 창조가 이 세계를 개진해 나갈 정신이었다고 판단했던 것으로 보인다.

37) 김동식은 당시 임화를 비롯한 이 시기 비평가들의 사회주의 리얼리즘의 전유 문제를 다음과 같이 약술한다. "사회주의 리얼리즘과 관련해서 가장 주목할 만한 문제의식은, 과연 식민지 조선에 사회주의 리얼리즘이 적용될 수 있는가라는 물음이었다. 라프의 한계를 극복하고 사회주의 리얼리즘을 지향하는 소련의 상황과, 카프 맹원들의 대거 검거에 의해서 조직이 와해되고 끝내 해산의 수순을 밟을 수밖에 없었던 조선의 상황은 너무나도 달랐기 때문이다."(김동식, 「'리얼리즘의 승리'와 텍스트의 무의식」, 『민족문학사연구』 38, 민족문학사연구소, 2008, 100쪽.) 즉 임화를 포함해서 카프 쇠퇴 이후의 경향파 비평가들은 사회주의 리얼리즘의 적용에 관해서 저마다의 난항을 겪고 있던 것으로 보인다.

38) 여기서 '리얼리즘의 승리'란 엥겔스가 하크네스(노동소설가)에게 보낸 편지를 임화가 전유하고, 이에 천착하여 사용한 용어인 것인데 "엥겔스의 편지에는 리얼리즘

물론 한 달 후 발표된 「주체의 재건과 문학의 세계」에서는 앞선 편보다 진전된 수준에서 작가의 지침을 제시한다. 작금의 조선문학이 처한 작가층의 불안 정동을 작가가 갖는 '실천적 문제'로 적극적으로 되돌리면서, 리얼리즘의 승리의 관점을 확대·심화하고 있다. 가령, "리얼리즘의 勝利! 그것은 思想에 對한 藝術의 勝利에 그치는 것이 아니라 그릇된 思想에 대한 올흔 思想의 勝利다"[39]라는 구절이라든가, "레알이즘은 生活的 實踐을 作家에게 媒介하는 藝術的實踐의하나임에그치는 것이 아니라, 積極的으로 作家를 조흔 生活實踐으로 引導하는 데 높은 思想的 意義가 있다."[40]이라는 구문들에서도 확인되듯이, 작가의 주관성을 기반으로 한 '객관적 현실'을 파악하는 것이 현 시점에 필요한 리얼리즘의 역할이라 제시하고 있는 것이다. 더불어 임화는 리얼리즘과 매개하여 작가가 올바르게 실천해야하는 범주를 "생활적 실천"의 영역과 "예술적 실천"의 영역으로 나눠 제시하고, 이런 발자크식 리얼리즘이라면, 객관적 현실을 작가가 보다 면밀히 파악하여 "생활적, 예술적 실천"으로 몰입할 수 있게 될 것이라고 믿었다. 이러한 임화의 맹신은 혼돈으로 주어진 현실을 향후 개진해 나갈 수 있는 '주체 정립'의 한 방법론으로 곧 작가층에게 이입이 가능해질 것이라는 추론을 밑바탕에 둔 야심찬 기획[41]이었다.

그러나 이 좌담회에서도 드러났듯이 "십구세기말의 호걸한 속에서도 신세대가 제시"되는 작가의 생활 의식을 담보로 한 '실천문학'의 가

의 승리를 가능케 한 조건이나 근거에 대한 명확한 설명이 없"(김동식, 위의 글, 108쪽.)었다는 것은 당대 경향파 비평가들의 과제였다.

39) 임화, 「주체의 재건과 문학의 세계 (3)」, ≪동아일보≫, 1937.11.13, 4면.
40) ____, 위의 글(3), 4면.
41) ""리얼리즘"은 瓦解된主體를 客觀的 現實의 洋洋한 把握은로 길러가고 確立된 世界觀은 生活의藝術的實踐에로 作家를 引導하야 作家는 實踐를 通하야 自己의 世界觀을 血肉으로서 主體化시키는 것이다."(임화, 위의 글, 4면.)

능성은 김문집에 의해 "작가가 현실을 안본다?"는 식으로 오인되거나 최재서에게는 "리얼리즘은 완전히 패배한 것"이라는 등으로 매도된다.[42] 종국에는 "임화적 리얼리즘"이라는 범주에 갇혀, 그 한계성만을 드러내는 형국이 된 것이다. 그러니 이쯤 되면 임화조차도 불통만을 야기하는 이 좌담의 자리가 불편할 수밖에 없었던 것이다. "작가가 현실을 안보는 것은 아니지요. 그리고 십구세기의 암담한 우울속에서 고리키가 나왔다고 그러는데 어디 우리한테는 그런 탁월한 생각을 가진 사람이 없는 줄 아십니까. 그것은 경제적으로 또 사회적으로 사정이 달러 그럿습니다. 먼저 우리는 자기우울에 충실해야지요"와 같은 김문집의 폄하 발언조차 좌담 과정 중 임화는 제대로 답변을 하지 못하는 모습으로 일관한다. 가령 "작가란 자기자신에게 보다더 가혹해야해"라며 자기주장을 들어달라고 애써 요청하는 모습을 보인다든가, "리얼리즘이 당을 떠날수가 잇는가?(최재서)"에 대한 답변은 아예 수행하지도 못하는 모습이 그렇다. 임화는 이후 좌담이 끝날 때까지 어떤 말도 덧붙이지 않고, 리얼리즘이 폐기된 것이라는 전제하에 응변되는 다른 문인들의 논의를 그저 듣고만 있는 모습을 보인다.

오히려 참여 문인들은 각자의 미래로 조선문단을 진단하며 자기주장을 개진한다.[43] 그 중에 주목해서 볼 논의는 김광섭과 김용제의 발언이다. 김광섭은 "예술가들― 작가나 평가나 묘랄(모랄)을 세우는 것은

---

42) 주지하듯 최재서의 비평은 그의 비평적 시선의 연속성을 고려해볼 때, 영문학과 주지주의, 낭만주의, 국민문학 등으로 잠차 전환되어 가는 과정을 논해볼 수 있다. 서구→ 조선→ 일본으로 이행되는 최재서의 비평론적 변모는 이 시기 문인들의 불안과 절망감으로 대리될 수도 있을 것이다.

43) 물론 좌담회에 흐름 상 정리를 위해 다른 참여 문인들의 정리 언변을 들었을 수도 있으나 좌담 참여 중 침묵했다고 해서 그 침묵이 어떤 한 유파를 동의했다고 볼 수는 없다. 진정한 자기 의견의 피력이라고 할 수 있다.

절대로 필요하겟지 마는 그 이론대로 실천하기는 어려운 것입니다. …… 생활하는 인간, 생활의 분위기를 잘 살려서 그 비관 속에서 헤매이는 자기자신의 정체를 발견하는 것이 뭣보다 급선무라고 생각합니다. …… 현실에서 적극성을 띤 휴매니즘이라든가 이런 이론은 쓸데가 없지요."라고 말하면서, 이론을 세우지 않는 상태에서 작가 수준의 생활감각을 더 절실하게 작품 속에 투사할 것이 급선무라고 진단한다. 김용제는 이에 작가가 "현실을 그대로 정관하지 못한다면" 그런 "비관적 주관주의"로 흐르는 "비관문학의 경도"보다는 '비판의 시선'이 필요하다며, 이런 시대의 정국일수록 작가들이 현실을 회피해서는 안 된다고 독려하고 있다. 즉 "현실이 그대로 반영된 거울로서의 문학"(이헌구)이 이들이 꿈꾸었던 '明日의 朝鮮文學'이었던 것이다. 물론 그런 태도가 작가적 수준으로나 비평가적 안목으로 준거해볼 때, 자칫 그것이 겉보기에 열정적이지 않고 객관화되지도 못한 것처럼 보일 수 있겠다. "자기무력"(김상용)의 수준에서의 개별 작가들이 품는 고민으로 치부가 될지라도 이들이 고민했던 현실은 이런 탁상공론의 범위에서 벗어날 수 없었기에, 이 좌담회의 흐르는 우울감이 후일에 더 의미 있게 읽히는 것이다. 이는 좌담 내내 입을 굳게 닫고 있었던 모윤숙의 말에서 더 명확히 확인되기도 한다. "오늘날의 객관적 정세가 그것을 허용치 않으니까 거대한 문학은 당분간 어려울 것"이라는 모윤숙이 덧붙인 견해는 1938년을 횡단하는 조선의 문인들이 실제로 '아무것도 할 수 없음'의 상태였다는 것을 그대로 복기[44]하고 있는 셈이다.

---

44) 물론 좌담 말미에서 정지용은 어떤 이론이나 지침이 현실을 개진하기 위한 방법이라 언변을 하지는 않았지만, '리얼리즘'과 같은 이론이나 문인들이 대면하고 있는 각각 '현실'에 관해 불편한 심기를 드러낸다. "자꾸들 현실현실하는데 이건 현실에 사로잡힌 것 같습니다 그려. 개가 죽은 것도 현실이고 공자가 춤을 추엇대도 현실인데 뭘그러케 어렵게들만 생각합니까. 현실비판은 진리인데 문학인이란 이상인

5. 결론

「明日의 朝鮮文學」은 1938년까지 유통되었던 조선문학 장 내의 사회적 리얼리즘과 고발의 정신, 낭만적 정신, 네오휴머니즘 등을 두루 살필 수는 독특한 사료이다. 서항석을 좌장으로 김남천, 임화, 김문집, 정인섭 등 총 14명이 참여한 이 좌담은 통일된 방향의 문학이론이 무엇인가 살피는 것을 문단중진 문인들에게 요청하는 기획이었으나 종국에는 각자의 입장차만을 드러내는 좌담회가 되었다.

김남천이나 임화의 야심찬 기획력에 따라 리얼리즘 문학의 재건과 주체 재건의 의도로 제출되었던 '고발문학론'이나 '발자크식 리얼리즘'은 모두 사회주의 리얼리즘을 그 바탕에 둔 '조선적 리얼리즘'의 재창이었다. 그러나 실제로 작가나 비평가들에게는 그들의 의도만큼 당대에는 수용이 잘 되지 않았던 것으로 보인다.

예술지상주의와 탈이론화 전략을 택했던 김문집이나 해외문학파 정인섭의 이론의 해방 전략, 김광섭과 유치진의 작가 생활을 중심으로 하는 현실론의 전략, 좌담에서 일정 거리를 두고 견제만 하고 있는 정지용과 최재서의 전략 등은 모두 자신이 꿈꾸고 지향했던 미래의 조선문학의 면모이자 임화와 김남천의 논의에 반동을 걸고 있는 이들만의 좌담 전략이었을 것이다. 이와 같이 이 좌담회는 당대 조선의 문인들이 품고 있는 각자의 미래를 여과 없이 드러내고 있는 가운데, 리얼리즘파 대 비리얼리즘파의 강한 의견 충돌이 이어지는 양상으로 좌담회의 매듭

(理想人)이요 향악인(享樂人)입니다."라고 언술했던 것이다. 즉 무거운 현실이든 가벼운 현실이든 문학이 해야 할 일은 "현실비판"이며 문학인은 각자의 이상을 품고 향락을 즐겨야한다는 것이다. 그러나 이 또한 좌담회에 모인 14인의 문인들의 '현실—사실—생활'의 어휘들로 변동·교차되며 '개별 작가의 의식적 통고'를 의미하는 다른 언사로 읽혀지고 있다.

이 지어지고 있다.

　여기서 우리가 확인할 수 있는 바는, 무엇보다 주체를 압도하는 현실 앞에서도 문인 각자가 '현실'이라는 질료에 반응하고 대면했던 응전 방식들이 모두 달랐다는 것이다. 이를 통해 1938년에 당도한 조선문학의 당면 과제들을 '날 것' 그대로 복기함으로써, 당대 문학적 현장을 총체적으로 전망해볼 수 있었다는 데에 그 의의를 가진다고 할 수 있겠다.

참고문헌

<기본 자료>

서항석 외, 「明日의 朝鮮文學」, ≪동아일보≫ 1938.1.1.

_____, 「明日의 朝鮮文學座談會 (下)」, ≪동아일보≫ 1938.1.3.

김남천, 『김남천 전집 1』, 정호웅·손정수 엮음, 박이정, 2000.

임 화, 『문학의 논리』, 임화문화예술전집편찬위원회 편, 소명출판, 2009.

<논문 및 단행본>

김남천, 「고발의 정신과 작가」, ≪조선일보≫, 1937.6.5.

_____, 「창작방법의 신국면」, ≪조선일보≫, 1937.7.10~15.

김동식, 「'리얼리즘의 승리'와 텍스트의 무의식」, 『민족문학사연구』 38, 민족문학사연
　　　구소, 2008.

김문집, 「비평예술론」, ≪동아일보≫, 1937.12.7~12.

김민정, 「전략의 기표, 응전의 기의」, 『반교어문연구』 제45집, 반교어문학회, 2017.

백 철, 「시대적 우연의 수리─사실에 대한 정신의 태도」, ≪조선일보≫, 1938. 12.2~7.

서경석, 「1930년대 문학비평에 나타난 '탈근대성' 연구」, 『한국학보』 22집 3호, 일지
　　　사, 1996.

신재기, 「창조적 비평의 주창과 그 실천 ― 비평가 김문집론」, 『어문논집』 38권, 민족
　　　어문학회, 1998.

이현식, 「정치적 상상력가 내면(內面)의 탄생」, 『한국근대문학연구』 24, 한국근대문학
　　　회, 2011.

이혜진, 「최재서 비평론의 연속과 단절」, 『우리어문연구』 51집, 우리어문학회, 2015.

임 화, 「낭만적 정신의 현실적 구조─신창작 이론의 정당한 이해를 위하여」, ≪조선
　　　일보≫, 1934. 4.14~25.

_____, 「사실주의의 재인식」, ≪동아일보≫, 1937.10.8~14.

_____, 「위대한 낭만적 정신─이로써 자기를 관철하라!」, ≪동아일보≫, 1936.1. 1~4.

_____, 「주체의 재건과 문학의 세계」, ≪동아일보≫, 1937.11.11~16.

장도준, 「김문집의 비평예술가론」, 『향도문학연구』 제7호, 향토문학연구회, 2004.

정인섭,「괴―테 百年紀念欄 ―「괴―테」와「쉐익스피어」」,『동광』제31호, 1932.3.

_____,「亞米利加 現詩壇의 縮圖」,『삼천리』, 제9호, 1930.10.

조은주,「임화의 '비평적 주체'의 정립 과정과 비평의 윤리」,『한국문화』47, 서울대학
    교 규장각 한국학연구원, 2009.

차승기,「'사실의 세기', 우연성, 협력의 윤리」,『민족문학사연구』30권, 민족문학사연
    구소, 2008.

한형구,「김남천의 '고발문학론'과 '유다'론의 행방」,『비교문학』제47집, 한국비교문
    학회, 2009.

홍경표,「정인섭의 한국시 영어 번역」,『한국말글학』23권, 한국말글학회, 2006.

1939년 조선문학 살롱
―「新建할 朝鮮文學의 性格」에서 제기된 '건설'의 논제와 '전망'

1. 1939년 조선문학의 보유

1939년 ≪동아일보≫에서 기획한 「新建할 朝鮮文學의 性格」[1]은 그 제목에서도 짐작할 수 있듯이, 지난 "이 삼십년 동안 …… 혼돈시대"의 조선문학을 회고함과 동시에, 앞으로 조선문학이 나아가야할 방향성에 대해 토의한 신년문인좌담회였다. 앞선 1938년에도 「明日의 朝鮮文學」이라는 표제로 신년문인좌담회를 개최한 바 있었던 ≪동아일보≫는 이듬해에도 이와 유사한 성격의 좌담회를 기획[2]해 신년 벽두를 장

---

1) 「新建할 朝鮮文學의 性格」은 1939년 ≪동아일보≫의 신년문인좌담회 원고로 1월 1일 17면, 1월 3일 13면, 1월 4일 13면 등 총 3회에 거쳐 수록되었다. 필자는 그간 ≪동아일보≫에서 개최된 신년문인좌담회를 대상으로 하여, 당대 조선문학을 진단하는 '살롱의 성격'을 가진 좌담 논고를 살펴왔다. 1938년 「明日의 朝鮮文學」, 1939년 「新建할 朝鮮文學의 性格」, 1940년 「文化現世의 總檢討: 初有의 藝術綜合論議 討議되는 諸問題 文化人의 眞摯한 氣焰」 등 3편의 좌담 원고를 모두 '조선문학 살롱'이라 규정하고, 본고는 1939년 좌담 「新建할 朝鮮文學의 性格」을 대상으로 하고 있다. 아울러 이 논문에서 '살롱'의 의미는 근대 지성·문화사에서의 '대화의 장' 역할을 수행했던 지적 해소의 공간을 지칭한다.

2) 1938년 조선문학 살롱 「明日의 朝鮮文學」(≪동아일보≫, 1938. 1. 1~3.)에서는 고

식했다. 본사 측에서는 종전의 좌담의 좌장이었던 서항석 대신 당시 기자로 근무했던 중문학자 정내동과 소설가 이무영을 진행자[3]로 내세웠고, 김광섭, 김남천, 김상용, 백철, 신남철, 안함광, 임화, 정지용 등 총 8명으로 참여 문인을 구성했다. 종전 신년좌담회에서 총14명이 참여[4]했던 것과 비교해 보면 사이즈 면에서 약소해진 것은 분명했지만, 1939년 조선문단이라는 특수한 공간성을 당대 주요 문인들의 육성을 통해 복원했다는 맥락에서 「明日의 朝鮮文學」만큼 중요한 사료임에 틀림이 없다.

카프 해체 이후 조선문단에서 더 이상 프로문학의 재창이 불가능해진 가운데 임화, 김남천 등은 '리얼리즘 재건'과 '리얼리즘 승리'라는 프로문학의 대체적 성격의 슬로건으로 1930년대 후반 경향파 문학의 풍조를 다시금 이끌고 있었으나 그 마저도 1930년대 말에는 효용가치가 상실되고 말았다. 세계 대공황(1929)과 독일의 파시즘의 팽창은 서구/비서구 사회에서 근대의 가치를 의심하는 기표로 작동됨과 함께 '문화옹호 작가대회'(1935)에서 논의된 지성옹호, 휴머니즘, 행동주의와 같은 정신사적 기획이 이미 백철, 이헌구, 김오성 등에 의해 조선문단 내에 수혜[5]되고 있는 상황이었다. 뿐만 아니라 특히 백철이 주창한 '무주

발문학론, 사회주의 리얼리즘, 네오휴머니즘, 창작방법론 및 비평의 문제 등이 두루 제기된 바 있다. 「明日의 朝鮮文學」에 대한 구체적인 해제는 박성준, 「1938년 조선문학 살롱—「明日의 朝鮮文學」에서 제기된 '미래'의 의미」, 『우리어문연구』 60집, 우리어문학회, 2018 참고.

3) 1938년 좌담회에서는 서항석이 좌장을 맡아 좌담을 주도하였으나 1939년 좌담에서는 정내동과 이무영이 같이 진행을 맡아 하면서, 좌담 원고 안에서는 '기자'로 통칭하여 표기되고 있다.

4) 「明日의 朝鮮文學」의 경우 좌장 서항석과 김광섭, 김남천, 김문집, 김상용, 김용제, 모윤숙, 박영희, 유치진, 이헌구, 임화, 정인섭, 정지용, 최재서 등이 총 14명이 참여했다. 이듬해 「新建할 朝鮮文學의 性格」과 겹치는 참여인원으로는 김광섭, 김남천, 임화, 정지용이 있다.

류의 주류화'6)라는 당면한 사실에 대한 수리의 문맥7)은 조선문인들에게 있어서 당면하고 있는 문화적 현실에서 무엇이 우선시되어야 하는가 하는 담론 부재의 물음을 만들었다. 동시에, 이러한 '새로운 이론적 재창'이나 '이론 없음'의 상태의 지속8)은 역설적으로는 곧 일본 군국주의에 협조가 가능해지도록 하는 지성사의 길항적인 흐름으로 작용되기에 충분했다. 중일전쟁의 발발(1937)에 따른 일제 군국주의의 가속화와 대동아공영권의 토대가 되었던 고노에 내각의 '동아신질서 발

5) 일찍이 이헌구를 통해 서구의 행동주의가 소개(이헌구, 「佛文學思潮史의 動態」, ≪조선일보≫, 1935. 1. 1~25.)되고, 김오성에 의해 철학적으로 행동주의와 휴머니즘 논의가 보완(김오성, 「能動的 人間의 探究 ― 哲學과 文學의 接觸面 (1)~(6)」, ≪조선일보≫, 1936. 2. 23∾29;「'네오―휴마니즘'論― 그 根本的 性格과 創造의 情神」, ≪조선일보≫, 1936. 10. 1∾9;「'네오―휴맨이즘 문제―그것을 爲한 人間 把握의 方法」, 『朝光』1936, 12.)되면서 1930년대 말 '네오휴머니즘'은 조선 지성사의 하나의 풍조로 자리 잡는다. 주지하듯 1938년까지 백철은 「우리 文壇과 휴―맨이즘 그 具體的 論議를 爲하야 (1)~(4)」(≪조선일보≫, 1936. 12. 23~27.)나 「知識階級의 辯護 ― 휴먼이즘의 명예를 위하야 (1)~(6)」(≪조선일보≫, 1937. 5. 25~30.)와 같은 논의에서 '조선식 휴머니즘'을 재창한다. 전향문인이었던 백철의 논의는 리얼리즘 재건을 논하는 비전향 경향파 논자들에게 비판을 받고 있었으며, 행동주의의 탈각 즉 '저항성'이나 '낭만적 열정', '실천정신'이 결여된 백철의 논의는 이후 일제 협조의 빌미가 되는 사상적 근거가 된다.
6) 백철은 1938년 문단의 풍조를 「웰컴! 휴먼이즘」(『조광』 제15호, 1937. 1.)에서 '무주류의 주류화'로 판단함으로써 비전향 나프출신 시인이었던 김용제(「朝鮮文學의 新世代―리얼리즘으로 본 휴맨이즘」, ≪동아일보≫, 1937. 6. 11~16.)와 예술지상주의 비평가라 할 수 있었던 김문집(「文壇主流說再批判 (1)~(4)」, ≪동아일보≫, 1937. 6. 18~22.) 등에 의해 비판을 받고 있었다.
7) 이 시기 백철식 휴머니즘 논의 재창은 최초의 친일의 협조 글이라고 할 수 있는 백철, 「時代的 偶然의 受理―事實에 대한 情神的 態度」(≪조선일보≫, 1938. 12. 2~7.)가 발표되는 선후 맥락이라고 할 수 있다.
8) 새로운 서구 사상에 대한 콤플렉스와 '―이즘'의 공백 상태는 1938년 신년좌담 「明日의 朝鮮文學」에서 반복되는 논제이기도 하다. 그러나 1939년에는 이러한 이론 없음의 상태가 지속되는 가운데, '新建'이라는 수사까지 사용하면서 새로운 조선문학을 재창하고 있는 것이다. 물론 주지하듯, 당시 문인들이 겪고 있었던 조선의 현실은 새로운 문학을 논하기에는 곤란한 상황이었다.

표'(1938)와 '동아연맹'(1938) 조직 등이 선행된 가운데, 1939년 1월부터는 33인 중 하나였던 박희도가 일문 사상지『東洋之光』을 창간하는 등[9] 조선 식민지의 인텔리겐치아 사이에서도 친일의 전향이 적극적으로 일어나고 있는 시기였다고 할 수 있다. 즉 1939년 조선문학이 당면한 작금의 사태란 미래가 없는 가운데 미래가 무엇인가를 찾아야만 응전의 논리가 성립되는 시기였던 것이다.

이러한 시대적 혼란 가운데, 「新建할 朝鮮文學의 性格」은 역설적으로 "遠大한 抱負와 熾烈의 情熱로 實際問題를 再檢討"와 같은 부제를 달고 있었다. 그러나 활달하게 담론이 오간 것만 같은 부제와는 다르게, 좌담 전체의 분위기는 권태로운 조선문단의 군상이 드러났다. 논쟁보다는 탁상공론이 압도하는 상황들이 더러 연출되고 있었던 것이다. 참석한 문인들이 조선문단에 대한 명확한 시사적 판단이나 비전을 제시하지 못함으로써 비평의 정체 상태를 그대로 방증한 셈이다. 뿐만 아니라 좌담 내내 내비치는 참석문인들의 소회는 당면한 현실의 문제를 주요 화두로 꺼내지 못하는 당대 문인들의 패배주의적인 인식 상황까지 그대로 노출시키기도 했다.

가령 1938년의 좌담에서 리얼리즘의 재건, 고발의 정신, 네오휴머니즘, 행동주의와 같은 당대 주요한 비평적 화두가 오가며 임화, 김남천이 주장하는 리얼리즘 논의에 대해 대다수의 논객들이 부정적 의견을 피력하며 조선문학의 미래에 관해 각자의 의견차를 발견할 수 있었다면, 1939년 좌담회 「新建할 朝鮮文學의 性格」에서는 그런 치열한 논쟁

---

9) "『동양지광』은 3·1운동 당시 민족대표 33인의 한 명으로 알려진 박희도(朴熙道)가 1939년에 창간한 사상 관련 일어 월간지"(김승구, 「중일전쟁기 김용제의 내선일체 문화운동」, 『한국민족문화』 34, 부산대학교 한국민족문학연구소, 2009, 5쪽.)라고 할 수 있는데, 1938년 「明日의 朝鮮文學」의 참여문인이기도 했던 김용제는 이 『동양지광』에 편집자로 참여하면서 1939년부터 친일 행위를 가속화하였다.

보다는 당대 대면하고 있는 현실과는 괴리감이 있는 논제들로 좌담회가 진행되었다는 특수성이 있다. "新朝鮮文學의 意義", "朝鮮文學의 新性格", "批評基準의 確立", "創作方法論", "農民文學問題" 등과 같은 소제목들이 방증해주듯, 담론을 설정하기 힘든 가운데 억지로 담론을 상정한 것 같은 느낌을 주고 있는 것이다. 예컨대 당대 조선문학 내에 권태로운 분위기를 갱신하기 위해 지난 시기 조선문학의 성과를 논변한다든가, 굳이 '새로움'에 대해 다시금 고찰하려고 한다면서 시기적 문맥들을 지워버리는 주제 설정에서 그렇다. 특히 조선문학의 세계화를 논하고 있는 부분에서는 각자가 처하고 있는 현실로 감안해 본다면 매우 뜬금없는 논제이기도 하거니와 이 시기에 굳이 상정해야할 이유조차 찾기 어려운 형국이었던 것이다. 이에 더불어 비평기준이나 창작방법론을 논할 때마저도 미래에 대한 명확한 비전을 품기보다는 각자의 의견을 감정적인 차원에서 힐난하는 것에 그치고 만다.

그럼에도 불구하고 「新建할 朝鮮文學의 性格」이 가지고 있는 의미는 1939년에 당도한 조선문학을 무가치한 것이 아니라, 유의미한 가치로 환산하여 어두운 미래를 갱신하려고 하는, 현실과의 괴리감 그 자체에 있다고 할 수 있다. 점차 조선어 자체를 통용할 수 없는 민족어 말살시대(1937)의 수난을 겪어내고 있음에도 불구하고 이들은 조선문학이 가진 정체성을 재고하고 더 나아가 새롭게 건설하고자 하는, "新建"의 불가능한 목표를 설정하고 있기 때문이다. 이는 좌담을 시작하기 전 여는 글에서도 드러나듯이, 지난 시기 조선문학이 이룩한 성과에 대해 좌장은 다음과 같이 약술한다. "[그간의 조선문학이—인용자] 沈滯이든 停頓이든 間에 이 其間이 우리네 作家로 하여금 修業의 길을 닦에한것만은 누구나 是認하는 事實이다. 바꾸어 말한다면 이 짧은 其間에나마

從來 等閑視햇던 技術的인 問題를 再考케하엿다고 볼수잇을 것이다. 그리고 萬一 이말이 容許된다면 우리는 새집을 세우기 爲한 基礎工事는 어느 程度까지 닦엇느니라고도 말할 수 잇지 안흘까?"라고 전제를 달고 있다. 이무영이 작성했을 것으로 보이는[10] 좌담 서두의 글은1939년을 조선문학이 '기초공사'를 끝내고 재도약을 해야만 하는 시기라고 판명하고 있는 셈인데, 그렇다면 조선문학의 '기초공사'란 무엇을 의미하는 것이며, 굳이 재차 '신건(新建)'해야만 하는 이유 또한 무엇이었겠는가. 그것은 곧 상실할 위기에 처해 있는 조선문학의 운명을 저마다의 입장에서 논변해야 했던 시대적 책무의 반영이라고 할 수 있다.

이와 같은 문맥에서 본고는 「新建할 朝鮮文學의 性格」에 나타나고 있는 1939년 조선문학의 위기감과 위기를 개진할 전망을 품고 있는 담론들, 즉 조선문학의 세계화의 의미, 고전옹호론, 세태문학론에 따른 입장 차이 등을 고찰한다. 이를 통해 1939년 조선문학에 내재된 미래적 전망의 지형도를 복원할 것이다.

2. '新建'의 방향 설정과 세계화

먼저 기자가 '기초공사'를 마쳤다는 언술에 대해, 덧붙이고 있는 문인들의 각자의 반응에서 「新建할 朝鮮文學의 性格」의 논제 설정이 이

---

10) 좌담 중 백철이 "무영 씨는 기술을 가르쳣고 임화 씨는 사상주의를 말햇고 또 정지용 씨의 것은 문학적 노력이겟는데 이 모든 것이 문학으로 보아서는 이로웟지오." 와 같은 구문을 미루어 볼 때 좌담 서두에서 문답을 하는 기자의 역할은 이무영이 맡았던 것으로 보인다. 그리고 좌담 말미에 '정내동'으로 직접 언술되는 질문이 있는 것으로 보아, 좌담 중 '기자'로 호칭되는 이는 대다수 이무영으로 보는 것이 타당하다.

미 불명확한 상황이었음이 그대로 노출된다. 물론 여기서 '新建'이란 새롭게 건설해야할 미래적 지표가 내포된 기표이자 과거에 대한 청산과 반성, 그에 따른 문학 전반을 재평가하겠다는 의미 좌표라 할 수 있을 텐데, 이와 같은 문맥에서 읽을 수 있는 현실에 대한 괴리감은 참여 문인들의 냉소적 반응으로 이어지고 있다.

백철은 지난 시절 조선문학의 발전을 "기술적 문제"로 격하하면서 조선문학이 "질적으로 달라질 것은 없지 안흘까요"라고 반문했고, 임화와 안함광, 김광섭 등은 각각 늘상 새로운 것을 갈구하는 저널의 태도를 간파한 듯, ""네오네오기" 같어서…[일동폭소]"(임화), ""新"자에 매이지말고"(안함광), ""新"자는 신구의 대립이라는 말은 아니겠지. 그것은 창조성을 말하는 것일터인데 조선문학의 창조성이란 새로운 방면이 여하히 전개될 수 잇을까가 문제"(김광섭)와 같은 반응을 보였다. 즉 작금의 조선문학 상황에서 새로운 것을 굳이 의미화하는 것이 중요하다고 판단하고 있지 않은 모양새였던 것이다. 그러나 기자의 질문을 보다 구체적인 미래적 지향 목표로 확장·탈바꿈시킨 이는 김상용의 답변이었다. 김상용은 '기초공사'에 대한 판단을 지나, 때 이른 '조선문학의 세계화'의 문제를 당면 과제로 설정함으로써, 기자가 제시했던 불명확한 '新建'의 방향성 재설정한다.

> 김상용: 기초공사라는 말은 아마 조선문학이 어느 정도에 틀이 잡혓다는 것이겠지요. 그런데 조선문학이 앞으로 새로워진다는 것은 내 생각 같어서는 조선문학이 세계적으로 진출해야될 것이라고 봅니다. 문학은 요컨대 시대적이면서 초시대적이어야 할 것이며 지방적이면서 초지방적인데 위대한 힘을 가지는 것인데 이런 의미에서 조선문학이 새로워진다는 것은 곧 세계적 문학으로 향상되는 것

을 의미한다고 봅니다.

……(중략)……

김남천: 나는 이 문제를 결국 세계적 수준의 문제로 생각하는데 조선문학의 세계적 수준이란 첫째 무얼로 표준하는가를 생각게됩니다.

임화: 기초는 옛날 다되지안헛소? (소성) 요컨대 조선문학은 재래에는 여러 구별을 할 수가 잇엇는데 말하자면 자연주의 문학이라든가 신경향파 문학등 분류가 되엇지만 지금은 모든 유파가 교류하고 잇는데 이것으로써 세계문학이 지내온 과정을 지내왓다고 볼수잇지오. 그래 지금은 혼돈되고 잇으므로 이에서 새로운 출발을 예상할 수는 잇지오.

……(중략)……

정지용: ……(전략) 조선문학을 정치적 이즘에 이용하려고 했지만, 조선문학도 나이를 먹으니까 철이 들어서 숙성한가봐. 이십구세쯤은 되엇을걸. 작가가 육체적으로나 심리적으로나 신자세를 취하면 신문학이 나올수잇지 안흘까.

김광섭: ……(전략) 작가들이 실험적인 시기도 지나 앞으로는 조선의 시대성을 나타낸 건실한 문학을 창조해 나가자는 말이겟지요.[11]

논제를 재설정했던 김상용은 주지하듯, 구인회의 동인으로 순문학을 지향해 왔으며 해외문학파에 후발로 참여한 일원[12]이자 릿교대학

---

11) 인용자의 편집에 따라 좌담에 참여한 작가들의 구어체(육성)를 그대로 살리는 것에 방점을 두고, 국한문혼용체를 모두 한글로 대체해 수록한다. 다만 한글만으로는 명확한 뜻을 분별할 수 없는 경우에만 한문과 함께 병기한다.

12) 김상용만을 두고 논하기에는 불충분한 점이 있기는 하나, 해외문학파는 귀국 후 직설적으로 '해외문학' 지향을 표방함으로써 자신들의 문단 내 지위를 확보해나갔다. ≪동아일보≫의 꾸준한 지원을 비롯한 미디어의 장악은 해외문학파가 조선문단을 점유하는 한 방편이었다. "당대 문학 장에서 충분한 승인을 받지 못한 해외문학파

에서 영문학을 전공한 영문학자였다. 그런 그가 조선문학이 세계문학의 지위를 부여받아야 한다는 주장은 일변 설득이 간다. 그러나 여기서 그가 1938년 「明日의 朝鮮文學」에서는 좌담 내내 침묵을 지키다가 좌담 막바지에 떠밀리듯, 작가가 '자기 무력'을 이겨내고 현재 주어진 "고민을 크게 고민하는 영현(靈現)"이 필요하다고 주장한 부분[13]을 상기해볼 필요가 있다. 고민을 상회할 정도로 고민하는 작가정신의 필요성이란 무엇을 의미하는가. 김상용은 이번 좌담회 역시 이러한 문제의식만을 내내 주장하고 있을 뿐, 명확한 그 방향성에 대해서는 보충하지 못하고 있는 실정이었다. 예컨대 "시대적이면서 초시대적이어야 할 것이며 지방적이면서 초지방적"이여야만 "위대한 힘을 가지는 것"이라는 도가(道家)풍 언술들[14]이 그렇다. 좌담 중 정지용에게 "밤낮 지방적이

───────────────

의 활동은 역설적 방식으로 미디어와 문학 장의 역학, 그리고 장르의 위계질서를 증언"(이혜령, 「『동아일보』와 외국문학, 해외문학파와 미디어」, 『한국문학연구』 제34집, 동국대학교 한국문학연구소, 2009, 387쪽.)했다는 결과를 낳았으며, 이들은 1930년대 후반 문단을 점유해갔다. 그렇게 자신들의 문단 권역을 스스로 설정함으로써 집단의 존재감을 점차 획득해 나갔다. 『월간문예』 창간이나 극예술연구회 활동, 자비출판으로 인한 문단 내 지리 확보 등도 그러한 현상의 단편적 예시라고 할 수 있겠다.

13) 김상용은 「明日의 朝鮮文學」(≪동아일보≫, 1938. 1. 3.)의 마지막 모두 발언 중 다음과 같은 주장을 한다. "배우러 온 사람더러 자꾸 말을 하나니. 그런데 내게 말을 시킨다면, 첫째 예술이란 자기자신에 정직해야할 것 그러니까 자기소신대로 매진할것이지요. 그리고 그 방향이란 무슨 주의(主義)든 간에 예술의 ABC인 예술이라야할 것 같습니다. 예술의 재료가 없는 것이 아니라, 자기가 무력한것이지요. 근본적문제로 가서 무엇보다도 예술은 먼저 예술이어야 합니다. 둘째로는 탐구― 고민을 크게 고민하는 영현(靈現) 이것이 필요하다고 생각합니다."

14) 김상용은 뒤이은 논쟁에서도 "조선문학의 신성격이란 현재에 잇는 조선문학이 가지고 잇는바 모든 성격의 구체적 표현, 즉 종합적이오 집중적 표현의 성격을 요구하게 되는데 그것은 역사안에 잇으면서도 역사 밖으로 나와야할것이라고 봅니다. 역사적이면서 초역사적이어야 합니다. 그것은 조선적이면서 초조선적인 것 같이 말입니다."와 같이 언술을 덧붙인다. 여기서도 "초역사적"이나 "초조선적" 등 구체적 실천 방향이 결여된 비평 수사들을 늘어놓는다. 물론 이러한 언변의 토대가 되

면서 초지방적이라거나 역사적이면서 초역사적이라고 김상용 씨는 하지만 나는 그것보다도 세계를 수용할 타당한 사상을 가져야할 줄 압니다."라고 지적을 받기도 했거니와, 이렇게 구체적인 실천 방향이 결여된 언술들은 자칫 조선문학은 '시대적(역사적) 반영을 충분히 수행하지 못한 문학'이자 '세계문학이라기보다는 지방문학'에 지나지 않는다는 판단을 도출할 수 있기 때문이다. 이와 같은 역설적 추론이 가능한 이유는 정지용을 비롯한 다른 논자들의 태도에서도 그대로 노출되는 부분이다.

정지용이 그간 "조선문학을 정치적 이즘에 이용하려고 햇"다고 판단하는 것과 더불어 "세계를 수용할 타당한 사상"을 가져야 한다는 맥락은 결국 현재까지 조선문학의 지위가 세계문학 위상에 비해 하등한 가치에 있었으며, 수동적으로 세계를 수용하는 타자적 입장에 있었다는 것을 방증하는 언술들이다. 그러니 김남천은 결국 "세계적 수준의 문제"로 이 문제를 다뤄야 하며 세계문학의 가능성이란 무엇을 "표준"으로 두고 가늠해야할 것인가 반문했던 것이다. 그리고 임화는 어느새 "모든 유파가 교류"하는 과정을 거친 현재적 조건이라면 "새로운 출발을 예상"할 수 있다고 전망했던 것이다. 그러나 이 또한 조선문학이 세계적 수준에 가 닿을 수 없다는 난색을 띤 또 다른 언술들이라 할 수 있다. 다시 말해 김남천이 "표준"을 논한 것은 무엇을 표준으로 두어야할지 모르는 현세태를 염두에 둔 것[15]이고, 임화가 "모든 유파가 교류"한

<hr>

는 점을 당시 김상용 시에 나타난 도가적 정취를 경유해서 이해할 수는 있겠다. 1930년대 전원파적 성격과 김상용 시에 관한 해석은 손종호, 「1930년대 전원시파의 도가사상 연구」, 『비평문학』 제45호, 한국비평문학회, 2012, 281—287쪽 참조.
15) 김남천은 혼돈과 불안이 야기되는 현시점에서 조선문학의 성격에 대해 다음과 같이 약술한다. "昨今一年間을 通하야 告發의 精神과 "모랄"論과를 關聯시켜 屢次表明한바가 잇으므로別로 그것을 되풀이할생각은 업스나……(중략)…… 本來부터

다는 언술의 배면에는 과거에는 각 유파별로 근대성의 수용 주체가 분화되었으나 이제 이 마저도 활발하게 이루어지지 못한 침체기를 겪고 있다는 세태적 판단이 선행16)되고 있기 때문이다. 이런 '반 주체적'이고 '패배주의'적인 현실 인식은 특히 "조선의 시대성을 나타낸 건실한 문학을 창조"(김광섭)와 같은 구문으로 시대정신을 논하는 부분에서 구체적으로 드러난다.

김광섭이 좌담회를 전후로 제출했던 「朝鮮文學의 成格―生活과 個性의 創造」에서는 다음과 같이 조선문학의 효용성에 대해 약술하고 있

작가는 作家的實踐, 또는 作品行動을 떠나서 어떠한 主張이나 規定을 가지기는 大端困難할뿐만아니라 殆半無意味한 것으로 생각한다."(김남천, 「朝鮮文學의 成格 (3)― 모랄의 確立」, ≪동아일보≫, 1938. 6. 1.)는 것이다. 즉 작가의 '실천'이나 '행동'이 수반되지 않은 작가 윤리란 무의미한 것이며, 이는 그의 고발문학론에서처럼 작가 정신으로 귀환하지 못하는 문학이란 무가치한 것이라는 판단과 동류된다. 이 좌담에서 문제시하는 '표준'이란 세계문학에 가 닿을 수 있는 '모랄' 창출에 대한 문제였다고 재고할 수 있다.

16) 임화는 일찍이 조선적인 비평에 대해서 다음과 같이 약술하고 있다. "신경향파 이전에 비평이 없는가 하면 그렇지도 않습니다. 하나 일언으로 하면 비평이라고 말할 만한 비평이 없습니다. 그것은 다른 이유로 그렇게 말함이 아니라, 작가와 작품에 대하여 미학적으로도, 사회적 내지는 정론적으로도, 다 충분히 교섭하고 있지 못하였었던 것 때문입니다."(임화, 「조선적 비평의 정신」, 『임화 전집 3』, 임화문화예술전집편찬위원회, 소명출판, 2009, 548―549쪽; ≪조선중앙일보≫, 1935. 6. 25. [이후 임화 전집 인용은 『임화 전집 (권호)』로만 기재.]) 즉 임화는 각 유파가 충분히 교섭이 이루어지는 사상적 교류 상태로 도래하는 것이 세계문학으로 가는 시발점으로 본 것이다. 그러나 이 좌담회 이후 발표한 「批評의 高度」(『조선문학』, 1939. 1.)에서는 그간 자신이 경향파 문학비평에 일조한 것이 "단순한 도그마의 활동"에 그친 획일적 판단에 치우쳤다며, 지난날의 '과오'라고 반성한다. 현세태의 비평을 "현대 비평의 고도란 것은 본디 작품과 현실 양자의 위에 있는 것으로 현대 비평은 결국 양각에서 일각을 잃고 외다리로 걷고 있는 셈"이라고 약술하고 있다. 임화가 당시 최재서를 비판한 용어를 그대로 빌리자면, 이는 "판단의 횡행", "공식의 횡행의 시대"라 할 수 있는데, 현대비평이 가진 단순 해석의 문제를 지양해야 한다는 입장이다. 이처럼 임화는 「사실의 재인식」(1938) 이후 1939년에 이르러서 명확한 비평적 지향을 잃고 한동안 반성과 침체적인 성격의 논고들을 다수 제출한다.

다. "이 時代의 內容은 곧 生活이다. 生活이 없이는 時代는 空虛한 意味이다. 그러나 다행히 우리의 時代에는적지안혼 生活이 잇다. ……生活을 잘못 理解한 作家는 모두가 夜市場의 興味와 肉體의 皮相에 넘어진다. …… 우리의 當代의 슬픔은 文學에서 當代의 슬픔이나 기쁨을 찾지 못함에 잇지안흐냐?"[17]와 같은 구문들이 그렇다. 생활이 반영되지 않는 문학, 즉 당대의 세태성을 파악할 수 없는 문학이란 효용가치가 없는 것이며, 그런 세태적 파악을 선행하지 못하고 있는 조선문학의 시대적 난제는 모든 작가가 극복해야할 목표라는 것이다. 또한 이 논고에서 김광섭은 작가와 평가(評家)들이 공식주의에 빠지는 현상에 대해서도 염려를 내비춘다. "公式은 便하나 公式은 無力한 方便이다. 좀더넓은 意味에서 現代文學을 살고저한다. 現代 世界文學의 意慾이 至極히 큰데 比하면 朝鮮文學은 生活과 社會와 自然에 對하야 너무 좁은門 만을 往來하고 잇다"는 것이다. 다시 말해, 현재 조선문학이 받아들이고 있는 공식의 문제, 즉 '―이즘의 부재의 문제[18]는 오히려 문학을 획일화시키는 결락된 인지 방식이며, 이와 같은 수동적 서구 수용만으로는 세계문학의 위상에 가 닿기가 힘들다는 것이 김광섭의 전망[19]인 것이다.

---

17) 김광섭, 「朝鮮文學의 成格(2)―生活과 個性의 創造」, ≪동아일보≫, 1938. 5. 31.
18) 당대에 겪고 있는 '―이즘'의 부재에 대한 논의는 이미 1938년 좌담회에서 논의된 부분이다. 이 시기 임화, 김남천의 고발문학론, 주체 재건론, 리얼리즘론이 경향과 문학 재건의 움직임이자 서구 이론의 재수용을 통한 조선문학의 재편의 기획이었다면, 다른 논자들은 굳이 이론을 수용할 필요가 없을 것이라고 임화 등과 논쟁을 주고받은 바 있다. 박성준, 앞의 글, 103―110쪽 참조.
19) 김광섭이 이후 좌담에서도 "시대의식을 잘 파악하여 솔직하고 대담하게 표현"하는 작가정신과 시대정신을 강조하는데, 이 또한 '생활'의식의 반영이라는 점에서 동류를 이루는 견해이다.

3. 임화 고전옹호론의 실체

'생활'의 강조는 이미 리얼리즘론에서 이탈한 김광섭의 견해만은 아니었다. 새로운 이론적 명제를 통해 누차 신문학의 재건을 기획했던 임화 또한 '리얼리즘의 승리'를 논하면서 '생활'의 명제가 '현실'만큼이나 "생활실천에 대한 예술적 실천의 승리를 의미"[20]한다고 예각화한 바 있다. 임화에게 있어서 '현실'과 '생활', '실천' 등의 비평적 기표들은 1930년대 후반 그가 주창한 리얼리즘론과 연유가 깊다. 「현대문학의 정신적 기축― 주체의 재건과 현실의 의의」(≪조선일보≫, 1938. 3. 23~27.)를 제출했던 때만 하더라도 "현실은 절대적으로 묘사의 대상 이상이다. 우리는 현실과의 갈등에서 운명을 만들기 위하여 문학하는 것이다. 그러므로 우리는 이 속에서 일어나는 모든 것을 생의 표적으로 긍정한다."[21]고 일변하며, '생활'의 중요성을 강조하는 논의를 이어나간다. 물론 그런 '생활'의 기표만큼 더 큰 층위를 상회하는 '현실'은 개별 작가가 직시하고 구상해야만 하는 세계라는 수준에서 꾸준히 강조되어온 임화 리얼리즘론의 중핵이다. 그러나 「사실의 재인식」(≪조선일보≫, 1938. 8. 24~28.)에 이르러서는 더 이상 임화 비평에서 '현실'이라는 기표는 설 자리를 잃는다. 이 논고에서 임화는 '생활에서의 실천', '작가적 열정'을 통해서는 당면한 현실을 극복할 수 없음을 내비치며, '현실'이 아닌 '사실'의 문제에 대해 논변[22]하기 시작한다. 또한 여

---

20) 임화, 「주체의 재건과 문학의 세계」(≪동아일보≫, 1937. 11.11~16.), 앞의 책, 54쪽.
21) ____, 「현대문학의 정신적 기축―주체의 재건과 현실의 의의」, 앞의 책, 104쪽.
22) 임화가 강조한 '현실'이란 기표가 거시적 차원의 현실태였다면 '생활'과 '실천'이라는 기표는 주어진 현실을 이겨내는 미시적 차원의 '모랄'이었다. 이때 중요한 실행자가 되는 작가의 지위가 임화에게 있어서는 '주체 재건'의 문제로 도래했을 것이다. 그런데 이 시기에 이르러 임화는 '현실'이 아닌 '사실'의 문제를 논할 수밖에 없

기서 임화는 자신의 비평적 열정이 무용했음[23])을 이 논고에서 그대로 고백하게 되는데, 임화의 이런 비평적 좌절은 1939년 신년좌담에서는 대표작가가 없는 조선문학의 문제로 표출된다. 그리고 이 논제는 '고전'을 둘러싼 논쟁으로 발전하게 된다.

> 임화: 문학이란 어느때든지 한 시대를 대표할만한 작가가 나와야 하는데 아직 당대 작가로는 그런 작가가 없습니다. 문학을 대표하는 것은 소설인데 지금 조선에는 당대 작가가 안 나왔습니다. 지금 활동하는 작가가 진보한 것은 사실이나 한 시대를 종합하고 대표할만 큼은 못되엇죠. 한시대가 지날 때 한사람의 대표작가가 잇어야 할것입니다. 가령춘원시대에는 춘원의 작품이 그 시대를 대표하고 잇엇지만 지금은 없지안습니까.
>
> 김상용:……(전략) 조선적인 동시에 세계적이어야할 야심 의욕이 잇어야겟습니다. 손기정 군이 스포―츠에 잇어서 뽐내엇는데 우리는 작품에 잇어서도 그래야할것입니다.
>
> ……(중략)……

게 된다. 다음과 같은 구문들이 그렇다. "오늘날 우리의 문학이 어두운 사실을 어찌할 수 없어서 현실의 표면의 세태와 풍속의 묘사에 그치거나 헤어날 길 없는 내성 속을 방황함에 머무르고 있는 근간인 문화의 정신을 사실의 승인과 바꾸자는 것이 아니라, 우리의 정신 활동의 방향을 일체로 사실로 가운데로 돌려 그 사실의 탐색 가운데에서 진실한 문화의 정신을 발견하자는 것을 의미한다"(임화, 앞의 책, 112 ―113쪽.) 이러한 임화의 비평적 실패를 감안해보면 1939년 좌담회에서 임화가 논하는 세계문학이나 조선문학의 성격은 패배주의가 짙게 묻어나오는 논의가 될 수 밖에 없었다.

23) 김동식은 「사실주의의 재인식」에서 「사실의 재인식」으로 절충되어 발표된 임화의 논의에 대해 다음과 같이 약술한다. "'주의'라는 말이 떨어져 나갔다는 것은 임화의 삶과 글쓰기를 둘러싸고 있던 상징적 완충물이 사라져 버리고 그야말로 '실재'(the real)로서의 사실과 만나고 있음"(김동식, 「'리얼리즘의 승리'와 텍스트의 무의식」, 『민족문학사연구』 38, 민족문학사연구소, 2008, 121쪽.)이 드러난다. 또한 「사실의 재인식」에서 임화는 희망 없는 현실에 대한 인식과 함께 자신이 주창해온 비평적 노력(리얼리즘론)이 수포로 돌아간 것임을 고백한다.

김상용: 손기정이가 나오는데는 물론 숨어엇는 손기정이가 만히
잇지오.

임화: 스포―츠에서 본나도 문학은 한층더 개인이 대표한다고 생
각합니다. 유파중의 대표작가 일인을 보면 그뿐이죠. 그속에 모든것
이 들어잇지요. 이런것이고전입니다.

백철, 안함광: (동시에) 그러치안쵸.

인용한 부분에서 임화는 먼저 "한 시대를 대표할만한 작가가 나와야
하는데 아직 당대 작가로는 그런 작가가 없"음을 인지한다. 다시 말해
당대 작가들의 작품 속에서 '시대성'이 부재되는 것을 꼬집은 것인데,
이러한 문제의식은 이 시기 임화의 단평에서도 공유되며 가시화된 대
목들이다. 예컨대 당시 신인이었던 현덕의 작품 「두꺼비가 먹은 돈」의
감상평을 하면서 "재능만으로 문학을 하려는 작가가 아닌가. 이 점에서
나는 이 작자가 성장하기 위하여 재능 이상의 것의 파악을 뜻하지 않으
면 안되리라 믿는다./ 시대적 퇴폐의 거센 물살이 자라나려는 재능을
삼키려는 두려운 그림의 한 폭을 나는 현덕 씨에게서 느끼고 있다."[24]
고 기술하며, 재능만으로 흐르고 있는 신인문학의 기류를 염려했던 부
분이 그렇다. 어떻게든 소설을 만들 수 있는 기술이 승한 작가들이 대
거 출현하고 있지만, "시대적 퇴폐"를 담아낼 수 있는 작가정신은 부재
하고 있다는 것이 임화의 진단이었던 것이다. 이러한 비판적 태도는 기
성작가의 경우에도 다르지가 않은데, 당시 정비석의 소설 「저기압」을
두고는, "이 소설이 훌륭한 소설이란 말은 아니다. 단지 소설 못 쓰는
소설가의 소설에서 생활할 수 없는 생활자의 의식과 교묘히 또는 용기
있게 맞붙어 보려는 작자의 정신을 현대의 독자로서 존중하고 싶을 따

---

24) 임화, 「朦朧 중에 투명한 것을?」(≪조선일보≫, 1938. 6. 26.), 『임화 전집 5』, 47쪽.

름이다."25)라고 일변하기도 한다. 즉 임화가 인지하고 있는 조선문학
이란 "대표작가"가 부재하는 현상이기도 하지만, 이는 역설적으로 소
설을 쓸 수 없는 시대적 난제가 도처에 기거하고 있어, "소설 못 쓰는
소설가"의 시대가 현재 도래하고 있음을 드러내는 기표라고 할 수 있
다. 그러니 임화의 소견대로라면 "대표작가"가 없는 문제는 '시대의 고
충'이지 개인의 문제가 아니었던 것이다.

그러나 임화의 이런 주장은 때 아닌 '손기정론'으로 응수되며 대표적
개인이 부재하고 있다는 문제로 논제가 탈바꿈되는 결과에 이른다. 김
상용이 스포츠에서의 성공사례를 예시로 들며, 조선문학에서도 "물론
숨어엇는 손기정이 만히 잇지오."라고 낙관적으로 문학의 미래를 전
망할 때, 다른 참석자들 또한 이 문제를 현실을 개진할 수 있는 어느 영
웅의 출현의 문제로 일관되게 판단26)하는 태도를 보였다. 그러나 '가장
조선적인 것이 세계적인 것'이 될 수 있다는 가치설정과 손기정에 관한
비유 자체를 의심해볼 여지가 있다. 당대의 맥락과는 전혀 동떨어진 판
단이기도 하거니와 이는 미디어가 가진 위악적 속성에 일조하는 인
상27)이 농후하기 때문이다. 1936년 8월 ≪동아일보≫와 ≪조선중앙일
보≫가 일장기 말살 사건으로 무기한 정간과 폐간의 고초를 겪었던 전

---

25) 임화, 「飛翔하는 작가정신」(≪조선일보≫, 1938. 5. 8.), 위의 책, 42—43쪽.
26) 백철의 경우 "임화, 김상용 양씨가 말한바와 같이 개인이 나와야한다는 뜻과는 다
   르지 안흘까요? 나는 개인은 유파가 없이는 대표적 개인이 나올수는 없다고 봅니
   다. "유—고—"가 낭만파의 수령으로 낭만파를 대표하듯이."와 같은 응수를 하면
   서, 작가 개인의 출현으로 당면한 현실의 문제를 개선할 수 없음을 주장한다. 그보
   다는 유파 형성이 되어야한다는 다소 보수적인 판단을 하고 있는 것이다. 이같이
   개인보다 전체적 맥락에서 문학과 현실을 이해하는 태도는 백철의 논고가 1939년
   부터 제국주의적 협조로 흐르는 것과 동류에 놓인다고 할 수 있다.
27) 이와 같은 위악적 비유는 좌담 서두에서 "新建"이라는 의미가 "쩌알리즘의 作亂으
   로 解釋"되는 것을 지양한다는 의견과도 충돌한다.

후 맥락을 고려해 보면, 민족적 치욕의 순간들을 쉽게 처분시킨 채 '우리도 할 수 있다'는 환상을 심고 있는 상황이다. 게다가 손기정이 마라톤 금메달을 땄다 해서 문학도 그처럼 세계적 수준에 가 닿을 것이라고 전망하는 것 또한 논리적 타당성도 없거니와 논리를 상실한 비약일 뿐이다.

그러나 임화는 이런 김상용의 견해에 일단 동조하는 모습을 보인다. 더불어 "유파중의 대표작가 일인을 보면 그뿐이죠. 그속에 모든것이 들어잇지요."라고 다른 질문들까지도 일괄해 버린다. 백철과 안함광에게 부정을 당하는 강수를 두고서라도 임화는 '고전'의 중요성을 논해야했던 것이다. 이는 임화가 이후 '신문학사'를 기술하면서도 명제화[28]되는 문제이기도 하거니와 비평적 방향성을 상실한 이 시기에 임화가 취할 수 있었던 현실 개선의 최대치 기획은 '고전'으로 되돌아가는 것뿐이었기 때문이다.

> 임화: 내가 그말입니다. 쉑스피어 예를 보아도 그것이 ①위대한 것은 ②그 시대의 작품이면서 지금에도 그위대성을 가지고 잇으니까요. 여기에 고전의가치가 잇는것입니다.
> 백철: 그런데는 고전이란 말이 타당치 안치. 신경향이 잇어가지고 그것이 후대에 와서 고전이 되는게지. 처음부터고전이 잇는 법이 어데 잇습니까.
> ⋯⋯(중략)⋯⋯
> 안함광: 그러나 나는 여기에 대해서 견해를 달리하고 잇습니다. 신성격을 발견하기 위해서 고전으로 돌아가라면 알수잇지마는
> 임화: 고전으로 돌아가는 것은 아니겟지요, 고전이란 ③그 시대

---

28) 신문학사 기술에서 임화는 춘향전에 내포된 근대성을 논한 바 있다. 이에 대한 자세한 논의는 임형택, 「임화의 문학사 인식논리」, 『창작과비평』, 창비, 2013. 봄, 417—421쪽 참고.

에 살어잇으면서 한편 후대에 영향을 주어야 하는 것입니다. 세계문학은 마치 연봉(連峯)과 같어서……

……(중략)……

신남철: 그러치만 현역 작가가 새로운 출발을 하면 고전을 날 수 잇지 안켓습니까.

임화: 물론 되겟지오, 내말은 지금까지의 작품 중에는 없엇다는 것이지오.

김광섭: 외국고전을보아도 ④그러케 모든것이 종합되어잇다고는 볼수는 없지안허요?

김남천: 또 당대문학을 대표하는 것이 소설이어야 한다는 말은?

임화: 그거야 다하는 이야기고…… 그러구 작품이 위대하려면 사상으로나 형식으로나 모두 걸작이어야 합니다. 즉 예를 들면 고전을 공부하여서도 그에 뒤를 따르는 것을 맨들어서는 안된다. 톨스토이를 배운다거면 그보다 ⑤ 내용도 뛰어나야되겠지만 형식에 잇어서도 새로워서 이것을 이겨야 된다는 말입니다.

김광섭: 그러면 현대문학 이즘 중에서 어떤 이즘을 배워야 한다는 말입니까.

임화: 어떠케 내가 약처방 내듯 할 수 잇어요.

앞서 언급했듯이 김상용은 "역사적이면서 초역사적인" 문학과 "조선적이면서 초조선적인" 문학에 대해 구체적인 방향성을 제시하지는 못했다. 그러나 여기서 임화는 고전의 조건을 보다 구체적으로 정립시킨다. 인용문의 강조 부분을 견주어 정리해보자면, 임화에게 고전이란 ①위대한 가치("사상으로나 형식으로나")가 있는 작품이자 ②당대를 뛰어넘는 시대성이 드러나는 작품이어야 하고 ③그 생명성이 현재까지 유효하여 후대에 영향을 미치고 있어야 한다는 것이다. 이에 더불어 ④"유파 중의 대표"거나 "시대를 종합하고 대표해야하는"[29] 문학적 맥락이 또한 보충되어야 하는 것은 물론이고, ⑤내용뿐만 아니라 형식 또한 전범에 빚진 것이 없어야 한다는 것이다. 그리고 임화는 그런 고전의 영역에 포함되어 있는 작가군이 조선에서는 부재하고 있는 것으로 판단하고, ⑥서구에서는 "쉑스피어"를 비롯한 고대 희랍과 ""스탕달" "발자크" "톨스토이"…"와 같은 작가들의 작품들을 꼽고 있다. 이는 현재에도 고전(Classic)을 정의하는 준거와도 크게 상이하지 않은 견해이자, 임화가 그간 세계문학을 대해 온 태도들을 방증하는 대목이기도 하다.

주지하듯 임화 또한 우리 문학에서의 근대를 '이식'된 근대성[30]이라 규정하기도 했거니와 1930년대 초 조선 내로 복귀한 해외문학파 일원들과의 논쟁 속에서 임화가 도모하려 했던 것은 조선문학 장 내에서 경향파 문학의 지위 확보였다는 점이다. 1930년대 말 회고의 시점에서 해외문학파가 경향파 문학의 정벌을 시도했다고 기술하는 문맥[31]도 그

---

29) 인용문에는 포함되지 않아, 임화의 주장에 대한 김광섭의 반문을 ④로 표시한다.

30) "임화와 해외문학파는 공통적으로 외국문학의 '이식'을 통한 '조선의 신문학' 건설을 제창한다. 이들은 공통적으로 사상과 문학에 대한 번역가의 과제를 숙명처럼 안고 있었지만, 서로 다른 노선에서 작가의 윤리를 실천"(조윤정, 「번역가의 과제, 글쓰기의 윤리-임화와 해외문학파의 논쟁적 글쓰기」, 『반교어문연구』 제27집, 반교어문학회, 2009, 380쪽.)했다는 점을 상기할 필요가 있다.

31) 이러한 입장에서 임화가 해외문학파와의 대립을 회고했던 방식을 상기해볼 필요가 있다. ""해외문학파'는 외국문학의 소개를 조선문학 건설의 당면 최급무라 생각하여 오던 이들인데, 그들이 실제 조선문학과 관계된 것은 작자의 번역이 아니라 평론으로서였던 만큼 최초부터 경향문학의 가장 신미新味 있는 대립자였다./ 경향문학을 빼놓고 이들 이외에 조선엔 거의 평론과 비평이라는 것이 없다 해도 과언이 아니었던만큼 그들의 존재는 문학적으로 모두 더 저널리즘상에 평론적으로 컸었다./ 그러므로 당시의 경향이론가들은 그들을 비경향문학의 이론적 용병이란 형용을 썼던 만큼 가장 평론적으로 경향문학과 래디컬하게 대립하여 갔다./ 그런데 이때 와서 해외문학파들은 가장 노골적으로 카프 내의 청산적 경향을 지지하고 정치주의의 개혁의 형태를 빌어 경향문학 그것의 정벌을 기도한 것은 명백한 일이었다."(임화, 「최근 10년간 문예비평의 주조와 변천」, 『임화 전집 5』, 120—121쪽; 『비

러하고 누차 해외문학파를 중간파, 동반자 작가군으로써 인정과 배척을 끊임없이 반복해온 문맥들도 그렇다. 해외문학파의 일군뿐만이 아니라 임화에게 소위 '현해탄 콤플렉스'(김윤식)로 대리되기도 하는 서구 정신사의 기여는 달리 말해, 이 시기 임화 문학의 '열정'의 진원지이자 '패배'의 근원이었다. 즉 "임화가 1910년대부터 본격적으로 유입된 새로운 지식이자 문화로서의 사회주의에 침윤된 것이라면, 해외문학파는 세계문학에 대한 문학 청년들의 열정을 아카데미의 성역 안에서 집단화한 것"[32]이라고 약술이 가능할 것이다.

해외문학파 또한 마찬가지였다. 이미 1930년대 초 조직적인 비평 강령이 이헌구 등을 통해 해명[33]되고 난 이후, 특히 ≪동아일보≫를 중심으로 해외문학파의 점유가 충분히 진행된 상황[34]이었고, 경향파 문학

판」, 1939.5~6.)는 대목이나, "위선爲先 그들은 프롤레타리아문학의 부자연한 일시적 패배를 마치 그들 자신의 승리와 같이 이해하고 선전키에 게으르지 않았다./ 정인섭 씨는 『조선일보』 신년호에 발표한 논문 「조선 문단의 현계단과 수준」을 위시하여 수삼數三의 논문을 통하여 독자가 불쾌를 느낄 만치 이 패배를 문학의 승리라고 논단論斷하며, 박영희적인 투항 이론에 대하여 만강滿腔에 경의를 표하였다. 그리고 역시 그가 생각하는 해외문학파류의 중간적 협조주의가 국제적으로도 옳다는 것을 증명하기에 여념이 없었다."(임화, 「조선문학의 신정세와 현대적 諸相」, 『임화 전집 4』, 546쪽; ≪조선중앙일보≫, 1936. 1. 26~ 2. 13.)는 대목을 참고할 만하다.

32) 조윤정, 앞의 글, 378쪽.

33) 카프 논자들의 비판을 해명함과 동시에 근대초기부터 체계화되지 못한 이론 수용의 문제점을 병행하여 제시했던, 이헌구의 「해외문학과 조선에 있어서의 해외문학파의 임무와 장래」,(≪조선일보≫, 1932. 1. 1~13.)는 이후, 해외문학파의 비평적 행동 강령을 조직해내는 것은 물론이고, '전문성'과 '다름의 지위'를 통한 진영의 정체성 확보까지 이루어지게 했던 논고라고 할 수 있다. 이헌구 논의에 대한 구체적인 해명은 고명철, 「해외문학파와 근대성, 그 몇 가지 문제」, 『한민족문화연구』 제10집, 한민족문화학회, 2002, 138-146쪽 참고.

34) "해외문학파가 ……1930년에는 전원 귀환한 셈이고, 1931년엔 본격적 활동을 하게 되거니와, 이들은 주로 각 신문사 학예면, 편집인의 지위를 차지하였고 그로 인해 저널리즘을 지배, 문단적 영향력을 발휘하게 된다." 김윤식, 「해외문학파」, 『한

은 곧 쇠퇴의 길에 가닿는 숙명에 놓여 있었다. 아울러 "우리 文學의 建設"과 "世界文學의 互相範圍를 넓"[35)]힌다는 목표로 해외문학파는 자신들의 권역확보를 위해 누차 주장해왔다. "'조선문학의 침체론', '비평의 위기론'"[36)] 등을 제기하며, 조선문단 위기를 조장하는 한편, "문예지와 신문이란 근대적 문학제도를 통해 해외문학파의 문학적 입장을 효율적으로 홍보하는 가운데"[37)] 1930년대 후반 미디어에 주요 필진으로 자리를 잡았다는 것은 임화가 리얼리즘론을 옹호 · 제창하고 후퇴했던 시점과도 맞물려 있다. 즉 임화가 더 이상 리얼리즘론을 통해 현실 개선의 논리 확보가 불가능해진 상황에서, 우리 문학을 불능 내지 불구성을 인정하고 서구 고전을 거울로 삼아 또 다시 새로운 신문학적 국면을 마련하려는 기획은 해외문학파와 커넥션이 필요한 또 다른 문제의식[38)]이었던 것이다. 그러나 좌담 내내 김상용과는 동지적 관계를 맺고 있는 한편, 김광섭과는 번번이 대립각을 세우고 있는 형세가 주목된다.

가령 임화의 논변을 두고 "외국고전을보아도 그러케 모든것이 종합되어잇다고는 볼수는 없지안허요?"라든가, 김광섭이 되물을 때, 이미

국근대문학비평사연구』, 일지사, 1999, 141쪽.

35) "무릇 新文藝의 創設은 外國文學輸入으로 그 紀錄을 비롯한다. 우리가 外國文學을 硏究하는 것은 決코 外國文學 硏究 그것만이 目的이 아니오. 첫째에 우리 文學의 建設, 둘째로 世界文學의 互相範圍를 넓히는 데 잇다."(「創刊卷頭辭」, 『해외문학』 창간호, 1927. 1.)

36) 이혜령, 앞의 글, 376쪽.

37) 고명철, 앞의 글, 145쪽.

38) 여기서 임화는 서구 붕괴 이후, 고전부흥 형식을 빌려 휴머니즘의 풍조가 백철, 김오성 등이 주창했던 '네오휴머니즘'과의 연계된 '고전'의 옹호와는 변별점을 두려고 했던 것으로 보인다. 지성옹호, 행동주의, 휴머니즘이 연이어 문단과 사상적 풍조로 자리 잡을 때, 이를 '복고주의'로 진단하거나 '생활옹호운동'의 진보적 측면만을 보존하는 수준(임화, 「조선문화와 신휴머니즘론」, 『비판』, 1937. 4.)에서만, 그는 옹호의 입장을 보인다. 그러나 행동주의 정신이 탈각된 백철의 휴머니즘론에 대해서는 유독 비판적 논조를 유지해왔다.

임화의 주장은 묵살되고 있는 상황이었다. 김광섭의 태도는 외국문학 전공자도 아닌 당신(임화)이 어떻게 그렇게 주장할 수 있느냐 하는 방식이 짙게 깔려 있는 것으로 보이는데, 이에 임화는 답변을 하기 급급한 모습을 보인다. "그러면 현대문학 이즘 중에서 어떤 이즘을 배워야 한다는 말입니까."(김광섭)라고 되묻자, 종국에는 "어떠케 내가 약처방 내듯 할 수 잇어요."와 같은 짜증 섞인 언사를 내비친다. 동지적 관계라고 할 수 있는 김남천이 "또 당대문학을 대표하는 것이 소설이어야 한다는 말은?"이라고 묻자 "그거야 다하는 이야기고……"와 같은 말로 대충 응수를 하기도 하고, 연이어 신남철, 안함광, 백철의 공격에도 혼자 묵묵히 자기주장을 끝까지 고수하며 논쟁39)을 이어 나간다. 결국 김광섭과의 논쟁은 "혼란이란 말은 지배적인 조류가 없다는 것이죠. 조류가 잇어도 아조 미약해젓다고 생각되어서"와 같은 임화가 한 수를 물러주는 듯한 의견으로 정리된다. 반면에 김광섭은 "작가를 무시하고 하는말 같은데 어데 현역을 버리고야 그런 문학이 나오리라고 생각할 수가 잇습니까"와 같은 말로 임화의 주장을 끝까지 내리누르는 견해를 계속 쏟아냈다.

임화의 고전옹호의 문제는 「문학상의 지방주의 문제」(『조광』, 1936. 10.)40)와 「조선어와 위기하의 조선문학」(≪조선중앙일보≫, 1936. 3. 8

---

39) 이후 이 논쟁에서 안함광은 "시대가 말하고 싶어하는 것을 작품 속에서 전재시키는 의논성"을 언급한다. 한편 신남철이 고전보다 "신시대 의식"과 세계문학과의 관계 조류가 필요하다는 의견을 제출하였으나 임화는 그들과 쉽사리 의견차를 좁히지 못한 채 독단적으로 자기주장을 피력한다. 가령 다음과 같은 부분들이 그렇다. "안함광: 그건 결국 작가의 교양 문제겟지오. /임화: 시대란 고전을 돌아보게되는 때가 잇다. /백철: 어째서 현대는 고전을 돌아보는때란 말입니까. /임화: 시대는 나가다가 큰 변천기를 만나면 과거를 돌아보게 됩니다. 서양문화가 때때로 희랍으로 돌아가듯이, 그런데 지금 조선문학은 "스탕달" "발자크" "톨스토이"… 를 돌아볼 때입니다. /안함광: 그것은 개인적 문제겠지요. /임화: 아니오 시대의 문제입니다."

~24)⁴¹)에서도 단편적으로 제시된 점이 있었던 주장이다. 전자의 글에서는 조선문학을 비롯한 동양 근대문학을 서구적 입장에서 지방화, 타자화되는 것을 문제 삼고 있는데, 이는 임화의 신문학사 기술에 재호출되어 논의된 바 있다. 임화는 '환경'만큼 '전통'의 항목을 중요시함으로써 "새로운 문화 창조를 위해서는 이식적 요소와 고유한 문화적 유산의 교섭이 특수하게 진행되어야 한다는 것까지 인식"⁴²)하고 있었다. 즉 임화의 주장은 서구의 고전으로 돌아가자는 것이 아니라, 서구의 전통을 거울삼아 우리의 전통을 새롭게 발견하자는 혁신적인 생각이 내포되어 있었던 것이다. 물론 이러한 자생적 근대주의자로써 임화의 논고들은 그 생리적 특성상 '오리엔탈리즘'에 함몰과 극복이라는 난제에서

---

40) 임화는 이 논고에서 "조선의 보수적 문학, 비사회적문학이 지방주의적인 분위기를 만들어내고 그것을 문학 발전에 복고적 퇴화로 이끌려"(임화, 『임화 전집 4』, 722쪽.)는 풍조에 대해 비판적 논점으로 일관하지만, 조선문학 안에서 "조선색"은 당연히 내재되어야 할 범주로 묶어두는 대목을 주목할 필요가 있다. 서구에서 동양문학을 인지하는 관점이 "자기의 현재를 회고에 의하여 망각케 하는 좋은 대상", "그들을 심리적으로 위안시키는 조건", "문명 대신의 원시가 있는 것" 등으로 요약되는 것은 서구 "시민문화의 복고적 경향"과 상통하고 있는 의미라는 것이다. (임화, 위의 책, 710쪽 참조.) 여기서 주요한 논점은 동양의 대부분이 그들의 식민지라는 것인데, 때문에 임화는 '지방색'(전통)과 '세계주의'(사회주의)를 동시에 확보되어야 한다고 주장한다. 이는 임화의 고전 옹호 맥락의 중핵이라 할 수 있다.

41) "본래적으로는 풍부한 어휘와 아름다운 음성을 가진 민족의 언어라도 그것이 정치적으로 열등의 위치에 있는 생활자의 언어인 한에는, 현대에 있어서는 가장 맹렬한 정도로 그 본래의 모든 우월성을 상실하고 혼란되어 한 개 토어土語의 위치로 떨어지고 마는 것은, 우리가 다른 곳에서 그 예를 구하지 않아도 족한 것이다."(임화, 『임화 전집 4』, 589쪽.)라는 대목에서 임화는 언어, 문화, 사상, 정치를 동일선상에서 인지 고찰한다. 또한 "조선문학의 위기설과 또 매거枚擧하는 잡다한 위기현상 가운데, 이 언어상의 협위脅威란 가장 큰 것이고 또 넓은 범위의 것이라는 점을 지적"(임화, 위의 책, 591쪽.)하며, 현재 조선문학이 처해 있는 위기를 민족적 층위로 확장해서 인식하려고 했다는 점을 주목할 필요가 있다.

42) 김외곤, 「임화의 '신문학사'와 오리엔탈리즘」, 『한국문학이론과 비평』 5집, 한국문학이론과비평학회, 1999, 78쪽.

자유로울 수는 없다.

후자의 글에서도 마찬가지다. "신세대의 문학은 자기의 세계 생활이 창출하고 그것에 상응하는 새로운 언어를 발견 창조해야 하고, 일방 부르문학이 해결치 못한 언어상의 시민적 민주적인 점까지 동시에 해결해야 할 무거운 이중의 중하를 짊어지고 있는 것"[43]이라고 일변하며, 현시대의 작가가 가져야할 '세계주의'(사회주의)적 태도를 제시한다. 이와 관련하여 당시 이기영『고향』이 홍명희의 『임꺽정』이나 엽상섭의 「만세전」보다 다채로운 색체를 가진 조선어를 구사했다고 판단한다. 이기영『고향』의 경우 조선의 방언을 "비질서적으로" 살리고 있으면서도 "인민 생활의 심리묘사"를 묘파해낸 작가로 '세계주의'와 '조선색'을 동시에 확보[44]한 작가, 즉 "언어의 건축사의 지위"를 확보했다는 것이다. 다시 말해, 이는 김상용이 구체화하지 못한 '조선적이면서 초조선적인'인 특수성을 구체화한 맥락이라고 할 수 있다. 그러나 이 좌담에서 임화는 작금의 작가들은 보다 총제적인 맥락에서 시대성을 인지하지 못한다고 평가한다. 「조선어와 위기하의 조선문학」이 발표된 1936년의 현실에서는 사회주의 문학의 비전이 여전히 중요했으나 1939년의 현실에서는 더 이상 그 비전에 몰두하지 못하는 현실에 놓여 있던 것이 엿보이는 지점이다. 그러니 이제 임화에게는 고전옹호[45]를

---

43) 임화, 앞의 책, 598쪽.

44) 임화는 이 논고에서 결국 "프로문학은 그 본래의 성질상 새로운 언어적 세계를 개척하였다. 본래에 있어 모든 고유의 조선어를 이야기하는 근로적 생산 인민의 생활 심리 묘사를 위하여, 또 그들에게 읽힐 현실적인 이유 등 이중의 필요에 의하여 그 존립의 10년간을 노력한 것이다."와 같은 주장을 통해, 조선문학에 기여한 경향파 문학의 기여도를 언급한다. 그러니 백철은 임화의 고전옹호의 주장을 "그런데는 고전이란 말이 타당치 안치. 신경향이 잇어가지고 그것이 후대에 와서 고전이 되는 게지."와 같은 말로 비아냥거렸던 것이다.

45) 여기서 주목해야할 점이 한 가지 더 있다. 좌담 초반부에서 대다수 질문자와 해설

통해, '시대성'이나 '역사성'이 더 주요한 화두가 되었다는 점을 좌담 「新建할 朝鮮文學의 性格」에서 예증해볼 수 있다.

4. '세태'에 관한 대안과 각자의 미래

조선문학의 신건의 의미, 세계화의 문제, 고전옹호 문제 등 미래의 조선문학의 방향을 주요 논제로 설정해 논의한 좌담 「新建할 朝鮮文學의 性格」은 이후, 비평기준이나 창작방법론과 같은 문학의 현재성에 관한 논의로 치닫는다. 여기서 백철은 가장 먼저 논제를 설정한다. 가령 '기준비평'의 개념을 논하면서, 그동안에 비평의 기준이 되는 것이 "경향파 문예비평"이었다면 자신은 "인상주의"에서 그 기준을 찾아 왔으나 그조차도 재고돼야 한다고 판단한다. "다시 기준이 필요"하게 된 시점이 도래했다는 것이다. 물론 이러한 입장은 백철이 조선적 휴머니즘을 제창하기 이전에 이미 자신의 비평에서 이론(과학)과의 결별(백철, 「科學的 態度와 訣別하는 나의 批評體系」, ≪조선일보≫, 1936. 6. 28~30.)을 선언했다는 문맥과도 맞닿아 있기도 하거니와, 이제껏 경향파 문학비평이 기준비평이었다는 점을 굳이 상정해두고 자기 비평

자의 위치에서 언변하는 김남천의 경우도 「古典에의 귀환」(『조광』, 1937. 9.)을 통해 "외래적인 것의 배격에 그 결론이 도달하여서는 안 될 것이다. 어느 시대로 상승하여야 '순수한 조선문화'를 발견할 수 있을는지 그 방면에 어두운 필자로서는 알 길이 망연하나 '풍류성'이나 그런 것들이 순수한조선 적인 것이 아닌 것만은 사실이다./현재 우리 문화에는 외래적이 것과 우리의 고유의 것이 서로 합하여 뼈와 살이 되어 있다. 특수적이 것은 그것을 덮고 있는 일반적 성격으로서의 아세아적 퇴영성이다."(김남천, 「古典에의 귀환」, 『김남천 전집 1』, 정호웅·손정수 엮음, 박이정, 2000, 250−251쪽.)와 같은 주장을 내비쳤다는 것이다. 다시 말해 임화가 조선문학을 개진하려고 하는 맥락과 다른 점이 거의 없는, 현세에 대한 판단과 그 주장들이라 하겠다.

방법론까지 반성적으로 자각을 하는 언술로 미루어보아, 백철 스스로도 현재의 조선문학이 신국면에 들어서고 있다는 것을 견지했던 것으로 보인다. 또한 백철이 「時代的 偶然의 受理—事實에 대한 精神의 態度」(≪조선일보≫, 1938. 12. 2～7.)를 제출한 직후에 좌담회에 임하고 있었던 것을 고려해 보면 이러한 논제 설정을 보다 더 이해하기가 쉬워진다.

그러나 좌담은 백철이 사사한 다음 세대의 비평방법론의 논제가 아닌, 오히려 백철 스스로도 반성하고 폐기할 수 있다는 전제를 달았던 '인상 비평'에 대한 실체를 두고 질문이 오가는 상황으로 이어진다. 예컨대 김광섭은 인상 비평을 "미학적 비평"으로 수사해줬으며, 신남철은 "비평은 늘 작품에 끌리워다니게 되지 안습니까"라고 반문하며, 인상 비평과 더불어 현시대의 비평의 효용 자체를 격하하는 발언을 덧붙였다. 그뿐만이 아니라 김상용은 "비평이란 절단"이라고까지 격하를 하고, "남이 먼저 말한 것을 되푸리해서 말은 햇든데 속이 텅비어서 얼마 못들 창낫지오."[46]라고 경향비평까지 모두 싸잡아 비판하는 언술을 이어나간다. 이 과정에서 기자(이무영)는 중재를 하면서 논점을 바꿔, 이효석의 「해바라기」를 두고 근래에 서로 다른 비평관을 가지고 부딪쳤던 임화와 백철의 견해를 실제 육성을 통해 청해 듣기를 요청하기도 한다. 하지만 임화의 "이건 아주 대질신문이로군"과 같은 농담을 함으

---

46) 김상용은 비평가의 자격 자질은 ①감상력 ②풍부한 교양 ③너그러운 덕의로 구체화하기는 하지만 줄곧 감성적 언술을 내뱉는다. 이러한 무차별적인 비평(가)에 대한 비판에 백철은 작가와 비평을 섞어 말하거나 조선과 영국의 조건을 혼동하여 말하는 논리적 비약에 대해 응변한다. 그러나 김상용은 오히려 경향과 비평까지 문제시하며, 비평 효용 자체에 대한 의심을 던진다. 이에 해외문학파인 김광섭조차 조선에는 '문학비평가 많다' '외국 사례는 한 두명 뿐이다' '작가가 욕먹으면서 진보하는 형국'과 같은 맥락에서 문학비평의 현재적 가치를 격하는데 동참한다.

로써 심도 있는 논의가 이루어지지 못한다. 이후 논제는 창작방법론에 관한 것으로 뒤집힌다.

물론 비평기준과 창작방법론은 당대적 관점에서는 거의 유사한 논점에서 이야기되는 주제이기도 했지만, 여기서 주목해서 읽어볼 수 있는 점은 김남천이 이 좌담 전에 논의했었던 세태소설에 대한 논객들의 반응이 다양하다는 것이다.

> 김남천: 창작방법론이라고 하면 우리는 예의 "소시알리틱 · 리얼리즘"의 "슬로간" 설정을 연상케 되는데 작금 양년(兩年)은 통 이러한 창작방법에 대하야 논의가 없엇으나 "리얼리즘"의 추구에 잇어서 좀더 구체적으로 나갓다고 봅니다. "데테일"이라던가 "되피칼"한 것을 그리는데 잇어서 이러한 걸 볼 수 잇습니다. 역시 창작방법으로는 "리얼리즘"이 그 본질적의 것이므로 "리얼리즘"의 추구는 문제가 됩니다.
>
> 백철: 이것이 "리얼리즘" 문학론의 시대적 성격인데 최근의 것들을 들면 세태소설이 주작품이지요.
>
> 김남천: 내가 세태를 풍속에까지 높이자는 것은 세태의 분절에서 사상을 찾자 즉 세태에서 세태 이상을 볼려는 것입니다. 이러케하면 풍속에서도 조선적성격이라는 것이 나올수 잇다고 믿습니다.
>
> 김광섭: 현재에 잇어서 우리가 생각할 수 잇는 성격 큰 고민하는 조선의 작가들에게서 아직껏 발견치 못하엿을뿐만아니라 역시 완전히 세태를 거린 작품도 드물다고 나는 봅니다.
>
> 안함광 세태소설은 "리얼리즘"의 범위를 좁게 하는 듯 합니다. 인물의 내면세계 — 심리세계를 탐구하는 힘이 부족한테 우리는 심리주의까지도 "리얼리즘"안으로 포용하면 조타고 생각합니다.
>
> 임화: 그것은 심리주의가 아니고 심리묘사이지오. 심리묘사의 심화가 "리얼리즘"의 경지에 들어 왔다는 것이 최재서 씨의 "날개" 평

의 요점이엇지오 (후략)……

　앞서 임화가 자신이 종전까지 주창해온 리얼리즘론에 대한 패배의
식과 이런 자각적 태도를 상회하기 위해 고전옹호를 내세웠던 것과 달
리, 김남천은 여전히 창작방법론에 있어서는 "본질적의 것이므로 "리
얼리즘"의 추구"가 필요하다고 말한다. 주지하듯 김남천은 「물」논쟁
이후 자기 고발의 정신, 고발문학론, 유다른, 세태소설론 등으로 1930
년대 후반 비평적 관심이 옮겨가고 있는 상황이었다. 김남천은 고말문
학론을 주창했을 때도 '리얼리즘의 심화'라는 문맥을 사용하기도 했으
며, 여전히 세태소설에 대한 논제를 이끌어 나가면서도 '심화' 개념을
확장한다. "세태의 분절에서 사상을 찾자 즉 세태에서 세태 이상을 볼
려는 것"과 같은 구절에서도 확인 되듯 리얼리즘의 '심화'나 '초월'의 인
상을 내비치고 있다.

　김남천은 로만개조론 즉 당대 장편소설과 세태소설을 견지하는 태
도에 있어서 임화와 비평적 결별을 하게 되는데, 그 맥락이 가장 잘 드
러나 있는 논고가 「世態와 風俗―長篇小說改造論에 奇함」(≪동아일보≫,
1938. 10. 14 ～25.)이라고 할 수 있다. 여기서 김남천은 백철의 「종합
문학의 건설과 장편소설의 현재와 장래」(『조광』, 1938. 8.)나 임화의
「세태소설론」(≪동아일보≫, 1938. 4. 1～6.) 등에 관해 반박하는 주장
으로 논지를 이어나간다. "우리 문학은 묘사의 확립을 갖고 있지 못할
뿐 아니라 경향문학을 치른 작가들 간에는 아직도 생활현상의 면밀한
관찰 대신에 기성의 개념을 갖고 현실을 재단하려는 폐풍(弊風)이 남아
있다."[47]는 대목을 주목할 필요가 있다. 이와 같은 견해는 임화가 "세

───────────────

47) 김남천, 앞의 책, 421쪽.

태소설은 합리적 구조와 소설 구조의 내적 필요성에 의하여 장편을 구성한 것이 아니라, 명백한 비장편적인 억지의 구성이나, 그렇지 않으면 인위적 연결이나 비예술적 구성으로 겨우 장편이 된 것이다. 이것은 세태소설의 특성인 묘사되는 현실의 양적 풍다성豊多性에 반反하여 단편소설을 주장하는 것 같으나, 그것과 모순한다는 것은 하나의 형식적 관찰에 불과하다."48)와 같은 구문을 통해, 세태소설을 장편소설이 되지 못한 하등한 가치로 평가한 것에 정반대되는 방향이라고 할 수 있겠다. 즉 임화와 김남천의 동지적 관계가 여기서 균열49)이 일어나고 있었던 것이다.

임화가 "형식적 관찰"이나 세태소설의 '인위성'을 이야기할 때, 김남천은 오히려 생활현실의 면밀한 관찰이 선행해야만 기성이 만들어 놓은 현실의 질서를 더 명확히 들여다볼 수 있고, '디테일의 진실성'에 가 닿을 수 있다고 판단한다. 다시 말해, "사실을 극명하게 그리되 사실을 사실 이상으로 파악"하는 방식이 묘사를 통해 확보할 수 있는 세태의 진실성이고, 이는 종국에는 "세태를 세태 이상으로, 현실을 현상 이상으로 파악하여", "세태를 풍속"의 차원까지 드높일 수 있는 방법론이 된다는 문맥이다.50) 그러나 좌담 안에서는 임화만큼 '사실묘사'나 '세태묘사', 심리묘사에 대한 개념을 정립한 채 서로 발언을 맞춰주는 참여자는 거의 없었던 실정이었다. 오히려 인용한 부분처럼 김남천의 주장은 묵인 당하고 있었다. 가령 백철은 리얼리즘 문학의 하위 개념으로 세태소설이 있으며 이런 방식이 하나의 시대성을 품고 있다는 식으로

---

48) 임화, 『임화 전집 3』, 287쪽.
49) 임화와 김남천은 카프 해체 이후 크게는 리얼리즘론을 기반으로 비평적 동지 관계를 맺고 있었으나 세태소설, 「물」 논쟁 등에서 서로 엇갈리는 견해를 드러내기도 한다.
50) 김남천, 앞의 책, 420-421쪽 참조.

세태소설 자체를 격하하는 맥락에 논변을 했고, 안함광은 세태소설이 오히려 리얼리즘 문학을 비좁게 만드는 현상에 지나지 않는다고 평가했다.[51] 게다가 김광섭은 김남천의 종전의 비평론이었던 고발문학론을 상기라도 하는 듯, 그 정도로 고민할 만한 큰 성격을 가진 작가도, 세태도 작금에 발견할 수 없다는 답변으로 김남천의 창작방법론을 묵살한다.

아울러 이 좌담회에서 더 주목할 점이 더 있다면, 좌담 말미에 "농촌을 취급한 작품이 거의없"다는 소회로 마무리가 되는 부분이다. 정지용이 익살스럽게 "농촌을 어떠케 잘 그릴 수잇나? 작가의 귀농운동이라도 해보아야될줄압니다"와 같은 농담들이 오가기는 하지만, 현실의 세태를 보다 명확히 보여주는 문맥으로도 읽힐 수 있다. "농민문학의 발달을 위하여서 신문이나 잡지에서 그런 작품을 실어주어야 할 텐데 농촌의 암담한 것을 못실으니 자연히 농민문학이 빈곤해"진다는 김광섭의 말로 미루어보아 당대의 척박했던 농촌현장이 상기되기도 하거니와, 또한 "파란(波瀾)의 "레이몬드"는 농민과의 정신적 교섭을 가젓지 농민층의 사람이 아니"라며, 임화 등이 농민문학을 계급문학적 관점으로 인지하는 것[52]을 문제 삼기도 했다. 여전히 대립각을 세우고 있는

---

51) 안함광 또한 임화와 농민문학론에 관한 논쟁이나 1930년대 후반 창작방법론 논쟁을 거치면서 주목받게 된다. 가령 사회주의 리얼리즘을 임화가 향후 문학이 나아가야할 방향으로 설정할 때, 김남천은 고발의 정신으로 '조선적 정신'을 강조했다면, 안함광은 "조선적 객관적 현실과 소련이 현실이 다르므로 소련의 현실을 반영한 창작방법론인 사회주의, 리얼리즘을 받아들일 수 없다"(이현식, 「1930년대 후반 안함광 문학론의 구조」, 『민족문학사연구』 5권, 민족문학사연소, 1994, 171쪽.)고 주장했다. 이런 경향은 좌담에서 "비평의 다원성을 강조"하는 의견으로 대체된다. 또한 세태소설에 관한 논의에서도 안함광은 '심리적인 것', 즉 작가의 생리적 지휘에 방점을 두는 태도로 일관한다면, 임화는 '사상성' 즉 시대성의 맥락을 주시하는 경향을 보인다.
52) 임화는 농민문학의 소재주의적 특성에 어떤 사상이 교착하느냐, 혹은 어떤 주체성

진영의 논리들이 재현되었던 것이다. 이런 가운데 김남천은 "그때는 농촌문제가 주체되화되엇"다고 언급하며 주체화된 화제가 달라졌으니 다른 문제의식을 문학에서 투영해야한다고 논의를 보충하기도 한다. 물론 새로운 문제의식이란 "작가 자신의 문제로 제시되"어, 소설가 김남천 자신의 문제53)를 가시화하는 계기가 되고 있는 것이기도 하다.

또한 이와 맞물려 김남천은 "자연 대 인간의 문제를 취급할 때가 아니고 인간 대 인간의 문제"를 취급해야하는 작금의 상황을 시사하게 되는데, 이에 임화는 노벨상 수상한 "펄얼, 뻑"에 대한 소회를 보충하고 있다. 임화가 세계문학을 바라보는 관점이 다시금 드러나는 것이다. 임화는 노벨문학상 수상작 『대지』가 '지나'(중국)의 역사적인 상황을 그려낸 서구 문학이라는 것에 주목54)하는데, 좌담에 앞서 제출한 이에 대한 견해55)로는 『대지』가 현대적 사상성이 결여된 진부한 소설이라고

을 통해 형상화되느냐에 따라 농민문학의 성패가 갈린다고 판단하였다. 이에 대한 자세한 논의는 같은 해 10월에 발표된 「농민과 문학」(『문장』, 1939. 10.)에서 자세히 보충된다. 이 좌담회에서는 "일본문학을 보아도 [주목되는 작품들이 ─인용자] 도시문학에 잇지 농촌문학에는 없습니다"와 같은 대목에서 확인되듯 일단 편협한 시각으로 드러난다.

53) 김남천은 고발의 정신과 맥을 잇는 리얼리즘 문학론을 제창했으나, 향후 이러한 작가중심주의에 매몰되어 정작 미완성 소설 연재만을 되풀이하는 오점을 남긴다.

54) 임화, 「『대지』의 세계성 ─ 노벨상 작가 펄벅에 대하여」, ≪조선일보≫, 1938. 11. 17∼20.

55) 가령 다음과 같은 문맥을 참고해보면, 임화가 펄벅에 대한 비판적 태도를 실감할 수 있다. "『대지』의 예술적 생명이라고 할 리얼리티는 골자를 상실한 것이 되고 말았을 것이다. 오히려 수법의 낡음이 작자를 도왔다고 말할 수 까지 있다. 그러나 문제는 여기서 단순히 수법의 신구新舊의 역域을 넘어 이미 리얼리즘이란 문학 정신, 내지는 작자가 지나 혹은 일반으로 세계라든가 인간이라든가를 이해하는 중핵中核으로 옮아온다 아니할 수 없다. / 작자의 출생지나 또는 전기에서 미루어볼 수 있듯이 그는 일개 선교사이었다느니보다 순박한 19세기인이 아니었던가 싶다. 이 점은 그의 최근 씌어지는 지나에 대한 폴리티컬한 문장에서도 느낄 수 있는 것으로, 그밖에 작자가 여성이란 조건도 가加하여 대단히 나이브한, 오히려 감상가感傷家

판단한 것과는 상이한 언술을 좌담회에서는 피력하고 있다. 실상 이런 문제는 "서양인에 의해 만들어진 지나가 도리어 지나적 특수성을 선명하게 제시할 수 있었던 이유는 무엇인가 등에 관해 묻는 것"[56]과 같은 문제이거나, "동양인이 지나를 볼때엔 지나 가운데서 언제나 자기 자신의 일부를 발견하는 대신, 서양인은 온전히 타인을 보는데 불과하다"[57]는 맹점으로 귀결 될 수밖에 없다. 즉 조선문학의 특수성('조선적인 것', '지방적인 것')을 해명하는 수행은 세계문학을 조망해가는 관점과 분리될 수 없으며, 펄 퍽의 『대지』의 경우처럼 서구의 입장에서 동양의 세태를 들여다보는 시대적 요청이 어느 정도 성공을 이루었듯이, 조선문학 또한 서구라는 거울을 통해 시대적 물음에 답을 해야 한다는 것이다.

정리하자면, 현세태에서 조선문학이 나아갈 방향성을 김남천은 세태소설에서의 세태 묘사를 풍속의 차원까지 드높이는 것을 통해서 묘파하는 일로 설정하는 한편, 임화는 (서구)고전옹호와 전통을 바탕으로 하되 서구를 거울삼아 진보해나가는 '시대성'을 강조한 셈이다. 그러나 이러한 주장들에 대해 다른 논자들의 냉담한 반응들이 드러나면서 1939년 신년좌담회 또한 미래에 대한 각자의 소회만을 누차 드러낸 좌담이었다고 판단할 수 있겠다.

에 가까운 휴머니스트로서 그는 아마 체험과 견문을 요리했으리라 생각된다." (임화, 「『대지』의 세계성 — 노벨상 작가 펄벅에 대하여」,《조선일보》, 1938. 11. 17~20;『임화 전집 3』, 628쪽.) 즉 시대성의 요청은 충족하고 있으나 실제 그 작가 주체가 서구인으로써 오리엔탈리즘의 시선('진부성', '현대적 사고의 수준 결여')으로 동양을 그려냈기 때문에 이는 리얼리티를 현현했다고 보는 것은 과한 평가라는 것이 임화의 판단이다.

56) 조은주, 「임화의 '비평적 주체'의 정립 과정과 비평의 윤리」,『한국문화』 47, 서울대학교 규장각 한국학연구원, 2009, 296쪽.

57) 임화, 앞의 책, 624쪽.

5. 결론

　1939년 ≪동아일보≫에서 기획한 신년문인좌담회 「新建할 朝鮮文學의 性格」은 당대 조선문학의 현재와 미래를 두고 논의되었던 당대적 육성이 살아 숨 쉬는 주요한 사료라 할 수 있다.

　김상용의 낙관적 비전론이나 김광섭의 서구 문학적 경도, 정지용의 풍자적 비판, 백철의 주류론에 입각한 시각, 비리얼리즘적 시각으로 돌아선 안함광의 태도 등은 좌담 「新建할 朝鮮文學의 性格」을 자칫 탁상공론으로 흐르게 할 소지가 농후했다. 참석문인들의 이러한 소회는 당면한 현실의 '진짜 문제'를 주요 화두로 꺼내지 못하는 국면으로 드러나면서, 역설적으로는 패배주의적 인상을 내비치기도 했다. 그러나 "新建"이라는 불가능한 목표 설정이 가지는 의미를 고려해 봤을 때, 이 좌담을 패배적 현상으로 평가하기 보다는 1939년 당대 문인들이 끝까지 놓지 않고 있었던 조선문학의 미래에 대한 새로운 비전이라고 평가해 볼 만한다.

　특히 김상용, 김광섭 등 해외문학 논자들이 좌담을 주도하면서, 조선문학의 세계화의 문제를 주요 명제로 삼았던 점은 주목해서 볼 일이다. '세계화의 비전'과 '조선적인 것', '자생적인 것'에 대한 판단이 참여문인들 모두 각자의 시각으로 확보되고 있었다는 점은, 그래도 이들은 주어진 현실을 개진하기 위해 끝끝내 놓지 않았던 조선문학의 비전이 있었다는 것을 예증한다. 아울러 임화가 좌담 내내 서구 고전을 옹호하는 입장이나 김남천이 세태소설을 통해 현실을 개진해 나가려는 입장 등은 종래의 '리얼리즘의 승리', '주체 재건'을 시사했던 호전적인 비평 태도와도 일정 수준 절충된 입장으로 보이는데, 이 또한 실패 이후 또 다른 모색을 기획하려 했던 리얼리즘 논자들의 열정이라 할 수 있겠다.

즉 본고는 1939년 조선문학에 내재된 미래적 전망의 지형도 복원에 의의를 가진다. 「新建할 朝鮮文學의 性格」은 일제의 대동아공영권 전략이 가속화되고 있는 가운데, 조선문학의 세계화, 고전옹호, 세태소설론, 농민문학론 등 조선문학이 처한 당대의 논제를 규명함에 있어 서로 다른 입장 차이를 보여줌으로써 조선문학의 막막한 현실뿐만이 아니라 그 미래의 의미를 고찰했던 좌담회였다.

참고문헌

<기본 도서>

김남천,『김남천 전집 1』, 정호웅·손정수 엮음, 박이정, 2000.

서항석 외,「明日의 朝鮮文學」,≪동아일보≫, 1938. 1. 3.

이무영 외,「新建할 朝鮮文學의 性格」,≪동아일보≫ 1939. 1. 1~4.

임   화,『임화 전집 2, 3, 4, 5』임화문화예술전집편찬위원회 편, 소명출판, 2009.

미   상,「創刊卷頭辭」,『해외문학』창간호, 1927. 1.

<논문 및 단행본>

고명철,「해외문학파와 근대성, 그 몇 가지 문제」,『한민족문화연구』제10집, 한민족
　　　문화학회, 2002.

김광섭,「朝鮮文學의 成格(2)―生活과 個性의 創造」,≪동아일보≫, 1938. 5. 31.

김남천,「古典에의 귀환」,『조광』, 1937. 9.

_____,「朝鮮文學의 成格 (3)― 모랄의 確立」,≪동아일보≫, 1938. 6. 1.

김동식,「'리얼리즘의 승리'와 텍스트의 무의식」,『민족문학사연구』38, 민족문학사연
　　　구소, 2008.

김문집,「文壇主流說再批判 (1)~(4)」,≪동아일보≫, 1937. 6. 18~22.

김승구,「중일전쟁기 김용제의 내선일체문화운동」,『한국민족문화』34, 부산대학교
　　　한국민족문학연구소, 2009.

김외곤,「임화의 '신문학사'와 오리엔탈리즘」,『한국문학이론과 비평』5집, 한국문학
　　　이론과비평학회, 1999.

김용제,「朝鮮文學의 新世代―리얼리즘으로 본 휴맨이즘」,≪동아일보≫, 1937. 6. 11
　　　~16.

김윤식,「해외문학파」,『한국근대문학비평사연구』, 일지사, 1999.

박성준,「1938년 조선문학 살롱―「明日의 朝鮮文學」에서 제기된 '미래'의 의미」,『우
　　　리어문연구』60집, 우리어문학회, 2018.

백   철,「時代的 偶然의 受理―事實에 대한 情神의 態度」,≪조선일보≫, 1938. 12. 2~7.

손종호, 「1930년대 전원시파의 도가사상 연구」, 『비평문학』 제45호, 한국비평문학회, 2012.

이현식, 「1930년대 후반 안함광 문학론의 구조」, 『민족문학사연구』 5권, 민족문학사연소, 1994.

이혜령, 「『동아일보』와 외국문학, 해외문학파와 미디어」, 『한국문학연구』 제34집, 동국대학교 한국문학연구소, 2009.

임   화, 「朦朧 중에 투명한 것을?」, ≪조선일보≫, 1938. 6. 26.

_____, 「문학상의 지방주의 문제」, 『조광』, 1936. 10.

_____, 「飛翔하는 작가정신」, ≪조선일보≫, 1938. 5. 8.

_____, 「批評의 高度」, 『조선문학』, 1939. 1.

_____, 「사실의 재인식」, ≪조선일보≫, 1938. 8. 24~28.

_____, 「조선문학의 신정세와 현대적 諸相」, ≪조선중앙일보≫, 1936. 1. 26~2. 13.

_____, 「조선문화와 신휴머니즘론」, 『비판』, 1937. 4.

_____, 「조선어와 위기하의 조선문학」, ≪조선중앙일보≫, 1936. 3. 8~24.

_____, 「조선적 비평의 정신」, ≪조선중앙일보≫, 1935. 6. 25.

_____, 「주체의 재건과 문학의 세계」, ≪동아일보≫, 1937. 11.11~16.

_____, 「최근 10년간 문예비평의 주조와 변천」, 『비판』, 1939.5~6.

_____, 「현대문학의 정신적 기축― 주체의 재건과 현실의 의의」, ≪조선일보≫, 1938. 3. 23~27.

_____, 「『대지』의 세계성― 노벨상 작가 펄벅에 대하여」, ≪조선일보≫, 1938. 11. 17~20.

임형택, 「임화의 문학사 인식논리」, 『창작과비평』, 창비, 2013. 봄.

조윤정, 「번역가의 과제, 글쓰기의 윤리―임화와 해외문학파의 논쟁적 글쓰기」, 『반교어문연구』 제27집, 반교어문학회, 2009.

조은주, 「임화의 '비평적 주체'의 정립 과정과 비평의 윤리」, 『한국문화』 47, 서울대학교 규장각 한국학연구원, 2009.

1940년 조선문학 살롱
─「初有의 藝術綜合論義」에 나타난
해외문학파의 저널리즘 기획

1. 서론

1940년 ≪동아일보≫에서 개최한 신년좌담회 「初有의 藝術綜合論義」[1]는 종전에 기획된 「明日의 朝鮮文學」(1938), 「新建할 朝鮮文學의 性格」(1939)과 더불어 전환기 조선문학에서의 담론 유통 과정을 조망할 수 있는 실증적 사료이다. 이 시기 ≪동아일보≫의 이러한 기획은 당대 문학비평의 수용양상을 현장성 있게 드러냄과 동시에, 배석한 문인들의 생생한 육성을 통해 진영별로 분명한 문학적 태도와 비전을 복기해냈다. 아울러 세 차례의 좌담회 모두 참여 문인들을 10명 이상[2]으

---

1) 「初有의 藝術綜合論義」는 1940년 ≪동아일보≫의 신년문인좌담회는 총 3회(1월 1일 17면, 1월 3일 13면, 1월 4일 9면)로 연재된다. 필자는 그간의 논고에서 ≪동아일보≫의 1938년부터 1940년까지의 좌담 기획을 '조선문학 살롱'이라 규정했다. 이 논문에서 '살롱'(salon)의 의미는 근대 지성·문화사에서의 '대화의 장' 역할을 수행했던 지적 해소의 공간을 지칭한다. 현재 유통되는 '살롱'의 기의보다는 당대 유입되었던 귀족주의적 사교 俱樂部(club)의 의미를 함께 내포하는 용어이다.

2) ≪동아일보≫ 신년좌담회의 참여 문인은 다음과 같다. 1938년은 총 14명으로 서항석(좌장) 이헌구, 정인섭, 김용제, 김남천, 최재서, 임화, 김문집, 정지용, 모윤숙, 김

로 구성하고 있어 당대는 물론 현재에도 보기 드문 규모의 문인좌담회였다고 평가할 만하다. 특히 「初有의 藝術綜合論義」는 종전 좌담보다 문화사적으로 주요한 위치를 점유하고 있다.

그 기획 의도에서부터도 드러나듯, 1940년 좌담회는 "우리 文化는 各部門이 모두 槪念的 氣分的雰圍氣에서 解脫된지 오래되어 相當한 進境을 보여주게되엇음에도 不拘하고 같은 文化領域에 獻身하고잇으면서 다른部門에 너무도 無關心하게들지내오는것이 또한 事實이"라는 현 상황을 반성하는 것에서부터 서두를 연다. ≪동아일보≫는 근대 문화예술의 걸음마 단계를 벗어난 조선문화의 현 단계를 가시화하면서도, 좌담회라는 플랫폼을 통해 조선문화를 통합적으로 사고하고, 당대 문화인들의 이데올로기를 투사하는 장을 만들어낸 것이다. 그 때문에 ≪동아일보≫는 비평, 연구, 소설, 시뿐만 아니라 "연극, 영화, 음악, 미술 등 각부분"까지 문화 전반을 아우르며 "當面한 緊要問題를 提議檢討하는 重大한 意味"를 내포한다고 현 좌담의 가치와 기획 의도를 야심에 차 찬탄하고 있다.

이와 더불어, 3회차로 연재된 「初有의 藝術綜合論義」의 화제들은 당대 문화를 총체적으로 복원한다는 측면에서 주목된다. 1회차의 논제는 조선 문학에서의 순수론, 신세대론, 비평 빈곤, 소설창작론(성격론, 주인공론), 고전부흥론, 번역문학론 등이었으며, 2회차에는 시조의 장르 설정 문제와 (소략된) 임화의 개설신문학사에 대한 논의, 극단 이합 현상, 신극 문학적 지위 설정 문제 등이 논의됐다. 그리고 3회차에서는 영화예술의 현 단계에서의 기술/자본적 부재 상황과 견주어 예술성 결여

광섭, 김상용, 유치진, 박영희가 참여했다. 1939년에는 정내동(좌장1), 이무영(좌장 2), 김광섭, 김남천, 김상용, 백철, 신남철, 안함광, 임화, 정지용 등 총 10명이 참여했다. 1940년의 경우 본문에서 약술한다.

의 측면에서 주로 논의했으며, 조선의 악단과 화단의 경향성까지 보충적으로 논의됐다. 문화 전체를 아우르고자 했던 기획 의도3)만큼이나 다양한 비평적 층위는 물론이고, 비평의 역할과 더불어 장르별 창작방법론과 문단(극단, 화단, 악단)의 세태론을 함께 논하고 있다. 이는 이 좌담회가 전환기 문화사의 단면을 미약하게나마 총체적으로 그리려고 했다는 것을 방증한다.

특히 이 좌담에서 언급된 주요 비평만 살펴보더라도 그 범주가 범상치 않았다. 직간접적으로 논의된 연계 논고만을 정리하면 다음과 같다.

주제	필자	비평문	지면
순수론	유진오	순수에의 지향	『문장』, 1939. 6.
	김동리	순수이이	『문장』, 1939. 8.
	안함광	순수문학론	『순문예』, 1939. 8.
	김환태	순수시비	『문장』, 1939. 11.
	이원조	순수는 무엇인가	『문장』, 1939. 12.
	안회남	문예시평: (5)문학의 순수문제	≪조선일보≫, 1939. 11. 25.
	안함광	순수문학시비	≪조선일보≫, 1940. 6. 1~5.
신세대론	윤규섭	세기적 질곡에서 어떠케 조선문학은 벗어날까―문학에 資할 나의 신제창	≪동아일보≫ 1939. 1. 29~31.
	임화	신인론	『비판』, 1939. 2.
	서인식	현대의 세계사적 의의―전형기문화의 제상	≪조선일보≫ 1939. 4. 25.

---

3) 좌장 이하윤은 좌담에 앞서 "우리가 같은文化 ,藝術의 領域에잇으면서도 彼此이關心이 너무적엇음은 事實인것같습니다. 오늘이座談會의本意는 持히 이런意味에서 文化各坊에 게신분들이 한자리에서 自己部門을討議하며 다른部門에 잇는 분의意見을듣고 또다른部門에 對한 平素의見解를 被遷하야文化全般에 亙한 向上에 一助가 되고저하는데잇습니다."라고 밝히고 있다. 다소 아쉬운 점은 실제 좌담에서는 문학 외 타 장르에 관한 논의 1월 4일(3회 연재차)에 약술된다.

	유진오	세대정신	『조광』, 1939. 5.
	최재서	신세대론	《조선일보》 1939. 7. 6~9.
	임화	시단의 신세대	《조선일보》, 1939. 8. 18~26.
	서인식	세대의 문제: (1)세대론 등장의 사정, (2)신세대의 형성과정, (3)구세대의 약점	《조선일보》, 1939. 11. 26~12. 1.
	김환태	문학의 성격과 시대	『문장』, 1940. 1.
	김동리	신세대의 정신	『문장』, 1940. 5.
비평빈곤	이원조	시민과 문학	『문장』, 1939. 1.
	이원조	비평정신의 상실과 논리의 획득	『인문평론』, 1939. 10.
	윤규섭	현계단과 문예평론― 비평 정신과 인식론적 과제	《조선일보》 1939. 1. 31~2. 5.
	안함광	독자성 없는 조선비평가: 평단은 왜 침체하는가	《동아일보》, 1940. 5. 5~26.
	서인식	문화시평: (1)시대로 향하는 정열, (2)비평부진의 원인, (3)현대와 운명의식	《조선일보》, 1939. 10. 19~26.
	윤규섭	비평의 문제	《조선일보》, 1939. 11. 7~11.
	이원조	침체, 모색의 시기― 문단 1년 보고서	《조선일보》, 1939. 12. 8.
	윤규섭	문화시평― 전환기의 문화형태, 저널리즘의 임무, 현문화의 문학화	《동아일보》, 1939. 11. 18~22.
성격론, 주인공론	김남천	동시대인의 거리감	『문장』, 1939. 1.
	임화	문예시감― 최근 소설의 주인공	『문장』, 1939. 8.
	최재서	성격의 생성과 분열	『인문평론』, 1939. 1.
고전부흥론	양주동	고가요의 어학적 연구: 총 21회 연재	《동아일보》, 1939. 7. 23~11. 16
	양주동	고전문학연구자변	『조광』, 1939. 11.
	이원조	고전부흥론 시비	『조광』, 1938. 3.
	이원조	조선적 교양과 교양인	『인문평론』, 1939. 11.
번역문학론	김광섭 외 10인	외국문학 전공의 변 : 총 11회 연재	《동아일보》, 1939. 10. 28~11. 19.

위의 목록은 좌담에서 거론되거나 연계된 당대 비평의 문맥들이다. 위의 표와 같이 개별 비평문 30편, 두 가지 주제의 기획 연재문 31편으로 그 분량만 총 61편에 달한다. 또한 실제로 좌담에 참여하지 않은 서인식, 윤규섭, 이원조, 안함광, 김동리, 안회남, 유진오, 김환태의 논의가 직간접적으로 연계되어 있음을 확인할 수 있다. 여기서 순수론과 신세대론만을 살펴보아도 그렇다. 문학사에서는 유진오와 김동리의 논의를 주요 논점으로 잡아 기술한 바 있으나 실상 당대 현장에서는 김환태, 이원조, 안회남, 서인식, 임화 등의 논의가 주요 맹점이었던 것으로 보인다. 이는 월북작가를 제외하고 초기 남한 문학사가 재편된 영향이라 할 수 있다. 이처럼 당대의 육성이 그대로 투사된 좌담 연구를 통해 우리 문학사에 결락된 부분을 충분히 상호보완적으로 복원할 수 있다.

그리고「初有의 藝術綜合論義」는 구성원을 통해 좌담의 정치성을 어느 정도 유추할 수 있다. 본사 측에서 중국통이었던 정내동과 해외문학파 일군이었던 이하윤이 좌장을 맡았으며, 좌담에 배석한 구성원은 김광섭, 김상용, 김용준, 길진섭, 이태준, 임화, 양주동, 유치진, 안석주, 서항석, 서광제, 정인섭, 최재서, 홍난파 등이다. 여기서 해외문학파와 『월간문예』및 극연구예술회 회원 범주에 속한 일원이 김광섭, 김상용, 유치진, 서항석, 정인섭 등 본사 측 좌장을 포함해서 6명으로, 총 14인 좌담구성원 중 절반에 가깝다. 그리고 여기에 리얼리즘파의 임화, 『인문평론』을 주관한 최재서, 『문장』을 주관한 이태준, 또 당시 고전문학 연구에 몰두했던 양주동을 초대했다. 영화계의 대표로는 서광제, 안석주를, 미술계의 대표로는 김용준, 길진섭을, 음악계의 대표로는 홍난파를 배석하도록 했다. 구성원만을 살펴보더라도「初有의 藝術綜合論義」는 당시 언론 및 출판계를 장악하고 있었던 해외문학일파의 문화 재편

기획이었다고 볼 수 있다.

이와 같은 토대 상황에 따라 본 연구의 주된 내용은 다음과 같이 구성된다. 첫째로, 비평 빈곤의 전제를 당대 문인들은 어떤 방식으로 공유하고 해석했는지, 또 그 안에서 기술비평으로 흐르는 비평기준론이 각각 어떻게 공유되고 있었는지 고찰한다. '비평 빈곤'이라는 자성적 상황에서 오히려 비평을 주도로 좌담회를 이끈 당대 상호 맥락을 검토하고, 이 좌담회가 문화 전반을 아우르며 가시화했던 당대의 문화사적인 전략들을 규명해 보는 것이다.

둘째로, 순수론에서 신세대론으로 발전하는 전환기 조선 문학의 주요 평문들을 고찰함과 동시에, 그간 우리 문학사에 간과했던 당대 평단의 풍조를 좌담회 육성을 통해 재구성한다. 이는 종국에는 해외문학파가 인지하고 싶었던 '순수론'과 임화가 묵과하고 싶었던 '순수·세대론'의 대칭은 역설적으로 좌담의 분위기를 화기애애한 상황으로 연출된다. 본고는 논쟁하지 않은 좌담의 이면에 여전히 논쟁 중인 순수론의 상호 맥락을 당대 유통된 평문들과 함께 고찰한다.

셋째로, 좌담 기획 주체였던 해외문학파가 고전부흥론과 번역문학론을 좌담회 안에서 호출함으로써 얻게 된 그들의 실리와 향후 우리 문학사에서 '조선적인 것'으로 기입된 '고전'의 실체가 좌담을 통해 어느 정도 해명되고 있다는 점에 주목한다. 그리고 여기서 더 나아가 배석하기는 했으나 주요 논쟁 바깥에 있었던 타 장르 예술인들의 전후 맥락과 함께, 왜 비평 빈곤의 상황임에도 불구하고 그들은 총체적으로 문화 전반의 논의를 산출해야 했는지 해명 또한 가능하다. 국외 문학의 권능이 당시 어떤 방식으로 재생산되고 굴절된 사상으로 흐르게 되었는지, 이 좌담에서 그 실마리를 찾아볼 수 있다. 그 과정에서 당대 예술인들이 암울한 시대의 '끝'과 '절망'을 가시화했던 것이 아니라 다시 '처음'과 미래적인 전망을 논하고 있었음을 고찰해 볼 것이다.

2. 비평 빈곤과 기술비평으로의 도피

앞장에서도 언술했듯이 종전 2회에 걸친 좌담회와 달리, 상대적으로 본 좌담회는 논쟁보다는 통합적 차원에서 시대 과제를 검토해 나가는 특색을 가지고 있다.[4] 무차별적 비난이나 논쟁을 위한 논쟁의 가시화보다는 진영 간의 성숙한 '대화의 장'을 열었다고 볼 수 있겠다. 그러나 부차적으로는 담론의 주체였던 이원조, 안함광 등 좌파계 논객들이 배석하지 않은 상황의 좌담이었기 때문에, 저널을 장악한 해외문화파의 관점에서 경도되어 담화가 이어진다. 그리고 호전적 논객이었던 임화가 이즈음 '신문학사' 집필에 몰두하고 있어, 임화 특유의 비판적인 태도가 다소 약화되었다는 점 또한 작용될 수밖에 없었다.

> 임화:批評의 貧困이라는것은 主로 李源朝氏에 依하야 만이 말해
> 젓고 其他 徐寅植尹, 尹奎燮濟氏에依하야 말해젓다고 생각되는데

---

4)「明日의 朝鮮文學」(1938)에서 주체 재건, 고발정신, 네오휴머니즘, 행동주의와 같은 당대 주요한 비평적 화두가 오가며 임화, 김남천이 주장하는 리얼리즘 논의에 대해 다수가 부정적 의견을 피력했다. 이 가운데 조선 문학의 미래에 관해 각자의 의견차가 목격되고 있으며 문학이 왜 '今日'이 아니라 '明日'로 수사되어야 하는지 과열 찬 논변들이 지속된다. 즉 당대 조선 문인들이 품고 있는 각자의 미래를 드러내면서 리얼리즘파 대 비리얼리즘파의 충돌로 이어지는 양상을 보인다. 마찬가지로,「新建할 朝鮮文學의 性格」(1939)에서는 그런 치열한 논쟁과 더불어 新朝鮮文學의 意義, 朝鮮文學의 新性格, 批評基準의 確立, 創作方法論 등과 같은 소제목들이 방증해주듯, 담론 설정이 어려운 상황에서도 새 담론을 상정한 느낌을 준다. 이 좌담에서는 리얼리즘파와 해외문학파의 충돌이 빈번하게 드러나고 있다.

批評의貧困이라는 말은곧批評이 旺盛치못하다는 것으로볼수잇는 一面에 이말은 또 批評情神이 貧乏하다고말할수잇는것과 또批評의 基準이 薄弱하다고말할수잇는것으로 나는 오히려여러분의 意見을 듣고 싶습니다.

……(중략)……

이하윤: 單純히 그러케만도 解釋 할수없겟지요.

정인섭: 批評의 貧困은 崔載瑞氏 方面에서 나온것같고 …… 批評의基準이 뚜렷한것이아니라면 그것은多少 批評의 貧困에 妥當할수잇으나 批評精神이 貧困한다면 그것은 또무엇이람,

최재서: 나는그러케 이야기한일 도없고, 그러케생각한일도 없습니다. 나는 批評이 貧困커녕은 도리혀 旺盛하다고 봅니다. 이즘 東京에서온 文藝雜誌를펴 보더래도 批評이 이곳만못한 느낌을 줍디다.

김광섭: 그前에는 어떤主唱 또는 어떤宣傳을 하기위하야 批評精神이란것이잇엇고 또 그것에 依한 批評基準이 잇엇으나 요새와 서는 時代的影響도 잇다고는 생각합니다마는 첫째鬪志가 없다고 보이는同時에 그속에잇는 무엇을 "캐취" 하기가 너무힘이 듭니다 따라서 그것은完全한 批評이라할수없고 다만暗示를 주 는程度에 지나지 안타고봅니다,

양주동: 在來의作品은 思想的內容을 만히 內包하엿고 또批評家들 思想的基準밑에 裁斷해왓으 나 요지음혼한 技術批評에 이르러서는 퍽으나曖昧하야 이것도 저것도 아니지요 技術批評이라 고 하더래도 좀더 正確하게 할 수잇는데 어째그런지 그까닭을 알수없드군

……(중략)……

이태준:…… 前에는 作品을 가지고 思想的으로그것이 되엇느니 아니되엇느니 꾸지람을 들엇으나 무슨 打擊같은것을 느낀일은 없엇고 한말로하면 그때批評은 이데올로기 萬能이엇지요. 最近은 分明技術批評을 하기는하야 多少우리들 作品속에 들어와우리들의 意見에도 接近해오기는하지만 亦是그저 가려운데를 긁어주는程度입니다. ……

인용한 부분에서 드러나듯 최재서를 제외한 다수가 비평 빈곤의 원인을 '비평 정신'의 결여에서 찾고 있다. 가령 종전의 비평 행위가 작품 내부에서 추동되는 작가의 "思想的內容"을 살피는 지적 활동이었다면, 현재의 비평은 단지 '기술비평'으로만 흐르고 있다는 진단이다. 비평의 기준이 작품이 산출된 정신에 겨냥되는 것이 아니라 작품의 기술적 요소에만 치중된다면, 비평 기능 자체가 상실될 것이라는 중론이다. 차라리 종래 비평에서 "主唱"이나 "宣傳", "이데올로기 萬能"과 같은 역기능적 요소가 발생한다더라도 기술비평으로는 흘러서는 안 된다는 견해였다.

즉 당대 비평의 유통 상황이 "그저 가려운데를 긁어주는程度"의 산문 행위에 그칠 것이라고 염려했던 것이다. 곧이어 서항석은 "中堅批評家"의 활동 부재를 그 원인으로 삼았고, 안석주는 대중과 결별한 작가 중심주의적 "偏僻된 批評"을 문제로 삼았다.[5] 게다가 인용하지 않은 임화의 육성에 따르면, "要컨대 批評精神이란 領導性, 指導性이겠는데 이런것들이 年來모든 評論에없는 것은 또 事實"이라고까지 언술한다.

그러나 실상 비평 빈곤의 당대 정황을 구체화한 논고는 「비평정신의 상실과 논리의 획득」(『인문평론』, 1939. 10)에서 이원조가 '비평정신이 상실된 비평이라는 난센스'에서 비롯된다. 이원조는 비평의 에스프리, 비평의 영도적 지위, 설복력과 '제3의 입장'[6] 등을 정리하는 가운데, 마치 건망증이 있는 사람이 소지품을 유실한 것에 비유하면서, "비

---

5) 인용하지 않은 부분에서 서항석과 정인섭은 비평 빈곤이 도래한 상황을 모두 좋은 작가의 부재로 인식하는 맥락이 보이는데, 예컨대 정인섭의 경우는 "作家를 혼내논다는데는 나도 贊成이야.(笑聲)"과 같은 익살을 부리기도 한다.

6) 생트 뵈브나 아나톨 등을 경유해 인상비평으로 흐르는 당대 비평의 설복력 결여 문제를 지적하며, 설복력의 결여는 종국에는 영도성의 결여라고 주창한다. 여기서 이원조는 비평가가 늘 품어야 할 '제3의 입장'을 개진하고 있다.

평의 정신이 상실했다는 것은 비평의 원리를 상실한 것"7)으로 해석한다. 즉 오늘날 우리 문학이 어느 곳으로 도달해야 하는지, 비평가의 문학적 입장과 방향은 어느 쪽으로 향하고 있는지 모두가 모르는 상태가 지속되고 있다는 것이다. 이원조는 휴머니즘과 지성론에 의탁하여 비평적 지반을 형성했던 일련의 시기조차도 이미 지나왔다고 판단한다. 그리고 그는 우리 평단에는 "권태의 다양성", "권태의 고통"만이 남겨져 있을 뿐이라 서술한다. 이와 같은 징후는 비평 정신의 수립이나 결여 이전에 이미 '시대적 논리'를 획득할 수 없는 작금의 역사적 보류에서 비롯되었다고 볼 수 있다. 작가가 작품을 생산하고 그것을 유통하는 과정에서 비평가가 '제3의 입장'을 견지하여 독자를 영도해야 하는 것이 이원조가 경험한 근대비평의 관습이라고 고백하며, 자신 또한 무엇이 '시대의 논리'8)가 될 수 있는지 아직도 여전히 모르겠다는 것이다.

여기서 이원조는 백철의 논의를 경유한다. 동아시아의 신체제에 관해 "偶然과의 友誼를 拒絕한다고 해도 現實側에서 머리를 숙이고 文學者와 妥協을 聽하는 일"이라고 칭한 백철의 「시대적 우연의 수리―사실에 대한 정신의 태도」(≪조선일보≫, 1938. 12. 2~7)를 언급하며, 조선 문예비평 내부에서 새로운 질서를 찾기 위한 자구책으로 제시한 것이다. 그런데 이는 주지하듯 일본을 맹아로 하는 신체제 가능성의 실마리가 되었던 '사실수리론'이었다. 최재서의 경우도 마찬가지다. 본 좌

---

7) 이원조, 「비평정신의 상실과 논리의 획득」, 양재훈 엮음, 『이원조 비평 선집』, 현대문학, 2013, 286쪽.

8) 이 글 말미에서 이원조는 시대 논리의 부재를 외부에서 찾을 것이 아니라, 우리의 문제로 압축해야 한다고 주장한다. 특히 "백철 씨의 「사실수리론」밖에 이와 관련된 논문이 나타나지 않았으나 동경서 문제된 「세계사론」이니 「협동체론」이 곧 우리 문예비평의 논리적 근거가 될 수는 없는 것"(이원조, 앞의 글, 289─290쪽.)이라는 언술이 그렇다.

담회에서는 "批評이 貧困커녕은 도리혀 旺盛하다고" 다수의견과 반대되는 주장을 해왔던 것과는 다르게, 이듬해 발표한 「국민문학의 요건」(『국민문학』, 1941. 11)에서는 비평 기준의 문제를 언급하면서 이원조의 논의를 "비평계의 궁상"[9]으로 취급한다. 그러는 와중에 작금 비평의 지도 원리가 관철되기 위해서는 '국민적 입장에 따른 새로운 원리'가 발견되어야 한다는 견해를 내비친다. 물론 여기서 '국민적 입장'이란, "세계사적 대전환 속에서 현대세계의 보편적 질서 창조를 위한 유일한 대안"[10]이자 '새롭게 재편될 보편 질서'의 또 다른 수사일 뿐이었다. 다시 말해, 역설적으로 비평 빈곤의 상황 지속은 담론 형성이 부재된 당대 비평가 그룹이 친일로 경도되는 논리 비약적 초석으로 작용되었던 풍조였다.

이런 풍조를 안함광은 좀 더 과격하게 평론의 치명적 불구성으로 설명한다. "'모랄'이니 지성이니 하는 말이 그나마 평단의 존재를 실증이나 하듯이 유행되고 있지만 그것도 사실에 있어서는 전혀 자립성이 없는 것들"이라면서 "흔히 쓰고 싶고 말을 쓰지 못한다는 비명을 나는 듣는다."[11]는 것이다. '지도적 문학평론'(영도성)이 생산되지 못하는 담론 부재의 상황도 상황이지만, 한 문학적 사실에 대하여 자유롭게 발언[12]하지 못하고 묵과할 수밖에 없는 세태가 '평론의 활동적 축소'를 불러

---

9) 최재서, 「국민문학의 요건」, 노상래 역, 『전환기의 조선문학』, 영남대학교출판부, 2006, 55쪽.
10) 이상옥. 「최재서의 질서의 문학과 친일파시즘」, 『우리말글』 50, 우리말글학회, 2010, 6쪽.
11) 안함광, 「독자성없는 조선비평가」, 이현식·김재용 엮음, 『안함광 선집2─ 문학과 진실』, 박이정, 1998, 193─194쪽.
12) 실제로 본 좌담에서도 비평가가 자기 말을 할 수 없는 세태를 지적하며, 김광섭은 "批評의 貧困이라고 하면 結局 할말을 다못하엿다는것이 겟는데 어쩔수없는 한現像이아닐까요."라고 조심스럽게 언변을 늘어놓는다.

왔다는 것이다. 이쯤의 상황이 되다 보니, 기술비평으로 가닿는 비평 위상의 격하는 단순한 현상(유행)이나 '선택'이 아니라, 비평가 그룹의 어쩔 수 없는 '도피'로 진단하는 것이 합당하다.

> 임화: …… 最近에 全혀技術的인것에 치우첫다는 것은 나더러말 하라고하면 모든評家들이 技術에 對(대)하야 理解하고解釋하라고 勢力하고 잇을지언정作家들 험뜨고잇는것은 아닙니다.
> ……(중략)……
> 이태준:나보기에는 오늘까지의 朝鮮의 批評은 너무나 高踏的인 感이 不無합니다. 나는도리어 小說講(설강의)하듯이 좀 仔細히해주 엇 면 作家에게도 도움이되고 讀者도 잘알어보이라고 생각합니다.

인용에서도 예증하듯, 임화와 이태준은 비평 빈곤의 현상을 타진하기 위한 하나의 방편으로 '기술비평'을 어느 정도 용인한다. 즉 '기술비평'은 영도성이 상실된 시대의식을 반영한 비평의 또 다른 필연적 거처였던 셈이다. 이는 서인식과 윤규섭의 논의에서도 되풀이된다.

서인식은 「문화시평―2. 비평부진의 원인」(≪조선일보≫, 1939. 10. 19)에서 평론의 역할은 역사적 견지를 기반으로 "정치적, 문화적 생활에 정당한 지표와 방향을 제시"해주는 것이라 정의하면서도, 그것들의 연결이 미미한 상황으로 연속될 때 기술비평으로 나아가는 것은 어쩔 수 없다고 논한다. 기술비평의 정당성을 부여한 것이다. 가령 "우리가 가능한 한도에서 표현의 '테크닉'을 연구하여야 할 것이다(이것은 물론 한계가 있는 것이다)./ 허나 이도 저도 아니고 비평정신의 涸渴[13]한 때문이라면 어찌할까?"[14]와 같은 구절들이 그렇다. 담론이 부재한다고

---

13) 枯渴의 오기.
14) 서인식, 「문화시평」, 차승기 · 정종현 엮음, 『서인식 전집2』, 역락, 2006, 106쪽.

그것을 멈추는 것이 아니라, 고갈되면 고갈되는 대로 시인은 '노래하지 못하는 세계', 평론가는 발언하지 못하는 시대의 면면들을 밀고 나가는 한 방식을 택해야 한다는 것이다.

윤규섭 또한 이와 같은 맥락에서 "우리들은 원리적 탐구에 만혼 제약을 피할 수 업는 오늘의 현실을 승인함으로써…… 우리는 당연히 비평의 기술, 다시 말하면 평론의 기술을 문제시하지 안흘 수 업는 것"[15])이라 일관한다. 그것이 '대상을 구명하는 일'이라고 표현한 셈이다. 물론 여기서 윤규섭의 대상이란 작품 세계만을 뜻하는 것이 아니라 현실 세계와 문학적 모든 현상을 총괄하는 개념으로 사용된다. 이는 기술비평을 통해 개별 작품 속에서 현현한 작가의 전망을 토대로, 충분히 시대를 견지할 또 다른 전망을 탐구해 낼 수 있다는 다소 낭만적인 개괄로 읽힌다. 그러나 윤규섭의 이러한 태도가 허무맹랑하다고만은 평가할 수 없다. 1937년 이후부터 정론 비평과 영도 비평을 내세운 카프 해체 이후 일파의 비평 경향과 예술 원론에 기댄 예술지상주의적 비평 경향 사이에서, "이제 막 비평을 시작하는 열정에 가득 찬 무명의 비평가 윤규섭이 '원칙으로서의 실천'을 거칠게 주장하는 것은 자명한 이치"[16])라고도 볼 수 있었기 때문이다. 다시 말해 윤규섭에게 기술비평의 부상이란 작가, 비평가, 독자층 모두가 원칙적 실천을 내재화하는 이상적 종착지였다고 판단된다. 그러나 이는 역설적으로 일제에 저항할 여력 없음과 이론으로 망명이라는 양자의 혐의를 피하기는 어려웠다.

종국에 윤규섭은 「비평문제」(≪조선일보≫, 1939. 11. 8)에서 기술

---

15) 윤규섭, 「현계단과 문예평론― 4. 비평정신과 인식론적 과제」, ≪조선일보≫, 1939. 2. 5.
16) 권유리아, 「1930년대 윤규섭 비평의 다혈질적 원칙주의 연구」, 『국어국문학』 131, 국어국문학회, 2009, 314쪽.

비평에 대한 입장을 예각화하며, 기존의 논의를 변경한다. "비평의 기술만을 전면에 내세운다는 것은 비평 자체에 잇어서도 일면적일 뿐만 아니라 급기야는 작품까지도 기술주의의 편향에로 떠러트리는 경향을 이루게 될 것이다."[17]라는 구문들이 그러한데, 물론 이 또한 임화와 이원조 등 리얼리즘론자들의 영도 비평을 비판하는 과정[18]에서 입장을 바꾼 것이라서, 윤규섭이 줄곧 유지하고 있던 '프로문학에 대한 강한 거부감의 표출'[19]로 읽힌다. 그러므로 윤규섭이 논한 기술비평에 대한 귀의는 일종의 비평으로 통환 실천 강화로 인지할 만하다. 그러나 "실천을 현실에 대한 다양한 교섭 가능성으로 이해하지 않고, 실천을 의심이 필요 없는 당위로만 여기는 다혈질적 원칙주의에는 분명한 한계"[20]가 있었다. 게다가 그러한 기술비평을 통한 담론 창출의 구체적 실천 방안은 줄곧 부재되고 있어, 윤규섭 또한 이 시기 기술비평으로의 도피를 용인했다고 평가할 수 있다.

3. 세대론이자 순수론인 明日의 문제

임화는 「신인론: 그 서장」(『비판』, 1939. 2)과 「소설과 신세대의 성

---

17) 윤규섭, 「비평의 문제」, 최명표 엮음, 『윤규섭 비평전집1— 인식과 비평』, 신아출판사, 2015, 187쪽.

18) 윤규섭은 같은 글에서 이원조의 '제삼 논리의 문제'를 "사회의식은 일단 퇴장한 후부터는 평론은 의거할 곳을 일코서 고백적인 또는 해설적인 비평이 되고 말엇는데, 사람들은 이러한 평론의 현상을 비평 정신의 상실이라고 지칭햇다는 것"(윤규섭, 위의 책, 189쪽.)이라고 비판한다. 즉 이원조가 가시화햇던 제3의 입장과 설복력의 근간은 시대 의식내지 사회의식이라는 것인데, 그런 영도성이 짙은 비평 기능은 이미 퇴장한 프로비평이라는 것이다.

19) 전승주, 「1930년대 순수문학의 한 양상」, 『상허학보』 3, 상허학회, 1996, 385쪽.

20) 권유리아, 앞의 글, 318쪽.

격」(≪조선일보≫, 1939. 6. 29~7. 2), 「시단의 신세대: 교체되는 시대 조류」(≪조선일보≫, 1939. 8. 18~26) 등을 발표하면서, 본격적으로 세대론에 천착한다.[21] 신인의 본질을 "문예적인 '새것'"으로 두고, "명일의 조선문학이 어떠한 방향을 걸어갈 것이냐는 문제와 동일한 것으로, ······ 신인들의 여러 가지 각도와 방면에서 수행되는 창조적 모험을 통하여"[22] 다음 세대의 조선문학을 전망하려고 했던 것이다. 특히 여기서 임화가 집중했던 부분은 "구시대의 여운"이 여전히 드리워져 있는 소설보다는 시단의 신세대에 주목[23]했는데, 그 일군의 신인들은 오장환, 김광균, 윤곤강, 함윤수 등이다. 그러나 "한 시대가 완전히 종언 終焉을 고한"[24] 임화의 찬사[25]와는 별개로 당대 문단에서는 신세대와 구세대 간의 인정 투쟁이 촉발되고 있었다.

---

21) 임화 논의 이전에 개최된 「신진작가 좌담회」(『조광』, 1939. 1)에서 신진작가들은 평론가들의 무능과 권위의식에 관해 과열 찬 비판이 있었고, 이는 30대와 20대 작가들의 헤게모니 싸움의 전초가 되었다.

22) 임화, 「신인론: 그 서장」, 신두원 엮음, 『임화예술문화전집3 문학의 논리』, 소명출판, 2009, 373쪽.

23) 좌담에 참여하고 있는 최재서의 경우, 「신세대론」(≪조선일보≫, 1939. 7. 6~7)에서 "사회정세가 일변하여 일반이 신세대출현을 대망할 뿐이지 신세대는 형성되지 않았"다고 평가하면서, 임화의와 달리 기성을 부정하는 신세대가 아니라 기성을 계승하는 진보적 맥락의 신세대를 요청한다. 그러나 이는 보수적이며 주지적인 입장에서의 문단 내적 진보라고 할 수 있으며, 실제로 최재서의 이런 진보는 국민문학론의 초석이 되었다.

24) 임화, 「시단의 신세대: 교체되는 시대 조류」, 앞의 책, 388쪽.

25) 임화는 특히 시단에서 오장환의 출현에 주목한다. 임화는 오장환이 『헌사』에서 보여준 서정은 '회귀하지 않는 시대' 모습을 현현함과 동시에, 다음 세대의 정신적 방향이 드러난다고 평가하고 있는 있다. 이는 "새로운 시대의 핵심으로서 오장환이 존재했기 때문에, 이전의 '경향파'와 '기교파'의 일면을 계승한 윤곤강과 김광균 또한 시단의 신세대"(장문석, 「임화와 김기림의 1940년대 전후」, 『한국문학과 예술』 12, 숭실대학교 한국문학과예술연구소, 2013, 57쪽.)로 그 역할이 이어질 수 있었다는 세대론의 초석이 된다.

정인섭:純粹藝術論은 지금 朝鮮文壇에 두가지로 나누어잇다고봅니다. 하나는 安懷南氏一派가 主張하는 그야말로 純粹藝術主義와 또하나는 새로 兪鎭午氏가 主張하는 純粹藝術論인데 安懷南氏의 그것은 무슨새로운 것이아니라 그前부터 말해오던 純粹藝術, 곧 在來 傾向的인 作品에對立하야 作品을 純粹藝術로 만들어쓴다는것이고 兪鎭午氏의 그것은 오늘의二十代作家는 三十代作家와같이 苦悶을 격지못하였으니 幸福인同時에 그나아갈길을 "리얼리스틱"한길로 하라는것입니다.

이태준: 그것은 純粹藝術論이라 고하기에는 너무 동떨어저 잇는 것이 아닐까요. 리얼리즘論이 아닐까요.

……(중략)……

김광섭: 그러기에 아까 李泰俊氏가 明年에도 純粹是非는 重要한 課題라고 말한듯합니다. 나도 거기에 同感입니다마는 그 實은 純粹藝術을나키가 도리어 傾向的인것보다도 어려웁다고 봅니다.

양주동:何如間 純粹藝術이 朝鮮 文壇에서 盛論되고, 또 앞으로 作品이 그러케될것은 必然的事實로될것이나 그러타고 西洋의 것이나 模倣하는데 그치지말고 朝鮮이 가지는바 特色잇는것을 가졌으면합니다.

……(중략)……

임화:新世代論은 寫實내가 만히 썻습니다. 그러나 그러케 무슨 큰意圖밑에 써진것은 아닙니다 곧 "로렌쓰"가 말하는것같은 그런 새世代는 아닙니다. 다만新世代的인 傾向이라고 말할까요. 아무런 내意圖와는 다른意味에서 너무擴大해본것들만은 事實입니다. 要컨대 나는世代를 가량五年乃至十年이란 것으로 間隔을두어가지고 그것을보앗고 또新世代라고 그저 한두번題目을 붓처본것뿐입니다. 따라서 現代朝鮮의 二十代作家가 大體무엇을 생각하고잇는가를 한번 알아본것뿐입니다. 그러므로 무슨새世代가 形成됏다든가, 또는왓다든가하는말은 숯혀아닙니다.

인용 부분 서두는 정인섭과 이태준이 순수논쟁을 오인해서 읽은 부분이다. 이들은 안회남의 순수론과 유진오의 순수론을 구분하면서 안회남은 예술원론의 차원에서, 유진오는 리얼리즘론의 재생산을 방점으로 논의를 전개했다고 논변하고 있다. 그러나 실상 이런 해석은 사실과 다르다.26) 당시 동반작가로 분류되었던 유진오의 논점이라는 것에서 오독이 일어났다고 밖에 볼 수 없는데, 「'순수'에의 지향― 특히 신인 작가에 관하야」(『문장』 11, 1939. 6)에서부터 촉발된 세대 간의 이순수 논쟁은 "三十代 作家의 不幸과 新人의 幸福"27)이라는 논제와 궤를 같이 한다.

　　유진오에 따르면 당시 기성이었던 30대 작가들은 세계사의 격변과 '세상의 문단적 반영'을 몸소 체험하면서 자기 분열을 겪고 그를 토대로 본질적인 인간 옹호의 정신을 획득해 간 불행한 세대로 명명한다. 그에 반해 신인 작가 그룹의 경우는 모든 "文學上의 主義와 主張을 拒否하는 態度"28)로 일관하면서 비평적 혜택을 좀처럼 받은 적이 없고, 비평에 대한 불신을 키워 명확한 문단적 경향을 만들어내지 못하는 세대로 평가한다. 즉 신인에게는 일종의 '시대적 반영'이라는 것이 결여됐다는 것이다. 물론 이와 같은 부분에서 신인들에게 "그나아갈길을

---

26) 고봉준은 순수논쟁과 세대론쟁을 "구세대와 신세대 간의 감정적 논쟁이나 저널리즘적인 성격으로 이해"하거나, "생물학적인 연령에 근거한 문단의 인적쇄신"으로 볼 것이 아니라 "주류적 이념의 변화라는 시대의 요청이라는 측면"에서 이해되어야 한다고 강조한다.(고봉준, 「일제말기 신세대론 연구」, 『우리어문연구』 36, 우리어문학회, 2010, 531쪽.) 파시즘 체제로 경도되는 과정에서 문단의 주류 변화로 이해해야한다는 것이다. 실제 이 시기 순수·세대론은 서인식, 김오성 등에 의해 신세대론으로 규합되면서 신체제론으로 둔갑한다.

27) 유진오, 「'순수'에의 지향」, 권영민 엮음, 『한국현대문학비평사 자료Ⅴ-1』, 한국학술정보(주), 2004, 82쪽.

28) 유진오, 위의 글, 83쪽.

"리얼리스틱"한길로 하라는것"과 같은 인상을 내포하기는 하지만, 이 논의 말미에 유진오는 '순수'의 절실함을 요청하면서 마치 당대 신인 작가들을 문학적 순수성이 없는 그룹으로 격하한다.

이에 김동리는 「'純粹'異義―兪씨의 왜곡된 견해에 대하야」(『문장』 7, 1939. 8)에서 유진오의 입장을 조목조목 비판하는 가운데, "「純粹」 야말로 이미 眞實한 新人 作家들이 劃然히 獲得한 自己들의 世界"[29]이 며, 순수와 같은 추상적 잣대로 신인을 '무성격'과 '무의지'를 가늠한다 는 것이 변설이라고 주장했다. 그리고 이에 덧붙여 현재 신인들을 "旣 成作壇에 對立할 새 性格을 가진 者"[30]라 평가한다. 구체적인 작가나 작품을 거론하여 예각화하지는 않았지만, 종국에는 유진오가 기성 문 단의 입장을 대변했다면, 김동리는 신진 그룹의 미래를 논변한 셈이다.

물론 여기서 그쳤다면, 좌담에서 세대·순수론을 지칭하며 "純粹是 非는 重要한 課題"라든가, "純粹藝術이 朝鮮 文壇에서 盛論"이 되고 있 다는 징후 고찰[31]을 하지 않았을 것이다. 유진오, 김동리의 논쟁에 김

---

29) 김동리, 「순수이이」, 권영민 엮음, 『한국현대문학비평사 자료Ⅴ―1』, 한국학술정 보(주), 2004, 149쪽.

30) 김동리, 위의 글, 151쪽.

31) 좌담 배석 문인들은 순수 논쟁과 세대론의 연관성을 인지하고 있는 가운데, 논의를 이어가기도 하지만 이미 기성이 된 입장에서 유진오의 논의 촉발보다는 안회남의 예술 원론적 순수를 옹호하거나 중시하는 태도를 보인다. 그러나 이런 모습은 좌담 대다수 구성원이 해외문학파였다는 것과 관련된다. 이들은 이미 1930년대 초반부 터 "장르 선택과 순문예지의 창작, 극예술연회의 창립과 연극활동으로 이어지는 미디어적 실천"(이혜령, 「동아일보와 외국문학, 해외문학파와 미디어」, 『한국문학 연구』 34, 동국대학교 한국문학연구소, 2008, 378쪽.)을 가속화하고 있었고, 미디 어 영역에서 자신들만의 지면과 독자 확보를 이미 이루어 문단에서의 지위를 확보 하고 있었다. 이는 예술 원론의 옹호와도 관련되는데, 경향파 퇴장과 기교파 쇠퇴 는 해외문학파의 문단 내 권역을 확보하기 위한 정치적 기회가 되었고 예술 원론과 순수주의의 옹호는 이를 뒷받침할 수 있는 명문 요소들 중 하나로 작용되었다. 해 외문학파가 '문학연구자'에서 조선 문단의 현장의 평론가, 미디어의 기획자로 탈바

환태와 이원조가 참여하면서 이 논의는 순수의 개념보다는 세대론에 대한 각자의 입장으로 드러나게 된다. 우선 김환태는 김동리를 옹호하고 나선다. "「비문학적 야심과 정치와 책모」에 있어서 기성작가가 결코 신진작가만 못하지 않을 뿐 아니라 「문학정신만을 옹호하려는 의열한 태도」에 있어서 도저히 신진작가의 그것을 따르지 못하리라고"[32] 언술하며, '순수'라는 충고는 신인이 아니라 기성에게 해야 할 충고라고 반박한 것이다. 또한 김환태는 어떤 '―주의'에 기대어 창작하는 작가를 순수하지 않은 그룹으로 명명하고, 이태준, 박태원, 정지용 등은 별다른 주의를 주장하지 않아도 충분히 좋은 작품을 제출하고 있다고 평가하고 있다. 작금의 신인들 또한 어떤 '―주의'에 휩쓸리지 않은 대신 '표현적 감각'을 형상화하는 데 성공[33]했다고 판단한다.

이원조의 경우는 오히려 기성의 편에 서서 김환태를 비판한다. 그러나 유진오가 제기한 최초의 '30대 작가의 불행과 20대 작가의 행복론'에는 동의하지 않는다. 30대 작가들이 '사상적 고민'과 '문학 세계의 빈공에 대한 공허감'을 표출하고 있다는 것은 현상적으로 동의할 수 있는 부분이지만, "모든 사상을 다 받아들이려다가 아무것도 못 받아들인 것은 방법의 실패일는지는 몰라도 그것이 문학적으로 순수하지 않다고 할 이유야 어디"[34]있겠냐는 것이다. 그리고 이태준, 박태원, 정지용이 얼마나 순수한 문인인지는 모르겠으나 "순수란 문학상의 모든 주의와

꿈되는 과정도 이와 같은 상황과 동류하는 과정이라 볼 수 있다.

32) 김환태, 「순수시비― 문예시평」, 『김환태 전집』, 문학사상사, 1988, 138쪽.

33) "이루 다 헤아릴 수 없는 뭇 주의가 그들의 곁을 휩쓸고 지나갔으나, 그들은 그것들에 동요되지 않았다. 이에 우리는 그들의 작품 속에서 심각한 사상적 동요를 볼 수는 없다. 그러나 그들의 강렬한 표현적 노력은 그들의 관조적 감상과 세태적 관찰과, 칼날 같은 감각을 형상화하는 데 성공하였다." 김환태, 위의 글, 139쪽.

34) 이원조, 「순수란 무엇인가?」, 앞의 책, 37쪽.

사실을 거부"35)하는 것으로 가혹하게 한정하는 것은 문학과 문학가의
세계와 관계를 축소시켜 인지할 소지가 있다는 것이다. 아울러 '인간
본성'을 탐구하는 것이 문학이 할 일인데, 문학 장에서 유통되고 관계
되는 모든 관습과 징후들을 배제한 채 순수의 유무로 시인, 작가를 판
별하는 것은 매우 위험한 잣대라고 볼 수 있다고 주장했다.

이처럼 1939년에서 40년 초입까지 제기된 세대 · 순수론은 큰 맥락
안에서 김동리와 김환태의 견해는 유사했다고 평가할 만하며, 이원조
의 경우는 순수론과 세대론을 함께 고려하는 태도를 지양해야 한다고
주창한 논쟁이었다.36) 물론 이 시기 안함광37), 서인식38)의 논의가 제
출되기도 하지만 논쟁의 현장성보다는 후발적인 정리에 인상이 강하
며, 상대적으로 주목도가 낮았다. 좌담 안에서도 해외문학파 일군들은
유진오부터 이어지는 세대 · 순수론를 직접 호명하기보다는 순수예술
원론적 차원에서의 순수 옹호로 담화를 지속했다. 인용한 바와 같이 임
화는 직접적 개입을 지양한다. 오히려 "新世代라고 그저 한두번題目을
붓처본것뿐"이라든가, "現代朝鮮의 二十代作家가 大體무엇을 생각하
고잇는가를 한번알아본것뿐"이라는 답변처럼, 해외문학일파들의 순수
옹호와는 의도적으로 거리를 두고 있다. 이런 무력한 태도는 임화 입장

---

35) 이원조, 위의 글, 305쪽.
36) 류양선의 경우는 구세대(유진오, 이원조)와 신세대(김동리, 김환태)의 대결로 작가
    대 작가, 평론가 대 평론가의 구도로만 해석(류양선, 「세대-순수논쟁과 김동리의
    비평」, 『진단학보』 78, 진단학회, 1994, 409-412쪽.)하는데, 실제 논의에서는 이
    원조가 순수론을 전면적으로 옹호한 것은 아니다.
37) 안함광은 「순수문학시비」(≪조선일보≫, 1940. 6. 1~5)에서 조선문학의 발전 과
    정 중 사상적 기복의 한 층위로 명명하며, '순문예'를 둘러싼 추상적 논의에 원리적
    척도를 부여하는 것은 지양해야 한다고 주장했다.
38) 서인식의 경우 「세대의 문제」(≪조선일보≫, 1939. 12. 1)에서 '신세대'의 독특한
    체험이 기성층과 자신들의 세대를 구분해내는 지표가 되어야 할 뿐 순수시비의 문
    제는 별 건으로 취급할 것을 요청한다.

에서 순수론과 세대론을 굳이 연관시켜 순수성 부정이라는 오인 유발을 피하고 싶었던 것이다. 그리고 실제로 임화는 소설의 신세대보다는 시의 신세대로 '기성의 종언'을 주장[39]했고, 정체된 전환기 평단의 새로운 활로를 개척하고 싶었을 뿐이다. 무엇보다 진영/사상 중심의 비평이 쇠퇴된 문단 풍조에서 유일한 탈출구로 (모더니즘의 강화를 통한) '세대론'을 주창한 임화의 입장에서는 실상, 리얼리즘론과 같은 사상 개입을 부정하는 예술 원론 차원에서의 순수 논쟁은 수고로울 수밖에 없었다. 왜냐하면, 신세대와 기성 간의 '순수'의 경중으로 세대론이 전환되는 순간, 임화식 리얼리즘론이나 모더니즘의 부활과 같은 '-이즘'이 개입된 헤게모니 전략 또한 부정당하기 때문이다. 이처럼 좌담에서 세대 · 순수론은 임화에게는 '거리 두기', 해외문학파에게서는 '오독 하기'으로 윤색되었다. 그러나 진영마다 시대적 전환을 요구하는 상황에서 향후 조선 문단 변혁의 징후로써 기여한 논쟁이었다고 평가할 수 있다.

4. 고전부흥론과 번역문학론의 양립

'비평 빈곤'과 '세대 · 순수론' 이후 좌담은 창작계 동향을 살피는 방향으로 전환된다. 이에 소설에서의 '性格論 논의'와 '期待되는 詩論'에 관한 논의가 좌담 중 보충되지만, 이 또한 시대를 대표하는 소설론과

---

39) 나민애는 임화의 신세대론을 두 문학정신의 충돌로 명명한다. "임화가 김기림은 모더니즘의 정수로 회귀할 것을 주장하면서 모더니즘의 지속적인 변화와 성창을 확신"(나민애, 「모더니즘의 본질과 시의 본질에 대한 논리적 충돌」, 『한국현대문학연구』 32, 한국현대문학회, 2010, 403쪽.)하는 가운데, 정지용과 『문장』지가 지향하는 '예술성 옹호'를 기반으로 한 문학정신과 대결하는 구도라는 것이다. 실제로 기교논쟁에서 김기림과 대립각을 세우던 임화는 이 시기 김기림과 비평적 화해를 시도한다.

시론의 부재 상황이라는 탄식으로 일관된다. 여기서 성격론의 경우 최재서가 ""無情"의 主人公 李亨植같은 時代를 代表한 성격"이 없는 것이라고 문제 삼으며, "大衆小說도 한 十萬部" 팔리는 시대가 도래해야지만 조선 소설이 설 자리가 있을 것이라는 인상을 내비친다. 물론 이는 신문연재소설이나 세태소설, 대중소설로 범위를 한정해서 논한 부분이다. 최재서는 조선의 소설 작품 자체를 격하하는 가운데, 그럼에도 소설에서는 새롭게 무언가를 하려는 움직임이 있다는 주장을 하고 있었으나, 명확한 전망을 제시하지는 못한다. 이에 임화는 "곧죄다 "스토리小說""를 양산하는 현상에 대해 비판[40]하기도 하지만, 정내동이 "朝鮮의 文學大衆이 꽤높은 水尊"에 닿고 있다는 평가로 중재를 시도해, 논쟁의 깊이를 더하지는 못하고 있다.

이와 더불어 '期待되는 詩論'에 관한 주제에서도 앞선 논쟁의 정리/복기 차원의 논의였다고 볼 수 있다. 근년에 왕성한 시단에 활동이 있었으나, 그것은 신세대 그룹이라 명명된 일부 시인들의 몫이었을 뿐이고, 이에 대한 적실한 시론이 보충되지 않으니 이 또한 침체라는 것이 좌담 배석 문인들의 중론이었다. 가령 양주동은 춘원, 요한, 파인, 지용 등을 거론하며, "나는 新世代를 歡迎하지안습니다. 내가 면 그저 구수하게할까"[41]와 같은 말로, 순수론과 다른 차원에서 신세대론을 비판한

---

40) 이 시기 임화는 「최근소설의 주인공—문예시감」(『문장』 8, 1939. 8)에서 소설은 인물의 예술이라는 것을 강조하면서, 김남천과 한설야 등의 근작을 해석한다. 이 논고의 골자는 본격소설이 지녀야 할 덕목은 인물의 운명을 통해 "사회에 대한 평가와 인식의 관념"(임화, 「현대소설의 주인공」, 앞의 책, 325쪽.) 드러나야 한다는 것이다. 이와 같은 견해는 사상성이 감퇴된 세태소설의 스토리나, 묘사, 성격 중심의 특징을 비판하는 것이다. 임화는 조선의 소설이 나아갈 길은 "행위하는 성격이 아니라, 생활하는 인물"(임화, 위의 글, 336쪽.)이라고 전망하고 있다.
41) 이 발언 서두에서 양주동은 "新世代論은 무엇이 基準이잇는지 모르지마는"과 같은 언사를 사용하면서, 신세대와 구세대로 나누는 기존의 논의 자체를 부정한다.

다. 물론 여기서도 임화는 소설은 새로움을 추구하고, 시는 새로워지지 말아야 한다는 말이냐고 논쟁을 시도[42]하지만, 이 또한 좌장과 논객들의 후술 논의로 인해 저지당하고 만다. 이처럼 좌담에서 임화의 인정 투쟁은 무력하게 정리된 형국이었고, 앞선 좌담 논제들의 상황과 마찬가지로 신세대 시인에 관한 구체적 논의를 쏟아내지는 못한다.

그런데도 이 중에서 주목해야 할 부분은 '고전'에 관한 범주 설정과 배석 문인들이 생각하는 '고전'의 범주와 '번역문학'을 중시하는 태도이다. 해외문학파 일원들은 의도적으로 좌담 주제를 '고전'과 '번역문학'으로 연달아 포진시키면서 1939년 좌담에 이어 40년 좌담까지 '고전부흥'을 매개로 한 '번역문학'의 중요성을 강조했던 셈이다.

> 정인섭: …… 古典에屬하는 作家를研究함에잇어 세가지로 分析할수잇는데 한가지는 言語學的研究이고 다른두가지는 文學的, 思想的研究라하겟는데 梁柱東氏는 나보기에는 言語学的인곳에만 끄치고만것같은데 앞으로 누구든지 學者의良心, 例하면 梁柱東氏같이 좀더 眞智한學究的인무엇이나와 朝鮮文壇에 言語學的으로또는 文學的으로 思想的으로 큰 도움이 되엇으면 여간조흔일이 아닐것입니다. ……(문학적이라는 것은—인용자) 古典을 다만어떠케읽는다든지 解釋하는 그런것만이아니라 우리가 그古典속에서 發見할수잇는 어떤무엇,곧 時代를 代辯한 思想이라든가또 그와같은 文學思想을 말함입니다.
>
> 이하윤: 제가말한 古典은 朝鮮古典만에 限해서가 아닙니다.

---

42) 명확히 이야기하면, 임화는 "작금간의 사태를 시는 벌써 극한에서 첨예화한 것이다./ 이 사실은 소설 상의 새 세대의 초라한 지위를 또한 규정하고 있다. 소설의 신세대가 아직 일선상一線上에 두각을 내밀지 못하고 있음은 결코 기술이 부족해서가 아니다."(임화, 「시단의 신세대」, 앞의 책, 389–390쪽.)라고 진단하며, 소설보다는 시에서 두드러진 세대론 교체가 이루어지고 있다고 판단했다.

……(중략)……

　양주동: 古典研究에關해서는 李源朝氏가 쓴 論文[43]도 퍽具體的
인것이엇읍니다. 古典研究란 덮어놋코 조흔것마는 아님으로愼重히
하지안흐면아니됩니다. …… 사람속에 古典이 살아야겟는데고전속
에 사람이산다는것은 大不贊成입니다. 아까鄭寅燮氏의말슴대로나
는 古典研究를 言語學的으로한데 不過하니까 初步的이라하겟지요.
그다음 文學的인데까지파들어가야겟는데 아직 言語學的인데서도
完全히 못끝내고文學的인것은먼將來일이지요

　김광섭: 古典研究라는것은 朝鮮것만아니라 外國것이라도 때로는
얼토당토아니한것이 나타나는때가 잇으니 이것은 어찌되는 까닭일
까요. 그리고 古典研究라고 言學的인 註釋에만 그치고마는것이잇으
니 이래서 는 古典研究가 進展될것까지 疑心이됩니다. ……古典復
興은 別것이 없을 것입니다, 學者들이 만히研究하고 또 그研究한바
를 發表하는同時에 어러운 原本을 平易하게 읽도록해주는데서비롯
오 古典復興이 잇을것입니다.

　인용한 부분은 양주동이 1939년 6월부터 11월까지 51회차에 걸쳐
≪동아일보≫에 연재한 「고가요의 어학적연구」를 대상으로 논평한 대
목이다. 이에 정인섭은 어학적 층위뿐만 아니라 문학적인 접근이 필요
하다고 다그치고 있다. 이 말에 골자는 고전을 주해하는 차원뿐만 아니
라, "우리가 그古典속에서 發見할수잇는 어떤무엇,곧 時代를 代辯한 思
想이라든가또 그와같은 文學思想"을 호출해 와야 한다는 정치적 입장

---

43) 임화나, 김남천과 달리 이원조는 매우 온건한 입장에서 고전부흥론을 고찰한다.
　"모든 것이 결정되지 않은 시대…… 운명적 심판을 목전에 두고 초조와 불안과 동
　요와 중압을 느낄 때 역사는 지나간 역사적 사실을 새로 보려 하고 문학은 고전에
　돌아가려 하는 것은 당연한 역사적 심리"(이원조, 「고전부흥론 시비」, 앞의 책, 23
　쪽.)라고 고전부흥론의 필요를 지지하면서도 고전을 고찰함에 있어, 새로운 방법이
　부재한다면 "역사적추수주의나 복고주의에 전락"(이원조, 위의 글, 239쪽.)되고 말
　것이라고 양자적 견해를 모두 수용하는 태도를 보였던 것이다.

인 것이다. 주지하듯 1930년대 중후반 고전부흥의 기획은 식민지 현실 속에서 새로운 전망을 품기 위한 '조선적인 것'의 의식적 발현이자, 서구와는 구별되는 '조선학'의 개념 정립을 위한 근대 초극의 논리였다.44) 서구라는 세련된 보편과 서구 몰락 이후 일본의 자생적/제국주의적 대동아권의 보편을 동시에 목격했던 식민지 조선의 지식인 그룹은 '조선학'에 대한 욕망을 표출함으로써 조선의 특수성을 확보하려고 했다. 그러나 "식민제국 일본과의 대립에 의해서만 성립할 수 있는 '조선적인 것'에 대한 욕망은 근원적으로 자기 모순적인 성격을 내포"45)할 수밖에 없었고, 이러한 조선에 대한 각성은 철저히 제국주의적 감독망 아래에서 관리되었다.

이 좌담에서의 고전부흥 또한 저널리즘 상에서 나타나는 해묵은 논제이기도 했지만, 과거의 유산에 대한 재인식을 촉구하는 맥락만큼이나 세계의 고전을 이해하는 안목 필요의 차원 또한 같이 요청된 것으로 보인다. 가령 정인섭의 '문학적인 접근 방식의 요청'이 그렇고, 이하윤이 "古典은 朝鮮古典만에 限해서가 아"니라는 논변이 그렇다. 조선의 고전연구가 조선이라는 국면에 한정한다면 그것은 보편이 될 수 없다는 사대주의적 상념이 서구 고전 또한 외래적인 시각이 아닌 아카데믹의 차원에서 탐구해야 한다는 길항작용으로 성립된 것이다. 이는 기초 수준에 머문 조선학을 위해서는 역설적으로 외국문학에 대한 친연성

---

44) 황종연은 이에 관해 다른 평가를 내린다. "고전부흥의 열풍이 날아간 곳은 고전의 …… 젖어 자족하는 딜레탕티즘의 세계"(황종연, 「1930년대 고전부흥운동의 문학사적 의의」, 『한국문학연구』 11, 동국대학교 한국문학연구소, 1988, 224—225쪽.)라 평가한다. 고전적인 것이나 조선적인 것의 사유화 현상으로 『문장』지가 창간을 꼽으며, 그 절정에 이르렀다고 본 것이다.
45) 김병구, 「고전부흥의 기획과 조선적인 것의 형성」, 『민족문학사연구』 31, 민족문학사학회, 2006, 24쪽.

을 보여야 하며46), 타자로 삼았던 서구, 일본의 형식을 모방하여 '조선적인 것'을 재탐구할 수 있다는 그릇된 믿음으로 탈바꿈된다. 주지하듯 이런 토대 위에서 조선학은 일본의 지방적인 것으로 취급되었고, 추후 국민문학론의 가능성으로 발전해갔다. 이어지는 번역문학에 대한 담화에서도 이러한 속성은 그대로 드러난다.

최재서: 洋書輸入의困難은 우리의 想像以上의 그것입니다. 帝大圖書館에 가보니 "써플리멘트"가 九月까지 오고 아직도 오지아니하엿읍니다. 外國新刊을 읽는다는 것은 主로 雜誌와 新作에서 그들의 動向을 알려는 것입니다. 그러케되고보면 求하기쉬운旣刊中에서 作品을本位로삼아硏究할수밖에엇겟지요.…… 何如間飜譯이라고하면 큰 것을 해야겟는데 例하면 쉑스피어의 四大悲劇도좃코 또괴 l 테의 詩도좃코 좀그런 것들이 잇으 면합니다. 伊太利에도 外國것 들의翻譯이 盛行된다합니다. 그리고 요새東京에서오는 出刊物을보면 描譯物이 相當한 파센테지를占領하고잇더군요. 朝鮮에도 飜譯이相當히 需用될터인데 아무래도 創作과는 竝行이안 됩니다.
……(중략)……
정내동:于先翻譯도 만코볼것입니다. 어떤때는 飜譯이 創作보다 讀者가 만흔수가 잇읍다. 中國에서본 現象인데 創作을 제처놋코 읽는일이 만습니다
최재서: 亦是 問題는 늘 飜譯이잘 되엇느냐 못되엇느냐는데 잇지요. 飜譯이 그實 創作창작보다 어렵습니다.

---

46) 임화는 고전부흥 논의에 참여하지 않고 묵과한다. 주지하듯 임화는 이식된 서구 문학을 거울로 해서 우리 문학의 현실을 고찰하자는 논의는 동의하지만, 고전부흥은 비판한다.(박성준, 「1939년 조선문학 살롱—「新建할 朝鮮文學의 性格」에서 제기된 '건설'의 논제와 '전망'」, 『한국문학이론과 비평』78, 한국문학이론과비평학회, 2018, 168-169쪽 참조) 김남천, 이원조 등도 리얼리즘계 논자 대부분이 이런 태도를 취하는데, 그것은 이데올로기적으로 '반동적 복고주의'를 부정했기 때문이다.

인용한 부분 또한 실상은 ≪동아일보≫ 좌담에서뿐만 아니라 1930년대 후반 문단에서 반복적으로 등장하는 논제였다. "于先翻譯도 만코 볼 것"이라는 태도나 최재서가 "外國新刊을 읽는다는 것은 主로 雜誌와 新作에서 그들의 動向을 알려는 것"이라든가, "飜譯이잘 되엇느냐 뭇되엇느냐"를 논하는 태도는 더 이상 새로운 것이 아니었다. "飜譯이 그實 創作창작보다 어렵"다는 최재서의 고백에서도 미루어 보건대, 이미 그 스스로가 영문학 전공이자 번역을 겸하기도 했었고, 그의 비평을 지탱하고 있던 주지주의 문학관도 다분히 서구문학으로 경도되어 있었다. 게다가 좌담에서는 번역문학이 동경 제대 도서관까지 운운하며, 교육적 콘텐츠로 충분히 활용되지 못하는 작금의 상황을 비판하고 있었던 것이다.

근대 초기부터 해외문학 번역이 전무했던 것은 아니지만, 1920년대 후반 해외문학파의 국내 진출과 함께, 출판 미디어 장악이 이루어지면서 개별 언어권의 전문 번역가/ 연구자들이 등장했고, 이들이 모두 문단 내부의 중심 권력으로 부상해나간 것이다. 물론 번역문학 융성의 관점에서는 조선 문학 내 외국문학에 대한 입체적인 시선이 확보가 이루어진 진보 과정이라고 평가할 만하지만, "식민지 약소국의 지식인들은 결국 국제사회라는 보다 상위의 권력관계에 의해 자신들의 운명이 좌우됨을 분명히 인식하는"[47] 계기가 되었다고도 볼 수 있다. 아울러 이들이 잡지와 신문에 관여하면서 작품 청탁 및 선고권을 쥐고 조선 문단의 헤게모니를 장악함과 동시에 신인들의 등용 과정도 관여하게 된다. 그러니 "해외문학파는 세계문학에 대한 문학 청년들의 열정을 아카데

---

47) 서은주, 「1930년대 외국문학 수용의 좌표─세계/민족 문학」, 『민족문학사학연구』 28, 민족문학사학회, 2005, 49쪽.

미의 성역 안에서 집단화한 것"[48]이라고 볼 수 있겠다. 다시 말해 '고전부흥'과 더불어 번역문학의 부흥을 함께 지향하면서, 명확한 전망과 주목되는 문예적 사상이 견지되는 않는 가운데, 해외문학파는 자신들의 비전을 저널을 통해 재생산해 내고 있던 것이다.

덧붙이자면, 좌담 말미에는 다채로운 주제들을 함께 다룬다. 극단이합의 문제와 신극본 부재의 문제, 영화 연출이나 음악 연구에 본격 연구의 부재의 문제, 화단에서의 −이즘 성행 현상 등 조선 문단 내부 논의보다는 문단 외 다른 예술 분야에서의 제반 문제들을 주제로 담화를 이끌어 나간 것이다. 특히 이 부분에서 예술계 전반을 검토하겠다는 ≪동아일보≫의 기획력이 강하게 드러나기는 하지만, 실상 타 장르 예술계의 경우는 동향을 살피는 수준에서 그친다고 볼 수 있다. 대부분 각 예술계의 현실의 문제와 아울러 '명일(明日)에 나아갈 길' 등을 소략하게 살핀 담화들인데, 각 계 한두 명의 명사를 불러두고 의견을 청취하거나 진보/발전해 나아가야 한다고 격려하는 형식을 취하고 있다. 그리고 질문을 주고받는 논객 주체들도 모두 해외문학파 일원들이며, 문단과 다른 예술계의 융복합적인 만남이라는 인상이라는 것 외에 다른 중론은 거의 주지 못하고 있다.

이 부분은 형식적인 다채로움을 보여주기는 했지만, 내용 면에서 형식을 다 따라가지 못했던 좌담이었다고 평가할 만하다. 그럼에도 이 좌담이 가치를 띠는 점은 서론에서도 언술한 바 같이, 어떤 −이즘이나 경향성을 설정하기 어려웠던 시기에 각 예술계 지식인들이 모여 다음 세대의 유통될 예술관에 대해 논의하고, 미약하게나마 장르별 권역을 무

---

48) 조윤정, 「번역가의 과제, 글쓰기의 윤리―임화와 해외문학파의 논쟁적 글쓰기」, 『반교어문연구』 27, 반교어문학회, 2009, 378쪽.

너뜨렸다는 점이다. 또 그곳에서부터 '초유'(처음)를 현시함으로써 일제 말기 지식인들이 암흑 가운데 새로운 비전을 탐구했다는 의미를 가진다.

5. 결론

1940년 ≪동아일보≫에서 기획한 「初有의 藝術綜合論義」는 비평 빈곤론, 세대·순수론, 고전부흥론, 번역문학론 등 다양한 비평적 논제가 총망라된 신년좌담회였다. 그러나 담론의 주체였던 이원조, 안함광 등 좌파계 논객들이 배석하지 하지 않은 상황에서 저널을 장악한 해외문화파의 관점이 좌담 전체를 경도했다.

가령 비평 빈곤의 시대상을 기성의 관점에서만 다룬다거나 세대·순수론을 예술지향주의로 해석한다든가, 고전부흥과 번역문학 논의를 함께 취급하는 점에서 특히 이런 인상이 강하게 드러난다. 그리고 호전적 논객이었던 임화가 이즈음 '신문학사' 집필에 몰두하고 있어, 임화 특유의 비판적인 태도가 다소 약화되었다는 점 또한 해외문학파의 저널리즘 기획 독주를 저지하지 못했던 요소로 작용했던 것이다.

주지하는 바와 같이, 해외문학파 대다수는 향후 친일혐의에서 벗어나기 힘든 문인들이었다. '예술지상주의', '조선학', '조선적인 것'에 대한 물음은 순수론, 고전부흥론, 번역론과 맞붙어 '그들만의 의제(Agenda)'로 반복된다. 이는 표면상으로 근대 초극에 가닿으려는 기획이었지만 동시에 향후 대동아공영권 안에서 조선 문학을 지방화하려는 치욕의 기획이었다.

그럼에도 어떤 '-이즘'이나 경향성을 설정하기 어려웠던 시기에 각

예술계의 지식인들이 모여 다음 세대의 유통될 예술관에 대해 논의했다는 점은 주목할 만하다. 물론 주요 논제 이외에, 타 장르에 대한 격려와 염려의 형식을 띤 좌담 말미의 구성은 '내용 없는 형식'적 요식 행위로 읽히기도 하지만, 미약하게나마 장르별 권역을 무너뜨렸다는 것은 종래에 저널에서는 없었던 기획이었다. 이렇게 「初有의 藝術綜合論義」는 '초유'(처음)를 현시함으로써 일제 말기 지식인들이 암흑 가운데 새로운 비전을 탐구했었다는 의미를 갖는다.

참고문헌

<기본 자료>
권영민 엮음,『한국현대문학비평사 자료Ⅴ-1』, 한국학술정보(주), 2004.
김환태,『김환태 전집』, 문학사상사, 1988.
서인식,『서인식 전집2』, 역락, 2006.
안함광,『안함광 선집2- 문학과 진실』, 박이정, 1998.
윤규섭,『윤규섭 비평전집1- 인식과 비평』, 신아출판사, 2015.
이원조,『이원조 비평 선집』, 현대문학, 2013.
임　화,『임화예술문화전집3 문학의 논리』, 소명출판, 2009.
정내동 외,「初有의 藝術綜合論義」,≪동아일보≫, 1940. 1. 1~ 4.
최재서,『전환기의 조선문학』, 영남대학교출판부, 2006.

<논문 및 단행본>
고봉준,「일제말기 신세대론 연구」,『우리어문연구』36, 우리어문학회, 2010.
권유리아,「1930년대 윤규섭 비평의 다혈질적 원칙주의 연구」,『국어국문학』131, 국
　　어국문학회, 2009.
김병구,「고전부흥의 기획과 조선적인 것의 형성」,『민족문학사연구』31, 민족문학사
　　학회, 2006.
나민애,「모더니즘의 본질과 시의 본질에 대한 논리적 충돌」,『한국현대문학연구』32,
　　한국현대문학회, 2010.
류양선,「세대-순수논쟁과 김동리의 비평」,『진단학보』78, 진단학회, 1994.
박성준,「1939년 조선문학 살롱-「新建할 朝鮮文學의 性格」에서 제기된 '건설'의 논제
　　와 '전망'」,『한국문학이론과 비평』78, 한국문학이론과비평학회, 2018.
_____,「1938년 조선문학 살롱 -「明日의 朝鮮文學」에서 제기된 '미래'의 의미」,『우
　　리어문연구』60, 우리어문학회, 2018.
서은주,「1930년대 외국문학 수용의 좌표-세계/민족 문학」,『민족문학사학연구』28,
　　민족문학사학회, 2005.
이상옥.「최재서의 질서의 문학과 친일파시즘」,『우리말글』50, 우리말글학회, 2010.

이혜령, 「동아일보와 외국문학, 해외문학파와 미디어」, 『한국문학연구』 34, 동국대학교 한국문학연구소, 2008.

장문석, 「임화와 김기림의 1940년대 전후」, 『한국문학과 예술』 12, 숭실대학교 한국문학과예술연구소, 2013.

전승주, 「1930년대 순수문학의 한 양상」, 『상허학보』 3, 상허학회, 1996.

조윤정, 「번역가의 과제, 글쓰기의 윤리-임화와 해외문학파의 논쟁적 글쓰기」, 『반교어문연구』 27, 반교어문학회, 2009.

황종연, 「1930년대 고전부흥운동의 문학사적 의의」, 『한국문학연구』 11, 동국대학교 한국문학연구소, 1988.

박성준

박성준은 1986년 서울에서 태어나 경희대학교 국어국문학과를 졸업하고 동 대학원에서 박사학위를 받았다. 2009년 『문학과사회』 신인문학상에서 시, 2013년 ≪경향신문≫ 신춘문예에서 평론으로 등단했고, 박사학위 논문으로는 「일제강점기 저항시의 낭만주의적 경향 연구: 이육사, 윤동주를 중심으로」(2018)가 있다. 시집 『몰아 쓴 일기』와 『잘 모르는 사이』, 합동시집 『일곱번째 감각-ㅅ』을 출간했으며, 평론집으로 『안녕, 나의 페르소나』를 출간했다. 그밖에 공저로는 『한국 현대시의 공간연구 1, 2』, 『한국문학사와 동인지문학』, 『해방 이후 동인지문학』, 『윤곤강 문학 연구』, 『모던 경성과 전후 서울』, 『인공지능과 문학의 미래』, 편저로는 『구자운 전집』을 출간한 바 있다. 2015년 박인환 문학상을 수상했다.

윤동주와 조선문학 살롱

초판 1쇄 인쇄일 | 2025년 3월 21일
초판 1쇄 발행일 | 2025년 3월 31일

지은이 | 박성준
펴낸이 | 한선희
편집/디자인 | 정구형 이보은 박재원
마케팅 | 정진이 안솔비
영업관리 | 정찬용 한선희
책임편집 | 정구형
인쇄처 | 으뜸사
펴낸곳 | 국학자료원 새미(주)
등록일 2005 03 15 제25100－2005－000008호
경기도 고양시 덕양구 권율대로 656 클래시아더퍼스트 1519호
Tel 02)442－4623 Fax 02)6499－3082
www.kookhak.co.kr
kookhak2010@hanmail.net

ISBN | 979-11-6797-232-3 *93810
가격 | 32,000원